下一站不下

下不下

许春樵

著

Stay with me, Please

人民文学出版社

图书在版编目 (CIP) 数据

下一站不下/许春樵著. —北京:人民文学出版社,2021
ISBN 978-7-02-011398-9

Ⅰ.①下… Ⅱ.①许… Ⅲ.①长篇小说—中国—当代 Ⅳ.①I247.5

中国版本图书馆 CIP 数据核字(2021)第 232024 号

责任编辑　谢　欣
装帧设计　李思安
责任印制　王重艺

出版发行　人民文学出版社
社　　址　北京市朝内大街 166 号
邮政编码　100705

印　　刷　三河市宏盛印务有限公司
经　　销　全国新华书店等

字　　数　425 千字
开　　本　890 毫米×1290 毫米　1/32
印　　张　15.875　插页 1
印　　数　1—10000
版　　次　2021 年 12 月北京第 1 版
印　　次　2021 年 12 月第 1 次印刷

书　　号　978-7-02-011398-9
定　　价　58.00 元

如有印装质量问题,请与本社图书销售中心调换。电话:010-65233595

一、诱惑之外，倒闭的工厂和爱情

市文化局两层红砖老楼是解放前鸦片烟馆旧址，幽暗狭窄的楼道里终日弥漫着变质烟土的气息和旧时代的灰尘，局长在二楼那间杉木地板严重开裂的办公室里来回踱着步子，他对我说："这么多年了，一个大奖没拿下，这部正能量大戏，你亲自出马，志在必得！"局长说人物、故事、题材都是现成的，是最近各路媒体追着热炒的宋怀良。

春节后，火爆庐阳的事件有两个，一个是市长在做廉政动员报告的时候被省纪委从主席台上带走，带走的时候手里正攥着墨迹未干的讲话稿，稿纸上的文字义正词严慷慨激昂；另一个就是大老板宋怀良当选了"江淮好人"，不少网民被宋怀良的事迹感动得一脸的眼泪鼻涕。

见我反应比较麻木，局长给我扔过来一支烟，在屈尊给我点火的时候，他压低声音很隐私地对我说："如果拿了大奖，你的位子就好解决了。"我已四十好几高龄，写过七八部不挣钱的大戏，位子是局里的戏剧创作室主任，科级干部，这在我们市里压根就不算个"位子"。

局长以前是唱戏的，我总觉得局长"说的比唱的好听"，他说话的声音充满了磁性，穿透力中夹杂着少许暴力，许多女演员一听这声音，身子就情不自禁地软了。局长戏唱得很一般，这影响到了我对他的尊重，所以这天面对局长出乎意料的温暖和关怀，我没有表现得像屋外的阳光一样失控,只是语气平淡地答应先去了解了解。

与此同时,恒达地产孙总找我写宋怀良电视剧,他只跟我谈钱,不跟我谈艺术,他腕上既没"劳力士",脖子上也不挂金链,他穿了一件对襟中式褂子,脚上是一双圆口布鞋,这一装束很容易让人联想起解放前某个中药铺里一个薪水很低的伙计。孙总语速缓慢,语调却无比霸气:"30集,我给你120万,文化局要是能给你12万,我免费送你一套滨湖景观大平层!"

庐阳是一个很勉强的二线城市,工薪阶层一年的薪水,只能买到恒达地产的半间厕所,他们用一辈子的奋斗以及哗哗流淌的血汗去兑换一个自己的窝,拿到新房钥匙,跟拿到一生的"卖身契"是一样的。这群可怜而卑微的人群中,就有我一个。这么多年我住在墙上布满了霉斑的68平方米的老房子里,怕继续涨价,在老婆声泪俱下的声讨下,春节期间我在滨湖家园排了一夜队,抢了一套丧尽天良的高价房,公积金贷款加上银行贷款,欠下90多万,现在我每天早上睁开眼,大脑里只冒出两个念头:一是如何挣钱还贷,二是诅咒所有的开发商都坐上马航370,最后全都在蔚蓝的大海上下落不明。我知道这样的心理很不好,但一个背负滔天巨债却又无能为力的穷人实在无法控制住每天早晨那几分钟的恶毒想象。

在讨论剧本目标时,孙总对我说:"花八千万拍这个戏,为什么?社会上对我们有偏见,有敌意,好像我们都是靠抢劫发家的。宋怀良代表的不是他个人,而是所有商界精英,我要拿宋怀良这部电视剧教育教育社会上的刁民!"

按孙总的意思考量,我就是刁民之一,因为我认为他们基本上都是靠抢劫发家的。有一种抢劫是不需要挥舞刀枪棍棒的。但在这种场合,我不会跟孙总讨论这个问题。孙总和局长对宋怀良的角色定位,都不是我想写的,但相较而言,我愿意为120万委屈自己,这就像走投无路时,在上吊和喝老鼠药之间选择,我选择上吊。

我跟孙总是在恒达总部咖啡厅见面的,咖啡厅是一个被墨绿色玻璃封闭的空间,光线暧昧得有些压抑,背景音乐则更加压抑,像一个被抛弃的风尘女子在不停地低声抽泣,而那种玻利维亚生咖啡研磨后的汁水比中药还难喝,所以我的心情一直很别扭。孙总在跟我谈话的最后阶段接到一个电话,他对着墨绿色的手机屏有些不耐烦地说:"我哪有时间?不是跟你说过了吗,王秘书陪你去。医院那边已经安排好了。人流又不是剖腹产。我正在跟作家谈本子。你演女一号,说定了的事。"

一位长相可人的女秘书将剧本合同摊放在我面前,同时拧开了碳素水笔,我从味道古怪的咖啡气息中站起身:"合同先放一放,我得先去采访,深入了解一下这个人!"

孙总拍了拍我瘦弱而贫穷的肩膀:"我很欣赏你!"

孙总所说的欣赏大概是看我这人先干活后拿钱,难得的实诚,因为合同一签,就能拿到15%的定金18万,我老婆后来说,18万的票子堆在床上够我们两口子一夜数到天亮。说这话的时候,天刚亮,窗外马路上的汽车已经将城市堵得喘不过气来,一睁开眼,城市就瘫痪了。

我老婆对我不拿钱先干活相当不满,早餐只上了一碗稀饭,一个馒头,小菜是价格便宜的一碟腌萝卜。也难怪,自从欠下90万巨款后,她的头发在这个春天变本加厉地白了,一个下岗女工唉声叹气的声音在厨房和卧室之间来回穿插。不过有一点我老婆的态度非常坚定,她用筷子敲着我喝光了稀饭的空碗,警告我说:"恶心人的电视剧太多了,要么不写,要写就写真的宋怀良,不许胡编乱造!"

采访前,她还警告我说,眼下坏人长得跟好人差不多,有时候坏人比好人还像好人,不能听宋怀良自家人王婆卖瓜,要听听周围人怎么说,怎么看。前年有过一个"庐阳好人",在全市人民学习了三个多月后被戴上了手铐,他用持刀抢劫来的钱到医院给白血病儿童捐款,捐款时颤抖着手还流下了两行悲伤的泪水。我老婆虽然文化不高,看人看事确实蛮准的。

头顶上方四月的阳光近乎毒辣,我穿着短袖衬衫,骑着链条生锈的自行车钻进了大街上的滚滚车流中,不到两站路,后背上湿透了。季节就这样删除了春天,一步进入夏季,所以我的这部小说也将省略大量具体的采访场景,直接进入小说的核心地带。

可以保证的是,我所写的宋怀良都是我一手采访来,没一处是躺在床上捏造的。

有一个细节倒是可以爆料,那天我出门的时候接到了一个重金求子的电话,一位丰满白皙的香港少妇,说丈夫车祸丧失了生育功能,她准备花 120 万请我为她生一个儿子。120 万正好是孙总的剧本报价,帮丰满白皙的少妇生一个儿子肯定比写一个剧本要愉快得多,可那一刻我只能对电话里的香港少妇说:"生儿子就算了,我帮你编一个剧本吧,你的剧本台词一点都没创新,这么多年了,还是老一套,不饿死你呀!"

写这个细节是想表明:假的无法创新,真的无须创新。

1992 年春天宋怀良走进这部小说的时候,是国营庐阳无线电二厂的一个小电工,他出场的第一个镜头是穿一身灰蓝色工作服,在风声川流不息的巷子里匆忙赶路,他的手里拎着一个变形的铝制饭盒,饭盒里盛着父亲要吃的卤水猪大肠,这是倒了三趟公交车从东城老字号"荷叶卤味坊"买来的,肺癌晚期的父亲宋得贵不会再有下一个春天了,他发誓尽力满足父亲每一个合理和不合理的要求。医院在四月春光明媚的日子宣布父亲不可救药,宋怀良扶着父亲走出病房的时候,母亲在医院飘满了药水味道的走廊里号啕大哭,瞎了一只眼睛的母亲没有哭诉父亲病入膏肓,而是控诉医院:"人没看好,还收这么多钱,良心被狗吃掉了!"医院不是修道院,在医院讲良心就像在法院不讲法律一样,没人理睬她的哭声。父亲被赶出医院的同时补交了 867 块住院治疗费,宋怀良借遍了一条巷子,勉强凑够出院的钱。

父亲宋得贵对于死亡的态度跟历史上那些身陷囹圄的革命者基本一致，视死如归，只是少了点大义凛然，他是因为无奈和绝望才被迫看淡生死，所以，回到家后的第一件事，要吃"荷叶卤味坊"的猪大肠，父亲说他7岁沿街乞讨到庐阳，一个衣冠楚楚的男人在老字号"荷叶卤味坊"曲尺形柜台边给了他一小截酱红色猪大肠，从此他认定这世上最好吃的东西是卤猪大肠，同时还记住了施舍男人脚上的一双铮亮的黑色皮鞋和白色的袜子。

汪晓娅是在找宋怀良的半路上遇见吴佩琳的。

已近中午，五里井灰褐色煤烟在灰褐色屋顶上方反复渲染，煤烟和屋顶下面是琐碎的锅碗瓢盆的声音，那时候，五里井正在做午饭。汪晓娅是宋怀良女朋友，初中毕业，很长一段时间里有一个被歧视的身份，叫"待业青年"，按说一个待业女青年找了一个国营无线电二厂的正式工，还算公平，可汪晓娅从小在少年宫练过舞蹈，舞蹈虽没练出什么前途，但练出了风吹杨柳的曼妙身材和扭捏作态的小资情调，她自己也盲目认为自己是搞艺术的人，看上宋怀良是因为他长得太像前男友，尤其是鼻子。这就有点像行为艺术了。汪晓娅母亲相当恼火，说女儿看上一个食堂伙夫家的小瘪三，神经短路脑子起雾，汪晓娅母亲还用比较刻薄的语言强调宋怀良瞎了一只眼的母亲不仅无业，还整天拎着一个塑料编织袋专门在垃圾池里翻捡空酒瓶、破纸盒、烂胶鞋，全身上下弥漫着挥之不去的垃圾气息。其实汪晓娅母亲的社会地位也不怎么样，无线电二厂食堂卖饭菜票的，人称董会计。

汪晓娅到二厂劳动服务公司做临时工还不到一年，路遇吴佩琳的这天，她告诉吴佩琳劳服公司葛经理下海了，自己也辞职了，葛经理要带她到海南当助手，临走前去跟宋怀良做个了断。吴佩琳在厂设计科当设计员，说话做事却从不设计，她毫不留情地呛了汪晓娅一句："当初是你要死要活追人家的，还好意思去了断！"汪晓娅一点也不生气，笑嘻嘻地说："去年刚失恋，一时脑子拐不过弯来，幼稚，让你见笑了!"

其实汪晓娅和宋怀良也没什么了断的,就是把摩托罗拉传呼机要回来。

汪晓娅赶到五里井槐树巷,宋怀良和他饭盒里的猪大肠还在路上,宋得贵坐在门边颜色枯萎的藤椅上晒太阳,比藤椅颜色更枯的嘴角不停地嚅动着并且流下了一绺口水,像是沉溺于卤猪大肠的贪婪想象中不能自拔。正在厨房做午饭的母亲耿桂花出来了,她左手揉着瞎了的右眼,右手抄着一把缺少油水的锅铲,讨好地对汪晓娅说:"姑娘,外面太晒了,快进屋坐!"汪晓娅无动于衷,不说话,她仰着头神情专注地望着空虚而凌乱的天空。这时,满头大汗的宋怀良拎着卤猪大肠的饭盒回来了,中午 12 点还差一分,汪晓娅从天空抽回目光,对宋怀良说:"小宋,到巷口跟你说件事!"

巷口拐角处的一颗病态的老槐树下,汪晓娅摊牌了:"过几天我就要去海南,你把传呼机还给我。再说以后也不用联系了!"

宋怀良一听就明白了。

当初宋怀良死活不要汪晓娅送的传呼机,汪晓娅非说约会要用。宋怀良知道分手是迟早的事,之所以愿意跟汪晓娅谈起这不切实际的恋爱,是他不想让癌症父亲带着断子绝孙的痛苦离开这个世界,有女朋友,孙子就有希望。

父亲没几天了,传呼机随时要跟家里联系,宋怀良说:"多少钱,我买下来!"汪晓娅说:"二手买的,眼下至少也值五百吧!"宋怀良从口袋里摸出一沓大大小小的票子:"四百八,借来的,准备去淮水那边看神医的,先给你!欠二十,过些日子我寄到海南去!"汪晓娅推开宋怀良手里捏出了汗的票子,说:"传呼机我不卖,你也不要去找什么神医了,这钱买点卤猪大肠,给你爸打打牙祭。摩托罗拉送你了!"看宋怀良一脸哑口无言的表情,汪晓娅轻松地捋了一下被风吹乱了的长发,说了一句让宋怀良更加莫名其妙的话:"别这么看着我,按常理出牌的人不是搞艺术的。再见!"

"五一"是劳动节,无线电二厂不需要劳动了,生产线全线停工,工人下岗回家,厂子先于父亲宋得贵死了。宋怀良不用上班了,但要为父亲办丧事提前做准备,父亲第二次昏迷的那天,五里井私人诊所的邱医生翻了翻宋得贵的眼皮,丢下一句"抓紧准备后事"就走了。开店的铁哥们儿陈琦送来了500块钱,他搂着宋怀良僵硬的脖子:"你爸就是我爸,缺钱,缺人,说一声!"看着还在喘气的宋得贵,他建议送老爷子到医院去再搏一把,宋怀良母亲耿桂花坚决不同意,她站在半昏迷的宋得贵床前不停地抹着眼泪:"没救了,不能再花冤枉钱了!"

魏国宝是踩着夕阳余晖走进宋怀良家的,来时手里还拎了一挂新鲜的猪肚和猪肺,一进门,魏国宝不会拐弯的脑袋直接探向黑黢黢的里屋:"吴佩琳呢?"宋怀良一脸迷茫:"吴佩琳来这干吗?"

宋怀良话音未落,吴佩琳来了。

22岁的吴佩琳,厂长吴镇海女儿,省工艺美术学校毕业,干部身份,长相好,家庭条件也好,在蓝领成堆的无线电二厂没人敢追求纯属正常,厂里开货车的魏国宝之所以吃了豹子胆似的往上冲,是因为他荒谬地认为,在一个汽车比坦克还要稀少的年代,卡车司机威风万里,这使他有足够的勇气和盲目的自信企图用猪下水摆平一个工人和一个国家干部之间的身份差距。魏国宝追吴佩琳,不送玫瑰花,而是隔三差五地往她家送猪大肠、猪肚肺,老厂长吴镇海喜欢。魏国宝父亲是市食品公司下属屠宰场的屠夫,猪下水近水楼台。

吴佩琳见魏国宝在宋怀良家里,没正眼看他,她从口袋里掏出200块钱塞给宋怀良:"这点钱,起不了多大的作用,凑点数吧!"宋怀良瞎了一只眼的母亲接了钱,说了几句没有新意的感谢话,然后继续强调办后事刻不容缓。被冷在一边的魏国宝上前一步,斜插在吴佩琳和宋怀良中间,他问吴佩琳:"刚才去哪儿了?"吴佩琳对魏国宝的态度就像一只猫对待一条鱼:"去银行取钱,怎么了?"突然,半昏迷的宋得贵在铺着草席的病榻上呻吟了起来,瞎眼母亲激动地对宋怀良喊道:"你爸活过来了!"

屋外的天彻底暗了下来,初夏的蚊子和苍蝇正倾巢出动,宋怀良忙着给父亲在病榻前点上刺鼻的驱蚊盘香。

宋得贵的生命力比无线电二厂顽强得多,昏迷过好几次又醒了过来,见宋怀良一家像被熏昏了的蚊子一样晕头转向,陈琦叫宋怀良到他开的"南北日杂商店"帮忙,老婆小月生孩子去河南娘家了,没一年半载回不来,他拍着宋怀良松软的肩膀:"一个月300,店里销售额要是过万,再加100块奖金。"

庐阳无线电二厂,1958年就捣鼓出了全省第一台"灯塔"牌收音机,当时《人民日报》都激动地报道过这惊天动地的奇迹,然而这一"灯塔"并没有照亮工厂的前程,三十多年里,厂里除了造质量不太稳定的收音机,只能造一些扩音器和高音喇叭之类的产品,等到1991年自力更生研制出厂里第一台"灯塔"牌四声道双卡收录机时,全国成群结队的合资厂的流水线上已经流淌出了源源不断的VCD影音光碟机。所以,1992年春天,国营庐阳无线电二厂的命运比宋怀良父亲宋得贵的命运更加悲惨,厂长吴镇海春节前在发不出工资和供货商围追堵截逼债的尴尬中退休。

厂子一倒,五里井就成了一个难民营。当年风光无限的无线电二厂宿舍区,老式平房年久失修,瓦楞碎残、电线短路、水管爆裂的事每天都在发生,颜色灰暗的水泥路面像是被敌机轰炸过,坑坑洼洼,巷子里随风飘扬着来路不明的废弃的塑料袋以及字迹残缺的旧报纸,路边敞开的垃圾池里密集的苍蝇上下俯冲左右盘旋,阳光照亮了苍蝇翩翩飞舞的翅膀,几只毛发油亮的老鼠在垃圾池里大吃大喝着鸡鸭残骸和食物残渣,临近中午,气温一升,巷子里迅速弥漫起令人作呕的气味。魏国宝在这样的气味里穿过三条巷子又一次来到了吴佩琳家。这是五里井东边的一栋五层的楼房,紧挨着无线电二厂围墙,里面住着历任厂领导,站在楼上可以俯瞰五里井棚户区破败的屋顶像层出不穷的破抹布在视线里汹涌澎湃。魏国宝除了送来一副猪下水,还给吴佩琳送来了下海开"面的"的伟大理想和一盒苏芮的激光唱碟《搭错车》。厂子倒闭,吴佩琳正在家复习,准备报考江南工业大学工艺美术系本科插班生,她对擅自闯进自己书房的魏国宝直截了当地说:"你就是开飞机,也与我无关。"说着将苏芮的激光唱碟扔还给魏国宝,"我家没激光唱机,不需要,你'搭错车'了!"魏国宝尴尬地站在吴佩琳堆着一大摞复习资料的书桌前,脸上红一阵白一阵的,说话有点逻辑混乱:"我来你家送猪下水,你到宋怀良家去送钱!他被汪晓娅甩了,不就是一个'二手货'!"

一个天气阴沉的上午,心情比天气更加阴沉的魏国宝走进徽煌大街的"南北日杂商店",他往宋怀良口袋里悄悄塞了一包"红塔山",声音几乎有些哀求:"我都追好几年了,你能不能不要理睬吴佩琳?"宋怀良一头雾水:"你是不是没睡醒呀,同学同事,我为什么不睬她?"魏国宝说:"她给你送200块钱,什么意思?厂里有哪个女工到你家送过20块钱的?"这时陈琦扛着一纸箱洗衣粉进店,他听到魏国宝的后半句话,抢在宋怀良开口前狠剋了魏国宝:"你爸要是准备后事,吴佩琳会送去300块钱。"

魏国宝的脸像被霜打过的柿子,陈琦放下肩上的纸箱:"不要跟死了老子似的,中午请你喝酒。也不撒泡尿照照镜子,配得上吗?"魏国宝顽固坚持自己的愚蠢判断:"那宋怀良呢,一个小电工,还不如我呢。"陈琦说宋怀良也配不上,宋怀良顺水推舟附和:"食堂卖饭菜票的女儿我都配不上,哪能配得上厂长女儿。"

中午三人在一家环境不太卫生的小酒馆里撬了一瓶火烧刀子白酒,喝酒的尾声,宋怀良将一包"红塔山"香烟悄悄地塞回魏国宝的口袋里。

宋怀良、陈琦、魏国宝、吴佩琳,二厂附中的初中同学,二厂造不好无线电，当然也管不好学校，五里井产业工人子弟考上大学跟走平路被汽车撞死的概率差不多，魏国宝、宋怀良、陈琦三人连高中都没考上，吴佩琳初三下学期从附中转学庐阳一中，高中三年后考上了中专。那年秋天，五里井不少同学站在有风的巷口目睹着吴佩琳步伐轻盈地拎着皮箱到省城去上学，他们的心里无限酸楚："人长得好，命又好，好事都给她一个人占全了。"三年后，吴佩琳毕业分配到无线电二厂产品设计科，设计科在厂部办公大楼的三楼，办公室窗明几净，有报纸看，有开水泡茶，夏天还有电风扇吹。食堂伙夫的儿子宋怀良在无线电二厂当电工，陈琦开店当个体户，魏国宝能到厂里风光地开卡车，据说与他父亲从屠宰场内部弄来猪下水坚持不懈地贿赂厂领导有关。魏国宝那天在酒桌上跟宋怀良和陈琦吹嘘，卡车司机的威风相当于副厂长，厂里追过他的女工不下一二十，他偏偏看中了厂长女儿吴佩琳。他错误地认为，只要用猪下水打动老厂长，就等于拿下了吴佩琳，这让陈琦觉得很滑稽很可笑，宋怀良也觉得魏国宝追吴佩琳跟追巩俐和张曼玉一样渺茫。

二厂和五里井街坊走投无路的日子里，陈琦南北日杂商店却像是被注射了兴奋剂一样，生意跟五月的气温一起飙升。月底的时候，宋怀良实打实地拿到了 300 块钱薪水，外加 100 块犒赏，宋怀良又去"荷叶卤味坊"买回了一饭盒卤水猪大肠，他发现这一次父亲吃猪大肠的表情比吃毒药还要痛苦，他意识到父亲倒计时的指针很快就会停摆。

二、兄弟反目,谁偷了我的钱

　　1992 年 6 月 19 日是个平常得有些平庸的日子,早上七点二十分,南北日杂商店卷闸门刚打开,一个夹着公文包的年轻人进来了,他一进门就要 120 台落地电风扇、120 床竹编凉席、150 套中外名曲大全 VCD 碟片、300 张中外电影碟片,还有 500 条毛巾、300 瓶花露水、12 箱香皂,一口气要了 3 万多块钱货,年轻人是市外贸公司工会的,说夏天到了,公司要发职工福利。陈琦的南北日杂商店总共加起来不到 5 万块钱货,电风扇、凉席没那么多货,碟片都没卖过,陈琦和宋怀良答应紧急配货,下午 6 点前保证送上门,陈琦拍胸脯的时候,心里已经算好了净赚 3000 多块,平时一个月也挣不了这么多。陈琦面对这笔飞来横财如同面对着飞来横祸一样目瞪口呆。

　　陈琦和宋怀良在东门批发市场配齐货,蹬着三轮,拉了八趟,6 点前全部送到市外贸公司大院,这时天已黄昏,望着大院内进出的外贸职工们嘴上叼着带把子的"良友""万宝路"香烟,夕阳照亮了他们一脸无比优越的表情,宋怀良对陈琦感慨着:"无线电二厂和外贸公司,一娘所生,一个天,一个地。"陈琦拍了拍汗水湿透了的宋怀良:"我们一天挣三四千,他们能挣到吗?晚上喝酒!"

　　晚上在一个光线阴暗苍蝇很多的街头小馆子里喝了一斤白酒、四瓶啤酒,最后一瓶啤酒底朝天后,陈琦将报纸包着的 3 万块钱货款交给宋怀良。这条街最近被小偷撬了七八家店,陈琦要留下来看店,钱送到他安装了防盗门窗的家里,明早八点带过来存银行。这段日子店里打烊后的千儿八百的货款都是由宋怀良下班带到陈琦结婚的新房里,新房是庐阳最早的一批商品房,有防盗门,铝合金窗子外面加了钢条防盗窗,按陈琦话说"比牢房还要牢固"。宋怀良说钱太多,还是放你身边保管为好,陈琦说自己保管要是半夜遇到撬门打劫的,就全完了,陈琦对宋怀良说:"你今晚就别回家了,睡我床上!"

新房在二楼,两室一厅,房间里还有一台 21 寸的"凯歌"牌大彩电,陈琦老婆回河南娘家坐月子,钥匙一直挂在宋怀良的裤带上。宋怀良本想冲个凉再睡觉,见陈琦房间松软的席梦思大床很软,他忍不住用手按了按,身子也情不自禁地躺了下来,可往下一躺人爬不起来了,蹬了一天三轮,全身像是一辆散了架的破三轮车,电视屏幕上《北京人在纽约》中王姬对姜文的抒情才抒了个开头,宋怀良头一歪睡着了。不知道昏睡了多久,他隐约听到传呼机"滴滴"地叫了起来,揉了揉枯涩的睡眼,是五里井电话亭号码,宋怀良从床上反弹起来,说了两个字:"坏了!"

父亲宋德贵夜里差一点就过去了,百孔千疮的肺已经无力在夏天闷热的空气里自由吐纳了,卡在气管里的喘息几次半途而废,又几次突出重围,夜里绝望中的母亲跑到电话亭打传呼机叫宋怀良回来帮父亲穿寿衣,宋怀良回来背上父亲,一路颠簸到医院后,父亲的呼吸居然流畅了起来,插上氧气,打上点滴,第二天一早宋得贵睁开眼后说的第一句话是:"我要吃油条!"

早晨的太阳按时升起,早上八点,宋怀良买了油条后急匆匆往陈琦家赶。

宋怀良用钥匙开门时,无缘无故,手不经意地颤动了一下。进屋,见床头柜抽屉敞开着,3 万块钱没了,宋怀良当场瘫坐在地上。

案件太大,警方开来了一辆闪着警灯的警车,一口气上了四个警察。庐阳人均月工资 160 块,3 万块钱相当于是一个普通工人 20 年的工资,陈琦的天塌了下来,他那套商品房连装修总共才花了不到 4

万,开店买房至今还欠着银行贷款两万多块。

钥匙在宋怀良手里,铁门好好的,3万块钱怎么就不见了?

陈琦家客厅,两个警察首先讯问宋怀良,宋怀良涨红着脸结结巴巴地解释着,另外两个警察里里外外推敲分析着室内每一个角落,突然,一个年轻的警察在房间里叫了起来:"窗子撬掉了,小偷从窗户外面爬进来的!"

讯问宋怀良的警察进了里面的房间,客厅里的宋怀良长舒了一口气,陈琦说:"打死我也不相信你怀良监守自盗。"宋怀良补充解释:"警察经常看走眼的!"

话音刚落,那位嘴上有一圈胡子的老警察从房间里冲出来,一个扫堂腿,将宋怀良扫倒在地,老警察的皮鞋迅速踩住宋怀良的脑袋:"这回是你看走眼了!"小警察比较轻松地给宋怀良卡上手铐。

陈琦愣在那里像一根水泥柱子,僵硬而麻木。宋怀良被警察带下楼时很困难地扭过头对陈琦说:"相信我!"

陈琦麻木而僵硬地点点头。

陈琦不相信宋怀良是看了警方的"6·19特大盗窃案案情通报",通报告诉陈琦,二楼防盗窗虽被撬开,窗外的墙壁上没有任何攀爬痕迹,一个鞋印都没有,墙上枝繁叶茂的爬山虎一个叶子也不少,防盗窗是从室内撬开的。陈琦家防盗门完好无损,钥匙在宋怀良手里,伪造现场,监守自盗的证据确凿无疑。

吴佩琳喝凉水涩牙,走平路摔了一跤,憋屈得眼花缭乱,她给市外贸公司设计茶叶包装盒,听说工会要给职工买夏天的劳保福利品,她试着去找父亲的老战友、市外贸局郭局长,推荐南北日杂商店,没想到答应了。吴佩琳见陈琦对宋怀良慷慨仗义,她以为帮陈琦等于帮宋怀良,没承想暗地里把宋怀良帮进了拘留所里。人是这个世界上最不可思议的动物,警方的案情通报铁板钉钉,可吴佩琳对厂里最好的小姐妹张月秀说："我宁愿相信是陈琦监守自盗，也不相信宋怀良拿走了3万块钱。"张月秀一脸迷茫："陈琦偷自己的钱，再去陷害宋怀良，没理由呀！"吴佩琳固执到几乎蛮不讲理："有理由，就是有理由！"

警方审讯宋怀良的过程相当轻松，"熬鹰"一夜，第二天早晨再给他简单"启发"一下，招了，宋怀良说偷钱是为了还父亲看病欠下的债，防盗窗是自己从里面撬开的，撬窗的铁棍也是早就准备好的，夜里回五里井的半路上扔到河里去了。警方问3万块钱赃款呢，宋怀良抓着半昏迷的脑袋说："我不知道！"警方说宋怀良太狡猾，存心想坐牢，直接将案件移交给了检察院。

律师杨俊是吴佩琳请来的，见宋怀良前，她带着杨俊先去见陈琦，23岁的陈琦扛不动3万块钱的变故，一见吴佩琳和杨律师就哭了，他手扶着落满了灰尘的货架，抹着一脸的眼泪鼻涕说："把3万块钱还给我，我就不让他坐牢！"吴佩琳武断地说："他没拿你的钱，怎么还你！"

陈琦急了，他抹着眼泪，抓起货架上的一个塑料盆狠狠地扔到地上："怀良自己都承认了，你还说没有，钱长翅膀飞了？"

律师杨俊华东政法学院毕业，只讲法理，不带情绪，他对吴佩琳说："宋怀良盗窃证据已经固定，没必要争论了。另一种可能是，陈琦伪造现场，陷害宋怀良，因为陈琦也有钥匙，他趁宋怀良不在场，开门进来过。但同样需要拿出证据。"陈琦情绪又冲动了起来，声嘶力竭："我要是陷害宋怀良，千刀万剐！"他随手抓起货架上的一把菜刀，做出一副要砍死自己的架势。杨俊说还有一种可能就是，流窜作案的江湖高手，用一根回形针或一张名片就能开门开锁，而且不留任何痕迹，但得手后，没必要撬开防盗窗伪造现场，耽误时间，增加风险。

杨律师对吴佩琳说："现在能做的是，退钱，争取受害人陈琦谅解,主动撤诉,让宋怀良免于刑事处分。"

吴佩琳依然顽固地认定:"我的感觉不会错,宋怀良不会偷钱!"杨律师说:"法律讲证据,不讲感觉。"

杨律师去看守所见了宋怀良,宋怀良的神情比肺癌父亲还要糟糕,他说承认盗窃是被刑讯逼供逼出来的,杨律师说法律讲证据:"证据呢?"回答不上来的宋怀良话锋一转:"我爸死了没有?"杨律师摇摇头说不知道。

吴佩琳私下里找到陈琦:"宋怀良宁愿坐牢,也不愿拿一分钱出来,因为他没钱。我给你一万二,你去检察院申请撤诉。好不好?"

一万二是现钱,如果不要,一分都没有,陈琦很清楚,宋怀良在警方那里招供了,回到五里井,到死也不会认账,盗窃的名分,他背不起,扛不动。陈琦问吴佩琳哪来的这么多钱,吴佩琳只说你要还是不要,没告诉他这是自己上江南工业大学的学费和生活费,考上了,不读了。陈琦接过吴佩琳一万二千块钱的时候,天空正下着雷暴雨,雷声和雨声将庐阳城炸碎了,陈琦捧着钱的手有些发麻:"你为什么对宋怀良这么好?"吴佩琳还是吃错药似的不讲理:"因为你对宋怀良不好!"

吴佩琳回到家,外面的雨已经停了,一弯彩虹横跨在西边的天空,拱桥形彩虹连接了天地,似乎踏上彩虹就能爬到天上去了,吴佩琳想象此刻的宋怀良上天无路、入地无门。

一进家门,父亲吴镇海跟市外贸局长兼市外贸公司总经理郭永康正在喝酒,客厅颜色陈旧的方桌上堆着在巷口买的卤鸡爪、酱猪蹄、花生米,还有两盘母亲江月英烧的板栗排骨和糖醋鲤鱼。吴佩琳叫了声郭叔,郭永康手里捏着酒杯,望着吴佩琳:"也没几个钱,我叫工会不要讨价还价,佩琳,还满意吧?"吴佩琳说:"不满意!"说着就一头钻进自己房间里去了,那天要是郭永康不答应,就不会惹出了这么大麻烦。

郭永康和吴镇海1949年一起参加革命,没打过仗,他们扛着枪在解放区土改，后来进城对资本主义工商业改造，那年刘老圩公审大地主刘一彪，郭永康和吴镇海两人将五花大绑的刘一彪押上审判台，审判结束，也是他俩押到刑场执行枪决的，他们都记得枪烟还没散尽的时候，一口漆黑的棺材抬进了草甸子里，肝脑涂地的刘一彪，塞进棺材后，被一辆胶皮板车拉走了。直到如今，喝酒回忆到这些情节，依然很激动，两人杯子一碰，又多喝一杯。

郭永康想跟吴镇海结儿女亲家由来已久，吴镇海一直嗯嗯哈哈应付着，如今吴镇海的厂子倒了，吴佩琳下岗了，虽考上了江南工业大学本科，可那是插班生，不包分配，于是，郭永康加大了力度，今天喝酒的卤牛肉、酱鸭都是郭永康带过来的。郭永康24岁的儿子郭凯在市政府办公厅已经当上了副科长，前途一片光明，吴镇海今不如昔，底气也没那么足了，他给郭永康杯子里斟满酒，态度有了一百八十度大转弯："结婚的商品房都买好了，还是你老郭的儿女心比我重，佩琳这丫头有点犟，工作我来做！"

工作根本就做不通，这个夏天的晚上，电风扇旋转的热风下，吴镇海头上依然大汗淋漓，吴佩琳像是坐在冰天雪地里，一脸的寒冷："郭凯条件太好，郭叔太有权，所以我不干！"吴镇海急了，他手指着窗外沦陷在一片黑暗与贫穷中的五里井："难不成你想嫁到楼下的棚户区去！"吴佩琳站起身："爸，不说了，睡觉去！你躺在床上想一想，我妈嫁你这个有权有势的男人，一辈子过的是什么日子！"

江月英说她这辈子过的不是人的日子，她跟女儿吴佩琳哭诉时，牙齿好像都咬碎了，声音漏洞百出，关不住风："女人要是嫁错了男人，输掉的不是婚姻，而是一辈子。"母亲解放前读过初中，认的字比读过私塾的父亲多好几十倍，当年开绸布庄的外公贪图虚荣，在吴镇海看上江月英的第三天，将雪白水嫩的女儿送到了西市区公私合营工作队队长吴镇海的房间里，那时候，江月英才19岁，夜幕降临，她像一只虾蟛缩在木质洗脸架后面，拒绝同房，吴镇海谴责了一通资产阶级臭小姐蔑视革命干部,接着又扇了她几个比较响亮的耳光,江月英捂着嘴巴犯人一样地老实了。从那以后,江月英一直生活在恐惧与战栗中,迟迟没能怀孕,江月英拼死跟吴镇海闹离婚的1970年,怀孕了,吴佩琳在他们吵架和打骂声中来到这个世界,也在父母吵架打骂声中长大,长大后,她对追求自己的男人没一个放心。母亲跟父亲4次闹离婚,与6个女人相关。吴佩琳在母亲长年累月隐秘的哭声中把那些主动出击的男人看作是土匪、流氓、抢劫犯,所以,忍无可忍是她面对魏国宝的唯一态度。

宋怀良跟所有男人不一样,老实得见人胆怯,胆怯得让人心疼,他是一个无权无势的穷人,没有攻击性,看上去就像一麻袋粮食一样让人踏实放心。吴佩琳是宋怀良初中同学,在学校没说过几句话,厂里成同事后,一个夏天的中午,厂部办公楼电路跳闸,电风扇不转,一屋子人一边折叠报纸扇风,一边抹头上的汗,吴佩琳去电工班报修,电工班所有人眯着眼抱着茶缸边喝水边听李谷一在"灯塔"牌收录机里唱《妹妹找哥泪花流》,宋怀良一言不发地扛着电工抓钩,出门爬到电线杆上处理故障。七月骄阳似火,热晕了的宋怀良从水泥电线杆上下来,下到一半,抓钩一滑,倒栽落地,当场头破血流,套头衫上湿透了汗水和血水。事后电工班报宋怀良工伤补助八块钱,需要吴佩琳证明一下,吴佩琳去电工班签字,头上缠着绷带的宋怀良说:"厂医务室包扎、换药都不要钱,我能吃能喝的,不要补助。"宋怀良说这话的时候,语气平静得像头上裹着的纱布。往事并不如烟,所以,吴佩琳宁愿相信自己梦游中偷了陈琦的三万块钱,也不相信是宋怀良偷的。这是第一个让吴佩琳放松警惕的男人。

对男人许多奇怪的感觉,时常逆生出许多奇怪的念头,吴佩琳喜欢看到男人的眼泪,而不喜欢看到女人哭泣。她觉得母亲已经把天下女人所有的泪水哭干了;而男人应该用他们的眼泪注解一下不堪一击的自负、狂妄或失败。看似风风火火大大咧咧的吴佩琳内心里的一些隐秘而诡异的想法没人能看出来,她愿意给陈琦一万二千块钱,除了想救宋怀良,还有一个谁也看不出来的原因,她看到陈琦哭了,哭得那么动人,那么投入,她被陈琦的眼泪打动了。

"海天酒楼"最近推出了一道名贵而荒谬的菜,叫做"火腿炖狗腿",腌制的猪肉火腿跟现杀的新鲜狗腿放在砂锅里文火焖制,及至咸鲜混合的香味弥漫酒楼上下,菜就好了。庐阳有头有脸的人在这个夏天全都被火腿和狗腿踢得眼冒金星,他们前仆后继地直扑酒楼,如同一群瘾君子扑向冒烟的鸦片。一早,吴镇海敲吴佩琳的房门,说郭叔来电话了,为庆祝吴佩琳考上江南大学本科,中午在海天酒楼请吃"火腿炖狗腿",郭凯还要送吴佩琳一部诺基亚"大哥大",吴佩琳头发凌乱思路清晰,她明确告诉父亲:"不去!"

吴镇海问为什么,吴佩琳说要跟几个同学去看守所接宋怀良,吴镇海望着吴佩琳像望着一个天外来客,一脸的惊愕:"宋得贵儿子盗窃,你们还去接,什么立场?"吴佩琳很不严肃地说:"同学立场!"吴镇海提起宋怀良,说话就变得与身份很不相符,刻薄中带有些恶毒:"宋得贵是下三滥,无赖。他儿子是盗窃犯,坏成一窝了!那小兔崽子怎么能放出来呢?"

乞丐出身的宋得贵,食堂烧饭的,心胸不大,看不惯厂领导开小灶吃土鸡、活虾还有甲鱼,经常发牢骚,大放厥词,厂长吴镇海将他从灶上的案板工调到灶下当炉前工,宋得贵八年没调工资,于是,在厂里贴了吴镇海大字报,实名举报吴镇海跟厂医务室阮惠琴偷情,市委书记很恼火,拍着桌子要将吴镇海撤职查办,处分决定还没来得及下发,书记因造反派起家,位列"四人帮"阵营中的"三种人"且有严重的生活作风问题,抢先吴镇海一步被撤职查办了。吴佩琳不知道此事,厂里极少数老职工了解一些,这些历史上的过节,就像哑巴吃了黄连,吴镇海有口说不出来,也不能说。

吴佩琳跟陈琦约好了早上八点去看守所,下楼推自行车刚出楼道,魏国宝油漆贼亮的黄面的在自行车前轮位置刹住了车,魏国宝摇下玻璃窗,一股刺鼻的甲醛味道扑面而来,夏日早晨强烈的阳光照亮了魏国宝优越的神情:"上来吧,车里有空调。去哪儿?"吴佩琳撇过自行车龙头:"我去巷口买早点,不需要坐车!"魏国宝在清脆的发动机马达声中说:"我这豪华车,全市上牌不到50辆,我带你去汤口泡温泉,怎么样?宋怀良偷钱你知道吧,被陈琦告了,最少要坐5年牢。"吴佩琳骑上自行车,扔下一句话:"做梦吧你!"

魏国宝对着吴佩琳的背影,无奈地掏出一支烟,香烟拿反了,打火机点着了过滤嘴,焦烟味呛得他打了一个喷嚏。

陈琦不愿去接宋怀良,吴佩琳问为什么,陈琦说他想不通:"我对他比亲兄弟还亲,下手这么狠,还伪造被盗现场?"吴佩琳气得一脚踢翻了店里的一个废纸篓:"人都放了,你还说宋怀良偷了你的钱,脑子起雾了?"陈琦继续质疑:"那你说,钱是谁偷的?"吴佩琳直接给顶了回去:"你偷的。因为你有钥匙,宋怀良半夜送他爸到医院急救,你悄悄溜回来拿走了钱,撬了窗子,嫁祸宋怀良。"陈琦急了,他几乎又要哭了:"我现在就去检察院,不撤诉了!"吴佩琳见陈琦的眼泪在眼圈中打转,心软了,语气也软了,他拉住陈琦愤怒的胳膊:"你不撤诉,就得把一万二千块钱还给我,就算把宋怀良判刑坐牢,他会拿一分钱给你吗?我说过的,剩下的一万八我负责叫宋怀良赔给你!"

看守所的大铁门是黑色的,棺材的颜色,人一关进去,就跟关进棺材一样。宋怀良拎着一卷行李从大铁门走出来的时候,吴佩琳和陈琦看到二十多天暗无天日的宋怀良神情灰暗,胡子拉碴,一脸棺材的颜色。已是中午时分,吴佩琳见了宋怀良,顺手将一包"茶花"烟塞到他手里:"走,下馆子去,好好撮一顿!"

宋怀良和陈琦两人对视了一眼,没说话。不是不想说,是不知道说什么好,两个可以合穿一条裤子的弟兄别扭到哑口无言的时候,就是尴尬一词的最好注解。

在一个卫生状况比较糟糕的小馆子里，闷热的空气中，吊扇旋转着毫无意义的热风，人就更热了，油腻厚重的桌上，吴佩琳点了一份红烧鸡、一碗红烧肉、一盘青椒炒千张，还有一碟花生米，四瓶啤酒上来后，陈琦和宋怀良闷头抽烟，似乎都没心情喝酒，吴佩琳撬开两瓶啤酒往沉默不语的两人面前一推："你俩是阶级敌人呀？"宋怀良脸上的表情有所松动，嘴撇了一下，似乎想说话，而陈琦望着宋怀良抢先开口了："你没有钱，我送给你，借给你，都行，但你不能伪造被盗现场来蒙我！"这下轮到宋怀良哭了，他趴在桌上，不辩解，只是哭喊着："爸，我冤呀，我冤呀！"眼泪鼻涕一大把。

陈琦站起身，对着号啕大哭的宋怀良吼叫着："我3万块钱一分不剩没喊冤，你还喊冤？"

吴佩琳跟陈琦针尖对麦芒顶了起来："宋怀良上班之外没有义务为你看管3万块钱，你们签保管合同了吗？钱被盗，活该，拉倒！"

陈琦见吴佩琳如此偏向宋怀良，而且偏得不可理喻，就对着一桌子酒肉说："吴佩琳，这些天，你热心慷慨得过分了，我怀疑你是偷钱的同伙！"

最后一个字还没说完，陈琦转身就走，吴佩琳对着他的后背说："你真是抬举我了！"

吴佩琳一只手拉起泣不成声的宋怀良，一只手抓起筷子驱赶酒肉上方挥之不去的苍蝇，她对宋怀良说："你不欠陈琦的，我也不欠他的，振作起来，我俩喝酒！"

吃饱喝足了的宋怀良回到五里井老屋，见几个街坊还有远房亲戚在堂屋里挂父亲的黑框框起来的黑白照片，他心里一沉，一个趔趄，直冲东厢房："爸，爸！我爸呢？"

房里床铺是空的，床铺上方黑乎乎的屋角有一个蜘蛛在编织苍蝇蚊子的罗网，二厂食堂案板工乔师傅过来拉着他来到宋得贵遗像前："你爸实在挺不住了，上午十点四十分走的，人送火葬场了。快，来磕头！"

火盆里燃起了纸钱，在简易灵堂的灰飞烟灭中，父亲在相框里的表情死不瞑目，纸烟呛人，而父亲已不再咳嗽，宋怀良跪倒在父亲遗像前，鸡吃米似的连连捣头撞地，他声嘶力竭地伤心大哭："爸，我对不起你，我好冤呀！"

瞎了一只眼的母亲走过来挽住宋怀良的胳膊，她用一只眼睛流泪："怀良，你对得起你爸，你爸说了'我儿子不会偷钱'，才咽气的。"一群街坊也过来纷纷宽慰宋怀良，这些下岗的穷人们一口咬定并谴责警察乱办案，冤枉宋怀良，等于冤枉整个五里井，有人嘴里还不干不净地骂了起来："都他妈的狗眼看人低！"

陈琦没去宋怀良家里烧纸吊唁，也没去火葬场告别，魏国宝来了，火化那天还免费开车送亲友街坊去火葬场，他招呼吴佩琳坐黄面的，吴佩琳跟捧着遗像的宋怀良一起站到敞篷汽车车斗里，魏国宝看着车斗里堆满的花圈，对吴佩琳酸溜溜地说："你没披麻戴孝，当不了孝子贤孙呀！"吴佩琳很蔑视地看了他一眼："我就没见过刻薄的男人能有什么出息！"

没有送行的乐队，哀乐声从送葬车的喇叭音箱里播放出来，放了一挂鞭炮，四辆大小规格不一的车上路了，死亡的气息弥漫着整个五里井，车上的街坊亲友们每个人脸上都是兔死狐悲的表情。

宋得贵火化的当天下午，赶回来奔丧的宋小英就将瞎了一只眼的母亲耿桂花带到黑龙江去了，鸡西煤矿那个光棍多年的姐夫老姚很豪爽，他对宋怀良拍着胸脯说："你妈就是我妈！"

办完父亲后事的宋怀良像一架报废的旧家具，躺在留有父亲气息的老屋里，整整睡了三天，迷迷糊糊中似乎与父亲同行，他问父亲："天堂还有多远？"父亲递给他一根香烟，说："别急，抽完这支烟就到了。"三天后，他不是被父亲的香烟惊醒的，而是被五里井四处弥漫的蜂窝煤炉的煤烟呛醒的。

黑云把天空压低，夏天的空气令人窒息，在滚滚的雷声中，五里井做晚饭的劣质煤烟铺天盖地，他望着屋外扑面而来的黄烟和热浪，昏昏沉沉的脑袋里飘扬着不可思议的红布，恍惚中不知自己身在何处，直到吴佩琳进屋后，他才意识到自己是个活物，在梦里一起跋涉的父亲不见了。

吴佩琳拉起呆若木鸡的宋怀良："明天郭凯要请我吃饭，你跟我一起去！"

说到吃饭，宋怀良这才觉得饿了，一细想，三天没吃饭了，他本能地答道："好！"

吴佩琳一走，脑子逐渐清醒的宋怀良疑惑了，他不认识叫郭凯的人，也不知道为什么吃饭。

远处的雷声在五里井的天空炸响了，几道闪电过后，瓢泼大雨劈头盖脸倾盆而下，宋怀良觉得自己和五里井一起沉入黑暗的水底，是一种住在地狱的感觉。

三、私奔，诗意的墙壁和严肃的夜晚

吴镇海退休后的脾气就像夏天的天气，刚刚晴空万里，转眼间电闪雷鸣，吴佩琳说要带宋怀良一起去赴宴，吴镇海气得将手里的茶壶摔碎了："你是不是嫌我活得碍事了，想把我活活气死！"吴佩琳说："没有呀，我只是想把郭凯活活气死！"

母亲江月英默默地打扫着地面瓷砖上的茶壶碎片和茶叶残迹，她的左手在三十八岁那年被父亲打断过，一负重，就会软弱无力地松懈下来，阴雨天扫地时手中的笤帚常常会握不住、拿不动。那年全国无线电工作会议在成都召开，吴镇海带着装配车间一个19岁女孩余燕到成都半个多月，江月英只是简单地质疑了几句，吴镇海当着六岁女儿的面，抄起家里的三尺长的擀面杖，一个横劈，江月英胳膊本能地一挡，人瘫倒在地，骨头断了。六岁的吴佩琳清晰地看到母亲倒地的姿势就像一只刚被宰杀的鸡，躺在地上，腿不停地抽搐着，吴佩琳吓得缩在桌子底下，想哭，又不敢，她感觉到爸爸是一个手里拿着砍刀的人，随时都会将她们娘儿俩剁碎。如今，母亲这个绸布店老板的女儿已经被岁月磨尽了青春的容颜还有与生俱来的矜持与优雅，花白的头发下是一张失血而苍白的脸，吴佩琳一看到母亲的脸就对父亲一头塑料刷子般坚硬的头发充满了敌意，而父亲用更加坚硬的口气谴责吴佩琳："你就是看不上郭凯，也不该带个小偷去腌臜人家，监狱里出来的呀！"吴佩琳说："那就带上给你送猪下水的魏国宝！"吴镇海抓起茶几上的一个小闹钟准备往地上砸，可扬起的手在半空中停住了,他放下价钱比较昂贵的闹钟,叹了口气,说:"好吧,我给郭凯打电话,今晚酒席取消!"

一大早,缓过神来的宋怀良到巷口的电话亭给吴佩琳打传呼,吴佩琳骑着自行车过来了,他匆忙放下电话迎过去,看电话亭的金大妈一把拽住宋怀良的衣服袖子:"你得给两毛钱!"宋怀良说:"我放下电话了!"金大妈说:"可你拨打传呼的电话已经通了!"

吴佩琳走到他身边,掏出两毛钱递给金大妈。吴佩琳对宋怀良说:"饭局回掉了。郭凯,我发小,市政府办公厅的,非要送我一个大哥大,我爸逼我跟他谈对象。"宋怀良表现出事不关己高高挂起的平静:"二厂倒了,也该找个好的去处,市政府干部,不会下岗。"

吴佩琳问宋怀良吃早饭了没有,宋怀良说没有,吴佩琳说请他喝牛肉汤和吊炉烧饼。从小学三年级起,吴佩琳喝牛肉汤上瘾,枣树巷陈记牛肉汤馆开了十几年,汤里的鲜香麻辣在她的味觉里欲罢不能。宋怀良有些为难地摸着自己干瘪的口袋:"低保金还有六天才发,没钱了!"吴佩琳说我请客哪能让你掏钱。

电话亭离陈记牛肉汤馆隔三条巷子,吴佩琳说:"你要是不好意思,就骑自行车带我过去!"宋怀良面露难色,他不停地搓着没钱的双手:"合骑一辆车,街坊看到了,有口说不清,魏国宝诬陷我跟你私下约会。"

吴佩琳将自行车龙头强行推到宋怀良手里:"我们一起去喝牛肉汤,就不是诬陷了。陈琦说我俩是一伙的,联手偷了他 3 万块钱。"

宋怀良含含糊糊地应付着:"你先骑车过去,我走过去!"

吴佩琳不依不饶:"不行!你骑车带我过去!"说着,人已坐到了"凤凰"自行车后座上。

宋怀良立足不稳,差点跌倒。他脑子一热,骑上车,驮着吴佩琳一路飞奔。

风马牛不相及的两个年轻人骑车飞快地钻过几条巷子,扎堆在巷口树下捧着广口粗碗喝稀饭的街坊,全都傻了眼,少数人的筷子掉到了蚂蚁横行的地上。

枣树巷陈记牛肉汤馆的门面简陋得有些寒酸,吴佩琳挑衅性地挽起宋怀良的胳膊,举止夸张地走进牛肉汤馆。牛肉汤馆里流淌着大锅沸腾的辣油味和食客们满头大汗的汗馊味,他们不敢相信自己的眼睛,哑口无言的表情层出不穷,吴佩琳很平常地跟他们打着招呼,像是公开亮相,又像是公然示威,宋怀良如同一只受伤的小猫,胆怯得一言不发,他躲在一张开裂的小桌子边埋头枯坐着。牛肉汤和烧饼上来后,宋怀良压低声音问:"你是不是觉得我很可怜?"吴佩琳喝了一口辣味深刻的牛肉汤,伸了伸舌头:"不是。"

五里井部分街坊知道吴佩琳考上了江南工业大学本科,这些天议论最多的是:"人都要走了,还跟宋怀良骑车兜风,吊胳膊,这不存心要人嘛,小宋已经被汪晓娅要过一回了!"也有人说,吴佩琳考上本科,消息不一定准确。

五里井喋喋不休的议论,病毒一样四处蔓延,一个有风的早晨,吴佩琳将宋怀良堵在颜色腐败的老屋里,她用手抹了一下老屋里裂缝深刻的方桌,抬起沾满灰尘的手,对宋怀良说:"谣言就像这灰尘,你不出手,就会无孔不入。"宋怀良一脸迷惘,吴佩琳问:"街坊说我要你,你说,我要你了吗?"宋怀良摇了摇头说:"没有!"吴佩琳又抹了一把桌上的灰尘:"所以,要击退谣言,现在我们就去拿结婚证!"

宋怀良张着嘴,嘴里进出的气息凝固了。当初汪晓娅一上来要跟他谈恋爱,吴佩琳一出手要跟他结婚,这样的喜讯对他来说就像他老子的死讯一样让他震惊和崩溃,他抹着一头的冷汗,结结巴巴地说:"听街坊说你都考上大学了,这个玩笑,开不起!"

"大学不上了!"

"为什么不上?"

吴佩琳从裤子口袋里掏出一个苹果，咬了一口："我喜欢上了你。你说我这人怎么样？"

　　宋怀良说："好！"

　　"那我再问你，你喜欢不喜欢我？"

　　宋怀良沉默了一会儿，结结巴巴着说："我不敢。"

　　吴佩琳拉起宋怀良胳膊："一拿证，你就敢了。走，我们现在就去！"

　　宋怀良不像是在梦里，而像是在天上，天上一派浩瀚，一望无际，有一种心惊肉跳的幻觉，他嗫嚅着声音问："你爸同意了？"

　　吴佩琳将咬了一口的苹果塞到宋怀良嘴里："我跟我爸断绝关系了，不结婚，今晚我连住的地方都没有了。"

　　宋怀良被警察抓走的那天午后，吴镇海签收了吴佩琳江南工大的录取通知书，当时他还从厨房的单门冰箱里拿了一根奶油冰棍给送挂号信的邮递员，下午，他到银行取了一万二千块钱现金，两年学费八千，生活费四千，吴镇海激动过头，一摞百元大钞递到吴佩琳手上时，脸涨得通红："那些不怀好心的人，说你爸是土包子，是扛过枪的文盲。你考上本科，是给那些小看你爸的人一记响亮的耳光，佩琳，你为爸争气了！九月六号，'状元楼'订了八桌，好好庆祝一下！"吴佩琳考本科，是厂子要倒闭了，读一个本科文凭好找工作，不是为父亲争气，接过父亲的一万二千块钱时，吴佩琳发现父亲不仅盲目而且可怜，这么多年，父亲把她当心头肉，她把父亲当作长在身上的疥疮，接过钱的那一刻，对父亲设宴炫耀，她默认了。

　　后来听吴佩琳说大学不上了，学费替宋怀良赔偿给了陈琦，吴镇海脑袋都炸了："你拿钱替小偷补上盗窃款，你是他什么人？"吴佩琳把心里已默念了许多遍的台词说了出来："我是他的同伙，我跟小宋马上就要结婚了！这下你该明白了吧，不去郭凯那里吃饭，不要他大哥大，是不想伤害他。"

吴镇海抓起手边茶几上的一个鸡毛掸子狠狠地扔了出去，鸡毛掸子砸到对面墙上的一幅技法粗糙的山水画上，鸡毛掸子和山水画都安然无恙。这一次吴镇海不是生气，而是愤怒："你一个堂堂国家干部，他一个小电工，普通工人，怎么能配得上你。为一个盗窃犯，大学都不上了，你让整个五里井都来看我笑话！"胸有成竹的吴佩琳捡起鸡毛掸子，又对着凌乱的鸡毛吹了几口气，说话心平气和："爸，不要再提什么国家干部、普通工人了，我们现在都是二厂的下岗职工，身份一样。不上大学，跟小宋结婚，对等公平，不是很好嘛！"江月英见父女俩在客厅里吵起来了，她从厨房里出来，很消极地对吴镇海说："女儿大了，她要是看上谁，就随她去吧！郭凯是不错，可嫁给好人家，不一定就能过上好日子。"

　　吴镇海从棕色合成革沙发上站起来："你胆敢跟那个盗窃犯结婚，我跟你断绝父女关系！"吴佩琳很轻松地说："行呀，你写好断绝书，我签字！"吴镇海一气乱抖的手指着吴佩琳："好，你翅膀硬了，这是我的房子，你给我滚！"吴佩琳也很爽快。"滚就滚！"滚出门没几步，她又折回来，吴镇海不让她进门，吴佩琳对门里的江月英说："妈，把床头柜里身份证拿给我，没身份证办不了结婚证！"

　　民政局坐落在清代的督军都督府里，长满青苔的石库门门边站着两个气势汹汹的石狮子，起风了，一些面色苍茫的人在风中匆匆经过。走到石狮子虎盆大口下，吴佩琳树桩一样不动了，她对宋怀良说："我爸轰我出门，我也是一时冲动，才到这来的。我不能逼你，咱们回去吧！"宋怀良傻眼了，他那点可怜的自尊瞬间被摧毁，他嗫嚅着嘴唇给自己找台阶下："我不愿来，是你非要拉我来的。"

　　吴佩琳说："我爸就是逼我妈结婚的。结婚必须自愿，你要是愿意，总得要向我求婚吧！"

　　宋怀良连声音都像是受了伤："佩琳，我知道我不配。"他说要去一家机床厂应聘电工，骑上自行车独自走了。

吴佩琳传呼机响了，一看号码，是张月秀打来的，她往风口的相反方向走去。

　　小姐妹张月秀下岗后在康缘药店谋了个售货员的饭碗，离五里井有些远，晚上睡在药店阁楼上。被逐出家门的吴佩琳借宿张月秀的小阁楼，幽暗的光线下，两人挤在一张单人床上，窃窃私语到口干舌燥的时候，张月秀好像恍然大悟，她跳下床，披上衣服，直奔五里井。

　　张月秀和宋怀良见上面，已是夜里十点多钟了，张月秀站在灯光昏暗的电线杆下对宋怀良说："佩琳姐为你，跟家里闹到这个份上，你还不主动？"宋怀良缩着脑袋："她要我求婚，我不晓得怎么求！"张月秀说："不要送花，也不要送戒指，她不喜欢，你也没钱买。怎么求，你自己去想！"

　　秋天来了，空气中的暑气已退去，第二天一大早，宋怀良花3块钱低保金，买了一大碗腔骨牛肉汤和四块吊炉烧饼，骑车飞奔康缘药店，他把网兜里的早点送到阁楼上吴佩琳的手里，结结巴巴地说："你最喜欢的牛肉汤，还有，吊炉烧饼！"

　　看着手脚无所适从的宋怀良，张月秀问："这就算求婚了？"宋怀良说："我没求过，不晓得能不能算？"一贯大大咧咧的吴佩琳被一碗牛肉汤和几块烧饼感动得泪流满面，她一只手抹着眼泪，一只手抓住宋怀良的手腕："是真的吗？"宋怀良点点头，他想赌咒发誓说些求婚的决心，可嘴唇翕动了几下，没发出一个音节，当着张月秀的面，说不出口。

　　民政局那位心不在焉的女办事员嘴里嗑着瓜子，头也不抬地问宋怀良和吴佩琳："你俩自愿结婚？"吴佩琳攥着宋怀良的手歪着头，目光迷离地问："我没逼你吧？"宋怀良说："没有！"被牛肉汤冲昏头脑的吴佩琳揶揄说："是民政局逼我们来办证的，不办不合法。"情绪受到重创的女办事员，将两本结婚证从柜台里面重重地扔了出来："登记不带喜糖，你俩不是二婚，就是私奔！"

宋怀良骑着自行车带着吴佩琳去百货公司买了一条新床单、一个开水瓶、两个绣着牡丹花的枕头，还有两个塑料盆和一个挂衣服的架子，总共花去了一百六十多块，宋怀良将口袋掏了个底朝天，钱不够，一脸的难堪，吴佩琳推开宋怀良攥着钱的手："我有钱，算我的陪嫁！"

五里井三间老屋里弥漫着呛人的霉味与腐朽的气息，宋得贵死后，宋怀良在没有光线的老屋里像一只老鼠一样活着。吴佩琳和宋怀良一下午打扫老屋，墙角的蜘蛛网被鸡毛掸子掸光，墙根的老鼠洞用碎砖和瓦片堵死，宋得贵办丧事的蜡烛台、烧纸的火盆也一并被清理干净。下午四点，吴佩琳去巷子里的公用电话亭给张月秀打电话，叫她下班把阁楼上的几本旧挂历送过来糊墙。太阳落山后，送旧挂历的是魏国宝，宋怀良一头雾水："怎么是你？"魏国宝手上甩动着黄面的的车钥匙，表情很轻佻："没办法，我也不想来，张月秀非要让我送！没几个男人能过得了女人关，是吧？不收你车费，还不给我点支烟！"

宋怀良给魏国宝点上一支烟，魏国宝猛吸一口，然后将苍白的烟雾吐向黄昏里的巷子上空，很怜悯地告诉宋怀良："吴佩琳到不了手，就把旧挂历上的美女明星糊满一屋，过过眼瘾，做做美梦，也不错。郭凯你知道吧，吴佩琳新男友，外贸局郭局长家公子，吴厂长跟郭局长两家都在一起吃过火腿炖狗腿了，郭家连结婚的商品房都买好了。"宋怀良问从哪儿听来的谣言，魏国宝说这不是谣言，是郭局长的办公室主任打黄面的在车上说的，那天的饭局就是主任安排的，从头到尾他都在现场，饭桌上吴厂长还对郭局长说"我女儿就是你女儿"。

吴佩琳灰头土脸地拎着笤帚从老屋里出来了，这下子，轮到了魏国宝目瞪口呆了,他望着吴佩琳,恼羞成怒语无伦次:"你究竟脚踩几只船? 欺负我就算了,还欺负到了宋怀良头上,跟郭家公子都定亲了,还来吊宋怀良胃口,装什么好人!"吴佩琳抹了一把脸上的黑灰,脸上像卡通漫画一样滑稽,她不咸不淡地回了魏国宝一句:"好歹我们初中还同过学,嘴上积点德,开车不会出车祸!"

两人拿了旧挂历,扔下魏国宝进屋里去了,魏国宝蒙了。

晚八点,下班的张月秀赶了过来,看着被明星和山水风光装饰起来的空间,惊叫着:"姐,你太厉害了! 我要是男生,也会像魏国宝一样不要命地追你!"

宋怀良很警惕地问一句:"魏国宝是不是在缠着你?"

张月秀说:"他自作多情! 不也缠佩琳姐那么久。"

吴佩琳在屋外自来水龙头下洗脸上的灰,她对宋怀良说:"缠女人的男人是最没出息的,当年我爸就是死缠我妈。月秀比我有脑子! 把屋里的半瓶'庐州大曲'带上,晚上就着牛肉汤和吊炉烧饼喝酒,庆祝我们拿证!"

张月秀说:"是庆祝结婚。"

已是晚上九点多钟,五里井巷子里许多生意萧条的店面已打烊,陈记牛肉汤馆还开着,秋风已经有了些凉意,在瞎了一半灯火的巷子里,吴佩琳抬头看到天上的星星在秋风中像是无数双眨动的眼睛。

这个夜晚,宋怀良被一个古怪的念头左右着,自己是拐卖妇女的人贩子。送走张月秀,牵着吴佩琳的手走进洞房,像是走进牢房,关上门的那一刻,心里怦怦乱跳着,手里莫名其妙地抓着空酒瓶,在纸糊起来的洞房里,牛肉汤和烧酒辣得宋怀良脸上不停地冒汗,吴佩琳在新买的塑料盆里倒上新水瓶里的热水,拧了一条湿毛巾给宋怀良擦汗:"半瓶酒差不多你一个人喝掉了,我和月秀一人才喝了一小杯!"

吴佩琳手中的热毛巾经过他汗湿的额头时,他第一次闻到了女人的气息,那是一种暗香熏染、心律悸动、目光眩晕、身体膨胀的激荡,冒着热气的毛巾就像哧哧冒着火花的导火线将宋怀良这包炸药点着了,他脑子里沸腾着熊熊燃烧的滔天大火,眼前的吴佩琳像一汪清澈浩瀚的碧绿的湖水,他只有跳进去才能从火中逃生,只有淹没在湖水中才能活下来。

　　毛巾被宋怀良扯到了地上,两个人抱在一起倒在了床上,宋怀良沾满酒气的嘴唇死死堵住了吴佩琳嘴,在剧烈的喘息声中,紧搂着吴佩琳的宋怀良突然哭了起来,他颤抖着声音贴着吴佩琳的耳朵说:"我对不起你!"陶醉在男欢女爱中的吴佩琳,有些贪婪地抚摸着宋怀良的鼻子:"你真好!"宋怀良沿着自己的情绪继续抹着眼泪说:"佩琳,我发誓,这辈子我为你活,为你死!"吴佩琳还没有从身体的兴奋中平息下来,她微闭着眼睛,声音呢喃着:"说活的话,不说死的。"

　　后半夜的时候,等到两人被疯狂的激情耗尽了全部的力量后,他们像两败俱伤的敌人,躺在床上,不能动弹。宋怀良觉得自己都快死了,如果这一刻死掉,他就是这个世界上最幸福的人。后半夜有一列绿皮火车经过庐阳,宋怀良听到火车汽笛的尖啸声将漫无边际的夜幕撕开了一个巨大的豁口,宋怀良想喝一口水,一扭头,只见被汗水湿透了的吴佩琳突然翻身坐起来,她手忙脚乱地披上衣服,双手紧捂饱满的胸脯,神情瞬间紧张而恐惧,宋怀良摸不着头脑:"怎么了?"吴佩琳僵硬地拉起软弱无力的宋怀良,目光死死咬住他,声音仓促而尖锐:"你是不是跟汪晓娅做过?"宋怀良惊得一下子从床上反弹起来,张着嘴,瞠目结舌,愣了好半天,才结结巴巴地答道:"没,没做过。"吴佩琳继续追问:"没做过,你怎么那么熟练?"宋怀良一脸委屈:"我也不知道!"吴佩琳将一脸无辜的宋怀良搂到怀里,这下吴佩琳突然大哭了起来:"怀良,除了你,我现在什么都没有了。你可不能像我爸一样,害我妈一辈子!"宋怀良越听越糊涂:"你爸是厂长,那么大的领导,怎么害你妈了呢?"吴佩琳持续抽泣着:"怀良,我已经是你的人,从今往后,你不许跟别的女人勾搭,能做到吗?"宋怀良麻木不仁地点了点头,他不知道吴佩琳吃错了什么药,也不知道该怎么做,他将吴佩琳搂到怀里,吴佩琳全身都在战栗。

巷子里有自行车和三轮车的声音在秋风里经过,好像天快要亮了,外出谋生的街坊出门了。宋怀良拉灭了电灯,两人相拥着在墙上明星们的陪伴下,昏昏沉沉地一觉睡到了第二天太阳落山。

四、谎言抑或神话,既成事实

女儿吴佩琳被轰出家门后,江月英哭着跟吴镇海要女儿,吴镇海说:"我譬如没生过这么个女儿,这世上没儿没女的人多的是。"

江月英用家里的座机给吴佩琳打传呼,连着打了三天,一个没回。

吴镇海坚信女儿不会跟一个盗窃犯结婚,之所以逆反,不过是气气他,给她妈仗仗胆子,小儿科的小把戏,他甚至盲目乐观地想象着女儿已经到江南工业大学读书去了。夜深人静时吴镇海偶尔有些忐忑,这丫头从小就犟,小学五年级那年,吴镇海将江月英一只眼睛打出了血,吴佩琳离家出走三天,后来是火车站的铁路警察送回来的,警察问她要去哪儿,她说要去坦桑尼亚,警察告诉她庐阳没有开往坦桑尼亚的火车。心里打鼓的吴镇海对魂不守舍的江月英说:"天塌不下来,佩琳不是没脑子的人,你担什么心!"说这话的时候,吴镇海像是给江月英打气,更像是给自己打气。

整个五里井炸开锅,是宋怀良和吴佩琳拿证的第三天清晨,不少早起的街坊被吴佩琳拎着痰盂的身影惊呆了,她头发凌乱,睡眼惺忪、步履虚软地走在飘着薄雾的巷子里,她去旱厕倒马桶。先前街坊以为吴佩琳跟宋怀良一起骑车、轧马路、吊胳膊、喝牛肉汤,不过是大小姐玩噱头,逗大伙开心的,没想到,人睡到一起去了。在弥漫着臭气和腥臊气的旱厕门口,刚上完厕所的常大爷嘴里咬着一根香烟,喉咙里拼命咳嗽着,见到吴佩琳,常大爷揉了揉枯涩的眼睛:"你家住楼上,有抽水马桶的,痰盂哪来的?"吴佩琳对常大爷笑了笑:"我跟小宋结婚了!"常大爷被吴佩琳逗乐了,他抹了一把被凉风刺激出来的鼻涕:"丫头,大清早拿街坊穷开心,不带这么闹的!你要是跟小宋结婚了,他欠我的三块钱不要了,还有一包烟钱,八毛六,也免了!"

太阳从秋雾中挣脱出来,鸡肠子一样扭曲的巷子里落满了清淡的阳光,这时候巷子里生拉硬扯的电线和私自搭建的违章建筑就全都暴露在光天化日之下,巷子里三三两两走动的街坊,饥肠辘辘,面色苍茫,早饭的时候,各方信息已经全都汇总到了一起:睡到一起是铁板钉钉的,是真的结婚了,还是非法同居?各种猜测和推理众说纷纭莫衷一是,不过比较一致的意见是:"宋怀良吃了豹子胆,吴佩琳脑子肯定坏掉了!"

吴佩琳是在跟宋怀良拿证第四天早上遇到魏国宝的。

吴佩琳拎着痰盂从旱厕里出来,魏国宝的黄面的跟在她后面,她突然掉头,迎着黄面的走过去,魏国宝一个急刹车,脑袋磕到了驾驶台的玻璃上。魏国宝揉着脑门从车上跳下来,眼睛通红地盯着吴佩琳:"痰盂都拎在手里了,看来真睡一张床上了!"吴佩琳手里拎着倒空了的痰盂,毫不客气地教训魏国宝:"什么叫真睡一张床上了,不说难听话,你就活不下去吗?我跟宋怀良结婚了,要我把结婚证拿给你看吗?"魏国宝不相信,他脸色由通红蜕变成青灰:"不可能。你把结婚证拿给我看!"吴佩琳突然话锋一转:"你凭什么要看我结婚证?不给看!"这时,巷子里早起出门倒痰盂、买菜、打工、做小买卖的街坊们临时停下脚步,他们告诉魏国宝结婚这么大的事是不会开玩笑的。

吴镇海早锻炼完,手里攥着小巧的"灯塔"收音机往家走,刚到楼下,魏国宝的黄面的在他侧面刹住了,他从车窗里伸出瓦罐一样的脑袋,告诉吴镇海,吴佩琳一早从宋怀良家出来,蓬头垢面,一脸疲倦，手里还拎着红色塑料痰盂，是新的，吴镇海关掉了收音机里的《新闻和报纸摘要》，面色恐惧地问道："你说的是真的？"魏国宝熄灭掉黄面的发动机，跳下车："我亲眼看见的。"

宋怀良在墙根下小厨房煤炉上熬稀饭，两个神色严厉的警察将他堵在蜂窝煤炉边："吴佩琳呢？"宋怀良说："倒马桶去了！"两个警察在屋里搜了好几个来回，没见到人影。夜里没睡好的那位老警察脾气不太好，他对年轻的小警察说："把女方藏起来了，也许是控制起来了，带回去审！"于是两人就架着宋怀良往外拖，宋怀良说你听我解释，警察说有你解释的地方。

吴佩琳是揣着两本结婚证到五里井派出所的，她将两个红本子拍到派出所所长的桌子上："你们吃饱了撑的？套着一身黄狗皮，想抓谁就抓谁了？"

结婚证有大红印章，吴佩琳口气咄咄逼人，所长软下语调："有报案，我们就得出警，这是工作。误会了！"所长扭转脑袋，狠狠批评两位出警的警察："你们他妈的不长脑子，叫你们去了解情况，你给我把人带过来了，工作为什么不做细一点！"

那位没睡好觉的警察好像已经醒过来了，他拿起桌上的结婚证，迎着亮光看了又看："不会是假的吗？电线杆小广告上一百块钱就能办成了。"

吴佩琳上前扯着警察的胳膊："走，到民政局去！假的我坐牢，真的你给我把人怎么带过来，就怎么送回去！"

所长赔着笑拉开吴佩琳："跟你说句实话，领导下了指令，两位兄弟有点操之过急，我向你道歉！虽说套着这身黄皮，我们也是小民百姓，混口饭吃的。"

吴佩琳说："不是向我道歉，是向宋怀良道歉，一个下岗的小电工，不是想怎么欺负就怎么欺负的！"

见所长态度诚恳，心里已经抹直了的宋怀良上前抓住吴佩琳的手,劝她说:"算了,警察也不容易!"

吴佩琳不依不饶,说街坊看到了宋怀良被押走的,非要派出所送宋怀良回五里井,而且要说出那位打招呼的领导是谁。纠缠到中午,最终达成协议,派出所不送宋怀良回五里井,但说出了是市政府办公厅郭科长打电话报的案,市局分管刑侦的黎副局长又追加过一个电话。

五里井棚户区和二厂五层的干部楼都紧挨着二厂围墙,吴佩琳与父亲吴镇海相距不到八百米,如果在天气晴朗的日子,站在吴镇海家的二楼阳台,能清晰地看到宋怀良家破抹布一样的屋顶和小厨房的白铁皮烟囱,可吴镇海不会在一堆破抹布一样屋顶里寻找女儿的下落。中午郭凯反馈过来了,吴佩琳和宋怀良拿证结婚了,吴镇海手里拎着电话话筒僵立在客厅中,一句话不说,江月英扶住站立不稳的吴镇海:"是不是郭凯弄错了?"吴镇海依旧不说话,脸憋得像是有人掐住了他的脖子,嘴里急促而困难地喘息着,他端起茶几上茶壶想喝一口水,茶壶从手里滑落到地上,碎了,人同步瘫倒在地,水磨石客厅地面上流淌着祁门红茶的汤汁,像是被泼了一地深红色的血水。江月英突然声嘶力竭地哭着:"佩琳,佩琳,吴佩琳!"吴佩琳不在,她抖着手拨通了120。

秋天午后的阳光像是被掺进了水,寡淡而稀软。吴镇海送医院抢救过来后,江月英直接找到了宋怀良家门上。

老屋的门敞开着,江月英看到宋怀良和吴佩琳正吃面条,开裂的小桌上一小碟腌萝卜,一小碗酱黄瓜和没掰开的三个蒜头,有几个秋天的苍蝇正在寒碜的小桌上空盲目地飞翔,它们冒死觅食的努力在这个空间里变得危险而徒劳。

吴佩琳见了母亲,放下冒着热气的面碗,站起身抱着母亲哭了起来:"妈,你怎么来了?不是我不回传呼,我不敢回,我实在受不了我爸。"江月英搂着女儿也哭了起来:"传呼不是你爸打的,是我打的!"

母女俩像是失散多年后重逢,哭得肩膀不停地抽搐痉挛着。宋怀良站在两个女人的哭声中俨然是一个罪人。

父亲被气得心脏病抢救,吴佩琳一时噎住了哭声,不知所措。江月英说人救过来了,躺在医院里死活不说话:"你去看一下他,给他认个错。小宋就不要去了,怕他一时还接受不了!"吴佩琳说:"要去一起去,我们是光明正大结婚的。"宋怀良手里捧着空碗,劝吴佩琳:"你先去看望,等到岳父大人出院了,我再上门赔罪!"

吴佩琳跟母亲一路小跑到市一院,医院楼下,吴佩琳站住不动了,她对江月英说:"妈,你先上去问一下,问我爸愿不愿见我。要是见了我,一激动,心脏病再犯,那就要出大事了!"

江月英一想,觉得有道理,上楼到病房告诉吴镇海女儿来了,人在楼下,吴镇海抓起正在吊着的生理盐水瓶要往楼下砸,那位长得眉清目秀的女护士一把按住了吴镇海,耐心而温柔地劝说吴镇海:"叔叔,您不能激动,一定要听话,好吗?"吴镇海突然安静了下来,看到女护士,眼泪情不自禁地流了下来,这个扛过枪的男人,突然间像被机枪扫射得百孔千疮,他受伤的声音变得孱弱而纤细:"月英,你去告诉她,我是个无儿无女的人,她要是上楼,我就从窗户跳下楼!"

吴佩琳在医院小卖部买了一袋奶粉让江月英转交给父亲:"告诉我爸,是我不孝,父女俩非得要一个人跳楼的话,我跳!"

市政府灰色大楼的外墙上刷着"胆子再大一些,步子再快一些"这样一些很激昂的标语,吴佩琳在市政府办公厅走廊里堵住了郭凯,郭凯手里拿着沾满了烟草气味的文件,有些意外,吴佩琳劈头盖脸地责问郭凯:"你凭什么叫派出所去抓宋怀良,抓宋怀良就等于抓我。我又没跟你结婚,你操那么多心干吗?"

郭凯身材修长、年轻稳重,他穿一件米色夹克,里面一件蓝条衬衫,脚上一双跟头发一样锃亮的'鳄鱼'皮鞋,看上去比他爸还要成熟,他抬起手腕看了一下表,压低声音说:"小点声,下班时间还没到,大家正在办公呢。"

吴佩琳声音依然很高:"我爸接了你电话,心脏病瘫倒了,人在医院躺着呢,告诉你,郭凯,我爸要是有个三长两短,我跟你没完!"

郭凯声音始终那么平和,平和中隐含着一种居高临下的从容不迫,他将吴佩琳拉到楼梯拐弯处的一个旮旯儿,像是幼儿园的老师开导不懂事的孩子:"佩琳,不要激动好不好,是你爸打电话找我的,说你失踪了好几天,音讯全无,要我找市公安局侦查下落,我找了市局黎局长,黎局长叫我按程序走,先报案。就这么简单!"说完前因后果,理屈词穷的吴佩琳岔开话题,继续挑战郭凯的淡定:"你请我吃饭,送我'大哥大'是什么意思?我不去吃饭,你就出我洋相!"郭凯很轻松地笑了:"你看,又上纲上线扯远了,是我爸要我为你上大学送行,毕竟我们是发小,两家又是世交。这么跟你说吧,吃饭是我爸安排的,'大哥大'也是我爸从移动公司开后门买的,他花钱给我做人情,我顺水推舟;你不领情,也很正常!我爸还有你爸,都是革命思维,认为下级一定要服从上级,儿女必须要服从父母。现在你大学不上了,跟一个叫什么的拿证了……"他抖了抖手中的文件,若有所思,"电话里派出所倒是对我说了,对不起,名字没记住。这不,我爸想结亲家的梦想破灭了,'大哥大'就省下来了,一个'大哥大'两万多块,抵我四五年的工资。"郭凯说这话像是说别人的事,说古代的事,似乎与他毫不相干。这种态度和语气反将了吴佩琳一军,好像是她自作多情想多了,她有一种受了嘲弄的难堪,于是就由着性子反击道:"我最看不得你一副道貌岸然的小官僚的样子!"郭凯一点都不跟吴佩琳计较,他说:"下班跟我爸去医院看望吴伯伯。"

吴佩琳来找郭凯算账,反倒被郭凯清算了,她在这个黄昏充满了挫败感。骑车回来的路上,心绪动荡的吴佩琳在胜利大街街口将一个卖梨的小摊撞翻了,滚落一地的梨子坏了九个,吴佩琳赔了一块三毛钱,又说了好几声"对不起"才得以脱身。

郭凯和父亲郭永康赶到医院,吴镇海已经回家了,父子俩拎着两桶豆奶粉和一袋苹果又马不停蹄赶到吴家,见老吴抽烟喝茶的动作已经比较流畅,郭永康宽慰吴镇海的方式不是选择和风细雨,而是出重拳、下猛药:"老吴呀,革命是缘分,婚姻也是缘分,不是你们家佩琳不好,也不是我们家郭凯配不上她,是没缘分。所以,我们不能生气,更不能跟自己的孩子斗气,这么大年纪了,要气就气自己心胸为什么不够大!"

这时候,天已经彻底暗了下来,楼下的路灯全都亮了,晕黄的灯光比黄昏的光线更暗。

五、秋天，伤口里长出了翅膀

　　像一块石头扔进水里，惊人一瞥只是入水的瞬间，吴佩琳下嫁宋怀良的新闻不到一个星期就沉了下去。五里井都是俗人，把玩花边新闻、搬弄大小是非相当于调节一下业余生活，吴佩琳跟宋怀良不结婚睡在一起是新闻，拿了证睡在一张床上，就没什么传播价值了。厂子垮了，五里井下岗的一提起吴镇海就牙疼，得知吴佩琳跟吴镇海闹翻了，大伙心里像夏天喝冷饮一样舒服，幸灾乐祸之余，他们见到吴佩琳会用毫无新意的好话表扬："婚姻自主，恋爱自由，你是模范！"吴佩琳知道街坊是没话找话，也就不当回事地打着哈哈："不是模范，也算不得混蛋。"

　　可五里井混蛋的事每天都在发生，榆树巷耿老七儿子耿光汉人称耿小五子，他在东大桥下摆地摊卖塑料盆、白铁壶、火钳、煤炉，为争抢地盘，跟东城的小混混杠上了，在少林寺待过三个月的耿光汉将对方一个混混打断胳膊后，双方又约定这个周末晚七点双方决战，生死不包，打死拉倒。约架的前一天晚上，耿小五子带来一把砍刀塞到宋怀良手里，同时将一支烟塞到宋怀良嘴唇上，请他周末晚上到东大桥下帮忙砍人："砍完了我请弟兄们到长江路吃火锅，酒管够！"宋怀良将砍刀塞回到耿小五子手里，指着正在糊墙的吴佩琳："我结婚了，不能出门打架，再说砍人是犯法的！"墙上旧挂历裂开了，明星巩俐的头像耷拉下来一半，所以巩俐是用一只眼睛在看着两个男人对话，耿小五子踢翻了脚边的一个小板凳，气呼呼地走了。

宋怀良不去是对的。愣头青耿小五子带着十六个五里井的小弟兄拿着砍刀铁棍出战，东城小混混们来了三十多个，没几个回合，五里井一方被撂倒了九个，两个腿被砍断，三个胳膊骨折，四个被火枪铁沙子击中满脸开花，东城五六个小混混受了些轻伤，耿小五子虽说腿和胳膊都还齐全，因挑头火并，抓进去了。警车来五里井抓人那天，吴佩琳问宋怀良："要是没结婚，你会去打群架吗？"宋怀良说："回不起面子，会去的！"

五里井修自行车的王朝全的儿子王猛钢，既不猛，又不钢，东大桥帮耿小五子火拼没两个回合，腿被砍断了，王朝全敲开宋怀良老屋木门后的第一句话就是："猛钢躺在医院病床上狼一样叫着，一夜叫到天亮，大夫说腿接上要八千多块，补一个车胎一毛五，打气五分，我到哪儿弄这么多钱，抢劫也抢不动，耿小五子抓了，耿老七不认账，你说我哪有活路！"说着，王朝全就抹起了眼泪，他开裂的手跟自行车车胎一样粗糙。

吴佩琳不是被王朝全粗劣的手打动的，她是被王朝全的眼泪击穿了，一个五十多岁的汉子，像个孩子，说哭就哭了。宋怀良翻出小本子，本子上注明，宋得贵看病借王朝全六十块钱，办丧事凑过五十，总共一百一，宋怀良掏遍了几个口袋，只掏出了二十七块钱，他将所有的钱全都递了过去："王叔，我还没找到工作，这个月低保金就剩这么多了。"王朝全没接，吴佩琳推开宋怀良的手，从一个咖啡色的人造革坤包里抽出一百二十块钱："王师傅，十块钱不用找了！"王朝全见吴佩琳包里还有钱，没接，他指着颜色陈旧的坤包："佩琳，能不能借点？"吴佩琳几乎不假思索地将包里最后一百块钱掏了出来："拿去吧！"

王朝全一来，吴佩琳自行车买不成了，说好了要买一辆"凤凰"26的，原先那辆车被父亲扣押在阳台上。

第二天晚上，赵云、高相根、田五龙踩着王朝全的脚步上门了，他们跟王朝全不一样,不讨债,不借钱,只说眼下打工挣不到钱,菜价涨得好厉害,煤球都涨到二毛六一块了。吴佩琳取出自己的积蓄,一一兑现债务;第三天晚上章化元、程富余、龙高斌、钱语录等六个债主上门,他们说得更策略,甚至有点讨好,但讨好当中又暗含着一种压力:吴佩琳你钱再多是你的,我们不能眼红,我们那点小钱对你来说,连毛毛雨都算不上,也就百儿八十的,他们都说你吴佩琳才是我们工人阶级的亲人,小宋能娶到你这位天仙,祖坟冒青烟了。吴佩琳在街坊七嘴八舌的吹捧下,对照着宋怀良的小本子,一边看名单,一边数着钱:"真不好意思,眼下日子都不好过,街坊借钱给小宋是雪中送炭。"钱语录见吴佩琳如此豪爽,欠债兑现后,得寸进尺地试探着问吴佩琳:"我家钱小毛坐牢去了,谈了个对象,说不买个摩托车,就一刀两断,能不能借个三两百块?"吴佩琳摊着空空的双手,表情无奈却又轻松地说:"没钱了。我要是提款机就好了,大家尽管提。最后一个存折上的六百块钱,今天下午也取完了。从明天起,我跟大伙一样,靠一百二十八低保金买米买油。"

厂里效益不好,吴佩琳没攒下多少钱,在家吃饭不交伙食费,积蓄总共两千二百块钱,三张存折,两天清零,欠债还了不到三分之一。晚上躺在床上,宋怀良将吴佩琳紧紧搂在怀里,鼻子酸酸的,眼泪在眼眶里打转:"我对不起你⋯⋯"吴佩琳连忙捂住宋怀良的嘴,怕他继续赌咒发誓,就很不严肃地说:"我不是替你还债,是替我自己还债,我前世欠你的。"

那段日子,晚报上整天在炒作明星你追我赶地离婚和出轨的新闻,老屋里的夜晚,吴佩琳像一条蛇一样,紧紧箍住宋怀良,她不想让合二为一的身体留出一点缝隙,生怕宋怀良被空气卷走了,这种异常坚决而荒谬的感觉贯穿始终。风停雨歇过后,大汗淋漓的宋怀良第一时间从云蒸霞蔚的天上跌回到了现实中:"佩琳,明天要是再有人上门要债,怎么办呢?"吴佩琳一个标点符号都没听进去,她扳过正在对着黑乎乎屋顶发愣的宋怀良说:"不许看电影明星!"宋怀良说:

"我没有看明星，我在看屋顶。"吴佩琳突然伏在宋怀良的胸脯上眼睛直勾勾地盯着他："你说，你是不是跟汪晓娅也这么厉害？"吴佩琳目光像刀子由外往里地解剖着他，宋怀良身上的热汗瞬间冰凉，他哆嗦着身子赌咒："佩琳，我要是跟汪晓娅有什么，明天就得癌症。"吴佩琳伸手捂住宋怀良躁动的嘴，"不许乱说！"

在市区卖卤菜的孙一根晚上收摊后，手里拎了一瓶火烧刀子和一塑料袋卤菜上门，说是请宋怀良和吴佩琳喝酒，庆祝两人新婚，卤菜是这几天没卖掉的鸡爪、鸭头、猪肝，酱红的颜色已经发黑，属于已经变质或接近于变质的卤菜，在五里井人的胃口里，只要吃不死人，卤菜就是奢侈的高档菜。

酒还没开喝，门被推开了，门外卷进来一股秋风裹挟着一缕冰凉的空气。是陈琦。

陈琦的脸色是秋天落叶的颜色，他将脑袋缩在竖起领子的夹克里，嘴里叼着的香烟已经烧到烟屁股了，他皱着眉头看着桌上的酒瓶和卤菜，嘴角漏出一丝讥讽："日子过得不错呀，有酒有肉。"结婚后的宋怀良已经忘掉了看守所阴沉的光线和黑暗的墙壁，他端着酒碗招呼陈琦："坐下，一块喝几口吧！"陈琦面无表情地说："你知道我现在想喝什么吗？"吴佩琳问："是不是要先喝点水？"陈琦摆摆手："我想喝老鼠药！"

大家都愣住了。陈琦的搅局破坏了喝酒情绪，孙一根站起身做出要出门的架势："你要是真想喝老鼠药，我现在出门给你买一瓶！"宋怀良拉住了孙一根，吴佩琳重重地扔下手中的筷子："陈琦，有话直说，没必要装怪！"陈琦毫不客气回应："还了街坊那么多钱，我的一分不付，你手摸着心口想一想，对得起我吗？我贷款还不上，银行要封我门。"宋怀良一听说那笔钱，全身冒火，他一句话封死："怎么对不起了？我又不欠你的！"陈琦见宋怀良赖账就急眼了："佩琳才给了一万二，还有一万八，怎么不欠了呢？"宋怀良呆住了，手中的烟头掉到了地上,没人看到烟头烫伤了一只正在地上觅食的秋天的蚂蚁,吴佩琳从来没对他说过,震惊过度的宋怀良忍不住哭起来:"佩琳,我没偷钱,为什么要给他钱?"

冷静了下来的吴佩琳对宋怀良耐心解释着:"钱不是你偷的,这我知道,"她将目光转向陈琦,"钱算我偷的,好不好?现在没钱还你,人不死,账不赖,总有一天会赔清的。"孙一根被眼前这混乱的场面以及他们逻辑混乱的对话弄蒙了:"怎么说的都像是梦话!"

没钱了,日子还得过,吴佩琳和宋怀良每天出门找活做,宋怀良一连串单位应聘失利后,在东门批发大市场找了一份临时工的活,蹬三轮送货,鸿翔批发部老板赵超比宋怀良大不了几岁,脖子上都挂上金链了,他递给宋怀良一支烟,哥们儿一样的神情:"保底工资220,送一趟货补贴六毛。二厂下岗的,杂货店干过,大小也能算个人才!"宋怀良找到活的那天,吴佩琳泰盛公司应聘又失败了,作品设计、初试都很好,那个台湾老板最后面试时说,吴小姐,你这么漂亮,当我秘书吧,下礼拜先跟我坐飞机去广交会。对外面世界无比陌生的宋怀良说:"好呀!还有飞机坐,太好了!"吴佩琳说好什么好,女秘书的名声跟妓女一样臭名昭著,我不干,他还说我跟不上大陆的开放理念:"那个台湾老板头发少得只剩下不到二三十根了,眼睛色眯眯的,讨厌透了!"宋怀良明白过来了:"你是怎么回掉台湾老板的?"吴佩琳说:"我告诉他,你还是回到你的小岛上去做梦吧,祝你坐飞机一头栽下去!"

吴佩琳伤得不轻,国营大厂厂长的女儿,国家干部身份的设计员,社会主义的主人如今沦落到任资本主义老板欺负的羔羊,她的愤怒中夹杂着她意想不到的无助与无奈。

吴镇海一进门将自己工厂造的小号"灯塔"牌收音机往桌上一扔,坐在沙发上一言不发,江月英给他盛了一碗面条,招呼他吃早饭,他很生硬地说一句"不想吃"。早锻炼遇到厂里的销售处处长老姚，老姚对老厂长说："淮海路十字路口，你女婿蹬三轮被警察拦下了，好像是运送危险品，不是毒品，就是炸药鞭炮之类的。"销售处长老姚在厂里销售一塌糊涂，搬弄是非倒是一把好手，他最后还不忘往老厂长伤口上撒一把盐："厂长，佩琳多优秀，一朵鲜花插到牛粪上了！"

老姚说的是前一天中午，宋怀良在淮海路和西江路交口，只顾埋头蹬三轮，没抬头看红灯，装着满满一车棉纱的三轮车刚轧过斑马线，一个嘴里咬着哨子的交警拦住了宋怀良，闯红灯，罚款三块，宋怀良将三轮车往后拖了十厘米，争辩说："没闯，才轧到线！"交警训斥到："你态度不好，罚款五块！"棉纱太重，满脸大汗的宋怀良像是一脸的泪水，他哭丧着脸求饶："警察同志，我二厂下岗的，能不能少罚点，我下次再也不敢了。"他从口袋里掏出几张毛票和硬币，大约有一块多钱，一个扎着羊角辫、刚放学的小姑娘跑了过来，她从书包里掏出两毛钱纸币塞给宋怀良："大哥哥，不要哭了，我有钱！"宋怀良推开小姑娘递上来的两毛钱，小姑娘又掏出一块饼干塞给宋怀良："你饿了，吃块饼干吧！"宋怀良没推掉饼干，攥在手里，没吃，一脸恓惶。围观看热闹的人越来越多，一些胆大的围观者对交警说："人家下岗工人，蹬三轮混口饭吃，不容易。""又不是故意的，放他一马算了。"交警见人多势众，嘴里咬着哨子，向左前方撇了撇嘴，示意宋怀良赶快离开，警察刚扭过脑袋，宋怀良蹬着车一溜烟跑了。老姚刚好路过这里，还没来得及参与围观，人群散了，他看到了宋怀良弓着腰仓皇逃窜的背影。

宋怀良先前蹬三轮，是食堂炉前工宋得贵儿子，现在蹬三轮，是厂长吴镇海女婿，吴镇海被女儿绑架到三轮车上，一万二千块钱是工作大半辈子的积蓄，招呼不打一声，扔到水里去了，这无异于把他大半辈子起早贪黑的辛苦扔到水里，连一个水花都没见着，他管束不了大逆不道的女儿，只好用绝食一顿早饭来报复自己。

他愿意承认吴佩琳在一个不和谐的家庭中长大，但他不承认吴佩琳在一个不负责任的家庭中长大，从小到大，女儿要啥给啥，没动过她一根指头，女儿报答他的是，逆反与挑衅，吴镇海想不通，想不通就把自己闷在家里，有时整天不说话，也不出门。那天吴镇海接到一个无关紧要的饭局的邀请，他对着话筒拒绝得很无情："不去！"江月英虽说在语言暴力和拳脚暴力中活了大半辈子，见吴镇海这般自闭，还是好意劝他："家里事又不要你操心，你就出去走走呗！"吴镇海重重甩出两个字："丢人！"客厅沉闷的空气中能看到有灰尘浮在半空中，一动不动，吴镇海似乎没把心中的怨气吐尽，他僵硬的手指敲着沙发边的茶几："大学不上，拿我的钱去给盗窃犯退赃，还跟盗窃犯结婚，你倒跟我说说，我有脸出门吗？"

庐阳没有春天，也没有秋天，秋天要么夏天一样烈日凶猛，要么冬天一样冷风劈头盖脸，深秋最后一些日子里，宋怀良一早出门蹬三轮得戴上纱线手套，冰凉的风像很细的针尖一样刺进骨缝里，生疼。这天下午，宋怀良送一车货到紫云路168号，三十二捆红纸、绿纸、黄纸、白纸，品种很杂，货不重，蹬三轮跟骑自行车差不多，车旁匆匆滑过的各种脑袋在冷风中像一个个空酒瓶一样缺少生气，宋怀良的脑袋里却闪烁出无数个生动画面，批发部老板赵超说送完货把货款带回来，明天发薪水。正好满一个月，宋怀良算了一下，这个月能拿到三百一十块钱，家里那台"灯塔"牌黑白电视早就坏了，他想给吴佩琳买一个彩电，18寸的彩电要两千多，买不起，还是先给吴佩琳买辆自行车，下午他叫吴佩琳到百货公司看车去了。发了薪水，晚上先到枣树巷牛肉汤馆，一人喝两碗，再来四块吊炉烤饼，想象吴佩琳吃喝得满嘴流油满头大汗，宋怀良蹬三轮的腿如同汽车加满了汽油，动力澎湃。

傍晚的时候，天空的夕阳药水浸泡过一样，风一吹，颜色苍白，宋怀良在这苍白的光线里蹬车进了紫云路168号大院，进门后才知道是市政府。在一个面色有些烦躁的中年男人指挥下,他将三十二捆纸送到大楼阴影下的一处平房,卸完货,宋怀良掏出一支廉价"红星"牌香烟和一张开好的发票递给中年男人:"总共四百零六块钱!"中年男人推开宋怀良手里的香烟和发票,独自从口袋里摸出一支高档"红塔山"叼到嘴上,他脸上的情绪更加烦躁了:"你以为这里是农贸市场呀,一手交钱,一手交货。长没长眼睛,这是市政府,下个月八号,集中来报销!"宋怀良答应赵超将钱带回去的,他恳求中年男人:"那还得等二十几天,能不能提前给我报销?"中年男人眼睛盯着宋怀良上下看了一个来回,然后以嘲弄的口气腌臜宋怀良:"二十几个月又怎样,市政府就是你娘老子,娘老子会赖你几百块钱?没见过钱的瘪三,我看你是穷昏了头!"宋怀良一向脾气温和,可他受不了市政府男人的羞辱,他径直往平房的门里走去:"我把货拉回去!"中年男人见宋怀良如此轻慢市政府,冲上去拽住宋怀良胳膊,猛一发力,猝不及防的宋怀良一屁股跌坐在僵硬的水泥地上,宋怀良爬起来,一把揪住中年男人的衣领:"你打人,走,找你们领导讲理去!"中年男人将嘴里的一口烟雾吐到宋怀良脸上:"我没打你,你要是再不松手,看我敢不敢打你!"中年男人是市政府办公厅负责收发的临时工,后台不硬,这一次大楼里进人,干了十几年,还是没编,情绪糟糕得见人就想打架,宋怀良满腹委屈地继续揪住中年男人:"我下岗蹬三轮,累死累活,一天只挣个十块八块的,没上访,没犯法,没找你们政府麻烦,领导,你说我们容易吗?不给钱,还要打人!"宋怀良说着说着鼻子就有些发酸,眼泪在眼眶中直打转。

郭凯是在两人僵持不下的时候走过来的,他一上来就问中年男人:"老季,彩纸都送到了吗?"那个叫老季的中年男人侧着脑袋说:"纸是送到了,人被这小混混绑架了。叫保卫处把这小子扭到派出所去!"

郭凯上来拉开两人,了解情况后,说:"我还以为有多大事情呢。四百块钱,叫财务提前支取一下不就行了嘛,你这个老季,跟一个蹬三轮的较什么真!"他对宋怀良一挥手,"来,跟我走!"

等到郭凯帮宋怀良办完手续,拿到钱,市政府下班时间到了,大楼里的人像鱼一样滑出大门,并以鱼的速度去追赶公交车。心存感激的宋怀良说:"领导,我请你喝碗牛肉汤,好不好?"郭凯很谦和地笑了:"我晚上还有一个接待,不要叫什么领导,我就一个小办事员。"

吴佩琳从百货大楼出来,路过市政府大门口,见不远处郭凯和宋怀良面对面站在路边,好像还握起手来了,吴佩琳糊涂了,他俩不熟。走到跟前,宋怀良很惊讶:"你怎么来了,自行车挑好了吗?"郭凯也重复同样的疑问:"佩琳,你怎么来了?"然后手指着宋怀良:"你认识这位蹬三轮的兄弟?"吴佩琳一字一顿地告诉郭凯:"这是我丈夫,宋怀良,你让派出所抓走的那位下岗电工!"郭凯一下子脸色尴尬起来,然后紧紧拉着宋怀良的手说:"对不起,小宋,我不是有意的。是吴伯伯让我报的案!"宋怀良好了伤疤忘了疼,眉飞色舞地告诉吴佩琳:"郭科长好人,帮我把货款提前拿到了,前前后后,楼上楼下跑了十好几趟。"郭凯谦逊地打着哈哈,"哪里哪里,不足挂齿!"他悄悄移步吴佩琳身边:"不一定非得蹬三轮呀!市经济开发区过几天要开工,彩纸是奠基写标语用的。到开发区怎么样?你有学历,去建管处、招商局都行;小宋是电工下岗,去食堂做勤杂工,做保洁工、门卫也可以。"

吴佩琳说:"我不同意!"说着跳上宋怀良三轮车车斗,郭凯看到两人迅速消失在苍茫暮色中,摇了摇头。这时,城市的灯火像是约好了似的,眨眼间,全亮了。

回到五里井老屋,天彻底黑了。

摸到门后的开关,一拉绳子,灯亮了,空荡荡的屋内像一个被掏空的蛋壳,尽管有一张小方桌,一方矮柜子,一个腌菜坛子,还有几张腿脚松懈的小板凳,但有比没有更加荒凉,墙上的宋得贵眯着一双怨声载道的眼睛正在注视着宋怀良和吴佩琳。吴佩琳望着宋怀良说："车不买了,手开裂,出血了,给我买一盒蛤蜊油好不好,风太冷!"

宋怀良突然抱住吴佩琳,浑身颤抖着,想起一下午的窝囊,眼泪忍不住流了下来："佩琳,对不起,是我让你受苦了!"

情绪相互传染,吴佩琳鼻子一酸,也委屈得哭了起来,她抱着全身泥灰的宋怀良抽泣着："我又没怪你!"下午吴佩琳在公交车上被小偷掏走了身上全部的三块二毛钱,市政府门口偶遇郭凯又被不动声色地揶揄了一通,难受极了。

冬天提前到了,门外的风声在五里井巷子一路呼啸,收水电费的梁大爷推门进来了,梁大爷缩着脑袋,戴着一顶旧帽子,他吐着一嘴的冷气,说话声音像碎玻璃："电费十二块八,水费三块六,还有偷电的线损,一块二。"

宋怀良说没偷电,梁大爷说："都说没偷电,查不出来,供电局说了,每户平均摊,谁家不交,就拉谁家的电闸。"

这天夜里,今年第一股寒潮正沿着天气预报指引的线路,一路高歌猛进,后半夜正式抵达庐阳,那时候宋怀良和吴佩琳正在漏风老屋的被窝里做梦。

上午的时光很慢,通常吴镇海和江月英枯坐在二楼阳台上,一个看报纸,一个择菜,阳光穿过阳台和他们丧失了生活热情的脸,脸上的麻木和冷漠异常鲜明。吴镇海和江月英现在不是冷战,是冷冻,他们没有了战斗的理由和欲望,只有心如死灰下的相安无事,他们的生活与情感全都冷冻在绝望的时间中,日子是一座牢不可破的北极冰山,季节的冷热已失去意义。吴镇海灰溜溜地退出破产的国营大厂,既没权,也没钱了,那些曾经在身边缭绕的女人们像蹿到天空的焰火一样,在黑暗的天空绚丽怒放,刹那辉煌过后,烟花消失得无影无踪。偶尔路上遇到二厂下岗职工,不少人文明礼貌地跟他打招呼："早呀,吴厂长,出来锻炼呀!"那声音言不由衷,听起来比骂他还要难受。吴镇海也很委屈,二厂是倒了,可国内的无线电厂,有几个能活下去,都是外国资本侵略带来的灾难,二厂不过是早死几天,早死早超生。阳光从阳台上撤走后,吴镇海回到房间里去听收音机,收音机里说的和唱的也很少能听得进去,一个过于无聊的晌午,他走到厨房,问江月英:"中午吃什么?"江月英正在水池里洗一条鲫鱼,她头也不抬地回答:"红烧鱼。你已经问过两遍了。"吴镇海挠了挠板寸的头发:"我问过了吗?"

阳台上并不是每天早上都有阳光,没有阳光的时候,吴镇海坐在客厅里听广播看报纸,一个没有阳光的上午,老战友郭永康打过来电话,通话时间漫长,最后一句是:"佩琳的事还有不小的难度,我得费大力气跟下属工厂协调,想听听你的意见,办还是不办?"吴镇海对着电话大声嚷着:"不办!共产党给你权力不是用来假公济私的!"郭永康在电话里说:"那好,我这就通知人事处,不进入面试。不过,我可得跟你说清楚,这件事不办是你定的,佩琳不跟郭凯谈,我没抱成见。"

吴镇海抓着话筒,哆嗦着灰紫的嘴唇,嗫嚅着声音说:"办!谢谢你,老郭!"吴镇海放下话筒,老泪纵横。

在厨房里洗碗的江月英听到了吴镇海的电话,也听懂了电话里的意思,她给吴镇海的宜兴紫砂壶里续满水送到吴镇海手里:"你能原谅她就好,哪天我来做一桌饭,把他们两个叫到家里来。"

江月英话音刚落,老泪纵横的吴镇海转眼间突发狂飙,他一巴掌猛拍在单人沙发中间的茶几上,茶壶里茶水溢了出来,褐色的茶水蛇一样游到了烟盒边上,盒口的一根香烟烟嘴湿了,泛起了一种奇怪的胭脂色。他颤巍巍的手指着江月英吼着:"我是无儿无女的人,她要是胆敢上门,我打断她的腿!"

庐阳外贸包装厂招两名设计师,中专毕业的吴佩琳考第一名,第二第三名本科毕业。招聘广告在《庐阳晚报》第四版报缝里打了两行字，没明确标明本科生研究生优先录用，但有这规定，人事处初步意见是刷掉吴佩琳，可她又是第一名，于是将球踢到了包装厂主管单位，市外贸局局长郭永康的办公桌上。

放下吴镇海的电话，郭永康将人事处狠狠批评了一顿，讲学历，但不能唯学历，重在实力，吴佩琳虽说中专毕业，有工作经验，而且是第一名，当然是第一个录用。挨了批评的人事处通知吴佩琳来面试，吴佩琳口齿伶俐，思路清晰，尤其是普通话说得非常标准，实在挑不出什么毛病，人事处长就多此一举地感慨道："小吴呀，这次你能录用，全靠郭局长慧眼识英才，从去年起，我们局包括下属公司只招本科生，连大专生都不要。"吴佩琳从头发油亮的处长面前的椅子上站了起来："你们这个歧视性的规定，招聘广告上没写呀，难道我是开后门进来的？"处长说："讲学历，定门槛，很正常，怎么叫歧视性规定呢？话不要说这么难听嘛，你能进到最后面试，确实是市局领导破例定的。"吴佩琳一听就明白了，她对处长做出一副不屑一顾的表情："开后门进中南海我都不会去，你这个破包装厂还用得着破例，笑话！告诉你吧，我的本科学历，是被我扔掉的！"说着，转身就走，处长看着吴佩琳拂袖而去的背影，从口袋里摸出一支烟，塞到哑口无言的嘴上。

放弃了江南工业大学本科插班，是吴佩琳心里难以言说的隐痛，这就像一个没有痊愈的伤口，不碰它没事，一碰鲜血淋漓，外贸包装厂招聘不是碰破了伤口，简直是往伤口上捅了一刀，破例面试是郭永康怜悯她，相当于给一条丧家之犬扔去一根骨头，过于敏感的吴佩琳情绪激烈反弹。

张月秀下班后，送了一缸子牛肉汤过来，一进门，不明就里的张月秀说宋怀良用牛肉汤求婚，她用牛肉汤庆祝吴佩琳重返国营厂，吴佩琳说了面试遭遇后，张月秀惊得合不拢嘴："姐呀，你太较真了，我想走后门，还没处走。这么好的机会白白浪费了！"宋怀良帮吴佩琳辩护："佩琳眼睛里揉不得沙子。"他将张月秀的饭盒拿过来，"佩琳，喝点牛肉汤暖暖身子，顺带庆祝你一脚踹了外贸包装厂！"牛肉汤里有辣油、粉丝、香菜，还有象征性的几小片牛肉，饿极了的吴佩琳一通大吃大喝，鼻尖上都冒出了汗："月秀，等到我们还完了债，我要隔三差五地请你喝牛肉汤！"宋怀良说："等到哪天我有钱了，专门开一个牛肉汤馆，随你们从早吃到晚。"

说话间，张月秀突然扔出一个晴天霹雳："佩琳姐，元旦我要跟魏国宝结婚了！"

吴佩琳手里的搪瓷缸差点掉到地上，她嘴里的最后一口牛肉汤竟然无法吞咽下去："你说什么？"

张月秀一脸幸福地强调："元旦我跟魏国宝结婚。"巷子里传来一阵急不可耐的汽车喇叭的声响，张月秀拿过桌上的空了的搪瓷缸，"魏国宝开车来接我了，我走了。婚礼你和怀良都要参加！"

张月秀走后，吴佩琳和宋怀良面面相觑，先是震惊，继而是迷惘，宋怀良说："我早就看出来魏国宝追着张月秀死缠烂打，没想到她答应了。也难怪，人家有出租车，喇叭一响，黄金万两，不像我，蹬的三轮还是赵老板的。"吴佩琳一拉灯线："萝卜青菜，各有所爱，管那么多干吗，睡觉！"

结婚前一个礼拜，张月秀拉着吴佩琳去百货大楼买水瓶、脸盆、被套、枕头，吴佩琳对张月秀隐瞒他跟魏国宝恋爱有些生气，张月秀突然搂着吴佩琳哭了起来，她说："姐，不是我不跟你说，是我张不开嘴。"

魏国宝从夏天开始追张月秀，她总是躲着，可魏国宝像一剂502胶水一样黏着她，撕不掉，扯不开，张月秀看不惯魏国宝香烟叼在嘴角，说话时，两条腿不停地抖动，而且皮鞋上落满了灰尘。就像魏国宝随时出现在吴佩琳面前一样，近一两个月，张月秀只要从药店出来，魏国宝总是恰好路过这里，要捎她一段，张月秀说不用麻烦，魏国宝说正好顺路，张月秀跟吴佩琳不一样，她有些温暾水的性格，抹不开面子，上车了。一次魏国宝开长途到云南，给她带了一条金项链，张月秀不要，魏国宝说是假的只值十几块钱，见项链很漂亮，张月秀有些动心，收下了。有一次张月秀戴着项链在百货大楼遇到了黄金首饰专柜的堂妹，堂妹看到张月秀脖子上的金项链惊呆了，张月秀说是假的，表妹让她取下来检测一下，99.99%的足金，32克重，价值六千多块钱。张月秀也吓傻了，她打传呼给魏国宝，要退回金项链，见面后，魏国宝抹了一把辛酸的鼻涕："月秀，下了岗，二厂只有你看得起我，还愿意坐我的车，收我的小礼物。当初酒喝多了顺手拿过厂里的一个小收录机，就这么一个小错误，就不把我当人待了，吴佩琳宁愿跟盗窃犯结婚，也不原谅我，你说我真的那么坏吗？"张月秀感念于魏国宝把真项链当假项链送给她，摇了摇头，说："不是。"在秋天那个月光如水的晚上，魏国宝请张月秀到"蜀王火锅店"吃火锅，性格柔弱的张月秀不仅没有反对，而且在魏国宝倒上酒后，还主动跟他碰了杯，喝了好像不到半两，人晕了过去，第二天早晨醒来，是在药店小阁楼上，她发现自己一丝不挂，魏国宝赤身裸体地躺在她身边酣然大睡，鼻腔里还流出了一绺鼻涕，张月秀大哭着拼命用拳头砸打着魏国宝，醒来的魏国宝抱着张月秀连连认错："月秀，对不起，我酒喝多了，我是真心太爱你了，要是说假话，我就是畜生，你要是不相信，我把心剜出来放在盘子里，让你看看是红的还是黑的，你把刀拿来！"魏国宝做出一副用性命来爱张月秀的架势，张月秀一下子慌了，不知所措，魏国宝看着像小猫一样六神无主的张月秀，一把搂过她，又一次将她按倒在身下。

　　漫长的叙述过后，张月秀不哭了，她脸色苍茫而无奈，说生米已经做成熟饭，想想活二十多年了，还没哪个男人对自己这么上心过："那天他用大头针把手刺破了，要写血书，我看他手指上的血汨汨往外冒，没让他写。"吴佩琳发现张月秀既有些忐忑，又有些陶醉，事已至此，吴佩琳不忍心打击她了："死心塌地到这种地步，也不容易了，居家过日子，魏国宝算是个能人，能吃苦，会挣钱。"

买完东西，吴佩琳帮着先送到药店小阁楼里，吴佩琳看到阁楼单人床上有两个枕头，床底下还有一双男人的拖鞋，一盒抽了一半的香烟扔在床头，床头方桌上的烟缸里堆满了烟头。吴佩琳离开小阁楼时，已是晚上十点多了，这时魏国宝跑出租回来了，张月秀叫魏国宝送吴佩琳回去，吴佩琳说不用了，最后一班公交 11 点才收班呢，魏国宝手里甩动着车钥匙，语气很轻松："月秀叫我送你，这就是法律，现在我听月秀的，不听你的。走吧，下楼！"

冬夜的庐阳大街上空空荡荡，偶尔有一辆汽车从北风呼啸的街面上滑过，车后扬起的灰尘随风卷入半空，半空中晕黄的灯光在黑暗的夜里一败涂地。坐在副驾驶位置上的吴佩琳不说话，看窗外一闪而过的街道和街道边楼房里零星的灯光，魏国宝也没说话，车载广播里有人点播童安格的《明天是否依然爱我》，歌声里流露出无望中的期待、忧郁与感伤，车在拐过一道弯后，转向了光线幽暗的小巷，再往前，就是五里井了。魏国宝在幽暗的光线里，侧过脸，突然说："佩琳，知道我为什么要娶张月秀吗？"吴佩琳岔开话题："张月秀善良、软弱、容易被感动，好追。"魏国宝的脸在灯光明灭变幻中晃荡着："佩琳，我不爱张月秀，可张月秀长得像你，我把她当作你的替身，追不到你，我只好搂着你的影子过一辈子！"吴佩琳不仅没有被感动，反而被激怒了："魏国宝，都要结婚了，还说这种混账话，你这是对月秀的侮辱！你以为你对情感很忠诚，你这番话恰恰证明你是一个感情骗子，吃着碗里，想着锅里，没有德行的男人就是你这种样子！"魏国宝并不生气："一个男人对一个女人死心塌地，叫做没德行，没听说过。总有一天，你会看到在庐阳呼风唤雨的人是我，宋怀良靠边站！"

五里井下车的时候，魏国宝掏出一个锦缎盒子送给吴佩琳，说是在云南买的玉镯，吴佩琳断然推开："你知道什么叫犯贱吗？"这时宋怀良骑着自行车过来了，见魏国宝在巷口跟吴佩琳推推拉拉，他问怎么回事,魏国宝故作很隐私地说:"佩琳说要给我打的费,你说我能收吗?"

那个天气晴朗而缺少温度的上午,魏国宝邀请吴镇海参加他和张月秀的元旦婚礼,魏国宝走后,去还是不去,吴镇海犯起了嘀咕,女儿吴佩琳跟张月秀是铁杆姐妹,肯定要去,他不想见女儿,更不想见到宋怀良,但他想见张月秀的母亲阮慧琴。吴镇海被宋得贵举报后,阮惠琴丈夫在偷看了她为吴镇海写下的两本日记后,突发心脏病死了,办完丧事,阮慧琴提前办了病退,投奔远在新疆的姐姐,16岁的女儿张月秀顶替进了二厂。吴镇海想见面后给阮慧琴道个歉,也想把当年阮惠琴写给他的那些情书还给她,当年是阮惠琴倒追的吴镇海,但他一个大男人,宁愿承认自己利用职权勾引了女下属,也不愿意说出真相。年轻的厂医阮慧琴一进厂就疯狂迷恋吴镇海,写给他的情书有一百多封,她说愿意为吴镇海牺牲名誉和青春,不在乎别人指着她脊梁骨,阮慧琴的情书至今还锁死在吴镇海的铁皮柜子里,舍不得扔,阮惠琴离开庐阳的最后一封信中说,远走他乡只为保护自己钟爱的男人。江月英从阳台走进来,话里有话地问吴镇海:"阮惠琴从新疆回来了,参加婚礼你是想见女儿,还是想见阮慧琴呢?"吴镇海对着江月英冷冰冰地说道:"我谁都不见!"

魏国宝的婚礼办得热闹而庸俗,魏国宝找了20辆一同跑出租的黄面的,大张旗鼓地将张月秀接到了"长风酒楼",酒楼门口大红灯笼下,一帮吹鼓手节奏混乱地吹奏着《在希望的田野上》之类的曲子,他们歪戴着帽子、嘴上还有一圈缺少修剪的小胡子,整个一支伪军小队在门口迎亲。

婚礼现场,吴佩琳见到了母亲江月英,没见到父亲,她事先想好的对父亲说的话都作废了,吴佩琳宋怀良和母亲江月英坐一桌,她问爸爸身体可好了,江月英说没事了,中午要喝二两酒,才午休。宋怀良不说话,只是不停地给江月英倒水,从头到尾只说过一句:"妈,您喝水!"声音轻得像蚊子叫,他是怀揣着拐卖妇女的负罪感坐在岳母面前的。为打消宋怀良内心里日益加剧的自卑和愧疚,来之前,吴佩琳对宋怀良说:"是我赖上你的,你有什么压力?见爸叫爸,见妈叫妈!"

婚宴在杯盘狼藉中结束,魏国宝喝多了,跟客人握手的时候,嘴里喷着酒气,牙齿咬着香烟,红色领带被扯开了,像是刚跟人打过架,一身的涣散。客人差不多散尽的时候,吴佩琳和宋怀良才陪着江月英下楼,楼梯口,魏国宝突然搂住宋怀良:"你小子王八蛋,偷钱还偷人,今天本是我跟吴佩琳在这里办婚礼,佩琳,佩琳,新娘子你在哪里?"站在他身旁的张月秀突然一记响亮的耳光扇到魏国宝脸上,喝醉了酒的魏国宝一脚将张月秀踹到楼梯下,"妈的,你个小婊子,跟老子耍横,吴佩琳,过来,坐我的豪华车,我们入洞房去!"吴佩琳忙拉起跌倒的张月秀,宋怀良抄起一个空酒瓶:"魏国宝,你就是一个畜生!"酒瓶凌空一个横扫,魏国宝头上鲜血如注。现场鬼哭狼嚎,乱成一团。

宋怀良拉着吴佩琳和江月英扬长而去。脾气一向温和的宋怀良气得脸色铁青,他紧紧攥着吴佩琳的手,对吴佩琳说出了平生最狠毒的一句话:"魏国宝要是再敢放肆,我跟他拼命!"吴佩琳抱着宋怀良肩膀剧烈地颤抖着,嘴唇直哆嗦,她从宋怀良抄起酒瓶的血腥姿势里,看到了宋怀良的义无反顾、生死与共。

一个礼拜后的一天晚上,头上缠着绷带的魏国宝和张月秀拎着一条"红塔山"香烟、两瓶"庐阳特曲",登门给吴佩琳和宋怀良赔礼道歉。魏国宝像一只斗败的公鸡,先前的嚣张气焰被冰凉的空气熄灭了,结婚了的张月秀胳膊肘往里拐的意识非常鲜明:"国宝住院这几天,反省了很多,那天胡言乱语丢人丢大了,他说对不起我,尤其对不起你们两口子。他向我保证,要痛改前非,重新做人。"她将目光移动到魏国宝脸上:"是不是呀?"魏国宝抱着一堆烟酒,连连点着那破损的脑袋："是的,佩琳,我不是人,我对不起你,对不起怀良。从今往后,我要是再有半点冒犯,出门车毁人亡。我向丈母娘发过誓了,今生我最爱的人是张月秀,张月秀是我命根子,是我亲娘老子。"魏国宝读中学时考试及格的次数很罕见,说话语速一快,词汇很难跟上,文不对题、答非所问也是常事。

宋怀良没有过多搭腔,两句话封死："事情过去就过去了,我和佩琳都没计较,你要是拿烟酒来摆平那天的流氓行径,那是摆不平的,我不交换!"

宋怀良几乎是将魏国宝推出门外去的,吴佩琳对张月秀两口子说:"怀良已经说过不计较了,他男子汉大丈夫,从来说话算数!"

魏国宝张月秀走后,宋怀良听到屋外冬天的夜里好像整个城市都在结冰,结冰的声音坚硬而干脆。

六、年关，一道鬼门关

春天最后一些日子，庐阳大街上到处是穿着裙子的青春少女，她们从冬天的裤管里抽出新鲜的胳膊和腿，腿脚过于轻盈自由，以至于低头玩手机过马路丝毫没有被车撞倒的戒备和恐惧，在微信病毒一样传染的春天，无数个微信群正密集讨论宋怀良当选"江淮好人"的合理与不合理。

采访江月英前孙总请我喝酒："五里井是我开发的，宋怀良是五里井走出来的老板，你这部电视剧里一定要加入五里井、恒达的戏，比如五里井拆迁，宋怀良不跟开发商漫天要价。"这样的挖掘目标和写作方向让我无所适从，这就像我要去河里捕一条鱼，结果捕到手的是一只鸭子。

在一个空气中弥漫着沙尘的下午，我采访了宋怀良的岳母江月英。江月英还住在五里井边上的那幢干部楼里。这幢当年牛气冲天的干部楼，水锈和青苔蚀满了墙角和路面，楼道里光线阴暗且路灯坏了一大半，如今被摩天大楼与高档住宅四面包围的这幢老楼，就像一个蓬头垢面的乞丐混迹于时装发布会的现场。

江月英七十八岁，头发全白了，身体不错，脸上还隐约残留着大户人家的清淡和优雅，她招呼我坐到那张已经破损严重的人造革沙发上，泡了一杯"祁红"端给我，得知我的来意后，老人漏风的牙齿漏说出这样一句话："不是冤家不聚头，这辈子的夫妻，上辈子的仇人。"

我想了解宋怀良"江淮好人"的事迹,江月英却跟我大谈宋怀良和吴佩琳的婚姻生活,孤独和寂寞中的老人一打开话匣子,就刹不住车:"佩琳这丫头,有时候胆大包天,有时候胆小如鼠,一会儿太阳当头,一会大雨遮天,跟她过日子,是戴帽子呢,还是打雨伞呢?谁不想得过且过呢,过不下去呀,佩琳跟小宋结婚的第一年年关就过不去!"

　　元旦一过,年关近了。吴佩琳婚后没找到工作,先前的工资积蓄替宋怀良还债后,跟宋怀良一样,靠128元低保金过日子,宋怀良每月卸货、送货能挣上三百来块钱,添置衣物和贴补家用足够了,早上偶尔还可以吃上一根油条,每个礼拜挥霍一碗牛肉汤和两块吊炉烧饼。可要是还债,没门。

　　年关将近,每晚收工后都有街坊到宋怀良家串门,他们手里捧着茶壶嘴上叼着香烟,嘘寒问暖说长道短地上门拉呱,直到宋怀良家水瓶里水喝空了,烟盒里的烟抽光了,还舍不得走,最后阶段的闲聊肯定要绕到物价飞涨、工作难找、下岗工人未来在哪里这些与钱相关的话题上,宋怀良一听就明白了,于是说:"年关到了,多少还一点,就算不能全还,争取每家还上三五十。"街坊就会掩耳盗铃地说:"我们不是来跟你要钱的,以后再说,不急!"

　　急的是宋怀良和吴佩琳,他们算了一下,按每户还五十算,过年得准备一千五百块,按三十算,要准备一千。宋怀良蹬三轮送货才干了两个多月,手头总共节余一百二十块钱,相较于四千多欠债还有陈琦那笔一万八,杯水车薪。开公司,挣大钱,没经验、没本钱、没方向,白日做梦了好几个月,毫无头绪。杜师傅上门的时候,宋怀良终于意识到,年关和鬼门关是建在同一条大道上的两座城楼,要想过年关,先得过鬼门关。杜师傅有哮喘,重活干不了,下岗后到电影院门口看车,在一个小偷比劳模要多得多的城市里,自行车和摩托车被盗就像垃圾池里的垃圾不会被盗一样正常,一辆崭新的"铃木"摩托车在他的眼皮底下被盗走了,总价五千八,看管一辆自行车收五分钱,摩托车一毛钱,扣除电影院提留,起早贪黑一个月最多挣八十块钱,5800块要餐风宿露看车八年才能赔得起。杜师傅说到这里,老泪纵横,他对宋怀良和吴佩琳说:"我跟你爸交情好,街坊上门讨债,我没来,闯下这么大的祸,我连死的心都有,可大宝怎么办呢。"大宝是杜师傅智障的儿子,歪着眼睛和鼻子流着口水每天跟父亲要钱买烟抽。

宋怀良二话没说,将剩余的一百二十块钱从枕头底下的塑料皮夹里全抽了出来,宋怀良问吴佩琳:"你那还有多少?"吴佩琳从口袋里摸出十五块钱,又从另一个口袋里摸出四毛三分钱,"就这些了!"

杜师傅走后,屋内更冷了,好像空气都冻住了,吴佩琳问宋怀良:"低保金还有十好几天呢,买米的钱没了,还有你的烟钱,哪来呢?明天我跟月秀去借。"

宋怀良平静地告诉吴佩琳:"不要出去借钱,明天在赵老板那里提前支取几十块钱。香烟每天从八支降到了六支。"

吴佩琳说每天少抽两支烟解决不了问题,就那么点爱好,何苦少抽:"等到哪天我们时来运转了,让你每天抽上五包'红塔山'。"

腊月的黄昏来得有些早,下午四点多钟太阳就一头栽到电信大楼后面去了。鸿翔批发部老板赵超给送货回来的宋怀良递上一支"中华"烟,又塞给他一个红包和两条毛巾三块肥皂:"过年了,一百块钱奖金,还有点小东西,表示点小意思!"宋怀良连连道谢,老板的笑容有些僵硬,甚至有些虚伪,里面好像掺杂了一些难言之隐。果然烟抽了不到一半,赵超告诉他,年后鸿翔送货,改为"江淮"轻卡,装货多,速度快,一车能送十几家商户,宋怀良和老邱、四宝的三轮车就用不上了,赵超又抓起两把牙刷塞到有些惊讶的宋怀良怀里:"先回家过年,明年开春你学车,拿到驾照,到我这来开'江淮',现在的驾驶员是临时请的。我对我老婆都不信任,信任你!"

学汽车驾驶要一千五学费,到哪儿弄去,宋怀良没说话,离开时还跟赵超握了手，他知道自己一转身，就再也回不到大市场了。

　　两口子双双失业。晚饭后，吴佩琳和宋怀良商量，多少得置办一些年货，新衣服不买，但要买一挂鞭炮、三斤肉、二斤鱼、瓜子花生二斤、香烟五包、庐阳大曲两瓶，按五里井十字巷口价，得三十二块，宋怀良口袋里的钱是够了，可身后还有二三十户债主。他们在西北风呼啸的夜里，被窝里达成的共识是：无论如何，年底得想法子挣点钱！

　　吴佩琳在街上盲目地转了大半天，寻找临时赚钱的差事，在快要绝望的那个中午，劳动路开水炉边上，一张不起眼的招聘广告锁住了吴佩琳的目光。新浪潮歌舞团春节前下乡送温暖慰问演出，临时招聘一位服装道具搬运工、一位食宿管理员，时间十天，每天每人五十块钱，吴佩琳回拨一个电话过去，两份工全接了下来。

　　宋怀良已记不清多久没听过流行音乐了，电工班那会儿，"灯塔"牌收录机就在铁皮电工柜上，崔健、刘欢、李谷一、毛阿敏，还有童安格、张雨生、张学友、邓丽君等歌星，每天轮番给电工班唱歌。自打父亲生病工厂倒闭，宋怀良的生活里不再有歌声，跟歌舞团巡回演出，不花钱听歌星唱歌，每天还能挣五十块钱，宋怀良激动过头，对吴佩琳说："跟明星多照几张照片，要是能多拍一些，就把墙上的明星都换了。"吴佩琳开了一句并不好玩的玩笑："看厌了，想把抓不着够不到的明星，换成能搂在怀里的明星？"宋怀良情绪比较高涨，就顺水推舟说："我哪有那个福分！"吴佩琳继续追问："你的意思是，主要没那个福分，要是有那个福分，你还是十分愿意将明星搂到怀里的？"吴佩琳太会说话，宋怀良说不过她，于是就岔开话题问："明天一早就出发？"

　　出发地点在郊外一片松树林里的一个破庙前。宋怀良和吴佩琳一早六点起床，倒了三趟公交车，下车走进树林如同走进了水泊梁山一样恍惚，林荫小道上，光线混沌，树木阴森，一些冬天的麻雀在树林里流浪，一路狐疑地走到破旧的庙门前，宋怀良问："歌舞团怎么在庙里？"他觉得那些无限风光的歌星们应该是在五星级酒店的咖啡厅里喝着咖啡，怎么会在这破庙里喝西北风呢，吴佩琳也一脸迷惘："我也搞不清，王团长通知我到这来集合的。"

宋怀良小心地牵着吴佩琳的手走到庙门前一辆改装的"解放"牌卡车前，卡车车厢外面用绿色帆布支撑起了一个车厢，车厢里堆着演出服装、灯光、音箱、功放，还有一些颜色杂乱的被子、席子、枕头、开水瓶、保温桶、饭盒、塑料盆、化妆盒之类，宋怀良明白了："这不就是大篷车吗？不是正规歌舞团。"吴佩琳也终于明白了，这是一个草台班子歌舞团，就在两人迟疑不决时，一二十个所谓的明星们从庙里走了出来，那些假冒伪劣的明星们眼圈涂得像熊猫，嘴唇像喝过人血般猩红，衣服花里胡哨，嘴里打情骂俏，王遥团长对明星们嚷着："只要胆子大，票子喊你爸！"

抵到面上的宋怀良和吴佩琳已经无法脱身，上汽车的感觉如同上贼船。

一二十个草台班子明星，混迹在一堆道具和开水瓶保温桶与塑料盆中间，风从帆布接口的缝里钻进来，吴佩琳看到几个撑不住的明星钻进了肮脏的被子里，大篷车里黑暗一片，偶尔在卡车拐弯时，帆布缝隙里会漏进来一些光亮，凑着光亮，吴佩琳至少有两次看到了王遥团长跟一个年轻性感嘴唇鲜红的女明星钻在一个被窝里，其中有一次王团长的手还悄悄地伸向了女明星的胸部，吴佩琳正想看团长究竟干什么，车子一拐弯，大篷车内又是一片黑暗，团长的手和女明星的胸脯以及鲜红的嘴唇都消失了。那一刻，吴佩琳后悔了，不该来挣这个钱，宋怀良一路上不说话，他紧紧地攥着吴佩琳的手，生怕她被甩到车外去。

车子颠簸到下午，到了一个叫草铺的山区小镇。第一场演出在草铺乡乡政府礼堂，早年开批斗大会和传达文件的地方，如今门窗松动，玻璃坏了三分之一。演出广告早打出去了，宋怀良扛道具进去的时候，见不少人在礼堂售票处买票，票价有点吓人，四块五一张，庐阳大剧院看一场黄梅戏一块五,一场电影五毛。售票处窗口上方有一幅巨型彩绘广告,几个戴着墨镜的男人和戴着乳罩的女人做出挑逗的姿势,一行骇人听闻的广告语斜穿过男女们的腰部:玩的就是心跳!

联系好乡里唯一一条街上的一家小饭馆和墙上布满霉斑的私人小旅馆,王团长要求吴佩琳做一大锅萝卜烧肉、一大锅豆腐青菜,一大锅米饭,"一定要管吃饱、吃好,演出都他妈体力活。"另外还要送六瓶开水到现场。宋怀良搬完道具,又跟音响师一起装台,从礼堂出来,人累得像那些拆散了的道具。

晚上七点,吴佩琳和宋怀良拎着六瓶开水送到礼堂,演员们对两个临时工比较轻慢,也懒得跟他们打招呼,更不会安排座位,小两口很自觉地挨着墙站过道边上,礼堂里挤满了观众,有六七百号人,礼堂外面的窗台上也趴着好几十个脑袋。八点整,灯光一亮,音乐声大作,第一个节目激荡人心,那位跟王团长拱一个被窝的女歌星石榴红领唱《在希望的田野上》,后面是十来个男女配舞,迪斯科风格,狂野热烈,接下来歌星轮流翻唱韦唯的《爱的奉献》、毛阿敏的《思念》、苏小明的《军港之夜》、蒋大为的《在那桃花盛开的地方》之类的,宋怀良对吴佩琳说:"唱得还真不错!"吴佩琳说:"你没听出来吗,没有一个不跑调的。"宋怀良摇摇头,他不懂乐理。好像从崔健的《花房姑娘》开始,新浪潮歌舞团开始拿出卖高价票的绝活,《小寡妇上坟》添佐料,《大姑娘十八摸》加口味,等到劲舞《月下哥敲门》《半夜妹疯狂》,全场一片尖叫,十点左右,正宗的脱衣舞开始全面挑逗、引诱和性煽动,女演员将衣服一件件地像煺鸡毛一样只褪得剩下一根筋一样的乳罩和一个形同虚设的三角内裤,在音乐和灯光失控的瞬间,女演员有意无意滑下乳罩和内裤,不堪入目的场景让吴佩琳拖着宋怀良就跑:"一群流氓!"

逃回小旅馆,吴佩琳喘着气,声音断断续续:"明天,明天我们,回庐阳!"宋怀良说:"回去不方便,要搭农用车先到县城,再坐长途车才能回庐阳。"吴佩琳坐在小旅馆污垢斑斑的小床上,眼睛直视着宋怀良:"是不是看得很过瘾,舍不得走?"宋怀良被吴佩琳直视得有些心虚:"我是舍不得工钱。"

晚上演出回来已是十二点多了,演员们要用热水洗脸卸妆,吴佩琳跟宋怀良在房东家烧好了一大锅,每个房间送两瓶开水,送到那个叫石榴红的女演员房间时,石榴红训斥吴佩琳说:"你俩吃干饭的呀,送到演出后台的开水为什么不烧开?"吴佩琳说烧开了,可能是水瓶不保温。这时,王遥团长嘴上叼着香烟进来了,他像进自己房间一样轻松,吴佩琳愣了一下,王团长说:"你还有事吗?"吴佩琳说没有了,放下水瓶走了,直觉告诉她,团长和石榴红不是两口子,年龄不对,气息也不对。

新浪潮歌舞团转战到大山深处的黄栗树乡,演出地点在一个废弃的三线厂的车间里,很偏,依然有三四百观众跋山涉水来看演出,晚上住在三线厂废弃的招待所里,吴佩琳送开水到王遥房间,王遥用色眯眯的眼睛看着吴佩琳,然后别有用心地说:"你很漂亮,气质比我们演员都要好,给你加钱,八十一天,你陪我一会儿,再回去,怎么样?"他吐掉嘴里的半截香烟,"嫁一个干苦力活的男人,太吃亏了!"吴佩琳放下水瓶,意味深长地说了一句:"团长,你知道什么叫体面吗? 这个干苦力的男人是一个体面而尊严的男人,你一辈子都赶不上他!"

新浪潮歌舞团像一个流窜作案的小偷,神出鬼没地在大山深处演脱衣舞唱流行歌。在定安镇,吴佩琳打听到了一个可以对外打电话的地方,她要给县公安局报警,宋怀良问她报什么,她说王遥团长要流氓霸占女演员,宋怀良说愿打愿挨的事,受害方不报,你报警是不会受理的,宋怀良说要打电话就举报:新浪潮歌舞团搞色情淫秽表演。

定安是个大镇,邮政所有一部对外的公用电话,一个穿着灰色棉袄的中年妇女守着灰色的拨号电话机,手里还打着毛线,她问吴佩琳打什么电话,吴佩琳说打报警电话,女的说报警电话不给打,吴佩琳说我给钱,女的说给钱也不能打,镇上提前打过招呼了。

出了邮电所,天空飘起了细碎的雪花,宋怀良说我们去镇政府试试看,吴佩琳气得将脚边的一个空塑料袋踢向空中:"不去了!"塑料袋落到宋怀良脚边,他接着踢了一脚,望着在细雪中盘旋的塑料袋,宋怀良沉不住气了:"为了点钱,给这些下三滥做服务员,太醒醅了。你要是愿,我们今天就走。工钱不要了!"

吴佩琳望着远处飞雪弥漫的大山和眼前冻得脸色发青的宋怀良:"一千块,到哪儿挣去?还有两天就回去了。算了吧!"

腊月二十九,新浪潮歌舞团满载着一卡车演员和一蛇皮口袋的钞票凯旋,大篷车里的演员们打情骂俏的情绪无限高涨,有男演员说回去找小姐潇洒,女演员说你们找小姐,我们就到温泉公馆享受少爷服务,近年有台商港商来投资,庐阳引进了不少"淡水鸭"。王遥团长在大篷车里继续跟石榴红钻在一个被窝里,大伙觉得两人合伙一条被子,就像合伙坐一张条凳,很平常。至于王遥的手伸向不该伸的地方大伙也熟视无睹,石榴红不拒绝,关别人何事。大篷车车厢里很冷,王遥说进城后先到"锦春"澡堂泡个热水澡,然后到"运满楼"吃它个天翻地覆,吃完了分钱,王遥说每个演员平均一千五,石榴红、小钢炮、红辣椒等几个主要演员,每人加一千五。"三千块钱呀,也就十天,抵政府小公务员干上一年。当然了,大家也吃了不少辛苦,山里的小旅馆跟他妈猪圈差不多,好在伙食安排得还不错,顿顿有肉。"王遥在光线忽明忽暗的车厢里对宋怀良和吴佩琳说:"你俩下岗工人,十天挣五百,抵上打工两个月。我这人心好,不亏待穷人。"一路上不说话的石榴红终于开口说:"你自己就是穷人。"

大篷车是在进城收费站被拦下的。

开始以为是检查驾驶员驾照和行驶证,一车人继续在车厢里胡说八道打情骂俏,过了一会,几个警察掀开了车厢后面蒙着的帆布,大声呵斥："下来,都给我下来!"

这时,大伙才觉不妙。下车后,警察命令："双手抱头,不许乱动!"自我感觉良好的王遥掏出一包红塔山香烟拔出几支准备给警察递烟,他脸上流露出一种讨好的表情："警察同志,我们到山区慰问演出,虽说辛苦,但演员们心系百姓,送文艺下乡的热情很高。我是团长,有什么指示跟我说!"一个中年警察用手中的警棍顶了一下帽檐,对身边拎着手铐的小警察说:"给我把团长铐起来!"

其余人重新登上大篷车,集体押送到市公安局。

警方是接到举报后将新浪潮歌舞团一网打尽的,本想举报的吴佩琳宋怀良却与举报无关。

王遥团长因传播色情淫秽罪当晚就被批捕,十天十二场演出的赃款四万二千多块钱全部没收。在警察严厉训斥过程中,憋不住的宋怀良插话说:"我们两口子是搬道具和烧饭的,不是歌舞团的。"警察不等他说完,呵斥道:"少废话!"

戴着手铐的王遥被押走前歪着脑袋对宋怀良和吴佩琳恶狠狠地吐了一口唾沫:"他妈的,一看你俩就不像打零工的,卧底的狗特务,等老子出来,卸你一条腿!"

宋怀良拉着吴佩琳找到那位宣布逮捕王遥的警官,说:"能不能把工钱给我们?"

那位警官也累了,情绪很烦躁:"赃款,全部没收!"

宋怀良继续申诉:"领导,我们不是演员,我们是打工的,挣的是苦力钱,街坊还有好多债等着要还呢。"

警官太困了,他努力睁开疲倦的眼睛,猛地一拍桌子:"再胡搅蛮缠,马上把你俩也铐起来!"

吴佩琳拽着宋怀良的袖子说:"不要了!"

两人落荒而逃。

大街上,空空荡荡,北风吹得路灯直晃,想起十天的辛苦和委屈,吴佩琳伤心地哭了起来:"我想着年关多挣点钱还债,没料到会是这样的。"宋怀良情绪像是被传染了一样,他很伤感地攥着吴佩琳的冰凉的手:"佩琳,别说了,是我无能,让你受了这么多委屈。"宋怀良没哭,他用同样冰凉的手替吴佩琳抹着眼泪。摇晃的路灯下,天空飘起了雪花,零点已过,大年三十了,一年的最后一天就像一生的末日。

累得几近崩溃的宋怀良和吴佩琳回到五里井睡到除夕下午才醒来,他们听到巷子里或远或近的鞭炮声陆陆续续地响起来,他俩是与过年无关的人,或是被过年遗忘的人。

老屋里除了冰冷的空气和墙上明星们一成不变的妩媚,一无所有,夜里宋怀良居然没有听到老鼠穿梭的声音,也许是对这个屋里的粮食已经绝望,老鼠在年前也撤走了。起床后,宋怀良和吴佩琳两人凑完了口袋里所有的钱,总共九块八毛六,宋怀良说到十字巷口买点菜,再买一瓶酒:"晚上我们一起喝酒,庆祝新年!"吴佩琳说:"还要到常大爷店里买一包烟!"两人很奇怪怎么一天都没人上门讨债,吴佩琳说也许我们睡死了,敲门没听到,宋怀良说不会的,没人敲门。正在讨论是否有人敲门时,门响了。吴佩琳有点紧张:"讨债的上门了!"宋怀良安慰说:"别怕,我来跟街坊解释。"

开门后,一下子进来了十来个街坊,他们手里捧着、端着、提着年货来了,杀猪的赵国发拎着一块猪肉,足足有二斤,卖卤菜的孙一根送来了一包卤猪头肉,炸爆米花的黄四喜送来了一袋炸炒米,修自行车的王朝全带了二斤饺子,常大爷出手最大方,送来了一包"红旗"香烟和一瓶庐阳大曲,电工班班长刘开平将一挂鞭炮挂在墙上的铁钉上:"明天,大年初一,炸上一千响,晦气一扫光!"

小两口比那天早上看到新浪潮歌舞团的大篷车还要惊讶,惊讶中还夹杂着一脸糊涂,宋怀良连忙给大伙递烟,可掏出口袋里的烟盒,只有两支了,街坊们抢在他前面给宋怀良递上烟,烟还没叼到嘴上,火已跟过来了。

是杀猪的赵国发把小两口上当受骗的遭遇发布到五里井的,昨天下午蹬三轮从乡下拉猪回来,进城到收费站路口,看见大篷车下的小两口,在警察警棍控制下抱着头瑟瑟发抖。

　　看着这个劫后余生的家,凳子没几张,街坊也就站着寒暄了几句,常大爷资格最老,他劝宋怀良:"都是街坊,住一条街,喝一条巷子的西北风,谁家没个三灾八难的。没人看笑话,也不会把街坊往死里逼。佩琳嫁到五里井,吃了多少苦,受了多少罪,她给五里井长了多少脸面。"

　　除夕夜,吃了街坊送来的年夜饭,宋怀良和吴佩琳在此起彼伏的鞭炮声中进入梦乡,他们还没从山区颠簸的疲劳中缓过劲来,一夜的鞭炮声没有惊醒他们在梦中车轮滚滚的奔跑,一觉醒来,已是第二年了,一缕细瘦的阳光从窗子的缝里射进来,杠子一样横在墙上一个出轨女明星的脸上和床上的碎花被子中间。

七、墓地上的鲜花和舞蹈

　　生活窘迫并不影响人们过年时潇洒、豁达、挥霍一回，大街上到处回荡着一首让人忘乎所以的歌叫《潇洒走一回》，人比平时更加宽容和友善，街坊的脸上没有讨债的表情，也没有下岗的沮丧，宋怀良和吴佩琳去城隍庙看踩高跷、舞狮子、摇划船，沉溺于丰富想象的吴佩琳对宋怀良说："要是天天都过年就好了。"

　　经过无线电二厂干部楼，楼下苍白的水泥路上，随风飘扬着炸碎的鞭炮碎屑，吴佩琳站在楼下，停下脚步，仰起头看着自家二楼的阳台，阳台是空的，屋内好像也没有动静，宋怀良一脸的义无反顾："你要是实在想家，上楼，我先进门，你爸一棍子过来，我替你断腿。"吴佩琳没说话，默默地又看了一眼阳台，拉着宋怀良的手走了。

　　吴佩琳和宋怀良楼下驻足的片刻，吴镇海正从客厅里搬动藤椅到阳台晒太阳，打开通往阳台的玻璃门时，吴镇海高举的目光看到了楼下的吴佩琳和宋怀良，他像触电似的往回一缩，人僵在玻璃门内，那一刻，楼下的吴佩琳看着逆光里的客厅，没有一个人。江月英走过来问吴镇海，椅子怎么不搬了，吴镇海说腰有点痛，江月英放下手中的毛线："我来搬！"吴镇海很反常地一把推开江月英："不要你搬！"江月英愣住了，声音嗫嚅着："你不是腰疼吗？"吴镇海不可理喻地背对着阳台，神情僵硬地说："腰疼，心也跟着一起疼，你懂吗？"江月英似懂非懂，没有女儿的春节腰直不起来了。

年初六，大多数人还没有从酒精中醒来，上班第一天，彼此见面，互相握手、互相拜年，好话和假话像鞭炮碎屑一样漫天飞舞。四处找工作的吴佩琳和宋怀良临近中午，在海星大厦"蓝湾公馆项目中心"见到了一群青年男女站在一个沙盘模型前开会，他们穿戴整齐表情和蔼，没有一个人相互握手和情绪夸张地拜年。

　　接待吴佩琳和宋怀良的是一个三十岁左右的年轻人，人们叫他孙经理，头发一丝不苟的孙经理看了吴佩琳的资料后很满意，说有学历有容貌有气质，做公关小姐，做公司广告设计都很合适，对宋怀良没表示出什么兴趣，吴佩琳说你不要跟我说适合做什么，你先说哪一个岗位最挣钱，其次，我俩是一根绳子上的两只蚂蚱，要来一起来。孙经理用他那意义含混的目光又一次上下打量和推敲着吴佩琳和宋怀良，坦率而直白地告诉他们："那就做销售。蓝湾公馆是外资项目，像庐阳这种小城市，没几个能胜任，我看吴小姐准行。吴小姐每月底薪二百八，小宋没学历，底薪只能开一百六，你们的收入主要靠销售奖励，蓝湾公馆0.1%提成；要是卖墓地，10%。做哪一项？"

　　两人不谋而合：卖墓地！

　　蓝湾公馆是庐阳第一个外资地产，老板是香港碧云集团齐天琪，十八层高档住宅，电梯上下，电线入地，蓝湾不叫"花园""新村""小区"，也不叫"宿舍"，叫"公馆"。"公馆"进出的是有身份的人，有地位的人，有钱的人。庐阳的商品房每平方米四百到六百，"蓝湾公馆"每平方米一千二，庐阳普通工人起早贪黑、不吃不喝干一年，买不到半间厕所。在"蓝湾公馆"之外，碧云集团开发了郊外庐南镇豪华的"南山公墓"，公墓背靠南山，前面是庐陵水库，据说战国的时候，这里埋过楚国的楚平王。碧云集团在报纸电视上做的广告语叫做："来有蓝湾，去有南山，上下左右，一路祥安！"把活的和死的放在一起推销很荒诞，但因为豪华，因为奢侈，恶心反而会变得高贵，龌龊都能闪烁出光辉，这就像有钱人吃活的猴脑和婴儿胎盘一样，还有人体宴将鱼肉堆在裸体少女的肚子上和乳房上一样。说实在的，齐天琪虽是市政府座上宾，当年却是因偷生产队耕牛败露后，偷渡到香港去的，一个说话错别字连篇的半文盲做事是不可能按常规出牌的，据说最初的广告语叫：活在蓝湾，死在南山。荒谬到极点。齐天琪在香港公墓销售排第一，香港人说他是靠死人翻身的，他却说，靠死人翻身是本事，靠活人翻身是运气。

"蓝湾公馆"建在无线电二厂厂区的六百多亩地上，年初十，推土机轰鸣着开进厂区，不到十天，办公楼和车间还有车间外堆砌的假山假水全部夷为平地，二厂几十年的光荣和梦想以及那些报纸电视上报道过的辉煌成就被推土机碾压粉碎，漫天灰尘将五里井盖了个严严实实，许多人家的窗子上和厨房的碗里锅里落满了二厂的灰飞烟灭的尘土。

上岗第一天，吴佩琳坐在宋怀良"长征"自行车后座上出门，自行车汇入长江东大街车流，她看到满大街埋头赶路的活人，实在不知道到哪儿去卖死人坟墓，卖坟墓不像卖麦芽糖可以走街串巷沿门兜售，宋得贵住院时，宋怀良每天都能听到走廊里的哭声以及太平间运尸车不太平的声音，在重症病房推销坟墓，时间地点环境恰到好处，他对后座上的吴佩琳说："去医院！"

父亲住院期间，林丽是宋怀良唯一看到在病人咽气时流过眼泪的护士。进了医院，宋怀良找到林丽恳求说："重症病房门外，能不能让我们跟病人家属谈谈，反正人死了都需要墓地安葬。"林丽穿一身洁白的护士服，牙齿和衣服一样洁白，她洁白的牙齿间吐出的却是灰暗的文字："你想过没有，重症病房外所有家属都期盼着病人起死回生，人还没死你跟人家落实死了的事情。你这是找骂，人家要是动手打你，你都没处申冤。"林丽告诉他们重症病房好多人是能救活的，比如出车祸失血过多，血浆一到，就行，还有心梗、脑梗的只要抢救过来，很快就能活蹦乱跳回家。

宋怀良还没离开医院,就意识到这是个愚蠢的推销方案。

宋怀良强打起精神鼓励吴佩琳:"哪怕只有一丝缝隙,也得想办法钻进去!"其实他也不知道办法在哪里,南山公墓价格太贵,百分之九十五以上的家庭买不起。坐在车后座的吴佩琳漫不经心地问了宋怀良一句:"那个叫林丽的小护士长得还蛮漂亮的。"宋怀良很卖力地蹬着车,随口答道:"比你差远了!"吴佩琳在他后背上捣了一拳,车子一阵乱晃:"那个小护士说你身上的棉袄还是去年的那一件,关心得过头了吧?"宋怀良喘着气表态:"我要是再去找林丽,你就把我塞到南山公墓里去!"吴佩琳温柔地扯了扯宋怀良的棉袄后襟,"跟你说着玩的,不许讲不吉利的话!"

半个月过去了,一个坟墓没卖掉,宋怀良吴佩琳去项目中心想打探一些销售门道,孙经理客气而冷酷地对宋怀良说:"都晓得怎么卖墓地,销售提成就不会有这么高。"

春天的脚步越走越快,宋怀良家门口的老槐树上已经绽开细微的叶瓣,风一吹,空气中能闻到那微茫的树叶气息,吴佩琳喜欢站在巷子里的老槐树下仰头看天空,看远处父母家的阳台,可她一次没看到过父母站在阳台上,这种咫尺天涯,类似于阴阳两隔的绝望与疼痛在这个春天变本加厉,她有时会一个人偷偷地哭,但哭什么,她也说不清。离月底只有五天了,一座墓地都没卖出去。

绝望中的吴佩琳跟宋怀良商量好了,锁上五里井的门,到南方去,宋怀良说去海南,眼下海南最热,满大街都是经理和欲壑难填的目光,吴佩琳说你是不是打算去投奔汪晓娅,宋怀良说:"你说过,穷人是有尊严的,我怎么会去找她!"吴佩琳说:"去了海南,汪晓娅有可能来找你。"宋怀良很奇怪:"她找我干什么?"吴佩琳脸涨红了,声音变得激烈起来:"她看不得我俩在一起,想拆散我们!"

宋怀良和吴佩琳讨论了一夜后,决定到广东顺德的电器厂打工,宋怀良懂电,吴佩琳懂包装设计,找个饭碗应该没问题,吴佩琳联系好了在顺德一家电子厂的中专同宿舍同学，出发前，路费不够，宋怀良去卖"长征"自行车，二手车市场说太旧，顶多值三十块钱，他一气之下不卖了，吴佩琳将好久没用的传呼机当掉了，当了二百三十块钱，盘缠还是不够，吴佩琳去找张月秀，要月秀借四百块钱给她，抵押低保金存折还账。

张月秀在魏国宝租来的公寓里给吴佩琳削了一个苹果："先别急着走，我给你提供一个线索，如果谈不下来，再去广东。"

张月秀告诉吴佩琳，魏国宝昨晚从火车站拉了几个客人到华都饭店，每人手里拎一个军用旅行包，开始以为里面装的是收录机或者是麻将什么的，后来听他们在车里说话才知道，每人军用旅行包里装了一个骨灰盒，是越战老山前线牺牲的庐阳籍战士的骨灰，本来已经在前线安葬，出于叶落归根的风俗，烈士家属向民政部门申请赶在清明前，将骨灰迁回庐阳老家安葬，他们的一致意见是，要葬到一个风水好的地方去，他们说："孩子们阳寿短，在阴间生活的日子要长得多，不找个好地方，就太苦了！"说着说着眼泪就下来了，陪同的民政部门科长答应向上面请示。

吴佩琳没等张月秀说完就匆忙离去，她拉着宋怀良抢在第一时间赶到了华都饭店，问了前台后，径直敲开了 502 房间的门，一位穿着旧军装的农民模样的客人开了门，吴佩琳说明来意，穿旧军装的烈士家长指着地上军用旅行包说："一个活蹦乱跳的大小伙子出去的，就剩一盒灰，你说我心里好受吗？"说着眼圈红了，宋怀良给烈士家长递上一支烟，点上，他看到烈士家长灰暗的嘴唇不规则地颤动着，于是说："所以，我们给您推荐南山公墓，坐北朝南，背山临水，四季分明，风景如画。"烈士家长说："我们八个家属已经商量好了，坟要放在庐阳最高的地方，孩子们一抬脚，能看到家里的烟囱。你们真是帮了大忙了！"那位穿旧军装的烈士家长从装骨灰盒的军用旅行包里掏出一包拆开过的饼干，拿出几块硬往吴佩琳和宋怀良手里塞，吴佩琳回避着沾上了骨灰盒气息的饼干，宋怀良若无其事地接过来，轻松随意地吃了起来。

两天后,民政局给市里打的报告批了下来,同意几个乡下烈士家属的请求,八个烈士安葬在南山公墓最高处听风阁墓园,每座公墓六平方米,总价七千二,每平方米一千二,跟蓝湾公馆一个价。八座公墓共计五万六千块钱,签合同时,宋怀良拿笔的手在颤抖,吴佩琳笑了:"又不是签逮捕令,慌什么!"宋怀良站起身,将蓝色圆珠笔塞到吴佩琳手里:"这笔业务是你谈下来的,还是你来签!"

签完了合同,两人来到大街上,吴佩琳突然想唱歌,宋怀良蹬着破旧的自行车唱起了张雨生的歌:

> 你是不是像我在太阳下低头
> 流着汗水默默辛苦地工作
> 你是不是像就算受了冷漠
> 也不放弃自己想要的生活?
> ……

大街上走动着失魂落魄的行人,头顶上的阳光敷衍着空气中的欲望,过于亢奋的宋怀良和吴佩琳抑制不住激动和狂喜,宋怀良说:"我们去喝牛肉汤,一人两碗,三块吊炉烧饼!"坐在自行车后座上的吴佩琳在宋怀良的后背上拧了一把:"三碗,四块吊炉烧饼,再给你买五包'红塔山'!"

数据像手铐一样坚定而牢固。五万六千块 10% 提成是五千六,加上两人底薪四百四,第一个月工资加提成六千零四十,这跟当扒手、做小偷的收入差不了多少,比陈琦店里一个月的利润还要多。钱那么难挣,没想到说挣也就挣到了,这瞬间的大悲大喜让他们一时调整不好恰当的情绪来面对一大摞即将到手的票子。领了钱,晚上回到五里井,两口子坐在床上将六千零四十块钱铺满了一张床,花花绿绿、五彩缤纷,两个人反复地数了好几遍,第一遍数错了,多出了二百块钱,第二遍少了一百块钱,第三遍又多了一百块钱,第四遍吴佩琳一个人数,数准了,不多不少。

人倒霉的时候,喝凉水塞牙,走平路跌跟头;走运的时候,杀手的子弹瞄准了脑袋,一扣扳机子弹卡壳了,海难中正要葬身鱼腹,一只橡皮圈扔到了你手边。吴佩琳跟宋怀良探讨倒霉和走运刚有了个初步结论,好运又来了,《庐阳晚报》报道了庐阳台湾企业汉森板材厂火灾,一把大火烧死九个,烧伤十六个。宋怀良和吴佩琳骑自行车二十里,赶到庐阳开发区的台湾汉森工厂,工厂里一片狼藉,一百多米长的车间烧得只剩下一些干枯的骨架歪斜在春天的风中,板材厂门口烫金大字也被浓烟熏黑了,几百个工人家属已经将工厂大门堵死了,宋怀良和吴佩琳不知道怎么推销业务,这时人群中有人说,汉森火灾事故处理小组设在"庐阳饭店"。

宋怀良和吴佩琳正要离开,穿着蓝色夹克的郭凯随着一群人过来了,吴佩琳不想跟郭凯打招呼,郭凯看到了吴佩琳,主动走到宋怀良的自行车前面,他很诧异地看着吴佩琳,然后目光侧向宋怀良:"是不是他家有亲属在里面?"热情帮宋怀良批发票的郭科长,没几天就变得如此傲慢,连宋怀良的名字都不愿提,也有可能忘了。宋怀良说:"是的,我们来声援的!"吴佩琳对郭凯说:"人命关天,你们要让台湾老板多赔一点钱!"郭凯轻描淡写地说:"钱肯定是要赔的,但堵门是不对的,一切按法律来,不能因为我们之间认识,就搞特殊化!"这时,一个比郭凯更年轻的小青年喊郭科长过去跟堵门的闹事者对话。

庐阳饭店 8011 房间事故处理小组,宋怀良吴佩琳跟那个戴着金边眼镜的台资经理很快达成协议,台资经理声音悲伤地说:"厚葬遇难者,是本公司必须的善意,南山公墓最好的位置,最佳的风水留给本公司,拜托了!"本以为推销有难度,没想到台湾老板还感谢服务上门。三天后,厂方与死难者家属达成赔偿协议和安葬协议,宋怀良跟汉森板材公司签订了公墓销售合同,九座公墓六万七千五百块钱,每平方米一千二百五，涨了五十，字一签，成交了。宋怀良拿了支票，被火灾烧得晕头转向的台湾老板还跟他亲切握手，并且说了一句不合时宜的话："很感谢你们，希望今后多多关照！"

第二个月宋怀良和吴佩琳底薪加工资，领到了七千四百五十块钱，这笔钱够五里井下岗的弟兄干上两年的。

五里井街坊无法理解年三十厨房不冒烟的小两口，过了年没几天，揣着大把票子来还钱了，一次性全部还完。杀猪的赵国发嘴里咬着一根烟，接过钱，一脸杀气地一口咬定："肯定是买彩票中大奖了，不是五千，就是五万！"常大爷在跟宋怀良结清了二十多块赊账的油盐酱醋和烟酒钱后，自作主张地断定："小宋，你是不是买原始股赚了钱？股票这玩意解放前我父亲他们玩过，没想到新社会还搞股票，都是教人投机取巧的。"在街坊怀疑的口气中，好几次，吴佩琳正要对街坊说是卖公墓赚的钱，宋怀良总是恰到好处地岔开话题。回到老屋，宋怀良对吴佩琳解释说："我怕传到你爸耳朵里。"

卖公墓的好日子，就像夏天的雷阵雨，来得快，去得也快，台湾汉森那笔业务之后，再也没有外资企业失火了，报上有报道火灾的，但没死人，而老山烈士骨灰迁移回庐阳，也不会有了。他们每天盯着报上有关灾难和死人的消息，心情也跟死人差不多，很别扭，吴佩琳说自己身上好像有一股挥之不去的死人气息，宋怀良说那是幻觉习惯了就好。整个三月，宋怀良和吴佩琳一座公墓也没卖出去，清明快要到了，许多寄存在火葬场的骨灰盒要安葬，宋怀良和吴佩琳每天去火葬场骨灰寄存处守株待兔，可领了骨灰盒的家属，要么说已经安排好了，要么说南山公墓价格太贵，一位在物价局工作的骨灰盒家属教训宋怀良和吴佩琳说："简直不像话，活人住的房子才五六百一个平方，死人住的坟墓一千二，死人比活人还重要吗？"火葬场骨灰寄存处推销了近半个月，只有一个骨灰盒家属问："能不能赊账？"吴佩琳沉不住气了，她说："活人不赊死账！"吴佩琳看到火葬场上方弯曲的天空里飘满了死人的影子,空气中整天弥漫着活人的灰烬,她对宋怀良说:"再这么耗下去,就该为我选南山公墓了。"

宋怀良一脚踢开自行车的支撑架:"走!只要你不想卖了,坚决撤退!"

西郊望湖温泉疗养院专供老干部疗养,他们在风景如画的地方疗养,也在这温暖如春的地方反复探讨身后的去处,他们讨论死后墓地就像讨论生前的卧室一样心平气和神情淡定。那天在澡堂子里听了这一信息,宋怀良准备最后再博一次,他对吴佩琳说如果推销不掉,这就是最后一次卖公墓,"你在家歇着,我一个人去。"吴佩琳说:"最后一次告别演出,我陪你去!"

时间已近中午,大好阳光照耀着林木幽深、气象森严的温泉疗养院,石头垒砌的大门口,保安穿着一身狐假虎威的制服,堵住了宋怀良和吴佩琳:"知道这是什么地方吗?"吴佩琳咽不下门卫嚣张的口气:"当然知道,泡温泉的澡堂子!"宋怀良连忙掏出香烟讨好地给保安递上:"师傅,我们不是来闲逛的,进去要谈点业务!"保安吸了一口烟,口气被香烟软化了:"不是我为难你们,疗养院有规定。"宋怀良将剩下的大半包香烟迅速塞进保安口袋,"请您行个方便,马上就出来!"保安歪戴帽子的脑袋一歪,示意他们进去。不远处岗亭里的另一个保安没看见他的同伙悄悄地独吞了大半包香烟。

走在疗养院的林荫道上,吴佩琳问宋怀良:"你这算不算行贿?"树荫下的宋怀良有些尴尬:"我也是一时没招了,想也没想就把香烟塞过去了。"

宋怀良背了一个不合时宜的电工包,帆布的,粗糙且沾满了无线电二厂的油污,他的形象跟一个电工或者是收水电费的比较接近,下摆收口的蓝色工作服,进一步注解这是一个与谈业务不太相干的人。宋怀良让吴佩琳在疗养院的假山假水间转转,他一个人进去谈,吴佩琳对卖坟墓实在厌倦,也就答应了。

温泉疗养院由六幢徽派园林建筑和四季冒着热气的八个温泉汤池构成，躺在池子里泡着温泉，可以看到远处碧波浩渺的黛山湖，望湖由此得名，望湖温泉疗养院是清代盐商程兆基的私家花园，据说乾隆爷下江南曾在这里住过一晚上，名声因此大噪。疗养院政工科在第四栋别墅，宋怀良经过一楼几个疗养客房踏上通往二楼的木质楼梯，一上楼就是政工科办公室，敲开门，门里有两个人，一个在埋头看报纸，一个在百无聊赖地抽烟，那位抽烟的年轻人嘴上还有一圈小胡子，小胡子抬头瞥了一眼，很不耐烦地对宋怀良吼着："去去去，没有旧报纸！"宋怀良没有离去，而是进来了，他态度温和得有些卑微："我不是收旧报纸的，我是想来请你们通融通融，跟疗养的老干部谈谈南山公墓的事。"嘴上有一圈小胡子的年轻人很野蛮地站起身，将没抽完的烟头吐向宋怀良，宋怀良头一歪，烟头掉到了地板上，年轻人站起身，声音更加野蛮："谁同意你进来的？卖坟墓卖到温泉疗养院，滚出去！"

　　有话好好说，不能仗着温泉欺负人，脾气很好的宋怀良忍不住抗议："你有什么了不起的，把烟头往我身上吐，我下岗前也是堂堂国营无线电二厂的正式工。"

　　小胡子见这个穿着小瘪三样的公墓推销员公然反击，冲过来一拳砸到了宋怀良脸上，嘴里骂骂咧咧："你他妈的眼睛瞎了！扰乱办公秩序不算，还他妈把坟墓搬到我办公室里来卖了，有多远滚多远！"

　　猝不及防的宋怀良一个趔趄，跌倒在地，他闻到了嘴里一股腥甜的血腥味，还没走远的吴佩琳听到楼上动静，冲了上来，见宋怀良被小胡子打得满脸是血，搬起桌上的开水瓶向小胡子砸去："你这个畜生，光天化日下行凶，我跟你拼了！"吴佩琳又抄起桌上的一个电话机，连着电线和话机一起砸向小胡子，小胡子蹦了起来，他抓起桌上的文件夹砸过来："反了，哪来的鸟男女，跑到我办公室撒野。快叫保安！"

看报纸的中年男人上前拉开了小胡子和吴佩琳,楼下客房里疗养的老干部听到了楼上的打砸声,都上来了,愤怒得满脸涨红的吴佩琳一转身突然看到看热闹的人中一个面色仓皇而熟悉的面孔,是父亲吴镇海。

吴镇海看到吐沫飞扬的吴佩琳和躺在地板上满脸是血的宋怀良,一扭头转身就走,吴佩琳刚要喊一声"爸",音节还没出口,人不见了。

下楼后吴镇海问一位服务员,楼上为什么吵起来了,那位一脸麻木的女服务员说:"两个小青年来卖坟墓,你说这不是找揍嘛!"吴镇海一听就后仰瘫倒在床上,服务员问:"领导,你怎么了?"吴镇海咬紧牙关,痛苦而困难地说:"快送我去医院!"

楼上的冲突在疗养院来了一个领导后告一个段落。宋怀良鼻子骨裂,血流不止,疗养院拉煤炭的小货车将人送到了市第一人民医院。

吴镇海本来也是送往市一院的,救护车开到半路上,医生给他吃了几粒硝酸甘油,好了,车子又折回了疗养院。院里通知吴镇海老伴江月英来疗养院陪护,江月英来了后,吴镇海躺在床上有气无力地对江月英说:"大学不上,好好的前途不要,跟那个小混混一起出来卖坟墓,卖到疗养院来了!"江月英的安慰像是反驳:"坟墓、花圈、寿衣,总得有人卖,只要他俩愿意,靠劳动吃饭,也不是什么丢人的事。"吴镇海现在不打人了,也不骂人了,打骂不动了,于是就说:"你就葬到你女儿卖的坟墓去吧,我死了喂狗!"江月英不说话了,她看到吴镇海就像一条受伤的狗似乎连一根骨头也啃不动了,脸上浸透着绝望,想倒一杯水送过去,突然胳膊一阵尖锐疼痛,抬不起来了,当年吴镇海打断的那只胳膊,在阴雨天和情绪不稳定的晴天会突然卸力,她抓着空虚的搪瓷缸,一动不动地站在阳光已经撤退的房间里,窗外有人裹着雪白的浴巾去池子里泡温泉。

吴镇海在疗养院住了半个月,宋怀良在医院里住了半个月。宋怀良鼻梁骨骨折,半个月里,进出的气息在经过鼻腔时大打折扣,鼻子呼吸到的氧气缺少了30%以上,人受伤了不说,医疗费还花掉了800多块。究竟是宋怀良扰乱办公秩序,还是小胡子故意伤害,吴佩琳和疗养院谈判了四次,僵持不下,有市政府背景的疗养院甚至连医药费都不愿出一分,吴佩琳找到律师杨俊,杨俊用手稳定了一下镜框:"无论是收旧报纸,还是卖坟墓,小胡子故意伤害,没有任何异议。我先发一个律师函过去,然后起诉到法院。"没几天,疗养院主动找到了杨俊律师,杨俊律师说如果小胡子不想坐牢,医药费、务工费、营养费合计三千五百块,少一分都不行,疗养院不同意,杨俊说那就走司法途径。宋怀良出院前一天,郭凯来到病房,吴佩琳靠在窗口看当天的《庐阳晚报》,见郭凯进来,她有些别扭地说:"代表政府来慰问下岗工人了?"郭凯很平和地笑了笑,然后在宋怀良的床沿上坐下来,他拉着宋怀良的手感情很丰富地问着:"恢复得怎么样,还疼不疼了?"宋怀良很困难地直起身子:"好多了!"

　　疗养院知道宋怀良是吴镇海女婿后,找到吴镇海,请他出面调停,不要闹上法庭。吴镇海一口拒绝,疗养院找到了老干局,要老干局出面,老干局找到了郭凯,吴镇海是郭凯推荐安排去疗养的。郭凯了解到的情况是,打人的小胡子那天正好遇到了闹心事:"他老婆偷人,被逮了个现行,据说是在家里浴缸里活捉的。谁要是摊上这事,杀人放火的心都有,哪有什么理智。小伙子还是疗养院的优秀员工。"吴佩琳听了这话,心里陡然柔软似水,声音紧迫地问:"那小胡子不气疯了!"郭凯说是呀,你现在要他赔偿三千五百块,不等于是雪上加霜嘛,我跟疗养院那里协调好了,医药费800块由小胡子出,误工费营养费疗养院出一千块钱,如果能接受,就签调解协议,如果不愿意,那就只好上法庭:"但把一个老婆红杏出墙的可怜人告上法庭,胜之不武,你们说是不是?"吴佩琳说那就按你说的办吧,宋怀良见郭凯都说到这个份上了,就摸着依然疼痛的鼻子说:"好吧!"

郭凯走的时候对吴佩琳说:"你有学历,找一份工作不难,何必要去卖坟墓?"吴佩琳说:"你是不是觉得我俩很丢人?"郭凯没正面回答,临走前丢下一句话:"你爸昨天给我打了一个电话。"

出院后的宋怀良在家又躺了半个多月,鼻子才真正通畅起来,宋怀良说墓地不卖了,吴佩琳说:"你就是把我卖了,也不要再去卖坟墓了!"说着吴佩琳的眼圈红了。

泪眼蒙眬的吴佩琳没有看到老槐树上的叶子已经绿了,没过几天,槐花开了,整条巷子弥漫着槐花的清香。

八、做梦梦来的第一桶金

　　钢筋混凝土已经将庐阳包围得密不透风,我骑着自行车穿行在滚烫的马路上,喘不过气来,空气像是烈日被耗光了。城市也变得越来越陌生,当年的五里井,巷子里有树,树下有水龙头,一抬脚就迈进家门,煤炉熄火,铁钳夹一块新煤到邻居家兑换一块烧得通红的新火,如果做饭缺点料,生姜葱白到隔壁家厨房扯一把就走;如今的庐阳,电梯上下,谁都不认识谁,你不知道邻居是网上通缉犯、电信诈骗者,还是传销组织的头目,如果是一个长相姣好的女子,是良家妇女还是藏娇二奶,一概不知,也不能打听。城市里房子大都是用来炒的,而不是用来住的,所以你的邻居很可能就是一枚定时炸弹,我以如此不安的心情想象从前的五里井并怀疑如今灯红酒绿的城市,是因为穷困潦倒的我节衣缩食买房子住,而有钱人却拎着一箱子花不掉的票子炒房子玩,滨湖新区一栋公寓楼里,一个星期前警方一口气从里面抓出了二十多个"性工作者",还有三十多个电信诈骗者,四十多个传销者,那栋藏污纳垢的公寓楼就在我新买的小区隔壁,想到我跟这些人在同一个菜场买菜或乘坐同一路公交车,混迹其中的心情不可能好到哪儿去,所以我到局里参加完一个题材规划会后,以极其消极的语气跟局长汇报了采访宋怀良的缓慢进度,局长非常失望:"我说老许,戏是做出来的,是演出来的,是编出来的,你非要纠缠那些没戏的鸡毛蒜皮的事,给黄色下流的草台班子打工,卖坟墓挨打,这些怎么能写呢?"

在局长那里被呛了个半死,恒达地产的孙总听了我的汇报后却激动得有些失态,他主动给我点烟,还给我泡了一杯正宗的"大红袍",晚上又拉我到"恒达·庐阳院子"的私人会所吃饭。庐阳院子的豪华和奢侈气焰轻松盖过了"蓝湾公馆",孙总的私人会所是一座讳莫如深的独栋别墅,不对外接待,也不让人参观,我从孙总奔驰600下来,脚步虚软地踩着虚软的红色地毯走进会所一楼大厅,大厅璀璨光影里,先是闻到一股若无若有的檀香味,接着就看到射灯照亮了大厅墙上的一幅"江山秋色"的油画,油画下面是一块巨型灵璧石和几把雕刻精细的红木椅子,门口迎宾服务员姿色不孬于市黄梅剧团演员,看着眼前的场景,我的目光肯定是震惊和胆怯的,只是我看不到自己的目光。埋伏在林木幽深处的这幢园林式二层小楼,餐厅只有一个,其余都设计成了卡拉 OK 包厢、棋牌室、桑拿房、健身房和三间美国进口材料组装起来的套房,上楼梯时,孙总悄悄地对我说:"有兴趣的话,今晚住会所里,我们这儿的客户经理与你们剧团的演员比,毫不逊色。"会所里的服务员一律被称为客户经理,她们是为客户服务的,而不只是端盘子的,端盘子上菜相当于一件时装上点缀的亮片,是一个装饰和借口。我当然知道孙总的意思,但我只能装糊涂地打着哈哈:"这么豪华的地方,住上瘾了,就赖着不想走了!"孙总见我如此敷衍,不再往下说。

　　孙总对我异乎寻常的热情,是他知道了二十多年前吴佩琳和宋怀良是他的部下,还是他亲手招到蓝湾项目中心卖公墓的,当年那个穿西装打领带的孙经理就是如今恒达地产董事长孙飞云。孙飞云早先是碧云老板齐天琪手下马仔,在"庐阳蓝湾项目中心"做了三年销售经理,又到香港总部干了两年项目经理,摸清房地产门路后辞职,回到庐阳成立恒达房地产公司,"庐阳院子"是孙飞云的第 26 个地产项目,他赚了多少钱不知道,只知道齐天琪的香港碧云集团破产后,孙飞云接盘重组,并在香港成功上市,当初他的老板,那个偷生产队耕牛败露偷渡到香港的齐天琪,现在是恒达香港维多利亚湾一个港口仓库项目的监工，替孙飞云打工，孙总说齐天琪最大的毛病是贪酒，在工地上手里还抓着酒瓶，怀里揣一包花生米："我已经批评过他好几次了！"孙总有点恨铁不成钢地对我说。

会所晚宴，只有孙总和他的女秘书洪小姐、办公室主任胡杨，还有一个北京来的三流女演员，孙总没明确介绍，只是称呼她璐璐，璐璐从头到尾不说话，一脸的矜持和傲慢，大家相互敬酒，她纹丝不动，当然我也不会跟她敬酒，我见的演员太多了，而且我喝了酒都能看到她的脸形虽然不错但鼻子有点问题，鼻翼两侧不够对称，明显是整形失误。孙总在跟我喝了七八个来回后，晕晕乎乎地搂着我的肩膀说起了酒话："上次跟你说过，电视剧中一定要把我加进去，要写我在宋怀良走投无路的时候，雪中送炭，帮他渡过难关。真的，按当时招聘条件，宋怀良是不够格的，我为什么招了他？乐于助人！"

医院里的伙食一塌糊涂。宋怀良出院两天后，从菜市场拎回来了一只瘦得可怜的鸡，说要加餐，受伤这段日子苦坏了佩琳。宋怀良到披厦下的厨房杀鸡，吴佩琳剥葱，宋怀良在呛人的葱味中问吴佩琳："手里就这么点本钱，是摆地摊，还是开大排档呢？"吴佩琳攥着葱白，漫不经心地说着："只要不偷不抢、不贩毒、不卖坟墓，摆地摊还是开排挡，你说了算！"

中午，宋怀良撬了一瓶"庐阳大曲"，吃喝得脑门上流油，一只鸡吃到只剩下了残骸，门口突然站着两个乡下人。一个背着一卷铺盖，手里拎着一网兜的脸盆、瓷缸、毛巾、胶鞋，另一个手里拎着人造革旅行包，包上印有"南京长江大桥"图案。

是宋怀良乡下表哥耿双河与一个陌生的年轻人。

听宋怀良叫老表，吴佩琳站起身热情招呼："还没吃饭吧？"那位看上去比老表小一些的年轻人从旅行包里掏出几个煮熟的鸡蛋比画着："我们吃过鸡蛋了！"耿双河将一卷铺盖扔到宋得贵坐过的那把旧藤椅上，主人似的："鸡蛋管屎用，让兄弟媳妇弄点吃的，自家人，有什么客气的!"

吴佩琳将站起身的宋怀良按坐在板凳上:"你陪老表喝两杯,我去厨房。"三十岁左右的耿双河长得像短跑运动员,说话大大咧咧,走路虎虎生风,他在屋内反复转悠着,然后看着墙上宋得贵的遗像感慨着:"老舅一辈子没过上好日子,听说你娶了厂长家的女儿,发财了,这才过来投奔兄弟的。没想到兄弟媳妇长这么漂亮!"

那个拎着旅行包的叫周小泉,耿双河小舅子,听了耿双河忽悠,跟姐夫一起投奔大人物宋怀良的。

宋怀良招呼两人坐下来喝酒,他们就着花生米、咸菜和鸡的部分残骸,没几个来回就将大半瓶酒掀了个底朝天,见吴佩琳加了一个辣椒炒鸡蛋又端上了两碗面条,耿双河对吴佩琳说:"弟妹呀,老表要不是高攀上你,哪能天天有酒喝呢。"吴佩琳笑了笑没有解释。

三十一岁的耿双河是乡下一个不错的木匠,想发大财,承包鱼塘养鱼,一个木匠转身水产养殖,就相当于一个和尚改行当尼姑,两年下来,鱼得白斑病死了百分之六十,夏天一场暴雨下了六天六夜,第五天夜里,池塘决口,侥幸活下来的鱼随着决口的滔天大水集体开溜,十多年斧头锯子刨子,连锯带刨砍下的六千多块钱家业全被冲走了,一分钱没挣到,还欠下了银行四千多块钱贷款,耿双河说宋怀良要是不借四千块钱给自己还贷,那就拜托帮忙给找一个体面的工作,实在不行就当保安,制服一穿,神气,最好能当警察,不受人欺负,一旦来了脾气,还可以欺负一下别人。

周小泉进城前远没有姐夫耿双河胆大,他老老实实在乡下做瓦匠,去年年底拿着刚到手的两千块工钱,直奔县城农贸市场买年货,年货没来得及挑,钱被小偷偷得一分不剩,急红了眼的周小泉回去没法跟凶悍的老婆交代,非常弱智地策划了一出苦肉计,夜幕降临,回村的路上,他用瓦匠砌墙的砖头狠狠砸向自己的脑袋,然后借一个路边小店的电话报警说自己遭遇打劫,两千块工钱全被抢走了,警察来了后,看了伤情,将他送到家里,对他"母夜叉"的老婆说:"报假案,我们打算拘留,看他自己把自己脑袋砸得头破血流的,征求一下你意见,你要是不同意放他一马,立即送拘留所!"他老婆说同意放他一马,警察一走,老婆将周小泉赶到厨房锅灶下去睡了,锅灶下柴火堆边有一条彻夜乱叫的看家狗,还有一只从来不逮老鼠的猫,周小泉一边接受惩罚一边养伤,过年都不知道酒肉是什么滋味。伤养好了后,被老婆轰出家门,他找到同样走投无路的姐夫耿双河商量去贵州挖矿,耿双河说贵州太远路费凑不齐,再说那么远的地方没有老婆和女人,难保不犯生活作风错误:"跟我去庐阳,我老表宋怀良,大人物,找一份工作,就像你在工地上找一块砖头,小菜一碟。"

宋怀良坦率地告诉两位乡下弟兄:"木匠、瓦匠,你们还有一门手艺,我一个小电工,只要电线的正负极不搞错都能干,我连个手艺人都不算,厂子倒了,靠吃低保过日子,不是不帮你们找工作,是我自己都没找到工作,至于想当警察,那也只能到梦里去碰碰运气了。"

耿双河从口袋里摸出一包劣质烟,给宋怀良递上一支,说:"下午出去找零工做,干不了警察,就干苦力!"

收拾好碗筷,宋怀良将吴佩琳拉到小厨房里的灶台边说:"两位在我们家住一段日子,你看行不行?你要是不同意,我就劝他们出去租房子。"吴佩琳说:"家里有一间空着呢。"

大伙一起动手打扫干净空屋,耿双河将铺盖铺到宋得贵睡过的那张床上,周小泉从包里掏出一袋子大米递给吴佩琳:"嫂子,给你添麻烦了!"吴佩琳接过大米:"见外的话,以后就不要再说了。"

麻烦的不是米饭不够吃,是吃了米饭后的排泄,后半夜,耿双河和周小泉推开屋门站在窗子下面公然撒尿,腥臊味从极不严密的窗缝里钻进屋内。宋怀良在五里井巷口买了一个塑料痰盂放在耿双河周小泉床头:"你们夜里就在屋里小便。"耿双河大大咧咧地说:"不是早就跟你说过了吗,不要痰盂,门外方便,很方便!兄弟媳妇嫁给你够委屈的了,总不能再让人家给我们倒痰盂去吧!"宋怀良吞吞吐吐地说在窗户底下方便,影响环境卫生,耿双河说沿墙根是一道淌水沟,尿都撒到沟里去了。宋怀良对吴佩琳说:"要不,我花钱租房子,叫他们住到外面去,张月秀家有空房子!"吴佩琳说:"他们在窗户下面小便我没听到,也没闻到。赶人家走,说不过去呀!他们是乡下的穷人,我们是城里的穷人,一样的!"宋怀良不是歧视穷人,而是他在深夜里不止一次感觉到吴佩琳被尿声惊醒并捂住了鼻子。

1993年庐阳住房改革与全国一样,风起云涌,水涨船高,一夜之间,商品房铺天盖地,到了5、6月份,全市二十多家房地产商冒了出来,三十多个楼盘打出了销售广告。报纸电视广告除了电视机洗衣机冰箱空调,就是商品房。宋怀良去过耿双河周小泉打零工的装修现场,瓦匠周小泉帮着人家新买的商品房砸墙、砌门厅,木匠耿双河锯木板、打家具,现场还有帮着刷涂料的,布置电线的。商品房装修简陋到户主找到一个木匠或一个瓦匠,木匠或瓦匠再网罗几个漆匠、泥水匠、水电工、蹬三轮拉材料的车夫,拼凑一起,就干开了,也没什么专门的设计,户主怎么说,他们就怎么做,价钱随机谈,装修完全是游兵散勇式的,宋怀良用他那已经通畅的鼻子闻到了油漆味后面油印票子的油墨香。五月中旬的一个晚上,埋头抽烟的宋怀良在沉默了半集电视剧的时间后,突然抬起沉思的脑袋,对着另外几个营养不良的脑袋亮出底牌:"我想了一个多月了,成立一家正规的装修公司,就叫'怀琳',我们两口子名字里各取一字。我挑头,佩琳负责设计,你俩负责现场施工,愿意跟我干,工资按每天二十结算!"吴佩琳还没来得及表态,耿双河和周小泉抢先拍了胸脯:"干!"

春风夜,兴奋不已的吴佩琳搂着宋怀良的脖子咬着他的耳朵:"比卖坟墓还绝,怎么想起来的?"宋怀良说:"狗急跳墙。"吴佩琳情不自禁地主动扳过宋怀良,两个人像是点着的煤气,烈火熊熊地烧着了,他们浴火重生,在淋漓的汗水中完成了脱胎换骨,换了一个人的吴佩琳抱着汗湿的宋怀良问:"你开公司当上领导,会不会像我爸一样勾引女人?"

宋怀良和吴佩琳跟房东磨了大半天,租下了长江路236号沿街两层小楼,上下四间,八十六平方米,下面办公、业务接待洽谈,楼上隔成两间宿舍,一间给耿双河周小泉,一间做机动,每月租金四百,要不是紧挨着公共厕所,至少六百。吴佩琳设计,木匠耿双河做柜子、桌子、椅子和隔断,瓦匠周小泉砸墙、砌墙、改造厨房卫生间,水电宋怀良亲自动手。四个人花了十二天时间装修好了公司。

拿了营业执照,宋怀良咬着牙花300块钱去《庐阳晚报》登广告,吴佩琳去电信局申请装一部电话,装机电话线刚扯进门,还没落座生根,电话机响了,是湖阳路"义乌商贸城"打来的,电话里一个声音沙哑而自负的男人说商贸城装修总面积一万三千平方米,面积大,市面上的散兵游勇根本做不下来:"我们想请一家正规公司改造装修。商品展区简装,八百平方米办公区精装修,时间一个月。"宋怀良接电话的手直哆嗦着,鼻子上直冒汗:"好,太好了,保证按时完成任务!"吴佩琳掏出手绢擦了擦宋怀良鼻子上的汗:"不要急,慢慢说!"

商贸城费总电话里说,我们先要去贵公司考察一下实力,你们再做工程预算和设计方案。下午四点,小两口忙着接待第一个大客户,吴佩琳擦洗白瓷茶杯时问宋怀良:"不会是骗子吧?"宋怀良说:"骗子也得当菩萨供!"

装修好的怀琳公司,室内只有蓝白两个色调,洽谈接待室里两组沙发与两个茶几上放着玻璃烟缸和新买的两盆杜鹃花,墙上挂出了营业执照,还挂了一幅俄罗斯油画《深秋的白桦林》,油画对面天蓝色壁板上是一幅国画《春江花月夜》,外行看不出是仿制品。

头发油亮的费总经理和一位叫韩爽的女业务主管走进接待室,费总扫了一眼室内的格调,频频点头:"有品位,有气质!"目光紧接着又在吴佩琳全身上下推敲了几个来回,很笃定地操着江浙口音的普通话说:"我没猜错的话,吴小姐是设计师,这么漂亮,还这么有才华,工程你们做!"

商贸城是倒闭的柴油机厂厂房改建的,宋怀良和吴佩琳走进厂房,空荡荡的车间像是被掏空了肚子的一条死鱼,钢梁和水泥梁交错之间结满了蜘蛛网,铁门打开,几只麻雀在屋外光线的惊吓下,弹片一样飞走了,并留下一串惊恐的叫声,宋怀良看着满目油污的地上零散着生锈的螺丝和没有生锈的轴承,宋怀良想起已经死去的无线电二厂,他觉得自己不是来装修的,而是给一个死去的亲人化妆。那位相貌平平却很干练的韩爽,穿着一身湖蓝色套裙,手里捧着一个蓝色文件夹,语调轻松地说:"只要时间保证、质量保证,钱不是问题。我们费总认事不认钱!"

设计方案和工程预算是鸿翔批发部老板赵超帮着做的,送过去后,费总没反应,他要韩爽定,韩爽也似懂非懂,例行公事地说十二万报价太高了,赵超插上话说:"这是庐阳最低价,要不你找新加坡的皇冠装饰公司报个价,不收你二十万,工人是不会进场的。"韩爽说这是批发市场,不是五星级酒店,不需要豪华装修,不知轻重的宋怀良说让2000块钱,象征性退了一步,不到五分钟,成交了。签完合同,回来的路上,赵超说:"你俩就等着数票子吧!"宋怀良说能赚多少,赵超说你连预算都不会做,还做什么工程。赵超早年在市建筑公司干过测量员,做工程预算其实也是略知皮毛。

接下工程,宋怀良觉得自己不是在做装修,而是在做梦,走起路来也像梦游一样,轻一脚重一脚的。耿双河周小泉在东大桥下招收找活干的游兵散勇,一天20块钱高薪诱惑下,没到半天时间,耿双河周小泉就拉起了一支48人的队伍,两个乡下来的逃难男人,一人管起了20多个民工,耿双河肩上搭一条肮脏的毛巾对激动得直挠头的周小泉说:"跟我出来混没错吧,现在我们相当于部队里的连长。"周小泉继续挠着呛满了灰尘的头发:"不对,相当于排长。好像两个排凑合着也能算一个连。"耿双河说:"你是我带出来的,我是连长,你是排长。"周小泉说:"是,连长!"

怀琳装修公司实际上是一个领了证的半吊子公司,如同一个拿了驾驶证却没开车上过路的司机,虽说商贸城的装修重实用,可一大群半吊子瓦匠、木匠、漆匠、水电工,干活不讲究,吴佩琳从第一天起,从早到晚在现场盯着,做工程监理。开工两个星期后的一天傍晚,宋怀良见吴佩琳蜷坐在乌烟瘴气的施工现场的一堆板材边睡着了,手中的文件夹掉到了地上,电锯声和砸墙声对她没有丝毫影响,宋怀良走过来,捡起地上的文件夹,赶走了落在她头发上的一只黑色的虫子,又轻轻地掸了掸落满灰垢的头发。吴佩琳醒了,她一气猛烈咳嗽,又擤了一气鼻子里呛满的灰尘和木屑,然后望着宋怀良苦笑了笑:"没撑住,睡着了!"

赚钱的日子像一头发疯的野驴,一眨眼就不见了。工程完工了,宋怀良说,一个月的时间还不如他伺候病入膏肓的父亲一个晚上。第一桶金扣除工人劳务费、装修材料费、材料运输费,净赚三万二千一百零六块钱,宋怀良被这笔滔天巨款吓傻了,他怀里抱着几捆票子,身子像一口袋被水浸泡过的面粉,重重地瘫倒在公司棕色沙发里;一个月里,吴佩琳没有照过一次镜子,她确信自己脸上每一个毛孔里都呛满了施工现场的粉尘和污垢,眼前的钞票在黄昏的光线里泛滥着金色的光辉,她却有些麻木,只是说:"太累了!"宋怀良松开抱着票子的手,轻轻抚摸着吴佩琳疲倦的脸:"晚上想吃什么?"吴佩琳轻轻地推开丈夫激动的手指:"什么也不想吃,想睡觉!"

回五里井的路上,宋怀良问吴佩琳:"我们有多长时间没在一起了?"吴佩琳知道宋怀良说的什么意思,但却装聋作哑说:"我们天天在一起呀!"

两口子昏天黑地地睡了一天一夜,宋怀良醒了,窗外初夏的阳光中庸而乏味,他起床仓促洗漱后,骑着车在呛人的煤烟和混沌的阳光下赶往东门大市场，他去给赵超送 1000 块钱感谢费。到了鸿翔批发部，赵超推开宋怀良攥着票子的手，说："给我去买一条'红塔山'香烟，剩下的钱给你老婆添一身好行头，吴佩琳跟你倒八辈子霉了，那身衣服扫马路穿的，皮鞋后跟都开缝了！"

宋怀良兑现了 48 个工人全部的工钱，又请 48 个乡下来的半吊子装修工在淮河路"淮风菜馆"免费喝了一夜的酒，五箱"庐阳大曲"、十箱"庐阳啤酒"在第二天太阳升起时，喝得精光，玻璃外射进来的阳光照亮了土菜馆大厅的地面，地上喝倒了七八个乡下民工，还有十来个趴在桌边睡着了，他们嘴里流着口水，口水顺着桌缝滑落到地上鸡鸭鱼虾的残骸上和满地油污混为一处，整个餐馆大厅里，像是《智取威虎山》里的"座山雕"的山洞，喜欢读《水浒》的赵超说像农民起义的水泊梁山。吴佩琳陪着宋怀良闹腾了一夜，就像阿 Q 说的那样，人一辈子总得阔气一回，这两年，宋怀良活得太憋屈，看民工们跟跄着步子轮番给宋怀良敬酒并逻辑混乱语无伦次地恭维着宋怀良，宋怀良像接受捐款一样将一杯杯白酒倒进喉咙里，喉管兴奋得一个劲儿暴跳。

一早回到公司，喝醉了的耿双河周小泉到阁楼上睡觉去了，亢奋的宋怀良拉起沙发上精疲力竭的吴佩琳："走，给你去买一身新衣服！"吴佩琳揉着疲倦的眼睛："大清早的，商场还没开门。我要回家睡觉！"

除外资新加坡"皇冠"公司，"怀琳"是庐阳本土第一家装修公司，"皇冠"装修大宾馆和设计园林景观，价格高得恐怖，一个马桶四千多块，怀琳公司的马桶只要四十多块。"皇冠"的广告很傲慢地出现在广播、电视、报纸上，"怀琳"公司的广告大多由耿双河周小泉深更半夜带着民工贴到电线杆、楼道、电梯间、开水炉边、玻璃门上，省钱，发布地点广泛，发布时间长。"牛皮癣"小广告打的旗号是"隔壁邻居搬新房，你我兄弟帮个忙"。

长江路 236 号的电话打爆了,装修要排队,工头耿双河周小泉私下接受业主贿赂,口袋里随时掏出"中华"和"万宝路"香烟,点烟的火柴换成了气体打火机,南市区"百乐门"娱乐城黄老板为抢在五一前装好房子迎娶小二十一岁的第三任老婆,带耿双河周小泉到"百乐门"唱卡拉 OK,有眼红的装修工向宋怀良检举,黄老板给每人安排一个陪舞小姐,宋怀良对耿双河说:"不能插队,会乱套的。"耿双河悄悄将宋怀良拉到公司楼上:"黄老板约你今晚去百乐门潇洒。"怕楼下的吴佩琳听到,他压低声音,"我敢保证,那里面的小姐比兄弟媳妇一点不差!"

　　吴佩琳听楼上声音诡异,就上来问怎么回事,宋怀良还没开口,耿双河抢在前面说:"黄老板五一要结婚,想插个队,提前装修,姑娘小他二十一岁,肚子挺起来了,等不及了。"吴佩琳冷冷地说:"二婚三婚着什么急?"她将目光移动到宋怀良脸上,问,"你说呢?"宋怀良态度非常坚决:"先来后到,按顺序装,开后门,搞腐败,不可能!"

　　1994 年春节前后,庐阳商品房卖得比过年的鞭炮还要火,装修人马扩充到 60 多号,切割成四个组,还是忙不过来,春节公司放一天假,大年初二全线开工,宋怀良叫耿双河周小泉将老婆孩子接到庐阳,一起在宏达酒楼过除夕,吴佩琳给两个乡下女人和孩子一人一个红包,周小泉凶悍的老婆手里捏着红包,抽出里面的一张百元大钞,脸上的表情立即变得柔和甚至有些妩媚,周小泉口袋里摸出香烟,她迅速拿起火柴给周小泉点火:"你一个月都能拿到六七百,宋大哥一个月少不了要拿一千。"大家都笑了起来。

　　宋怀良不是一个月拿一千,是大半年挣了十万。

　　吃完除夕年夜饭,回到五里井老屋,宋怀良和吴佩琳在铺天盖地的鞭炮声中,盘点大半年收入,宋怀良和吴佩琳不敢相信,这年头逮准一个机会,挣钱竟然比花钱还要容易,去年过年还靠街坊接济,今年成大款了。躺在床上,小两口继续总结,吴佩琳说运气好,宋怀良说得益于卖坟墓的启迪,万千感慨中,听着屋外的鞭炮声,有那么一个瞬间,吴佩琳想哭,她想到了父亲和母亲以及家中那个居高临下的阳台。

过年期间,宋怀良在几个工地之间来回穿梭,布线、安装插座、焊接水管、调试灯具,中午在装修现场跟工人一起就着辣椒酱吃电饭锅煮的面条,晚上给每个工程队一百块钱,找个小馆子喝酒。他搬了三箱酒放在公司二楼库房,孙一根每天送卤鸭、卤猪头肉、卤鹅肝到公司,就着花生米和两个乡下女人做的一大锅猪肉炖大白菜,哥仨喝得天昏地暗。

宋怀良不让吴佩琳去工地,吴佩琳在屋里睡了三天,第三天睡醒后,她给张月秀打了一个电话,约她上城隍庙去买围巾,她要送一条羊毛围巾给张月秀,张月秀邀请吴佩琳两口子到新家喝年酒,魏国宝刚买的商品房。吴佩琳说宋怀良在工地上,走不开。

年初四早上,宋怀良鼓足勇气说出了自己想了一夜的决定:"十万差一千四,买港商开发的蓝湾公馆,够买一室半一厅,要是买庐阳新天地的'东湖小区',能买到三室一厅,你要是愿意,今天就去订房,春节期间还让利 5 个点。"吴佩琳用疑惑的眼光推敲着宋怀良的一脸亢奋,第一反应是宋怀良要用商品房来证明自己发财了,这是给五里井街坊看的,也是急于摆平父亲对他的蔑视,吴佩琳说了一句让宋怀良难以接受的话:"你知道什么叫小人得志吗?"手里拎着开水瓶的宋怀良受雷击般地看着吴佩琳,全身上下彻骨冰冷,牙缝里冷风嗖嗖,他摇了摇头,没有继续买房的话题,只是说:"你在家好好休息,我去工地了,早饭包子和面条煮好了,炉子上温着呢。"吴佩琳对着宋怀良的背影说:"几个工地跑来跑去的,一点都不方便,现在不是要买房子,是要买几个传呼机。"

面对突如其来的财富,宋怀良一时乱了方寸,他买房是不想让吴佩琳每天拎着痰盂往旱厕跑,脑子里没冒出过小人得志的念头,骑车去工地的路上，风很冷，想到自己一片好心被吴佩琳扭曲成麻花，鼻子里酸酸的，一绺鼻涕像眼泪一样滑落到嘴里，是咸的。

宋怀良一整天浑浑噩噩，晚上路灯亮起来的时候，他的心情和主意在是进是退的反复拉锯中，固定了下来。房子不买了，招兵买马，把目前的四个装修小组，扩充成五个装修分公司，打出"怀琳"品牌，业务通吃全市，覆盖全省，吴佩琳说他小人得志，是他刚有了点钱就想到了露富买房子，小农意识，鼠目寸光，吴佩琳说对挣钱不感兴趣，应该是对挣小钱不感兴趣，钱堆成了山，钱就不是钱了，而是本事、能耐、底气和尊严，是男人伟大的事业。陈琦怀疑自己偷了他三万块钱，不就是自己太穷吗，当时他要是有一个日进斗金的公司，真偷了钱，陈琦也不会相信，就算自己承认了，公安也不会把他按倒在地，用皮鞋踩住他的脑袋。

从工地回到长江路236号，晚上撬开酒瓶，宋怀良将公司扩张的宏伟蓝图摊到耿双河周小泉面前。宋怀良说五个分公司成立后，你们两个就不是干连长和排长了，而是分公司经理，当老板了，宋怀良被自己疯狂的想象煽动得手舞足蹈，他端起满满一玻璃杯白酒，用筷子指着耿双河周小泉的脑袋，说话有些语无伦次了："我，你，还有你，为什么被人看不起，为什么被人当做盗窃犯，就是因为穷，因为没钱。越穷越光荣吗？越穷越可耻！我以后就是总裁了，你们都是师长旅长的干活！"耿双河周小泉也喝多了，他们举起玻璃杯共同敬宋怀良："总裁，我们在乡下连乌龟王八都不算，你封我们当经理，跟着你就是杀人放火，也绝不含糊！"狂妄的语言和嚣张的姿势在相互煽动下变本加厉，三瓶下肚，周小泉还要开酒，那位凶悍的老婆劈头打了周小泉一巴掌："你昏了头，几句酒话，就不知道天高地厚了。"周小泉一脚将老婆踹到了楼梯下面，声音像是杀了人似的："你他妈的给我滚回乡下去！你给百乐门女人倒尿壶都不配！"周小泉老婆听不懂百乐门是什么意思，挨了踹后，扑上来跟他扭成一团，灯光摇曳，酒气弥漫,烟灰乱飞,鸡鸭残骸狼藉遍地,孩子们吓得哇哇大哭起来,屋内像是一个正在发生暴动的监狱。

夜里十点半回到五里井,被酒精燃烧着的宋怀良在吴佩琳面前,眼睛和头发里都放着光,说出了自己宏伟计划后,宋怀良讨好地说:"不做大,陶醉于挣点小钱买一套房子,就是小人得志! 所以,成立分公司势在必行!"吴佩琳突然没来由地哭了起来:"你做大了,就有钱在外包二房、养小老婆了!"

小人得志是吴佩琳封的,他要为吴佩琳做大,为她挣回面子,为她补回上不了大学的损失,吴佩琳却说做大是为了多包二奶,宋怀良糊涂了。点着一支烟,细细一想,自己的委屈远小于吴佩琳下嫁五里井的委屈,因此他愿意以巨大的耐心等待着吴佩琳理解自己的一片苦心:"你当总公司总经理,法人代表,好不好?"吴佩琳只说两个字:"不当!"宋怀良说:"不当也可以,钱由你管,只要给我留下烟酒钱就行。"

春节后吴佩琳一直没来公司,宋怀良在她枕头边陌生了,她不参与公司规划,也不过问公司情况,业务不等人,宋怀良按既定思路,跟几个虾兵蟹将们在饭店的烟雾和酒气中成立了五家分公司,总经理宋怀良兼任第一分公司经理,耿双河周小泉任二、三公司经理,年前刚来的肖晨,任四公司经理。26岁的肖晨是广东建工学院毕业,他是看了电线杆上的牛皮癣小广告后主动找上门的,宋怀良自己没考上大学,大学生投到自己门下,这种感觉很奇妙,就像一个从没拿过枪的人突然当上了将军。五公司专为吴佩琳设立,做高档装修,跟新加坡外资公司竞争,宋怀良空着位子等她回来。

五个分公司其实也就是四个装修小分队,人员一固定,不再像年前几个装修现场人员随意拼凑,乱成一锅粥。效率一高,票子好捞,那天晚上收工回公司吃了晚饭，耿双河给宋怀良塞了一包"中华"烟，说是业主送的，就两包，他坐在公司洽谈室那幅《深秋的白桦林》的油画下，要宋怀良给他和周小泉下一个"委任状"，不然名不正言不顺，"盖上章，就正式了，手下就得叫我耿经理，叫耿师傅，脸上没光。"周小泉从楼上捧了个塑料水杯下来了，他往宋怀良手里塞了一个印有外文字母的液体打火机："房主从日本带的，不是火石点火，你看，电子打火，往下一按，火就冒出来了。先进！全庐阳也没几个，给你用了，我们抓在手里不像。"他现场演示的同时，将手中一根烟点着，塞到宋怀良嘴边。两个乡下弟兄要用香烟打火机换委任状，宋怀良问："怎么个委任？下文件，还是发证书？"

第二天宋怀良去电信局买了五个传呼机，买了三个红皮硬壳证书，给耿双河周小泉还有肖晨一人一本证书，耿双河证书内页打印着：

委任状

兹任命耿双河同志为怀琳装饰装修总公司第二分公司经理。

特此委任！

怀琳装饰装修有限公司（公章）

一九九四年二月十六日

耿双河、周小泉捧着荒诞不经的委任状像捧着一枚用脑袋换来的勋章，激动得舌头僵硬，说话结结巴巴，耿双河说我现在是庐阳的领导干部了，让乡下那些挖苦嘲笑我的王八蛋们统统见鬼去吧，周小泉扬起手中的委任状说老婆再张口骂他就把她休了："我都当经理了，最起码跟村书记平起平坐。"怀揣大学毕业证书的肖晨被不伦不类的委任状逗乐了："宋哥，你这相当于陈佩斯演小品《吃面条》，太夸张了！"宋怀良尴尬地笑笑："耿双河、周小泉死活要这东西，顺便给你也弄一个。你每月房租60，拿了这个红本子，公司给你报销

50块,领导待遇。"三个经理同时拿到的还有一个"摩托罗拉"传呼机,"经理要有个经理的样子,"耿双河将传呼机挂在裤带上发表了长达20多分钟的感慨,为验证传呼机功能,他在公司办公室里给自己打了10多个传呼,宋怀良将传呼机别到裤带上时,想起了已经当掉了的那个传呼机,想起了将他当临时替身的汪晓娅,他想到了蓝的天空和没有尽头的大海,她的头发在海风中飘舞。

空气冰凉的早晨,去长江路菜场买菜的半路上,江月英邂逅女儿吴佩琳,吴佩琳感冒了,她出门去药店买"白加黑",母女见面,就像海峡两岸的同胞见面一样,百感交集中夹杂着一丝不该有的陌生。吴佩琳嘟囔着感冒的鼻子问母亲:"妈,阳台上的自行车还在吗,我爸有没有犯病?"说着眼泪情不自禁地流了下来,她不知道是对家里阳台的留恋,还是对父母的牵挂,抑或是对一家人支离破碎的伤感。吴佩琳抹了一把眼泪,从棉袄口袋里掏出200块钱塞给母亲:"爸不认我,我和怀良不敢去拜年,这点钱你给买点好吃的!"

母亲江月英接过钱也哭了,她冻僵的手攥住两百块钱,像攥住了女儿女婿两只手:"自打入冬,你爸经常一整天不说话。他不让我到五里井找你们,可他坐在阳台上晒太阳,眼睛直勾勾地盯着下面的五里井,一坐就是半天。"吴佩琳说:"那我跟怀良可不可以回家拜年?怀良早就要上门了。"江月英摇了摇头:"年三十晚上,我说过把你们接回来过年。他只说了两个字,不行。声音像屋檐下结的冰穗,又冷又硬。我真弄不懂你爸,不知道他心里想什么,有时一天不跟我说话,有时冷不丁冒一句,中午吃饭不要开灯,省点电费。"

分手的时候,江月英说你们帮人家新房子刷油漆、布电线、安装水管,挣不了几个钱,她将200块钱回塞给吴佩琳,吴佩琳不要,她在挡开母亲手臂时说:"妈,我们业务多,有钱挣。"

晚上回到五里井,宋怀良推开门,一缕寒冷的风一起跟进了屋里,屋里没有电视机,吴佩琳斜躺在床上看一本家庭、爱情和婚姻的杂志,她说蜂窝煤炉上的锅里留了两碗稀饭:"估计你晚上少不了要喝酒,稀饭养胃的。"春节过去十多天了,吴佩琳不愿出任第五分公司经理,也不去上班,宋怀良心里别扭,几次说不通,就不想说了。吴佩琳对宋怀良说自己身体不舒服,但哪儿不舒服,也说不清,不想吃东西,一天到晚没力气,宋怀良只好顺着吴佩琳的感觉往下说:"去年太辛苦了,吃这么多的苦头,都是我害的。在家先歇着,什么时候歇好了再说。厂里抵工资的那台黑白电视早坏了,要不明天买台彩电回来?"吴佩琳说不想看。

吴佩琳拉过宋怀良坐到床沿上,抓着他的手,抬到半空,轻轻摩挲着:"你看这手,糙得像榆树皮!"宋怀良说:"没关系。我喜欢排线、布水管,将来公司做得再大,我也不当甩手掌柜,装修的房子里灯一亮,心里就亮了!"吴佩琳指着家里屋顶上一盏昏黄的灯光说:"家里的灯太暗了,是该换了。"顿了大约有三秒钟,终于说出了今晚要说的话:"怀良,我已经想通了,把挣来的钱买一套新房子!"宋怀良面对这猝不及防的改变,张着嘴,牙齿上下磕碰了好几次,碰不出一个音节来,吴佩琳趁热打铁,"就买新天地东湖小区的,下午跟月秀看过了,剩下的钱买三室一厅够了。"

宋怀良傻了,傻了的宋怀良足足有半个小时,一句话说不出来,他只是看着屋顶上的灯光发愣,墙壁上明星们漂亮的脸上,似乎都是嘲笑。宋怀良需要吴佩琳解释现在买房算不算"小人得志",而不是灯光的明暗和布局,他不想反问,他想让吴佩琳主动解开他心里的结,而吴佩琳始终不说,她只是说:"每天拎着痰盂到旱厕倒马桶,受够了!大热天晚上蹲旱厕,被有毒的蚊子咬个半死不说,要是哪天再传染上艾滋病毒,全完了。晚报上说,庐阳已经查出了一百多个艾滋病。"

闷着头抽了好几支烟,宋怀良开口了:"你不同意买房,我才买了传呼机,拉建材的小货车也订过了,大市场订的电锯、电凿、抽槽机、水磨石抛光机、水泥夯实机也下过了单子,浙江那边发货了,这两天就到。货车加几组成套器械和工具,九万多,剩下的钱都不够了。"吴佩琳说,那就全部退货,宋怀良问公司怎么办,吴佩琳说公司留一个装修队,你和两位老表,再凑上几个工人,有活干就行了,宋怀良忍不住了,他压低声音鼓足勇气有限度地反问:"生意这么好,放在面前的钱不赚,没钱的时候,日子多难过!"吴佩琳很明确地告诉宋怀良:"没钱的日子也没饿死。挣的钱够吃饭就行了,我不愿意枕头边睡一个大老板!买房子先前也是你要买的。"

宋怀良哑口无言。他努力噎住气息,不愿把话往深处说,他不想吴佩琳有一丝丝的不快,说到底,他欠吴佩琳的,于是,他同意解散五个分公司,回归小包工头的身份:"明天一早就去退货。"

如何向几个利令智昏的手下弟兄交代,委任状都发了,退货一千多块的定金还能不能要回来?吴佩琳很轻松地说:"定金不要了。把我的传呼机卖掉!"

宋怀良从床底下拖出一个边角包了铁皮的木质箱子,拿出箱子里的一个暗红色的工商银行存折,交给吴佩琳:"传呼机不买就好了,还剩八万九了,所有钱,都在这了!"吴佩琳接过存折:"明天我和月秀去订房,你安排两个老表带几个手艺好的过来装修。"宋怀良口头上决定执行吴佩琳的意志,内心里还是放不下公司每天滚滚而来的票子,他几乎是在无意识中随口说了一句:"本想多挣些钱,过上更好日子。"他说话的时候,目光是向下看着地面的,应该算是自言自语,吴佩琳却接上来说:"等挣多了钱,就过不上好日子了!"这时候差不多是午夜时分了,五里井巷子里死一般寂静,宋怀良看着窗外微茫的风吹得巷子里的路灯影影绰绰,他以为自己的眼睛也在晃荡,伸手抹了一把,是泪水。

夜里好像下了一些小雨,第二天一早,巷子里地面上湿漉漉的,阳光从巷子东头厕所后面升起来,一早吴佩琳去东湖小区看房型,谈价格,宋怀良去大市场找商家退货。

大市场退了订货，晚上宋怀良约耿双河三人喝酒，四个人两瓶酒下肚，宋怀良亮出了底牌："除了小肖，两位老表都知道，佩琳跟我受了天大的委屈，遭了天大的罪，不要说买一套房子，就是要一座宫殿，也不过分。"三个还没享受几天经理的风光，转眼又打回了原形，成了装修师傅，他们都愣住了，酒在嘴里咽不下去，耿双河喉咙被酒呛住，猛烈咳嗽了二十多下，手中的酒杯滑落到桌上，没说话，恢复平静后，周小泉端起酒杯跟宋怀良干了一杯："宋哥，你和嫂子住上有抽水马桶的商品房了，我们什么都没有，我想出去单干，眼下钱好挣。"这时停止了咳嗽的耿双河突然将一茶杯酒恶狠狠地泼到周小泉脸上："你这个忘恩负义的王八蛋，翅膀还没硬就想单飞。不跟我兄弟干，就滚出庐阳！"周小泉抹着一脸的酒水，哭丧着脸："老婆总是小看我，我想挣点钱把家里房子翻盖一下，钱挣够了，过两年回家不干了。"耿双河依旧蛮横地威胁周小泉："两天也不行，到时候我去砸你的场子，你信不信？"宋怀良和稀泥，他给耿双河杯子里加满酒："船多不碍港。我知道没钱的难处。"年轻的肖晨酒量不大，在跟宋怀良碰了一杯后说："宋哥收留了我，还给我配了传呼机，我不走了！"周小泉突然抱着头蹲在地上哭了起来，哭得很伤心，两个肩膀不停地抖动着，耿双河走过来拉起周小泉，自以为是地说："知道错就好！回公司宿舍，喝杯糖水，酒灌多了。"

　　回到家的宋怀良咕咕噜噜喝了一气凉开水，吴佩琳说看中的房子一百二十八平方米，三间朝阳，客厅跟舞厅一样宽敞："卫生间比五里井厨房还要大，真没想过，这么快就住上有卫生间的房子。别生气，是我错怪了你，你买房子是为我买的，不是为自己买的，我还不领情。"酒醉的宋怀良见吴佩琳终于理解了自己，一行泪水忍不住落到了没有温度的搪瓷缸里，吴佩琳鼻子也酸酸的，"你想挣回面子，也没错，是我错了。"宋怀良一把搂过吴佩琳，仍然一个字没说，眼泪变本加厉地哗哗流了下来，只要吴佩琳理解他，公司、钱财、事业都可以不要,他会像扔一个烟头一样扔掉。

新房签约在一个星期后,一个礼拜里,宋怀良主要任务是劝说手下几个干将,抓紧裁人,分公司要合并,耿双河、周小泉、肖晨都说等手头的工程干完了再裁。

新房签约前一天晚上,宋怀良准备出门买牛肉汤,吴佩琳将他堵在门边:"怀良,新房不买了,合同不去签了,明天我去公司上班。"宋怀良像是面对墙上素昧平生的电影明星一样,很陌生地望着吴佩琳:"你说什么?"

吴佩琳眼泪断线似的流了下来:"怀良,对不起,是我错了。我不该小心眼,把你想歪了。"

吴佩琳180度急转弯,宋怀良不知所措中将吴佩琳搂进怀里,他结结巴巴说着:"你没错,你说的都是对的!"

这天晚上,感激涕零的宋怀良跟吴佩琳激情澎湃了一次,汗湿了的吴佩琳死死地箍紧宋怀良的双手像一副手铐,宋怀良在吴佩琳的箍紧中感受到了那双手的力量,他咬着吴佩琳耳朵轻轻地说了一句:"我要让你住上庐阳最好的房子!"

这天夜里,天气预报说南太平洋吹来的暖湿气流正日夜兼程地赶往庐阳,第二天早上起床,早晨的空气中弥漫着一层薄薄的热雾,雾中的五里井巷子里,三轮车自行车铃声和烧饼油条的叫卖声此起彼伏,迎面相遇的每一张脸上飘着一层雾。

九、被夜空点亮的星星

　　新年前后半个月，比半个世纪还要漫长，宋怀良过山车一样在空中跌宕起伏了好几个上下，神经短路、头皮发麻的感觉在早上出门时依然刀子一样尖锐，他和吴佩琳在高师傅的早点摊上买了两根油条两块烧饼，匆匆赶往长江路236号，推开公司的玻璃门，耿双河周小泉正准备去工地，见吴佩琳来了，周小泉为减轻背信弃义的负罪感，讨好地倒来一杯水给吴佩琳："嫂子，新房装修我包了，跟宋哥说好了，差一个螺丝，抠我一个眼珠子抵上。"耿双河拎起手里的工具箱说："晚上回来喝酒，庆祝你们住进商品房！"宋怀良说："晚上回来庆祝佩琳当五公司经理。"

　　耿双河周小泉先是一脸震惊，继而是无边的迷茫。

　　第五分公司是宋怀良野心的一部分，剑指新加坡皇冠装饰。吴佩琳一回来，他花了一千五百块钱在《庐阳晚报》《庐阳广播电视报》打了豪装广告，一个礼拜过去，连一个问询电话也没有，宋怀良说豪华装修本来就少，正常，吴佩琳举着无人问津的报纸说："广告上说得好听，可设计能力、施工水平、建材品质、服务质量都跟不上，跟外资掰手腕，得有一个设计团队，靠乡下木匠和瓦匠不行。"一盆冷水泼下来，宋怀良膨胀的自信被浇灭了，他小心地说道："不该去登广告，两个水电工一个月的工资，白费了！"

　　吴佩琳整理着公司办公桌上的一堆报纸和小广告传单，说话间，电话响了,是"浩泰银楼"傅老板打来的,说马上来公司洽谈翠鸣湖边别墅装修,沮丧的宋怀良一听有豪装客户上门,像垂死的病人打了一针强心针,上午稠密的阳光从玻璃门外毫无保留地扑进屋内,宋怀良的心情跟阳光一样明亮起来了。"佩琳,先把别墅业务接下来,材料用最好的,设计师从上海南京请!"吴佩琳忙着烧开水,准备给客人泡茶:"'黄山毛峰'放哪儿了?"

"浩泰银楼"在庐阳就是上海的"老庙黄金",银楼傅老板手上套着粗如手铐的金镯子,脖子上挂着一大串铂金项链,全身上下闪烁着贵金属的光芒,他进门一手摘下墨镜、一手抓着砖头一样大的"大哥大",那种俗不可耐的物质装束在一个经济不算发达的小城市里咄咄逼人。宋怀良讨好地招呼傅老板坐到沙发上,递上一支中华烟,吴佩琳送上一杯新泡的"黄山毛峰"。傅老板一落座,用手按了按屁股下的沙发,说话的语气像戒指一样坚硬:"你这沙发是假的,人造革的冒充真皮,我们银楼要是像你们这样,死定了。"吴佩琳受了刺激,她想抗议说:"我没在沙发上贴'真皮'标签!"想到要接业务,忍了,她说:"傅老板,我们是小公司,底子薄,将来有条件了,换真皮的。"宋怀良也委曲求全地拍胸脯:"傅老板,给你别墅装修,客厅沙发保证用真皮的。"傅老板往茶几上扔下一本画册:"沙发我从意大利订,不要你买。给我按这个上面的效果装,大理石用缅甸的,楼梯木材用马达加斯加的海棠木,其余橱窗、隔断、包括厨房的柜子,一律用红木的,柬埔寨的红木。你们能办到吗?"傅老板看了看仅有两小间格局的公司,很不放心地说:"确实是小公司,太寒酸了。钱不是问题,你们的设计师呢,我要考一考他,欧式巴洛克风格共有几种。"宋怀良像个伪军,点头哈腰地说:"我们的设计师在上海,明后天就能赶过来。"吴佩琳再也忍受不了这种财大气粗、嚣张跋扈的气焰,她打断宋怀良:"傅老板,我们没有设计师,你画报上的风格做不来,材料也买不到,你还是另请高明吧!"说着做出了一个送客的手势,傅老板站起身,将登着广告的报纸扔到茶几上:"我知道,广告就是一个十足的大骗子!"

傅老板走后,吴佩琳劝慰着霜打了一样的宋怀良:"做想做的事,更要做能做的事。这个姓傅的老板有两个臭钱,庸俗而又浅薄。再多的钱,我不想挣!"宋怀良附和着吴佩琳:"听你的!"

第五分公司没开张实际上已经关门了。

五公司歇业,吴佩琳守在公司接电话,谈业务,谈好了跟客户到现场商量装修布局。庐阳豪装,通常客厅里装一组八权的环形吊灯,房间实木组合柜,要是谁家用榉木皮贴到实木板上,做成五斗橱和大衣柜,那就相当奢侈了。怀琳公司一单生意扣除人员工资,能赚上一到两千块钱,正月里四个工程队在十二家业主的毛坯房里同时开工,一个月,公司净赚两三万块,吴佩琳有些恍惚地对宋怀良感叹着:"这钱怎么像树叶一样,满大街都是。"

庐阳电视台新闻部主任郭举是尾随着黄昏的光线推开公司玻璃门的,他花格衬衫外面套了一件口袋很多的马甲,后面跟着一个扛着摄像机的年轻人。

郭举一进门就问,宋怀良呢,吴佩琳问找宋怀良做装修吗,郭举嘴里咬着一根烟,烟雾在脸上一圈大胡子之间缭绕:"鸿翔老板赵超推荐的,我们要采访他。"吴佩琳对郭举一脸的胡子和比胡子还要生硬的口气很反感,于是就说:"实在对不起,宋怀良在工地上,他没时间接受采访。"

郭举不请自来地坐到沙发上将烟灰对着烟缸磕了磕,对吴佩琳说:"你是老板娘吧,我听赵超说了,很了不起的新时代青年。是这么回事,我在翠鸣湖畔买了一套三室一厅的房子,装修预算是八千,你看能不能让三千,我给宋怀良做15分钟的专访。"吴佩琳接受不了这种盛气凌人的口气,她说让三千块没法做,采访也不做。郭举说:"我不跟你谈,等宋怀良回来,我来跟他谈,我有他传呼。"说着就从马甲上最大那个口袋里掏出了"大哥大",正要拨号,宋怀良回来了。

宋怀良听说庐阳电视台要采访他,激动得连忙递烟,歪过脑袋招呼吴佩琳赶紧上茶,宋怀良拍着胸脯说:"非常感谢郭主任厚爱,装修让四千!"吴佩琳没去倒茶,她将一本装修价目表塞到宋怀良手里:"三室一厅,毛利润不到两千,让四千,用假冒伪劣材料都不够装。"郭举说:"可不准用假冒伪劣材料,赵超说你们货真价实我才过来的。"他狐狸一样灵动的目光在宋怀良和吴佩琳之间扫了几个来回,"你们谁是老板,公司谁说了算呀?"吴佩琳指着宋怀良:"总经理说了算!"宋怀良有些不放心地看了吴佩琳两眼,见她脸上表情平静,于是对郭举说:"那就按郭主任的意见,明天一早,八点前我赶到工地。"郭举站起来跟宋怀良握了手,临走前丢下的一句话,很有职业道德:"你就是不让利,我也要采访,你是庐阳下岗创业的典型,一出手,拉起一百多人的队伍,上中央台都没问题!"宋怀良千恩万谢,他紧握着郭主任的手,粗糙的手中风后遗症一样乱抖。

五里井老屋墙上的明星们在日积月累的空气氧化中褪色,她们纸上的青春就这样被老屋幽暗的光线活埋,吴佩琳看着糊墙的明星们的脸日渐衰败,偶尔会想起自己也会被岁月漂洗成一张墙上的旧挂历,她对自己当下的生活充满了焦虑和不安,没钱没尊严的日子不能过,有钱有事业不知道怎么过,她在极度矛盾和迷茫中想跟宋怀良深入探讨,宋怀良整天在工地和票子之间奔走,没空。吴佩琳对公司每个人膨胀的欲望和夸张的表情一点都不适应,尤其是今天宋怀良自作主张要接受电视台采访,她脑子里再次冒出了"小人得志"这个词。

晚上两口子回到五里井老屋,灯一开,几只老鼠在屋内肆无忌惮地乱窜,其中有一只胆大妄为的灰老鼠在灯光亮了后,还赖在小饭桌上啃早上没吃掉的半个馒头,吴佩琳将手中的自行车钥匙狠狠地砸过去,灰老鼠敏捷地一跳,下落不明了。心情良好的宋怀良没那么愤怒,他调侃说:"你看,家里穷,连老鼠都敢欺负你。"

躺在床上的吴佩琳觉得宋怀良的身体有些陌生,被窝里不自觉地挪了挪身子,保持了五厘米左右的距离。说起电视台采访,吴佩琳说:"我不想你出风头,不想你成为新闻人物。你看那个电视台主任,有点特权,有点地位,说起话来吐沫星飞溅,公开拿权力换钱。"宋怀良顺着吴佩琳的话说:"你要是当时坚决反对,我就不接受采访。答应过了,不好反悔。"吴佩琳说:"你是总经理,在外我得给你面子。"

宋怀良心里很清楚,今天吴佩琳就是反对,他也会坚持接受采访,他压抑得太久,憋屈得太久,太需要喘一口气了,他是这座城市里的蚂蚁,被踩死了都不会有人眨一下眼睛的。见吴佩琳情绪没打通,宋怀良就轻轻地抚弄着吴佩琳的长发:"电视台采访,等于是做广告,15分钟,何止4000块钱。"吴佩琳说:"你给电视台打一个电话,能不能不接受采访?"宋怀良一听急了,语气却努力保持平和:"深更半夜到哪儿去打电话。睡吧,明天我还得起早呢,你看我是不是穿工作服接受采访?"宋怀良第一次以一种不可挽回的意志暗示吴佩琳,"公司总经理说话总该要算点数。"

第二天一早五点多钟宋怀良起床捅开蜂窝煤炉,然后用一个变形的铝锅熬稀饭,等到吴佩琳起床的时候,宋怀良已经从巷子里买来了两根刚出锅的油条,吴佩琳在水池边刷牙,宋怀良将一碟酸菜端到桌上,问吴佩琳:"你要是想喝牛肉汤,我给你去买。"吴佩琳咬着一嘴泡沫中的牙刷,平静地说:"不用了,你抓紧时间,吃了饭后还要接受采访,南园小区没有一个小时赶不到。"一觉醒来,吴佩琳改变了主意,早晨的巷子里飘着一层湿漉漉的水汽,宋怀良一脑子弥天大雾,就像上次买房子一样,吴佩琳又给他来了个云山雾罩。

吴佩琳的妥协与让步,是她已经说服了自己,无条件相信宋怀良,就是相信自己。

宋怀良穿着一身褪色泛蓝工作服,脚上是一双胶底球鞋,脸上的胡楂好久没刮了,他手里抓着电工老虎钳,嘴上咬一根香烟,在杂乱无章的装修现场排布电线,电视台新闻部郭主任激动得手在半空中一气乱挥,他对摄像嚷着:"小宋不像经理,活脱脱一个下岗工人,要的就是这个效果。多拍几个特写!"他对蹲在墙角拉扯电线的宋怀良说:"就是烧着嘴了,烟头不要吐出来,眉头可以皱一皱!"郭主任导演宋怀良做出一副下岗创业的艰辛形象,像在演戏。几个搬运工往现场搬木工板、水泥与沙袋,郭主任指挥宋怀良与几个搬运工到楼下卸建材,宋怀良扛着一捆木工板,被拦在车厢边上接受采访,一位眼睛比较好看的女主持将话筒伸到宋怀良鼻子下:"请问,您都当上了总经理,为什么还要跟搬运工一起扛材料?"宋怀良很困难地侧着脑袋说:"我多扛一趟,就少付六毛钱上楼费。公司没有领导干部,总经理也是装修工。"郭主任满意地点着头:"镜头配合得很好!"宋怀良说:"不是配合镜头,平时就这么干的。"宋怀良扛着木工板上楼了,摄像机冲到前面拍摄他爬楼梯。前后大约不到一个小时,建材搬运完了,宋怀良站在汽车旁给几个搬运工当场发钱,又给小区里围观拍电视的发了一圈香烟。女主持问:"这崭新的'江淮'汽车多少钱?"

　　外景拍完,电视台摄像机转移到了长江路236号公司室内,反复转动的摄像机镜头将两层小楼内外扫了几个来回,宋怀良坐在洽谈室沙发上,郭主任要他换一身西装,宋怀良说没有,郭主任掏出大哥大打了一个电话,没十分钟,一家影楼送来了西装革履,宋怀良换上银灰色西装、深蓝色衬衫,打上米黄色领带,穿上咖啡色皮鞋,手里抓着郭主任的大哥大,大伙惊呆了,比新加坡皇冠老板还要气派,女主持以她女性的眼光分析宋怀良的行头:"主要是衣服合身,得体,宋经理身材真好!"宋怀良却像混入革命队伍中的一个叛徒,全身上下都很别扭,但为了上电视,他豁出去了。在庐阳上电视跟在美国坐上亚特兰蒂斯号航天飞机一样稀罕。

豁出去的宋怀良没觉得是对着镜头在讲话,而是在向五里井街坊汇报,向至今不愿接纳他的岳父吴镇海表白,宋怀良内心里爆发出来的不是野心和欲望,而是为自己鸣冤叫屈的呐喊。女主持问是什么力量和信念让公司不到一年扩大到四个分公司近一百多号人马,平时不善言辞的宋怀良滔滔不绝地说开了:"人穷既没有里子,也没有面子,没钱,人家就把你当小偷,有钱,你真偷了,人家也不相信。我不要命地办公司,就是要向世人证明,穷人不会永远穷下去。"他只字不提下岗创业是自谋出路、带动就业、为政府减轻负担,问及公司未来发展目标,宋怀良说:"商品经济,公平竞争,我想让外资企业职工也尝尝失业下岗的滋味,这就是我的目标。"女主持问宋怀良:"你解决了这么多下岗工人和农民工就业,他们的工资比政府公务员还高,请问你一个敏感的话题,你个人从中挣了多少钱?"宋怀良拔出手边烟盒里的一支"中华"烟,又用气体打火机轻轻点着,迟疑片刻,慢条斯理地说:"我没细算过,别的不好说,过年让我媳妇吴佩琳住上蓝湾公馆应该没问题,配备的冰箱、彩电、空调、洗衣机以德国、日本的品牌为主,家具用纯实木的。我媳妇为我吃了太多的苦,她是我们公司的精神领袖,没有她,就没有这个公司。"宋怀良把吴佩琳拉进来说了一通,是说给吴佩琳听的,也是说给五里井和吴镇海听的。

采访结束的时候,他悄悄地将郭举拉到一边:"郭主任,最后这一段一定要播出来,您房子的装修,我出最好的施工队。中午鸿盛酒楼已经订好了,您看喝'剑南春'行不行?"

一周后的晚八点,正是庐阳生活无忧的人放下碗筷打着饱嗝看电视的时间,吴镇海移步到客厅,点上一支烟,坐在沙发上用一根牙签剔着漏洞百出的牙齿,系着围裙的江月英打开 18 寸的"灯塔"彩电,图像喝醉酒似的,晃了好几晃,才稳住。庐阳电视台《每周新闻人物》正在播出《油漆粉刷出崭新人生——怀琳装饰公司总经理宋怀良专访》,江月英盯着图像突然神经质似的叫了起来:"天哪,小宋上电视了!"吴镇海听到小宋两个字,牙疼,他抬起头透过面前凌乱的烟雾看到宋怀良穿着工装在装修现场埋电线,灰头土脸的,活像当年厂里烧锅炉的宋得贵,弯腰的姿势如同一只油爆大虾,吴镇海没看到片名,只是自言自语地说了一句:"这个混账小子,把佩琳的青春和前程给毁了,还跑到电视上丢人现眼。"

当电视上出现怀琳公司和西装革履的宋怀良时,吴镇海像看着一个外星人指着不可思议的电视画面:"这,这是宋怀良?活见鬼了!"江月英趁热打铁地对神情恍惚的吴镇海说:"你看这孩子多争气,长得多俊,西装一穿,挺像日本的那个明星三浦友和,佩琳就是山口百惠,很般配的!"当宋怀良对电视机前的吴镇海说出最后那段没有删去的话时,吴镇海脸上表情有了一些痛苦而微妙的撕裂感,尤其是宋怀良说到要让外企员工体会一下下岗失业滋味,吴镇海的血直往脑门上涌,心脏怦怦乱跳,脸涨得通红,江月英迅速拿来硝酸甘油,让吴镇海含上,吴镇海抖索着手指着电视屏幕上跳出的"东芝"广告,上下牙齿开合很困难地问江月英:"你说,这电视上会不会做假?"

电视播出的第二天,五里井炸锅了,晚上在外摆摊、打零工、做小买卖的收工回来后,三五成群地聚到了宋怀良的老屋里,常大爷提前关了杂货铺,孙一根卤菜没卖完,人力三轮车直接骑到了宋怀良家门口,他将剩下的卤菜全都拎到宋怀良家小方桌上,说要庆祝宋怀良上电视,在夜总会陪舞的韦晓丽也来了,她问宋怀良:"电视上太帅了,宋哥,你是不是傍了个富婆?"宋怀良指着吴佩琳说:"是的,就在你面前。"下岗的电工班班长刘开平拎了两瓶火烧刀子酒过来,一进门就大叫:"佩琳的眼光,不会错的!"等到一屋子人挤满后,宋怀良给每个人散烟,吴佩琳忙着将家里的碗和杯子都翻出来给大家倒酒,宋怀良对孙一根说:"卤菜你算一下,多少钱?我请客!"常大爷拉着宋怀良的手,然后看着他一身灰垢的蓝色工装:"在我店里赊过多少账?一转眼,成大老板了,穿上洋装,还真是人模狗样的。西装呢?"宋怀良很尴尬地笑了笑:"电视台在照相馆借的。"

宋怀良上电视等于五里井的人都上了电视,这个清一色下岗的贫民窟里,他们与其是来庆祝宋怀良上电视,还不如说是来庆祝自己跟宋怀良是街坊同事。宋怀良家里有一台14寸"灯塔"牌黑白电视机,早坏了,大伙要看晚上8点20重播,宋怀良从床底下纸盒里搬出样式陈旧积满灰垢的电视机,就像从床底下拖出了一个不愿见人的聋哑智障的儿子,宋怀良插上电源,拧开开关,电视里一片雪花,吴佩琳用力拍打电视机,死活不出图像,宋怀良抽出天线,反复转动着角度,雪花依然在屏幕上乱飞,宋怀良对街坊说:"没啥好看的,也就替五里井下岗街坊说了几句大实话。大伙抽烟喝酒!"就在宋怀良关机前最后一次拍打电视机的侧面时,图像突然出现了,而且非常清晰,宋怀良在电视里对街坊们说:"我想让外资企业的职工也尝尝失业下岗的滋味!"屋内一片欢呼,烟味、酒味、卤菜味,还有咸菜与花生米的味道混在一起,屋内的空气因浑浊而生动,因杂乱而热烈,感觉棒极了。

吴佩琳看到宋怀良最后那段对自己的表白时,眼泪在眼眶中几次要流出来,怕街坊笑话,憋住了,魏国宝不知什么时候进来的,他在人堆里觉察到了吴佩琳那双快要失控的眼睛,于是对着一屋子兴奋的脑袋说:"怀良一当上老板,就学会了说假话,没有吴佩琳就没有怀琳公司,讨好恭维女人的好词一套一套的。"张月秀拉住喝多了酒的魏国宝:"你少说两句好不好?"屋内的气氛热烈到混乱的地步,没人听清魏国宝说了什么,吴佩琳听清了。

夜深人静,吴佩琳心里忐忑起来,两口子过日子非得要拍胸脯表决心吗,她望着感觉明亮的宋怀良:"我没觉得受过什么苦,就算受苦,那是我自找的,不需要用蓝湾公馆补偿。"宋怀良吐了一口难以下咽的烟雾："佩琳，如果这个世上就剩我们两个人，我不会这么说。你没觉得受什么苦，但你爸妈和整个五里井都认为你受了苦、倒了霉，就连耿双河周小泉也都说你亏大了，我没法堵住别人的嘴，除了用房子票子彩电冰箱空调来堵，没其他办法。你要说我小人得志，我也没意见，我已经想通了，我本来就是一个一无所有的小人，我踩不死蚂蚁，蚂蚁能把我踩死。"宋怀良说得鼻子发酸，说得满腔委屈，好不容易被街坊煽动起来的自信心和豪迈感三下五除二，土崩瓦解。吴佩琳吊住宋怀良的脖子，态度陡然急转，哽咽着："怀良，我总是误解你，不要生气好吗？"宋怀良搂紧吴佩琳，感激涕零："不生气！"

宋怀良上电视的热度持续发酵，《庐阳晚报》《庐阳日报》、庐阳广播电台、省台记者站、省报记者站抓到这一新闻线索，穷追猛打，宋怀良的传呼机被打爆了，宋怀良来者不拒；一个气温不太稳定的早晨，吴佩琳被电台记者堵在公司玻璃门内，那位嘴上涂了口红的女记者要她跟宋怀良一起谈谈小夫妻带领下岗职工创业致富的事迹，吴佩琳说没时间："下岗了，没饭吃了，搞装修挣点钱买米买油，没想过带领大家共同致富，也没什么好说的。"宋怀良见吴佩琳很抵触，就对记者说："佩琳是设计师，几个工地都要跑，房主随时要修改装修设计，确实没时间接受采访。"

晚上吴佩琳回到五里井老屋，她在昏暗的灯光下问宋怀良："你怎么不想让我接受采访？是不是我在场，有些言过其实的话，你说不出口？"宋怀良兴奋的情绪被吴佩琳三言两语粉碎，他无奈地摇着头："佩琳，不是我不让你接受采访，是你自己不干，我才帮你打圆场的。我没说过头话，回头我把报纸和录音拿给你。"吴佩琳见宋怀良受了重创，就缓和语气岔开话题，手指着墙上一位笑得无比灿烂的女明星说："你看这明星，多风光，可生活糜烂，不检点。我不想让你成为明星。"宋怀良又一次摇了摇头，语气像念悼词一样沉重："佩琳，我没想过当明星，我只想不被人家当作下三滥，就这么一点可怜的小人动机。"

年后这段日子,宋怀良和吴佩琳时常在相反的思路上背道而驰,宋怀良想给吴佩琳太阳,吴佩琳想要月亮,他想给她开心,吴佩琳得到的是闹心,自卑和内疚纠缠太深的宋怀良,不知道该怎么做。

上床睡觉前,吴佩琳从米黄色坤包里掏出一包"万宝路":"工地进度快,房主奖给耿双河的,他说抽不惯外烟,我就抢过来了,给你抽!"

榆树巷钱语录原先是厂里的仓库保管,他手里拎着腌制的咸狗腿跟儿子钱小毛站在宋怀良家门口昏黄的路灯下,一直等到晚上九点半,才等回了宋怀良两口子。开门进屋,宋怀良给钱语录递去一支烟,钱语录没接烟,反递上咸狗腿:"你上了电视,全庐阳都晓得你了。小毛前天才出来,我把他交给你,给你当狗腿子,做保镖,他打架出手快,下手也狠。"钱小毛在监狱里训练出笔直的站立姿势,两只手臂像两条垂下的丝瓜:"我跟怀良哥学手艺,不打架了。我在里面拉过四回架,提前半年回来了。"父亲生病办丧事钱语录两次借钱,宋怀良拍着钱小毛光亮的脑袋:"送货司机小林到浙江倒腾服装去了,刚辞职,先去学个驾照,学成了给公司开车!"他将脑袋转向吴佩琳,"你说呢?"吴佩琳不假思索:"都是一个厂子的,又是老街坊,没什么可说的!"临走时,宋怀良将咸狗腿退给钱语录:"不当狗腿子,回家把狗腿子炖了下酒!"

坐牢的钱小毛到宋怀良公司上班,五里井街坊一窝蜂找上门十七个,有以前的同事,有同事的孩子,孙一根小舅子梁天标打架拘留过,没坐牢,宋怀良说只能安排油漆工岗位,王瘸子五十多岁了,干不了活,到耿双河工地烧饭,其他全都塞到了各个公司做杂工,好歹有口饭吃。街坊们把宋怀良当做救世主,宋怀良晚上躺在床上对吴佩琳说:"这比挣十万块钱还要带劲!"

郭永康走在早晨浸透了煤烟的巷子里,到吴镇海家楼下,他对着二楼吼了两嗓子,吴镇海在,他就提着三根油条和三块芝麻烧饼上楼,见老郭大清早上门,吴镇海有些诧异:"什么风把你吹来了?"郭永康将油条烧饼交给江月英:"东南风。到你家讨一顿早饭吃!"

烧饼油条稀饭咸菜上桌,郭永康说明来意:"市里把小宋树为下岗创业典型,上了电视,这还了得!佩琳,多好的丫头,多好的眼光,你不让上门,她心里不好受呀!没做成我儿媳妇,那是没缘分,郭凯娶了小肖,也蛮好的,我们都老了,大度一点。今天来跟你老两口商量,约个日子,我请客,把女儿女婿请过来,凑一起,大家吃个饭!"

江月英激动得扔下筷子,连声说:"太好了!佩琳路上遇到我,见面就哭,哭完了还要我带200块钱给他爸买烟买酒。"

吴镇海将手中最后一小截油条噎进去,头发稀薄的脑袋转向郭永康,"老郭,不是吃饭不吃饭的问题,而是谁对谁错的问题。不能因为小宋上电视,挣了几个钱,我就错了。公安把他抓进去,不是我抓的,佩琳这孩子把我给她上大学的钱,替小宋退赔,老郭,你说句实话,如果是你女儿,你会同意吗?"郭永康理解老伙计内心的苦楚,就顺水推舟说:"是的,我也不会答应的。儿女反抗老子,是下级反抗上级,我们这些当了一辈子领导的,谁都忍受不了,不过,家务事本来就没有对错,包公都断不了。你说的那个偷盗案,也是一笔糊涂账。"郭永康鞭辟入里的一番剖析,令吴镇海陷入了漫长的沉默中。

宋怀良接到郭永康电话,激动得语无伦次:"郭局长,郭叔叔,日子由您定,凯旋大酒店行不行?账我来结。多亏您跟我岳父是老战友!"晚上回到五里井,吴佩琳一听郭永康电话内容,急了:"你上电视了,就认你这个女婿;不上电视,上门就打断腿。要去你去,我不去。虚伪势利!"宋怀良说郭叔一片好意,你爸回心转意:"打断骨头连着筋,能有多大冤仇,吃了那么多的苦,不就是想让你爸认我们。"吴佩琳不买账:"你明天给郭叔打电话,我不是六亲不认的逆子,也不是'除四害'里的苍蝇,我爸当初怎么把我轰出家门的,就怎么把我请进家门。父女之间不是做外贸生意,不需要中间人!"

宋怀良从小厨房端来炖在煤炉上加热的牛肉汤,吴佩琳不喝,她突然哭了起来:"把我赶出家门,连自行车都不让我带走,那车是我挣工资买的。"宋怀良给吴佩琳递过去一条毛巾擦拭泪水,他似乎理解了亲人之间的伤害,比敌人的伤害更为惨烈。

第二天宋怀良给郭永康回电话前,去药房找张月秀,他叫张月秀去做做吴佩琳的工作,张月秀坚定捍卫对吴佩琳一如既往的迷信和崇拜:"佩琳姐不愿意的事,你就不该提出来!"宋怀良闻到了站在柜台后面的张月秀说出的每一个字都弥漫着药味,他摇了摇头,刚出店门,魏国宝给张月秀送忘在家里的钥匙,他有些诧异:"电视害人,肯定上火了,一早过来买药?"魏国宝话虽有点酸,但还是递了一支烟过来,"宋怀良,该上电视的是我,我开大卡车的时候,你是一个小电工,真他妈阴差阳错。"宋怀良笑了笑,没搭腔,嘴上咬着魏国宝的香烟骑上自行车走了。

宋怀良给郭永康的回话是,佩琳说家里的事不用麻烦郭叔了,她自己会处理好:"等我们安排好,请您一起喝酒。眼下工程太多,佩琳每天都耗在工地,她要我向您表示感谢!"这是宋怀良想了半夜才想出来的,既给了郭永康面子,又执行了吴佩琳的意志,模棱两可的答复也不会给态度转变的吴镇海造成致命打击。

吴镇海还是受到重创,他放下郭永康电话的时候,夕阳已经从二楼阳台上撤走,阳台上大片的幽暗和空虚注解着黄昏步步逼近,江月英问女儿怎么回话了,吴镇海无奈而绝望地说:"月英,这世上有的是无儿无女的人,不多我们两个。"

吴镇海一辈子没服过软,这次答应女儿女婿团聚,说轻点是妥协,说重点就是投降,投降是以撕碎尊严为前提的,好在向自家女儿投降,算不得丧权辱国,女儿吴佩琳却说工程太忙,没空团聚,存心是将父亲的一片苦心晾到了地下防空洞里,吴镇海说自己无儿无女时,比说自己被车撞死了还要难受。这个曾经让他骄傲的女儿,从小到大没动过她一根手指头，可从小到大总是以一种敌对的眼光面对着自己。他还记得那年夏天，女儿要吃奶油冰棍，二厂地处郊外，没卖的，他骑了一个多小时自行车到东城买回了一保温桶冰棍，全身汗得湿透，女儿吃完冰棍，沾满奶油的手指伸进嘴里反复吮吸，一脸的贪婪，那一刻女儿的表情单纯而温和。想到这一镜头，他起身问厨房里洗锅的江月英："家里的保温桶到哪儿去了？"江月英摸不清头脑："内胆坏了，早扔掉了。都十多年了，怎么想起了保温桶？"

一个礼拜后的一个清晨，春天温暖的风从二楼阳台漫进客厅，吴镇海看到了阳台外面一棵大叶杨树的叶子全都绽开了，阳光透过树叶在阳台上漏下斑驳的光影，他拎着篾质竹篮准备跟江月英一起下楼买菜，江月英突然捂着肚子倒在了地上，吴镇海冲上前去抱起江月英，问："月英，你怎么了？"江月英满头大汗，脸上痛苦的表情反复抽搐，她挣扎着吐出几个字："我，我要死了！"

面对刺刀和枪口面不改色心不跳的吴镇海突然间乱了方寸，他抓起话筒没想起来给120打电话，却给魏国宝拨出了传呼。

江月英是被魏国宝的"天津大发"出租车送到医院的。

魏国宝将江月英背进急救室，又忙着去缴费喊医生，吴镇海这才发觉一辈子被人伺候的领导干部，此刻是那般孤单，一个几千人的大厂，转眼间手下只剩下一个兵，魏国宝。

上午十一点的时候，一连串闪烁着红光和绿灯的仪器检查过后，医生将江月英推进重症急救病房，明确告诉吴镇海："急性胰腺炎，马上到一楼收费处再缴1000块抢救费！"

郭永康下半年就要退了，市里安排一个年轻的副局长到位，这位副局长读过大学，还没扶正就把老郭挂了起来，局里开会总是大谈国际贸易中CPT、FOB之类老郭听不懂的外语单词，扛过枪没学过外语的郭永康懒得恋栈，也就经常找老战友、老朋友下棋、喝酒、回忆往事,顺带干涉一下别人家的家庭内政,这天下午找吴镇海拉呱找到了医院,见到江月英在重症监护病房,郭永康自作主张地说:"我叫佩琳过来照料她妈,老吴你都这把年纪了,撑不住的!"吴镇海拉住郭永康青筋暴跳的手:"不用了,佩琳他们太忙,不影响他们工作。"

吴镇海撑了一夜果然撑不住了,第二天一早他脑袋里像是被抽空了,一片空白,雪白的墙壁和江月英苍白的脸像一张张宣纸在他眼前飞旋,主治医生八点半过来查房时见吴镇海头发蓬乱神情疲倦,对他说:"你这样不行,没人轮换,会出事的!"吴镇海抬起沉重的脑袋问戴着口罩的医生:"胰腺发炎,挂点消炎药水,过两天不就好了,我能顶得住。"医生摘掉口罩,很严肃地说:"过两天也许情况更糟!"吴镇海像是平白无故挨了一闷棍,蒙了。

吴佩琳和宋怀良在巷口烧饼炉子前被张月秀堵了个正着,听说母亲住院抢救,吴佩琳扔掉刚出炉的烧饼,跨上自行车,发疯似的直奔医院,宋怀良紧跟着追了上去,烤烧饼的黄发根手里捏着几张票子对着宋怀良的背影大叫:"找你钱,一块六!"

吴佩琳和宋怀良冲进重症病房的时候,吴镇海正在给昏迷不醒的江月英喂水,枯涩的眼睛里弥散着恐惧与绝望,他坚硬了一辈子的手颤颤巍巍地抖动着,水从母亲灰紫的唇间流了出来,吴佩琳看到了父亲像烈日下一根快要融化的冰棍。病房里的父女见面,是欢乐,还是忧伤,是激动,还是怨恨,都被医院白色的墙壁与白色的恐惧删除了,吴佩琳扑到母亲的病床前,双腿跪在水磨石地面上,压抑着控制不住的眼泪,轻轻地喊了一声:"妈!"吴镇海拉起女儿,对昏迷中的江月英说:"月英,佩琳来了,小宋也来了!"

昏迷了快一天一夜的江月英慢慢地睁开眼睛,看着女儿女婿和吴镇海相依为命地站在自己的面前,两行眼泪悄无声息地流了下来。

医院最后几天,吴佩琳和宋怀良二十四小时值班,吴镇海晚上回家睡觉,白天来医院跟女儿女婿一起陪护,僵持了两年多的父女恩怨,烟消云散,那些刻薄无情的对立与冲突,好像从来就没有发生过。

一个星期后，江月英劫后余生，痊愈出院。主治大夫出院时指着江月英对一家人说："这个年纪发作急性胰腺炎，能挺过来，不小的奇迹！"

走出医院，外面的天空又高又蓝，浩荡春风下飞过一群燕子，吴佩琳和宋怀良拎着装满了茶缸、牙刷、脸盆的网兜，心情如同天空掠过的一群鸽子，吴镇海对他们说："中午回家吃饭，你郭叔请了外贸公司食堂的大师傅在家里做菜呢，我一早五点出门，黄鳝和山鸡都是野生的。"吴佩琳和宋怀良跟着吴镇海江月英回家，奇怪的是心里没有一点别扭，就如同每天早上起来洗脸刷牙一样，平常到平淡，平淡到不成为一个话题，宋怀良在跨进吴镇海家门的那一刻，终于明白了一个道理：在血缘面前，原则就像香烟盒上印着的"吸烟有害健康"，没多大用处。

吴镇海家陈设简陋光线灰暗的客厅里，郭永康像是主人，招呼大家坐下喝茶嗑瓜子，给每个男人发了一支烟后，他对着药味还没散尽的几个脑袋说："新女婿头回上门，我让焦师傅做了一道'鲤鱼跳龙门'，小宋跳进了老吴家龙门，也跳进了改革开放发家致富的龙门。"说完又补了一句，"小宋都上电视了，省电视台也放了。还了得！"宋怀良谦虚低调地说："电视台郭主任家装修房子，要找下岗工人采访，凑巧了。"郭永康说："郭举是我侄子。我是看着二憨头长大的。"吴佩琳扶着江月英进了房间，三个男人在客厅里抽烟喝茶聊天，郭永康指着宋怀良对吴镇海说："小宋有志气！"

中午开饭前，魏国宝和张月秀来了，吴镇海打电话叫来的，吃过魏国宝猪下水的吴镇海对郭永康说："是小魏开车把月英送医院的，这俩孩子，是我的另一个女儿和女婿。"郭永康盯着张月秀看了看，突然叫了起来："你还别说，小张跟佩琳长得真像，尤其是眼睛，还有下巴。"魏国宝悄悄地对洗碗池边洗抹布的吴佩琳说了一句："知道我为什么娶月秀了吗？"吴佩琳装作没听到。

正要开席，郭永康突然以主人的口气宣布："稍等，郭凯马上就到，为庆祝江月英康复，庆祝老吴乘龙快婿上门，他要带两瓶'茅台'过来凑热闹。"十二点差五分，郭凯带着新婚不久的妻子肖疏影来了，一进门，庐阳黄梅戏剧团的当家花旦肖疏影，惊得大伙目瞪口呆，她像是从墙上挂历中走下来的，郭凯拉着新婚妻子的手对吴佩琳介绍："你嫂子，肖疏影！"吴佩琳没喊嫂子，说了声"你好！"肖疏影矜持地回应"你好"，吴佩琳发现肖疏影优雅矜持中带有不易觉察的表演成分，良好的职业素养使她的表演不露痕迹。

中午吃饭喝酒，没人说过一个字的不愉快，陈年旧事早忘了，向前看的主旋律激励着大家很快将一瓶茅台酒喝光，宋怀良招呼吴佩琳一起先给岳父岳母敬酒，可站起身后，两人不知道说什么，面面相觑了两秒钟，吴佩琳开腔了："医院里看到我爸给我妈喂水，做梦都没想到。怀良，先敬爸一杯！"听到女儿表扬的吴镇海跟女儿女婿碰了一杯后，谦虚地打着哈哈："应该的，应该的！"紧接着，郭凯、魏国宝纷纷站起来给吴镇海敬酒，众星捧月，酒喝猛了的吴镇海有了种腾云驾雾的玄妙。第二瓶酒刚拧开瓶盖，怀琳公司的耿双河周小泉抬着一个大纸板箱进来了，宋怀良站起身指着箱子说，里面是一台29寸"东芝"彩电，原装的，所有人举着筷子，嘴里的酒肉僵在牙齿间停止了咀嚼，进口彩电，这么大的要一万多块，吴镇海和江月英心里高兴嘴上却说着太破费了之类的话，宋怀良听到"破费"两个字，就像听到"英雄"称号一样光荣和激动，他努力抑制住小人得志的表情，在众人惊诧的目光中笨拙而木讷地说："也不知道买什么好，算是我和佩琳的一点心意！"

吴镇海招呼耿双河周小泉坐下来喝两杯，耿双河看着茅台酒瓶子，心里直痒痒，口水在嘴里左右旋转，周小泉说吃过饭了，推辞了。下楼后，耿双河狠狠骂了周小泉一顿："茅台酒，到哪儿喝去，这么好的酒被你这个扫帚星搅黄了！"

十、不是我不明白,这世界变化快

五里井巷子里的树叶全部绽开了,陈年老树下烤烧饼、炸油条和做小买卖的地摊不需要撑起遮阳伞了,槐花开遍的时候,清明节就到了。耿双河周小泉找宋怀良请假,回家三天,到乡下祖坟上烧点纸,宋怀良没表态,他将两人拉到小酒馆,酒过三巡,硬着舌头说:"装修一个接一个,你俩不在场,进度、质量就没人管了。电视抬人,也害人,这一两个月,我从早到晚都在接工程,你俩不要回去了,清明节一人加一百五十块钱!"耿双河周小泉挡不住一百五十块钱的诱惑,答应了。酒喝多了的耿双河在走出小酒馆时,门外的风一吹,似乎醒了过来,他心犹不甘地搂着宋怀良的脖子说:"兄弟,三个多月了,老婆长什么样都忘了。"

"清明时节雨纷纷,路上行人欲断魂",耿双河是在清明节第二天晚上"断魂"的。警察将他从"洗头房"肮脏的按摩床上活捉的时候,赤身裸体的耿双河双手捂住裆部,全身电击般乱抖,而且抖动得毫无规律,倒是为他服务的那个年老色衰的站街女,嘴里叼着一根劣质香烟慢条斯理地穿衣服,像是在自家卧室里一样从容,几个围上来的警察在命令耿双河穿衣服的同时,夺下站街女嘴唇上的香烟扔到地上:"你这老油条,想进笼子里是不是?"站街女将嘴里残余的烟雾吐进粉红色的灯光里,轻蔑地说着:"我要是警察,你要是我,一个人养一家老小五口,信不信? 今晚上就是我抓你!"

断魂的不只是嫖娼，还得要罚款三千块，三千一罚，小半年也白干了，最要命的是拘留十五天。在小老百姓眼里，拘留就是坐牢，坐过牢的人活着是没什么脸面的，宋怀良接到公安局电话的时候，像是被灌了二斤白酒，脑袋里天旋地转。走进公安局院子，空气中到处回旋着手铐脚镣和拉动枪栓的声音，那位似乎从来就不会笑的警察问宋怀良："耿双河说他宁愿坐牢，也不愿交罚款，你是公司法人，如果你也是这个意见，我们就不拘留了，按《治安处罚条例》，直接送劳教六个月。"宋怀良知道老百姓跟警察抬杠相当于老鼠摸猫的胡子，他谦卑而诚恳："警察同志，公司员工违法，我不对，我检讨，能不能只交罚款，不拘留？"警察说你以为治安处罚是菜场买菜，还可以讨价还价，那位不会笑的警察在回答宋怀良时，在他脸上看出了一些不同寻常，他惊讶地盯着宋怀良："你，下岗创业的，电视上我见过。"宋怀良一口否定："你看错人了！"

宋怀良说身上带的钱不够，答应回去先筹钱。

宋怀良走出公安局院子就后悔了，要是承认自己上过电视，也许通融通融就放人了，清明节该让耿双河回乡下跟老婆团聚，吴佩琳那里怎么交代呢？吴佩琳的价值观中，背叛老婆的嫖客比汉奸还要可耻一百多倍，她建议公司制定的管理条例，最严厉的一条就是，卖淫嫖娼一律开除！

吴佩琳正在跟房子的主人，一个牙齿残缺的中年男人探讨大衣柜是用杉木的，还是用复合板的，惊慌失措的宋怀良将吴佩琳拉到弥漫着灰尘的屋外走廊上，他用法庭上被告的语气叙述了耿双河犯事经过和面临的严峻处罚，为了公司的面子，他求吴佩琳找郭凯通融一下，决不能送去劳教，吴佩琳像听一个蚂蚁不幸被路人踩死了一样平静："有了点钱，就不知道东南西北了，进城还没几天，就被城里霓虹灯晃晕了，公司出这种丑事，恶心！我可以去找郭凯说情，但有一条，耿双河放出来的那天，就是他离开公司的日子！"

宋怀良抹着头上的虚汗，说先把人放出来再说。

吴佩琳下楼骑上自行车刚走，在走廊里发愣的宋怀良缓过神来了，不能让吴佩琳去找郭凯，不是不想摆平事件，是不想开除耿双河。

等他追下楼，吴佩琳已不见了。

焦虑万分的宋怀良望着空荡荡的路面，脑子里蹦出了电视台新闻中心主任郭举，这是一个可以跟公安局长坐在一起抽烟喝酒的人，怎么把这个能断生死的人给忘了。

电视台大门前站岗的武警拦住了宋怀良，没证件，进不去。宋怀良找了个电话亭，给郭举打大哥大，十分钟后郭举下来了，听了宋怀良苦苦哀求，郭举从口袋很多的采访服里掏出大哥大，很熟练地拨了一个号码，他对着电话，神情轻松从容得就像正在抽烟喝茶："这家公司是庐阳下岗创业的典型，市政府定的，要是晚报、晨报、电台、电视台曝出了公司员工嫖娼拘留罚款，市里就很被动了。你没看新闻吗，我们电视台采访过公司的经理，省电视台也报道了。我希望你们公安局录像素材里，压根就没有过这么回事。"宋怀良紧盯着郭举的脸，像是盯着耿双河的判决书，在郭举收回大哥大天线的时候，宋怀良心里有底了，但又有些忐忑，他掏出"中华"烟递上去，感恩戴德地凑上去点火："郭主任，这事全拜托你了！"

吴佩琳找到郭凯时，他刚开完会，在市政府大院里一棵硕大无朋的雪松下，听了吴佩琳的故事梗概，郭凯玩笑着说："我还以为是小宋进洗头房了呢，一个乡下来的农民工耐不住寂寞，荒唐一下，没什么大惊小怪的，洗头房本来就是为他们开的。"吴佩琳不打算跟郭凯辩论，她扬起手里的绘图文件夹，情绪强烈反弹："没想到你郭凯也是这个德行！干脆点，这个忙你帮不帮？"郭凯见吴佩琳急了，说："我这就上楼给市局打电话，试试看，毕竟我不是市领导，人微言轻。"

耿双河是第二天夜里十一点放回来的,轻轻推开长江路236号公司玻璃门,他缩着脑袋,裹着那件颜色破败的灰夹克,夹克上沾满了石灰涂料、女人的脂粉和看守所铁锈的气息,周小泉见到耿双河像见到鬼一样大惊失色:"一夜没回来,打你一百遍传呼,没反应。跑哪儿去了?"

耿双河缩着脑袋,跟周小泉要了一支烟,点上火,吸毒似的大口大口地吞吐着烟雾,然后将昨晚扫黄被抓说得闪烁其词:"哪知道洗头房不洗头呢,我人还没进去呢,警察来了!好在这事没人知道,怀良那里千万不要讲,回老家对你姐不能露半个字!"周小泉拍着胸脯说捕风捉影的事有什么说头,你要说就说昨天到一个工友家酒喝多了,醒酒了在工地上睡了一天,两人觉得编造的这个谎言的可信度非常高,于是,耿双河用公司电话给宋怀良打了一个传呼。

宋怀良接到传呼,一看号码,知道耿双河放出来了,没想到这么快。那时候,他正在跟吴佩琳很困难地沟通着,吴佩琳唯一的让步就是:"可以补半年工资。人必须开除!"宋怀良继续以最大的耐心劝说吴佩琳改变立场:"我已经跟你说了一个晚上,耿双河跟我们一起吃了很多苦,装修商贸城的一个多月,没歇过一天,人瘦毛长,像个叫花子,一脚踢开,说不过去。他一个人管着两个工程队,离不得的。再说了,昨晚上的事也没人知道。"

一晚上头昏脑涨的吴佩琳失去了耐心:"没人知道,就可以干坏事?你成天跟我谈公司挣钱,从不谈公司的道德和纪律,难道为了挣钱就可以将嫖娼合理化、合法化。背叛老婆、抹黑公司,在你那里就像多喝了一杯酒一样无足轻重,我无法理解你的道德观,不开除耿双河,公司下一个被抓的人可能就是你。"

宋怀良没有说话,他不想反驳,只要吴佩琳宣泄后能轻松下来,他愿意一身污泥浊水。

一早街坊前仆后继出门打零工、做小买卖，窗外的巷子里贯穿了密集而琐碎的自行车和三轮车铃声，铃声粉碎了五里井一夜的宁静，一宿未睡的宋怀良抓起床头的传呼机，揉着发红的眼睛推了推同样失眠的吴佩琳："我俩一起去跟耿双河谈，让他写一份检讨，再写一份保证书，下次再犯，坚决开除！"

吴佩琳凌乱的头发披散在蓝格子枕头上，像是一束摊开的稻草，她闭着眼睛回答宋怀良："我不想见这个人！"

不开除耿双河，吴佩琳拒绝到公司上班。

宋怀良赶到公司，还不到八点，耿双河和周小泉手里抓着馒头，就着咸菜喝稀饭，宋怀良说昨天太晚了，没出门回传呼："有什么事吗？"耿双河起身给宋怀良盛了一碗稀饭，将手里没来得及吃完的半个馒头塞到宋怀良手里："前天晚上跟几个工友酒喝多了，昨天在工友租的房子里睡了一天，怕你找我有事，就打了一个传呼。"宋怀良若无其事地说："我没找你。以后喝酒要注意了，醉酒会误事的。"耿双河口是心非地表示，确实不能喝醉，顶多喝半斤。

这次危机公关不仅是成功的，甚至是完美的，在吴佩琳那里却成了宋怀良的一个道德污点，成了他见利忘义不讲原则的一个罪证，宋怀良想让时间过滤和淡化掉吴佩琳高贵而愤怒的情绪，而吴佩琳的情绪却变本加厉地发酵着，连续一个星期了，她不去公司，也不去工地为客户做装修设计。下班回到家，宋怀良坚持不懈地跟吴佩琳沟通，吴佩琳声音像被砂纸打磨过一样暗哑："我病了，全身一点力气都没有。"宋怀良将变形的铝质饭盒打开，端到她面前："来，喝点牛肉汤，就有力气了。吊炉烧饼卖完了，我在巷口给你买了块大饼。"吴佩琳躺在床上头扭向里面的墙壁说："我吃不下去！"她发现，宋怀良当初说为她活为她死的赌咒发誓，在处理耿双河嫖娼事件的检验下，就像一张作废的旧船票，毫无意义，原来婚姻爱情中的赌咒发誓就是一则假广告。

巷子里的春天铺天盖地，浓密的树荫挡住了巷子上空的阳光，老屋里的光线更加阴暗了，白天打开狭窄的木格窗子，只有在中午时分，地上才会留下树叶间漏进来的零碎光斑，在这样的光线和空气中，压抑和郁闷就像一对孪生兄弟纠缠不休。宋怀良怕吴佩琳真的生病，僵持到第二个星期后，他扛不住了，他打算请耿双河喝一顿酒，补偿一年工资，下狠心辞掉耿双河，他想告诉吴佩琳这两天就动手，可话到嘴边又忍住了，彼此都能接受的理由还没找到，要给耿双河找个台阶下。

　　宋怀良跟耿双河约好了晚上喝酒，耿双河说等周小泉从工地上回来一起过去，宋怀良说不要叫周小泉，耿双河预感到有点不对头，电话回传呼的声音动荡不安："找我有什么要紧的事吗？"宋怀良没肯定也没否定，只是说见面聊，地点在大三元酒家。

　　宋怀良中午在肖晨工地吃了饭，跟工友坐在地上还撬了一瓶啤酒，酒喝了不到半瓶，传呼响了，下楼电话回过去，是江月英的焦急而匆忙的声音："小宋，你快回来，佩琳黄疸都吐出来了，满头大汗。"

　　宋怀良打了120，等他赶回五里井老屋，人被抬上了救护车，吴佩琳脸色苍白，额头全是汗水，他紧紧抓住吴佩琳的手说："佩琳，你没事的，明天我就让耿双河走人。"吴佩琳咬紧牙关，不说话。

　　送到医院，一系列莫名其妙的检查后，那位穿白大褂戴白口罩的女医生对吴佩琳说："恭喜你，怀孕了！不要累着，保胎要紧。"听说吴佩琳怀孕了，宋怀良激动得托着吴佩琳的腰语无伦次地说着："太好了，对不起，佩琳，让你受苦了！"

　　工地上油漆、涂料对胎儿发育有害，吴佩琳低血糖，容易流产，怀孕、坐月子，一年内不能去公司，医生对宋怀良交代说："从现在起，你媳妇就是你们家的大熊猫，重点保护！"宋怀良点头哈腰地应允着，心里在盘算着暂不开除耿双河，找一个木匠容易，而找一个能管一堆木匠、瓦匠、泥水匠的人很难。

　　从医院回到五里井，已是黄昏时分。宋怀良脚不沾地地跑到柳树巷金大妈的电话亭给耿双河打传呼，耿双河回电说已到饭店，宋怀良说有急事，赶不过去了："你约周小泉去喝酒!"耿双河不想喝酒，他想知道为什么要单独约他："你找我肯定有事!"宋怀良对电话里的耿双河说没事。

晚上躺在床上，宋怀良问吴佩琳怀孕后对公司什么建议，吴佩琳说："公司去不成了，长江路不能整天关门，客户接待、财务账目和跑银行，我想让张月秀到公司顶我的岗!"宋怀良满口答应："没问题，工资按工程经理的平均数开，比卖药至少高三四成。"吴佩琳情绪也松弛了下来："这么多天，我没去公司，不是偷懒。这下你都知道了。"

吴佩琳只字没提开除耿双河的事。

第二天早上，宋怀良赶到公司，周小泉在煤气灶上熬稀饭，耿双河在阁楼间的洗脸池兼洗菜池边上刷牙，他匆忙吐出嘴里漱口的牙膏白沫，心虚地问宋怀良单独约他喝酒的事，宋怀良将耿双河拉到玻璃屏风后面悄悄说："你一个人管两个工程队，打算给你涨点工资，每月加一百，传出去不好，怕影响别人情绪。"

耿双河如释重负的脸上是劫后余生的激动，他最担心的事原来虚惊一场，意外的惊喜比意外打击更有震撼力，耿双河表态说："你的事就是我的事，尽管放心，你那边的工程我顶着!"

江月英早饭后拎了一只老母鸡来五里井，进门见吴佩琳和张月秀在房间里小声说话，就悄悄退到屋外小厨房捅开炉门烧开水、杀鸡。那时候，屋里吴佩琳和张月秀的窃窃私语已近尾声，吴佩琳嘴有些干，她喝了一口床头玻璃杯里苍白无味的温开水："我不是对怀良不放心，我是对他口袋里的钱不放心，对满大街的脂粉、口红不放心，酒后无德，谁都不是神仙。盯紧点，记住了没有?"张月秀说："记住了，佩琳姐!"

吴佩琳最后对张月秀说："这事，千万不要对外说一个字，平时你就是一个业务接待、财务会计。"当两位最要好姐妹达成了一个隐秘的协议后,两人面面相觑,突然间一个字也说不出来,像是两人第一次合伙作案后短暂的惊愕与空虚。沉默了一会儿,张月秀谨慎地又问了一遍:"姐,你是不是发现了什么苗头?"吴佩琳摇了摇头:"中午在这喝鸡汤吧!"她不愿说耿双河嫖娼的事。

张月秀辞职去宋怀良的公司,魏国宝火冒三丈,他将手中的车钥匙砸向挂着石英钟的墙壁:"一个刷油漆捣鼓水泥砂浆的小工头挣了几个小钱,就不知天高地厚,太搞笑了。老子有的是钱!这商品房,他宋怀良能买得起吗?"魏国宝说着从腰包里掏出一大把钞票拍在桌上:"不许辞职!"。张月秀说是吴佩琳要她去的,"佩琳怀孕了,医生说她容易流产,不能接触油漆、涂料。"他一改平时哄着捧着张月秀的表情,露出了潜伏已久的凶相,他用拳头很暴力地砸着桌子:"老子不让你去,你就给我老实点,不然不要怪老子对你下手不客气!"张月秀望着魏国宝,像是在做着一场噩梦。

魏国宝没在家吃中饭,他手里攥着愤怒的钥匙,匆匆下楼了。在一家小酒馆点了两个菜,喝了两瓶啤酒后,接到了老厂长吴镇海打来的传呼,魏国宝没有去电话亭回传呼,直接将车开到吴镇海家楼下。吴镇海下午要去市老干部活动中心参加象棋比赛,打的费报销,就叫了魏国宝的出租车。车上,魏国宝问吴镇海:"老厂长,我们两口子都是你手下的兵,我把你当亲老子看,月秀辞职去装修公司上班,是吴佩琳的主意,还是宋怀良的主意?"吴镇海手里攥着一把折叠纸扇,沉默了一会,说:"你觉得月秀去佩琳他们公司丢人吗?"魏国宝一时回答不上来,方向盘不经意间晃了一下,吴镇海看了魏国宝一眼:"是我的主意。佩琳怀孕了,公司里人手不够!"魏国宝立即表态:"老厂长的主意,就是最高指示,我一百个放心!"

三天后的早上,张月秀到长江路236号怀琳公司正式上班,宋怀良说有客户上门，就接待一下，财务也不复杂，核对每月公司装修款到账和支出的具体数字，做些加减乘除就行了。宋怀良叫上张月秀跟他一起去临湖小区工地："熟悉一下装修现场，以后帮我分担一些指挥调度。"以工作的名义，跟着宋怀良出门，而张月秀不是来工作的，是来当特务的，这种感觉别扭到有些痛苦，像是胃里被塞进了一大碗发霉腐败的稀饭。

临湖小区工地是宋怀良第一分公司的工程，张月秀一进现场，满屋的灰尘呛得睁不开眼睛，有的在砸墙，有的在地面上用电锯开槽，有的在搅拌水泥沙石，晃动的身影一派模糊，看上去像是在一个澡堂子里。耿双河见宋怀良来了，就说："已经下过死命令，今天管线开槽全部完工。"他看了身后的一个陌生女人面孔，有些好奇地问，"这妹子是……?"宋怀良轻描淡写地说："佩琳的小姐妹，张月秀，也是厂里的同事，顶佩琳班的。"

一上午宋怀良在卫生间里跟工人一起排电线、安装水管，张月秀见他蜷缩着身子钻在马桶侧面的洗脸池下，用扳手拧着闸阀和螺丝，脸上全是泥灰和汗水，她捂着嘴咳嗽着问道："你得安排我干点活吧，我又不是来参观的。"宋怀良从洗脸池下探出半个脑袋："电饭锅里煮一锅干饭，米在阳台上的塑料桶里，淘米在楼下的公用水龙头上，然后再到小区外面门口买十五瓶啤酒，剁二斤烤鸭，加餐!"

中午开饭，十来个一身泥灰的工友们的饭盒、搪瓷缸、塑料盆里，一人一碗干饭，拧开一桶辣椒酱，一人剜了一大勺摊在干饭上，他们每人手里抓一瓶啤酒，就着榨菜、花生米和烤鸭，吃喝得热情高涨，只是二斤烤鸭，没伸几次筷子，就只剩下一些鸭脖子和鸭爪子，工友们依然激动："宋经理一来，伙食立马上档次。"宋怀良指着张月秀说新来了财务张经理给大家加的餐，工友说张经理天天来工地就好了，药店站柜台的营业员张月秀听到工友们一口一口地喊她张经理，脸和耳根都红了。

午饭后，宋怀良要去建材城订购材料，张月秀回公司值班。

傍晚，太阳沦陷于城市灰色楼顶，天空暗了下来，马路上下班的自行车铃声雨声一样喧哗，宋怀良从建材城回到公司，端起张月秀提前备好的凉开水，咕咕噜噜喝了一气，张月秀问宋怀良是不是可以下班了，宋怀良说你可以下班了，我还不能回去。肖晨的装修工地出问题了，中途两个油漆工为争抢女友打架，头破血流两败俱伤全送医院了，还有一家客户等着五月初六给老爷子做八十大寿生日，必须按期完工，他得从其他工地紧急调四名油漆工、三名木工过去，要连夜加班，他将一个塑料袋交给张月秀："你从五里井走一下，刚才在路上买的，东山刚上市的水蜜桃，交给佩琳。你提醒她比我管用，要平躺，不能剧烈运动，医生说的。"

五里井巷子里树荫浓厚，天似乎就黑得早些，老屋里提前亮起了灯，张月秀进屋的时候，吴佩琳刚吃了一碗鸡汤泡锅巴，她将空碗递给母亲，招呼张月秀坐到床边。江月英出去后，吴佩琳问第一天上班怎样，张月秀将一袋子水蜜桃放到床头的柜子上："佩琳姐，我发现，宋怀良就是一个水电工。"

在肖晨工地安排好油漆工加班，晚上九点多了，宋怀良这才意识到都还没吃晚饭，肖晨从阳台墙旮旯里的一个电饭锅里拿出一个烤红薯，说本来要带回去给房东儿子吃的："宋哥，你先对付一下，我回头给他买两个面包。"肖晨说房东儿子十六岁了，自闭症，拉着窗帘在黑屋子里二十小时不出门，房东秦大姐，缝纫机厂下岗的，想到我们公司打工，宋怀良没接烤红薯，问道："秦大姐丈夫呢?"肖晨说："患风湿，腿都变形残废了，在家吃低保，怪可怜的!"宋怀良说："你问秦大姐愿不愿意到我家帮着照顾你嫂子，按装修工工资算。"

第二天一早宋怀良一打开门，肖晨和秦大姐裹着一身晨雾站在门外。得知来意，吴佩琳将宋怀良拉到房间里，低声质疑："五里井雇用人，你就不怕街坊的唾沫星淹死你，过分了吧?"宋怀良耐心解释说："医生说你体质容易流产，我整天要跑工地、接业务，一点都抽不开身，你妈左胳膊断过的，不能负重，每天过来照顾你，说不过去!"宋怀良又说了家政服务在如今商品经济社会,就是一份工作,一个职业。吴佩琳不吱声了,宋怀良告诉吴佩琳,对外就说秦大姐是你姨表姐,临时过来帮忙的。

进入初夏,大江南北的房改力度比天气还热,公司又一波装修高峰滔天洪水般席卷而来,几个工程队又拆分成若干装修小组,连天加夜,每晚加班四个小时,张月秀帮着调度,很晚才能回家,工友们干到夜里两三点,铺开草席,裹上毯子,就睡在灰尘和油漆味彻夜弥漫的装修现场,他们在有毒的气味中睡得很香,不少人在梦中数着一大把钞票,嘴边还流淌着一串幸福的口水。工友加班工资翻倍,张月秀每月补助120块加班费。

第一分公司进入五月,拆分成三个装修小组。就像一支军队,宋怀良既是司令部里的司令,又是前沿阵地上的尖刀班班长,那天张月秀在工地上问倚在墙角抽烟的宋怀良:"客户要美国箭牌抽水马桶,庐阳买不到,是不是叫建材城从义乌调货?"刚从厨房柜子里爬出来的宋怀良倚着墙,没有说话,灰紫嘴唇间的香烟掉到了地上,张月秀听到他鼻子里发出了均匀的鼾声,这时,一个工友抱着电锯对水泥地面暴力开槽,刺耳尖锐的声音惊动了宋怀良,他睁开晦涩的眼,问张月秀:"你是不是跟我说话了?"

西苑新村肖晨工地上又出事了,一个油漆工裤子口袋里五十块钱不见了,油漆工怀疑木工偷的,两人准备动刀子,宋怀良去处理了一下午,双方依旧互不买账,宋怀良自己掏了五十块钱,平息了风波;临湖小区12栋401业主是个文物贩子,据说倒卖了两个战国铜罐买了这套房子,文物贩子的儿子找了一个上海女朋友,五一前要上门考察家庭实力,工期很紧,宋怀良赶到加班装修现场,已经快晚上九点了,宋怀良叫现场调度的张月秀先回家,张月秀说,各工地轮转送货的建材还没送到,等清点好了再走,钱小毛"江淮"轻卡还在路上,等到卡车开进小区,宋怀良和张月秀帮着卸完货,时间已是夜里10点多了。

灰头土脸的张月秀跟宋怀良推着自行车走在初夏的夜风中,风很轻,步子很重,在一处灯火阑珊的大排档街口,张月秀拽住宋怀良自行车龙头说:"歇会儿,吃点东西,垫垫肚子,你太累了,我也饿了。"

一个冒着浓烟烤羊肉串的摊位边,苍蝇和蚊虫在昏黄灯光下盘旋,炭火白烟中肉香味四处弥漫,张月秀点了两瓶啤酒、十串羊肉串、一碟卤花生,一盘豆腐干,她给动作和语言都有些迟钝的宋怀良倒满一大杯啤酒:"今天我请客!"宋怀良从口袋里摸出一支烟,点上,问了句:"今天星期几了?"张月秀望着被夜色抹黑了的宋怀良:"早上你跟我说是星期四,交房租的日子,房租上午交的。"宋怀良捶了捶脑袋,说:"记性真差,我都忘了。"张月秀将一串羊肉串递到宋怀良手里:"你是公司老板,总不能在工地上卸料、布线、安装水管。"宋怀良说:"大市场蹬三轮、搬货、卸货都是我一个人,习惯了。穷人穷命,安装水电比坐在公司沙发上轻松得多。"张月秀看着宋怀良夜风中头发混乱如麻,摇了摇头:"你是为佩琳姐,才这么受累的,我说得对吗?"宋怀良手里抓着酒瓶,仰起头,望着黑暗的天空,没正面回答:"佩琳要是能理解,我累死、苦死也认了。"他抓起酒瓶将大半瓶啤酒一股脑地倒进了喉咙里,张月秀对冒烟的摊位喊了一声:"再来两瓶!"

吃完烧烤,张月秀骑车回家,宋怀良去公司拿公章,明天一早要去南国花园跟一位拳击教练签装修合同。这段日子耿双河周小泉都睡在工地上,宋怀良打开公司的玻璃门,室内没有一点声音,拿了公章装进口袋,熄了灯,准备回家,腿像灌铅似的重,头有些晕,他顺势躺倒在洽谈室沙发上,想歇一会儿再回家。公司沙发虽是假皮,躺上去依然柔软舒服,酸胀的腰沦陷其中恰到好处,宋怀良借着玻璃门外漏进来的灯光,看到了墙上的那幅国画山水影影绰绰,人也就恍恍惚惚地登上了画中的那只小船,小船随江水顺风而下,耳边回旋起了"轻舟已过万重山"的风声,人迷迷糊糊地跟着国画走了。

张月秀回到家快夜里12点了,坐在客厅沙发上抽烟的魏国宝站起身凑到张月秀身边,他闻到了张月秀身上啤酒和烤肉的味道,上前就是一记耳光:"你他妈的比老子跑车还忙,喝酒喝到深更半夜才回来。"张月秀捂着火辣辣疼痛的脸,避开喝酒和吃烤肉:"你去问钱小毛,板材是不是夜里10点多才送过来。"喝多了酒的魏国宝也没继续纠缠张月秀身上酒肉的味道,嘴里骂着:"你他妈一个会计,跑工地发神经呀?"张月秀继续解释着:"工地上忙不过来,宋怀良每月给我加120块钱,让我帮着安排工程。"魏国宝眼睛锥着张月秀:"宋怀良给你加钱,你就陪他喝酒,陪她睡觉?"有些心虚的张月秀见魏国宝说得太恶毒,就拽起魏国宝,大哭了起来:"你血口喷人,我什么时候陪他睡觉了,现在就去找宋怀良吴佩琳,当面对质!"魏国宝见张月秀气急败坏到了忍无可忍,他忍住了:"好了,不跟你计较了,就当我没说吧!"

早晨,宋怀良被脸上的一束阳光惊醒了,他不知道自己身在何处,用力揉了揉晦涩的眼睛,才看清公司玻璃门外天光大亮,门外的阳光斜射进屋内,茶几和茶几上的烟缸以及他的脸,都被阳光切割成了不规则的碎片,当宋怀良意识到彻夜未归时,触电似的从沙发上反弹起来。

一早秦大姐告诉吴佩琳,昨晚打宋怀良传呼没回,到长江路236号,公司里黑灯瞎火的,也没人。一夜没睡的吴佩琳正犹豫要不要向公安局报案,宋怀良回来了,他像一个犯了错误的小学生站在班主任面前,不停地检讨着:"拿了公章,腿重,头晕,想躺到沙发上歇一会儿再回来,睡着了。"吴佩琳对他的解释并不感兴趣,她侧过脸对秦大姐说:"到厨房里给怀良做一碗骨头汤面条,卧两个鸡蛋。"秦大姐去厨房后，吴佩琳问宋怀良："打了几个传呼都不回，秦大姐去公司也没找到你，昨晚上跟谁在一起的？"宋怀良说跟工友和张月秀一起等装修材料，传呼没看到。

宋怀良坐到床沿上继续解释："秦大姐到公司找我那会儿，我还在工地，钱小毛材料送晚了，十一点多才从工地回到公司。"宋怀良没有提及和张月秀喝啤酒吃烧烤的事，还没起床的吴佩琳突然手捂着鼻子："你身上哪来的羊肉味，腥得呛人！"宋怀良紧张地敷衍着："我没闻到呀！"

耿双河嫖娼事件后，吴佩琳和宋怀良之间的关系就像骨裂后的脚踝，看上去平滑光顺，里面的骨头已经有了裂缝。怀孕后吴佩琳没再提开除的事，宋怀良也不提耿双河一个字，不提不是这件事已经过去了，而是这件事于无声处继续发酵。自宋怀良拒绝开除耿双河那天晚上开始，被窝里的宋怀良变得陌生，像是另外一个人，半个月里，宋怀良有过两次往吴佩琳身边凑，吴佩琳推开宋怀良说身体不舒服，她觉得黑暗中宋怀良的身体是耿双河的，洗头房里肮脏的细节在她的想象中彻夜呼啸。

就像坚信宋怀良不会偷陈琦三万块钱，宋怀良绝对不会去嫖娼，可耿双河事件后，吴佩琳沾染上毒瘾一样，无法控制住自己昼夜不息的糟糕想象：宋怀良不沾坏女人，坏女人会来沾宋怀良。

吴佩琳没有纠缠宋怀良彻夜不归，吃完了秦大姐做的骨头汤面条，宋怀良向吴佩琳保证："以后再晚再累，爬也要爬回家！"

宋怀良抹着一嘴油水，出门去南山花园跟拳击教练签装修合同。宋怀良前脚刚走，张月秀来了，她半边脸大，半边脸小，吴佩琳问怎么了，张月秀哭了起来，哭得很伤心："佩琳姐，魏国宝打我！"听完了张月秀哭诉，吴佩琳愤怒得从床上反弹了起来："走，找魏国宝算账去，这么粗鲁、野蛮！我倒要问问他，庐阳城里哪家单位、哪家公司不加班？"秦大姐按住情绪冲动的吴佩琳："你不能乱动，保胎要紧！"张月秀抹了把眼泪，说："佩琳姐，我不想去公司了。"吴佩琳脸上的惊诧类似于盛了一碗饭刚捧到手里,突然砰的一声摔到了地上,碎了:"我来跟怀良说,你不用再加班了。"张月秀说:"佩琳姐,我不是怕加班,魏国宝整天找茬,怀良那里一点苗头都没发现,有点对不起人。"吴佩琳想把宋怀良包庇耿双河嫖娼被抓的事告诉张月秀,想了想还是没说,她逆转口气,话锋一转:"月秀,你是公司的财务,兼管内务,没让你专职监控宋怀良,这么长时间你没过来,我也没追着你问过什么。"吴佩琳带有哀求似的对张月秀说:"你不能走,就算帮姐的忙。里里外外都靠怀良,吃不消,好几次回家倒在床上,一句话只说了半句,人就睡着了。"

张月秀答应不辞职,吴佩琳答应张月秀不加班,监控宋怀良的蠢事也到此为止,吴佩琳反省说:"你是我最信得过的小妹,才跟你巴心巴肺的,实话说,这种事不仅不能做,就是连说都不该说。"张月秀说了三个字:"姐,伤人!"吴佩琳说:"伤人伤己,这事不说了,就当什么也没发生过。你回去警告魏国宝,再敢动手,叫他进局子里,你告诉他这是我说的。"

傍晚的时候,吴佩琳坐在门边的椅子上翻看一本《廊桥遗梦》的小说,小说中的弗朗西斯卡正准备出轨,魏国宝的出租车在门前刹住了,他嘴上叼着香烟从车上跳进黄昏的阴影里,语气和烟雾一样破碎而杂乱:"佩琳,我老婆是去当会计的,不是去当三陪的,昨晚上到家都快十二点了,一嘴酒气,一身的羊肉味!"

吴佩琳合上手里的书,镇静答道:"小公司,什么活都干,宋怀良是老板,工地搬材料、排线安装水管,哪样不干? 加班晚了,工友们吃夜宵,喝点酒,撸几串烤羊肉,有什么大惊小怪的!"魏国宝无济于事地唠叨了一通后依然重复那句话:"我要不是看在你和老厂长的面子上,宋怀良一个月给一万块钱,我也不让老婆跟他干。"吴佩琳警告魏国宝:"你不要跟我谈钱不钱的事,我正要找你,你要是再敢动月秀一个手指头,我就对你不客气了,宋怀良手下有一百多号人,牢里放出来的七八个!"

这天宋怀良回家,已是夜里十一点,吴佩琳目光专注地落在宋怀良疲惫不堪的脸上,看似随意地说:"魏国宝傍晚来找我了。"宋怀良脑袋嗡的一声大了:"魏国宝说什么了?"吴佩琳语速很慢地告诉他:"月秀昨夜十二点才回家,一身羊肉味。"

宋怀良心里一阵发紧,脸色刷白,与张月秀私下喝酒吃烧烤必须要坦白了:"佩琳,你听我解释好不好? 起初我也不想……"吴佩琳打断说:"这有什么好解释的,又不是你俩背着工友,偷偷地喝酒吃烤羊肉,以后工友们消夜吃大排档,不叫月秀参加就是了。"

屋外起风了,张月秀坐在办公室看《庐阳晚报》,晚报娱乐版上的明星们不停地出轨并且反复地结婚离婚,张月秀目光腻味后跳到广告版上,苏州湖光木业的广告中实木板材价格比庐阳建材城要便宜 20%,张月秀敲了一气卡西欧计算器,公司直接调货每个月至少要省下三千多块。听了张月秀的信息,宋怀良当即拍板:钱小毛开"江淮"轻卡先拉一车回来,300 公里,紧赶一天来回,张月秀带现金押车。

出发前一天,苏州打来电话说,价格优惠幅度大,板材批量 100立方起步,公司老板得亲自过来先签合同,这么一来,只能改火车托运,宋怀良想了一下,叫张月秀买三张火车票,自己跟张月秀钱小毛三人一起去苏州工厂验货、发货。当天来回,就像在市内工地出工一天,宋怀良没对吴佩琳说去苏州的事,一早出门前,吴佩琳对着宋怀良头发枯燥的后脑勺说:"我妈买了一只野生甲鱼,叫秦大姐炖汤,晚上下班早点回来,给你留一碗!"

火车站广场像一个难民营,早七点,还有露宿广场的流浪汉在铺了草席的水泥地上睡觉,一个睡眼惺忪的孩子在广场边公交站牌后面撒尿,站牌前一个蓬头垢面的老年乞丐见人就伸出手里残破的搪瓷缸:"行行好,给一毛钱买碗粥喝吧!"张月秀走下公交车,宋怀良已经到了,她往乞丐的瓷缸里扔了两毛钱,将油纸包着的一块鸡蛋饼塞到宋怀良手里:"现烙的饼,葱花很香。小毛怎么还没到?"

宋怀良说也许小毛来得早,进站了。

七点十八分火车启动,钱小毛座位依然是空的,宋怀良望着空虚的座位直摇头:"这小子睡过头了?"张月秀说:"不会的,昨天下班前,他还说要去买一包'小刘瓜子',带着路上嗑!"

中午11点火车到了苏州,倒一个半小时公交,宋怀良和张月秀赶到郊外的湖光木业公司,那位手里抓"大哥大"的吴总一见宋怀良就情绪很夸张地套近乎:"一看你身边这么漂亮的女秘书,就知道你宋总不是等闲之辈!"宋怀良连忙解释:"这是我们公司的财务会计,叫张月秀。"吴总说:"叫会计,叫秘书,一样的!"张月秀听出了吴总话里有话,脸上像是被泼了辣椒油一样。

签了合同,验了货,联系好火车站车皮,车站提货单拿到手,晚上六点半了,开往庐阳的最后一班火车开走了。湖光木业吴总说"惠丰大酒楼"晚宴订好了:"客户上门,哪有不喝两杯就赶人走的呀!晚上住惠丰大酒店,"说着从口袋里掏出一张房卡,宋怀良正迟疑,房卡已经塞进了他的口袋,"1208,大床房,三个人都能睡下!"

生意场上的虚情假意,在酒桌上发挥得相当充分,酒过三巡,头发稀少的吴总手抓"大哥大"指着一桌子兴奋的脑袋说:"考一下你们的眼力,宋总漂亮的女秘书张小姐像谁?"一桌子被酒灌晕了的脑袋有说像林青霞的,有说像张曼玉的,还有说像巩俐的,吴总站起来搂着宋怀良的脖子:"像《庐山恋》里的张瑜,是不是?"张月秀觉得自己谁都不像,她像桌上的一道菜,被无数双筷子戳得稀烂。

一过长江,能喝酒的没几个,晚上宋怀良喝得很轻松,跟湖光木业的销售、财务人等草率握手告别后,宋怀良和张月秀站在酒店大厅里面面相觑,孤男寡女,一种令人窒息的尴尬让两人瞬间失语,沉默了一会儿,宋怀良对张月秀说:"你再去开一间房,先上楼休息。我打个传呼回去,问问钱小毛怎么回事?"

宋怀良正在向门卫打听哪里有公用电话,钱小毛打来了传呼。

宋怀良在酒店大厅的磁卡电话机上回了过去,钱小毛在电话里哭了,他说一早急着骑自行车赶往火车站,刚拐上马路,撞倒了一个上学的中学生,脑震荡加手臂骨折,要赔1000块钱,钱小毛在电话里哭着说两个月的活白干了,本来一头恼火的宋怀良抓着话筒的手软了下来,声音也是软的:"1000块钱回头公司补给你!"

回到房间,宋怀良倒在床上看电视,电视里《晚间新闻》还没播完,睡着了。张月秀几乎一夜没睡,跟魏国宝说三个人去苏州,当天来回,可当天没回,她想给魏国宝打一个传呼解释一下,原先三个人变成了两个人苏州一夜不归,怎么解释?

第二天在火车上,睡好了的宋怀良心里并没有他语气那么淡定和从容,但他在张月秀面前必须轻描淡写:"出差太辛苦,回去休息一天再上班!"张月秀见宋怀良如此轻松,干脆捅破天窗:"你打算对佩琳姐怎么说?"宋怀良的回答是:"实话实说!"

回来后,宋怀良对吴佩琳只说了20%不到的实话,他说临时去苏州签板材合同,发完货没赶上车,住了一晚。至于跟谁去了苏州,又是跟谁一起住了一晚,他没说,吴佩琳也没问。

自上次挨了吴佩琳警告,魏国宝听了张月秀一夜未归的解释,没有纠缠,他把宋怀良骂了一顿:"这个王八蛋,吸血鬼,不把人当人,看把你累得跟个瘟鸡似的,一天不够,睡三天再去上班!"

事情穿帮是在两天后五里井榆树巷巷口,早晨钱小毛骑着撞过中学生的自行车去公司,魏国宝黄面的从后面按着喇叭在钱小毛侧面刹住了,他从车窗里伸出还没睡醒的脑袋:"钱小毛,你们他妈的还像个男人吗?两个大老爷们儿一起跟去的,还让我老婆验货、发货,累得眼睛充血,人像只瘟鸡。"钱小毛一脸无辜地对魏国宝的声讨坚决反击:"我没去苏州,你大清早骂人,不积点口德!"

钱小毛说出了事情真相,魏国宝一脚猛踹油门,出租车像一头发疯的野牛,一路狂奔,巷口转弯处撞翻了路边的一个垃圾桶。

出租车将一早出门遛弯的吴佩琳和秦大姐堵在槐树巷口，魏国宝从车上跳下来，吐掉嘴里的烟头，故作平静地抵在吴佩琳面前："你看头顶上光天化日，什么都没有，可你我一人一顶绿帽子早就戴上了，"他摸了摸一头僵硬的头发，"张月秀骗我说三个人去苏州，晚上住宾馆是他们两个人！"

吴佩琳听了魏国宝最新爆料，脑袋一蒙，似乎血管正在爆裂，但她必须冷静下来，于是若无其事地说："你说的怀良已经跟我说过了，庐阳多少单位和公司，每天一男一女出差比每天一男一女打架的要多得多。张月秀不是骗你，是怕你！你一个大男人的心眼比针尖还小！"

见吴佩琳举重若轻，魏国宝立即变得玩世不恭："既然你不在乎宋怀良偷情，我当然也无所谓张月秀出轨。你知道我心里装的是谁！"吴佩琳站在树荫下，理了一下混乱的头发和混乱的思绪，对魏国宝说："你知道你最大的特点是什么吗？"魏国宝说："你说了算！"吴佩琳嘴角扬起一丝不易觉察的轻蔑："你不像个男人！"

吴佩琳拉着一旁发愣的秦大姐转身走了，被扔在身后的魏国宝，像巷子里一个任人践踏的窨井盖。

一路上，吴佩琳无心跟迎面的街坊打招呼，她想哭，但不能在秦大姐面前流泪，她努力躲避着秦大姐的目光。宋怀良风轻云淡地说临时去了一趟苏州，压根就没提跟张月秀一夜未归，吴佩琳突然扶住巷子路边的一棵歪脖子槐树，嘴里喘着不均匀的气息，她对秦大姐说："我头晕！"秦大姐从包里掏出一个塑料茶杯："你先喝一口水，别跟那个开出租的二百五计较！"

宋怀良晚上七点不到就回五里井了，屋里黑灯瞎火的，宋怀良蹑手蹑脚地进屋开灯，见吴佩琳坐在黑暗中的床上一动不动，宋怀良有些奇怪，自与张月秀一夜未归后，总觉得做了一件对不起吴佩琳的事，他心虚地坐到床边摸了摸吴佩琳的额头："没病吧？"

苏州一夜未归的事纠缠了大半夜，宋怀良坚持自己没说假话，说出来的都是实话，没说出来的是怕引起误解，属于实话没说完，吴佩琳说你怕误解而隐瞒真相，可当隐瞒被戳穿后，误解自动成为事实："两口子之间不说实话，现在穿帮了，能解释通吗？"无奈中的宋怀良恳求吴佩琳："是的，解释不通，我也不想解释了，我累得连解释的力气都没有了。我要是跟张月秀有什么猫腻，你不是打自己的脸吗？是你把她请到公司来的。"吴佩琳端着水杯的手晃了一下，杯里溢出的水滑落到了床上，她声音如杯中滚烫的开水："我没说你们有猫腻！"

晚上没到八点，魏国宝就不跑出租了，他喝得醉醺醺进门，将脚上的一只皮鞋飞甩到桌上的一盘毛豆炒雪菜上，盘子翻了，张月秀还没张口，魏国宝抡起拳头砸了过来，张月秀一偏脑袋，顺手抄起桌上的一根擀面杖与魏国宝对峙，魏国宝连骂带吼地叫着："你个臭婊子，老子在外辛辛苦苦挣钱，你他妈的背着我偷人。宋怀良这个龟孙子！"张月秀举着擀面杖不做任何解释，一贯软弱的她摆出一副鱼死网破的架势："魏国宝，有本事，你跟宋怀良去发飙！"魏国宝像一个斗败了的公鸡，突然瘫倒在客厅的地板上号啕大哭起来："宋怀良，你就是一头猪！你把绿帽子扣我头上。"心软的张月秀拉起醉成一堆烂泥的魏国宝："不要把所有男人想得跟你一样，你要是认定我对不起你，明天就去把离婚手续办了。但我不会从公司辞职，一辞职，你栽赃我的就成了真的。"魏国宝嘴里嘟囔着："宋怀良，走着瞧，总有一天，老子要你死得难看！"那委屈而愤怒的声音在他翻身的时候，有一半碾压成了玻璃碎片。第二天一早天刚麻麻亮，魏国宝悄悄下床攥着钥匙准备出车，张月秀从床上迅速反弹起来，拉住魏国宝胳膊不让出门："离婚，今天就去办！"

魏国宝揉着被酒精烧红的眼睛，语气就像吴佩琳说的那样，完全不像个男人，他的声音猥琐地说："月秀，算我求你了，只要不离婚，我宁愿戴绿帽子！"从来没有主张的张月秀死死拽住魏国宝的胳膊：

"不行，当着宋怀良吴佩琳的面去说清楚，我什么时候给你戴绿帽子了？"魏国宝搬开张月秀的手："又没在床上逮到现行，到哪儿说清楚去，这种事全世界百分之九十九都说不清楚，我认倒霉了还不行吗！"魏国宝夺门而出，张月秀看到魏国宝出门背影像一张纸片一样模糊，她抹了一下眼睛，是泪水蒙住了双眼。

张月秀的泪水一直流到了吴佩琳的面前，在五里井那间光线幽暗的老屋里，张月秀将去苏州前后的每一个细节倒了个干净彻底，包括那位脑门油亮的吴总说她像张瑜，说她是宋怀良的女秘书，吴佩琳对张月秀泪流满面的倾诉无动于衷，她将自己的印有兰花图案的手帕递给张月秀，手抚摸着日渐隆起的肚子说："月秀，相信你就像相信我自己，我肚里的宝宝都说你是最值得信任的人。你想，要是你跟宋怀良有个飞短流长的，我不就是自己打自己的脸吗？魏国宝心理变态，要不要教训他一下？我跟怀良一起去找他。"张月秀说不用了。

张月秀最担心吴佩琳误解，吴佩琳却给了她最放心的理解。张月秀去公司的路上，发现头顶上阳光明媚，空气中流淌着自由而柔软的风，骑行在春天的风中，张月秀有一种如释重负的感动。到了公司，宋怀良还没去工地，他在电话上回传呼，语气焦急而仓促，宋怀良放下话筒，他们谁都没提家里发生的事，张月秀给宋怀良的塑料水杯里放好茶叶，兑满开水，宋怀良匆忙出门，张月秀抓着茶杯追到玻璃门外："刚泡好的茶！"宋怀良接过滚烫的茶杯塞进了装着钳子、扳手、剪刀的帆布工具包里，他给张月秀扔下一句话："你去电信局打听一下，大哥大好像降价了！"

晚上回到五里井，宋怀良将一份撒着香菜、飘着臊子的牛肉汤送到吴佩琳床头，斜躺在床上翻看时尚杂志的吴佩琳，端起汤来就喝，喝得激动而贪婪："都快半个月没喝了，好香呀！听医生的话，人就没法活了！"宋怀良坐到床沿上主动汇报一天的工作："一早接到钱小毛传呼,被撞的女孩的妈妈好难缠,非要赔一千,钱小毛只答应八百,我去医院,给了一千二,受伤骨折了。"吴佩琳从牛肉汤碗中抽回目光,紧盯着宋怀良,声音浸透着牛肉汤的麻辣气味:"钱小毛撞了人,怎么要公司赔钱?"宋怀良解释说钱小毛是因公撞的人,吴佩琳说耿双河清明加班没回家进洗头房,算不算因公嫖娼,宋怀良觉得这不是一码事,但他不愿跟吴佩琳争论,他拧开大号塑料茶杯咕咕噜噜喝了一气茶水,吴佩琳盯着仰角上翘的塑料茶杯,说:"你说干活只喝白开水的,怎么杯子里放了这么多茶叶,谁给你泡了这么多?"宋怀良不想掩饰:"张月秀泡的。"吴佩琳警觉的目光高度集中,不过语气却相当平和:"确实,腐败是在不知不觉中养成的,就像一个人嘴里的智齿,都不知道是哪一天长成的,也许腐败就是从泡一杯茶开始的。"宋怀良有限度地为自己辩护:"看到我杯子是空的,她就给我泡上茶,我也没办法。干脆把张月秀辞掉,另外聘一个会计,她跟我们太近了,搅在一起工作,不方便。"

宋怀良把内心里的话倒出来,一点折扣不打,人轻松,心敞亮,轻松得情不自禁地从口袋里摸出一支香烟点着,吴佩琳听出了弦外之音,一时无语中忘了肚里的孩子不能呛烟,她放下牛肉汤碗,搂着宋怀良的脖子:"怀良,怀孕闷在家,脑子里整天胡思乱想,说心里话,我真的不怀疑你,对不起,不要介意好吗? 听我妈说,当年厂办的那个叫杜红英的小姑娘跟我爸拉拉扯扯的,就是每天早上把家里偷来的枸杞给我爸泡水喝。"说着吴佩琳哭了起来,宋怀良看吴佩琳不能自控地战栗着,轻轻擦了一下她的眼泪,声音是夯实了的:"我不是你爸,张月秀也不是杜红英,是吧?"

月底的时候,张月秀来了,她给吴佩琳送来了一篓芒果,说是托肖晨找广州朋友寄过来的,《庐阳晚报》上说孕妇吃芒果,对胎儿艺术细胞发育特有效:"生个女儿,将来说不准能当巩俐呢。"吴佩琳说:"我喜欢张曼玉,干净。"她指着墙上的一堆明星,"可惜挂历上没有。"姐妹俩说了一通闲话,张月秀给吴佩琳递上剥好的芒果:"你劝劝怀良,工地上排电线、安装水管的事不要再干了,他太累了,有时回到公司,嘴上叼着香烟就睡着了。"吴佩琳接过皮开肉绽的芒果,不吃,她漫不经心地问了一句:"沙发上睡觉,会着凉感冒的。"张月秀说:"我拿老耿房间毛巾毯给他盖上了。"吴佩琳紧接着又问道:"嘴上的香烟会把毛巾毯烧着的,很危险。"张月秀说:"有一次还真差点烧着了,我把他嘴上的香烟拿下来了!"

张月秀这么一说,吴佩琳的心一下子悬了起来:你的岗位是财务和业务调度,不是保姆。可吴佩琳什么都没说,张月秀既然能说出来,就不会有什么见不得人的猫腻,一个芒果没吃完,吴佩琳脑子里突然又冒出了"明修栈道,暗度陈仓"的成语,她牙齿一阵寒战,肚里的孩子好像蹬了她一脚。

这时,张月秀包里的传呼机响了,她掏出来一看,陌生号码,没理睬,又放回包里。吴佩琳惊讶地问:"配上传呼了?"张月秀说公司有固定电话,不想配:"怀良说几个经理都有了,管钱的财务没有传呼说不过去。我又不是男的,整天挂在裤带上显摆,放在包里,叫起来怪怪的像个饿急了的小老鼠。"传呼又叫了,张月秀想用包里的大哥大回传呼,手在包口的拉链处停住了,昏暗的光线里,张月秀隐隐闻到了吴佩琳话里有米汤发馊的气息。

大哥大跌价,两万五降到了一万六,宋怀良一口气买了两部,自己用一部,另一部集体公用,张月秀保管,买回来一个多月了,没有谁借用过大哥大,相当于张月秀私用。张月秀在包里掏大哥大的那一刻,心里发虚,类似于金屋藏娇要不要曝光。屋外的天已经暗了下来,吴佩琳没注意到张月秀的手在拉链口停住,她对出门的张月秀说:"常过来坐坐,姐一个人很寂寞。"

魏国宝在张月秀包里翻找"低保卡",翻出了大哥大和传呼机,喝了半斤烧酒的魏国宝,将躺在床上看电视的张月秀拎小鸡般地拎下床,他的眼睛被酒精点燃了:"你他妈的苏州陪睡一夜,传呼大哥大就到手了,怪不得你不愿辞职,还敢跟老子提离婚!"这一次魏国宝再也不装厌了:"走,当着吴佩琳和我的面,你们两个鸟男女把话说清楚!"

张月秀还没从电视剧《三国演义》中缓过神来,她掏出包里的一把"怀琳公司"的业务名片,甩到魏国宝怀里:"看仔细了,大哥大是公司的业务电话,名片上写着呢。我保管公司的钱不是我的,保管的大哥大也不是我的,传呼机每个岗位都有!"张月秀的满不在乎就像一把锥子戳碎了魏国宝的嚣张气焰,看着瘪了气的魏国宝,张月秀反过来拉着魏国宝往门外走:"也好,大家面对面,把话挑明了!大哥大传呼机是公司公开分配的,没有什么见不得人的。"

魏国宝搬开张月秀的手,不愿出门:"反正宋怀良这小子不安好心,敢偷钱,就敢偷人!"他瞬间又若无其事地凑到张月秀的耳朵边,"你是管财务的,我问你,宋怀良账上有多少钱?"张月秀愣住了:"肯定比你多,你问这干吗?"魏国宝讨好卖乖地说:"深圳一个朋友约我做一笔大买卖,做成了,年底保你满庐阳城吃香的喝辣的,把钞票当擦屁股纸用。弄五万块钱出来,临时用一下,三个月。"张月秀一口拒绝:"不可能!"随后又追了一句,"哪来的深圳朋友?"魏国宝说:"坐我出租车认识的。"

都说女人第六感比高科技仪器还要准,吴佩琳嘴上不说,张月秀心知肚明,苏州一夜不归后,吴佩琳由对宋怀良一个人的不放心,转为对他们两个人不放心,她不怪吴佩琳,她怪自己心太软,下不了狠心走人,两面不讨好。魏国宝发酒疯的第二天,下班的张月秀鼓足勇气走进五里井老屋:"佩琳姐,我想辞职!"她酝酿了一整天,连顶替的人选都想好了,孙一根儿子孙大进,庐阳电大刚拿了个财会文凭,"年轻,能吃苦,跑工地,有的是力气!"吴佩琳冷不丁问了一句:"是怀良叫你辞职的吗?"

这话有两层意思,一是宋怀良逼张月秀辞职,还有就是两人串通好了,故意叫她向吴佩琳辞职。张月秀脑子没那么精明,她摇了摇头,实打实地说:"魏国宝整天跟我胡搅蛮缠,日子没法过了。"

吴佩琳像自己受了欺负一样,情绪很激烈:"我早就跟你说了,装修工地上随便找几个五大三粗的,去教训一下魏国宝,你总是那么软弱!上次我警告过魏国宝后,他对你动过手吗?"张月秀说没有,但喝了酒随时随地挑刺找茬。

天色已晚,秦大姐炖好了桂圆红枣汤,端进来要吴佩琳趁热喝了,张月秀要回家烧饭,吴佩琳搂着张月秀说:"我再跟你说一遍,你不是帮公司,也不是帮宋怀良,是帮我。跑银行管钱的事哪能交给外人呢!"张月秀鼓足了一整天的勇气一下子瘪了,她不知道该说什么,把张月秀当自家人的吴佩琳分手时送了一瓶"资生堂"润肤露给她:"怀孕后,人都走形了,你看,脸上都长斑了,医生说这叫妊娠斑,化妆品不管用了。"

张月秀没有辞掉职,反被吴佩琳误解为关键时刻撂挑子,"不像个自家人",张月秀一晚上都在想,正因为太像自家人了,才有了你我不分的随意,最近的关系,也是最远的关系;最安全的关系,也是最危险的关系。张月秀决心从明天起,不给宋怀良塑料水杯里泡茶,不给躺在沙发上睡着了的宋怀良盖上毛巾毯,单独喝啤酒吃烧烤要划一道红线,张月秀想着想着就迷迷糊糊睡着了,睡梦中的张月秀不由自主地给宋怀良泡了满满一大杯茶水,她将塑料茶杯和电工包递到宋怀良手里,说:"你太辛苦了,晚上我给你做卤猪蹄,家里庐阳特曲还有大半瓶呢,晚上多喝点没事!"第二天早上醒来后,她努力回忆并否定梦中的场景,那男人应该是魏国宝,梦里认错人了,可塑料杯子外蓝底白线勾勒着"山海关"图案,是宋怀良的,魏国宝用的是军用水壶。一早出车的魏国宝出车前对张月秀说:"昨晚卤猪蹄五香大料放少了,今天你再多搁点酱油和盐,菜下不了酒,没劲!"

张月秀在梦里犯了错误,上班的路上心里很虚,车过五里井,骑着自行车也像在梦游。

耿双河周小泉睡在装修工地，公司里是空的，张月秀扫地、抹茶几、烧水，一切准备就绪后，她拿起头一天的《庐阳晚报》坐到了电话机旁，守着电话机跟守着印钞机一样，电话一响，相当于钞票开印。这天早上报纸第一版标题还没看完，电话响了，抓起话筒，电话声音里女客户口气相当狂妄："你不行，我要跟你们公司老板谈！"

上午十点钟的阳光很猛烈，宋怀良裹着一身尖锐的阳光从工地赶回公司，一进门，宋怀良背对着门外的阳光急吼吼地嚷着："客户来了吗？"隔断里面的张月秀从电话机旁站了起来，她告诉宋怀良，那个女客户五分钟前又来了电话，说前夫要带人去砸店，不来了。听说女客户是开洗头房的，宋怀良如释重负："洗头房、美容院、澡堂子的装修，一律不接，我跟几个工程队都说过了。"张月秀将拎起的水瓶又放回桌上，习惯性给宋怀良茶杯续水中断了，她有些不解："装修挣钱，火葬场业务也该接，不带挑三拣四的！"宋怀良一屁股坐到沙发上，从工装口袋里摸出一支烟，点燃："月秀，你佩琳姐不高兴的事，我就不干！"张月秀坐到另一张仿真皮沙发上抓起一把鸡毛掸子："身上都是灰！"张月秀顺手抓起的鸡毛掸子突然像是中毒了一样，停在了半空，宋怀良看着悬在头顶上鸡毛掸子，一脸糊涂："怎么了？"张月秀不解释，将鸡毛掸子轻轻放到茶几上："你把佩琳姐宠得神经错乱了！"

宋怀良对身上的泥灰无动于衷，他斜靠在沙发上，用一只没拿烟的手使劲地拍打着酸胀的腰："不是宠，是忍。她为我吃了那么多苦头！"张月秀下意识地又给宋怀良塑料茶杯里倒满水，宋怀良接过水杯时，张月秀看到宋怀良脸上被泥灰堵满的毛孔，意味深长地说了声："你真不容易！"宋怀良不想在张月秀面前流露委屈，更不能说吴佩琳一个"不"字，于是岔开话题："歪嘴房东要涨房租，你跟他谈，顶多涨一百。"

宋怀良又要去工地，秦大姐打来电话问几点能下班，她说今天家里包火腿粽子，吴佩琳等他晚上回家出锅，吃新鲜的。宋怀良说定不下来，他放下电话，犹豫了一会儿，对张月秀说："新浪潮歌舞团的石榴红，嫁给了盛泰商贸的戚老板，开了一家健身馆，急等着装修，戚老板约我晚上去吃饭，一万多块的业务。你路过五里井跟佩琳解释一下，不要等我了！"

晚上六点宋怀良赶到"三月风"餐厅，迎接他的是石榴红，没见到戚老板，宋怀良有些诧异，石榴红说："别用这种眼光看我，戚老板去望云山泡温泉了。"在一个光明磊落的卡座坐定，素面朝天的石榴红脸上没有了口红和脂粉，看不出半点的妖艳与风尘味，一件纯棉休闲白衬衫搭一条浅蓝色牛仔裤，人看上去都有点清纯了，她为宋怀良点了一杯啤酒，自己要了一杯可乐，菜肴如同室内的灯光一样清淡而精致，一盘水果沙拉、一盘白果鱿鱼丝、一碟蒜蓉酱排、一碗水煮豆腐。端起高脚玻璃杯，石榴红开门见山："宋哥，约你吃饭，不完全是为装修，是好奇。"宋怀良点燃一支烟，更加好奇地看着石榴红："不是说好了来谈装修的吗？"石榴红望着烟雾中有些疲倦的宋怀良："我一直有个疑问，是你老婆主动投怀送抱，还是被你花言巧语勾到手的？"宋怀良对石榴红窥探个人隐私和那种积重难返的轻浮语调很不舒服，就低着头对着烟灰缸回答："你问这是什么意思？"石榴红很坦率地说："你那女人确实漂亮，气质好。可她不适合你，你在她面前不像个男子汉。挑明了跟你说，如果你跟她过不来，趁早散伙，跟我过。我那男人太有钱，也不靠谱，你要是今晚答应，我明天就跟他拜拜。"宋怀良像听广播里的评书一样，更好奇了："亏你想得出，我跟老婆不合适，编故事哪？"石榴红轻轻喝了一口可乐，继续按自己的思路往下说："一看你就是穷人出身，我也是棚户区长大的，我爸是修鞋的，瘸了一条腿，听说你妈瞎了一只眼。门当户对！"石榴红别有用心地盯着宋怀良，观察着他脸上的变化，宋怀良脸上风平浪静，石榴红继续往深处延伸，"你在肮脏的泥里灰里挣干净的钱，可靠！你胆怯的眼睛里有一股犟劲，要是遇上一个好女人，能成大事！

我在演艺界是混过一段日子,但我是好女人。成不成,吃了这块排骨再回答我!"石榴红的话直率得有些无耻,她夹了一块蒜蓉酱排给宋怀良,又用可乐跟宋怀良象征性地碰了一下,宋怀良敷衍着喝了一口啤酒,心乱如麻,跟一个萍水相逢的女人赤裸裸地谈个人隐私,很荒唐,宋怀良一个字都不接,只是说:"装修价格,等实地勘察做好预算,我会给你最大优惠,优惠幅度大于报价。忘了告诉你,我现在也很有钱,也很不靠谱,再提醒你一句,装修优惠幅度我说了算,不是我老婆说了算。今晚你请客,我买单。就这么定了!"宋怀良说得一点余地都不留。

石榴红有点失落,但没有受到伤害,她依旧轻松地笑着:"你越是装得强大,说明你跟你老婆的危机越严重。好了,不说了,还是谈装修价格吧!"

回来的路上,宋怀良骑着自行车随着城市的灯光在风中逆行,这个跳脱衣舞的女孩,居然在找他装修前去五里井调查过他,而且像一个兽医解剖一头猪一样,把他的五脏六腑都扒了出来,扒得毫不留情,扒得一览无余。宋怀良有一种被暗算了的难堪和刺痛。

回到家,吴佩琳跟肚子里的孩子一起睡着了,宋怀良想跟吴佩琳说说石榴红,怕肚子里的孩子不高兴,伸向吴佩琳发际的手收了回来,他看到吴佩琳的呼吸不均匀,他知道这是两个人的呼吸,步调才不一致。困极了的宋怀良一晚上没睡好,他不知道张月秀是不是跟吴佩琳已经解释清楚。

第二天早晨醒来,吴佩琳没在意石榴红装修健身馆,她说你都为包二奶的老板装修过,为一个被人包的二奶装修算什么。吴佩琳口头说过藏污纳垢的"洗脚屋、美容院、澡堂子"一律不装,公司也没形成文字,包括卖淫嫖娼一律开除,都是吴佩琳饭桌上宣布的口头纪律,不是空隙来风,却又是空口无凭,执行起来就比较麻烦。在早晨空气混浊光线灰暗的房间里,吴佩琳另一句话倒是刺痛了宋怀良:

"月秀说选定装修客户不是选道德模范,这话是你教给她的吧?背得滚瓜烂熟。"宋怀良说:"不是,是她教给我的。石榴红是跳过脱衣舞,可不是卖淫女,靠开健身馆吃饭,不必歧视。"吴佩琳端着刷牙缸子:"脱衣舞把三角裤衩都快脱下了,跟卖淫女有什么两样?"宋怀良背对着吴佩琳表示异议:"我这是在做生意,只要付钱,杀过人的客户单子也得接,犯罪由法律去处理。"吴佩琳突然用牙刷指着宋怀良:"月秀怎么跟你说的一模一样,你们事先商量好了台词?"

宋怀良无法跟吴佩琳继续往下对话,回了一句:"这事往深处扯,我连枪毙都够了。我早就说过,把张月秀辞了,只要你同意,今天上午就让她走人!"屋内有些暗,宋怀良的脸也是暗的,吴佩琳见宋怀良点烟吸烟的姿势那么坚决,心里有些忐忑,声音低了下来:"人家没犯错误,你辞退她的理由呢?"宋怀良对着屋顶吐了一口烟雾:"理由很简单,你不高兴,就是错误。"吴佩琳已经平息情绪突然反弹:"耿双河嫖娼我高兴吗,你开除了吗?"

宋怀良噎住了,沉默了好一会,说:"你怀孕后,只说聘用张月秀,没说要开除耿双河。公司半壁江山在耿双河手里,开除这个死心塌地的干将我下不了手。你要是下定了决心,我马上去公司,将耿双河、张月秀一同赶走,周小泉、肖晨统统走人,公司明天关门。我不想当大款,我只想不被人看不起,不想被人当小偷待,不想让你跟着我受委屈,这话我说过不下一千遍了。"宋怀良说着说着眼泪就在眼眶里不争气地打起转来了。吴佩琳突然抱住宋怀良哭了起来,哭得很伤心,很无助,她手摩挲着宋怀良混乱而肮脏的头发:"怀良,我这段日子,心里很烦躁,脑子里胡思乱想,我还常常让你憋屈,真对不起,你能原谅我吗?"宋怀良抹了一把眼泪,点了点头,他拿起床头的开水瓶,去厨房烧开水,这时,秦大姐从家里过来了,她手上抓着的油纸袋子里,装着几个糯米饭团,一进门就嚷着:"新上市的糯米做的,半条巷子都能闻到香味。"

宋怀良接到了鸿翔批发部老板赵超的电话，说请他过去喝酒，顺便聊聊天，正要从公司出门，张月秀拦在了玻璃门门口："怀良，我找你辞职才对，你是公司的老板。"宋怀良风轻云淡地答道："怎么想起来的馊主意，谁逼你辞职了？"张月秀攥住车把不放："是我自己。再这样下去，毁掉的就是两个家庭。"宋怀良很疑惑地望着张月秀决绝的目光："难道已经毁掉一个家庭了，是你家，还是我家？"张月秀一时无语，只是说："我就不该来你们家公司。错在我，看在多年街坊同事的面上，你放我一马，好吗？我不想让你为难！"张月秀近乎哀求，宋怀良就顺水推舟说："你去问佩琳，她同意，我没意见。"宋怀良出门迅速骑上车，发现车胎瘪了。

　　张月秀没去问吴佩琳，已经问过好多次了，吴佩琳死活不同意她辞职。此后的日子相安无事，张月秀再也没向宋怀良提过。

　　一个天气闷热的晚上，吴佩琳喝完了宋怀良买回来的一碗牛肉汤，屋里泛滥着一层麻辣的味道，吴佩琳推开碗，发出的声音却是火辣的："怀良，明天辞了月秀！对，就是明天！"

　　宋怀良被这突然袭击弄晕了："我早就要辞了月秀，你不让辞；眼下正是旺季，工地连天带夜加班，材料调度、财务收支忙得不可开交，这节骨眼上你要我辞了月秀！"吴佩琳看到宋怀良茫然的脸上试图在掩饰一些什么，就含含糊糊地话说三分："离了谁地球照转。"宋怀良仍然做有限度的申辩："张月秀是你请来的，也该由你赶走！"吴佩琳突然捂着肚子脸上扭曲着，痛苦地咬着牙齿："怀良，肚子里孩子我不想要了！"宋怀良蒙了："佩琳，你这是怎么了？"吴佩琳抓起床头的一本《健康与生活》杂志扔到宋怀良怀里："自打清明到现在，我心情不好，神经紧张，烦躁不安，全身冒汗，杂志上说我得了产前忧郁症。肚子里的孩子受了伤害，每天都要踢我几脚。我不想生一个跟我一样失魂落魄的孩子！"宋怀良将吴佩琳扶到床沿上坐定，轻轻地拍着吴佩琳痉挛的肩膀："不说了好不好？明天我把张月秀辞掉！"

　　吴佩琳抱着宋怀良哭了起来，说出来的话依然含糊："怀良，月秀在公司,我真的受不了了!"宋怀良似乎明白吴佩琳"受不了"的意思,也明白了吴佩琳内心深处的挣扎,望着吴佩琳苍白灯光下苍白的脸,他抹着吴佩琳额头的汗,汗是凉的,宋怀良声音像是被苏打水泡软了:"佩琳,对不起!我没让你过上开心的日子,都是我的错!"

张月秀早就想辞职,可当宋怀良提出要辞退她,心里还是接受不了,这就像两口子离婚,主动闹离婚是宣示自我意志,被动接受离婚,相当于被抛弃。宋怀良给出的辞退理由是:"这几个月,你在公司累死累活不算,还受了那么多委屈,你不说,我也知道魏国宝怎么对你的。公司离不了你,魏国宝更需要你,回去后,跟魏国宝过安稳的日子,我们这些下岗讨生活的人,成个家不容易!"上过电视的宋怀良说得善解人意,说得冠冕堂皇,张月秀听起来却像是无中生有,她接过宋怀良的话茬说:"大不了我跟魏国宝离婚,散就散了,庐阳离婚的人多的是。你说公司离不了我,我就不走了。佩琳姐跟我说过,我来这上班,不是帮公司,也不是帮你,是帮她的。"夏天上午九点钟,天空就像是被烧着了一样,公司办公室里落地电风扇旋转着蜻蜓点水的热风,宋怀良说假话的能力严重不足,全身都在冒汗,他粗糙的手不停地抹着额头上的汗,心里的汗却抹不去,他拼命抽烟,企图将尴尬和无奈埋藏在烟雾里面,电风扇摇头过来,烟雾碎了,脸上欲盖弥彰。他不说话,是他没想好下面该说什么话。

张月秀默默从沙发上站起来,从隔断的办公桌上拿来一个蓝色封皮的文件夹:"这个月收支账目全做好了,建材城昨天进的一车水泥黄沙还没付钱。我马上就走,不让你为难!"宋怀良很尴尬,他说:"月秀,给你补半年工资!"张月秀收拾着自己的一个仿皮坤包,将桌上擦汗的手帕和一个塑料水杯塞进包里,然后又掏出包里的传呼机和大哥大,放在宋怀良面前:"你告诉佩琳姐,我不会白要半年工资!"

宋怀良抓起茶几上的传呼机递给张月秀:"你拿着用吧!"

张月秀摇了摇头,转身离去,她推开玻璃门的动作一点都不拖泥带水,玻璃门外一股热浪扑进来,宋怀良感到自己被夏天的热浪熏烤得体无完肤。

晚上宋怀良没回家,他请耿双河喝酒,送了他两条带把子的"茶花"烟,说张月秀走了,工地上请他多费点心,耿双河拍着胸脯赌咒发誓:"尽管放心!香烟一人一条。"他歪着被酒精点着了的脑袋,对着宋怀良坏笑着,"那天我回公司拿电钻,你在沙发上睡着了,张月秀给你盖毛巾毯,见我进来,手脚一气乱抖,那女人不错,长得好看。你太大意,被佩琳发现了?"宋怀良酒也喝多了,两人对吹了一瓶半"庐阳特曲",他对着包厢里晕黄的灯光发誓:"我要是跟张月秀有什么,出门被汽车撞死!"

魏国宝对张月秀辞职相当满意,晚上就着桌上的一盆红烧排骨和一碗青椒土豆丝,抓起酒瓶猛喝了一气,喝到半醉半醒,他给张月秀倒了半碗酒:"来,一块喝!庆祝你悬崖勒马,痛改前非!"张月秀不喝,也不接魏国宝的醉话,魏国宝将张月秀的半碗酒倒进喉咙,举着油腻的筷子指着张月秀说:"你他妈的还想陪宋怀良喝酒吗,做梦去吧!是你辞职的吗?不是。你是被宋怀良玩腻了一脚踢开的。"他将一块排骨塞进嘴里,"吴佩琳挺着大肚子住在五里井猪圈里,天天拎着马桶往旱厕跑,老子给你买这么好的商品房,天天有热水洗澡,你还不知足。宋怀良有什么了不起的,老子有的是钱!有钱能使磨推鬼!"说着从腰包里掏出一沓票子拍在桌上,"明天拿去花,买衣服、下馆子、洗桑拿、找'鸭子'都行!"要是往常,张月秀会跟魏国宝拼命,可今天她连话都不说了,魏国宝把自己都不当人,何况对老婆,这个家一开始就是一座小孩子搭起来的积木,风一吹就会倒塌。

张月秀被辞退三天后的一个中午,五里井巷子里做午饭的煤烟被压抑在闷热的空气中,宋怀良家老屋门口,魏国宝从出租车上跳下来时被呛得一气咳嗽,正在跟秦大姐择韭菜的吴佩琳,见魏国宝拎着一个篾编的篓子嬉皮笑脸进屋,愣了一下,魏国宝像在自己家里一样将篓子交给秦大姐:"瓦埠湖买的野生黄鳝和甲鱼,你去厨房给佩琳炖点汤,补补身子!"秦大姐拎着竹篓不知所措,吴佩琳问:"谁叫你买的?"魏国宝挨着那张破旧的藤椅坐下来,别有用心地望着吴佩琳说:"我买的,犯法了吗?"他将脑袋扭向秦大姐说:"我跟佩琳,还有怀良,是同学,同事,街坊,张月秀是我老婆,我们是一伙的,不见外的。你去厨房加工,天热,活的死掉,就太可惜了!"见吴佩琳没阻拦,秦大姐拎着篓子出去了。

吴佩琳问多少钱,魏国宝不以为然:"佩琳,认钱不认人的,不是我。"他故作隐秘地将脑袋凑向吴佩琳,"你把张月秀撵回家,给我烧饭倒在其次,替我出了口气,还是你体谅我,我俩都戴了绿帽子,太亏了!"吴佩琳见魏国宝越说越邪门,就掐断他的话:"是宋怀良叫月秀回家的,宋怀良体谅你,与我无关!"说着将一张五十元的票子塞给魏国宝,魏国宝不要,吴佩琳说:"你不要,我叫月秀来拿!"

魏国宝接过钱,又找给吴佩琳十二块钱,他没话找话说:"这么热的天,嗓子渴得冒烟,看在大老远买黄鳝甲鱼的分上,能不能给我倒碗水喝?"吴佩琳对着厨房喊道:"秦大姐,给魏师傅倒一碗水来!"

十一、无人穿越地平线

宋怀良最大的热情是跑工地,守在公司,就像守在一个陌生的寡妇身边,别扭极了。接电话,谈业务还行,每天各个工地业务开支、报销、银行账目来往,看不清,一看数字,喝醉酒一样眼花缭乱。张月秀一走,他想起了前些日子赵超推荐给他的王丽丽,赵家保姆,没上过高中,可初二那年获过庐阳中学生数学竞赛三等奖,到公司跑跑腿,当个会计,偶尔煮点面条,应该没问题。那天酒桌上没答应,是怕过不了吴佩琳这一关,还有就是对这个王丽丽有点吃不准,十九岁的保姆跟主人滚到了一张床上,在医院打胎被赵超老婆逮了个现行,当天逐出家门,王丽丽哭着对赵超说身子破了没人要了,她要到"红磨坊"去坐台。那天赵超跟宋怀良说起这事,一脸的忏悔和内疚:"把人家小姑娘一生毁了,我就是罪人!"

在一个极其乏味而压抑的中午,宋怀良给赵超打了一个电话,两人在电话里探讨了王丽丽来公司上班的具体步骤。第二天,赵超拎着两盒"中华鳖精"和一张江西产的竹编躺椅到五里井看望吴佩琳,一进门赵超连连拱手道歉,说弟妹怀孕这么长时间,店里穷忙,一直没空过来看望,晚上在"粤港海鲜楼"摆了一桌庆贺一下,请吴佩琳和宋怀良一定赏光。吴佩琳印象中的赵超,人仗义,大气,没有赵超,就没有"义乌商贸城"的第一桶金,就没有今天的公司,她没有理由不答应。

"粤港海鲜楼"主打海鲜,赵超点了澳洲龙虾、北海道生鱼片、玻利维亚扇贝、加拿大海参,各就各位后,吴佩琳开玩笑说:“这哪是朋友聚餐,简直就是一桌子国际海鲜开会。”赵超和宋怀良喝“茅台”,吴佩琳和秦大姐喝“鲜榨橙汁”,听说一杯茅台酒值一桶菜籽油的钱,秦大姐在赵超和宋怀良鼓动下,喝了一杯,秦大姐喝下去皱着眉头发愣:“这就把一桶油喝掉了?太可惜,太浪费了!”大家都笑了起来,赵超跟宋怀良碰杯时,吴佩琳有些心疼:“这一桌饭菜,怕要吃掉一个装修工大半年工资。”赵超将酒倒进嘴里,眼睛看着吴佩琳,手指着宋怀良说:“弟妹,吃一年工资又怎样?怀良如今是比我牛的老板,总不能就着花生米喝庐阳火烧刀子吧。”酒喝多了,赵超说话信马由缰,“怀良,一个下岗蹬三轮的,能有今天,佩琳是军师,是统帅,是舵手!”这些不着调的话,情绪不错的吴佩琳听得入耳入心,她站起来提议宋怀良跟自己一起敬赵超:“没有赵哥,就不会有怀良的今天,我不过是怀良手下的一个兵。”两口子跟赵超喝了一个满杯,宋怀良涨红着脸举着酒杯:“我是庐阳的一个小蚂蚁,没有赵哥,没有佩琳,我不是蹬三轮,就是在五里井菜场卖鱼。”

酒席的最后,赵超才提出王丽丽到公司顶替张月秀,他拿出了王丽丽获庐阳中学生数学竞赛三等奖获奖证书,吴佩琳盯着证书上大红的公章,感叹了一句:“当保姆屈才了!”至于到公司上班,吴佩琳像个局外人似的,说由宋怀良拍板,他是当家的。

王丽丽到公司的事简单得就像喝下一口橙汁。

第二天上午八点,王丽丽准时上班,宋怀良见王丽丽嘴唇鲜红,脸上还涂抹了一些很过分的劣质脂粉,看上去与数学竞赛三等奖不太匹配。他还没开口,王丽丽用舌头舔了舔嘴唇上过于浓厚的唇膏,先开腔了:“宋哥,你们男人是不是都喜欢吃里扒外?”头一次见面,说这种话,宋怀良很反感,他生硬地回了两个字:“不是!”王丽丽噘着嘴,不服气地说:“赵超小气鬼,我叫他给我买一个小套商品房,一室一厅,就是不干!”宋怀良不接话茬,按部就班地布置工作:“业务电话从早上八点开始接,每天至少要烧四瓶开水,按桌上玻璃板下的价目表先报价,客人有意向了,再打我传呼或打大哥大,我回公司跟客户敲定。"王丽丽一边心不在焉地点着头,一边嘴里嘟囔着:"我爸要是不死,会有男人管我的。"王丽丽说她爸是庐阳湖边的船民,九岁那年船上汽油炉爆炸被炸死了,宋怀良看着王丽丽烫了个爆炸式的发型,脑袋里冒出了锅炉爆炸的情景。

宋怀良对王丽丽的印象很糟糕,晚上回去,他跟吴佩琳说了自己的感受:"年纪不大,又俗又轻浮,满嘴不是房子就是钱,脸上搽的粉太多,头发像个炸烂的鸡窝,不是正经干活的人。"吴佩琳也警觉起来:"是不是王丽丽平时好吃懒做,赵超甩包袱甩到这来的?"宋怀良没直接回答:"还是张月秀干事踏实,能吃苦。"吴佩琳不想在这个时候提张月秀,不接宋怀良的话茬,她劝宋怀良:"赵超帮我们挖到了第一桶金,人不能忘恩负义。王丽丽年纪小,耐心管教,慢慢培养,说不准就是个人才,数学竞赛市里获过奖的!"老屋里闷热,宋怀良手里抓着湿毛巾,不停地抹着身上的汗,他自言自语着:"这屋里太热,该换个地方了!"

像是在避讳脸上的一个痤疮,说不上严重,但很难看,张月秀被辞退快一个月了,每次路过五里井槐树巷总是绕着走,大多数时间,她把自己关在家里看电视剧《围城》,看了好几遍,弄不懂"围在城里的人想出去,城外的人想进来"是什么意思,要在往常,她早骑上车找吴佩琳问个究竟了,现在她不想去。对自己从小就羡慕崇拜的姐姐,张月秀没有怨恨,只有尴尬,尴尬是一种心理上的难堪,看不见,摸不着,却会让你手脚抽筋。面对尴尬最好的办法就是:不见面。

张月秀和吴佩琳之间的尴尬在于嘴上都没说,心里都有数,两个人谁都无法开口,世上好多事,说出口的没做,做的没说出口,是真是假,还没法对证。一段日子里,张月秀恐惧黄昏,她望着窗外黑暗由远而近地漫过来,黑暗中涌动着密集的虫子和苍蝇,她有一种被淹没被吞噬的慌张,想起姐妹俩在药店阁楼的单人床上拱在一个被窝里彻夜长谈生活、爱情与人生的每一个细节,张月秀不禁暗自落泪。这个时候,楼下一家卤菜摊生意正火,剁卤鸭的声音很刺耳,张月秀感觉在怀琳公司的几个月就像卤菜摊案板上那只酱鸭。

秦大姐在东大街一个粮油摊上买了过期的米,煮出来的饭没有米味,吃起来像是吃米渣,吴佩琳问怎么买来陈化粮的,秦大姐说米店遇到了张月秀:"我只顾着跟她说话,见她买了一袋,随口说给我也来一包,没在意米过期了。"吴佩琳问张月秀怎么样,秦大姐说脸上的气色跟个寡妇似的,拎着一袋米像是拎着一辆三轮车,走路都走不稳,吴佩琳问:"她没对你说什么吗?"秦大姐说:"她要我多熬点百合绿豆汤给你降火,说天太热了。"

吴佩琳躺在赵超送来的竹编躺椅上,一下午没说话,她身边小桌上的绿豆汤在闷热的空气中变质、发馊,直到晚上宋怀良回到老屋,吴佩琳也没喝。她问一身汗馊味的宋怀良:"月秀最近怎么样?"宋怀良脱掉身上汗透的工作服,光着膀子回答:"这话应该是我问你!"也许是觉得语气有点重,还夹杂着一些抱怨,宋怀良连忙缓和语气,"工地太忙,我一点空都没有。要不,明天叫王丽丽到她家去看看情况。"吴佩琳从躺椅上起了身,堂屋没开灯,她脸上的表情被黑暗掩盖了真相,宋怀良还是听出了她话音中内心的真实:"得给月秀找一个工作,待遇不能比在你手下差!都买陈化粮吃了。"宋怀良说魏国宝有的是钱,吴佩琳说月秀很自尊,她不会向魏国宝伸手要钱,就像她离开时将传呼机和大哥大都留下了一样。吴佩琳说:"该将传呼机给她,那样我就能联系上她了。"宋怀良说:"她跟你一样的脾气!"

连续半个月的滔天大雨浇灭了城市的酷暑,也浇灭了吴佩琳心里的许多杂乱无章的想象。五里井棚户区百分之八十的老屋漏雨,雨天,吴佩琳和秦大姐大部分时间在老屋里接漏,家里的塑料盆、水桶、痰盂、胶鞋,还有腌咸菜的坛子全用上了。宋怀良租好了"观湖苑"一套房子,吴佩琳不愿去;江月英要女儿回家住,强调"这是你爸的意思"。吴佩琳对宋怀良和母亲江月英说了同样的话:"五里井这么多街坊能住,我就能住!"

吴佩琳不想离开五里井,是她想在五里井见到张月秀,可张月秀一直没来。

肖晨装修的一个客户,贩水果的,半个月大雨,贩来西瓜没人买,亏了个鼻青脸肿,他拉了三卡车西瓜抵装修款,宋怀良分给工友当福利,自己带头吃瓜,一百多斤。吴佩琳叫秦大姐拎上两个西瓜给张月秀送去,顺便请她过来喝牛肉汤:"你就跟她说,再不去看你姐,肚里的孩子就要流产了。"

中午五里井捅开煤炉,巷子上空蹿起煤烟,秦大姐拎着西瓜又回来了。张月秀没在家,问楼下裁缝店女人,那女人说张月秀在东大桥下摆地摊,卖女人的发卡、胸针、耳环、手串,还有丝袜、胸罩、蕾丝三角裤,张月秀在裁缝店定做过二十双机绣鞋垫。晚上,宋怀良刚进家门,吴佩琳跟他急了:"你赶紧给月秀找一个工作,风里来雨里去地摆地摊,怎么受得了,她的身子骨比我还要薄。"宋怀良想说是你要辞退她的,工作该由你找,他摊开空虚的双手,声音无奈:"我无权无势,到哪儿给月秀找工作,岗位好,还要工资高。"吴佩琳不好强迫宋怀良,就软下口气对宋怀良说:"叫赵超给张月秀安排一个出纳岗位,营业员也行。那天只顾着喝酒,忘了这个茬。"宋怀良不好说赵超将小保姆肚子弄大了,张月秀送过去也很危险,他换一个方向否定:"接收一个王丽丽,送过去一个张月秀,等于是做交易,一交换,情面全没了,那顿酒也白喝了!"宋怀良要吴佩琳找郭凯,吴佩琳不干,她说郭凯小时候整天拖着鼻涕,现在越来越像个官僚,说话时干瘦的手指很不安分地指点着空气和别人的鼻子。

夜晚是出谋划策的最好时光,没到一集电视剧的时间,吴佩琳想出了最后的办法:"你把张月秀再请回来,让王丽丽到工地去!"宋怀良一听这话,头皮发麻,苦笑着说:"请张月秀回公司,除非你回公司当老总,真的,要是技术允许,我宁愿替你在家生孩子!"

吴佩琳没说话，她抚摸着肚子里的孩子，躺倒在床上，像一盘散沙。宋怀良斜靠在吴佩琳的枕头边，一边抚摸着吴佩琳的肚子，一边安慰着："别急，我会有办法的！"吴佩琳一激动，伸出胳膊搂紧宋怀良，而隆起的肚子直截了当地逼着他俩保持距离，于是，他们听到了窗外巷里老槐树上的知了烦躁而焦虑的叫声在夏夜里喋喋不休。

　　第二天吴佩琳比窗外的黎明醒得更早，她在清晨老屋闷热而混沌的气息中对正要出门的宋怀良说："第一桶金是月秀帮我们挖来的，不是赵超。"宋怀良套上那件与这个季节格格不入的蓝得发白的工装："是的，卖公墓是月秀给的信息。"

　　"义乌商贸城"建材商城的老板是韩爽，那个相貌平庸能力超群的女强人，为了稳住宋怀良这个建材进货大户，多次请宋怀良吃饭，宋怀良多次推辞说不必客气。一个平淡无奇的黄昏，宋怀良突然打电话约韩爽吃饭，韩爽喜出望外，心急火燎地赶到了"望月楼"，在一个隐秘而暧昧的小包厢里，韩爽化妆过分的脸上堆满了极不自信的脂粉，落座后，她用一方粉红的手帕轻轻擦着额头的细汗，于是整个脸上的脂粉一败涂地，她看宋怀良的目光有些崇拜："起初以为你老婆说了算，几个月不见她人影，你拿了十几万的货，翻了三四倍，你才是公司的老大。"宋怀良不想跟一个生意上的女人讨论自己老婆，就很含糊地笑了笑，是呼应，也是敷衍，菜上来了，他将一块烤鸭夹到韩爽的盘子里，然后举起手里的猩红的葡萄酒杯："公司新来了一个会计，顶了张月秀，她不是专业会计，我想推荐到你这儿上班，帮我把一把建材关。"韩爽答应给一个岗位就像答应给一根牙签一样爽快："小事，干建材质检，二级岗位，工资四百六，比营业员高八十！"

　　吴佩琳挺着欲盖弥彰的肚子走进枣树巷陈记牛肉汤馆，店老板陈麻子招呼她坐到北边靠窗的一张台子上，窗玻璃油腻厚重，光线从油腻的玻璃里挤进来，损耗了一半以上，店内灰蒙蒙的。吴佩琳头顶上一个吱吱作响的吊扇将麻辣的空气反复旋转，吴佩琳闻到麻辣的气味渗透到木桌、木凳的每一丝纹理中，张月秀在吴佩琳正点单时进来了，对面坐定，她从塑料袋里掏出一个香瓜："佩琳姐，东大桥下卖瓜老王说这是墨西哥的品种，香得死人都要流口水，尝尝，我也是第一次吃！"说着就抽出袋子里的水果刀剖开了香瓜，吴佩琳接过张月秀递过来的一片香瓜，绷紧的内心全松开了。上午秦大姐到东大桥地摊上找到张月秀，说吴佩琳请她喝牛肉汤，张月秀说晚上收摊后去，秦大姐说吴佩琳现在就要见你："你不去，她会急得流产的。"

张月秀一路上在想，见了面当作什么都没发生过，自然就不会尴尬。

吴佩琳嗔怪张月秀这么长时间没来看她："你是我请到公司帮忙的，我也不想你走，可魏国宝整天找你茬，隔三差五在我面前挑拨离间说三道四。"吴佩琳这番含糊不清的解释既没撇清自己，也没套牢自己；既可以理解成宋怀良出于无奈辞退了张月秀，也可以理解成吴佩琳出于无奈没有反对辞退，怎么解释都行。去留是怎么回事，张月秀知道，不想纠缠，她从口袋里掏出一双绣花鞋垫："我楼下裁缝店机绣的，挺好看的！"她将鞋垫塞到吴佩琳手里，"摆地摊生意蛮好的，一天能挣十好几块，都怪我见钱眼开，舍不得票子，才没过来看你。我不想白吃白喝魏国宝的。"姐妹俩说了不少避实就虚的假话，如果假话能够掩盖和消除尴尬与伤害，假话就比真话值钱。

吴佩琳点了两碗牛肉汤，四块吊炉烧饼，两个卤鸡蛋，一盘卤水豆腐干，张月秀说点这么多，太破费了，吴佩琳抚摸着肚子说："我可是两个人在吃饭哟！"张月秀问吴佩琳胎儿该没事了吧，吴佩琳说五个多月了，不会流产了："月秀，你肚子怎么到现在没见动静？"张月秀端起广口土碗里沸腾的牛肉汤，轻轻喝了一口："佩琳姐，我没你命好。"接着又吞吞吐吐地跟了一句，"我不想跟他生孩子。"张月秀话不多，但吴佩琳从她脸上读出了她被辞退后的消沉和沮丧，吴佩琳最终亮出牛肉汤馆见面的主题："地摊不要摆了。风吹日晒的，看你这张脸，像从旧社会来的，明天你去义乌商贸城上班！"张月秀细腻嫩白的脸被阳光和风打磨得粗糙而灰暗,她抚摸着自己的脸,像抚摸着旧社会的罪恶,眼泪在眼眶里打转,她拼命控制着不流出来,说话的声音里却是沾满了泪水:"佩琳姐,你对我太好了,在公司没帮上什么忙,还给你添了不少麻烦。"吴佩琳说:"别说傻话了,咱俩谁跟谁呀!我结婚那天你是唯一来庆贺的人,我和怀良走投无路的时候,是你帮了我们。你的工作是怀良帮你找的,不是我找的,他总是说对不起你!"

第二天早上八点,张月秀骑自行车到商贸城,宋怀良站在大门口的一棵香樟树下等她,一个多月没见,张月秀说的第一句话是:"你瘦了!"宋怀良将一袋小笼汤包递给张月秀,说:"你晒黑了!"

又瘦又黑的两个人走进商贸城大门,门外早晨的阳光一路尾随,他们看到了自己的影子倾斜在自己的左前方。

五里井抢修漏雨老屋,耿双河带了一拨九个人,混乱的现场,吴佩琳指使着秦大姐给几个陌生的工友递香烟、送茶水,切好西瓜后,吴佩琳对着屋顶上几个工友挥着手喊道:"都下来,吃西瓜!"而她对身边的耿双河就像对一块西瓜皮一样无动于衷。耿双河故意讨好着说:"兄弟媳妇,看你打手势指指点点的样子,大领导的派头,公司该你来当家!"吴佩琳将目光落到耿双河身上,手里的芭蕉扇漫不经心地摇晃着:"公司我当家,你到哪儿混去?"耿双河一开始没上心,当作一句玩笑,回来后,越想越不对劲,他有点心虚了,一晚上拼命抽烟。

庐阳的秋天和春天一样的荒诞,第一天热得冒汗,一夜秋风萧瑟,第二天早上冰凉的风裹挟着天气预报中的寒流四处流窜,五里井巷子里缺少营养的槐树、榆树、柳树、枣树落满了一地碎叶,风卷起巷子里的落叶在空中飞舞,行人裹紧了衣袖,将脑袋收缩成一团。

耿双河就是在这样阴阳怪气的天气里遇到电视台郭主任的。郭举被冷风吹得扭曲了脾气,宏达大厦免费送给新闻部两间"专题新闻编辑室",耿双河负责装修,郭举对塑料扣板吊顶很恼火:"电视台对外的形象窗口,你用塑料板来糊弄我。为什么不用铝合金扣板?"傲慢的郭举独自从烟盒里拔出一支烟,没给耿双河递烟,长期被客户尊重并接受各种小贿赂的耿双河,尊严受伤严重,他很不客气地说:"你这点钱,用塑料扣板算是小宋给你天大面子了。要是我接的活,顶多给你用塑料布吊顶。"郭举吐出一口呛人的烟雾,表情和声音严重失真:"你算什么东西? 一个只配睡野鸡的小瘪三,是老子把你从公安局捞出来的。你们老板都不敢跟我这样说话!"耿双河像是被人突然推下万丈深渊,身体悬空,脸色刷白,他似乎听到了自己心脏停止跳动的声音,牙齿和舌头也僵硬了,他一言不发,满头大汗,而大厦外面的风是冰凉的。

耿双河约到宋怀良晚上在"小扬州酒馆"一个光线不太明亮的小包厢里喝酒,两人见面像地下党接头,又像是在做一件毒品生意,抽烟喝酒的动作鬼鬼祟祟,"庐阳特曲"一人倒了一碗,一口喝干后,耿双河举着空碗,舌头机械地说:"兄弟,我死心塌地地跟你三年了,你给我实话,是不是知道我被警察抓过,你是不是找过电视台郭主任捞人?"累了一天的宋怀良喝得太猛,头膨胀得如同一个气球,他用拳头捶了捶昏涨的脑袋,若有所思地皱着眉头:"好像清明前后,有一次路上碰到郭主任,说电视台采访扫黄打非,在看守所看到一个人,像给他家装修过房子的木匠,"宋怀良深呼吸吐出一口气,目光落实在耿双河焦虑的脸上,"郭主任说我找过他吗?"耿双河说:"没有!"宋怀良如释重负:"我当时就对他说,看错人了,也没放在心上。"耿双河给宋怀良倒满酒,对着猩红的灯光无比绝望地感叹着:"你没放在心上,你老婆放在心上了!"宋怀良赌咒发誓说,"难道还有其他人知道郭主任认错人了?"耿双河说:"没有。"他将烟头按灭在桌上的一堆鸡鸭残骸上,"兄弟,跟你说实话,郭举没看错人,我确实被抓了,那天喝了酒后,我被一个站街女拉进了屋里。你照顾我面子,人前人后不提这事,是你救了我,我心里有数。可你老婆不能用那种态度对我，你吴佩琳天天有男人搂着，我一个大活人，几个月没碰过女人，喝醉酒了花钱风流一把，犯死罪了不成？谁想去那种地方？不都是狗急跳墙吗，一次八十块哪，够一个月伙食费。你看我脚上的这双球鞋，罗岭小区业主扔掉不穿的。"耿双河说得一览无余，说得眼泪鼻涕一把，"吴佩琳给我手下的工人倒茶递烟，问长问短，把我当做一个抽完了的烟屁股踩在脚下。我今天想跟你通个气，找个时间，要不就明天，跟你一起找吴佩琳当面说清楚，我耿双河不是流氓，不是罪人。"宋怀良说："这不行，也没必要！"宋怀良觉得三人面对面讨论嫖娼的合情合理，还要坚持捍卫嫖客的尊严，相当愚蠢，这在吴佩琳那里比怀孕流产更加无法容忍。

酒喝多了的耿双河抓着酒瓶站起来说："怀良，不让我跟吴佩琳说清楚子丑寅卯，公司我就没法干了！"宋怀良劝他别想多了，耿双河反过来安慰宋怀良，我不做装潢，不抢你生意，我找个家具厂做木工："落难时，你收留了我，我有数！"宋怀良用拳头敲着桌子："不是我收留了你，是吴佩琳收留了你。你跟小泉半夜里在窗子下面撒尿，臊气熏得佩琳捂着鼻子睡不着觉，她一个字没说，我要出去给你们租房子，佩琳不同意，要替你们省钱。不说她是厂长女儿，就是五里井卖鱼虾的平头百姓家女儿，有几个能做到这样的？"

耿双河是那种讲义气不讲规矩的人，他说你两口子待我不薄，我耿双河在公司干活也没偷过懒："我想当面跟佩琳讲讲理，公司里两百多号工友，哪天没有去洗头房、美容院的，不都是饿急了吃砒霜，渴急了喝盐卤嘛，没办法呀！"歪理邪说被耿双河说得理直气壮，宋怀良不假思索地反驳："吃砒霜能填饱肚子吗？喝盐卤能解渴吗？这种事能拿到桌面上去论长短吗？你都不想想后果！"以耿双河的见识和境界，他只按自己的逻辑说话："有什么后果？大不了跟老婆离婚。"借着酒劲的耿双河不忘把宋怀良也扯了进来，"佩琳人是不错，但思想不开放，管得太死。我看你怕他，就像老鼠怕猫，我都怀疑张月秀脱光了衣服，你都不敢上。你这还是个男人吗？"

一瓶"庐阳特曲"喝得精光,夜里十点多了,窗外秋风一阵紧似一阵,一个衣着散漫的服务员进来说饭店要打烊,宋怀良起身拉走了耿双河,耿双河跟跄着在灯火晕黄的路灯下,搂着宋怀良,硬着舌头说:"我是乡下人,可我也是个有头有脸的木匠。"

　　耿双河辞职的决心异常坚定。

　　耿双河一走,宋怀良像是被砍了一条胳膊,痛不欲生,公司几个工程队一两百号工友都说老耿是公司的二老板,突然辞职犹如晴天霹雳,他们望着头顶上含混不清的天空一筹莫展,宋怀良对大家的解释是:"耿经理是东风家具厂早就想挖走的人才,二级木匠,相当于中级职称,那边提拔重用,薪水翻倍。"耿双河虽然喝了酒后将嫖娼说得比扫黄还要气粗,可当着工友的面,他还是不敢说一个字。

　　临行前大家一起喝了一顿酒,周小泉、肖晨来了,开轻卡的钱小毛也来了,宋怀良宣布钱小毛接替耿双河的第二分公司,轻卡由街坊、从号子里出来的耿老七儿子耿光汉顶上。周小泉对姐夫突然辞职隐隐也看出了点蹊跷,贪污油漆、灯具、建材不大可能,跟业主联手欺骗公司,也不像,凭直觉,姐夫得罪了吴佩琳,想问姐夫,又怕触及难言之隐,出门在外,经不起推敲的事情多少都有点。

　　宋怀良在耿双河走了后才告诉吴佩琳,吴佩琳惊讶的表情不亚于听到耿双河扫黄被抓,刚喝进嘴里的一口桂圆红枣汤呛住了,她控制住嗓子压下咳嗽:"你开除他,不跟我说一声?"宋怀良从吴佩琳不稳定的手里接过汤碗,语气像秋天的夜晚一样平静:"没开除。是他自己要走的,昨天提出来,今晚上人就住到郊区家具厂宿舍了。他主动走人,比我们赶他走要体面。"

　　吴佩琳两手不停地交叉着搓着手指:"你向他暗示过我要开除他?怀孕这几个月我没提过这事。"

　　宋怀良将事情的前因后果避重就轻地告诉吴佩琳:"是电视台郭主任捅破的,知道我们两口子出面救了他,他说没脸在公司待下去了,他还要我带话给你,说对不住你。"吴佩琳陷入了漫长的沉默中,大概过了有半支烟工夫,她从竹编躺椅上很困难地直起身子,在床头柜抽屉里拿出张月秀留下的翻盖"诺基亚"递给宋怀良:"给耿双河送过去。我不用大哥大。"宋怀良悬空的手有些犹豫:"补他半年工资,他都不要,还会要大哥大吗?这个人太好面子!"吴佩琳固执己见:"你就说是我送给他的。"第二天大清早宋怀良骑着自行车赶到郊外东风家具厂,耿双河正在水池边低头刷牙,他拍了一下耿双河脊背:"佩琳说了,你要么回公司上班,要么就收下大哥大!"耿双河嘴里咬着牙刷,声音里裹挟着薄荷牙膏的气味:"佩琳真是这么说的?"宋怀良点点头,耿双河接过大哥大:"落难相助,一辈子大恩大德,你告诉佩琳,洗头房我再也不会去了。"

宋怀良回家将耿双河的话毫无保留地反馈给吴佩琳,吴佩琳眼中泛起泪花:"装修义乌商贸城,耿双河累得从梯子上摔了下来,鼻子和脸上都是血,我要带他去医院,他不干,说晚上喝一顿酒就没事了,他抹了一把满脸的血,又爬上去了。不是我们对他有恩,是他对我们有恩。"她不经意地抹了一把眼泪,"可他背叛了自家的女人。怀良,你说是不是?"宋怀良没头没脑地回答吴佩琳:"秦大姐说厨房里水管生锈了,换 PVC 管子,没必要了!"

在以旧历年为正宗的传统里,元旦不算新年,整个庐阳的元旦都过得很马虎。吴镇海高度重视这个元旦,是宋怀良荣获了"庐阳下岗创业先进个人",十二月三十一日上午的表彰大会电视直播,他在电视里看到市长给宋怀良披上红色绶带,特写镜头照亮并放大了市长柔软而多肉的手和宋怀良干瘦而粗糙的手,这两双不太相干的手握在一起时,吴镇海被打动了,宋怀良靠他枯瘦的双手顽强地撬动了人生。于是,他对老伴江月英说:"你去五里井,晚上叫佩琳和小宋回来吃饭。"

这天晚上江月英做了清炖羊肉汤、红烧野鸭、油焖大虾几道大菜,吴镇海拿出了自己珍藏三十多年的一瓶"泸州老窖",他给宋怀良倒满一杯:"你跟你老子不一样!"不明就里的宋怀良拿捏不好分寸,就谦虚地说:"一样的。我爸烧锅炉,我刷油漆,差不多!"就在翁婿俩喝得热火朝天的半道上,吴佩琳捂住肚子叫了起来:"妈,肚里起火了,疼死我了!"江月英一看就明白,佩琳临产了。吴镇海慌忙中抓起电话要打魏国宝出租车,吴佩琳咬牙切齿说不要,宋怀良用大哥大给耿小五子打了个传呼,十分钟不到,"江淮"轻卡开到了楼下。

零点钟声响起,产房外盲目的鞭炮声炸成一团,吴佩琳在钟声和鞭炮声的刺激与鼓舞下,产下了六斤七两的女婴,产房苍白灯光下,宋怀良攥着满头大汗的吴佩琳的手,鼻子抽泣着:"佩琳,你受苦了!"吴佩琳干裂的嘴角流露出浴火重生后的喜悦和激动:"怀良,我们赢了!"

婴儿的第一声啼哭横跨了两个年头,填写出生证遇到了麻烦,产房护士说,零点钟声还没响起,婴儿的脑袋先出来了,出生日期应该是十二月三十一日;婴儿身子完全离开母体,是零点过后,出生日期就该是元月一号,国家没有做过这方面的明确规定,一时拿不准,最后经各方研究后决定:宋依琳,出生于1996年元月1日零点1分。

吴佩琳在市医院妇产科住了八天,出院的日子是个晴天,天空下翻卷着一团一团的煤烟,走在路上的人们大口大口地呼吸着扑面而来的废气。医院大门口,宋怀良要吴佩琳戴上口罩,心情不错的吴佩琳说:"我没那么娇气"。接吴佩琳回家开来了两辆汽车,一辆是赵超的桑塔纳轿车,一辆是公司的"江淮"轻卡,这是宋怀良为吴佩琳摆势子,讲排场,要是女儿没出生前,她会直言不讳宋怀良在五里井耍威风耍的不是地方,一个新的生命到来让她内心变得柔软而宽容,她什么也没说,直接上车。卡车车厢里堆满了亲友工友们送来的各种礼品和食品,耿小五子扛下最后一包礼品脑袋很困难地转向宋怀良:"宋哥,五里井巷子窄,卡车能进去吗?"宋怀良说:"你跟着桑塔纳走!"

吴佩琳对赵超亲自接驾很是感动,坐进开了暖气的后排座位,她对前排赵超和宋怀良说:"好像我生了公主似的,八抬大轿接我回宫,看来我这皇后娘娘还回不成五里井了。"赵超手扶方向盘,后视镜里露出了一丝狡黠的坏笑:"弟妹,想住紫禁城,还是想住颐和园?"吴佩琳拍了拍襁褓中的女儿:"闺女,我们哪儿也不去,还是住五里井好,墙上明星天天对你笑,你这小穆桂英一回家,老鼠都吓跑了,厨房水管也修好了,都换成 PVC 管了。"正陶醉于娘儿俩回五里井的热烈想象中的吴佩琳,一抬头发现车开错了:"赵总,方向开反了,前面从大众路拐弯,向南开才是五里井。"宋怀良转过头轻松地对吴佩琳说:"为了欢迎你和女儿凯旋,五里井不去了,到我们新家去!"

　　吴佩琳张着嘴,说不出话来,牙齿像是被冻住了。

　　赵超嘴上的一圈小胡子兴奋地颤动着,嘴里蹦出的音节跟胡子一起兴奋:"蓝湾公馆,庐阳最牛的商品房,怀良说只有你配住。我看过了,家居装饰,那不叫奢侈,叫腐败。怀良给我蹬三轮那会儿,谁能想得到呢。佩琳,旺夫相,没你,就没有今天的怀良,你住的不是他的房子,是你自己的房子,没啥大惊小怪的。"

　　吴佩琳有些发蒙,赵超和宋怀良说话的声音以及车轮摩擦地面的声音像是被酒精浸泡过的,很不真实,她对后视镜里的宋怀良说:"给我演戏呀!"

　　宋怀良确实给吴佩琳演了一出恍如入梦的大戏。

　　老屋漏雨的当天,宋怀良拿下蓝湾公馆户型最大的一套房子,一百四十六平方米,四房两厅两卫大平层,房款二十五万八,售楼小姐见宋怀良穿一身泥灰工作服,现场开了一张支票扔过来,买一套房子的表情,如同买一包烟。装修四个月,宋怀良挑了四个分公司里最牛的装修工,光设计费就花了两千二,那位披着长发和长风衣的新加坡设计师说他最擅长的就是中西合璧式风格设计,家电全进口,家具全实木,品质全保证。不会浪漫的宋怀良给了吴佩琳一个惊喜,给了岳父母和五里井一个交代,绝不让吴佩琳受委屈。

蓝湾公馆抹去了无线电二厂所有的痕迹,公馆大门是罗马柱石雕砌,柱石边是希腊神话中两尊战神和太阳神雕像,门前青石铺就一个扇形喷泉广场,广场上穿插着几十棵从山里高价买来移栽的银杏树、栎树、柞树、香樟树,进了大门,在18幢楼梯口,坐电梯到11楼新家,宋怀良掏出1106室钥匙,对吴佩琳说:"我向你保证过的,让你住上庐阳最好的房子!"

吴佩琳手里抱着孩子,不好接钥匙,说:"你开吧!"宋怀良从吴佩琳怀里抱过女儿,将钥匙塞到吴佩琳的手里:"房产证是你的名字,你的房子,你开门!"

吴佩琳将紫铜色金属钥匙插进紫铜色防盗门锁孔里,锁孔里的钥匙旋转出金属的声音,打开门,吴镇海、江月英还有秦大姐喜笑颜开地站在客厅里迎接,吴佩琳惊呆了:"爸、妈,怎么是你们?"江月英说一早怀良就把我们接过来了:"没想到庐阳还有这么气派的房子!"

宽敞的客厅比公司的办公室还要大,靠墙一排棕色真皮沙发呼应着紫檀木和红木的茶几、壁橱、餐桌,电视柜上是54英寸"索尼"超大屏幕电视机,紧挨着的"松下"影碟机与柜子一般高的美国"杜比"音响构成一对组合,超重低音音箱里滚动着吴佩琳最喜欢的约翰·丹佛的《乡村的路》,柜式美国"飞歌"空调正无声地释放出源源不断的暖气,宋怀良指着餐厅里的双开门德国"西门子"冰箱对吴佩琳说:"一只整羊都能放进去!"吴佩琳没说话,她被宋怀良牵着手一个一个房间介绍着:"地板是印尼进口的门格里斯,橱柜用樟木的,防霉防潮,客厅吊灯十二杈,房间六杈吊灯,床头配装了两个壁灯,相当于床头灯。"吴佩琳脚步踩在坚硬的地板上,却像是踩在棉花上,虚软,不踏实,一种刘姥姥进大观园的恍惚感使她一时调整不好思路,对钱没有多少概念的吴佩琳很不踏实地问道:"哪来的那么多钱?"宋怀良说:"没借、没偷、没抢、没骗,实打实挣来的钱。"岳父吴镇海对一屋子的"崇洋媚外"的家电和装修没有丝毫的敌意,他以自己的方式理解着宋怀良:"小宋靠勤劳致富,靠意识超前致富,庐阳率先开办装潢公司,跟深圳率先办特区一个样,市长给他发奖,当之无愧。"

参观完新房的所有人中午被宋怀良安排到楼下喝牛肉汤,蓝湾公馆大门口新开的牛肉汤馆,有一个骇人听闻的名字叫"必来",烫金牌匾门口架着一口丈二大铁锅,一大堆牛腿骨、牛头骨、腱子肉在沸腾的大锅里翻滚渲染出的牛肉香味弥漫在进门食客的脸上。必来牛肉汤馆跟五里井陈记汤馆像是新旧社会两重天,必来汤馆窗明几净,每张卡座台子上都备有新鲜的辣油、香菜、蒜瓣、葱花、胡椒面,客人根据需要自由添加,这与五里井陈记牛肉汤馆苍蝇横飞、桌凳油腻势不两立。宋怀良招呼大家坐定后,服务生端上了八碗汤、十六块烧饼、一大盘卤豆腐干、一碗卤鸡蛋,还有一盘干切牛肉。宋怀良说:"今天刚搬新家,随便吃点,依琳满月再请你们喝酒!"吃饱喝足后,大家抹着一嘴的油水出门了,吴佩琳提醒宋怀良:"还没付钱呢?"宋怀良说:"牛肉汤馆是我们自己家里的,不用付钱的!"

大家都愣住了,宋怀良面对着一圈惊讶的脸,轻描淡写地说:"佩琳喜欢喝牛肉汤,去五里井不方便,顺便开了一个。大师傅林一勺是陈记汤馆挖来的,我们公司的职工了。"抱着褟褓里外孙女的江月英有些看不过去了:"佩琳不是公主皇后,你这样宠着,会变修的。"

一整天吴佩琳头晕,眼花,站立不稳,晚上躺在宽大柔软的席梦思大床上,吴佩琳说像是躺在别人的床上,宋怀良在壁灯橘黄色灯光笼罩下问吴佩琳:"我是不是做错了?"吴佩琳轻轻地搂过宋怀良:"你没做错什么,可能是我想错了!"

没生孩子前吴佩琳就想明白了,宋怀良是一个不懂得与女人相处的男人,他想讨好女人,立马就显得做作,他想真心对待一个女人,看起来像是假的,自己当初不该说宋怀良买房是小人得志。

小依琳满月酒包下了"鸿盛大酒楼",五里井街坊,公司全体员工,宋怀良吴佩琳两家的亲戚朋友,全都接到了请柬,宋怀良发出的请柬上注明所有来宾一律不收礼金、不收礼品,没有注明的是给来宾每人发一包"中华"烟,外加一条印花毛巾、两块香皂,后来,大家伙拼命搜索记忆,也只有光绪年间庐阳盐商汪厚伦办过一次免费的"百家宴",一百年间宋怀良是庐阳第二个。

　　陈琦揣着宋怀良的请柬上门找宋怀良时,吴佩琳没说话,宋怀良很客气地将陈琦引到客厅沙发上落座,秦大姐送上一杯"六安瓜片",宋怀良给陈琦递去一支"中华",自己点了一支'红旗'烟:"我抽'中华',跟抽'红旗',一个味。"几年过去,大家已没有当初的激烈和冲动了,陈琦气色有些晦暗,人没有以前那么自信,他用目光扫视着豪华奢侈的客厅,情绪克制地感慨着:"怀良,你混好了,我打内心里为你高兴。这几年我压力好大,银行贷款没还完;满大街假货,我不敢卖,赚不到钱,店里房租都快付不起了。我老婆跟佩琳不一样,睁开眼见不到钱,就跟我过不去,他说我拿钱在外包小三了。"他将脑袋转向吴佩琳,"佩琳,你说我是那样的人吗?"吴佩琳将手中的奶瓶重重地放到紫檀木茶几上:"你告诉她,我怀疑那三万块钱是她和包养的小白脸合伙偷走了,她事先给小白脸配了把钥匙。"宋怀良见吴佩琳来脾气了,就嗯哈地打着圆场:"不会的,小月怎么能干那种事。"吴佩琳看了宋怀良一眼,说:"所以,你就应该把那一万八给陈琦!"宋怀良见矛头转向了自己,沉不住气了:"我没偷,为什么要我给。"吴佩琳说:"你没偷,但是你丢的。我担保的。"陈琦见宋怀良两口子杠上了,就将请柬放在面前的茶几上:"怀良,看在你当年一支好烟给我抽半支的份上,一万八我不要了,满月酒我也不会来喝,从今往后,你当再大的老板,我就是沿街要饭,也不上你门了!"说着陈琦站起身拂袖而去,吴佩琳拉住陈琦棉袄的袖子,被抖开了。宋怀良望着陈琦摔门而去的背影,坐在沙发上一动不动,音箱里流淌着法国曼陀瓦尼乐队的轻音乐《爱琴海的月光》。

吴佩琳没跟宋怀良争论一万八千块钱的是非,她拿起陈琦扔下的请柬,用探讨性的口气说:"陈琦现在困难,你有钱,就算帮他一把,于情于理也能说得过去,是吧?"宋怀良拿起茶几上的水晶烟缸:"这个烟缸在这里是水晶的,在五里井就是玻璃的,其实不管叫什么,烟缸就是烟缸,性质不变。你放心,陈琦的那点钱,我会有办法的。"

天越来越冷,空气也冻住了,夜晚空旷的大街上,行人寥寥,只有昏黄的灯光在风中摇曳,偶尔一辆汽车从大街上滑过,大街更显冷清。宋怀良和吴佩琳踩着夜色去庐阳医院看望陈琦母亲高阿姨,高阿姨原先是厂后勤部勤杂工,一个礼拜前,宋怀良路遇卖卤菜的孙一根,孙一根说陈琦找他借钱给他妈装心脏起搏器,要六万,他问宋怀良:"没跟你借钱吗?"

庐阳医院心血管病房里,高阿姨躺在布满了血渍和褐色斑点的床上拉着宋怀良的手,流下伤心的泪水:"送这么多钱来,实在不好意思,你跟陈琦,到底是一起长大的兄弟。我说死掉算了,陈琦不干,非要给我装个什么机器,要是装上人还死了,钱就白花了。"

走出医院大门,吴佩琳问宋怀良:"给两万八,是不是太多了?"宋怀良说:"不存在多少一说。陈琦给我爸捐过款,我理当帮他一下,这是给高阿姨的捐款,不是还欠款!"

一个纠缠不清三年多的公案,在这个寒风凄厉的晚上随风散了。

张月秀在一个风声停歇的午后敲开蓝湾公馆 18 栋 1106 赭红色防盗铁门,吴佩林在给孩子喂奶,见张月秀来了,将孩子交给秦大姐,她拉着张月秀冻得通红的手坐到沙发上:"这么久才来看我,住这儿,像住到了鸟笼子里,一个都不认识,哪像五里井,一抬脚,一出门,抬头低头都是街坊。"张月秀像刘姥姥进大观园一样,目光所及,目瞪口呆,她伸了伸舌头:"这房子在电视里见过。"张月秀从颜色陈旧的坤包里掏出一套小孩毛衣,吴佩琳递给张月秀一张请柬:"我叫怀良写上你跟魏国宝俩人的名字。"

张月秀对吴佩琳说好久没见到魏国宝了:"你搬到了有抽水马桶的新家,我搬回了没抽水马桶的五里井老屋。这就是命!"吴佩琳一脸惊讶:"怎么了?"

张月秀说这么长时间没过来,是在闹离婚。魏国宝跟"洗头房"的站街女在自家的床上被活捉了,她下班回来将两个光溜溜的男女从被窝里拖出来,像是拖出了两头被剥了皮的猪,那一刻,她已经没有了愤怒和忧伤,有的是麻木和冷漠,她不吵也不闹,等两个男女穿好衣服后,对魏国宝说:"小本子在床头柜抽屉里,我们到民政局去!"魏国宝当着眼圈蓝得像猫的站街女的面,扑通跪在张月秀面前,频率很快地扇着自己的嘴巴:"月秀,我不是人,你饶我一次好不好?"站街女从床头柜魏国宝烟盒里拔出一支烟点上:"你不是人,晓得是什么吗?"她将第一口烟雾吐到魏国宝脸上,轻蔑地冷笑着,"你是一头猪!"

魏国宝不同意离婚,张月秀说:"你要是不同意,要么我用老鼠药把你毒死,要么你用绳子把我勒死,掐死也行,我绝不反抗。"拖了一个多月,昨天办了手续,今天就过来了。

这桩婚姻完蛋没有什么奇怪的,吴佩琳奇怪的是她俩对待婚姻和情感的态度上惊人一致,她问张月秀:"魏国宝犯错误,怎么是你净身出户?"张月秀说:"魏国宝要把那套商品房送给我,作为补偿,我没要,那房间,还有那张床,我一见到就恶心,想吐!"吴佩琳一把搂过张月秀:"我要是演员,你可以做我替身了。晚上我请你到楼下喝牛肉汤,随便吃,我们家开的!"

宋怀良半夜才回家,吴佩琳说了张月秀的事:"都说男人有钱就变坏,魏国宝就是典型的例子。"宋怀良说:"公安局去洗头房、美容院、洗脚屋扫黄,抓到的基本上都是没钱的,建筑工地钢筋工一天累死累活二三十块钱,洗头房去一趟,八十,两三天风吹日晒白干了。跟钱多钱少没关系,他俩离婚与时间有关系,我估计他们婚姻能维持五年,没想到提前了。"吴佩琳说:"魏国宝太无耻了!"宋怀良没继续讨论,他斜靠在沙发上从茶几上拿起一个"朗声"汽油打火机,点着烟,岔开话题:"天太冷,空调的温度调到二十二度,热水器不用断电,你爸说要过来洗热水澡的。依琳满月酒,石榴红叫肖晨给我们推荐东城一支铜管乐队,我没答应。"吴佩琳说:"肖晨怎么跟石榴红又混熟了?"

庐阳风俗,满月酒安排在中午,婚宴是晚上。小依琳的满月酒定在晚上,吴佩琳不理解,宋怀良说五里井街坊中午都在外打工,公司员工中午在工地也来不了,晚上有时间,放开来吃喝。2月1日下午,天空飘起了雪花,五点不到天就黑了,鸿盛大酒楼廊檐下五十盏红灯笼点亮了,陆续抵达的客人看到灯光下飞舞的雪花,如同漫天飞舞的银子,三层的酒楼包场,楼上楼下包厢加大厅,六十桌,一楼大厅正面的舞台上方红底黄字横幅上印刷着:"欢迎光临宋依琳满月庆典",舞台上庐阳民乐队正在演奏《步步高》和《喜洋洋》,是吴镇海喜欢民乐,二厂垮了后,紧挨着五里井住的吴镇海没迈进过街巷一步,今天,他站在门口跟每一位五里井街坊热情握手,表情轻松、亲切、温和,平易近人得像澡堂子里的一个搓澡工,二厂下岗的街坊也扔掉了下岗的痛苦和抱怨,微笑着握着吴镇海的手说:"老厂长,老样子,精气神十足!"还有人说:"老厂长,还是你有眼光,挑了这么有出息的女婿。"吴镇海不计较这话里是否有话,嘴里打着哈哈:"是五里井人杰地灵。"其实这种场合假话真话都不算数,大家图个快活开心,吴镇海穿一身尘封已久的西装,泛黄的白衬衫领口下配一条暗红色的领带,他在《喜洋洋》的旋律中喜气洋洋。

晚六点五十八分,酒宴正式开始,场面隆重,菜肴奢侈,甲鱼鲍鱼澳洲龙虾都上来了,还有一道很过分的菜,叫做"三文鱼刺身",六十桌来宾在酒楼三层空间里，同时撬开酒瓶，推杯换盏，没几个来回，酒楼热闹沸腾，楼上楼下喧哗声、嬉笑声、拼酒声，闹哄哄的像是农贸市场。王丽丽、田小甜、耿小五子挨桌给每位客人发香烟、香皂、毛巾，宋怀良佯装低调，穿着工装，和穿着粉红色羽绒服的吴佩琳端着酒杯挨桌敬酒，秦大姐抱着鹅黄色褓褓中的依琳一路陪同，五里井街坊在酒精刺激下流着口水不切实际地歌颂和赞美着宋怀良和吴佩琳："这场面，这势子，市长也没这么阔气，区长跟在你后面拎草鞋。""吴佩琳，仙女下凡，公主再世，嫁到美国去，也摆不出这么个排场！"说的和听的都没人当真，碰杯喝酒才是真的。坚决不来的陈琦来了，跟宋怀良碰杯时情绪很激动："没想到你去医院看我妈了。"宋怀良拍了拍陈琦的肩膀："你妈就是我妈。"陈琦说过你爸就是我爸，兄弟俩的恩怨在追加的一大杯酒中烟消云散。石榴红是肖晨带过来的，三年前草台班子傲慢的歌星身上已没有半点星光，她在跟吴佩琳碰杯时说："还是你厉害，大山里飞出金凤凰。"吴佩琳对跳脱衣舞的石榴红抱有成见，但伸手不打上门的脸，就应付了一句："过奖了！"

二厂电工班弟兄们将宋怀良按在桌边坐下，刘开平嘴里咬着香烟脸红脖子粗地抓起酒瓶给宋怀良倒了个满杯："你给电工班弟兄们长脸了，不喝三杯别想开溜！"

魏国宝在宋怀良跟电工班弟兄们闹酒的空隙，端着酒杯悄悄地挤到吴佩琳身边，他背对着宋怀良将酒杯伸到吴佩琳面前："明天我就要离开庐阳，告个别，借着酒力跟你说句心里话。"吴佩琳宽宏大量地应答："说吧！"魏国宝酒喝多了，说话和站姿都不稳，"初一开学那天，看到你穿着白色连衣裙走进教室，我就掉了魂，每天，我在巷口等你一起上学，可你从来没拿正眼看过我。我没混好，也没考上学，没本事才开出租，不过，你等着，不要五年，我是庐阳最有钱的人！"吴佩琳知道他跟张月秀已离婚，很宽容地笑笑："你一直有钱，也有本事，就是没本事哄好老婆。"魏国宝将脑袋凑到吴佩琳面前："我最没本事的是，让你跑到宋怀良床上去了！"

酒一直喝到晚上九点多,来宾陆陆续续散去,王丽丽、田小甜、耿小五子收拾残局,酒瓶都是空的,一卡车烟酒、糖果、瓜子、毛巾、香皂一晚上全没了,宋怀良招呼耿小五子开轻卡送秦大姐和小依琳回蓝湾公馆,他跟吴佩琳步行回家,吴佩琳说:"也好,醒醒酒!"

客人散尽,宋怀良刷卡付账,跟吴佩琳最后离开。

出了酒楼,雪越下越大,眼前是铺天盖地的白,路灯在雪雾中抖搂出微茫的亮光,前方的道路影影绰绰模糊不清,宋怀良和吴佩琳手牵着手一路趔趄跄跄在雪地里跋涉着前行,吴佩琳心情好极了,她攥紧宋怀良的手:"感觉今天像是我们举行婚礼。"宋怀良情绪像雪花漫天飞舞:"就是当补办婚礼策划的,亲朋好友、街坊同事是冲着我俩来的,热闹也是我俩的,小依琳又看不出门道。起初想发喜糖的,怕人家笑话,就改发香烟、毛巾、香皂,实用。"

吴佩琳问:"怎么你手心滚烫的?"

不懂浪漫的宋怀良给了一个浪漫的回答:"婚礼激动的。"

吴佩琳本想揶揄宋怀良学会说假话了,嘴里冒出来的却是另外一句:"要是都像月秀和魏国宝说散就散了,人就不该结婚。你说,怎么做,才能白头到老?"

宋怀良攥紧吴佩琳的手:"就这样,在大雪中一直走下去,就走到白头了。"

不知道走了多久,在一盏路灯下,吴佩琳停下脚步,望着被灯光和雪花打碎的天空,她指着宋怀良落满了雪花的脑袋:"看,你的头,全白了!"

宋怀良说:"你的头发也白了!"

夜深人静的马路上,没有一个行人,也不见一辆车,天地间寂静得有些虚无,互相搀扶着回家的宋怀良和吴佩琳不说话了,他们听见了大雪落地的声音,双脚踩着厚厚的积雪,像是踩在云雾上,前方的路已经被大雪抹去了清晰的界限。

十二、风卷走了树叶和阳光

一个秋雨绵绵的日子，我拎着二斤苹果和一桶色拉油去八里庙秦大姐家，走进杂乱无章的棚户区里，秦大姐家光线阴暗的屋子里，充斥着挥之不去的酸菜味和木质门窗腐朽的气息，跌跤骨折的秦大姐躺在床上，说起吴佩琳和宋怀良，晦暗的脸上两眼放光："都是好人，就是过不上好日子。佩琳有些倔，可对宋老板真的上心，一听说宋老板回家吃晚饭，就叫我烧猪蹄、辣椒炒肉丝，都是她男人喜欢吃的；宋老板也怪，平时让着她，宠着她，哄着她，可有些事，背着佩琳，一个人说了算，连招呼也不打一下。"秦大姐说住五里井那会儿还好，搬到蓝湾公馆后，两口子隔三差五地吵。我问是为生意上的事，还是为家庭里的事，秦大姐挪动着几近报废的身子，脱口而出："生意上的事也争，多数为家庭的事吵，说到底是为女人，也难怪珮琳，宋老板在外花天酒地的，哪个女人能放得了心。"

几个月采访下来，我似乎琢磨出了些眉目，但没法跟秦大姐深入探讨，于是问秦大姐："第一次他们两口子为哪个女人吵架，还有印象吗？"秦大姐很肯定地说："有！"

时间是 1999 年 3 月的一天晚上，秦大姐记得餐厅里灯亮了一半，那个女人的名字叫韦晓丽，是个陪舞女郎，饭还没吃完，吴佩琳手中的筷子直指宋怀良的鼻子："你不是开公司，你是在开妓院！"

1999 年世界末日的疯狂铺天盖地，诺扎丹玛斯预言地球 1999

年爆炸,地球没炸,怀琳公司却遇了"爆炸式"腾飞,靠低价优质挤掉了新加坡皇冠装饰,拿下庐阳体育馆装修工程,还有江淮"亚美"光电研究院装修工程,两大单业务抵零散家装干一年,净赚八十万。宋怀良的野心被激活了,他要在新世纪打出一片新天地,由小打小闹的家庭装修,转向为企事业单位和政府楼堂馆所的装修,从游击战转型升级为打阵地战。

孩子周岁断奶后,吴佩琳回公司上班,出任副总,这个副总相当于军中副官,帮着首长打杂,不掌权。吴佩琳不喜欢讨论战略问题,她只关注细节,她盯住宋怀良脚上那双沾满了泥灰的黑色皮鞋:"皮鞋太脏了,换一双'犀牛'的!"

宋怀良说皮鞋、公文包会买的,办公楼、小轿车也会买的,说到买办公楼和小轿车,丝毫也没有征求吴佩琳意见的意思,公司战略转型也是口头向吴佩琳通报一下,吴佩琳同意和不同意都无关紧要,他真正要向吴佩琳宣布的是,公司业务爆炸式井喷,眼下急需一个能左右逢源、上下玩转的公关部经理,按行规,这个经理还必须是女的。差不多整整一个冬天,宋怀良为挖掘到这个人才经常夜里睡不着觉,早上起来枕头上落满了头发。吴佩琳说:"公关小姐名声不好。"宋怀良纠正说:"是公关部经理!"

四方出击,八面开花,公司等不及了,宋怀良揣着支票去《庐阳晚报》登招聘广告,路上接到了张月秀的电话:"你不是说公司缺喝酒的人才吗,韦晓丽能喝一瓶白酒,再进卡拉 OK,红酒啤酒掺起来漱口,免费推荐给你!"韦晓丽顶替母亲到无线电二厂,上班八个月下岗,她跟张月秀住五里井柳树巷,隔壁邻居。宋怀良一听韦晓丽,头就大了,夜总会歌舞厅的"三陪女",在五里井的名声跟杀人放火的差不多糟糕,可韦晓丽的酒量以及很容易让男人图谋不轨的长相与身材,实在是公关部经理绝佳人选。

东江老年活动中心装修工程拿下了,两天后要签合同,宋怀良决定先带韦晓丽上阵试试。

东江签了合同，晚上的宴请安排在江边的"水天阁"，桌上六个人喝了三瓶63度的"楚霸王"后，酒精见效了，东江市老干部局年轻的周局长搂着韦晓丽合唱《夫妻双双把家还》，不年轻的活动中心瞿主任趴在桌上一动不动地流着口水，戴着眼镜的财务处处长东倒西歪地端起酒杯，要跟韦晓丽喝交杯酒，歌舞厅锤炼过的韦晓丽驾轻就熟地端起酒杯一脸妩媚和温柔，却迟迟不愿伸出胳膊："于处长，一个星期内汇出百分之三十的预付款，我喝三杯，你喝一杯！"于处长摇晃着失控的脑袋和酒杯："明天就汇出！"

两只胳膊像两条丝瓜勾连到一起，酒杯在别扭的纠缠中各就各位。

鼓掌欢呼声中，没有人闻到窗外正漫进来一股稠密的江风和鱼腥味，面不改色心不跳的韦晓丽看到包厢顶部的灯光很含蓄地晃了晃，同时还看到了一艘五层高的客轮正从窗外的江面上缓慢经过，沉闷而浑厚的汽笛声划破了夜晚的寂静。

这是宋怀良喝得最轻松的一场酒，不到三两，不是不想喝，而是酒桌上的主角已轮换成韦晓丽，船夫的女儿王丽丽不胜酒力，就不停地给客人倒水、递热毛巾，她像一条用过的热毛巾被客人扔在桌边无人问津。

从东江市回庐阳一下车，宋怀良就跟韦晓丽签了聘任合同，韦晓丽接过聘书，碰杯一样干脆利索地说："丽丽，叫上月秀和佩琳，晚上我请你们吃地锅鸡！"宋怀良说佩琳在省城还没回来，他叫王丽丽把周小泉、肖晨、耿小五子、钱小毛叫上，还有耿双河，这家伙在家具厂干了几年，被厂食堂的一个寡妇逼婚逼得要上吊，他想回来跟兄弟们一起干。宋怀良决定在东江、徽南、江北开三个分公司，派耿双河去徽南分公司当经理，熟门熟路，上手就能干。王丽丽小声问宋怀良："聘用晓丽，佩琳姐说过了吗？她是公司的副总呀！"

宋怀良嗯哈应付着，没正面回答，聘任韦晓丽是不需要讨论的，公司转型的关键时刻，没空也没必要搞什么民主，发展是硬道理。

第二天下午,吴佩琳从省城回来带回来两台电脑,还带回来一盒秘制酱猪蹄,宋怀良最喜欢的卤菜:"城隍庙秘制卤味坊,人太多,我排了一个半小时队才买到,比孙一根的卤猪蹄好吃得多。据说明太祖朱元璋大厨从南京告老还乡,带回来的手艺。"晚上,在家里光线柔和的餐厅坐定,宋怀良开了一瓶"王朝干红"为吴佩琳接风,有了酱猪蹄,秦大姐又做了"腊味黄鳝""青椒肉丝",还有"清炖乌鸡汤",端起酒杯,宋怀良若无其事地说起了公关部聘用韦晓丽当经理:"酒量好,会说话,控场能力强。"一听韦晓丽,吴佩琳脸色大变:"亏你想得出,用韦晓丽当经理!你不是开公司,你是在开妓院!"正在厨房里将青椒肉丝装盘的秦大姐清晰地听到了最后一句。

　　那天晚上争吵异常激烈,宋怀良说英雄不问出处,不戴有色眼镜看人;吴佩琳说一个人如果没有原则没有底线,那就跟三陪女一路货色;宋怀良坚持唯才是举,不选道德模范;吴佩琳说没有道德的人,就不能叫人才:"一个初中毕业的三陪女,陪喝、陪舞、陪睡成了才华,你这是什么混账逻辑!"宋怀良辩护说:"韦晓丽没有陪睡,她从不卖身。"吴佩琳眼睛警惕地盯住宋怀良:"你怎么知道的?是她自己说出来的,还是你试出来的?"宋怀良目光正视着吴佩琳:"不要这样看着我,也不要这样腌臜我。韦晓丽她妈没钱看病才去歌厅当舞女的。"吴佩琳以同等强度的目光与宋怀良对峙:"宋怀良,我没有污蔑她,也没有腌臜你,你去五里井问问,哪个街坊不晓得她在歌厅当坐台小姐。"宋怀良没兴趣也没力气跟吴佩琳争吵,于是就说:"韦晓丽已经上任,很称职,你说怎么办?"吴佩琳从桌边站起来,向客厅走去:"她来,我走!"宋怀良对着吴佩琳的背影说:"这话是你自己说的。公司是抓业务的地方,不是玩极端的舞台,你走还是不走,我希望你好好考虑考虑!"客厅没有开灯,吴佩琳没吱声,晚饭也没吃,她在幽暗的客厅里抹着眼泪,当年的平和、温顺甚至有点胆怯的宋怀良,在口袋里揣满了钞票后,独断专行倒也罢了,跟她说话的口气竟像刺刀一样锋芒毕露。

韦晓丽一到任就跟着宋怀良在各地出差，半个月后的一天傍晚，韦晓丽从南岗市出差回到公司，刚谈完南岗技校图书馆装修工程，趁着大家都在，兴奋过度的韦晓丽约吴佩琳、宋怀良、王丽丽、耿小五子晚上一起去吃地锅鸡，吃完再去"格斯特歌厅"唱歌，韦晓丽还给第一次在公司见面的吴佩琳送了一条紫檀木手串，吴佩琳推开韦晓丽的手串，情绪失控地冷笑着："吃了地锅鸡，就不能去舞厅了，舞厅里到处都是鸡。"说着背上包拂袖而去。所有在场的人目瞪口呆。韦晓丽被激怒了，公司门外，她一把拽住宋怀良的袖子："吴佩琳什么意思？宋哥，你要是不给我说清楚，我不干了！不就是厂长家女儿，有什么了不起的，我要是有她那么个爹，我会去歌厅陪舞吗？没钱交住院费，医院赶我妈走，全家都下岗，我有什么办法？"说着说着，韦晓丽哭了起来。宋怀良说："晓丽，我爸也被医院赶过，我理解你，看在我的面子上，不要跟佩琳赌气，你来公司，事先没跟她商量，有点气，是气我，不是气你，过一阵子就好了。今晚我请客！"

　　韦晓丽跟吴佩琳杠上了，晚上没去吃地锅鸡，第二天真的就不来上班了。躺在蓝湾公馆那张宽大而柔软的床上，宋怀良尝试着说通吴佩琳："我来安排，大家一起吃顿饭，你给她敬一杯红酒，这事就算过去了。叫人家是'鸡'，有些过分了！"宋怀良为了营造和谐与温馨，边说话边搂住了吴佩琳，吴佩琳愤怒地推开宋怀良的胳膊："别碰我，宋怀良，你欺人太甚！"吴佩琳哭了，肩膀剧烈地颤抖出她内心控制不住的委屈。

　　宋怀良一时没了主意，他翻身下床，坐到客厅沙发里抽了一包烟，客厅里没开灯，烟头上的火星是他黑夜里唯一的光明。

　　宋怀良找到张月秀，请她跟韦晓丽做做工作。张月秀当天去了韦晓丽家，他对蜂窝煤炉边煮面条的晓丽说："公司法人是宋怀良，不是吴佩琳；你是我介绍过去的，说走就走，你叫我怎么跟宋怀良交代。打工不是当老板，哪有不受委屈的。你知道我在公司打工，受过多少委屈吗？"说了一个多小时，韦晓丽答应回去上班，见了吴佩琳绕着走。

韦晓丽回去上班后到处出差,一些难啃的项目,她一出马,歌厅酒吧里练就出来的左右逢源和逢场作戏的花活所向披靡,肖晨、周小泉、钱小毛几个工头,争相奉承韦晓丽是公司的财神,王丽丽不是说晓丽姐的衣服好看就是说晓丽姐身材真好,不顾场合地巴结讨好,就连宋怀良看韦晓丽都有点仰视的眼神,他们有意无意地忽视了公司里还有个二当家的吴佩琳,那天宋怀良当着吴佩琳的面对市少年宫的一个戴眼镜的中年人说:"晚上韦经理订好了维多利亚海鲜城,合同条款,韦经理会跟你们狄主任具体商量,图纸这两天就能出来!"眼镜走后,吴佩琳问宋怀良:"你一口一个韦经理,我怎么听起来像是听到刀刮玻璃一样刺耳。就这么点大的公司,要什么公关部,不就是一个撒娇发嗲、装疯卖傻的陪酒女郎,还韦经理。你要不要成立个集团,当总裁,再自封一个董事局主席?"宋怀良坐在仿真皮沙发上,猛吸一口烟,然后斜着脑袋说:"我现在是干事业,不是开杂货店。小市民眼光,小农意识,都是干大事业的绊脚石。"吴佩琳用手扇着漫过来的烟雾和声音:"我就是你的绊脚石,行,我回家好了,今天就走。"她捋了一下额前耷拉下来的头发,内心的情绪在脸上更加明确而完整,"你靠那些三陪女、嫖客、乡下的泥瓦匠,就想飞上天?公司管理在哪儿,制度在哪儿,人才在哪儿?你不懂也罢了,可你压根就不想弄懂。我不想干预你的随心所欲,可实在不忍心看到公司走向毁灭。"自信过头的宋怀良不接茬,此刻他把吴佩琳的警告当做危言耸听和妇人之见,也没怎么生气,只是说:"生意红火了庐阳半边天,连市领导都看好我们公司,就你要给公司办丧事。我再说一遍,你好好考虑考虑,撂挑子不干,是你自己决定的!"

吴佩琳离开公司那天,天空的太阳火辣辣地向地面泼火,街边的宠物狗张着嘴伸出长长的舌头,却舔不到空气中的一滴水分。当天晚上,张月秀约吴佩琳在蓝湾公馆楼下必来汤馆喝牛肉汤,刚落座,她就对吴佩琳说:"佩琳姐,怀良早就说要物色一个公关人才,我这才留心的。韦晓丽是我推荐给怀良的,不是宋怀良挖来的,也不是晓丽主动送上门的。"吴佩琳往牛肉汤碗里加了一勺辣油,低着头轻轻搅拌着:"这辣油不加,牛肉汤就是原味的。我和怀良结婚七年,七年之痒正好需要加点料,你就把韦晓丽送来了,三陪女当中层领导,还像个公司吗?"张月秀见事情的性质改变了,就直截了当地说:"佩琳姐,你要是这么看,我马上叫韦晓丽走人!"吴佩琳说:"人都来了,都是街坊,怎么好赶人家走?"她岔开话题,"我说月秀,离婚都快五年了,你不打算再找个男人?"张月秀话里有话地说:"宋怀良这样的男人已经绝迹了,所以我不找了。"吴佩琳听出了张月秀暗示自己"身在福中不知福",没生气,反而开心了起来:"宋怀良这么好?要不,姐转让给你!"已经在商场上练就了应变能力的张月秀立即封堵:"二手货,我不要!"

姐妹俩都有些言不由衷地笑了起来。

时间修改着日期,也修改着人与人的关系,越近的关系,越容易出现裂缝,张月秀离开公司去韩爽建材城后,姐妹俩的关系已还原为街坊、同事关系,以前一个礼拜要见面两次,如今两个月见不到一次面,张月秀不再仰视崇拜吴佩琳,推荐韦晓丽跳过吴佩琳,得知吴佩琳跟宋怀良闹起来后,她才主动约吴佩琳喝牛肉汤,吴佩琳在喝完碗里最后一口汤后,还是忍不住问:"是宋怀良叫你来找我的?"张月秀毫不掩饰地说:"是的!"不知为什么,张月秀这句谎话竟脱口而出。

客厅里的气味比牛肉汤馆要寡淡得多,可客厅里的争吵异常激烈,吴佩琳被内心抑制不住的愤怒点爆了:"你要月秀来找我,什么意思?暗地里跟别的女人联手唱双簧,蒙自家的老婆。你把我当猴耍?"宋怀良一头雾水:"我什么时候叫月秀找你了?你要是不怕丢人,我现在就把她叫过来,她跟我究竟唱了哪出双簧。"话还没说完,宋怀良就掏出了藏青色休闲西服口袋里的手机,吴佩琳推开宋怀良准备拨号码的手："别着急打电话。你先解释清楚,韩爽那里批发价格比其他建材店高,有没有牺牲公司利益;月秀当上韩爽的质检总监,薪水翻倍,是不是你策划的? 你给韩爽也打一个电话,叫她一起过来,不妨当面掀个底朝天看看到底什么名堂。别人不给脸面,护着脸就没有意义,我不怕丢人!"

客厅里的空气像是被抽干了,是那种透不过气来的感觉,秦大姐听到宋怀良站在沉闷的空气说:"一个不叫。你我可以不要脸,但要给公司留点脸面!"

声音很低,很坚硬,像是无声手枪里射出来的。

后来,客厅就陷入了持久的沉默,一点声音都没有,那时候,秦大姐正在厨房里洗碗,碗碟碰撞的声音尖锐而琐碎,窗外好像起风了。

第二天一早,宋怀良给建材城的张月秀打了一个电话,问为什么要约吴佩琳,张月秀说,我怕佩琳姐误解你,跟她解释晓丽进公司的事,而宋怀良最想知道的答案是:"我没叫你去找佩琳呀!"张月秀在电话里沉默着,宋怀良听到了张月秀话筒里急促的喘息声,过了好一会儿,张月秀终于吞吞吐吐答非所问地说:"佩琳不理解你,也不晓得珍惜你!"

宋怀良总觉得对不起张月秀。张月秀在公司不到八个月,内外受伤,两头蒙冤,张月秀被辞退和离婚,吴佩琳和魏国宝,他们在不同的空间里,客观上分工合作,共同将张月秀逐出了公司和婚姻。尽管吴佩琳曾要公司派几个人找家暴的魏国宝伸张正义,尽管大街上吴佩琳拉着张月秀的手依然亲密得像一个娘胎里出来的,可被辞退后的张月秀再也不愿对吴佩琳说半句掏心窝的话。

宋怀良想给张月秀补偿,吴佩琳不问,但能闻出来。推荐张月秀到韩爽的建材城,韩爽给张月秀一个高薪岗位,这是按一桩生意来做的,她报给宋怀良的建材批发价格明显偏高,宋怀良睁一只眼闭一只眼,装糊涂,糊涂到张月秀离婚那一年,他找到韩爽说:"张月秀在我公司是人才,人家婚也离了,都没地方住了,你得多一点关怀,岗位总得动一动吧!"韩爽跟宋怀良开了一个不太好玩的玩笑:"离婚了,宋总的怜香惜玉就能落到实处了。放心,你的关怀以我的名义负责落实!"张月秀提拔了,质检主管,企业提拔的意义不是当官,是涨薪水,涨了四成。

公司建材进价比其他地方高1.5%,一年要多花三四万,吴佩琳曾把韩爽堵在美容院里讨说法,美容床上的韩爽,脸上贴满了白色面膜,漏出来眼睛显得异常孤立和空洞,人像一个伤员,又像一具活着的骷髅,吴佩琳对美容床上面孔破碎的韩爽说:"公司就算不缺钱,也不能把钱当废报纸,不能被蒙了钱,还被人家当傻子嘲笑。价格我们是不是要重新谈一谈?"韩爽对吴佩琳提出的价格质疑,回答得轻如鸿毛:"你应该能看得出来,我们建材城跟你们公司,是业务合作关系,也像是夫妻关系,不分你我的,宋怀良一句话,张月秀在我这里就能当半个家。上个礼拜宋怀良还给我推荐了几个五里井摆地摊、卖菜的街坊到我这里做保洁,解放电影院门口看自行车的那个老头,牙齿都没几颗了,宋怀良叫我收下来白天烧开水晚上看店,工资比市环卫所的正式工高。都是自家人,不计较得失,才这么定的。"吴佩琳总算弄明白了宋怀良把生意当人情做,把商场当做江湖上的酒场,杯子一端,天阔地宽。

吴佩琳撤回蓝湾公馆后,无法洗白建材进价猫腻的宋怀良,租用南郊的一个废弃的毛巾厂厂房,贷款六百万,决定开一个建材商场,自营建材,一年很轻松就能多赚个一二十万,这么多年,对韩爽的回报也够多了,叫张月秀回来经营,轻车熟路。

建材商场贷款六百万,分管副市长在公司申请报告上签了字,银行特批发放,宋怀良贷到的不只是钱,还有面子和尊严,有些得意忘形的宋怀良,回家在吴佩琳面前亮出承兑支票,吴佩琳像看着一张过期作废的发票一样冷漠:"二厂就是被银行贷款拖垮的,封了账号后,食堂连买菜的钱都掏不出来了。月秀跟你一样,没考上高中,能把千万家当打理好?"

宋怀良心里凉了半截,但脸上却是舍我其谁的自负,他用关节生硬的手指敲击着客厅里的茶几:"我知道你心里不顺,可家有千口,主事一人,大到一个国家,小到一个公司,要想干成事,只能一个人说了算!当初要你当公司法人,你不干,是你把我这个没考上高中的初中生,逼到公司老板位子上的。"宋怀良烟雾缭绕的脸上没有一点表情,决绝中夹杂着无法掩饰的冷酷,吴佩琳的心也冷了。钞票没罪,欲望有罪,这个当初自卑得有些猥琐的小电工,一转眼膨胀到狂妄嚣张,而他自己并没有觉察,以为整天跟手下的哥们儿一起喝酒,就是本色不改,初心依旧。她在公司不是说不上话,而是不让她说话,韦晓丽聘任、张月秀杀回马枪、耿双河吃回头草,建材商场动工,压根就不知道。

退出公司,不是她自己要回来的,是被宋怀良逼回来的。

十三、天空下，是谁的眼泪在飞

　　吴佩琳由公司副总变家庭主妇，公司上下，没引起什么震动，大家都能看得出来，在宋怀良的公司运营结构中，吴佩琳的副总只是一个符号。耿双河当年洗头房被抓最担心吴佩琳知道，如今从郊区家具厂回头到徽南分公司任经理，直接找宋怀良，他再也不会在意吴佩琳的脸色，就像张月秀推荐韦晓丽一样。退出红透半边天的公司，对父母得有个解释，吴佩琳说公司已被宋怀良拿捏得顺风顺水，没必要两个人都耗在里面，依琳才四岁，交给秦大姐早教，不放心，她在父母面前扬起一本封面花哨的杂志《时尚生活》，杂志里介绍说日本家庭从来就没有过保姆，孩子都是母亲带的，吴镇海有些不甘心，说你是有才华的，应该跟小宋一起干事业，江月英说，女人培养孩子、打理家庭就是事业，吴镇海已完全丧失了自我，话锋一转："倒也是，没有你的后勤保障，佩琳高考上不了榜。"

　　吴佩琳离开公司，没到一个月，宋怀良买下了汇通大厦一层楼，买了一辆"尼桑"轿车，建材商场也开张了。公司里没有一句反对的声音，宋怀良指点江山，一蹴而就，抽烟喝酒无比流畅。回到家，宋怀良偶尔在餐桌上向吴佩琳透露几句自己大手笔制作，轻描淡写的，像是电视上主持人播报天气预报一样不带任何感情色彩。吴佩琳也懒得再问，更不提异议，异议就像一个弹弓射出的石子击中了横冲直撞的装甲车，丝毫无损，宋怀良就是把公司这辆装甲车开到阿富汗伊拉克去,她也不想说了。

漫长的白天开始了,吴佩琳在阳光充分的客厅里泡上一杯咖啡,看休闲杂志和琼瑶小说,听曼陀瓦尼和保罗莫里哀乐队的轻音乐,日子过得像水一样平静。宽阔的阳台上放着赵超送来的竹编躺椅,黄昏时分,午睡醒了的吴佩琳会躺在椅子上看窗外的树木和天空,她用了一个礼拜的时间,辨认出窗外右侧路边那棵饱经沧桑的法国梧桐,原来在二厂配电房门口,宋怀良每天背着电工包从树下进出配电房的铁皮门。晚上她把这一发现告诉宋怀良,宋怀良毫无兴趣,他的兴趣在另一个地方:"抽个空,回公司看看,新办公楼层装修好了,还有建材商场,'尼桑'轿车也上好牌照了,不到一个月,全搞定,公司挨着厕所的日子结束了,搬迁不搞任何仪式,低调点好。"宋怀良说着一点都不低调的话,炫耀的味道欲盖弥彰,还有点排除干扰提升效率的得意,吴佩琳对宋怀良的自负和轻狂不屑一顾:"我不想看你有多大能耐,我只想看贾府是怎么败掉的。"她手里捧一卷紫色封面的《红楼梦》,书中贾琏跟丫鬟平儿的偷情事件,将在下一个页码中败露。

张月秀回公司报到那天,在汇通大厦十八楼宋怀良办公室里,情不自禁地给宋怀良倒了一杯水,又熟练地递到宋怀良手上:"佩琳姐知道我回公司了?"宋怀良很平淡地往滚烫的茶杯里吹气,声音也是平淡的:"知道不知道,一个样!"

第二天,张月秀在韩爽的建材城办完辞职手续,犹豫了一上午,还是敲开了蓝湾公馆 18 栋 1106 固若金汤的防盗门。进门后,客厅沙发上还没坐稳,她就对吴佩琳说:"我当不了总经理。佩琳姐,你能不能帮我跟怀良说说?"吴佩琳将一个芒果剥好递给张月秀:"公司副总不干了,我要是再出面说三道四,就是干涉公司内政,我现在只想读点小说,看别人的故事,流自己的眼泪。《红楼梦》第三遍看完了,我马上看第二遍《复活》,我总是想不明白,小说里的玛丝洛娃,难道被人诱奸,就一定要去当妓女吗?还是定性不够。你说是吧?这是越南进口的芒果,你尝尝,很香!"吴佩琳话里有话地说话,王顾左右而言他地说话,张月秀就接着吴佩琳的话茬说:"读不懂外国小说,《红楼梦》电视剧看过,不喜欢,里面男男女女没一个上班讨生活,整天游手好闲的,招蜂惹蝶。"姐妹俩早就不再推心置腹,话不在一个点上,两人说着说着就会陷入沉默,然后枯坐在客厅里,望着枣红色地板发愣。

张月秀离开时,吴佩琳送了张月秀一提兜芒果,说几年前怀孕那阵子吃你送来的芒果,真是刻骨铭心,她拉着张月秀的手说:"你是我的妹妹,我心里什么都瞒不过你。你也瞒不过我,是吧?"

汇通大厦十八楼宋怀良办公室足有三十平方米,差不多是长江路236号的一层楼,木质结构为主调的中式装修,因急于要表现实木品质,隔断、沙发、茶几,包括吊顶都用了樟木、松木、红木、榆木等各种材料,红酸枝老板桌上竖着两面小旗子,旗子下面是一个水晶玻璃的烟灰缸。宋怀良坐在办公室的转椅上,晃来晃去的,很不踏实,他正准备叫王丽丽重新换一张椅子,赵超推门进来了。

一进门,就见赵超夹着香烟的手乱晃,像是脑血栓后遗症患者,还没落座,他哭丧着脸告诉宋怀良说自己破产了,"桑塔纳"被供货商开走了,自己坐9路公交车过来的。宋怀良将赵超招呼到沙发上坐定,掏出打火机点着赵超手中已熄灭了的香烟:"别急,慢慢说!"

去年秋天赵超在迪斯科广场钓到一个艺校女孩,跳拉丁舞的,金屋藏娇几个月还是没能藏得住,拉丁舞女孩宫外孕大出血,抢救花去二十多万,两个胳膊上刺有豺狼虎豹的男人,自称女孩的姨父和表哥,他们将两把锋利的砍刀架在赵超脖子上,勒索赔偿女孩营养费、精神损失费80万元,赵超辛苦经营了十五年的批发部完了,所有现金、货物,还有桑塔纳轿车被洗劫一空。东窗事发后老婆跟他离婚了。赵超大口大口地吞云吐雾,眼泪鼻涕一把:"怀良,宋总,有了钱，能去吸粉，不能碰女人，我他妈这辈子就栽在几个女人手里。没路走了，看在多年交情的面上，还望拉兄弟我一把！"宋怀良给已经崩溃的赵超换了一壶茶："你要我怎么做，尽管说。"赵超说借一二十万，打算重新开一个店，过几年再娶一个女人；要是不借钱，我只有出门蹬三轮了。宋怀良说自己刚开了建材商场，贷了六百万，吃饭喝酒的钱有，开店的钱拿不出来了，"建材商场正缺你这么个懂市场、会经营的老板，蹬什么三轮，跟我干不就行了。"赵超一愣，接着是持久的沉默，显然他还沉溺于自己当老板的幸福想象中，宋怀良没有勉强，问赵超眼下要多少生活费，"生活费要三千，还是五千?"赵超从松软的沙发里站起来："我跟你干!"

聘任赵超当南郊建材商场总经理的合同公章是王丽丽盖的，王丽丽见到赵超如同见到被扔在纸篓里的一团卫生纸，面无表情。赵超走后，宋怀良提醒王丽丽说："你的工作还是赵老板介绍过来的，客气一点不行吗?"王丽丽提到赵超像是宋怀良提到小偷，情绪很激烈："我被他害惨了，都二十大几了，还嫁不出去。现在我一见到男人，就浑身发抖，像吃饭吞下一个苍蝇。"宋怀良说："我让你发抖了吗?"

赵超摇身一变成了建材商场的总经理，张月秀改做建材商场的财务总监，其实也就是会计，宋怀良以为张月秀会有情绪，没想到她感动得说话失去了分寸："怀良，还是你理解我。从小我就是没脑子的人，脑袋长在别人脖子上，不是当老板的料。"宋怀良打开办公室文件柜，从里面拿出了一个包装简陋的盒子，塞给她："'汤大妈'豆腐卤，东江出差带回来的，佩琳说你也喜欢。"离开一身烟草味的宋怀良时，张月秀突然问道："把我换成会计，是佩琳姐的意思吗?"宋怀良愣了一下，答了一句："不是会计，是财务总监!"

宋怀良约韩爽吃饭，韩爽说喝杯咖啡吧，他们在星巴克见面了，宋怀良对韩爽这些年关照张月秀表示感谢，顺便解释张月秀是公司发展需要才回来的，韩爽端着咖啡颜色的咖啡杯，哑然失笑："不是你公司发展了需要张月秀,而是你发展了需要张月秀,她看你的眼神都不对头。"

宋怀良脸上坦荡,心里慌张,这男男女女之间的事永远也看不透摸不准,韩爽一点穴位,神经一阵酸麻。这么多年,他没怎么在意过张月秀的眼神,甚至他都没有直视过张月秀的眼睛,可他不止一次感受到那双眼睛里时常闪烁着不明不白的光芒,还倾诉过一些不明不白的心结。一般说来,两口子之间的隐私宁可烂在肚子里,也不会出示给别人,张月秀跟自己哭诉魏国宝在自己的床上跟一个"站街女"滚在一起,细细想来,不是很妥当。电工出身的宋怀良对布管排线驾轻就熟,对男男女女间鸡飞狗跳的事,没研究过,也没经历过,看着哭得肩膀乱颤的张月秀,他吐了一口烟雾,说了两个字:"离婚!"张月秀抹着眼泪说:"我听你的。"

宋怀良要是不草率地纵容张月秀离婚,也许就不离了,张月秀也不会像现在这样面色枯黄,三十不到,缺少水分的脸上全无青春的气血和饱满的弹性。破产的赵超找上门来的那天,宋怀良脑子里迅速闪过一个念头:也许这两人在合作中能撞出火花来,两个离婚的拼在一起,门当户对,所以当赵超说出那句"我跟你干"时,宋怀良一把拉住赵超的手:"走,喝酒去! 建材商场总经理就是你了!"喝完酒,宋怀良又有些担心,赵超拈花惹草的习性跟魏国宝不相上下,不过,遇上好女人,浪子回头也不难。

时间是有缝隙的。偶尔不忙,宋怀良会呆坐在宽阔的办公室里一根接一根地抽烟,直到香烟的过滤嘴烧出呛人的焦煳味,他才在烟缸里掐灭烟头,公司里没有了吴佩琳横挑鼻子竖挑眼,内心竟然莫名地孤独起来,每当此时,他会推掉晚上哪怕是火烧眉毛的应酬,匆匆下楼,直奔蓝湾公馆,他要跟吴佩琳和孩子一起吃晚饭。这天晚饭后,宋怀良泡了一壶大红袍,跟吴佩琳一起坐在客厅里边看电视边喝茶聊天,宋怀良说:"还是你说得对,建材商场靠张月秀是玩不转的,她只适合做一个会计,当初想叫张月秀当商场老总,是没办法的办法,赵超批发部倒了,商场老板冒出来了。赵超就是厉害,广东、浙江跑了一圈,三百多万的复合板、PVC管材、瓷砖、U型钢,三分之一预付款,全到货了。"宋怀良告诉吴佩琳,他想将张月秀和赵超"凉拌"到一起:"我在想,赵超离婚了,张月秀也离婚了,都老大不小的,把他俩放在建材商场,也许能撮合到一块去。"吴佩琳一听这话,若有所思后,恍然大悟:"还真是的,这两个蛮般配的。赵超很能干,又讲情义,不像魏国宝,趣味低俗,格调低下,要是成了,就是天意。"

第二天早晨的阳光穿过宽阔的玻璃窗直射在席梦思大床上,披头散发的吴佩琳吊住宋怀良的脖子,慵懒而痴迷地问:"月秀跟我不说真心话,你说是怎么回事?"宋怀良还没从昨夜的男欢女爱中清醒过来,随口说了句:"你不真心对她,她就不说真心话。"吴佩琳一把推开宋怀良裸露的脖子,像是被激怒的兔子:"你对她是真心,可你靠牺牲公司利益换到的,你装糊涂,月秀不糊涂,我也不糊涂!"宋怀良匆忙套上衣裳,掀开被子下床,他很懊悔一早脑子短路,说话没考虑,但他必须找理由为自己辩护:"佩琳,一大早能不能不要吵?月秀是怎么走的,你比我更清楚。我承认,我对她是有关照,可我关照的不是张月秀,而是你,是你把她推荐到公司来的,又让她背一口黑锅走的。做事凭良心,所以,我不怕,堂堂正正地叫张月秀回来,你不同意,我也这么做了!"

大清早脑子都有些不够用,宋怀良一通狂轰滥炸,吴佩琳竟一时无语,看窗外飞过一群鸽子,她的思绪瞬间也飞了出去:"黑锅在黑夜里就不是黑的,在一身漆黑的人那里,红得发紫。"

宋怀良干脆打开天窗:"是的,韦晓丽来了,还带来了一个田小甜,石榴红也要来,耿双河已经回来了,他们以前干过什么缺德事,不属于我管,我只管用的人,能干活,能给公司带来效益,我不会整天拿着放大镜在他们脸上寻找昨天晚上睡在哪张床上的痕迹。"吴佩琳对宋怀良明目张胆的道德放弃忍无可忍,说出来的话如同枪林弹雨:

"卖淫的,嫖娟的,跳脱衣舞的,全聚齐了,公司就差挂一个'怡红院'的牌子了。"宋怀良不会歇斯底里,他平静中的反击造成的是暗伤:"佩琳,钱小毛、耿小五子也在公司,坐过牢的,胡林生家胡强下个月也放出来了,我已经答应让他到公司上班,所以公司还得挂一个'犯人集中营'的牌子。"当年对吴佩琳言听计从的宋怀良临出门前还说了一句:"五里井出来的,身份低贱,没几个有头有脸的,我也是从铐着手铐的拘留所放出来的!"

宋怀良是骑在自行车上接到韦晓丽电话的。

公关部新来的田小甜涉嫌卖淫被庐西县公安局抓了,韦晓丽电话里的声音像是被撕碎的纸片抛向空中,凌乱不堪四处飞扬,宋怀良失控地从自行车跳下来,自行车歪倒在路边法桐树下,宋怀良在家憋了一肚子火,他对着电话火上加火:"你带来的是什么人?派她去庐西县是要账的,不是去卖淫的,公司的脸丢尽了!"韦晓丽在电话里逻辑混乱地抗议着:"宋哥,宋老板,你还没了解清楚,别血口喷人。田小甜是被计财处长,骗到宾馆强奸的。"

庐西县望云山发电厂项目投资两个亿,宋怀良拿下了发电厂食堂、澡堂、健身房、医务所三栋楼的装修工程,预算五十一万,结算五十三万。小甜到庐西县后,电厂计财处裘处长说在蓝天宾馆开会,电话里叫小甜过去拿支票,单纯的小甜进了宾馆房间,先是看到处长被香烟熏黑的牙齿,接着就看到身材肥胖的裘处长气喘吁吁地给小甜递来一罐可乐,小甜刚喝了一口,处长就一把抱住水嫩的小甜,乱啃乱咬起来,小甜疯了一样,拼尽全身力气掐住处长肥肉很厚的脖子,抬腿一脚踹翻了处长,瘫倒在肮脏地毯上的处长喝多了酒,想从地毯上爬起来,努力了好几次,笨重的身体不听使唤,他欠身半坐,手指着房间的门:"你可以走了,支票没有。工程结算还有问题,要核实!"小甜手足无措,脸憋得通红,她突然跪在地上苦苦哀求着:"对不起,是我不好,处长。我刚上班,完不成任务,对不起晓丽姐。求你帮帮我!"牙齿熏黑的处长像一只稳操胜券的狼轻轻地搂过田小甜:"听话,我会帮你的!"田小甜刚想说"求你放了我吧,我还没有成家呢",可嘴里发不出一个音节,屋顶的灯光破碎,身子竟然情不自禁地瘫软了下来,牙齿熏黑的计财处长因地制宜地在地毯上很熟练地扒着小甜的衣服,像是在剥一个猕猴桃的皮,他的手指上沾满了香烟的味道和淫秽的气息。门就是在那个时候被警察撞开的。派出所里,处长说小甜是自己女朋友,另一个审讯室里的小甜说不是,现场牵涉到一张五十多万的支票,警方定性为色情交易,至于处长说刚脱了衣服还没来得及做成,警察说:"不管是否做成,色情交易的性质不变。"

二十一岁的田小甜是韦晓丽从"爱丁堡"夜总会带过来的陪酒女郎,韦晓丽去歌厅结算工钱的那天晚上,田小甜被一个头顶光秃肚子肥沃的客人先是摸捏了胸部,接着又将一杯浸泡着五十元大钞的葡萄酒倒进她的双乳中间,田小甜吓哭了,韦晓丽从舞池里拉出田小甜:"离开这鬼地方,跟姐去挣干净的钱!"

田小甜被抓,宋怀良很受伤,与其说是田小甜卖淫,还不如说是宋怀良卖淫,他承受不了这一闷棍,接了韦晓丽电话,他很失态地瘫坐在马路边的梧桐树下一支接一支地抽烟,一个穿着黄马甲的环卫工人走过来,教训宋怀良:"你看你脚边,扔了多少烟头,一点都不讲文明!"宋怀良哭丧着脸,莫名其妙地念叨着:"我哪有什么文明,我就是个流氓!"黄马甲环卫大妈举着扫帚很警惕地推敲着宋怀良的表情,发现宋怀良眼睛里泪光左右闪烁,她在扫地上烟头时,嘴里叨咕着:"你不太像流氓!"

田小甜涉嫌卖淫拘留15天,罚款三千,宋怀良先去拘留所见了田小甜,田小甜哭得眼泪鼻涕含糊不清,得知处长拿支票勒索强暴的真相,宋怀良像是被千刀万剐地切碎了,他怀揣着满腔的愤怒到庐西县跟警方交涉,那位眼睛比较小的治安警察声音很大地训斥道:"社会风气为什么这么坏,就是被你们这帮不法奸商破坏掉的。不反省思过,还想来要人。"宋怀良人没要到,还被戗了个灰头土脸,出了拘留所，一块过来的韦晓丽安慰宋怀良说："五十多万还没到手，千万不要再去找处长论理了，我们在歌厅里不知吃了多少闷亏，打碎牙齿往肚里咽。"

　　苦思冥想了一整天，宋怀良硬着头皮请吴佩琳出面找郭凯："他要是愿意主持公道，站出来说两句，小甜就放出来了。"郭凯现在是庐西县副县长，分管公安和司法，吴佩琳望着无助而绝望的宋怀良，怜悯和恻隐之心油然而起，说出口的话却是飞沙走石般尖刻："耿双河嫖娼叫我去找郭凯求情，现在公关小姐卖淫又叫我找郭凯放人。郭凯怎么看我？当年一个自负清高的女孩，投奔了一个与卖淫嫖娼者为伍的男人，你让我怎么开口？"宋怀良像是被吴佩琳劈头抽了一鞭子，脸上是皮开肉绽的疼痛，他辩护说："田小甜真要是卖淫，我不会叫你去找郭县长。这是个冤案，电厂计财处长下的套、做的局。没想到，做企业，这么难，被人欺负，还无处申冤。"见那么坚硬的宋怀良此刻像一个泄气的气球，吴佩琳问宋怀良："那个引诱威逼小甜的处长，关起来了？"宋怀良摇了摇头说："没有，当晚就放出去了，他说是小甜勾引他的，小甜说后来她想反抗，也没力气了，估计在饮料里下了药。"吴佩琳从客厅沙发里反弹起来，抓起电话就给郭凯拨了过去，郭凯正在庐西县的酒桌上跟人碰杯，电话里声音很嘈杂，他走出包厢外走廊里才听清了吴佩琳的慷慨陈词："庐西县的正义和公道在你手里，你要是装糊涂，就等于我没说。这不是欺负一个小姑娘，这是欺负宋怀良，是欺负我们一家子！"郭凯对电话里的吴佩琳说："这事我知道，要不是省领导来视察，县里也不会地毯式扫黄。既然你说了，我让公安再补充侦查一下，要是确有诱奸事实，立即抓起来；另外，那女孩有没有反抗的证据，利益驱动下，为了拿到支票，色情交易的事，现在也挺多的，你跟小宋商量一下，权衡一下抓人的利弊。商量好了再给我电话！"

　　吴佩琳问宋怀良怎么办，宋怀良目光盯着墙上的循规蹈矩的石英钟说只想放小甜，提前放人，没想过要把处长抓进去，吴佩琳反问：

"这个畜生,为什么不抓?"宋怀良面露难色地凑到吴佩琳面前:"电厂的支票还没拿到。算了,小甜冤就冤,认了!"吴佩琳身子不由自主地往后退了退,她在回避着宋怀良凑近的身体如同回避着一次车祸:"你无奈,我理解,但我不理解你轻易放弃原则。支票不就是钱嘛,不要钱,也要把那个王八蛋抓进去,可你舍不得,所以,你和你手下的人,做出任何事,我一点都不奇怪,奇怪的是,我一直把你看作是一个堂堂正正的男人,害得我在郭凯那里丢人现眼。"

十五天后雨雾蒙蒙的黄昏,韦晓丽用公司的"尼桑"轿车接回了田小甜,晚上宋怀良在"徽风楼"为小甜接风,关了15天的田小甜情绪很活跃,她在酒桌上眉飞色舞地炫耀说:"一脚将老色鬼蹬倒在地上,爬不起来了!"至于另外的细节就语焉不详了。

五一节全国放三天假,公司放一天。宋怀良想约张月秀、韦晓丽、田小甜、王丽丽和吴佩琳一起聚一下,地点就在蓝湾公馆门口的必来牛肉汤馆,大家聊聊天,叙叙旧,一些说不清道不明的误解和偏见会在牛肉汤鲜香麻辣气息中稀释殆尽,公司是一个家庭,公司需要轻松和清白。吴佩琳说要陪上幼儿园的女儿到"庐阳公园"看非洲大象,宋怀良脱口而出:"看大象改天再去行不行?"吴佩琳含蓄的拒绝不被宋怀良理解,干脆撕破脸皮:"宋怀良,你把自己的女人赶回家,再叫上别的女人上门来看笑话,是合伙安慰,还是集体扶贫呀?"宋怀良争辩:"我没赶你回家。"吴佩琳反驳:"是我用词不当,你不是赶我,你是逼我。我不回家,这些不三不四的女人就来不了公司。"宋怀良忍不住回击:"你不能这么出口伤人,张月秀是你妹妹。"吴佩琳无奈地苦笑着:"张月秀一进公司,她就是你妹妹!"

五一节上午十点,赵超骑自行车送了一筐新上市的草莓到蓝湾公馆,一见吴佩琳的面,赵超就做检讨:"建材商场开业,事太多,跑货源,拉客户,打广告,一直没过来向你吴总报到,失礼了!"吴佩琳穿着白底蓝花睡衣,一身的慵懒和懈怠,她说:"我不是副总了,哪还要向我报到,对怀良负责就行了。"赵超递上一筐草莓说日本进口品种,颜色血红,叫"妖姬"。秦大姐给赵超捧上一杯西湖龙井,吴佩琳将客厅茶几上的一包拆了封的"中华"扔到赵超怀里,问道:"那么大的批发商店,怎么就做垮了?"赵超从烟盒里拔出一支烟,对着香烟感慨着:"四十多岁白活了,栽在一个十八九的小丫头手里。"他将目光转向吴佩琳,苦笑着。吴佩琳有些诧异:"不是说你做生意被人骗了吗?"赵超瞬间意识到宋怀良给他打了马虎眼,立即接腔:"就一票买卖,十八九岁的小丫头就把我骗了精光。"赵超回答得太敏捷而匆忙,吴佩琳立即警惕了起来,但她没说话。

宋怀良娘子军聚会没聚成,晚上他约了公司几个左膀右臂的大老爷们喝酒,说起公司艰苦卓绝的创业史,一冲动,喝了一箱"庐阳特曲",夜里回到家一进门就吐了,吴佩琳给他倒了一碗蜂蜜水,又不停地给趴在马桶上呕吐的宋怀良捶着背,宋怀良都不知道自己是怎么回来的,电梯按错了三次,才记起家在十一楼。吴佩琳在酸腐的酒气弥漫中架着宋怀良躺到床上,宋怀良嘴里念念有词:"赵超不行,八两,就撂倒了。我蹬三轮,他是老板。现在我是老板,跟我拼酒!"吴佩琳将一条热毛巾敷到宋怀良的额头,声音很温柔:"赵超,怎么被骗光的?"宋怀良嘴里嘟囔着,底线神经却绷直了:"我哪知道,不学好,有两个钱就烧得不行,肯定包小三了。包小三就他妈的畜生!"吴佩琳趁机问道:"你要不要也包一个?你比他钱多多了。"宋怀良闭着眼睛对着天花板吼着:"你想害我!佩琳,我老婆,跟我受了天大的苦。我有钱,我不干,你能把我吃掉?不行,再喝一杯!"

吴佩琳抱着宋怀良被酒精浸透了的脑袋,哭了,窗外,五月的鲜花在暗夜里开放,吴佩琳闻到了酒精中的花香。

第二天早上,宋怀良酒醒了,吴佩琳让秦大姐给宋怀良熬了稀饭,她问宋怀良:"昨晚你说了什么,还记得吗?"宋怀良有些恍惚:"我说了什么?"吴佩琳说:"你说了不少,就是不知道真假。"宋怀良有些警惕了,他自我辩解着:"佩琳,酒喝多了的话,你千万不要当真。那都是胡话、昏话、假话。我说了什么话?"

吴佩琳没说话,她又给宋怀良盛了一碗稀饭:"多吃点,稀饭解酒养胃的!"

早晨一缕清晰的阳光照亮了餐桌上一碟豆腐卤。

十四、心会跟爱一起走

世纪之交，街头小报、盗版图书、非法出版物塞满了庐阳的大街小巷，吴佩琳送依琳上幼儿园后，大片空白时光用在地摊上买一些内容芜杂而新鲜的街头小报，她在一份《生活背影》的小报上淘到这碗心灵鸡汤："两口子吵架是正常的，不吵架是反常的；婚姻在吵架中前进，在沉默中死亡。"

吴佩琳给宋怀良端出这碗"鸡汤"的晚上，特地叫秦大姐做了一个宋怀良最喜欢吃的红烧猪蹄，吴佩琳给宋怀良倒满了一杯庐阳特曲，自己陪了一杯王朝干红，她举着杯子感慨着："牙齿和舌头还磕磕碰碰的，哪有两口子不吵架的，吵架是为了把道理讲清楚，把日子过好。"宋怀良把这碗鸡汤看作了一碗白开水，他白开水一样平淡地回应："魏国宝跟张月秀整天吵架，道理没讲清楚，婚离了。你还是听听音乐，看看小说，不要看地摊小报上的胡说八道。"他将脑袋转向低头吃饭的秦大姐："秦大姐，你们家早上眼睛一睁就吵架吗？"秦大姐摇摇头。

夏天蓝湾公馆园林小区的道路上很少看到人影，整整一个夏天，吴佩琳在院子里树下和喷泉边回忆并寻找着无线电二厂车间、食堂、卫生室、澡堂、仓库以及自己进出设计科的那条道路，可一切都已面目全非，她想找到当年宋怀良从电线杆上摔下的位置，电线杆紧挨着锅炉房，锅炉没有了，电线杆也消失了，如今的蓝湾公馆，毁掉了工厂、掩埋了历史，绿树浓荫下的吴佩琳没有卷土重来的兴奋，只有被篡改被抛弃的伤害,眼前凶猛的阳光无孔不入。

小依琳晚上跟秦大姐睡,幼儿园接送大多也是秦大姐去,放学回来,吴佩琳给依琳听民乐、外国音乐,小依琳不听,低头独自一人玩积木;吴佩琳给她讲嫦娥奔月的故事,小依琳听着听着睡着了;吴佩琳有些沮丧,她打开电视看琼瑶电视剧《情深深雨蒙蒙》,看爱情在屏幕上萌芽生长和死去,正看得泪眼婆娑,被电视声吵醒了的小依琳一把夺过遥控器,哭嚷着:"妈妈,我要看《米老鼠和唐老鸭》。"她扬起小手,指着电视上被爱情毁掉的女主角陆依萍说:"讨厌!"

换了频道,吴佩琳成了小依琳看电视时的一个多余的角色,她的眼睛里只有唐老鸭米老鼠,没有吴佩琳。小依琳喜欢跟秦大姐腻在一起,要冰淇淋给冰淇淋,要吃方便面马上泡,从不强加给她音乐和童话故事。吴佩琳发现自己不仅在公司里是多余的,在女儿那里也是多余的,没有她,女儿更开心、更快乐。有那么一个瞬间,吴佩琳怀疑自己从生活方式到生活理念都出了问题,动荡的内心颠沛流离。

礼拜天秦大姐休息一天,吴佩琳带小依琳回娘家陪父母,吴佩琳走进光线阴郁的楼道,看着墙壁上布满了霉变的苔藓和驳杂的污渍,心里一阵酸楚,父亲吴镇海一辈子顽固僵化,不改革,不开放,不成立合资企业,如今靠退休金过日子连一套两居室的商品房都买不起,宋怀良要送岳父母一套三房一厅,湖畔花园定金都交了,吴镇海坚决不要,理由很简单:"我们是解放前过来的,有楼房住,水电卫生设施齐全,很满足很享受,公司的钱留着扩大再生产。"

吴佩琳弄不懂强悍的父亲如今为何在母亲面前变得那般懦弱和胆怯,每当父亲跟宋怀良正喝得带劲,母亲说不要再喝了,吴镇海就绝不再喝下一杯,母亲早餐不让父亲吃鸡蛋黄,父亲乖乖地把鸡蛋黄剥开,丢到盘子里,只吃蛋白,父母关系"黑白颠倒"了。吴佩琳记得一本张曼玉做封面的《微风》杂志中有一句话叫"这个世界唯一不变的,就是变化",这也许是唯一可以解释的解释了。五里井时的宋怀良缩着脑袋拘谨而自卑,转眼间抓着大哥大呼风唤雨说一不二,做事决绝而自负,翁婿俩正好往各自相反的方向走,只是他们擦肩而过的时候,谁也没有看到对方的姿势和眼神。

搬进蓝湾公馆后,公司太忙,这个礼拜天宋怀良总算腾出空来过去陪老岳父喝酒,说好了中午十二点前一定赶到。十二点已过,菜上桌了,宋怀良没到,吴镇海望着碗碟中渐渐凉下去的菜肴,对吴佩琳说了心里缠绕已久的疑问:"你是大学生的料,能帮上公司忙的,怎么整天待在家里晒太阳嗑瓜子呢,是你要回蓝湾公馆,还是小宋要你回来的?"进入冬季,吴佩琳的头脑和天气一样渐渐冷静下来,她有些拿不准自己,又不愿把话说白了,就有保留地给父亲透露了一些真相:"怀良做企业水平比我高,也比我能干,公司里大小事,他一个人就能摆平,我在不在公司都照转。是我自己要回来的。"她想回避尖锐话题,就补了一句,"小依琳能背五十多首唐诗了,上个礼拜还到电视台少儿频道录节目了,我每个星期回来陪你们做菜、吃饭,这不挺好的嘛。"江月英坚持着她一以贯之的立场:"庐阳女人都想过上佩琳的日子,过不上。累死累活到了七老八十再衣食无忧享清福,没什么意思了!"吴镇海想反驳,看江月英说得理直气壮,他张开的嘴,又合上了,只是说:"佩琳,你给小宋打个电话,到哪儿了,都快十二点半了。"吴佩琳刚伸手去抓茶几上的电话,电话铃声响了。是宋怀良打来的,不来了。

宋怀良电话里对吴佩琳说,他跟韦晓丽马上赶到庐西县去,望云山电厂计财处裘处长要宋怀良带着田小甜到电厂当面向他道歉,不然五十三万工程款一分别想拿到,项目五月就完工了,工程款拖到年底了,还是不结。裘计财处长说他那天晚上跟田小甜什么事也没做,田小甜竟然写了十二封举报信寄到电厂,电厂每个部门都收到了一封,信中的裘处长卑鄙无耻下流恶心,是强奸犯,裘处长说自己名誉受到了严重侵犯。被逼无奈的宋怀良要田小甜跟他一起去电厂道歉,田小甜很犟:"我给流氓道歉,不干!宋哥,你把我开除得了!"韦晓丽挺身而出,说:"田小甜是我带来的,小甜不去,我陪你一起去庐西道歉!"吴佩琳听了宋怀良提纲挈领的叙述,在电话里忍不住了:"宋怀良,你给我听着,不许道歉!"吴佩琳放下电话,立即给郭凯打了一个电话,她在电话里对郭凯像是当年青梅竹马一样无所顾忌:"郭凯,你这个县长要是包庇强奸未遂的流氓,我连你一起告。欺人太甚,我就不相信,这世道还能龌龊肮脏到明目张胆的地步。"郭凯在电话里安慰吴佩琳:"你别激动,我先去了解一下,尽力协调。"

好不容易约好的一顿家庭聚餐,黄了。

曾经沧海的吴镇海从吴佩琳断章取义的对话和控制不住的表情中,听出了七八分,自斟自饮喝了八九分后,对女儿说:"佩琳,我老了,帮不上你们什么忙,可你要帮小宋。干企业太难了,谁都有脾气,谁都要脸面,可企业要活下去,不能意气用事,不能计较那么多面子。我听你在电话里不许他道歉,这就有点计较了,遇到难题,道歉算什么,不就是舌头打个滚。当年'日立'来二厂谈合资,他们要先看二厂的厕所,还说一个厕所都管不好的企业是难以合作的,我愣是将那帮日本鬼子轰走了。其实我们厂厕所是全国无线电企业中最干净的厕所。就这么一赌气,失去了合资机会。想干成事业,就要能受得了委屈,忍得下脾气,拿得起宽容。我悟出来了,厂子已垮,一切都晚了。"吴镇海越说越起劲,马不停蹄地将一杯杯白酒倒进喉咙里,"怎么帮他?在他骑虎难下的时候,你给老虎嘴里喂一块肉;在他火烧眉毛的时候,你给他递一条湿毛巾;在他不跟你步调一致时,不要停下步子,先跟着他走,走一步,看一步,道路是人走出来的,不要待在原地争论。小平同志讲发展是硬道理,不争论,最终靠实践来检验。"江月英没完全听懂吴镇海话里的意思,却看懂了他厂长一样激情洋溢地演讲着,只可惜无人喝彩的空间里听众只有娘儿俩,江月英轻轻说了一句:"你喝多了!"吴镇海声音立刻哑了,他乖乖地将酒杯推到江月英面前,目光却恋恋不舍地盯着酒瓶,"我不喝了!"

宋怀良和韦晓丽的车子还在半路上,郭凯副县长秘书小彭打来电话,叫宋怀良的车子直接开到庐西望云山温泉度假村。到了度假村,一个穿白衬衫打着蓝领带的年轻人迎了上来,将宋怀良韦晓丽带到峡谷边一栋别墅的豪华包厢里。傍晚时分,郭凯副县长和电厂高厂长先后来了,握手寒暄一番过后,围坐在落地窗边的沙发上,抽烟喝茶聊天,看山谷里乱云飞渡,听峡谷里水声喧嚣,气氛轻松和谐,甚至有些浪漫,直到黄昏来临,窗外的山谷里铺满了夕阳,郭凯才对身边犯了错误似的宋怀良说:"电厂是省电力公司的,不归县里管,可高厂长很给面子,既支持地方发展经济,还帮助地方协调矛盾。宋经理,你说的工程款一事,高厂长已经安排过了,晚上支票直接带过来,还有那个诬告信的事,高厂长也做通了裘处长思想工作,晚上你代表公司跟裘处长多喝几杯,不提那个事,也不值一提!"戴着眼镜的高厂长频频点头,在郭凯恭维和赞美过后很谦虚地说:"庐西对我们项目支持很大,我们非常感谢,项目推进中出现一些问题,双方总是能从大局出发,相互理解,相互支持。这个事就按郭县长说的办,不提了。"郭凯举重若轻,点到为止,天大的事情眨眼间就成了往事。

晚上裘处长来了,他西装革履头发梳得锃亮,熏黑的牙齿和脖子上雪白的衬衫领子构成尖锐对比,有点相互讽刺的味道。见面后,他像财务报表一样规范而正经地跟各位握手,在跟韦晓丽握手的时候,力度稍微大了一些,没人能看得出来,他还对宋怀良说了"久仰久仰"这样的客套话。晚上酒宴开席前,电厂计财处小冯送来了支票,五十三万到手,宋怀良除了不遗余力地喝酒之外,没法表达自己的心情,宋怀良跟每人连喝三杯后,郭凯说:"你不要跟高厂长拼酒,支票是裘处长开出来的,你们俩喝!"宋怀良摇摇晃晃站起来说:"裘处长,你喝一杯,我喝六杯!"宋怀良喝下第六杯后,他看见包厢里灯光起火冒烟了,脑子里出现了千军万马呼啸而过的场景。酒宴是韦晓丽安排的,但今晚她不是主角,漫长的喝酒过程中,她优雅而矜持地坐在郭凯身边,话不多,像个高贵的淑女,全无往常酒桌上的左右出手、上下通吃的架势,郭凯忍不住赞美:"韦小姐气质真好!"韦晓丽矜持浅笑:"郭县长过奖了!"一晚上,郭凯和韦晓丽从头到尾窃窃私语,酒局结束后,韦晓丽安排去歌厅唱卡拉 OK,宋怀良喝多了,没去成。

　　第二天回庐阳,司机老邵开车将宋怀良送回蓝湾公馆,躺在自家客厅沙发里,宋怀良酒醒了,筋骨却被抽去了,全身松软,他声音飘忽,语气低沉,吴佩琳听完昨天庐西的故事,发现宋怀良很可怜,平日里说话的坚定自信中夹杂着霸道的做派,完全是虚张声势。虽说没有公开道歉,宋怀良主动低下头颅给裴处长连连敬酒,出了酒席的钱,散伙时还给每人塞了两条软"中华",这不说道歉的道歉像是钝刀子割肉将宋怀良撂倒了。

　　吴佩琳敏感,这回宋怀良受的委屈逼近了他承受力的极限,他没有了往常的慷慨陈词,躺在沙发上的宋怀良叫吴佩琳给他一支烟,吴佩琳从茶几上烟盒里拔出一支,塞到他干裂的嘴唇上,又拿起打火机给他点着,宋怀良惨淡的脸在烟雾中变形破碎,他有气无力地抓住吴佩琳的手,内心跟身体一样软弱:"我干活,你给钱,天经地义。把我当要饭的,低三下四,良心被狗吃掉了! 没让他强奸得逞,倒是我犯了错,还要向他赔礼道歉,这还有没有天理王法呀?"吴佩琳看到宋怀良眼中盈满了泪水,他无助,也无奈,只能向吴佩吐出心里的苦水和委屈。

　　昨天从娘家回来,吴佩琳彻夜不眠,父亲酒后吐出的是真言,也是真理,自己与丈夫、与父亲、与公司、与同事,包括与整个社会的关系定位,好像定错了,最起码是不准确的。她从阳台躺椅上拿来一个鸭绒靠枕垫在宋怀良的腰上,若无其事地说:"我晓得,你宁愿喝老鼠药,也不愿喝昨晚上那顿酒。可只要公司不关门,这就不是最后一次。眼下,你是骑到老虎背上,想下也下不来了。你做的一切,正是我爸一辈子总结出来的经验,受得了委屈,忍得住脾气,拿得起宽容。公司能有今天,你做到了这三条,我没做到。"宋怀良鼻子酸酸的,词不达意地嗫嚅着:"我做得不好,我受不了委屈。"

秦大姐从油烟味很重的厨房里走出来,问中午白丝鱼是清蒸还是红烧,吴佩琳说怀良昨天酒喝多了,放点姜葱,清蒸,宋怀良说中午想喝稀饭,问家里的豆腐卤还有没有了,这时手机响了,宋怀良一接听,吃了摇头丸一样从沙发上跳下来,他趿着拖鞋往门口冲去:"文化宫工地出事了,脚手架塌了,死人了。"宋怀良夺门而出的时候,吴佩琳对着他的后背说:"别急,也许没摔死呢,我来打120!"

秦大姐鱼腥味很重的手不停地在围裙上搓着:"宋老板太忙太苦了,好像十来天没在家吃饭了。"

吴佩琳问秦大姐:"你说我能帮上忙吗?"

秦大姐斗胆说出了憋在心里的话:"两口子床头吵架床尾和,我说老妹,你不帮他谁帮他呢?"

斜射进客厅里的阳光撤退到阳台上了,吴佩琳看到笔直的光线照亮了阳台躺椅上竹编的纹路,已是中午了。

年底前公司出了好几桩棘手的事,庐阳文化宫工地摔死一个瓦工,赔了十二万,安监局罚款五万,耿小五子开江淮轻卡送材料路上撞伤了一个骑自行车的老头,赔了一辆自行车,外加六千现金,东风家具厂烧饭的小寡妇闹到公司,说耿双河不能白睡她三年,要么结婚,要么赔偿精神损失费一万块钱,宋怀良跟小寡妇谈判六次,才打发走,耿双河给三千,另外七千公司账上出了。庐北县体育馆的工程款比望云山电厂更窝囊,那位牙齿外露的姚主任公开索贿,要先给他六万,再付三十二万工程款,一开口四万,太多了,利润都快榨干了,他心里接受不了,气得差点吐血,韦晓丽开导宋怀良说做大生意,要算大账,不计较小账,庐北体育馆当初合同金额中,预算多算六万,事先说好了要给四万的。晚上在枕头边,心里憋得难受的宋怀良睡不着,他坐起身来,拔出床头柜烟盒里的香烟,点上,大口大口地吞吐着,吴佩琳没在意宋怀良坐在床上抽烟,却从宋怀良绷紧的脸上看到了他心里的憋屈,她手搭在他僵硬的胳膊上:"就算我帮不上忙,有什么事,你跟我说说,心里也好受些!"宋怀良避重就轻地说了几桩能说的窝囊事,吴佩琳安慰他:"工程建设、交通运输中出事,每天都有,又不是你一家,花钱消灾,很正常。"

其实,这是一个极其平庸的夜晚,吴佩琳甚至都没有听到鼓楼敲响的钟声,也没有看到客厅墙上电子钟跳过零点的那一秒,二十一世纪就来了,全世界各地的人们都在盲目地狂欢和庆祝。宋怀良参加庐阳工商界跨世纪联欢会去了,他说要等到新世纪第一缕阳光在南太平洋基里巴斯升起,才会回家。跨世纪的夜晚,吴佩琳独自一人躺在床上看法国布里吉特·吉罗的一本关于爱情的书,书中的爱情每天都在上演着无疾而终的故事,书中挤满了爱情的迷惘与崩溃,完美恋人的典范在这个法国女人的笔下大踏步走向悲剧。吴佩琳和宋怀良私奔来的婚姻,在老辈人那里是不合法的,当所有人包括父母认可了私奔合法化后,七年之痒来了,痒在两个人的心里和骨头里,看不见,摸不着,也说不得。她扔掉手中的书,反省着自己的婚姻与玄幻的爱情"乌托邦",原来理想与完美的婚姻,无一例外地出现在一部部悲剧剧本的开头部分,现实生活毫不买账。她是活在腾云驾雾的真空中,宋怀良的双脚却是踩在地上的;她有意无意地迫使宋怀良成为她手中的一个道具,由她安排宋怀良的用途,决定他的性质,而宋怀良是一个鲜活的人,不是道具。这个世界本来就只有两个人,一个男人,一个女人,男人宋怀良要跟这个世界打交道,绕不开女人;女人也不会是清一色的麻将,条、饼、万、风,缤纷芜杂,做企业的宋怀良每天面对的男男女女就是一副缤纷芜杂的麻将,而自己安排甚至强迫宋怀良在"水至清则无鱼"的池子里做一条唯一的鱼。吴佩琳觉得自己是自私的,也是愚蠢的,对宋怀良不公平,对自己自虐。

这个夜晚,吴佩琳如醍醐灌顶,豁然开朗,新世纪第一缕阳光还没升起,她内心里已经迈出了新世纪新的一步,屋外陆续响起迎接新世纪的鞭炮声,吴佩琳对着灯光长舒了一口气,绷紧的身体被鞭炮声打开了,自由和灵巧的感觉在血管里川流不息,她抓起电话给宋怀良拨了过去,声音羽毛般轻柔:"怀良,回来骑车小心点,我给你烧好洗澡水。没散场,不要提前走,别人会说不顾大局的。"电话里现场很嘈杂,没听清的宋怀良说马上就回去。吴佩琳放下电话,下床去卫生间,打开热水器烧热水。小依琳跟秦大姐在保姆房里已经睡熟了,跨世纪与她们无关。

新世纪的新生活是从烧洗澡水开始的,新世纪上班第一天宋怀良的皮鞋是吴佩琳擦亮的。小依琳从幼儿园接回后,吴佩琳不再教汉语拼音,也不再讲嫦娥奔月愚公移山的故事,而是跟秦大姐一起在厨房里研究卤猪蹄的配料用五香、桂皮、香叶,还是用八角、花椒、辣椒。宋怀良在外应酬多,偶尔回家吃饭,满桌堆满了他意想不到的美味,宋怀良要秦大姐不要太费心,秦大姐说是吴佩琳亲自安排和亲手操作的,伙食变化的同时是吴佩琳脸上气色的变化,红润细腻的双颊下是轻松与淡定的气韵,说话的语调从容而舒缓,像是山里流淌的溪水,新世纪吴佩琳没有提过一个字关于男人和女人的龌龊事,也没有对宋怀良风暴式扩张质疑过一个标点符号,她像是换了一个人,美丽、大方、温柔、贤惠、理性而优雅,她的风度与气质一度让穿着臭袜子不洗澡的土包子宋怀良不太习惯,可两口子之间不需要语言,一个眼神,一个拿筷子的动作,内心世界暴露无遗,宋怀良对新世纪突如其来的变化充满了感激,这段日子,吴佩琳除了做菜,就是做爱,他们在熄了灯的卧室里找回失去的时光。

吴佩琳想回公司,不好意思开口,她在吃饭的餐桌上一边赞美秦大姐的卤猪蹄,一边理解着公司的业务扩张:"晚报上说企业升级,参与市场竞争,要采取群狼战术,多生孩子好打架。"她用手中的筷子指着盘子里的红烧带鱼:"我说要放料酒,秦大姐说以前没听说过料酒,去腥放几粒花椒就行了。如果一直争执下去,红烧带鱼就吃不成。"吴佩琳含蓄地表达了对宋怀良的独断专行的宽容和理解。想到这，吴佩琳又给宋怀良夹了一块红烧带鱼，说："明天晚上我们去楼下喝牛肉汤，总觉得味道没有五里井的地道，好像放了味精。"宋怀良对吴佩琳说："欺骗消费者比欺骗我们还要可恶，你暗地里调查一下，要是不用淮河边上的正宗的牛头、牛腿骨熬汤，靠放味精提鲜，你就把林一勺换掉。"吴佩琳伸了伸舌头："公司是你当家，我不能插手！"宋怀良放下筷子，说得干脆利索："牛肉汤馆就是为你开的，怎么不能插手？再说你是公司副总，没人免过你的职。家里的书也读烂了，音乐听腻了，公司装修的时候，就给你留好了办公室，在我隔壁，明天你就回去上班。我马上叫王丽丽买两盆绿萝，再买一盆温室里培养的映山红，点缀一下，你喜欢红玫瑰，花木公司明天一早就可以送过去！"宋怀良说得霸气而决绝，说商量，压根就没多少商量的余地，吴佩琳听得热血奔腾，她这时才明白，一个男人专制而霸道的时候，最能打动女人。

新世纪吴佩琳以全新的形象回到了公司，她穿一身藏青色职业休闲西装，里面是白条纹衬衫，脖子上围了一条水红色丝巾且扎成蝴蝶造型，第一天上班，汇通大厦楼下的保安有眼无珠拦住吴佩琳要"出入证"，从楼上下来的王丽丽对着保安嘴上的一圈胡子发飙："知道谁吗？宋总太太，我们公司副总。"保安一脸惭愧地说制度定得太死，没有"出入证"进大楼要罚五块钱，实在不好意思。

新世纪、新办公室、新鲜油漆的味道，还有新的工作，吴佩琳坐在宋怀良老板桌对面一张矮了一截的转椅上，接受宋怀良的工作安排："现在最赚钱的是网吧，抢先一步，领先十年，我打算在庐阳及周边市县新开十二家网吧，新行业，门道多，规矩严，你不出马，其他人根本管理不了。"吴佩琳难得见宋怀良如此清醒，她是被当作公司人才请出山的，分工谈话的最后，宋怀良小心谨慎地兜出了石榴红去江北市做四家网吧总管的决定，要是往常，吴佩琳会火冒三丈，跳脱衣舞的女流氓也来公司当领导了，但重出江湖后的吴佩琳铁定了听从宋怀良的安排和指挥，她的疑问变成了和风细雨地向上级请求指点迷津:"怎么想到用石榴红的?她不是嫁给一个有钱的老板了吗?"宋怀良耐心地解释说:"那靠不住的!早掰了,眼下她跟肖晨一起,派他俩去打理江北的业务,算是成全好事吧!"吴佩琳点点头。

警方捣毁新浪潮歌舞团,石榴红被关了三个月,放出来后,脱衣舞不敢跳,五音不全的嗓子,三流歌厅都混不到一个话筒。石榴红情史比较混乱,盛泰商贸戚老板为石榴红开一个健身馆,他在床上赌咒发誓跟她结婚,肚子挺起来的时候,戚老板带着老婆到欧洲旅游去了,石榴红这才知道被包养了,她愤怒地打掉了肚里的孩子,跟装修健身馆的肖晨住到了一起,还卷走了健身馆里一台空调一个电饭锅和两桶纯净水。肖晨即将去江北分公司做经理,安排石榴红去江北做网吧主管,宋怀良的解释是:"把他们分在一起,日子才会安稳。"吴佩琳问:"他们结婚了吗?"宋怀良说:"没有。肖晨说他没钱没房,养不起老婆,石榴红怀疑肖晨广东老家有老婆,肖晨来公司这么多年,一直单着,没见他有过什么女人。我跟他俩谈过话了,先把结婚证拿了,到江北名正言顺住一起,不要搞得跟偷鸡摸狗的样子!"宋怀良成人之美,吴佩琳就不再提出任何疑问,她甚至还很宽容地说了一句:"石榴红这样的女人,就像庐阳湖边的芦苇,野生植物,往哪儿长,自己做不了主,你要他们先拿结婚证等于是代他们娘老子做主。"

十五、风雨总在阳光后

二十一世纪的人活在网里。

江北市地处偏远，最有名的企业是一家产品质量不过硬的水泥厂，其余就是粮食加工厂、生猪屠宰场之类的，穷地方，商业萧条。春节一过，宋怀良带着石榴红和王丽丽来江北考察，跑了两天，三十万人的城市里只找到了三家网吧，一家网吧缩在巷子里的裁缝店旁，两间没装修屋子，七八台内存很小的电脑，网速慢得公交车坐两站才能打开一个网页，还有一家网吧跟卖酱油醋的铺子连在一起，与潮流和时尚严重脱节。宋怀良决定在江北四个区布局四个网吧，每个网吧装备四十台电脑。敲定布局的那天晚上，宋怀良一行三人宴请江北市文化管理所邱所长和市场管理科薛科长，酒过三巡，桌上的气氛越来越轻松，邱所长跟宋怀良炸了一个满杯后，说："宋老板，你来江北投资我们求之不得，网吧这种东西，新玩意，很复杂，文化阵地不好管，那里面就像一个大超市，什么都有，有真货，有假货，还有毒品。你可得给我派个高手来管好呀！"宋怀良指着身边的石榴红对所长说："石文玉，以前就是做文化艺术工作的，还开过健身馆，江北网吧总管，绝对胜任！"石榴红以石文玉的身份跟如释重负的所长喝了满满一茶杯白酒，足足有三两。

那天晚上月明星稀，清风拂影，王丽丽饭后去看望江北打工的表姐了，酒喝多了的宋怀良和石文玉摇摇晃晃地走回"江北国际大酒店"，宋怀良和石文玉走进酒店旋转大门的时候，石文玉很缠绵地挽住了头晕目眩的宋怀良的胳膊,宋怀良感受到石文玉柔软的胸部像一团棉花抵住了他的上臂,胳膊没有排斥和抗拒反而踏实可靠,这种柔软而奇妙的感觉在石文玉扶着宋怀良进入房间后变本加厉,房间内灯光暧昧,空气中浮动着劣质香水的味道,宋怀良扶着墙,问石榴红:"我是不是喝多了?"石文玉使出浑身力气抱住宋怀良,身子向后一仰,两人倒在了宽大的床上,宋怀良感受到此时石文玉就是一颗通红的石榴,饱满而鲜艳,胸脯剧烈起伏着,她搂紧宋怀良的脖子,气喘吁吁:"宋哥,你,你要是嫌弃我,你就把我掐死吧!求你了!"宋怀良在这突如其来的攻势中惊出一身冷汗,他从床上触电似的反弹起来,怕人听见,他没有对石榴红大声呵斥,尽量压低声音:"石文玉,肖晨是公司的骨干,是我的兄弟,你是我兄弟媳妇,知道吗?"石榴红通红的脸上瞬间苍白,她从床上坐起来,整理着凌乱的衣袖,摇晃着身子,强打精神冷笑着:"兄弟媳妇,扯远了吧!别装了,你这么大的老板,你敢说你从来没在外面偷过腥?"宋怀良将房间的门打开,掏出手机,对石榴红说:"你酒喝多了,我给丽丽打电话,叫她回来照料你喝点水。"石榴红一手扶着贴着米黄色墙纸的墙,一手对着他摆了摆:"不用了,我自己回房间。不过,记住了,你欠我的!"

晚上躺在床上的宋怀良决定将石榴红开掉,这种水性杨花的女人不能要,拿结婚证跟拿死亡证是一样的,可怎么对肖晨开口呢,想了半夜,没想出办法来。第二天一早,石榴红敲门进来喊宋怀良吃早饭,酒醒了的石榴红声泪俱下地忏悔着:"昨晚上酒喝多了,真对不起,宋总,求你不要跟肖晨说,我都三十岁了,宋总,宋哥,我拖不起呀,我是跳过脱衣舞,可我没有卖过身,他瞧不起我,不肯跟我拿证,又要天天跟我睡一起。"宋怀良似乎看出了石榴红的眼泪在清晨清晰的光线里浑浊而冰冷,心里也涌起一股酸涩,话只说一句:"从今往后,你不许喝酒!"

石榴红在见吴佩琳前,告诫自己必须努力表现出过气女明星应有的矜持和清高，可走进吴佩琳办公室，见室内满铺牡丹图案的纯羊毛地毯，一身藏青色职业西装的吴佩琳坐在办公室电脑前，手里抓着摩托罗拉手机正在接电话，头顶上方一束橘黄色射灯光照亮了吴佩琳蓬松卷曲的头发和黑色高靠背真皮转椅，石榴红被这强大的气场镇住了，鼻尖上冒出了一层细汗。吴佩琳接电话的同时示意石榴红坐到对面椅子上，等她放下电话，石榴红情不自禁地叫了声"吴总"，当年这个被她责骂开水没烧开的新浪潮歌舞团的勤杂工，现在拿捏着她的工作岗位和工资待遇，如同拿捏着一根火柴。

吴佩琳叫王丽丽上了一杯"黄山毛峰"，在茶叶袅袅香气中，吴佩琳没跟石榴红谈网吧，而是说："你打算什么时候跟肖晨结婚？"石榴红委屈地说："吴总，这话应该问肖晨。吴姐，你应该是了解我的，我没那么贱，我跳脱衣舞，我卖艺，没在房门口挂灯笼卖身。"吴佩琳似乎明白了石榴红的尴尬处境，心里涌上一些同情和怜悯，于是就对穿着浅灰色棉袄的石榴红说："我知道你是船工的女儿，你这个样子挺好，没涂指甲油，没画眼影，口红也没搽。以前涂脂抹粉，都是坏男人抹你脸上的，你跟晓丽一样，不容易！"吴佩琳过度的宽容和善解人意，让石榴红迅速忘记了自己不堪的历史和今天的角色，她眉飞色舞地摇晃着朴素的脑袋："吴姐，你真有福气，宋哥这样的好男人是不会往女人脸上抹脂粉的，你就是在他面前脱光了衣服，他也会跟石头一样，纹丝不动。"吴佩琳脸色不知不觉中绷紧："你怎么知道的？"石榴红知道自己说漏了嘴，就打着哈哈说："我是凭感觉想象出来的。也许真脱光了，他也会顶不住的。"吴佩琳觉得石榴红还是难改跳脱衣舞的粗俗，就岔开话题："你管四家网吧，得给我盯紧一点，十八岁以下，没有身份证，坚决不许进网吧。我们公司的网吧，要办成青少年的禁区。"

石榴红笑了笑，没有正面回应，只是说请吴总放心，我会努力经营，把赚钱作为硬道理，不辜负宋总和吴总的信任。石榴红去江北前在庐阳新天地网吧泡过三天三夜，她理解的网吧就是青少年的乐园，而不是禁区,进网吧的 80% 以上都是未成年的青少年。戴上耳机打游戏、听音乐、看电影、论坛聊天、灌水交友,没一个老年人,中年人都稀少。网吧拒绝未成年的青少年,等于拒绝赚钱,等于自己给自己的店门上锁。

石榴红离开吴佩琳办公室后跟宋怀良说了自己的观点,还不忘挖苦一下吴佩琳,宋怀良坚定维护吴佩琳,他对坐在自己面前轻佻抖动着双腿的石榴红说:"法律法规的高压线不能碰,你不要考虑给我挣多少钱,你得考虑如何跟肖晨一起把日子过好。"石榴红继续抖动着两腿,皮鞋的鞋跟随着腿的抖动而离地悬空,石榴红伸了伸舌头,以挑逗的口气说:"我能给网吧赚钱,吴佩琳不能,所以,我跟你一起才能把日子过好。"宋怀良只有摇头,面对说话没轻没重真真假假的石榴红,他一点办法也没有。石榴红出门后又扭过头,吐出嘴里的一片瓜子壳,瓜子壳在阳光明亮的空气中划过一道弧线,她对宋怀良做了个鬼脸:"宋哥,我刚才跟你说着玩的,你可不要对肖晨说呀!"

新世纪的第一个春天到处莺歌燕舞,怀琳公司多生孩子好打架的效益如春天的阳光提前发飙,建材商场每月给各分公司批量供货,加上市区零售,每月净利润超五万,十二家网吧每月净利润超过十万,装修公司改做政府楼堂馆所工程,宋怀良都不敢对吴佩琳公开利润,吴佩琳也不问。宋怀良手下几员大将,肖晨去了江北市,耿双河在徽南,周小泉去了东江,很快占山为王,这是宋怀良号称的"三大战役"。

庐阳春季商品展销会那天,石榴红和肖晨从江北赶回公司报销江北的业务办公费,顺便去展销会买新款上市的衣服,网吧和分公司一共报了四万多块吃饭、喝酒、唱歌、跳舞、买烟、买茶、买皮带、买办公桌椅的发票,宋怀良看不懂发票,在一堆票据里签了一大串的"报"字,石榴红被马虎而豪气的宋怀良镇住了:"发票看都不看就报了。宋哥,你大笔一挥的姿势,潇洒极了! 我跟肖晨不到四个月,利润二十多万。"宋怀良抬起迷惘的脑袋："有这么多吗？"石榴红当着肖晨的面挑逗宋怀良："我又不跟你借钱，你装什么糊涂。不过，你装糊涂的样子跟我在舞台上跳脱衣舞一样，很惊艳！"见吴佩琳推门进来了，肖晨脸上掠过一丝慌张，他急忙打断石榴红："跳脱衣舞，还好意思拿出来炫！"石榴红将一枚葡萄在宋怀良嘴边晃了一下，却塞进肖晨的嘴里："你不懂，那是艺术！"这一连串的几个画面被吴佩琳尽收眼底，石榴红肖晨离开后，宋怀良用抽烟掩盖着尴尬，吴佩琳说："人是不太正经，可江北网吧连续三个月业绩名列第一，要不是看在能干事的分上，我连看都不想看她一眼！"宋怀良从抽屉里拿出几张购物券："你去展销会转转，买几件衣服，听说合资的皮尔卡丹、鳄鱼、佐丹奴都有。"吴佩琳手攥着粉红色购物券，没问出处，宋怀良主动解释说是晓丽她们公关部走访客户剩下的，吴佩琳没跟他讨论购物券的性质，只是说："我带秦大姐去，帮她挑几件衣服，她说有风湿毛病的老伴十多年没买过新衣服了。"

耿双河是头上缠着绷带回到庐阳的，左眼眶青紫淤血，右侧鼻梁肿胀导致鼻子像一个长歪了的冬枣。耿双河进城后彻底腐败堕落，扔给乡下含辛茹苦的妻子一万块钱，要离婚，小泉姐姐不同意，35岁的耿双河就演了一出苦肉计，他掏出一张女人抱着婴儿的照片，说自己跟一个卖老鼠药的女人生了孩子，被讹上了，要是不离婚娶她，她就逼我喝老鼠药，说着从口袋里掏出一包老鼠药，做出要喝的样子，老实厚道的小泉姐姐夺下老鼠药，当天就跟耿双河扯了证，分手的时候，耿双河还流下了几滴假惺惺的眼泪。姐姐被抛弃的耻辱激怒了东江分公司的周小泉，他花三百块钱雇了一个刚从牢里出来的打手，坐车到徽南，将耿双河按在出租公寓的床上打了个满脸开花，头破血流，当时床上坐着一个惊魂未定的女人不是卖老鼠药的，是服装店卖服装的，二十一岁的小姑娘。

宋怀良是在同一天接到周小泉和耿双河告状电话的，他指令两人立即回一趟庐阳。

耿双河丢人从庐阳丢到徽南，宋怀良不想让吴佩琳知道，就安排她第二天去省里参加"民营经济论坛"，吴佩琳说："我又没准备，怎么个论法，你怎么不去？"宋怀良支吾着说会议跟洽谈东江邮电大楼项目的时间冲突了，"再说论坛也就是主办方收点钱，搞企业家聚会，没什么好论的。钱交过了，你去散散心，会会同学。"临走前，吴佩琳突然发问："耿双河的事，你看怎么处理？"宋怀良心里一惊，脸上装糊涂："什么事？"吴佩琳将周小泉告状内容又重复一遍："周小泉说耿双河是你表哥，怕你包庇他，不主持公道，才给我打了电话。"宋怀良震惊过度的手不停地敲着桌面，嘴里叨咕着："有两个钱，就不知道天南地北了，公司的脸被他丢光了，你要是开除他，我绝不包庇！"吴佩琳没有像宋怀良一样冲动，她很冷静地陷入漫长的沉默中，过了好久才语气不连贯地说："耿双河要是同意复婚，可以不开除。世道变了，网上假夫妻成双入对，'老公''老婆'叫得明目张胆，肉麻当有趣，无耻当光荣。"宋怀良站在灯光稀少的窗前："也不能说世道变了，公司员工就可以胡来，要是耿双河不同意复婚，怎么办？"吴佩琳说："徽南医院装修工程才开工，开了他，谁能接手呢？我也不知道怎么办，你找耿双河了解一下，事情是不是像小泉举报的那么严重。"吴佩琳没拿出主意，但倾向性很明显，前些天吴佩琳甚至对宋怀良说出差带一个下属就够了，带两个浪费差旅费，宋怀良开玩笑说当初跟张月秀出差苏州一夜未归，心有余悸，吴佩琳打趣宋怀良说："你一个大男人，心眼比针尖还小，我早都忘了。再说了，看得住男人的身体，看不住男人的心。人靠自律，不靠纪律。"

太阳在汇通大厦楼顶上踌躇了好几分钟才栽到楼后面，宋怀良坐在大三元酒家包厢里看到夕阳是被推到楼下去的。他安排好酒肉，等着跟耿双河与周小泉见面。

徽南离庐阳不到两个小时车程，耿双河先到了，他像一个受伤的战俘,拿烟的手不停地乱晃,手腕也伤了,耿双河抖动着受伤的手腕,一腔委屈:"搭上小寡妇前一年,我就叫小泉他姐跟我到城里一起打工,她舍不得家里的一窝猪,还有一圈的鸡。能怪我无情无义吗?我在小红那里买了一条裤子,她给我送来了一个鲜嫩的身子,是她主动找上门的,她说我是条汉子。小我十四岁,我哪好意思勾引她,你说是吧?"为洗白自己,耿双河避重就轻,尽量把责任往别人身上推,可说着说着还是把自己卖了,他说那天油漆工老于摸彩票中了五百块奖金,大伙在大排档喝了两瓶白酒一箱啤酒后逛夜市,在一个蹦跳着霓虹灯的小店他看中了一条裤子,四十六块钱,掏出一张五十的大钞递过去,营业员小红没有四块零钱找,耿双河说句"不要了",转身就走。三天后的早晨,路过徽南米厂工地的小红见耿双河对站成一排的工人们训话,其中有一句是:"活干好了,酒管够!"训完话的耿双河正从脚手架边转过脑袋,看到了站在身后的小红,手里还抓着一块面包,她将四块钱递给耿双河:"我不能白要你钱!"耿双河说四块钱算什么钱,你不能让我在弟兄们面前丢面子,坚决不要。第二天下班后,步行街街口又一次偶遇耿双河,耿双河看小红一脸惊讶,说:"这么巧,难不成是天意!"他邀请小红到肯德基大吃大喝了一晚上,又送了一大瓶可乐,此后隔三差五请小红吃烧烤,临走还给她送上两包炸薯条,几个来回下来,在城里打工的小红就将自己送到了耿双河的床上。宋怀良听了皱紧眉头:"你这是典型的勾引少女。打你个鼻青脸肿,算不得冤枉。"

天黑了,周小泉才从东江工地赶过来,见头上缠了绷带的耿双河,一句话不说,宋怀良招呼周小泉坐下,周小泉给宋怀良递了一支"中华"烟,自己掏出一支,不给耿双河,受伤的耿双河兔子一样敏捷地从周小泉嘴上拔出香烟,叼到自己嘴上:"你他妈人五人六地带着百十号人马,在工地上指手画脚耀武扬威,嘴里抽着大'中华',手里抓着大哥大,谁给你的?是老子一手把你带出来的,你他妈居然找人打我,天底下有你这种忘恩负义狼心狗肺的王八蛋吗?"周小泉拍了桌子:"我姐在家种地、养猪、喂鸡,还要养你爸妈,喂你孩子,干着保姆、长工的活,你跟我姐离婚,是谁忘恩负义,是谁狼心狗肺?"短兵相接,两人红着脸杠上了,嘴角肌肉塑料一样僵硬。

菜上齐了,宋怀良示意两人坐下来。他给两位杯子倒满酒,和稀泥地说着:"都是自家弟兄,有什么过不去的坎,边喝酒,边聊!"宋怀良没有明确的观点和立场,缓过气来的耿双河周小泉不喝酒,继续争吵,耿双河用不灵活的手指指着周小泉的鼻子:"我找人卸你一条腿,一分钱都不用花,你信不信?可我不干,念你是我前老婆的兄弟,还有,不能让公司人看笑话,不能丢我兄弟宋怀良的脸。你不要装模作样假正经,你在东江偷鸡摸狗的事,我一清二楚,你给东江丰乐菜市场卖鱼的小丫头买了一部'爱立信'手机,要不要我把发票复印件拿给你看?还有日本的避孕套,小丫头的口红,在你床头柜的第二个抽屉里。世上只有不透风的墙,没有不透风的嘴。"耿双河端起酒杯将一杯酒倒进喉咙里,"你找人打了我,我也不会跟你老婆说,对外也不讲,就当作走路被野狗咬了一口。这就是我做老大的跟你不一样,今天当我兄弟宋总的面,我把话说清楚,你回去给你姐做好工作,不许到徽南来闹,以后生活有什么困难,我可以掏一点。还有你,给我把东江的工程干好了,干不好,出什么岔子,我可以当公司半个家,叫你滚蛋!"周小泉像是凭空被一块砖头砸中了脑袋,一下子蒙了,在耿双河凌厉攻势下,舌头僵硬发不出一个音节来,他望着苍黄的灯光和洁白的酒杯发愣。

宋怀良没想到耿双河三下五除二将他还没理清头绪的僵局摆平了,他将杯子端到两人面前分别碰了一下,情深意长地以抒情来化解冲突:"你俩要是你死我活地杠上了,等于是把我左膀右臂砍断了,你俩做不成郎舅,但能做成弟兄,这事到今天为止画个句号,不要再纠缠了,更不要对外说,同甘共苦这么多年,不容易,谁要是再翻旧账,我就跟谁翻脸。年底奖励提成到手,公司再补贴一点,你俩在庐阳一人买一套房子!"宋怀良软硬兼施,耿双河掐准七寸,周小泉乖乖就范,他害怕耿双河将他偷鸡摸狗的事抖搂到凶悍的老婆那里,于是就对耿双河道歉说:"大哥,对不起! 我也是一时糊涂,干了糊涂事,还望你多多原谅!"宋怀良趁热打铁:"怎么个原谅? 还不赶紧敬一杯酒!"周小泉站起身倒了满满两茶杯酒,毕恭毕敬双手端一杯递给耿双河:"哥! 没有你,就没有我今天!"周小泉红着眼睛,一口喝干,宋怀良看到烧酒在经过周小泉喉咙时,脖子上的肌肉一阵暴跳。

吴佩琳从省城"民营企业论坛"带回了一大堆莫名其妙的论坛资料和一个百思不得其解的疑问,周小泉举报耿双河的恶劣行径够拉到刑场直接枪毙,可一夜觉还没睡醒,一早周小泉给吴佩琳打电话说没事了,宋怀良虚晃一枪回答得含含糊糊:"男人跟男人之间,酒杯一端,天阔地宽。患难与共一路走来,不是说翻脸就能翻得了的,耿双河动员了好几年,小泉他姐就是不愿跟他到城里来打工。离婚的事很复杂,没有谁对谁错。"这么一说,吴佩琳就没往下深究,也懒得深究,她从省城给宋怀良买了一件新款免烫衬衫,递上硬盒包装的衬衫,吴佩琳说:"礼拜六是你的生日,我在天都大酒店订好了,邀请了月秀、晓丽、丽丽、小甜、秦大姐,还有女儿依琳,全都是女的,你是生日宴会上的花心。"宋怀良有些蒙,他攥着拳头砸了砸发蒙的脑门:"怎么又到生日了。我多大了?"

宋怀良的生日晚宴的象征意义大于现实意义,都不笨,谁都能看得出来,这顿晚宴是吴佩琳精心策划的,连秦大姐也看出了门道,喝了一杯红酒的秦大姐晕头转向地说了一句缺乏掩饰的话:"我到宋总家这么多年,这是佩琳最开心的一顿饭。"桌上确实很开心,温暖的灯光,浪漫的情绪,轻松的语调,加以白酒红酒啤酒饮料一起勾兑,勾兑出了真空化的自由与完全敞开的天性,宋怀良跟韦晓丽刚喝了满满一大杯白酒,吴佩琳给韦晓丽杯子里又倒满了一杯,继续煽动着:"你跟怀良再炸一个满杯,把公关经理的实力亮出来!"韦晓丽见吴佩琳情绪高涨,就趁热打铁:"从歌厅到公司,喝酒是我本分,我跟宋哥喝了这杯,还得跟你佩琳姐喝一个满杯!"吴佩琳说:"我不会喝白酒,喝一大杯红酒好不好?"大家都起哄叫好。酒桌上甲鱼、海参、扇贝、红焖羊肉、烤牛排,谁都没记住,大家只记住了每张开心而轻松的脸如同桃花灿烂,满满一大杯红酒,吴佩琳一口干了。宴会的后半部分,张月秀在跟吴佩琳敬酒时问了一句:"姐,最近有一个电视剧蛮火的,叫《女人何必为难女人》。"

酒桌上的残羹剩菜,秦大姐打了两大包,宋怀良说不带了,秦大姐要骑自行车送回家给瘫在床上的丈夫吃。宋怀良和吴佩琳带着小依琳坐"尼桑"轿车回蓝湾公馆,车上,吴佩琳问宋怀良:"你看过电视剧《女人何必为难女人》吗?"坐在副驾驶位子上的宋怀良说:"没看过,男人从来不为难男人。"小依琳手里抓着易拉罐可乐,脱口而出一句令人啼笑皆非的话:"女人何必为难男人!"吴佩琳宋怀良和司机老邵一起笑了起来,只有小依琳不笑。窗外城市灿烂的灯火淹没了天空的满月,这个晚上灯光为难月光。

庐阳的大空看不出明显变化,阳光和风每天都在头顶上经过,只有那些对季节极度敏感的人才会发觉春天太短,短到被省略被取消的地步,吴佩琳在春天阳光猛烈的天气里变更为"怀琳网络文化公司法人代表兼总经理",宋怀良说:"你水平高,管高科技的网吧比我在行。"吴佩琳推不掉了,就找些理由为自己鼓劲打气:"网络文化公司,这个名字好,当上法人代表,我就是文化工作者了。"宋怀良自嘲说:"我们五里井出来的,男的刷油漆,女的刷盘子;不是去修鞋,就是去杀猪。你有文化,理应做文化公司法人。"

吴佩琳法人没做几天,烦恼就找上门来了。

不是网吧管理出了问题,是管理网吧的人出了问题。漫长而令人窒息的夏天过去后,秋风才刚刚在庐阳上空蹿了两个来回,江北网吧总管石榴红顶着暑气未尽的秋风敲开了吴佩琳办公室的门,石榴红一进门就哭得像一株秋风中的枯草,站立不稳,那时候吴佩琳正在网上看"奥斯卡金像奖颁奖典礼"直播,她对走在红地毯上的中国一位女明星的旗袍面料及绣花刺绣工艺兴趣盎然,见石榴红哭得如此激烈,就关了网页,办公室新招来的小倩给石榴红送来了一杯咖啡,坐在沙发上的石榴红没喝,泪水濡湿的眼睛报废了化妆的眼影:"我俩上半年的奖金两万多块,全公司最多,我说凑些钱在庐阳买房子,他不干,又不跟我结婚,我说了他几句,他还打我。佩琳姐,吴总,肖晨不是人,你得给我做主呀!"石榴红捋起袖子,露出了胳膊上一道血印鲜明的划痕,是肖晨摩托车钥匙划破的,石榴红抹着鼻涕,细碎的眼泪滴落到了冒着热气的咖啡杯子里,吴佩琳被石榴红崩溃的眼泪打动了,她尽量删除当年石榴红在舞台上的记忆,跟石榴红挨在蓝格布艺沙发上平起平坐:"别哭,你得弄清楚,肖晨究竟是不愿买房子,还是不愿结婚?"石榴红说不清楚:"他不愿买房子就是不想结婚,不想结婚才不买房子。"吴佩琳想说公司不好干涉员工私生活,见石榴红伤心得连气都喘不过来,于是就给肖晨打了一个电话:"明天你回公司一趟!"

肖晨第二天早晨九点差五分赶到汇通大厦十八楼,这位公司的第一个本科大学生,戴一副金边眼镜,斯文清秀得像一个古代刚考中科举的秀才。一见吴佩琳就说:"我跟石榴红结婚,是害她,她不理解。"吴佩琳对一身油漆味的肖晨反驳说:"怎么害她了? 不结婚,你为什么跟人家住在一起?"肖晨有气无力地为自己辩护:"是石榴红要跟我住一起的。宋哥把她派到江北,让我俩找结婚的感觉,我一点感觉都没有。不给我做饭倒也罢了,晚上还不睡觉,在网上叫人家男人'老公',那个男人还在法兰克福,留着一脸的德国胡子,说不准就是国内逃出去的一个杀人犯,我说她两句,她说我是出土文物。"大半年来,吴佩琳管理网吧的最大收获就是,终于看清了网络像洪水猛兽一样搅得整个城市躁动不安、彻夜不眠,她拿不出解决石榴红和肖晨情感纠葛的办法,却找到了反驳肖晨的理由:"网络是虚拟的,网名叫将军、总统、五月丫鬟、秋天林黛玉的什么都有,你当真,就是脱离时代,就是出土文物。石榴红说得没错。"肖晨在吴佩琳面前不敢造次,他承认自己小心眼,保证以后不再动手,回去跟石榴红再找找感觉。

肖晨离开庐阳前在游泳馆装修现场找到宋怀良:"宋哥,你把石榴红调走吧。"宋怀良很有水平地回了他一句:"人可以调走,心调不走呀!"肖晨情绪激烈地申诉说石榴红的心在世界各地,当初装修健身房,石榴红晚上请他喝酒,酒喝醉了,第二天醒来阳光照亮了他和石榴红光滑的裸体,是在一张香水味和烟味很呛人的席梦思大床上,床下还有一双男人的塑料拖鞋。戴着橘黄色安全帽的宋怀良站在脚手架下情绪很稳定,他抬头仰望着灰色的天空,思索了一会儿,说:"江北四家网吧规模最大,效益最好,要么把你跟周小泉对调?"耿双河反咬周小泉的那件事宋怀良如鲠在喉,要是那个卖鱼的女人再跟周小泉弄出点风吹浪打来,那就不是在东江开公司,而是拿公司开玩笑了。见宋怀良这么一说,肖晨话锋一转:"我回去再跟石文玉商量商量!"

肖晨一走,宋怀良知道,对调泡汤了。

晚上回到家吴佩琳给宋怀良紫砂壶里泡了一杯"铁观音",斜靠在沙发上的宋怀良眼睛盯住电视里的选美比赛,穿三点式比基尼的美女们正在回答着一群目光不够纯洁的男评委们提出的一个个莫名其妙的问题:"我不认识李清照,所以我不知道赵明诚是韩国的还是台湾的。"吴佩琳打断宋怀良的目光,问:"石榴红和肖晨究竟怎么回事?男女纠纷、婚姻情感,这不该归公司管呀!"宋怀良从电视屏幕上抽回部分目光,说:"是不该公司管,可出了事,就是公司的事。这世上就两个人,一个男人,一个女人,世上千千万万个矛盾,归根到底就一个矛盾,男女矛盾。美国总统克林顿最近不也出事了嘛,跟那个莱温斯基闹出了绯闻,说到底也是男女纠纷。"吴佩琳被宋怀良一番奇谈怪论弄得晕头转向,一时无言以对。选美很无聊,宋怀良按了一下遥控器按钮,大屏幕上的比基尼美女和目光不够纯洁的评委们瞬间消失了。

这大半年，吴佩琳和宋怀良就像水乳交融后分不清牛奶和水的界限，可秋风一起，吴佩琳的睡眠出了故障，睡梦中网吧游戏彻夜厮杀，她时常在半夜里醒来，惊出一身冷汗，她信任了宋怀良，却信任不了网吧。这天晚上，吴佩琳下意识地抓起茶几上的遥控器，手指盲目地乱按了一气，电视上很快跳出一个火箭发射卫星的画面，她心不在焉地冒出一句："怀良，我怎么觉得网吧迟早要出事。"

庐阳"红楼梦网吧"在吴佩琳说这话的第三天出事了。

网吧里无法根据光线来判断天气和时辰，网吧里没有窗户，没有阳光，只有灯光和鼠标操控下色彩乱跳的屏幕，烟草的味道、薯条的味道、方便面的味道在密闭的空间里令人窒息。

七中初二学生小宝从电脑桌边一头栽倒在水泥地上的时间大约是下午三点左右，他栽倒的方式很独特，脑袋直接撞上电脑桌铸铁桌腿，满脸是血，摔碎的耳麦上溅满了滚烫的鲜血并渗透到汗湿的头发里。那时候，电脑游戏中的杀戮还在继续，屏幕内外一片血腥。小宝昏了过去，他靠一包六毛钱的饼干和一瓶"可乐"在电脑上大打出手、杀人如麻已经三天三夜了，他没有把屏幕上的敌人消灭，却把自己撂倒了。小宝栽倒的姿势和声响搅乱了网吧里固定的格局，先是一片惊恐和惊恐中的尖啸，紧接着网吧里三十多个网虫弹片一样飞了出去，没一个人埋单。

小宝父亲手抓半截断砖冲进网吧，这个肌肉发达语言迟钝的男人，拿过庐阳市运动会举重第三名，进网吧后一句话不说，对着吧台猛拍一砖头，吧台上的 POS 机碎成了一堆电子零件，嘴角长着一颗红痣的收银员小玲刚想阻拦，举重第三名手轻轻一扫，小玲后仰跌倒在地，等到她爬起来时，电脑已砸烂了六台。吴佩琳赶到"红楼梦网吧"，眼前的场景比深夜里的噩梦更加恐怖，于是发疯似的冲过去侧身挡住即将遭殃的第七台电脑，声音像是被扭曲的麻花："网吧是我开的,电脑无罪,你要砸就砸我!"吴佩琳像刘胡兰一样将脑袋倾向举重第三名气急败坏的砖头,举重季军被吴佩琳大义凛然的气势镇住了,手臂僵在空中,砖头掉到了地上,并砸中了地上的一个四分五裂的键盘。小宝母亲是神经病医院的一位医生,她指着一片狼藉的网吧,语言犀利条理清晰地训斥吴佩琳:"孩子没自控力,被你们引诱进来,不学习,不吃饭,不回家。小宝才十四岁,还未成年,你们是千千万万家庭的罪人。"她沾染上药水气味的手,指着泄了气的吴佩琳,"你没资格理直气壮,衣冠楚楚的后面窝藏着一颗见利忘义、祸国殃民的黑心。等我儿子出院后,我们法庭上见!"吴佩琳见小宝母亲不依不饶,情绪激烈反弹:"网吧是政府批准的,合法经营,你儿子也是持合法身份证来网吧的。你说你儿子未成年,身份证哪来的,家长是怎么监管的? 告诉你,六台电脑,还有 POS 机,四万多,一分不能少! 我会把你们送上法庭!"

警察来了,神色严厉的警察将吴佩琳还有小宝父母统统塞进警车。

一路上,警察过于倾向性的态度,吴佩琳无法接受:"我是网吧合法经营者,不是犯人!"办案警察的鼻子有点塌,他黑着脸训斥吴佩琳:"未成年孩子进你网吧,三天三夜,昏倒送进医院,你这跟谋财害命有什么两样? 不是我把你当犯人,是你自己把自己锤炼成了犯人。"警车里的吴佩琳无力反驳,脸憋得通红,呼吸卡在喉咙里,进出两难,似乎下一分钟心脏就要停跳,她努力平息颠簸的内心,目光转移到车窗外,窗外大街上行人步履匆忙神色紧张,像是犯人的姿势,风刮起路面上的一片铁青色泡桐树叶,飘到低矮的空中又落到了地上,一双旧皮鞋毫无目的地踏了过去,树叶被皮鞋误伤。

派出所里做完笔录,那位塌鼻子警察对吴佩琳和小宝父母说:"是治安事件,还是刑事案件,回去等案件定性!"他将塌陷的鼻子转到吴佩琳的方向,"你注定吃不了兜着走,回去找一个律师为你辩护!"

回到公司，吴佩琳把所有责任都揽到自己头上，她对宋怀良说："没管好网吧，是我的责任，我不是当领导的料！"宋怀良安慰她："我也很生气，但不能泄气。干企业做买卖，这算什么事，开饭店、开歌厅哪天不遇到打架、闹事、动刀子的，砍断腿、打破头是常事。你不要想得太多，这个事，我来处理。"宋怀良没有一句责难，主动善后她惹来的祸患。

出事后的每一个黄昏都很漫长，天黑下来后，路灯亮了，暂停营业的"红楼梦网吧"在黑灯瞎火的噩梦中等待着警方和文管部门的最后裁决。不到一礼拜，警方处理决定下来了，双方各打五十大板，小宝父母监管不力，直接导致孩子上网三天三夜昏倒；未成年小宝拿一张假身份证进网吧，网吧审查不严，致孩子上网三天三夜无人制止。小宝父母说孩子住校，不知道跑出来上网，与父母无关；警方找到校方，校方拿出小宝请假条："我爸病危住院，特此请假五天。"举重第三名看到请假条气得腮帮子上肌肉一气乱颤，嘴里直冒粗气，像是得了急性肠梗阻的一头牛。警方最后强制性的调解方案是，小宝父母赔偿被损毁的电脑和POS机一半的损失，两万二千元，网吧承担另一半损失，同时承担小宝抢救和医疗费六百块。小宝父母死活不同意，先前那位训斥吴佩琳的塌鼻子警察鼻腔虽不流畅，可声音却火力十足，他挥舞着攥过手铐的手，训斥小宝父母："孩子撒谎，拿假身份证骗网吧，你们教子无方，还砸人家电脑，毁人家场子，叫你赔一半算是客气的了。要上法庭，一分都少不了！"事情在一个有风的黄昏摆平，举重第三名低下失重的脑袋，接受调解，吴佩琳没怎么说话，她一直看着派出所外地面上卷起的灰尘，她想看到风经过的线路，一无所获，像是从东到西，又像是从西到东。

事情摆平了，吴佩琳心里抹不平，被砸了场子还让警察训了个鼻青脸肿，相当于当众被扇了一个耳光，又像是被人指着鼻子破口大骂了整整一个秋天，这种感觉频繁地刺激着吴佩琳玻璃般脆弱的自尊。

一连好几天夜里,她在那张宽阔的席梦思大床上惊醒。这天夜里,宋怀良被吴佩琳激烈反弹的身子撞醒,他按亮床头灯,看到披头散发的吴佩琳一脸的迷茫和惊悚,问怎么了,吴佩琳对着天花板说:"一米七的个子,有身份证,网吧又不是破案的,哪知道假的。警察凭什么那么凶。那孩子的爸像个土匪。"宋怀良揉着疲倦的眼睛轻轻地搂过吴佩琳:"挣钱叫'苦钱',辛苦,受苦,痛苦,正常。别想太多,睡觉吧!"吴佩琳想对丈夫说自己不想"苦"钱,宋怀良身子一歪又睡着了,晚上他跟市政工程处丁处长喝酒,一进家门就钻到厕所吐了,房间里稠密的酒气和空气混为一体,挥之不去,吴佩琳怀疑自己是被酒精呛醒的。

　　一夜之间,吴佩琳对网吧失去了管理的热情,宋怀良叫她到各地十二个网吧巡视,再召集各地网吧主管到庐阳开会,严防死守未成年人进网吧,吴佩琳对宋怀良说:"我要是召集网吧主管们开会,就是讨论网吧还有没有必要开下去。"宋怀良有点丈二和尚摸不着头脑:"网吧是国家批准的,好多人想干,没钱投入,好多人还没发现里面商机,这绝对是跟当年卖公墓一样的项目。等到全中国都开网吧了,我们就不开了。"宋怀良很忙,他常常跟吴佩琳说了一个开头,电话响了,又出门去了。晚上回家,又忘了白天的话题说到哪儿了。

　　吴佩琳巡视网吧和召集主管开会的计划被冬天的风吹得无影无踪,吴佩琳自己也忘了。冬天萧瑟的气息持续败坏着吴佩琳受伤的情绪,城市开始结冰的日子,吴佩琳接到了王丽丽的举报:张月秀和赵超看张学友演唱会,门票拿到公司账上报销了。张学友庐阳演唱会,宋怀良开后门买了两张,叫张月秀陪吴佩琳看演出散心,吴佩琳说没心情,宋怀良把票分别给了张月秀和赵超,没想到他们把私人看演唱会,当成了公务。

　　一个光线晦暗的午后,赵超来公司盖合同章,吴佩琳漫不经心地问了一句:"你跟月秀谈情说爱的演唱会门票,是不是拿到公司来报了?"赵超嘴里咬着香烟,回答得也很随意:"票是怀良买的,你不去看,我顺便捡了个便宜。要报也是怀良报的。不是我花钱买的票。"接着,他很隐秘地将脑袋凑向吴佩琳:"吴总,月秀老是跟我若即若离,她是你妹妹,听你的,帮我多美言美言!"吴佩琳还没来得及搭话,赵超又追问了一句,"王丽丽跟你说过什么没有?"吴佩琳摇摇头。

看演唱会散心,是为吴佩琳好,宋怀良事先不跟自己说,却跟张月秀商量,跟别的女人一起谋划自己的女人,往深处一想,吴佩琳心里凉飕飕的,但她还是告诫自己,用一年时间学会说话,用一生时间学会闭嘴,好几次在家里的餐桌上,在床上,吴佩琳想说,都忍住了。从小在父母吵闹和暴力氛围中形成的焦虑和恐慌,长大后演化成对风吹草动的灾难性想象,克服不了风声鹤唳的敏感,就没法帮上宋怀良。那天吴佩琳在枕头边欲言又止时,宋怀良问:"你想说什么?"吴佩琳说:"你应该去洗一下澡!"宋怀良乖乖地下床去洗澡了,接下来又是一个激情燃烧的夜晚。宋怀良在激情燃烧过后,搂着汗湿的吴佩琳:"据说情绪是会相互传染的,女人情绪不好,男人就自动报废。网吧被砸后,你一直情绪不好,我叫张月秀陪你看张学友演唱会,你不看,我只好叫赵超去看,好在你总算缓过劲来了。"心生愧意的吴佩琳贴着宋怀良的胸脯,一脸娇羞:"我想让你陪我看。两个女人看演唱会,没意思!"宋怀良搂紧吴佩琳:"那几天西市区工会的职工之家谈不下来,每晚都要喝酒,再说,我不喜欢张学友,我喜欢张雨生。"

网吧生意的全面火爆,掩盖了吴佩琳管理上的官僚主义,不去实地检查监督,全靠电话往来指挥,外地主管回庐阳报销票据时顺便说上几句,她也就顺便提几句不痛不痒的要求。情绪缓解过来的吴佩琳,在理解了做生意不能由着性子来后,打算年底前把主管们招到庐阳开会,在国家管理规定之外,再出台一个精细化的《公司网吧管理规范》,吴佩琳跟宋怀良商量,各个主管不得私自离岗,前台卡死进网吧年龄,网管卡死赌博网站,卡死在网上的色情勾引,重点监控交友网站和婚恋网站,她想告诉主管们:公司不缺钱,不义之财坚决不赚!

吴佩琳找来王丽丽,叫她去"四季大酒店"安排住宿和会议室,吃饭就放在"大三元"酒楼,会议时间定在腊月二十三,小年夜。王丽丽安排停当,拿着打印好的会议通知给吴佩琳审定,吴佩琳叫小倩从网上传到各个网吧去,不发纸质通知。小倩走后,天色将晚,王丽丽在昏黄惨淡的光线里,突然在吴佩琳面前哭了起来。吴佩琳一下子愣住了,问怎么了,王丽丽抹着眼泪说:"赵超不是人! 佩琳姐,吴总,我爸死了,我妈住在船上,没人管我,没人帮我,你得为我做主呀!"

吴佩琳站起身,拉起王丽丽坐到办公室的三人沙发上,她递给她一张纸巾:"别着急,慢慢说!"

王丽丽二十六岁了,如果不涂脂抹粉的话,看上去像三十六岁,她的皮肤比较粗糙,这与她船工父母的遗传以及从小生活在船上有关。王丽丽向吴佩琳哭诉当年赵超勾引她,把她甩了后,现在跟张月秀一起去看张学友,还把门票拿到公司来报销。她抹着眼泪,哭得肩膀乱颤,脸上的脂粉一败涂地:"他答应娶我的,离婚了,为什么要跟张月秀勾搭? 我打胎那天,走不动路,晕倒在马路上。他老婆骂我是贱货,轰出门不算,还被她踢了一脚。"吴佩琳实在想不明白拿过市里数学竞赛三等奖的学生不去考大学,而要去当保姆,在吴佩琳追问下,王丽丽抽泣着坦白交代:"佩琳姐,获奖证书是假的!"王丽丽伯父为了给她谋一份轻松一点的活,花一百二十块钱找电线杆上的"南洋证件公司"做的。吴佩琳听了王丽丽的哭诉,脑子里乱成一锅粥,仗义疏财、热心周到的男人赵超在吴佩琳的眼前变成了一堆被大火烧散了架的自行车残骸,泛起一股令人作呕的焦煳味。要是由着性子来,吴佩琳脱口就会骂王丽丽:男人勾引你,你就那么轻易上钩,不自重,不要脸。可她忍住了,王丽丽被赵超勾引到手那一年,才十八岁,还是个孩子。这个赵超,开批发部,有几个钱了,就开始对女人下手,不过,他对男人也慷慨,不拿回扣,不贪钱财,无私地帮宋怀良。吴佩琳不知道人怎么会像是变魔术一样地活着,明明看到迎面走来的是一只鸭子,走到你面前的却是一条摇着尾巴的狗。赵超形象瞬间崩塌,吴佩琳眼前的这个黄昏就变得似是而非,她比较中庸地安慰着王丽丽:"不要难过,吃一堑,长一智。跟月秀看演唱会,也许是赵超故意试探你的,哪有说话不算数的。"王丽丽立即打断:"不是,赵超到公司上班后,从来都不理我。上个礼拜四早上七点二十,我看到他和张月秀并排骑着自行车,一起从五里井巷子里出来的。他们一只手扶着车把,一只手抓着吊炉烧饼。"吴佩琳反问道:"七点二十,你怎么跑到五里井巷口去了?"王丽丽脸上一阵慌张,没吱声。

下午五点半,宋怀良关了办公室的门准备陪人防办客户去"半汤温泉"吃饭泡澡,见王丽丽踉踉跄跄地捂着眼睛从隔壁吴佩琳办公室出来,零零碎碎的抽泣声一路尾随,宋怀良就进去问吴佩琳:"丽丽犯什么错误了,怎么哭成了那样?"办公室里没开灯,吴佩琳坐在昏暗的光线里,问宋怀良:"赵超究竟是一个什么样的人,你应该了解吧,难道我们两口子都看走了眼?"吴佩琳问得有些诡异,宋怀良心里一惊,赵超勾引保姆的罪行肯定败露了,怎么回答?宋怀良一时解释不清,也不想草率地在老婆面前给赵超定性,于是,他调整了一下语速,说了一句没头没脑的话:"我了解的跟你一样多。"吴佩琳继续追问:"赵超要我帮忙撮合月秀,又冒出了个王丽丽,这是个什么人?"宋怀良应付着说:"我也弄不清是什么人,也许有误会。人防办王主任非要安排到半汤温泉,路上坑坑洼洼的,赶过去得要一个小时。"黄昏掩盖了宋怀良脸上短暂的惊慌,吴佩琳从沙发上站起身按亮室内的灯,灯光照亮了宋怀良离去的后背。

快到年底了,公司的好消息一个接一个,各分公司和各个网吧数据报上来后,宋怀良对吴佩琳说了一个成语"捷报频传",他想用捷报频传来稀释和淡化吴佩琳对赵超的追问,吴佩琳素来散淡,天下事、公司事常常也是有口无心说了就忘,后来吴佩琳确实没有再问过赵超的事,宋怀良以为此事就过去了。有一次两口子闲谈时,吴佩琳随口冒出一句:"你说过这个世界上,就两个人,一个男人,一个女人。所以,男人和女人的事就是世上天大的事。"吴佩琳没头没脑这么一说,显然是提醒他必须解释赵超和王丽丽的关系,宋怀良很马虎地应付说:"哪天我俩一起把赵超和王丽丽叫到一起,问问究竟是怎么回事。"吴佩琳说:"我不问。"

吴佩琳不问赵超,问张月秀。

公司分橘子,吴佩琳打电话叫张月秀过来一趟,在汇通大厦楼下签字领了十二箱橘子,张月秀安排耿小五子开江淮轻卡送商场,自己上楼去了,张月秀进门叫了声"佩琳姐",吴佩琳站起身拉着张月秀的手,盯着她脖子上的一条橘黄色丝巾:"丝巾真好看,哪来的?你气色也好,跟个小姑娘似的!"说话间姐妹俩就坐到了三人沙发上,张月秀从脖子上扯下丝巾:"赵超到杭州出差买的,我送给你!"吴佩琳推开张月秀递过来的丝巾:"赵超的定情物,哪能随便乱送呢。"张月秀说:"建材商场的小姑娘每人送了一条,又不是专门为我买的。"吴佩琳说:"又犯傻了,赵超这是掩耳盗铃,你这条丝巾是所有丝巾里最大的一条,也是最漂亮的一条!"吴佩琳真是厉害,赵超送丝巾那天,板材专柜的小闻在大伙试戴时当场就说:"赵总偏心,给张会计的丝巾跟我们的不一样。"张月秀有一种被揭穿的尴尬,她没反驳,手里攥着绣有西湖风光的丝巾,如同攥着一个在法庭上被固定的铁证。

吴佩琳倒是若无其事,她给张月秀递了一罐百事可乐:"赵超对你怎么样?"

张月秀说:"很好呀!"

吴佩琳静静地看着张月秀脸上的表情变化:"难怪呢,我不看演唱会,你就去约赵超了。"

张月秀不想在敏感的吴佩琳面前掩饰什么,实话实说:"不是我约的,是怀良安排赵超一起去看的,说一张票三百六十块钱,浪费太可惜了!"

"两个人手拉着手看张学友,蛮浪漫的,我跟怀良这么多年都没看过演唱会,还是当年在大山里看过石榴红跳脱衣舞,那声音鬼哭狼嚎似的。"吴佩琳说了几句闲话后,试探张月秀对赵超的真实评价:"赵超挺仗义的,你晓得的,公司第一桶金,就是他帮我们挖来的,当初我跟怀良什么都不懂,谈价格,进装修材料,全靠他,怀良要给他点辛苦费,一分不要,他叫怀良回来给我买身好衣服,说我脚上的鞋子都开裂了,我心目中的好男人形象就是赵超。可就一笔买卖,赵超被骗了精光,批发部垮了,老婆离了,真够倒霉的。找男人,钱不钱无所谓,靠得住才是第一位的。"

张月秀将易拉罐百事可乐放到茶几上,从烟灰色皮革包里掏出塑料杯,喝了一气茶水,清清嗓子,竹筒倒豆子一样一股脑儿全倒了出来:"佩琳姐,我知道你和怀良是好心,一开始我也是把赵超当做靠得住的男人,前些天王丽丽找到我,哭得上气不接下气,我就糊涂了,赵超跟保姆王丽丽打过两次胎,还答应过要娶王丽丽,不知道是真是假,我也不想问。这么长时间相处,我跟赵超只能是商场经理和会计之间的关系,不可能再有其他关系。"

吴佩琳又试探着问一句:"假作真时真亦假,无为有处有还无。赵超是不是到过五里井,比如晚上送你回家,或者给你送点什么好吃的?"她想旁敲侧击地验证一下王丽丽说的一清早看到两人从巷子里钻出来的真实性。

张月秀也不回避:"是有过。跟魏国宝离婚后,我对花言巧语的男人,一百个不放心,他越献殷勤,我越不给进门。姐,怀良没给你说过好听话吧?"

吴佩琳全明白了,王丽丽说的不是假话,她接受不了戴着面具的赵超蒙骗了这么多年,宋怀良是不知道,还是装着不知道。

张月秀临走的时候，眼睛有些湿润："佩琳姐，我跟你一样，眼睛里揉不进沙子，可我没你命好。我妈还在新疆呢，没人逼我结婚，我不稀罕男人！"从小到大，这是吴佩琳听到张月秀说的最有力量的话。

张月秀在吴佩琳面前没哭，她在宋怀良面前哭了。上班路上，五里井巷口出来刚拐上淮水路，张月秀和宋怀良不期而遇，冬天清晨冰凉的阳光覆盖着行人的脑袋和路边光秃秃的法国梧桐，张月秀从自行车上下来，看到宋怀良，一肚子的委屈和伤心无法控制，她扶住宋怀良自行车把，身子站立不稳，眼泪断线似的流下来："我听你的，把他看成和你一样的男人，可王丽丽又是怎么回事？怀良，这么多年，即使佩琳姐不信任你，我一直信任你。你跟我说实话，王丽丽说的是不是真的？你是不是早就知道王丽丽和赵超的事？"宋怀良大清早被泼了一头冰水，彻骨的寒冷刺激着他动荡的神经，他很糊涂地说："王丽丽说了什么？我只知道她原来是赵超家保姆，孩子上了幼儿园，赵超推荐她过来当会计。她获过市里中学生数学竞赛三等奖，赵超给我看过证书。"

张月秀见宋怀良一脸的无辜和茫然，就不再往下说了，她比吴佩琳更信任宋怀良，于是就对宋怀良说："我不想在建材商场干了，你把王丽丽调过去！"

路边行人很好奇看着大清早一男一女站在路边说话，宋怀良示意张月秀边走边说，这时赵超骑着自行车飞快地冲了过来，他几乎是从车上蹦下来的，手忙脚乱中将一个荷叶包着的糯米饭团塞到张月秀手里："我跑到荷叶街，才买到正宗的，泰国香糯，里面夹的是'鸿盛庄'油条，那真叫一个绝！"张月秀接过荷叶包着的饭团，像是接过一颗地雷，胳膊和手指紧迫而僵硬，宋怀良话里有话地问："每天都送早饭？"赵超狡猾地辩解："就一次，还被你看到了。"见张月秀眼角挂着泪痕，赵超有些摸不着头脑："月秀怎么了？"宋怀良抢上去说：

"是不是风大,灰尘眯的?"张月秀默契地点了点头,她将饭团塞给宋怀良:"宋总你不是说还没吃早饭吗,给你!"宋怀良愣住了,没说过早饭的事呀,他没接,说:"月秀,你骑车先走,我跟赵经理说句话。"

张月秀骑上车走了,宋怀良用脚踹了一下赵超自行车后轮,赵超随着自行车很危险地晃了一下,一辆汽车从身边急速驶过,扬起的灰尘呛得赵超连续咳嗽了几声。赵超咳嗽着问:"兄弟,宋总,跟我挑明了说,张月秀是不是变心了? 这些天,对我不冷不热的。"宋怀良望着热锅上蚂蚁一样的赵超:"王丽丽打胎的事,她是怎么知道的?"赵超说:"知道就知道呗,这有什么了不起的,都是过去的事了。"宋怀良急不可耐地暗示赵超:"你跟王丽丽的事,我一点都不知道。王丽丽来的时候,我只知道她是你家保姆。明白吗?"赵超没太明白宋怀良的话,但他明白了这个谜语的谜底:"是王丽丽捣的鬼,这个死丫头,存心要把我和月秀拆了。我他妈的废了她,反正老子现在已经被女人搞得倾家荡产了。"宋怀良对赵超的愤怒更为愤怒,念及当年的关照,说话才极力克制住心里的冲动:"老赵,你是自己把自己搞得倾家荡产的,不要往女人身上推。你得想办法把这事给摆平,公司是做装修业务的,不能整天被男男女女的破事搅得鸡飞狗跳的。你记住了,我不知道你跟王丽丽的事,懂吗?"赵超点头肯定,又多此一举地往外延伸了一下:"佩琳要是问起来,我就说你不知道。"宋怀良说:"我只知道你是做生意被骗光了钱财才到我们公司的,你跟艺校跳舞小丫头的事我从来就没听说过。"赵超的脑袋对着太阳和太阳下方一个大烟囱的方向,坚定地点了点头。

过了元旦,新年就不远了。新世纪第一个新年对赵超来说是借尸还魂、起死复生的一年。建材商场开业不到一年,净盈利三十六万,按3%提成赵超拿到奖金一万零八百,公司财务处主办刘会计给他发了一捆钱,酸溜溜的话说了一大堆:"抵我们一年半的工资。"韦晓丽在财务部堵住赵超:"赵经理,你要是说话不算数,可别怪我们不给你面子!"怀揣着一大包钱的赵超对韦晓丽拍着胸脯:"礼拜六晚上,徽府大酒楼。你跟刘会计,还有公司里的弟兄,一起打车过去,打的票我付。"

赵超在徽府大酒楼摆了三桌,宋怀良说何必放自己血,公司年底要集中聚餐。赵超说羊毛出在羊身上,没有各部门、各分公司照顾生意,哪有今年的开门红,大家图个高兴。宋怀良听说邀请名单中还有王丽丽,问:"她不会当着那么多人面搅局吧?我们是正规的公司,不是草台班子。"赵超一副大功告成的轻松:"搞定了。"

三天前,赵超在沿河路出租屋找到王丽丽,他问王丽丽有没有做什么出格的事,王丽丽说我没做出格的事,是你做了出格的事,赵超知道她指的是什么,就甜言蜜语地将已经卸妆的王丽丽搂在怀里,虚情假意地掏出一千块钱塞到她穿着睡衣的乳沟里:"奖金就是外快,相当于走路捡到的,见者有份,可不要嫌少。"接着又温柔地轻轻咬着她的耳朵,"我现在是商场的老总,你在宋总身边都好几年了,知道该怎么维护领导形象。是吧?"王丽丽被赵超的温柔和自己乳沟里的一把票子感动了,她点点头,说:"我不会缠着你的。"说着就吊着赵超的脖子倒在混浊空气中的一张单人床上,赵超有些勉为其难,王丽丽嘴里吐出魔鬼般的声音:"五里井老屋里被掏空了?"赵超用没来得及脱的皮鞋蹬灭了床头的开关,屋内一片黑暗,黑暗中波涛汹涌。关于当年赵超和王丽丽的苟且往事,赵超对宋怀良的解释是一次酒喝多了,回家倒在了床上头晕目眩,保姆王丽丽给他端来一杯水,喂他喝水,喂着喂着就把身子也喂到床上去了,那天他老婆去扬子江剧院看黄梅戏《天仙配》夜里十二点才回来。宋怀良不相信赵超的解释。

徽府大酒楼的青砖白瓦马头墙,做旧如旧的中堂、屏风、木雕、砖雕、黄宾虹、八大山人的山水,真真假假,假假真真,没人当真,也看不懂,食客们的兴奋点在臭鳜鱼、刀板香、一品锅、毛豆腐这些徽菜的口味是否地道正宗。晚六点，公司在庐阳的中层领导，还有商场的二十一名职工陆陆续续走进了弥漫着臭鳜鱼味道的酒楼，许多人嗜臭如命，闻不到臭味，抓不动筷子。最初吴佩琳不愿来，宋怀良做通了吴佩琳的思想工作："破产的人灰头土脸，抬不起头来，花钱摆酒席，是要找回丢掉的面子，你去，不是吃饭，是给他面子，是见证他咸鱼翻身。再说了，月秀肯定也希望你去，上次他俩去看张学友演唱会，据说还拉手了。"吴佩琳不想蹚工作之外的浑水，也不想把话说白，就装糊涂地说了一句："这么说，你这个红娘还当成了？"宋怀良很谦虚地说："不过给他们创造一个机会，还得看两人有没有缘分。"宋怀良这通言不由衷的假话显然是为了掩盖其知道赵超拈花惹草和情债累累的真相，他激动于自己蒙混过关，又沮丧于自己把假话说得情真意切天衣无缝。

三楼莲花厅，镂花木雕隔断打开，三桌酒宴在同一个空间开席。

赵超举杯前说了一大通感谢的话，感谢宋总和吴总的栽培，感谢各部门、各分公司支持、感谢商场员工辛勤付出，赵超说话的最大特点就是你想听什么话，就给你说什么话，什么话好听，就说什么话，这是他在女人那里频频得手的绝活。一番文过饰非的好话过后，他提议："大家放开来喝，白酒、红酒、啤酒，喝趴下了，才是英雄豪杰！"

耿双河、周小泉、肖晨特地赶回来捧场，跟宋怀良、吴佩琳坐一桌，杯子一端，气氛瞬间热闹混乱，过于兴奋的赵超，主桌打了一个通关，七八两下肚，脑袋就不做主了，西服便装上泼洒了不少酒水和酱油汤，他一手端着酒杯，一手抓着筷子，他用筷子指向耿双河与周小泉，硬着舌头对身边张月秀说："你看，弟兄们坐长途汽车赶过来喝酒，天大的面子呀！"为表示敬意，他跟耿双河周小泉干了满满一茶杯。吴佩琳不敬酒，也不说话，她正处于对赵超的颠覆性的认识和分析过程中，被酒精冲昏了头脑的赵超突然心血来潮地要吴总说几句话，提点建议和希望，吴佩琳不说，他就一杯接一杯地往自己嘴里灌酒，场面有些失控，吴佩琳终于站起来，下面顿时鸦雀无声，她迟疑了一会儿,目光正视着赵超,声音很平静:"赵经理在仗义、热情之外,还有正派、规矩、细心,举一个例子,当年帮我们挣到了第一桶金后,公司要给他一点回报,他一分不要,他要怀良给我买一身好衣服、一双鞋子,他看到我脚上的皮鞋破了。这么多年,赵超满足了我对好男人所有的想象。"下面热烈鼓掌,掌声里,赵超对大家频频点头,颔首致意,以努力调整着好男人的形象,只是酒喝得太多,身子没法站直。

掌声平息后,吴佩琳看了看赵超,又看了看张月秀,整个过程中,张月秀跟赵超没有一次互动,站着的吴佩琳继续说:"赵经理人很能干,很聪明,很会说话,他智商高,情商更高,"吴佩琳目光突然转向赵超,"情商高的男人容易让女人放松警惕,丢掉灵魂。通俗地讲,就是没脑子了。赵经理拿了这么多奖金、提成,现在也是有钱、有身份的男人了,赵经理要我给他提点建议,我的建议是:情商高的男人,不要去祸害女人,尤其不要去祸害那些手无寸铁的女人!"吴佩琳的语气,到最后一句的时候,严肃、严正到有些严厉。

掌声没有响起来,所有准备鼓掌的手僵持在盘子和酒肉上方,不知所措。喝多了的赵超听到最后一句,嘴上的一圈小胡子短暂地抽搐了几下,挠了挠头,猝不及防中突然蒙了,宋怀良张着嘴,不是要说话,而是震惊得说不出话来。

徽府酒楼里古典的灯光照亮了桌上的杯盘狼藉和人们朝三暮四的脸,包厢内烟酒稠密的气味令人窒息,不知是谁打开了一扇木质的窗子,外面尖锐的冷风,直扑屋内,少数人打了一个寒战。

王丽丽给吴佩琳送来网吧主管会议方案,吴佩琳看了一眼对王丽丽说宾馆会议室不用租了,在公司业务洽谈室开,省点钱。见王丽丽一脸脂粉,表情轻松得有些轻佻,跟那天哭诉悲惨往事判若两人,吴佩琳就有些不爽:"丽丽,你脸上的化妆粉太重了,脖子跟脸之间像是划了一条国界线。"王丽丽嬉皮笑脸:"一早出门,匆匆忙忙,没太在意,反正也嫁不出去,无所谓了。"吴佩琳问:"赵超都四十了,半老头子了,你就那么想嫁给他?"王丽丽嘴里嚼着口香糖,声音里却没有甜味:"佩琳姐,我哪会嫁给他,你想,今晚跟我睡一个枕头,明晚去五里井跟张月秀搂一夜,后天可能就在洗头房跟小姐缠到按摩床上了,这样的男人靠不住的。男人有了几个臭钱,最想干的一件事就是再找几个女人,其次才是再办几个企业。"吴佩琳问既然不想嫁给他,为什么那天哭得那般撕心裂肺死去活来的,王丽丽说她看不得赵超在她眼皮子底下跟张月秀胡搞。

王丽丽刚出门,办公桌上电话响了,秦大姐打来的。年关快到了,秦大姐要去五里井老屋拿篾制蒸笼蒸包子,蒸包子图个来年"蒸蒸日上"的吉利,五里井老屋的钥匙在吴佩琳包里。吴佩琳提前下楼,骑着自行车去了五里井,五里井的巷子更加残破了,一些街坊搬走了,一些街坊在等待着拆迁,现在的五里井就像一个行将就木的老人,正在消耗着最后残存的时光,吴佩琳想起当初义无反顾地投奔五里井,看着门前那棵光秃秃的老槐树,她感动于干枯的枝杈没死。

吴佩琳在五里井老屋里被江北市警察堵个正着。

警车在门外闪烁着恐惧的灯光,那位酒糟鼻子警察手里拎着手铐命令吴佩琳:"扔掉手里的蒸笼,双手抱头,靠墙蹲下!"吴佩琳手里的蒸笼不是扔掉的,而是被吓掉的,自上次网吧事件被警察劈头盖脸教训后,吴佩琳当年在派出所里跟警察叫板的勇气已彻底丧失,她一时缓不过神来,没有蹲下,也没有抱头,而是噩梦般惊呆了。

吴佩琳很麻木地被警察塞进警车,脑袋一片恍惚,她梦游似的看着警车外面浑身发抖的秦大姐,还有巷子里收工回来的五里井街坊,蹬三轮的赵国发从车上跳下来,他嘴里叼着香烟,手里攥着油光闪亮的杀猪刀,挡住警车:"你们不能随便抓人!"那位酒糟鼻子警察从车窗里探出脑袋,甩动着手里的手铐:"你要是不想尝尝这玩意的滋味,就给我走开!"赵国发兔子一样跳到路边,手里的杀猪刀掉到了水泥地上,坚硬的水泥地上溅起些微火星。

网管会议还没来得及开,江北"跳动网吧"出事了。一个网名叫

"疯牛"的十八岁技校学生，在网吧上浏览了一晚上黄色网站，赤裸裸的动物世界，迅速唤醒了"疯牛"的动物神经，后半夜两点多，他扔掉耳机，出了网吧，在秋水河边将一个下夜班的打工妹强奸杀害。网吧主管石榴红先一步被警方扣留，怀琳文化有限公司总经理、法人代表吴佩琳涉嫌传播黄色淫秽罪被拘捕。

空气冰凉的审讯室里，循环播放着案发现场录像，吴佩琳看到被手铐铐牢的"疯牛"是个稚气未脱的孩子，像是刚从教室里下自习回来，只是肩上没背书包，河边杂草丛生的树林里，一个女孩趴在草丛中，看不到脸上的惨状，能看到头发杂草一样混乱，右腿上牛仔裤被撕烂，裸露的后背上散落着几根枯草，像是枯萎的血管，死者19岁，辍学打工挣钱给上大学的弟弟交学费而惨遭不幸。案件过于血腥，看完录像，吴佩琳和警察都有些情绪失控，吴佩琳头埋在审讯椅子搭板上，失声大哭，刑警见惯了案犯的撒泼和廉价的眼泪，表情冷酷地拍响了桌子："哭什么哭！鳄鱼的眼泪就是这瓶矿泉水。"那位气愤过度的刑警举着手里的矿泉水瓶，"老实交代，传播黄色淫秽内容的方案、对策，要滑头，从重从严！"吴佩琳抹着源源不断的眼泪，声音哽咽得不够连贯："我对不起，对不起女孩，我要赔偿人家损失。我要跟怀良说，网吧全关掉。"那位做记录的刑警看上去有些疲倦，见吴佩琳不交代传播黄色淫秽的关键，他向主审刑警侧过脑袋："都快半夜了，要不要给她加点'餐'？"主审刑警没接话，目光继续直逼吴佩琳："你知道靠传播黄色淫秽内容赚了多少黑心钱，但你不知道坑害了多少孩子。闹出人命来了，晓得哭了。早干什么去了！网管为什么不管？那个叫石榴红的已经招了，江北四家网吧故意让青少年浏览黄色网站。"

听不到审讯室外冬天的风声，但能感觉到审讯室窗玻璃上正在结冰，死去的打工女孩在这个夜里阴魂不散，吴佩琳看到死不瞑目的女孩在黑夜里奔跑，嘴里呼喊着救命。她从幻觉里收回目光，望着两位失去耐心的刑警："我有罪，判刑坐牢，抵命我也认了。我说过了，我没有传播黄色淫秽的策划,也没有方案。每个网吧的墙上都贴了遵纪守法的告示。"那位记录的警察沉不住气了,手中的黑色碳素笔狠狠地砸着桌面:"贴在墙上的警告跟印在烟盒上'吸烟有害健康'一样,骗谁呢? 一晚上看了三个多小时黄色网站,网管干什么去了,你们这些昧着良心的不法奸商,都他妈的靠发不义之财。你要是有女儿,被看了黄色视频的流氓强奸了,我看你怎么面对? 你没有传播黄色淫秽的方案和策划,你拿一份防止网吧涉黄的管理方案来,你有吗?"

网吧法人吴佩琳,平时注意力放在网民以恋爱的名义,游戏情感和欺骗女性上,她在网上也碰到过黄色网站,肮脏龌龊到令人恶心,她以为别人跟她一样顺手就切换掉,不会有人看。网吧主管向她反映最多的是网吧里打游戏失控,没说过上黄色网站的事。审讯室里,她唠唠叨叨地不停重复:"我对不起打工女孩,我要跟怀良说,要赔人家钱。我没故意传播黄色淫秽。我以为没人会上那网站。我几次想开会,人凑不齐,没开成,我工作马虎,不负责任,我不是当领导的料。我有罪!"

吴佩琳正要重申自己愿意坐牢抵命,审讯室里的电话铃响了。两个警察面色迷茫地交头接耳了几句,站起身,手里捧着玻璃茶杯和沾满了烟味的审讯记录,到门外走廊里去了,他们离开审讯室时说了一句:"活见鬼了!"

大约过了五分钟,门外一阵冷风卷进来,吴佩琳的牙齿像是咬到了一粒沙子,痉挛着硌了一下。手里攥着一张纸质文件的一个警察嘴里冒着热气进来了,他很沮丧地对吴佩琳说:"回去吧! 开好了的拘留证,白费了。"

走出刑警队的审讯室,已是后半夜一点四十分,整个城市都已睡着了,门外公司的"尼桑"轿车在寒风中闪烁着跳灯,吴佩琳看到站在风中的宋怀良嘴里咬着香烟,头发在风中上下翻飞,她像地震中一个死里逃生的幸存者,冲过去扑倒在宋怀良怀里,张着嘴,却哭不出声音来了，全身电击般地抽搐着，宋怀良轻轻拍着吴佩琳剧烈痉挛的后背："没事了。我叫林一勺新熬了一锅汤，为你接风。都在店里等着呢。"

一路上，吴佩琳嘴里不停地呢喃着："网吧，关了，不能再开了。怀良，答应我，关了。"宋怀良不会在此刻讨论或答应吴佩琳的痴人说梦，只是说："别着急，回去以后再说，好吗？"吴佩琳像一只受伤的猫蜷缩在宋怀良的怀里，有那么一个瞬间，恍惚中的宋怀良抱着吴佩琳像是抱着一个虚空的枕头，枕芯被网吧掏空了。他的手在黑暗中探索到吴佩琳的鼻子下，鼻子呼吸依旧，却是杂乱无章。司机老邵驾驶的"尼桑"像一条疯狗，在风声鹤唳的深夜里一路狂奔，远光灯在苍白的公路上刺破黑暗，大片的黑暗在灯光里迅速倒塌。吴佩琳在宋怀良怀里睡着了。

车到蓝湾公馆，城市一片寂静，必来牛肉汤馆的霓虹灯在后半夜寒风里孤芳自赏地跳跃着，灯光缭绕着屋内大锅牛肉汤漫出来的热气，事先接了电话的林一勺和服务员守在锅边，一个都没睡，"尼桑"停稳，宋怀良轻轻摇了摇吴佩琳："牛肉汤做好了，新鲜牛头骨熬的，喝碗汤暖暖身子吧！"吴佩琳一点反应都没有，像是真的死了一样，宋怀良伸出冰凉的手，又试探到吴佩琳的鼻子下。杂乱的呼吸均匀而平稳，睡熟了，这时候叫吴佩琳起来喝牛肉汤类似于用开水浇花。

宋怀良让司机老邵把车开进院内的楼下。

吴佩琳一直睡到第二天下午才醒来，她像是从地狱里逃出来的，又像是海难落水后漂到岸上的，劫后余生的恍惚中，窗外的阳光和风声支离破碎，视线里塞满了粉碎了的玻璃，她不知道自己是怎么回到家里来的，在真实感受到身子下面柔软的席梦思还有厨房里秦大姐切土豆声音后，昨天的噩梦被全盘激活了，她声音恐惧地对着厨房的方向，大叫着："秦大姐，快过来！"

秦大姐一手拎着菜刀，一手攥着半个土豆冲了进来，问吴佩琳怎么了，吴佩琳揉着一头混乱的头发，苍白的脸面对着窗玻璃："没事了!"

晚上宋怀良披着一身寒冷回家,吴佩琳跟他说话时,牙齿上下打战,惊恐的目光在屋内四处扫射,似乎床底下潜伏了小偷或被安装了炸药。吴佩琳发现自己不会哭了,她有些麻木地问宋怀良:"网吧都关了吗?"宋怀良不想跟吴佩琳讨论网吧开关,岔开话题:"美容保健卡要不要再充点钱?听说达芙妮来了好几个泰国的按摩师。你去放松放松,压压惊。"

吴佩琳已经忘记了家里还有一张美容保健卡,一次也没用过,她声音哆嗦着:"按摩要出人命的。那姑娘趴在地上,衣服扒光了,脊背上几根枯草,后来被风吹走了。"

吴佩琳神经有些错乱,宋怀良不再往下说,他躺到吴佩琳身边,搂紧吴佩琳失魂落魄的身体,身体里北风呼啸,宋怀良很歉疚地亲了一下吴佩琳的头发,吴佩琳头发也像枯草,麻木不仁。

一连好几天,吴佩琳语无伦次地将黄昏说成中午,将茶几上的遥控器说成茶杯,宋怀良向岳父母求援,吴镇海和江月英在一个霜重的早晨来到女儿身边,江月英还拎来了一只刚宰杀好的野鸭,吴佩琳望着死不瞑目的野鸭想起了那个死去的打工妹,身上一气乱抖,母亲将沙发上的羊毛披肩搭到吴佩琳肩上:"冷吗?屋内开着空调呢!"父亲吴镇海说江月英不理解佩琳的心情,他坐在女儿身边,心疼地安慰着:"网吧里没出命案,是网吧出去的网民弄出了命案,与网吧没关系。汽车撞死了人,不能把造汽车、卖汽车的当罪人抓起来。"吴镇海寥寥几句,说得吴佩琳泪流满面,江月英掏出自己的真丝手绢递给女儿:"以前在厂里,虽说钱少,没人欺负。干个体,真窝心!"吴镇海抓起茶几上的电话给宋怀良拨了过去,这些年翁婿俩在喝了好几缸酒后,俨然已成兄弟:"怀良,网吧事件总算平息了,你在秋月楼帮我订一个包厢,给佩琳压压惊,家里还有两瓶1978年的庐阳大曲。"

江北网吧涉黄案其实在吴佩琳被抓的当晚就摆平了。

石榴红在新浪潮歌舞团跳脱衣舞那会儿，暗地里认了一个干爹，干爹有一个不便明确的身份，当年分手时干爹说："今后见面是肯定不行的，一般的事，不要找我，遇到什么难事、麻烦事，找我！"审讯室里，石榴红在警察面前提出要打一个电话："有什么大不了的事，我电话请示一下，不就 OK 了。"警察见多了虚张声势的嫌疑人，严厉拒绝，可当石榴红报出干爹姓名，警方沉默了。石榴红抓起审讯室桌上电话，打通后，简单说了几句，警察手里的一支烟还没抽完，也就十来分钟，走人了。吴佩琳被拘到江北时，石榴红已经在"浪淘沙"浴场洗桑拿了，她在电话里对宋怀良故弄玄虚地说："小事一桩，我给干爹再打一个电话，你开车到江北来接佩琳回家。我刚蒸了桑拿，马上再熏一会芬兰浴，把一身晦气洗掉！"

事后宋怀良要向石榴红干爹表示感谢，石榴红用那双风情万种的眼睛盯着宋怀良："你可以见到我一丝不挂，不可以见到我干爹一个背影。"

宋怀良张罗的秋月楼晚餐是家宴，征求老岳父同意，唯一外请的客人是石榴红，石榴红说江北过来要坐两个多小时公交，宋怀良叫老邵用公司的"尼桑"接了过来，石榴红在秋月楼过道里遇到宋怀良，见四处没人，很暧昧地对宋怀良说："肖晨除了有一张狗屁文凭，什么都不懂，还是你宋哥把我当个人物。"其实，宋怀良叫她过来吃饭，是对她摆平江北网吧事件的奖赏，最诱人的奖赏是报销发票，"苹果"新款，八千六，石榴红一张口，宋怀良没一秒钟犹豫，答应了。

进了包厢，石榴红丝毫没有被警察上过手铐的沮丧，血红色唇膏和亮白色脂粉共同装饰了一张生动而夸张的脸，眼睛里少了一些浪荡，多了一些风情，这是宋怀良看出来的，而吴佩琳一见面就说："又不是登台演出，妆化得那么浓。"石榴红一点都不生气，自我调侃说："肖晨死活不跟我拿证，再不抹一点，晚上肖晨都不会让我上……进门。"见有两位老人在场，石榴红将"上床"改成了"进门"。吴佩琳看不得石榴红轻浮粗俗，想继续抢白，宋怀良对她使了一个眼色。

吴佩琳不愿意出来吃饭，宋怀良说事情已经过去了，杀人犯已经批捕，公司补助死者家属6万，拿到一袋子钱，死者父亲还给宋怀良下跪磕了一个头。

吴佩琳恐惧的情绪还没有平复，她坐在饭桌上目光游移，面部肌肉不经意地痉挛。宋怀良跟吴镇海对吹了大半瓶1978年的庐阳大曲后，端起酒杯提议吴佩琳一起给石榴红敬一杯酒，吴佩琳问石榴红："是不是你要另谋高就了？"石榴红举着酒杯，不知所措："我到哪儿高就去？还不是江北网吧的工头！"吴佩琳脸色立刻灰暗，她放下酒杯，问宋怀良："怎么回事？"宋怀良不以为然地抿了一口酒，极力掩饰内心的动荡："江北网吧出的事，是石榴红找人帮忙摆平的。"吴佩琳情绪激烈反弹："网吧，你不关了？"宋怀良耐心开导吴佩琳："网吧没犯罪，是人犯罪。网吧是国家批准的，效益比装修装饰工程都好，全中国都没关，我们关网吧，说不通呀！"

两次受到警方拘捕审讯的吴佩琳受刺激太深，此刻，她已忘记和放弃了一年来对宋怀良近乎无原则的服从、忍让与宽容，她站起身像个苦大仇深的农民在控诉恶霸地主："网吧没罪，网络有罪，进去干吗？要么打游戏，要么搞网恋，要么看黄色网站，还有搞传销，卖假货。我是不懂管理，可我能管理得了吗，你让我干了这么个龌龊下贱的老总，我都恶心我自己。我宁愿饿死，也不想赚这个无耻的钱！"吴佩琳当着父母的面激动得哭了起来，大家面面相觑，宋怀良说："网吧不像装修工程那么苦，是最轻松挣钱的，你有文化，所以才叫你去负责的。网吧出事，我们就去解决事情，不能一关了之。公司八年工伤八个，死一个，不能说遇到工伤和死人，就把公司关了。造桥修路，哪个工地不死人！"他将脑袋转向吴镇海，"爸，您老给我们指点指点，您说开网吧是不是非法的，是不是害人的？"吴镇海给身边的女儿夹了一块"脆皮乳鸽"，用中性的语言一分为二地表明立场："网络是新事物，新事物难免会出现一些新问题，认识不够，管理不足，很正常。小宋开网吧是有超前眼光的，将来网络普及每家每户了,网吧就自然关门了,现在关键是加强网吧管理。不过,小宋你是大老板,网吧不能全靠佩琳一个人,你要亲自参与管理。"宋怀良连连点头,石榴红却公然唱了反调:"怎么管理?按规定,十八岁以下不给进,黄色网站、婚恋网站、反动网站不让浏览,可所有网吧都在打擦边球,不都是睁一只眼,闭只一眼,出了事,想办法摆平就是了。不能说一架飞机掉下去了,就把全世界的飞机都砸烂!"为摆平江北事件,石榴红被脸上皱褶树皮一样枯燥的干爹招去两个晚上,想起自己屈辱的夜晚跟黄色网站里的画面如出一辙,她忍不住委屈的目光紧紧盯住吴佩琳:"佩琳姐,你命好,有老厂长罩着,有宋哥宠着,你一点委屈都受不了。哪像我们,被人家当作破衣烂衫,想怎么糟践就怎么糟践,习惯了。"这有点抗议和挑衅的味道,吴佩琳感觉整个晚餐变成了对她的声讨和谴责,她将手中的筷子扔到了一盆水煮鱼里,站起身不作一个字解释:"网吧不关,我绝不去公司上班!"说着拂袖而去,秦大姐急忙跟了过去。吴镇海对着桌上五味杂陈的碗碟,心怀歉意地对宋怀良说:"这丫头,从小就这坏脾气,你让着她点就是了。"

网吧一家没关,公司在庐阳周边的前山、丘垣、柱寨三县又开了六家网吧。吴佩琳拒绝上班,田小甜接任怀琳网络文化有限公司总经理,小甜一脚踹倒过无耻的财务处长还写了十二封举报信,是个人物,只是吴佩琳对谁来接班,毫无兴趣,网吧在她心里已经死掉了。

吴佩琳离开公司那天,天就开始下雪了,这一年冬天的大雪直到过年鞭炮声响彻全城的时候,还没有停止的意思。吴佩琳坐在蓝湾公馆的阳台躺椅上,看到窗外的世界已经完全被大雪掩埋了,二厂、五里井还有她心中的往事在雪天里面目全非。

十六、梦里不知身是客

　　如今,在庐阳树桩一样密集的高楼里去找五里井,就如同到大漠深处去寻找楼兰古城。小辈人不知道"庐阳院子"就是从前的五里井,五里井街坊多年前统一安置到了西郊"庐州花园"。说是花园,其实就是回迁房。

　　走进布局简陋的庐州花园,没看到院内有花园,只看到居民楼下空隙之地里零碎的菜园,里面非法栽种了青菜、菠菜、大蒜、香葱,之间偶尔穿插着几株月季、菊花之类的,塑料垃圾桶上方的苍蝇很多,一些流浪的狗和猫在小区里盲目地寻找食物和水。这里差不多就是从平地竖起来的五里井。庐州花园楼高六层,没电梯,常大爷住五楼,我敲门进去时,他正站在窗台边喘气,他说早上去楼下买了一把面条,上气不接下气,楼太难爬,还不如住五里井。

　　常大爷快九十岁了,他稀少的头发和胡子都白了,小店早关了,老伴去世后,他跟孙子常海波住五楼两室一厅的房子里,精神不错的常大爷塞给我一个苹果,说不给我倒茶了,家里没有好茶叶。说起宋怀良和吴佩琳,常大爷就像说起自家的儿孙:"吴佩琳私奔宋怀良,街坊想不通,小宋哪点值得她跟当厂长的老子闹翻,小宋那会儿可惨了,老子死了,欠了一屁股债,隔三差五到我店里赊香烟,赊油盐酱醋,还被公安抓去过,说他偷钱了。"我塞给常大爷一包"中华"烟,问宋怀良两口子是不是闹过矛盾,常大爷有些不太情愿地说:"听说小宋有钱后,在外面拈花惹草,也没哪个抓到证据,吴佩琳下嫁五里井,吃的苦、受的罪太多了,每天早上拎着痰盂去巷子里厕所倒屎倒尿,小宋要是乱搞,就太对不起人了,海波说吴佩琳为汪晓娅的事跟小宋闹得厉害,汪晓娅当初蹬了小宋的,小宋恨她还来不及呢,跟她能有什么事!"

客厅柜式音箱里滚动着维也纳童声合唱团的《雪绒花》,吴佩琳坐在沙发里捏着一把不锈钢长柄勺轻轻地搅动着杯中的雀巢咖啡,歌声和杯中袅袅热气中没有飞舞的雪花,也没有雪地里嬉戏的孩子。春节快到了,无数个黄昏,她就这么坐在客厅沙发里等着小依琳放寒假回家,也在等待着 2005 年冬天的第一场雪。

天冷极了,窗外的天空下是冻僵的晚霞和冻不死的风,坚硬的玻璃挡住了呼啸的风声,却没能挡住宋怀良的电话铃声,吴佩琳抓起茶几上的电话,一听就冒火了:"女儿半年都没回来了,饭店是你订的,外公外婆也是你约的,放我们一家老小的鸽子!"

女儿宋依琳在省城双语寄宿学校读书,今晚六点半火车到庐阳,说好了一家人在天都大酒店为女儿接风,宋怀良突然变卦,说徽南市"新安剧场"的装修合同还没敲定,赶不回来了,气急了的吴佩琳对着话筒大叫:"合同不签又怎样?要钱不要家,什么德行!"宋怀良电话里声音平静,语气针锋相对:"一家人要吃饭,公司四五百口人也要吃饭。小题大做很无聊!"

吴佩琳将搅拌咖啡的不锈钢长柄勺狠狠地扔到地板上,音箱里循环播放的《雪绒花》声音抖动,如泣如诉,吴佩琳想起了 10 年前那个大雪纷飞的夜晚,眼泪流了下来,宋怀良牵着她的手说,"下雪了,我们一直走下去,头发就白了!"

2006 年整整一个冬天,庐阳没有下雪。

五年过去了,怀琳公司的副总,现如今是一个穿着臃肿睡衣陷在客厅沙发里嗑瓜子、晒太阳、看报纸、跟秦大姐唠叨菜市场禽流感后改吃带鱼的家庭主妇,看着自己失去腰围的身材以及迈出的慵懒松散的步子,她知道时光再也不会回到从前了,她跟地摊妇女的脸上流露出的一样的神态和气息,迷惘邋遢而无力。这么多年过去,有的人成功了,有的人失败了;有的人神气活现,有的人半死不活;有的人结婚了,有的人离婚了,有的人在婚姻的围城中等待离婚。这么多年庐阳的报纸电视连篇累牍报道了宋怀良事业爆炸式的成功,但没有报道他在婚姻围城中的迷惘和沦陷,这么多年对于吴佩琳像一场梦,而对于宋怀良则像是经历了一场战争。

他们在激烈冲突过后,会很容易想起从前。从前宋怀良会因为吴佩琳的一个姿势或一句话而如履薄冰寝食不安,吴佩琳会遮遮掩掩地藏起内心的尖锐和不满,用试探和含蓄的语言来感化或暗示宋怀良改弦更张,如今针尖对麦芒互不相让,令人伤感,却又上瘾似的欲罢不能。时间是一个挑拨离间的罪人,没有谁对下一分钟有足够的把握,过去的五年,向前是十年,庐阳每年的天气没有改变,吴佩琳和宋怀良的脾气都变了。

宋怀良放一家人鸽子的那个黄昏,徽南市新安剧场的合同已经谈成了,就等着签约。市文投公司龙总是个很难伺候的主儿,他说收钱搞腐败绝对不行。怀琳公司拿下各地楼堂馆所工程,公关部和各分公司主要靠钱开路,简单明了,干脆利索,也有极少数难缠的客户,要安排家属出国旅游、给一些来路不明的女性买一辆摩托车,还有给英国或美国的某一所学校的孩子打一点生活费过去,麻烦,但能办,最难办的就是龙总这样比较廉洁的客户,不要钱,要安排潇洒的特殊服务,特服是风险服务,要求行踪诡秘,花钱请客的东道主必须亲自陪着一起下水,还不能有第二个人在场,彼此成了同一战壕里的战友,才安全。

徽南市"红蜻蜓"会所像一只蜻蜓停歇在清安江边的一个豆瓣状的半岛上,青砖灰瓦马头墙,两层楼的四合院被茂林修竹包裹得严严实实,这座乾隆二十八年建成的徽派建筑里,演绎过茶商汪厚伦与四姨太的动人故事,它就像一个不愿死去的老人要尝尽人间悲欢离合,阅尽江上的秋月春风,如今,三百年前男欢女爱在换了主角后每天都在重温刹那芳华和一夜风流。

进入半岛要经过一道门岗,夜幕降临,门卫禁止摩托车和自行车入内,行人只能站在大门口张牙舞爪的石狮子下眺望着里面忽隐忽现的灯火与虚无缥缈的歌声,轿车滑过岗亭时,宋怀良看到戴着伪军大檐帽的门卫对着车灯敬礼,这相当于向嫖客致敬,有些滑稽。宋怀良自己也弄不明白,不知道从哪一天起,走进达官贵人、富商巨贾们出入的会所、酒吧、水疗馆,如同走进自家的客厅,面对猩红的灯光和涂抹过分的脂粉如同面对手中的香烟和桌上的烟缸。下车后,宋怀良从侧门进入会所二楼将龙总安排到"一剪梅"包房,然后去和徐小姐敲定出台小姐,老鸨徐小姐在这里有一个体面的头衔叫客服经理,她给龙总安排了在一部电视剧中端茶送水且有过一句半台词的丫鬟,徐小姐将演员剧照伸到宋怀良的面前:"才二十岁,就演过电视剧了,不掏三千,人是不能露面的。"宋怀良说太贵了,嘴角有一颗褐色美人痣的徐小姐笑着说:"你们老板越有钱越抠门,给你安排了三百的,便宜,三十来岁的姐姐,也是搞艺术的。"宋怀良没搭腔,他将目光转移到清安江上,一艘采沙船闪着鬼火一样的灯光正在江面上逆流而上,与此同时,他闻到了江面机帆船上飘过来的柴油味。

徽南市"红蜻蜓"的这个夜晚,宋怀良轻轻推开"浣溪沙"包房的门,一股劣质香水的味道迎面扑来,屋内的木质家具和陈旧的摆设在猩红的灯光下泛滥着腐朽没落的气息,一张老式的木雕架子床被粉红色的蚊帐支撑,流露出暧昧与放纵的暗示,一个穿青色或蓝色旗袍的年轻女人背对着门,面向蚊帐里面低头坐在床沿,她声音婉转地用千篇一律的温柔招呼着进屋的脚步声:"先生您好!为您服务是我最大的荣幸!"宋怀良心想这他妈的对我来说简直就是"最大的不幸",他将手中的公文包轻轻放到木纹开裂的食桌上,准备像往常陪客户特服一样,务虚不务实,继续跟这个风尘女子聊聊吴佩琳的故事,故事中的吴佩琳,台湾老板开出比市长高三倍的工资,聘她当女秘书,她不干,她宁愿跟一个穷小子到山里给民间演出的草台班子烧开水、做饭、搬箱子、扛道具,挣血汗钱,那一年冬天,她细嫩的脸被山里的风吹得像开裂的树皮,跟丈夫睡在四面漏风的土屋里,半夜里老鼠在枕头边上蹿下跳。这样的故事很难打动灵魂麻木的特服小姐,却一次次成功警告了宋怀良的身体,他不是在讲故事,而是在给自己敲警钟。第一次下水是陪元江市政工程处黄处长潇洒,包房里丰满而风骚的女人用食指按着嘴唇,挑逗着宋怀良:"你长得挺帅的,像海洛因毒品,女人一沾就上瘾!"面对着一个鲜活的女人和一堆生动的鲜肉,喝多了酒的宋怀良猛地扑了上去,三下五除二扒下了女人的连衣裙,就在他的手撕扯特服小姐形同虚设的乳罩时,他的眼前跳出了吴佩琳跟他一起在山区打零工的画面,吴佩琳心疼地攥住宋怀良被舞台道具挫伤的手:"手指都出血了,箱子我来扛!"恍惚中,宋怀良一个激灵,酒醒了,他触电似的从女人的胸部抽出手,手僵在半空,一动不动,他低着头对小姐连声说:"对不起,对不起!我酒喝多了!"从那以后,宋怀良陪同客户潇洒,他只跟特服讲故事,不接受服务,他和特服隔着一张桌子或一个茶几,如同隔着楚河汉界。印象最深的是南岗市一个十九岁的特服姑娘感动得流下泪水并执意要将自己的一条洁白的纱巾转送给吴佩琳,宋怀良没要。后来宋怀良对吴佩琳自我标榜说:"坐怀不乱确实很难,但我可以保证不让女人坐到我怀里来。"吴佩琳很冷漠地看着宋怀良:"说出来的不做,真做的不说。你没发现吗,你现在说谎,早已面不改色心不跳了。"

来"红蜻蜓"前,宋怀良跟吴佩琳通电话被腌臜了个狗血淋头,所以,进包房听到特服女人勾引挑逗的声音,就像感冒病毒堵住了鼻孔,接不上气来,他坐在那张颜色破败价格不低的樟木椅子上,问背对着自己的特服小姐:"姑娘,特服就不做了,我给你讲一段故事,好吗?钱照付!"穿青色或蓝色旗袍的特服小姐特惊讶,她一边说着

"不做你来干吗",一边就扭过头来,宋怀良刚想说"我是来讲故事的",四目相对,宋怀良张开的嘴像一个生硬的几何图形凝固了。

特服小姐是汪晓娅。

汪晓娅在模糊不清的灯光下看清了宋怀良后,反而平静了下来,她很熟练地点上一支烟,将烟雾吹向一脸惊慌失措的宋怀良:"不是冤家不聚头,十三年了,你的鼻子还没变。"

也许是脂粉或者幽暗的灯光掩盖了汪晓娅脸上的真相,宋怀良发现汪晓娅也没怎么变,一头乌黑浓密的长发,皮肤细腻而光滑,脸上没有一丝松弛的皱纹,也没有了一丝练过舞蹈的艺术气息:"你怎么在这地方?"

浪荡和浪漫是孪生兄弟,汪晓娅用舌头舔着猩红的嘴唇,语气和动作一起轻浮:"你不也在这地方?"她欠着身子将自己抽了半截的香烟往宋怀良嘴里塞,宋怀良推开汪晓娅伸过来的手,汪晓娅的手冰凉。

汪晓娅站起来往床上拉拽宋怀良:"别装了,看到初恋情人,就假装纯洁。我知道你现在是大老板,风月场中的常客,你要是满意的话,就加一个钟,多付几个钱。帮我把纽扣解开,这旗袍的布扣做得太硬了。"

宋怀良被激怒了,他从椅子上站起来,想骂汪晓娅无耻,念及当年四面楚歌中汪晓娅放弃讨回"摩托罗拉"传呼机,他将汪晓娅按在床沿坐下,语气温和而忧伤:"晓娅,这些年,你都干了些什么?马上离开这地方,需要我帮的,直说!"汪晓娅没有一点感动,她贪婪地咽下最后一口烟雾,玩世不恭地望着宋怀良:"你帮我休了吴佩琳,我要做你老婆,能做到吗?"

宋怀良见汪晓娅一副破罐子破摔的颓废,声音诚恳得有些温柔:"晓娅,不要讲那些不着边际的话,我说帮你绝不是客套,我们是街坊,是同事,还谈过好几个月,你给我留下传呼机,我一直都记着。"

宋怀良掏心掏肺,汪晓娅情感刹那失控,她趴在床上失声大哭起来。

宋怀良没劝阻，他点上一支烟，静静地抽着，心里倒海翻江。

等汪晓娅哭够了，宋怀良倒了杯水递给汪晓娅："顺风顺水的日子只在梦里有，这么多年，谁个不是伤痕累累，打断牙齿往肚里咽，认栽不认命，就有出路！"

汪晓娅欠起身子，喝药似的喝了一口水，开始向宋怀良敞开心扉，宋怀良看到安静下来的汪晓娅像一只流浪的猫，眼睛里弥漫着无家可归的伤感和绝望。

1992年春天汪晓娅跟二厂劳服公司葛经理闯海南，葛经理用贪污劳服公司的钱在海南开了家广告公司，开澡堂子出身的葛经理开公司相当勉强，他开发业务的能力极其糟糕，开发女人的能力却异常突出，汪晓娅到海南的第二天晚上就被葛经理开发到了床上，但公司很快就在海南一场台风过后倒闭了。离开了葛经理的汪晓娅当过歌舞厅酒水推销员、地产公司房产销售员、宾馆服务员、写字楼卫生保洁员，1999年在酒吧认识了一个摇滚电贝司手，学过舞蹈的汪晓娅和电贝司手在艺术旗号下同居三年后准备结婚，电贝司手却因吸食过量海洛因死亡，留下了一大笔赊欠毒品的债务，汪晓娅抹着泪水仓皇逃离那间租来的公寓。

她逃离了电贝司手的债务，却逃离不了自己欠下的二十六万的债务。常来海马娱乐城逍遥的一个身材丑陋的马老板引诱她参与海上走私"惠普"电脑和"NEC"手机，那位手上戴着金戒指嘴上叼着雪茄的马老板说投入二十八万，"利润回报，保守点估计应该在六十八万"，为买婚房，为了给电贝司手一个惊喜，她借了十二个酒水推销员小姐妹们起早贪黑挣来的二十六万辛苦钱加上自己的两万投了进去，交钱的当天晚上走私的马老板失联了。为了躲债，汪晓娅逃回庐阳闭门不出三个月，甚至都没人知道她回来过，三个月后的一个暗无天日的夜里，她走出家门，凭着舞蹈身材和出众的相貌走进徽南市高档富豪会所"红蜻蜓"当坐台小姐，三十多岁的汪晓娅虽不能与十七八的青春少女和演过电视剧的三流演员相比，但300块钱出台费，是庐阳站街女的四五倍。汪晓娅眼睛通红地盯着宋怀良："宋哥，靠打工一辈子也挣不上二十六万，推销一瓶酒水才拿一块二提成，有时还要被客人揩油，在你胸脯摸一把，都不敢吭气。不要说卖身，就是卖命，我也得还钱，像牲口一样在这里做了三年，还有两万没还。"

宋怀良听完了汪晓娅的哭诉，心里酸酸的，有那么一个瞬间，他甚至觉得是自己害了汪晓娅，要是当初有钱有能力，汪晓娅就不会离开他。回过神来的宋怀良从黑色公文包里掏出一本支票，摸出一支签字笔，迅速开出一张支票递给她："六万！两万还你剩下的债务，余下四万回去开一个小店，钱不用还了，但你必须离开这里，明天，不，今晚就离开！"宋怀良急不可耐中语速飞快。

这时，宋怀良的手机响了，接过支票的汪晓娅职业性地屏住呼吸，不说话，电话里吴佩琳问道："还在谈业务吗？怎么屋里一点声音都没有呀？"

第二天，宋怀良回到庐阳带回了十斤牛肉，徽南山区散养的黄牛，没有饲料添加剂的黄牛肉纹理细嫩，入口丝滑，林一勺单独加工，一家三口在自家的必来牛肉汤馆吃了个天昏地暗，童言无忌的小依琳抹着一嘴油水，问宋怀良："昨晚上，你是不是跟一个狐狸精在一起呀？"宋怀良一愣："谁说的？"小依琳指着吴佩琳："妈妈说的。"吴佩琳略显尴尬地打着圆场："依琳问你为什么不回来陪她吃饭，问烦了，我就说你爸被狐狸精缠住了。"小依琳嘟着嘴认真地问："爸爸，狐狸精咬人吗？"

宋怀良没接腔，他转头问吴佩琳："新开的纤纤手，技师是泰国的，手艺怎么样呀？五千块钱卡够用一阵子的。"吴佩琳一听这话就烦："不去！我现在成了你包养的二奶了，当笼子里金丝鸟养着！"宋怀良也烦，他的烦不表现在脸上，却潜伏在平静的语气中："公司有你岗位,规划设计部几个毛头小子需要你带,可你不干。"吴佩琳一针见血:"设计部是几个黄毛丫头,而不是几个毛头小子,六个设计师,四个丫头,整天拽住你胳膊喊哥哥,我把他们往哪儿带,带到你床上去呀?想逼我发疯呀?"小依琳似乎听出了些名堂,她推翻了面前的牛肉汤碗,嚷着:"不许带到床上去!"宋怀良看着被牛肉汤污染的桌面,无奈地摇了摇头:"再这样下去,疯了的不是你,而是我。"

话不投机半句多,牛肉汤正宗地道,一家三口索然无味。一个刚来的服务员手里拿着一张沾满了牛肉味的账单,对着三个缭绕着热气的脑袋问:"是埋单还是签单?"

宋怀良是庐阳下岗创业模范,十多年过去,头发日渐稀少的头顶上连续罩上了"庐阳十佳民营企业家""庐阳质量信得过单位""庐阳十大诚信企业"等十多个光环,公司下属二十多家企业,业务遍及全省,一个月挣的钱超过五里井街坊一年挣的钱,人事部说年前又招了一批,职工人数超过五百了,公司像一个大口袋,五里井街坊同事和他们子孙,只要想来,一律照单全收,卖卤菜的孙一根小姨子是东城轧花厂下岗的,孙一根送给宋怀良二斤卤猪头肉,也收进来了。宋怀良无休止地享受并陶醉于找不到工作的穷人在他这儿领到了薪水,还有领导和媒体连篇累牍地对他的赞扬和歌颂。他被一种莫名的使命感和崇高感反复感动着,每当自己饱受委屈负重前行的时候,他身边站着的是李玉和、杨子荣、江姐、洪常青,这些英雄人物始终陪着他一起出差、谈业务、喝酒、打牌、唱卡拉OK,甚至进入包房。

宋怀良在外面斗志昂扬、威风八面,回到家就像霜打的一样干枯而沮丧。在秦大姐看来,全庐阳的女人都想过上吴佩琳的日子,可吴佩琳就是不开心;吴佩琳想要的日子,宋怀良给不了;宋怀良给吴佩琳的日子,吴佩琳不要。他俩就像两辆背道而驰的自行车,越用力蹬,相距越远。于是,他四处出差,懒得回家,家不是监狱,但像是监狱隔壁的一个法庭,他只要站在里面就会接受吴佩琳有声或无声的审判,宋怀良连申辩上诉的机会都没有。在一个难得回家吃饭的晚上，宋怀良坐在客厅棕色真皮沙发里，抓起茶几上的遥控器将电视声音调低，以说闲话的方式，尝试着和吴佩琳沟通被改变和没被改变的生活："以前在装修工地，头发上沾满了油漆、石灰、泥沙是本色，现在是跟政府官员和企业老总谈合同，衣冠楚楚就是本色。家里保持室内恒温22度，用着全职保姆，做着美容保健，享受着家庭影院，不能算是奢侈，也不能说堕落，我没多大本事，只能说尽量让你过上不受委屈的生活。"吴佩琳很陌生地望着宋怀良，反唇相讥："当初我私奔五里井，晚上老鼠在枕头边跳来跳去，每天去巷子里旱厕倒痰盂，煤炉上炒好的土豆丝人还没吃，苍蝇先扑上去一气啃咬，靠街坊接济的饭菜过了新婚第一个春节，我说过委屈吗？没有！也难怪，你一个初中生也只能想到这些。"这几年，话总是谈不到一起去，他对着厨房里做晚饭的秦大姐喊道："初中生饿了。清蒸白丝鱼，用'椰风'鱼露，不放酱油。"

从不受罪、不受累到养尊处优、体面奢华，男人让自己的女人过上这样的日子，就是拿到全世界去评理，也不会有人说他不是个男人，至于公司怎么发展、往哪儿走，不是女人能主宰得了的，吴佩琳连个网吧都管不好。她对办企业赚钱没兴趣，蓝湾公馆就是最好的去处，这也是她自己的选择，可宅在家里的脾气越来越坏。男人有钱就学坏，宋怀良有数，但不想跟她多解释，公司做大后，吴佩琳对他的怀疑和敏感，完全是故意找茬，胡搅蛮缠，连市长都相信他，吴佩琳不相信，这对于2006年初春的宋怀良来说，是没法接受的，也是不能容忍的。宋怀良跟赵超说出自己内心苦恼的时候，两个人一瓶"庐阳特曲"已经掀了个底朝天，宋怀良叫服务员再拿一瓶，两个男人在西江路一个矮小而简陋的小馆子里，点了一个狗肉火锅，他们在酒杯里寻找当年蹬三轮和开批发部的感觉，可感觉回不到从前了，狗肉也没有以前香了。赵超抓着酒瓶，嘴里咬着香烟，满嘴酒话："好不容易遇上这么个花花世界，你为吴佩琳守节，有意思吗？你说吴佩琳不相信你，晓丽会相信你吗，石榴红会相信你吗，耿双河会相信你吗？都什么年头了,没人相信,也没必要相信。"宋怀良在烟雾中皱着眉头:"你也不相信?"赵超含含糊糊说:"我相信有什么用。"宋怀良急了,一竿子插到底:"你到底相信还是不相信?"赵超继续含混地说:"就算我相信吧!"

赵超请宋怀良喝酒也是诉说心里的苦恼,下礼拜他要去海南五指山谈一批黄花梨木料,想带会计张月秀一起过去,张月秀死活不干:"都离过婚,谁也不要嫌弃谁,我都快被她拖成半老头子了。不跟我结婚也罢,可你不能不跟我出差呀,这是工作。男人女人之间不就那么点事,推三阻四的有必要吗?"赵超要宋怀良劝劝张月秀,不要死心眼了,也不要听王丽丽挑拨离间,自己是真的喜欢张月秀,低调干净不张扬,三十多岁了,还像个纯情少女。宋怀良说一直是有心撮合,张月秀不下十次提出调离建材商场,都没同意:"这些年,公司里男男女女的破事,把我头都搞大了,一个个都不是省油的灯。我是做企业的,不是调解男女纠纷的。我问你一句,你对得起她吗?"赵超说我哪有对不起她的,商场里卸货加班一起上,我没叫她干过一次。宋怀良答应找张月秀再谈谈,酒喝多了的赵超对宋怀良说:"张月秀好像只听你的。"

第二天上午,张月秀到公司送商场当月销售报表,宋怀良随口问了句去海南出差的事,张月秀随口回了一句:"我跟赵超去海南,不是出差,是出事。你回去问问佩琳,她要是同意,我就去。"张月秀这么一说,宋怀良就不再追问,张月秀不结婚就被赵超搂到怀里去,他接受不了。

吴佩琳离开公司后,张月秀心里有些伤感,公司是她跟宋怀良一手创立的,做大做强了后,一声不吭地黯然离去;可吴佩琳继续坐镇公司,宋怀良又没法往前走,她不知道该说什么和做什么,她能做的就是,有空去蓝湾公馆坐坐,喝杯茶,说几句闲话,然后到楼下喝牛肉汤、吃吊炉烧饼,但所有话说到四五分,就很难往下说了。这天张月秀和吴佩琳参加完韦晓丽婚礼一起回家，张月秀看时间还早，主动跟吴佩琳上楼了，在客厅沙发坐定，喝着秦大姐送过来的两杯雀巢，她们聊起韦晓丽新婚丈夫郭凯，郭凯副县长在庐西全心全意为人民服务，妻子肖疏影耐不住寂寞被一个有钱却没有完整牙齿的珠宝商勾搭到手，东窗事发后离婚理所当然。郭凯跟韦晓丽在摆平望云山电厂的酒桌上认识，郭凯二婚，副县长，晓丽聪明漂亮，办事得体，虽三十出头，可人家是大姑娘，歌厅陪酒陪舞的履历也被抹平为歌厅财务会计。说到郭凯前妻肖疏影，吴佩琳为郭凯愤愤不平："戏子做假，比真的还像真的，'戏子无情'就这么来的。那个珠宝商靠钱，勾引到了肖疏影，月秀，怎么男人一有钱都这个德行呢？"张月秀不想把话题往宋怀良那里引，就往相反方向岔开："没钱的男人，也是这德行。汇通大厦楼下保安，跟大楼里打扫卫生的清洁工大姐都扯到一起去了，前天，我去公司，看到保安跟大姐的男人打得血肉模糊的，玻璃门都被砖头砸碎了。"吴佩琳接着将话题引到了张月秀身上："我是看不懂男人了，赵超，在我这里是男人的样板，王丽丽一哭，我才知道自己打了自己的脸，你跟赵超确实不般配，可你又不找其他男人，想什么呢？"这样的问话在先前姐妹俩无话可聊时重复过多次，张月秀敷衍着吴佩琳的话说："我也不知道想什么。跟你一样，看不懂男人了。"

年前喜酒一场接一场，头一天刚喝了韦晓丽郭凯的喜酒，建材商场五金专柜张婷女儿周岁生日宴会又摆开了场子。这天天空灰蒙蒙的，好像要下雪了，大街上的灯光像是裹了一层煤烟，宋怀良和张月秀在喝了周岁生日酒后，推着自行车回家边走边说闲话，喝多了的宋怀良问张月秀："赵超说他给你买早点，你没有拒绝；送你高跟鞋，你也收了，还有丝巾什么的，你都没拿他当外人，不跟他去海南出差，他一个人钻到小馆子喝了一斤酒。"没喝酒的张月秀对宋怀良实话实说："一开始，我相信你和佩琳姐说的赵超人不错，王丽丽在我面前哭得气都喘不上来,我宁愿相信他,也不愿相信王丽丽。那天早上我来公司财务部拿发票,王丽丽叫我把一条内裤带到商场转交给赵超,说他昨晚走的时候忘了穿,丢在她出租屋的床上了。他口口声声说心里只有我,一转身把内裤丢在人家床上。你说,有这么骗人的吗?"宋怀良没想到还有这一龌龊的事,很气愤:"那你跟他挑明了说,不接受脚踩两只船。"张月秀说:"我不会跟他挑明,挑明了,那我就跟王丽丽一样了,贱。怀良,我跟你讲话就像跟我自己讲话,实话实说,如果公司岗位不好安排,你怕伤面子,赶在赵超海南回来前,我把辞职手续办了。我不怨你!"

宋怀良停下脚步,攥住张月秀自行车把,夜幕掩盖了他愧疚的脸色:"我把你们放在一起共事,没有坏心,建材商场刚开业那会儿,看到你俩有说有笑地一路来一路去,我还跟佩琳说缘分挡都挡不住,也怪我这些年太忙,没怎么过问。月秀,你辞职是不行的,公司有的是岗位,明天你去人力资源部报到,当副经理,算我给你赔个不是。"张月秀答应换岗,但不愿当副经理,宋怀良问为什么,张月秀说:"我不当公司中层领导,对你有好处。"张月秀一说,宋怀良心里就明白了,他要张月秀以后在任何人面前不要说赵超坏话,不能跟王丽丽一般见识,张月秀说"我懂"。

张月秀抬腕看了手表,看时间已经八点五十,说约好了九点气站送煤气罐过来,天太冷,她从羽绒服口袋里掏出口罩,匆忙戴上,骑上车,快速离去。

张月秀掏口罩,一同掏掉下一个东西,像一管牙膏,踉踉跄跄的宋怀良捡起来,借着路灯光一看,上面全是外文,也像是一管外国药膏,他对着张月秀的背影大叫:"东西掉了!"张月秀自行车已经钻进了夜色中,像一滴水滴到了水缸里。

回到蓝湾公馆,进家门,吴佩琳拿来一双棉拖鞋递给他,宋怀良歪着身子换鞋,那袋外国牙膏掉到了地板上,宋怀良没在意,趿着拖鞋进厨房找水喝去了,进了房间,吴佩琳攥着印有外文字母的牙膏,压抑着声音问宋怀良："哪来的化妆品？"宋怀良躺倒在床上吞吞吐吐地应付着："牙膏，外国牙膏，药膏，治脚气的。"吴佩琳扳过宋怀良身子："牙膏还是药膏，谁的？"宋怀良有些烦躁："是月秀的。月秀的牙膏。"宋怀良有些烦，倒头就睡去了。

吴佩琳认得，这是原装进口的雅诗兰黛面霜，不是外国牙膏。

第二天早餐稀饭就大馍豆腐卤，餐厅的格局没变，餐桌对面的吴佩琳脸色变了，她一言不发，吃早饭跟吃药差不多。宋怀良见吴佩琳不说话，有些警惕，他问吴佩琳："佩琳，月秀那东西究竟是什么呀？我不懂外文。"吴佩琳沉着脸："面霜，月秀的化妆品怎么跑到你身上来了？"

老邵的车已到楼下，宋怀良赶着去庐西出差，语速很快地解释着："她急着赶回家换煤气罐，掏口罩掏掉下的，我开始以为牙膏，后来看像药膏，我不懂外文。"

宋怀良要把面霜还给张月秀，吴佩琳冷冷地说："我自己留着用了。"

人事部经理老杨，无线电二厂工会主席下岗，是他当年选中宋怀良做"五四青年标兵"的，财务处不给他去省里开表彰会的路费，他还跟处长老邵吵了一架。老杨来找宋怀良给碗饭吃，就当上了人事部经理，老杨五十多岁，年龄大，思想保守得对电视里的比基尼和生活中的口红深恶痛绝，张月秀不愿当人事部副经理，宋怀良就给老杨打电话，说以后招聘员工让张月秀负责，老杨和宋怀良最后把关。

早上八点，张月秀准时到人事部上班，老杨把她带到了一个单间办公室，一张桌子，桌上一瓶开水，桌子后面是一个铁皮文件柜，老杨戴一副款式很老的眼镜，先是言不由衷地说了一通表示欢迎的话，接着就进入正题："宋总交办，你来的第一件事，给建材商场招一个会计。去人才市场看看吧，大专以上学历。"

张月秀上午就在人才市场招来了庐阳财专会计系毕业的郑帆，

一个会计报表一样严谨规整的男孩,下午张月秀带着郑帆去了建材商场,腾空自己的抽屉,交代张帆不可虚开发票,然后将一串钥匙交给他,离开了。回到公司,张月秀想跟佩琳姐通报一下换岗,于是,拨通了电话:"晚上就在你家楼下喝牛肉汤,不用你签单,我请客!"

必来牛肉汤馆的格局十年如一日没有变化,吴佩琳说变化最大的是瘦得像勺子一样的林一勺肚子肥了,店门口原先熬汤的汽油桶改装的煤炉,变成了不锈钢电炉,吊炉烧饼和烤牛排也都改成了电炉,电炉熬的汤和烤的烧饼、牛排少了煤烟味,不地道,吴佩琳不跟宋怀良商量,限令林一勺一个礼拜内全部恢复汽油桶煤炉,张月秀进店的时候,林一勺正带着两个师傅安装汽油桶改装的煤炉,她点了两碗牛肉汤、四块吊炉烧饼、一份洋葱烤牛排。晚六点过五分,吴佩琳来了,她穿着睡衣款的棉袄、棉裤,脚上趿了双笨拙的暖窝鞋,毛线手工编织的,整个人看上去拖沓而慵懒,不过脸上养尊处优的皮肤依旧细腻,弹性十足,她对熬汤的林一勺大声吆喝:"晚饭我签单!"林一勺侧过油腻很重的脑袋说:"张会计已经埋过单了。"

牛肉汤馆里都是卡座,夜幕降临后,她们混迹在一大堆食客中,说话轻松而自由,张月秀往汤里加了一勺辣油:"今天一早去人事部报到,上午去人才市场招来一个会计。"吴佩琳对张月秀事后通报岗位调整并不在意,她在意的是张月秀一换岗,雅诗兰黛面霜怎么跑到了宋怀良的裤子口袋里,吴佩琳从棉袄口袋里掏出了印有外文字母的面霜:"月秀,你用过这种面霜吗?"张月秀拿起来,看了看,洋文牌子,不熟悉:"没用过。"吴佩琳眼睛盯住张月秀的脸:"怀良满嘴跑火车,说是你的。"张月秀心里有些七上八下了,她先是像自言自语一样说了一句:"我的怎么跑到他口袋里呢?"昨天五金柜张婷邀请张月秀参加女儿生日宴会,送她一个小礼品,像一袋牙膏,有客户催着开发票,没怎么在意,随手塞进了羽绒服口袋里,还是塞到办公桌抽屉里了,记不清了。昨天收拾办公室时,没看见,她也没当回事,怎么会跑到宋怀良口袋里呢? 她拿不准,也解释不清,她嘴里咬着烧饼,犹豫了一会,很笃定地说:"不可能是我的,我没用过外国化妆品。"吴佩琳目光定定地落在张月秀脸上:"会不会是怀良给另外哪个女人买的?"

　　过两天依琳要去省城双语学校上学,宋怀良答应头天晚上陪女儿吃"蜀王火锅,"依琳在火锅的麻辣刺激下张着嘴一脸的享受,刚出差回来的宋怀良给依琳带了两包东江特产"姜汁花生糖",依琳不要,她说妈妈给她买的两盒巧克力好吃。一家三口围坐在沸腾的火锅周围,宋怀良说喜欢吃火锅的就应该喜欢花生糖,都是老祖宗传下来的口味,吴佩琳说祖上读四书五经,没开过中英双语教学吧,还有,祖上讲究'君子爱财取之有道',现在做工程谈生意的有道吗? 不按逻辑做事,却要按逻辑安排口味,驴唇不对马嘴。宋怀良听出了些弦外之音,这几年,他已经习惯了吴佩琳刻薄的讽刺、挖苦、嘲弄,就像他已经习惯了早餐桌上臭豆腐卤味道,臭得合情合理,他扬起手臂,招呼服务员:"两瓶啤酒,一听可乐!"低头翻看一本童话书的依琳头也不抬地说要鲜榨橙汁。鸳鸯锅里红白两汤势不两立地翻滚着,宋怀良给吴佩琳倒了一杯啤酒,吴佩琳望着杯子翻起的泡沫,象征性抿了一下:"月秀说雅诗兰黛面霜不是她的,这么名贵的化妆品,你给谁买的?"

　　宋怀良急了:"你说我给谁买的?"吴佩琳举起手中的汤勺示意宋怀良:"保护好孩子的心灵不受污染,是家长的责任,不要争了,回去再说吧!"宋怀良看到火锅店大厅里到处是攒动的人头和头上冒着的热气与酒气。

　　回到蓝湾公馆,吴佩琳关上房门,将卧室内灯光调暗,宋怀良斜躺在床上,吴佩琳倚着窗子,压抑着火锅店点燃的火气:"是不是用了外国的面霜,才配坐到人事部办公室? 你要是买了没来得及送,顺便送给我不就行了,酒喝醉了都没忘记这是张月秀的,还说是牙膏。"宋怀良心里暗暗叫苦,前后信息不对称,没法解释,他唯一能做的就是反客为主,化被动为主动:"你不会相信我的解释,我也没打算你相信。因为你早就不信任我了,所以,我做什么事和说什么话都是假的。可我坦荡,我不怕,还得告诉你一件事,我把张月秀调到了自己身边,任命她做人事部副经理,她不干,不是不能干,也不是不想干,是怕你想多了,这管在我看来像牙膏的外国化妆品,她不承认是自己的,也是怕你想多了,想歪了。以前我受不起委屈,会要求当面对质,现在不会了。这么大的公司,几百口人,我没空整天耗在鸡零狗碎的事情中。"吴佩琳针锋相对毫不相让:"你用霸道和蛮横的口气跟我说话,全部的底气就是,你相信有钱就有真理,谎言涂抹上化妆品被你说得理直气壮的。你坦荡?你敢说出你跟客户在歌厅、酒吧、桑拿房里手脚是怎么动的吗?你敢说出工程是怎么拿下的吗?你不会说,也不敢说。你千万不要跟我说什么坦荡,你跟我说话,主要是想办法如何把不坦荡的事说得很坦荡。"吴佩琳声音压得很低,一个个音节却像扔出的一颗颗手榴弹,炸得宋怀良休无完肤粉身碎骨,他不打算跟吴佩琳继续争执,就从床上下来,去客厅抽烟了。

第二天早上出门,宋怀良问吴佩琳要面霜,吴佩琳不给,宋怀良说如果不拿出来,他不会去公司上班,而是马上去"庐阳CBD"买雅诗兰黛面霜:"是还给月秀,不是送。"在宋怀良咄咄逼人的压力下,吴佩琳拿出面霜放到宋怀良面前的公文包边上,秦大姐看到吴佩琳放下面霜,一转身抹起了眼泪,她对宋怀良说:"宋总,佩琳心软,你就让着她点!"

宋怀良在烟味浓重的办公室里把雅诗兰黛交给张月秀,张月秀慌了,她说要去跟佩琳解释,宋怀良说这个世界上,越想解释的事,越解释不清,又不是没经历过,解释到嘴皮起泡,也没解释清楚,宋怀良指的是当年他们苏州出差的那个夜晚:"有句成语,'天下本无事,庸人自扰之',你要是心里有事,没事都是事;要是心里没事,有事也不是事。较起真来,全是漏洞,你说你不知道张婷送的是外国化妆品,就算把张婷叫过来对质,完全可以理解成张婷配合你圆谎。"张月秀听宋怀良的,她习惯性地给宋怀良杯子里毫无必要地加了点水,说:"办公室行政秘书招男的,还是女的?"宋怀良说:"招能干活的。"

赵超从海南回来后发现张月秀不见了,一个陌生的小伙子坐到了张月秀的办公桌上,赵超气得牙疼,可如今在人屋檐下,不好发作,他忍着牙疼般的痛苦敲开了宋怀良办公室,宋怀良正在跟王丽丽交代晚上安排"大三元酒家"订一个包厢,张月秀调离建材商场,王丽丽脸上晴空万里,见赵超进来了,王丽丽无组织无纪律地插嘴说:"宋总,晚上叫赵哥一块去喝酒吧!"宋怀良没吱声,扔过去一支烟,示意赵超先坐到沙发上。

宋怀良将一个写满电话号码的便笺交给王丽丽,让她通知晚上喝酒的客人。赵超给宋怀良带了一个鱼篓子般大的海螺,能吹响,宋怀良双手捧着试吹了一下,海螺里发出低沉而浑厚的共鸣声,像是牛被宰杀的声音,宋怀良说:"冲锋号,还是鸣金收兵号?"赵超苦笑着:"就看怎么吹了?"他望着若无其事的宋怀良,"我冲锋失败了。你把张月秀调走了,我还蒙在鼓里。"宋怀良放下海螺,坐到老板桌边的转椅上,而没有跟赵超并排坐到长沙发上,他有意无意地保持了居高临下的姿势:"你怎么蒙在鼓里了? 要不是我再三挽留,张月秀已经离开公司了。不是你冲锋失败了,而是我搭桥失败了。是我太天真了,我想成全你俩,最后落得两头不是。你要不要反省反省呢,王丽丽要月秀转交你的内裤,有这么侮辱人的吗? 我等你一句话,只要你点头,我马上就把王丽丽开除!"

当年手下蹬三轮的临时工,十来年锤炼,生铁成钢,说话做事,手起刀落,绝不含糊,且入木三分,令人毫无还手之力。赵超从三人沙发上站起来,坐到宋怀良办公桌对面的椅子上,来时一肚子的怨气一捅就瘪了,他给宋怀良嘴上塞了一支烟,又讨好地点上火:"宋总,王丽丽做事这么下作,我不知道,怪不得月秀不愿跟我去海南呢,回头我揍她个满脸开花,再向月秀公开赔礼道歉。开除王丽丽,我也于心不忍,毕竟打过两次胎。"宋怀良说:"好了,王丽丽不开除,明天去建材商场上班,岗位你安排。月秀那里,不要解释,也不要道歉,事情到此为止。"

宋怀良说一不二,是那种不许讨论的口气。赵超被迫就范,不过临走前,他对宋怀良说:"宋总,我不会放弃的,这个女人我太喜欢了,王丽丽跟她比,简直一个是黄金,一个是煤渣。"

宋怀良笑了笑,没接腔,他想,你自己是煤渣,煤渣跟煤渣在一起门当户对。他站起来对赵超说:"我要给东江那边打一个电话,你先去大三元,晚上喝两杯,王丽丽给你安排的!"

"王丽丽安排的场子,我不去!"一肚子窝囊的赵超夺门而去,他身后的烟雾尾随着他的后脑勺在门外消失了。

这时候,黄昏已经正式来临。

十七、宋怀良隐私败露

五里井就像一个病入膏肓的老人，无可救药，房屋破旧，道路破损，违章搭建，污水横流，老鼠和流浪的猫狗团结在一起，在五里井的垃圾堆、下水道和屋外乱搭的厨房里四处流窜。庐阳旧城改造，五里井棚户区不得不拆了，拆迁补偿每平方米按一千八结算，要是置换郊外回迁房，拆一还一，超出部分每平方米补交一千四。五里井平房矮小，每家两三间，四五十平方米，想住上八十平方米的回迁安置房，得贴上四五万，街坊全靠打工糊口，没挣到钱，于是，以刘开平为首的五里井街坊到市政府上访堵门，他们打出了"下岗工人要活命""打倒腐败""铲除不顾人民死活的官僚"等情绪极端的标语。上访指挥小组二号人物耿老七通情达理地说，考虑到宋怀良忙，让吴佩琳做代表去上访，吴佩琳说要回家问问宋怀良，晚上吃饭时，宋怀良一听上访，将手中的筷子用力地拍在餐桌上："我们是靠政府政策扶持，才有今天，上访就是反政府，绝对不行！"宋怀良母亲在黑龙江不愿回庐阳，宋怀良家五里井老屋不置换，他叫吴佩琳把拆迁补偿款九万六千领回来，凑齐十万寄给母亲和姐姐。

吴佩琳忙着办拆迁补偿，宋怀良悄悄地找刘开平做思想工作："你是我老领导，到我的建材商场，当副经理，比你在市机械公司当水电维修工，工资翻一倍。"下岗这么多年没混出头绪，刘开平感恩戴德："早就想投奔兄弟了，没好意思开口。机械公司都快要撤销了。"在宋怀良权和钱的双重引诱下，他答应不再带头闹事。五里井没人知道,区政府韩区长在全体街坊第一次上访的第一时间,找到宋怀良:"你是市里树的创业典型,企业模范,在五里井说话管用。五里井上访闹事给我想办法摁住,相信你会有办法的。"办法就是把带头的摁住,刘开平开溜,五里井群龙无首,乱成一锅粥,大伙发发牢骚,骂骂娘,拆迁顺利完成。拆迁办设在常大爷杂货铺隔壁,吴佩琳进去的时候,拆迁办的工作人员对着一屋子人抱怨:"董路英去青岛打工,她女儿汪晓娅到哪儿去了?没人过来签字,你们谁有汪晓娅的传呼机,手机号也行?"所有人面面相觑,脸上露出诡异的神色,敏感的吴佩琳意识到有些蹊跷,问了身边的几个街坊,都摇头说不知道。走出拆迁办,巷子里下水道的臭味迎面扑来,钱小毛老婆阿香捂着鼻子悄悄地对吴佩琳说:"汪晓娅在外面做小姐,五里井街坊都晓得,说不出口。丢人!"阿香是钱小毛开车拉水泥拉过来的老婆,外地的,不怕丢人。

宋怀良太忙,吴佩琳买的莴笋烧肉三天后才吃上,晚饭放下筷子,餐桌上还没挪窝的吴佩琳问宋怀良:"汪晓娅在哪儿你可知道?"宋怀良不假思索地匆忙答道:"不知道。她在哪儿与我无关。"吴佩琳很奇怪:"我没说与你有关呀,你怎么非要往自己身上揽呢?拆迁办找她过来办手续。"

宋怀良被反将一军,有些懊恼,但他必须冷静下来:"汪晓娅原先是我对象,一提她,我立马头皮发麻。"吴佩琳见秦大姐收拾好碗筷进厨房了,她很神秘地从餐桌对面探起身子,将脑袋探到宋怀良面前:"跟你说个事,你可不许生气。汪晓娅在外面做小姐,听说还被公安处理过,如今下落不明找不到人了。干什么不好,卖身!"宋怀良心里一惊,脑子里把"红蜻蜓"会所的那个夜晚快速梳理了一遍,确认有把握后,很冷淡地说:"我不大相信,汪晓娅是搞艺术的人,很清高。"吴佩琳反唇相讥:"她的清高是看不起没钱的穷人,却看得起有钱的人,劳服公司的葛经理,不就是用钱把她勾走的嘛。当初她甩了你,我就预感到她离干坏事不远了,做小姐,一点都不奇怪。"宋怀良情绪烦躁而混乱，但还是努力稳住语气："你跟我说这个话题，很无聊！"吴佩琳给宋怀良剥了一个橘子，递过去的手势里包含着些许歉意："我不是故意刺激你，我是想告诉你，幸亏你没娶汪晓娅做老婆。"

吴佩琳回到蓝湾公馆这些年，两口子恢复了隔三差五的争吵模式，不吵好像日子过不下去，吵得油烟呛人了，就分床睡，可过两三天，吴佩琳又是买菜，又是给宋怀良熨衣服，好像什么都没发生过。宋怀良对吵架没兴趣，公司里鸡飞狗跳的事，业务上意想不到的事，累得喘不过气，偶尔能回家吃晚饭已经很奢侈，吃了饭就想躺在沙发上抽烟看电视。

这天晚上宋怀良坐到客厅沙发上点上一支烟后，袅袅烟雾提醒了宋怀良，吴佩琳郑重其事提到汪晓娅，这事就没完，他知道汪晓娅已经回到庐阳。

市政府广场的杜鹃花盆景展三天前就开始了，吴佩琳去市政府广场，不是去看盆景展，是去捐款，《庐阳晚报》上说一个大型捐款活动，跟盆景展同时举行，她拉着秦大姐一起去了。

坐18路公交到市府广场，在姹紫嫣红的杜鹃盆景中看到了大别山里盛开的春天，展览区后面搭了一个铺着红地毯的台子，"血浓于水"大幅标语下，滚动着《让世界充满爱》的音乐，上午十点整，为白血病患儿捐款开始了。

吴佩琳踩着尼龙质地的红地毯登上捐款台，她往一个红色捐款箱里塞了一张百元大钞。庐阳是一个三线城市，收入都不高，爱心人士大多捐五块十块，吴佩琳的百元大钞惊动了电视台摄像机镜头，刚要往台下走，一位长相好看的女记者将一个话筒伸到了她的鼻子下："请问这位女士，您慷慨捐了一百，心里是怎么想的？"吴佩琳看到话筒像一个冒烟的手榴弹，有些紧张，她稳定了一下心情，实话实说："人家孩子得了白血病，我们家孩子好好的，给那些倒霉的人家，捐些馒头、鸡蛋、牛奶之类的早点钱,帮不上大忙,表示个心意。"这段大实话缺少崇高感,不大好播出,女记者希望吴佩琳讲得高尚一点:"能不能换一个角度,比如说爱心传万家,一方有难八方支援。"吴佩琳说:"你不能叫我讲假话呀!"说着,拉着秦大姐匆忙离去。

市府广场向南拐淮河路,是庐阳百货大楼了,秦大姐想给瘫痪的老伴买一个带手闸的轮椅,进商场转了一会儿,自行车、跑车、童车、赛车都有,就是没有轮椅,售货员说二马路那边的医用器材商店有卖。她们走出百货大楼,转角来到大楼东边益民街口,吴佩琳看到一间门面狭小的"美丽无极限化妆品专营店",她停下脚步,想进去打听一下雅诗兰黛面霜的价格,隔着玻璃门,她看到柜台边站着一个熟悉的背影。吴佩琳将一袋糖炒板栗塞到秦大姐手里,匆忙地说:"快十一点半了,你先回家做饭,我转一会儿就回去!"秦大姐有些突兀,也不好多问,坐公交先走了。

推开玻璃门,似曾相识的背影转过身,吴佩琳惊得舌头发麻,手不自觉地比画了两下,竟说不出话来。

是汪晓娅。汪晓娅一点都不震惊,她像是对所有进店顾客一样,满面春风从眼角到眉梢,一脸"客人就是上帝"的微笑,她先开口了:"是佩琳呀! 哪阵风把你给吹过来了,见到你太高兴了!"

吴佩琳看汪晓娅一头波浪卷发,三十四岁的皮肤在润肤露、精油的努力下保持了光滑和细腻的视觉效果,一身米黄色休闲西装里衬了件白底斜纹打底衫,脖子上扎了条粉紫色方巾,人看上去很职业,也清爽,虽说艺术气质烟消云散,全身上下却看不出风尘气息。吴佩琳此时不敢相信汪晓娅做过皮肉生意,五里井街坊一直不待见汪晓娅,把污泥浊水全泼到了她身上。良好的第一印象让吴佩琳放弃了成见,话音柔和而安静:"一晃十多年了,你还没怎么变,保养得真好。五里井要改造了,拆迁办到处找你。"

汪晓娅说拆迁补偿手续已经办过了,她从一个染着绿头发的女孩手里接过两百块钱,将一瓶化妆品装到一个纸袋子里,找了五块零钱,把女孩送出门说了欢迎再次光临后,走过来拉着吴佩琳的手,上上下下打量着:"我哪有你保养得好,你看你这脸,还有这胳膊,豆腐一样水嫩。遗传。都像你这样,我的化妆品卖给谁去。你年龄比我还大一岁呢,怎么不见老呀。也难怪,宋怀良把你当王母娘娘供着。"她松开手,从陈列着眼花缭乱化妆品的玻璃柜里拿出一瓶:"送你了,保湿霜。"吴佩琳迎着亮光,看了看印有外文的玻璃瓶:"香奈儿的,世界名牌,得要多少钱?"汪晓娅轻描淡写地说:"一百六。"吴佩琳准备付钱:"这么贵,不能白拿。"汪晓娅按住吴佩琳掏口袋的手:"你要是给钱,就是看不起我。"吴佩琳被汪晓娅的豪爽和盛情打动了。吴佩琳问店里有没有雅诗兰黛面霜,汪晓娅说有,她在一盏射灯斜射的玻璃展柜里找到了一瓶,递给吴佩琳,吴佩琳问:"有没有袋装的?"汪晓娅说:"袋装的便宜,八十,开业酬宾那天卖四十,一个土得掉渣的女人买了十五支,说是送人。"

已是中午时分,刚开的新店,客人寥寥,有的进来看一眼就走了,有的说价格太贵了,汪晓娅说,都是国际大品牌,进价高,没办法,她解释的时候还不忘把那些外国品牌的销售代理证书拿给顾客看。店里空了后,汪晓娅递给吴佩琳一张名片,上面印着:**庐阳市　美丽无极限化妆品专营店　总经理**。吴佩琳接过名片,翻看了反面的品牌名单,惊讶赞叹:"可以呀,都是国际名牌。这些年,从哪儿挣那么多钱?"

汪晓娅先没谈钱,而是将自己被葛经理骗到海南后错综复杂的经历深入浅出地兜了个底朝天,她像说评书一样声情并茂,尤其在说到自己伤痕累累的情感经历时,甚至流下了控制不住的泪水。吴佩琳像听小说评书一样,在故事的几个高潮部分,被她坎坷的经历反复刺激着,对伤害汪晓娅的男人的敌意遏制不住地冒了出来,可反过来一想,也不能把责任全推到男人头上,你心太活泛,就是提供给坏男人骗的活靶子。汪晓娅叙述到故事的后半部分时,感慨万千地说着:"活到这个岁数,总算明白了,人生就是命。命里注定了有的,跑不掉,命里不该你的,杀人放火也抢不来。我要是不被老葛骗了,就不会跟宋怀良分手,不分手就没有你的今天。这都是命。"吴佩琳不喜欢把自己和汪晓娅放在一起去比较,就有些揶揄地说:"当年的宋怀良就像一只股票,垃圾股,你离开垃圾股,去选老葛这支绩优股,是你自己选择的结果,不是老天安排的。"

汪晓娅对吴佩琳的反驳没有生气,继续往下说:"不认命不行,我在海南被骗了个精光,哪能想到十四年后,我又能遇到宋怀良,没有小宋,哪有这个店呢。"吴佩琳这时不是震惊,而是崩溃:"你说什么,难道这个店是宋怀良开的?"汪晓娅依然是若无其事的表情:"我开的,不过,多亏了他雪中送炭,把我从水深火热中拉上岸,不然我这辈子就毁掉了。小宋救我,纯属意外,这也是命运的安排!"吴佩琳脑子里火光冲天,从头到脚像是被汽油燃烧弹烧着了:"他救了你,怎么救你的? 在哪儿?"

汪晓娅没有直接回答,目光意味深长地看着吴佩琳:"佩琳,我为什么不回五里井,我妈为什么背井离乡到山东去打工呀? 人言可畏,吐沫星淹死人,不都是被逼的,怀良能救韦晓丽,当然就会救我,我跟他是谈过对象的。小宋救出晓丽,还给当了公司的领导,人家现在嫁了县长,有里子有面子。怀良把我从'红蜻蜓'救出来,无偿资助我开一个店,就是要我过上有里子有面子的日子。"

吴佩琳牙齿咯咯地错动着,像是正在断裂:"他去会所了?""红蜻蜓"在庐阳湖周边的市县名声太大,吴佩琳在网上看到过。

见吴佩琳像一只掉进油锅里的蚂蚁,汪晓娅忘记了装出来的矜持,她职业性地用食指轻轻按着鲜红的下嘴唇,不自觉地流露出浪荡而轻浮的口气说:"'红蜻蜓'里还有演过电视剧的,跟北京的'人间仙境'有得一比,专为有钱有权人开的,小宋现在是大老板,去那儿,就像每天早上要刷牙洗脸一样,太正常不过了,我在'红蜻蜓'见到小宋,跟在五里井见到小宋是一样的。"

也许是风尘中的惯性,汪晓娅说得无耻而坦率,说得别有用心。

吴佩琳忍无可忍,她想把汪晓娅送的香奈儿砸到她脸上去,一个穿红裙子的女孩跟一个油头粉面的小伙子进店了,汪晓娅迎上去接待,吴佩琳将化妆品使劲地掼到柜台上,委屈而愤怒地对着汪晓娅吼着:"你为什么要跟我说这些,你为什么要说?"吴佩琳哭着夺门而出。

汪晓娅对着吴佩琳的背影,一脸无辜,嘴角露出一丝不易觉察的浅笑:"是你要我说的。"

宋怀良从庐西县出差回来,带回了好消息,郭凯邀请宋怀良和吴佩琳周末去庐西望云山温泉度假村,郭凯和韦晓丽两口子作陪,说是结婚这么久了,还没来得及感谢媒人宋怀良。那次望云山电厂饭局上,两人对上光,据说当晚卡拉 OK 厅里韦晓丽一曲《特别的爱给特别的你》,唱得比刘嘉玲更有韵味,唱得郭凯当场就沦陷了,他执意跟韦晓丽合唱一首《心雨》,歌中的大雨将两个人都淋湿了,他们唱完最后一个音符时,发现相互拉着的手一直没法松开。此后,郭凯回庐阳探亲或开会,宋怀良心照不宣地安排有韦晓丽参加的饭局,餐桌上宋怀良赞美韦晓丽有能力有气质有操守,在歌厅当收银员,学会了唱歌,却看不惯里面黑灯瞎火和打情骂俏,宋怀良把陪酒陪舞的韦晓丽说成会计,他摆平内心的理由是,为他人作嫁衣裳,成人之美,是积善行德,跟公司安排五里井街坊就业差不多。郭凯看上韦晓丽的时候,他老婆肖疏影出轨的证据已经固定,离婚进入倒计时,几次饭局后,宋怀良就被撇到一边去了,郭凯没解释什么,只是对宋怀良说:"以后庐西有什么事,直接给我电话!"

回到家,还没换好拖鞋,秦大姐从厨房出来,有些惶恐:"宋总,佩琳两天没吃饭了,躺在床上不起来。问她怎么了,又不说。"

宋怀良趿着拖鞋进了房间,吴佩琳蒙着脑袋似睡非睡地蜷在蚕丝被里,凌乱的头发铺陈在枕头上,窗外的光线照亮了比头发更加凌乱的床铺,床上有一卷卫生纸,一本翻开的书,几张过期的报纸。宋怀良坐到床沿,伸手摸了摸吴佩琳的脑袋,温度正常,吴佩琳睁开了眼,冷漠地望着宋怀良,眼珠一动不动。吴佩琳情绪反常就是正常,宋怀良也没在意,他把郭凯邀请他们周末去庐西度假,以及路上想好了那几句话一字不漏地复述一遍。吴佩琳神经质地从床上反弹起来,手里攥紧一张旧报纸以掩饰惊吓里的冲动,她对着房间外大喊道:"秦大姐,你过来!"

正在厨房剁骨头的秦大姐小心谨慎地进来了,她的双手和围裙上沾满了油腻,见屋内气氛不对,她有些茫然,油腻的手不安地擦着油腻的围裙。

吴佩琳攥着报纸的手直指宋怀良:"当着秦大姐的面,你给我解释清楚,为什么在我面前装成正人君子,一转身就去嫖娼?公司钱是你挣的,可以捐,可你不把钱捐给白血病孩子,捐给没钱买米买油的穷人,却把大把的票子捐给了卖淫女。"吴佩琳激动得完全失控了,一下把汪晓娅抖搂了出来,"当年一脚把你踹了,你没有一点血性,上了床,圆了梦,就帮人家开店。而我还蒙在鼓里,宋怀良你不能这么侮辱我呀,我好歹没有卖过身,没有做过一件对不起你的事呀!"吴佩琳哭了,秦大姐要上前来安慰,宋怀良说:"秦大姐,你先回厨房吧!"

见吴佩琳哭得失去理智,秦大姐迟疑了一下,才退出去。宋怀良关了房门,房内的声音和表情就被锁住了。

宋怀良坐到床边,试图将手搭到吴佩琳肩头,吴佩琳猛地推开宋怀良的胳膊,胳膊像一截PVC管子在半空中划了一道机械的弧线,缩了回去,自知理亏的宋怀良合抱着机械的胳膊开始作苍白无力的解释。

宋怀良站在床头柜侧面,坐立不安中又松开合抱着的双臂,一只手毫无必要地抓起床头柜上的闹钟,他知道汪晓娅的事麻烦大了,这些年好不容易积累起来的自信和自负此刻土崩瓦解,宋怀良声音低,低得气息从嘴里出来有些艰难:"我很难解释清楚,可我还是要说,有些大客户,要特服,指定要我这个法人一把手陪着,还不能有第二个人在场。我不得不去，去了那地方，钱付了，但我不接受特服。"

吴佩琳很轻蔑地盯着宋怀良，宋怀良内心的躲闪与虚弱一览无余，吴佩琳擦干眼泪，迅速反击："你不嫖娼，付什么钱？"

"我不付钱，客户以为我是应付，不跟着一起下水，工程就拿不下来。"

"为了拿下工程，为了赚钱，你不仅不反对嫖娼，还愿意跟客户一起嫖娼，你说付了钱不嫖，糊弄三岁孩子去吧！你这个戴着面具的伪君子回到家倒头就睡，居然睡得那么心安理得。我不想骂你，我骂我自己：我真是瞎了眼！"

所有辩解都是越描越黑，宋怀良心里暗暗叫苦：认了，委屈；不认，无力洗白。他只好老调重弹："佩琳，我有一千张嘴也说不清。我只能说，为了这个家，为了你，我问心无愧，但我无法证明。"

"你能不能不要提为了家，为了我，听上去刺耳又虚伪。你现在是为了你自己，为了你的野心，为了你的钱财。"

宋怀良节节败退，却不愿放弃绝处逢生的努力："我没那么多野心，有时候累得直不起腰来时，就想按一个小包工头的路子往下走，要那么多钱干吗，有一口饭吃就行了。可现在不行，我是下岗创业标兵、就业先进单位、市劳动模范、诚信企业，政府给了我这么多荣誉，我要是撂挑子，跟政府怎么交代，五里井下岗的街坊和他们找不到工作的孩子，公司里加起来好几百号人，业务不做，他们就没饭吃。坐牢的、打架的、看车的、修鞋的、做三陪的、当保姆的，都到了我们公司，不是我多想要他们，是国有银行、邮局、电网、电信不要他们，外资企业、高新企业、大集团也不要他们，我只好收着。那个年关我们过不下去，五里井街坊送肉、送酒、送菜，没法忘掉！"

宋怀良漫长的解释过程中，抒情与议论相结合，由表及里，深入浅出，并且有意绕开汪晓娅，吴佩琳无法容忍宋怀良企图篡改被侵犯的主权、被伤害的感情，反击异常尖锐。

宋怀良毫无还手之力，却不肯放弃招架之功："佩琳，你听我说好不好？汪晓娅当年是甩了我，分手那天来跟我要回她的 call 机，看我爸病得不行了，把传呼机给我留下了，我爸几次急救，多活几个月，是留下来的传呼机呼我回去的。你又不是不知道，五里井最难那会儿，汪晓娅的传呼机当了一百八十块钱。看她沦落到'红蜻蜓'会所，很可怜，就想着帮她一下。"

所有的解释此刻都是狡辩，吴佩琳穷追猛打："宋怀良，你何必非要把自己打扮成善人，何必非要在阴暗的心里点一盏明亮的灯。你早已蜕化变质，自己却浑然不知。我问你，是不是生活艰难，就要去'红蜻蜓'做妓女；是不是自甘堕落，就很可怜，就值得同情；庐阳满大街那么多人要帮，你可掏过一分钱给他们看病、帮他们开店？"

宋怀良黔驴技穷，哑口无言，再往下辩解，会把自己扒得一丝不挂，他不后悔对汪晓娅的解救，很后悔当时没交代汪晓娅严守秘密，即使说资助她开店，也不该说在红蜻蜓那地方资助的，更不该在吴佩琳面前说，宋怀良有一种"农夫与蛇"般的痛苦。汪晓娅跟吴佩琳见过面了，在哪儿见的面，他不知道，只知道汪晓娅把他卖了，什么目的，一时想不通。汪晓娅回庐阳后，还清了债，剩下的四万块钱开了一个化妆品店，前后一个多月，汪晓娅约过宋怀良不下八次，她要请宋怀良去吃一顿烤肉，说是当年谈对象时宋怀良请她吃过，她还要宋怀良帮她去参谋店址和装修，宋怀良不是说出差，就是说在接待客户，汪晓娅在电话里说："五里井街坊恨不得我被车撞死，我在庐阳没有亲人，你帮我却不想见我，我心里受不了！"宋怀良听到了汪晓娅电话里的哭声，继续说自己正忙着呢，很仓促地放下电话。其实不是忙，是烦，他不想跟汪晓娅再有半点瓜葛，他内心里跟吴佩琳一样，看不起汪晓娅，只是比吴佩琳多了一份同情，那笔十多年前的历史旧账，"红蜻蜓"一转身，就结清了。这些话，宋怀良不想说，说出来同样经不起吴佩琳狂轰滥炸，"汪晓娅为什么敢约你那么多次，是因为你藕断丝连、半推半就，每次放下电话，都给她下次再约留下了足够的希望。"

宋怀良不再纠缠每一个细节，他重新拿出公司总裁的勇气和口气："佩琳，我再跟你说一遍。我从不嫖娼，除了帮汪晓娅离开'红蜻蜓'，资助她自谋职业，我跟汪晓娅没有一丝联系，我都不知道她现在干什么！这就是我的全部解释，也是最后一次解释！我累了，要睡觉了。"

精疲力竭的宋怀良准备往床上躺，吴佩琳像触电似的跳下床去，披头散发惊恐万分，声音像弹片飞溅："你不许碰我，不许碰我！"

宋怀良不吱声，他倒在床上，枕头上残留着吴佩琳的余温。吴佩琳已抱着被子到主卧对面的书房里去了。宋怀良脑子里像有一列火车冒着黑烟在呼啸着经过，他被火车带进了黑暗的隧道，他听到自己浑身的肌肉被一层层撕裂。

第二天早饭，吴佩琳没起床，秦大姐下楼给宋怀良买了烧饼油条，宋怀良匆忙吃完，拎起黑色公文包准备去公司，他跟"风暴"电脑公司徐总约好了，去电脑城看电脑，先把庐阳四家网吧的电脑全都换成32G的"联想"。穿上皮鞋，正要出门，吴佩琳披头散发出来了，她眼睛通红，眼泡虚肿，整个人看上去像是从水里捞上来的，魂不守舍的样子。宋怀良若无其事地对吴佩琳说："庐阳四家网吧一百七十六台电脑，全换。再也不会卡了，打游戏飞快。"他幻想跟以前一样，争两下，吵几句，一夜觉醒来，烟消云散。这种盲目乐观的侥幸在这个早晨遭遇不幸。穿着睡衣的吴佩琳身体慵懒，拖鞋踩在地板上的节奏却是扎实和坚硬的，她回答宋怀良的是："想一走了之？没那么轻松，你把包放下！"

看吴佩琳脸色知道是祸躲不过了，宋怀良从口袋里掏出二十块钱给秦大姐递去："你下楼买点菜，最好买一条鲈鱼，佩琳喜欢吃的。"闹到了这个份上，一条鱼的关爱显然多此一举。

秦大姐出门后，宋怀良手里的包还没放下，他必须保持公司老总的沉着与笃定："佩琳，昨晚上该解释的我全都解释了。你打算怎么办？说吧！我跟风暴电脑公司徐总约好了九点见面。"

吴佩琳说："你先把手里的包放下来！"

宋怀良放下包，脱了鞋，跟着吴佩琳走回客厅，他坐到沙发上，点上一支烟，目光看着烟卷上的火在暗自燃烧，吴佩琳没坐，她站在客厅沙发对面的电视屏幕前平静地说："我要跟你离婚！"

宋怀良猛吸一口烟，暗自燃烧的火在烟卷的顶端猛烈地亮出了火星。他没把吴佩琳的话当真，也许是说说气话而已，他模棱两可地看着吴佩琳："你想好了？"

吴佩琳胸有成竹："想好了，房子我不要，公司我不要，你的财产我也不要，那张信用卡我要，算我这么多年跟你干活的工资，我拿去租房子住，维持日常开销。离婚办好了后，我出门去打一份工。"

宋怀良傻了，手中香烟不规则的燃烧暴露了他动乱的内心，他从沙发上站起来，掸了掸身上的烟灰，其实身上没有烟灰，他几乎是咬着牙，拿出公司老总的口气，对吴佩琳说："我不同意离婚！"

说着就朝门口走去，他拎起公文包，夺门而出。

吴佩琳在他的身后大叫："你不同意，我起诉离婚！"

建材商场江西的一个供货商路过庐阳，赵超约宋怀良去喝酒，宋怀良生硬地说了"没空"两个字，不做任何解释。吴佩琳一早提离婚，宋怀良一整天心神不宁，下午，宋怀良反锁办公室的门，抽了一包烟，想了三个小时，终于意识到公司做大后，自以为是的膨胀，不可一世的自负，纸醉金迷的麻木，自甘堕落的辩解，几乎是明目张胆，毫不掩饰。这么多年，公司做工程、跑生意，整天喝酒、唱歌、跳舞、洗澡、按摩、送卡、塞钱，给一些莫名其妙的女人买摩托车，安排去普吉岛和马尔代夫度假，虽说大都由公关部、项目部、分公司去做，可重要客户喝酒打牌、唱歌跳舞、桑拿按摩，他亲自上阵，时间一久，习以为常，在自我拆卸掉道德障碍后，心安理得。黄昏的时候，宋怀良的反省逐步走向深刻，付了钱出现在嫖娼现场，嫖娼交易已经完成，其他辩解毫无意义。在嫖娼场合大笔一挥,给卖淫女开支票,无论动机是多么崇高,但背着妻子,隐瞒真相,还强词夺理,已经给妻子造成巨大伤害,公司先前聘任韦晓丽、请回张月秀、重用赵超,买车买办公楼,这些无视妻子的决定,事先不通气,强制执行,事后不容许吴佩琳提任何异议。他狭隘地把吃穿不愁、花钱自由当作吴佩琳的幸福生活,用小农意识和小市民的生活理想规划和设计妻子的人生,而这个为他而牺牲了学历和前程的优秀女人,根本就不是一个碌碌无为的市井妇女,她被剥夺了公司地位、社会价值和女人的气质,而自己却一直不以为然。

吴佩琳不是好吃懒做的女人,也不是没有事业心的女人,二厂还没倒闭,她就自学报考江南工大本科,考上了脱产本科生,她愿意干事业,只是不愿意像宋怀良一样干事业,她不愿扩张,是不愿让滚滚财源卷走本该安静的婚姻与安全的情感,而宋怀良认为吴佩琳严重低估和误判了自己,低估就是轻视,所以,她要从公司撤退,宋怀良连虚情假意的挽留都没有,干脆利索地将其边缘化。吴佩琳说得没错,看起来是她自己要回家的,实际上是被宋怀良逼回去的。

宋怀良从办公室黑色转椅上站起来,他要回家向吴佩琳低头,真心认错。屋内烟雾弥漫,收拾公文包时,他发现桌上的烟缸里堆满了烟头,烟缸边上是一个空烟盒,宋怀良倒了烟缸,打开一扇窗子,风一吹,喉咙里一阵骚动,他对着窗外流畅的空气,猛烈地咳嗽了起来。

客厅里没有开灯,吴佩琳坐在沙发里看电视,电视里正在播放《动物世界》,赵忠祥浑厚的声音在客厅里盘旋着:"漫长的雨季来了,孟加拉虎拖着凶猛而笨重的身子,走出了热带雨林……"宋怀良拖着笨重的身子进了客厅,他按亮开关,客厅里灯火辉煌,吴佩琳无动于衷地盯着孟加拉虎在左顾右盼地寻找目标。

宋怀良挨着吴佩琳身边坐下,吴佩琳像是回避病毒一样,本能地挪动了一下身子,保持着跟宋怀良的严格距离。宋怀良怀里抱着公文包,侧过不再自信的脑袋,对吴佩琳说:"佩琳,我想了一天,都是我的错,我对不起你!从今往后,就是公司破产,也绝不陪客户去那些鬼地方,借给汪晓娅的钱,我保证要回来,再跟她有一毛钱的来往,天打雷轰,出门被车撞死。"

吴佩琳冷冷地看着宋怀良,嘴角露出一丝嘲弄的笑:"宋怀良,你总是说我不信任你。我怎么信任?你明明跟汪晓娅说,钱是送给她的,不要还的。现在又蒙我说是借的。"吴佩琳将手中的遥控器重重地砸到茶几上,"你不骗人,不撒谎,就活不下去,是吧?赌咒发誓有意思吗?你今天就是吊死在我面前,我也不会相信你。"

宋怀良苦不堪言,他没坦白那笔钱白送汪晓娅,是希望能减轻吴佩琳受伤的情绪,而善意的谎言却加重了伤害,弄巧成拙的掩饰相当于为欺骗验明正身。这个汪晓娅把他害惨了,鬼使神差,当时一冲动,说了句不用还了,把自己活埋了;深刻反思慷慨赠送,看上去是行善,是报答,其实是小人得志后的炫耀与张扬,直到此刻宋怀良才明白了这件事的要害。步步退防的同时是节节败退,宋怀良一条黑路走到底:"汪晓娅胡说八道,我根本没说送给她,是不忍心她沦落风尘,才一时冲动,拿出钱来劝她改邪归正的。"

吴佩琳对宋怀良激情洋溢的辩解嗤之以鼻:"宋怀良,你不要再鸣冤叫屈了,没意思,你只要告诉我,哪天去办手续?"

宋怀良还是有点拿不准,继续试探着:"我已经向你认错了,保证绝对改正恶习。你还真要跟我离婚呀?"

吴佩琳从沙发上抽身站起来,她平静得像一个正在做账的会计,声音也是像报表一样严格:"宋怀良,我有勇气断绝父母关系,私奔五里井,就有胆量即使沿街乞讨,也要跟你离婚。"

秦大姐下午请假,带丈夫到医院看病,家里没晚饭,宋怀良岔开话题:"楼下牛肉汤馆安排过了,我叫林一勺烤牛排多放一点孜然粉,你不喜欢洋葱,我叫他不用洋葱烤,改用青葱芫荽。"他站起来拉着吴佩琳胳膊去楼下吃晚饭。

吴佩琳迅速抬手挡开宋怀良胳膊，身子向后急退两步："不许碰我！"

宋怀良看吴佩琳铁了心，重新坐到沙发上抽烟，赌咒发誓和深刻忏悔此刻就像过期失效的感冒药一样，没用。无牌可出的困境中，宋怀良不得不打出最后一张牌，亲情牌："佩琳，你不嫌弃我这个穷小子，跟我吃了那么多苦头，好日子才刚刚开始，就离婚，你怎么跟你爸妈交代，你离婚等于向你爸妈承认，自己当初选择错了。你爸妈会怎么想，他们又会怎么面对五里井街坊和亲朋好友。还有，依琳才十一岁，她的青春期还没到，青春就被父母葬送了，将来跟孩子怎么开口。老实跟你说，我没有你那么勇敢、坚强，我是一个瞻前顾后、拿不起放不下的懦夫。"

宋怀良的回忆、抒情、独白、赌咒，吴佩琳统统都没听进去，她按照自己思路驳斥宋怀良："我都不怕跟父母断绝关系，我还在乎向父母低头认错吗？他们不好面对街坊邻居亲朋好友，我代他们去面对，我把你的所作所为拿到阳光下，让街坊来评评，是我无事生非故意找茬，还是你丧尽天良寡廉鲜耻。不要拿孩子说事，孩子的青春已经被你葬送，亏得依琳到省城去上学了。这个家庭早点解体，对她就是提前获救。我现在跟你讲话，心口都疼，你的江山我一根草都不带走，你能不能不要再胡搅蛮缠了？"

宋怀良说："这样吧，你心口疼，先去休息，大家再冷静冷静！你睡南边的主卧，我到北边的书房去睡。"

吴佩琳像看到一个入侵者一样惊恐："我不跟你住在一个屋里，我闻到你的气味，胃里恶心。我现在就走，到外面租房子住！"

宋怀良抓起公文包，站起身："你不要走，我到外面去住！"

宋怀良走到门口，突然又折回客厅，将茶几上的半包烟拿走了。门一关，宋怀良消失了。吴佩琳对着空荡荡的客厅大哭起来，电视里一部爱情电视剧已经接近尾声，男女主人公正拥抱在一起抒情，电视调的是静音，听不到男女主人公说了什么，是不是谎言也不重要。

宋怀良推着自行车游荡在空旷的大街上，像一条丧家之犬，这个晚上，公司里几百号人马，没人知道他们的老板在哪里，没有人知道他去向何方，连他自己都不知道他该往哪儿去。渺小而微茫的感觉是空气中的灰尘，了无痕迹，无影无踪。在街头一个没法记住名字的小馆子里点了一个羊肉火锅喝了三瓶啤酒，宋怀良推着车在"春秋假日宾馆"开了一间房，假日宾馆与假日没关系，是一个快捷酒店，60块钱一晚。前台服务员给宋怀良房卡时说："我好像在哪儿见过你。"宋怀良说你认错人了。

室内灯光一派粉碎，躺在有斑点的床单上，宋怀良掏出手机，按了张月秀号码，想给她打电话，说什么，不知道，宋怀良的手指在号码的最后一位数字上方停止了。汪晓娅夸大其词，故意挑拨，一手把他和吴佩琳送到了办离婚证的民政局大门口，他要责问她："我帮了你，你为什么要害我？"于是找汪晓娅电话，手机里翻了几个来回，没翻到，没存。汪晓娅发来过信息，没删干净，找到号码，准备回拨，转念一想，谴责一通，又有什么意义，又能解决什么问题。要是汪晓娅再去找吴佩琳劝她不要离婚，他与汪晓娅藕断丝连暗度陈仓的罪名就坐实了，他合上了电话。快捷宾馆里隔音很差，隔壁房间里好像有一男一女在吵架，又像是在调情，声音错综复杂判断不清，宋怀良从枕头上抓起电话，拨通了办公室袁小倩的电话："明天一早上班前，给我办公室买一张单人床！"

宋怀良办公室里有一个五六平方米的卫生间，在文件柜侧面，不起眼，宋怀良说办公室里留厕所，气味难闻，改成了一个杂物间，里面放了几个纸板箱、一台电风扇、一床毛巾毯、几堆旧杂志和报纸，还有几个油漆桶，第二天一早单人床买来后，他叫袁小倩对外不要说买床的事，小倩点点头，又悄悄叫来楼下收破烂的老头，打包运走了里面杂物，铺好床铺，厕所成了房间，宋怀良潜伏在了自己的办公室里。

公司业务以庐阳为中心,铺张到周边五六个市县,宋怀良大部分时间在外出差,是谈业务,也是为了逃离庐阳。他知道吴佩琳执拗,但仍幻想着时间能愈合她心里的伤口,时间能改变吴佩琳的立场。将近一个月,宋怀良没给家里打过一次电话,岳父吴镇海前天打电话叫他过去喝酒,说原先的一个老部下,给他送了一篓子庐阳湖大闸蟹。宋怀良在办公室里回复老岳父,在外出差赶不过去了。老岳父电话传递的另一个信息是,吴佩琳没把离婚的事告诉父母。

十八、离婚拉锯战

宋怀良的希望在一个雨天的黄昏破灭。那天宋怀良在东江处理一起工伤事故，一个瓦工摔断了腿，签字画押医药费误工费赔六千，两清，可瓦工出院后说腿伤一年内不能外出打工，要再补五千块，而且带了两个胳膊上刺了蛇和蝎子图案的打手，东江公司周小泉说这是敲诈，要花三千块钱敲断瓦工的另一条腿，宋怀良怕事情闹大，赶了过来，他亲自塞给受伤瓦工五千块钱，周小泉不服气，宋怀良借题发挥感慨着："钱，没多大用处，钱能买到老婆，钱买不到感情。能用钱摆平的事，就花钱买平安，总比闹上法庭好。"宋怀良在刚说完"闹上法庭"几个字，手机铃声响了，是法院打来的电话，说要给他送达吴佩琳的"离婚起诉书"。

宋怀良放下电话就往庐阳赶。

他不希望公司里人看出蛛丝马迹，去法院拿回起诉书，坐电梯到十八楼的公司，遇到下班的张月秀，她说法院有人来找过你，出什么事了吗，宋怀良说没什么，东江工地上出了工伤，闹到了法院，赔点钱了断了。张月秀没多问，走了。

公司楼道里灯灭了，整整一层楼，就他一个人，躺在厕所的单人床上，像一个孤魂野鬼被扔在荒郊野外，巨大的孤独与空虚只能靠香烟来摆平，缭绕的烟雾里，吴佩琳决绝的表情若隐若现，起诉书中的文字刀子一样切割着他靠钞票建立起的自信，所有离婚案中最难了断的是财产分割，吴佩琳的起诉书中没有。起诉离婚的理由，第一条是：基于两人价值观尖锐对立和人生观的持久冲突，共同生活的基础已经瓦解。第二条，长期出入娱乐色情场所，嫖娼狎妓，背叛婚姻，伤害家人，直接导致夫妻感情彻底破裂。

宋怀良很冤枉，他不认为自己的价值观、人生观与吴佩琳势不两立，更受不了嫖娼狎妓的指控，他给吴佩琳打了一个多月里的第一个电话，他努力按住内心的伤感："佩琳，我没想到你把我告上了法庭，我也没想到自己拼死拼活的为了这个家，最后成了被告。事情到了这一步，捂是捂不住了，明天是礼拜天，我们一起去你爸妈家，把事情挑开，给两个老人家断一断。"

电话里的吴佩琳是前线战斗的姿势，她对宋怀良公开宣战："宋怀良，我俩离婚，就跟我俩当初结婚一样，与两位老人无关。你要是敢把这事捅出去，要是再把我父母气出个三长两短来，我就重新起诉，平分公司的财产！"

岳父母出面扭转乾坤，这是最后一根救命稻草，走投无路的宋怀良必须赌一把："你不去，我一个人去，离婚决不能瞒着两位老人。"

无线电二厂干部楼太老了，楼下水泥路年久失修，两边长满了杂草，路边的一些报废的坛坛罐罐里栽着大葱和蒜，还有少量的青菜，宋怀良扛着一箱"经典庐阳老窖"敲开了二楼吴镇海家的门。岳父和岳母见宋怀良过来喜出望外，说快一个多月都没在一起吃饭了，江月英见他一个人，就说："每次都是你后到，今天轮到佩琳迟到了？"

宋怀良放下一箱子酒，脸色沉重，声音低沉地说："爸，妈，佩琳要跟我离婚。"他从口袋里掏出起诉书，"我不同意，她把我告到法院了！"

吴镇海江月英就像正在佛罗里达的小布什听到911双子星座被飞机撞毁了一样，眼睛发直，目光散乱，舌头发硬，一个字说不出来。这么多年吴佩琳和宋怀良回娘家哪次都是妇唱夫随恩爱有加，五里井街坊无人不夸吴佩琳人好有眼光，吴镇海不止一次地借真心诚意的喝酒来缓冲当年对女婿的轻视，没承想翁婿推杯换盏一团和气了，女儿跳了出来。

宋怀良将老两口扶坐到人造革沙发上，给江月英倒了一杯水，给吴镇海点了一支烟，他坐在老两口对面，像一个述职的下级，更像一个忏悔的犯人，他说自己是一个自不量力、忘乎所以、野心膨胀、刚愎自用的小人，公司大事小事，一人说了算，独断专行："我只想着不让佩琳吃苦受累，没考虑到她是公司的创始人，没把她当作公司的灵魂，而她的水平远在我之上。闹到离婚这一步，都是我的过错。"

宋怀良文过饰非，强调离婚是因为自己小看和低估了吴佩琳对于公司的重要意义，用物质满足来兑换吴佩琳在公司边缘化，情感纠纷、道德冲突则闪烁其词吞吞吐吐。江月英敏感，她一针见血打断宋怀良："小宋，离婚不是你说的那样简单，佩琳那丫头，我了解，是不是你做了对不起她的事？有了钱，有了权，就没见过几个男人还能正经过日子。"江月英脸色阴沉，没有一点血色。吴镇海倒是很冷静，他摆摆手，示意江月英："你不要急，让小宋把话说完。"

宋怀良深思熟虑之后，将与己相关的有道德嫌疑的女人挤牙膏一样挤了出来，张月秀是吴佩琳推荐的，韦晓丽是张月秀推荐的，石榴红是肖晨介绍的，王丽丽是赵超塞过来顶替张月秀的，没有一个人是宋怀良自己弄进公司的，他的过错在于，他没有反对这些女人进公司，可这些人都与公司有着盘根错节的联系，都是不能拒绝，也不好拒绝的，而且她们都成了公司里的骨干。最不好交代的就是汪晓娅了，宋怀良吞吞吐吐地解释感动于当年留下传呼机，不忍心看到汪晓娅卖身，才一冲动给了她一笔钱，没跟吴佩琳坦白是怕她误会，可误会还是产生了，汪晓娅一挑拨，这事就再也说不清楚了。宋怀良按事先想好了的调子给自己定罪："我瞒着佩琳，属于欺骗；说千说万，不该送钱给前女友，这是对佩琳情感的不尊重，也是对婚姻的伤害。爸妈，苍天在上，尽管我做错了，可我绝没有背叛佩琳，也没跟汪晓娅有任何身体接触，连手都没碰一下。"至于起诉书中第二条提到的多次到娱乐场所、会所、浴场嫖娼，宋怀良矢口否认："爸妈，我就是再滥，也不会去嫖娼，没有一个证据，证明我嫖过娼。我陪客户去那种场合，纯属逢场作戏，吴佩琳不相信，我是被迫去陪同和埋单的。爸妈，我真的无路可走了！"宋怀良说着说着，眼泪流了下来，泪水滴到了烟头上，香烟熄灭了。

吴镇海情绪很镇定，他有些将信将疑地安慰说："小宋，你不要激动，我会找佩琳谈的，了解具体情况后，再商量如何妥善化解矛盾。你回去把公司的工作抓起来，不要受家庭矛盾的影响。家庭和单位一样，出现矛盾很正常。"江月英对吴镇海的和稀泥的表态很不满，宋怀良鳄鱼的眼泪打动不了她深刻质疑的内心："小宋，你手捂着心口想一想，假如佩琳背着你，在宾馆里跟追过他的魏国宝会面，又送魏国宝一笔钱，你能受得了吗？"

二厂干部楼与蓝湾公馆紧挨着，吴镇海和江月英直接上门。一进门，江月英满脸悲戚，眼圈通红，说佩琳你这丫头这么大的事瞒着我们，吴佩琳没有配合母亲反应过度的情绪，不哭，也不跟父母讲实质性的矛盾，她大而化之地说，现在离婚比结婚容易多了，不需要多少理由："我听杨俊律师讲，庐阳每天办离婚手续的一百二十多对，还有二百多对正在办手续。不要把离婚看成是天塌下来了，鞋子合脚就穿，不合脚就换，就扔；我不后悔，也没觉得吃亏，当年穿的鞋子合脚，现在不合脚了，丢掉就是了，兴师动众呼天抢地的，很幼稚。你们那代人离婚就像是犯罪，像是干了见不得人的坏事一样。那是不讲人性、很不人道的事。"吴佩琳说起自己离婚，跟说起喝不喝牛肉汤一样，轻描淡写，不痛不痒。

跟父母讨论自己的隐私，难以启齿，也毫无必要，至于宋怀良在父母那里说了什么，说到什么份上，吴佩琳不知道，尽管她对宋怀良极端绝望，仍不愿在父母面前说宋怀良坏话，她已经在心里定了一个原则，回答别人的刨根究底，一律用离婚的外交辞令"性格不合"来应对。

　　吴镇海没有反驳和戳穿女儿,他坐在客厅里,抓起遥控器关掉了电视机里的拳击的画面,心平气和地带有探讨性地对吴佩琳说:"起诉书我看过了,即使要离婚,能不能换一种方式?非得要你死我活闹上法庭?起诉书里的那些罪行都够枪毙了,简直不堪入目。事情的真相究竟是什么,要弄准了再下结论,实事求是是我们党一贯的优良作风。"

　　江月英经过一夜的情绪沉淀,熄灭了心头百分之八十的愤怒,女儿三十六了,离婚到哪儿嫁去,宋怀良有钱,找个十八岁的黄花闺女,随手能抓一大把,她搂着女儿的脖子,说出了一通息事宁人的话:"你看这样好不好?叫宋怀良写一个悔过书,断绝跟汪晓娅关系,保证以后不犯生活作风错误,给他一次机会。婚不要离了,叫人家看笑话。"

　　吴镇海不等吴佩琳搭腔,抢先插上话题:"没有足够的证据,就定罪,悔过书怎么写,写什么?起诉书里的男女关系都是一些鸡毛蒜皮、捕风捉影的事。如果小宋本质上就是一个忘恩负义、品行不端的人,我支持你离婚;但要是凭你起诉书里那些似是而非的指控,我劝你还是再冷静冷静。"他把头转向江月英,"老江,你能不能同意我的意见?"吴镇海对老伴的尊重首先从称呼改变开始的。

　　江月英心情很复杂,也不想在女儿面前纠缠往事,她含糊而又明确地说:"丫头,你爸的话,可听到了?"

　　吴佩琳一根筋到底,脑袋像是花岗岩做的,一丝缝隙都没有。她给父母一人剥了一个香蕉,递过去:"我的事,我自己处理。到楼下去喝牛肉汤吧!青葱烤牛排比洋葱烤牛排好吃多了。"

　　早上八点,张月秀到宋怀良办公室递一份工程策划部的招聘资料,头天晚上喝多了的宋怀良坐在椅子上,睡眼惺忪,人还没完全清醒,他翻了两页,一个字都没看进去:"你们自己定吧,我就不看了。"

张月秀站在桌子面前,给他杯子里加满水:"我下去给你买点早饭。"宋怀良说:"我在家吃过了。"张月秀抓起茶几上没来得及收起来的刷牙杯子:"没有。你至少半个月以上没回家了。这把牙刷该换了,宾馆里一次性的吧?"

宋怀良见纸包不住火了,坦白了他和吴佩琳正闹离婚,导火线是他出钱帮汪晓娅开了个店,张月秀问:"五里井都知道汪晓娅当坐台小姐,有钱的呀!"宋怀良说:"她在海南被一个男人骗得精光,还欠了二十六万的债要还。我是看她可怜,不忍心她当坐台小姐,一冲动开了张支票。"他若有所思地望着烟头上的火星,"我是陪客户才去红蜻蜓的,佩琳非要说我是嫖娼遇到的。"张月秀说:"佩琳姐太在意你,才敏感多疑的。你是去给客户埋单的,不是去同流合污的,这我有数。要不要我去劝说劝说?"

宋怀良说:"不能去,如果她说我跟你串通一气来算计她,怎么解释?"

眼见着秋天就要到了,离婚的僵局仍在,后半夜的空气中有了凉气,心里也是凉的,宋怀良准备回家拿几件秋衣。

回蓝湾公馆是一个凉风瑟瑟的下午,开门进屋,吴佩琳躺在阳台的椅上捧着一本硬壳封面的书,书中的文字有可能不怀好意,下午的阳光照在她脸上,苍白无力的气色异常鲜明。吴佩琳从椅子上欠起身:"想通了就好,我也不想闹上法庭。今天来不及了,明天一早我们去民政局把手续办了。"被起诉书激怒的宋怀良不留余地地告诉他:"我回来拿衣服,不是回来离婚的!"吴佩琳冷冷地说:"非要走诉讼这条路,光彩吗?"宋怀良说:"起诉可以,你必须把嫖娼这一条去掉,我没有嫖娼,你冤枉了我。要是不去掉,我不到场,不应诉。不能婚姻毁了,还把我名声给毁了。"吴佩琳忍不住了,她从藤椅上站起来,手指着宋怀良:"汪晓娅都承认了在红蜻蜓包房里见的你,钱都付了,还抵赖!"宋怀良哑巴吃黄连,急得牙齿痉挛,结结巴巴说:"佩琳,汪晓娅要是出庭证明我嫖了娼,我在法庭上上吊谢罪!"

　　吴佩琳在起诉书中罗列这些不可饶恕的罪行,是想刺激宋怀良顾及名声不要上法庭,私下协议离婚,律师杨俊有一个不太乐观的预判,这桩离婚官司注定扯皮,宋怀良拿到起诉书后,果然不认账。离婚案是最简单的案件,又是最复杂的案件,世界上最伟大的法律也没法厘清两口子在枕头边弄出来的是非,清官难断家务事。

　　秋天正式抵达庐阳,窗外银杏树上提前落下了几片叶子,吴佩琳找到杨俊,说宋怀良就起诉书中嫖娼狎妓条款跟她扯皮,他要赖,软硬不吃,怎么办呢?杨俊说:"当初你们那么要死要活地私奔到一起,真的就走到无法挽回那一步了吗?"吴佩琳说:"真要是父母之命,媒妁之言,我不会受这么大的伤害。我破釜沉舟嫁给他,什么都没有了,他就是我的全部,哪怕他打一个喷嚏,我都往感冒发烧上想,生怕他病了。我知道自己敏感,强迫改变自己,说服自己一定要信任他,那些不三不四的苗头暴露出来,抵在我鼻尖下面,我总是告诫自己,不要深究,是自己想多了,是自己小心眼。公司经营理念发生分歧时,为了成全他的梦想和野心,我妥协,我让步,我离开公司,不干涉,不过问,甘于寂寞,一个字不说。结婚这十几年,我由无线电二厂的青年偶像,沦落为一个平庸的家庭妇女。可你宋怀良背着我干了什么,居然花钱嫖一脚踹了你的前女友,付了嫖资接着再送钱。杨律师,你没见过那个汪晓娅,跟我讲起宋怀良,眉飞色舞,不以为耻,反以为荣。我不想报复,只想伤痕累累后安静地离开。我不要他的任何财产,他还不放过我!"

　　杨俊律师坐在事务所那张严谨而规范的办公桌前接待吴佩琳,他发现了吴佩琳逻辑中的缝隙,就以极大的耐心跟吴佩琳探讨:"现在有钱的男人,排着队要跟老婆离婚,恒达地产孙老板跟老婆离婚,主动给老婆一百万,老婆不干,他就给两百万,这个案子也是我代理的,还没了结。那么,宋怀良为什么不同意离?他在乎面子吗?不是,这世道有钱就有面子。真的把起诉书中那两条去掉,你们还是离不掉,为什么? 听我一句:你不在乎他了,他在乎你,他放不下你!"

杨俊以为他的分析和判断像老中医点穴一样准确到位,哪知吴佩琳在"红蜻蜓"事件深度刺激后,脑袋像是太空舱一样密不透风,杨俊自以为是的剖析像是太空中飞船的轨迹,一划而过,无影无形,她不按常理出牌,回答杨俊律师:"他不是放不下我,是放不下他自己。他害怕千夫所指,他扛不动忘恩负义的道德审判,他不是那种叱咤风云的企业家,他跟许多暴发户一样,家里红旗不倒,外面彩旗飘飘,想过那种一明一暗、妻妾互补的日子。"

希尔顿酒店是庐阳唯一一家五星级外资酒店,梳着大背头,一身西装革履的魏国宝坐在希尔顿酒店 22 楼房间落地窗前,望着窗子下面高楼、筒子楼、棚户区混杂的庐阳城区,目光来回扫描,却扫不到五里井的位置,也分辨不出开出租车无数次经过的道路。这时,一个瘦高个年轻人敲门进来,给他送来一杯咖啡,是他的随从。魏国宝对随从说,中午在希尔顿酒店订一桌餐,粤菜,澳洲龙虾、北海道金枪鱼要点上。随从退出房间后,魏国宝给吴镇海打了个电话,说十来年没回庐阳,回来最想见的人是老厂长,中午想请老厂长一家来希尔顿酒店吃个便饭,叙叙旧,吴镇海首先吃惊的是:"国宝,不跟你爸妈住一起,住高档宾馆去了?"魏国宝在电话里轻松随意地说着:"我的秘书是马来西亚人,第一次来庐阳,不好把他一个人扔在宾馆里。住家里也不太方便,我爸妈见过了。"吴镇海由吃惊到震惊,带了秘书,还是外国的,这个十来年不见的出租车司机,带来了什么传奇故事:"国宝,小魏,你现在做什么工作?"魏国宝说见面详细跟您汇报,他说没有吴佩琳和宋怀良的电话,请老厂长代为邀请,大家见个面,喝两杯。

吴镇海放下电话,激动的情绪却没放下,从魏国宝的语气中,他听出了这个不服输的下岗司机,混出来了。

吴佩琳不愿参加魏国宝设的午宴,吴镇海有意回避魏国宝追过吴佩琳的尴尬历史,只是说不是仇人,不是敌人,吃个饭又有什么,你妈犯病不是魏国宝开车送医院,命都难保。小宋不参加,你再不参加,难道要我说你俩闹离婚,没必要嘛!

吴佩琳对这个十多年不曾见面的魏国宝,既没当仇人,也没当敌人,而是当路人,她答应去希尔顿吃饭,唯一的理由:这是父亲的意志。

西装笔挺,皮鞋铮亮,魏国宝鼻梁上还架了一副金边眼镜,随从拎着他的公文包,像一块狗皮膏药黏在他的身后,五星级豪华空间里,吴佩琳跟在父亲的后面与魏国宝简单握了手,手被魏国宝粗大的戒指硌了一下,不疼,也不舒服。吴镇海见了派头十足的魏国宝,忍不住赞不绝口:"小魏,好样的!不愧是国营大厂出来的,有出息,有志气,住这么高档酒店,还有秘书。"魏国宝给老厂长点烟时谦虚地说着:"哪里哪里,小人不才,漂泊江湖,今天略备薄酒,就是想见见老厂长,不成敬意,感谢赏光!"魏国宝的衣服和说话水平同时焕然一新,文白夹杂的成语俚语都能套用得不露痕迹了,十来年没白混。各位入座,服务员给每人送上一杯碧螺春,随从从包里掏出一把名片,每人发一张,吴镇海看到名片上中英文对照印着:**东亚国际矿业集团 董事局 主席 魏国宝**。他迎着亮光反复看了几遍,看的过程中,脑袋不停地点着:"董事局主席,厉害!产业都走向国际了。"魏国宝继续佯装矜持低调,他稳定了一下真假不明的金边眼镜:"非洲埃塞俄比亚有一个金矿,澳大利亚开了两个铁矿,乌拉圭的水晶矿规模相对小一点。在广州深圳那边,我做得一般化,一年产值不到二十个亿,利润两个亿都不到。"江月英睁大眼睛像听天书,过于惊讶的反应是,喝茶呛住了,忍不住咳嗽了几声。

吴佩琳手里卷着名片,连看都没看,在父母不可思议的震惊中,她更像"故事广播"中的一个听众,看着希尔顿酒店简洁而清爽的餐厅格局,想到了牛肉汤馆太拥挤了,墙上的价格表还有几头牛在淮河边吃草的喷绘图片,造成本来就狭小的空间更加拥挤,回去得改一改,这段日子,她没事就泡在汤馆里,林一勺说该给佩琳姐发份工资。

希尔顿午宴开始，魏国宝一再强调没有老厂长提携关照，进不了厂，更当不上风光万里的货车司机，说到动情处，魏国宝对随从努努嘴，心领神会的随从给两位老人送上两盒"美国花旗参"、一盒长白山"鹿茸"，吴镇海连声道谢再次强调魏国宝有情有义，至于对魏国宝和张月秀离婚之类在五里井饱受诟病的往事一字不提，只有静坐在一旁不说话的吴佩琳想到了张月秀经历过的那些黑暗而暴力的夜晚，魏国宝衣着越体面，那些不堪的往事就越伤人，就像脏衣服上的一个破洞，洗得越干净，破洞就越刺眼。

午宴除了澳洲龙虾、北海道金枪鱼，南美生蚝，还上了中国茅台、法国波尔多葡萄酒，魏国宝跟吴镇海将一瓶茅台喝光了，吴镇海满脸放光，魏国宝舌头发硬。吴佩琳和江月英象征性地喝了半杯葡萄酒，午宴接近尾声，随从将一张账单递给魏国宝："主席，午餐费用八千六百四十二块，请您审核一下！"魏国宝像是没听见一样，将账单推开，说不用看。吴镇海和江月英望着桌上吃了不到一半的中西合璧的酒菜，又看了看无动于衷的魏国宝，说不出话来，一个拎着猪下水的出租车司机一转身挥金如土。

吃完饭，随从叫了一辆"宾利"送两位老人回家，吴佩琳和父母住一个方向，准备一同上车，魏国宝对吴佩琳说："我准备拿三五个亿回庐阳投资，是酒店，是IT，还是足球，想听听佩琳的意见。酒店咖啡厅小坐一会儿，回头再送你回去，听说你做过网吧，对IT行业应该有所了解。"吴镇海劝正在犹豫的吴佩琳："小宋出差去了，你就给国宝一点建议吧！"

吴佩琳在午后大脑缺氧的时间段跟魏国宝坐到了咖啡厅里，希尔顿咖啡厅里只有零星几个客人，空旷大厅里盘旋着萨克斯演绎的背景音乐《巴比伦河》，两个人坐在落地窗边的卡座上，窗外是一座太湖石堆砌的假山，假山的空洞里流出莫名其妙的泉水，在假山假水的注视下，魏国宝和吴佩琳进入正题。

咖啡杯子热气悠悠地往上冒，冒到半空就破碎了，吴佩琳觉得魏国宝就是咖啡杯中的热气,是经不起空气碰撞的,但魏国宝感觉好极了,一开腔,伪装的矜持和低调瞬间荡然无存:"佩琳,怎么样,我说话算数吧?庐阳最有钱的是我,拆五里井的孙飞云资产要是有我一半,算他牛,齐天琪早就破产,在香港工地上打工,至于宋怀良嘛,我就不多说了。"

吴佩琳很平淡地笑了笑,笑里有一丝轻蔑:"魏国宝,见我是要告诉我,你现在是庐阳最有钱的人了?"

"是的,这是我当年对你的承诺,也是我的奋斗目标。"

"你对我承诺当庐阳首富,就像超市营业员对我承诺奶粉里没有三聚氰胺,没有意义呀!我是来买面粉的,不是买奶粉的。"吴佩琳含蓄地打了比喻,算是给他笔挺的西装和金边眼镜留了点面子。

有一种自负而愚蠢的人永远学不会倾听,他们在与人交流时,完全按照自己的逻辑和思维惯性,满嘴跑火车,魏国宝就是一个生动的标本。他跷着腿,而且腿还左右乱晃着:"宋怀良那点本事,当个小工头还可以,想把事业做大,他家祖坟没冒青烟。"

吴佩琳拿起咖啡杯里的长柄勺子,指着魏国宝的金边眼镜:"街坊同学同事,三重身份,诋毁宋怀良,你一点不留口德!你可以跟那个偷渡香港的齐天琪比,但不能跟宋怀良比,他是市政府树的典型,是创业模范,你知道,他解决了五里井多少下岗工人就业,安置了多少农民工岗位,给国家交了多少税吗?你算什么,不就是一个倒卖矿石的贩子!"吴佩琳连珠炮似的劈头盖脸一阵狂轰滥炸,几乎连想都没想,脱口而出。

魏国宝笑得很轻浮,很诡异,他变幻莫测的笑与他线条挺括的裤子和铮亮的皮鞋很不匹配:"佩琳,我现在是一个有身份、有地位、有财富的人,你要不是跟宋怀良闹离婚,我是不会回来找你的。为宋怀良脸上贴金,贴不住了,何必呢?"

吴佩琳傻了,闹离婚魏国宝怎么会知道呢,她反问魏国宝你凭什么说我跟宋怀良闹离婚,魏国宝说如今只要口袋里有钱,这个世界就没有秘密："你跟宋怀良分居快半年了，宋怀良要么睡在办公室里，要么出差睡在小姐们的怀里。跟他离婚太英明了，你知道我一直在等你。"

吴佩琳像是一个被钉子戳穿的车胎，瘪了，沮丧和恐惧反复袭击着她快要绷断的神经，在她心慌意乱的沉默中，魏国宝的牙齿锯子一样上下错动着："你那么聪明，不会感觉不到，真正爱你的人是我，不是宋怀良。你跟宋怀良结婚，我差点疯了；我为什么娶张月秀？她的眼睛跟你一模一样，丹凤眼，会说话的，背后走路的样子更像你，我把她当作你的替身，离婚是迟早的事。你说怪不怪，初一那年夏天，你穿着白色连衣裙走进教室门口那一刻，我的魂就被你勾走了，都快四十的人了，人生过一半了，就那么一眼，耗上了半辈子。不瞒你说，在广州深圳那边，我过手的女人太多了，香港的、台湾的、大陆的，演员、模特、酒吧歌手，长得一个比一个漂亮，都他妈的水性杨花，给钱就跟你睡，跟嫖娼一个样，没劲透了！"魏国宝可能酒喝多了，也可能是麻木了，他对自己腐朽糜烂的生活毫不掩饰，甚至对一些龌龊的细节津津乐道，他说自己在那些三流明星二流模特身上花的钱可以买下庐阳一条街。

吴佩琳心里一阵阵反胃，她双手交叉着捂住腹部，懒得说话，魏国宝继续吐沫飞扬，他说早年在广州拜过师傅，师傅要他记住"人富遮九丑，人穷毁所有；穷人的绅士一文不值，富人的流氓异常迷人"。吴佩琳在魏国宝流氓式的自我陶醉中，忍着胃痛，告诉魏国宝一个朴素的答案："魏国宝，钱在我这里是最没有用的，宋怀良是因为没有钱，我才嫁给他的。"

魏国宝半斤茅台在午后发作，对话已不复存在，就像电脑软件更新进入了自动操作阶段，他继续按着自己思路口若悬河："这个世界只有不认娘老子的，没有不认钱的。没钱你能干什么？佩琳，你跟宋怀良离婚后，我包一架商务飞机来接你，去塞班岛，马尔代夫、夏威夷也行，由你定。我们办一场庐阳人做梦也梦不到的浪漫婚礼。我考虑把家安到香港维多利亚公园边上比较好,住在李嘉诚隔壁。你看怎么样?"

魏国宝说着从西服口袋里掏出一个精致的锦缎盒子,打开盒子,一个光艳夺目的钻戒泛着红色的暗光,魏国宝往吴佩琳手里塞:"卡地亚钻戒,四克拉,三十六万。送你了。要是喜欢,以后多买几个给你当玩具玩。佩琳,没想到吧,十年前跑一单挣五块钱的穷车夫,如今住五星级酒店,喝最好的名酒,吃全世界最贵的菜。你说,我要是还开一个黄面的,你怎么会跟我单独喝咖啡呢?"

吴佩琳双手合抱,不接钻戒,更不呼应魏国宝嚣张而浅薄的炫耀,她站起身:"魏国宝,我不想伤害你,可你活到这么个年纪,还是没活明白,那么我来告诉你,你的钱就是能买下整个庐阳,你也是一个穷人!"

吴佩琳转身离去,这顿被父亲绑架来的午餐,没有留下丝毫的感动,只有被羞辱的重创,好在她毫不客气的反击抵销了心中大部分的恼怒。

魏国宝攥着打开的钻戒盒子,对着吴佩琳的背影高叫着:"想通了就给我电话,我在香港等你!"

魏国宝脖子上装的是花岗岩脑袋,吴佩琳越是对钱不屑,他就越相信吴佩琳嗜钱如命。他认定宋怀良最初是用创业挣大钱的空头支票,骗到了吴佩琳,宋怀良之所以拼命做大做强,为的是给吴佩琳兑现真金白银。魏国宝坚定不移地相信,有钱就有一切,吴佩琳多读了几天书,故作清高。

魏国宝离开庐阳前,给吴佩琳发了一条短信:"真爱无敌!"吴佩琳没回,她将短信和手机号码同时删除了。

删除的同时,她给张月秀打了电话:"月秀,你知道魏国宝回庐阳吗?"

进入秋天,宋怀良像是被秋风横扫的落叶,碎片飘零,公司的业务穷于应付，无心打理。庐东县广电大楼装修，八十万大单，郭举牵的线，约好了晚上天都大酒店跟庐东电视台李台长见面，中午，宋怀良在钱小毛工地，跟几个乡下刚招来的油漆工和瓦工喝了六瓶火烧刀子，农民工不肯多喝，说下午要干活，宋怀良自己端起茶杯，一杯接一杯地独自喝了个天昏地暗，下午回到公司，关起门倒头就睡，夜里十一点半醒来，手机上三十六个未接电话，匆忙回过去，郭举告诉他庐东电视台李台长已回县里了，李台很生气，说你宋怀良还没混到李嘉诚、郭台铭的份上，谱摆得倒不小。宋怀良在电话里拼命道歉，郭举责怪说："你哪怕接一下电话，说酒喝多了，我跟人家李台也好解释呀！"宋怀良说我要是能接到电话，不就赶过去喝了。八十万工程泡汤了。

在秋风萧瑟的日子里，宋怀良连出差的心情都没有了，也不去处理公司里的各种矛盾，各地诸侯各自为阵，肖晨给宋怀良打电话说石榴红越来越不像话，逼着他把钱交给她买房，宋怀良很烦，对着话筒大声吼叫着："不要睬她，跟她离婚！"肖晨在电话那边一头雾水："宋哥，我跟石榴红没结婚。"

宋怀良像一个囚徒，已经丧失了向前的意志，他要么龟缩在办公室里没命地抽烟，要么出门去庐阳工地上找工友们喝酒，不找客户，不见客户，宋怀良似乎是在一夜之间熄灭了全部的斗志和动力，赚钱很无趣，做工程很无聊，公司业务报表都懒得看，办公室展柜里十几块金匾、奖杯、奖状褪变成一败涂地的破抹布的颜色，粗细不一的字迹像是绳索捆住了这个秋天和他的心情，市长握手的姿势和鼓励的声音也随着秋风一起在窗子外面的天空幻灭了。公司上下都或多或少地感觉到宋总有点不对头，少数人还知道了宋总晚上睡在办公室里，但都不说，只要按时发薪水，哪管老板瓦上霜。

张月秀在一个有霜的早晨敲开了宋怀良办公室的门。

七点二十分，楼道像一条空虚的袖管，一股寒气在楼道里层层推进,她给宋怀良带来了两根油条、一杯豆浆、两个卤鸡蛋,宋怀良穿着毛衣,人斜靠在单人床上,嘴里咬着一根香烟,眼圈发黑,在张月秀面前,他不再避讳单人床,张月秀对眼前的单人床也像是熟悉的一张表格或一个开水瓶。

将早点放在茶几上,张月秀忙着收拾床铺,她随意问道:"魏国宝回庐阳找过你吗?"宋怀良没有太大反应,他将笨重的身子挪到沙发上,按灭烟头,张嘴咬住了一根油条,一口下去半截:"魏国宝在南方还开出租车呀?"张月秀说:"我也不知道,他回过庐阳了,没找我,我也不想见他。"

张月秀叠好毛毯和枕头,再折叠起单人床,送到文件柜侧面的厕所杂物间,收拾停当,张月秀静静地看着宋怀良吃饭的姿势松懈而马虎,沉默的时间过了大约十分钟,上班时间到了,楼道里响起了各种鞋底践踏地砖的声音,凌乱而匆忙,张月秀对宋怀良说:"要是佩琳姐跟你离婚了,我每天给你烧茶倒水,铺床叠被做早饭。"张月秀说的是假设句,是属于可进可退的两可话,到了这个年龄,经历太多风雨,羞涩和胆怯已不再成为内心的障碍,她的脸色和声音像室内的空气一样安静。宋怀良对张月秀说这些话一点都不震惊,他听起来就像听"你把油条和卤鸡蛋吃了"一样,可理智告诉他,离婚比烧茶倒水做早饭要难得多,他像拉家常一样轻松自如地说道:"佩琳对我有恩,我为她开公司,为她赚钱,她要是能明白这些,离婚我也认了,这婚离得有点冤呀!"张月秀给宋怀良双层塑玻杯子里泡好铁观音,端过去,就像端给自己的丈夫或儿子:"是有点冤。"

庐阳秋天的霜不是很重,早晨太阳升起,此起彼伏的煤炉和烟囱吐出滚滚黄烟,屋顶上薄薄的寒霜就像涂在女人脸上的面霜,若有若无。礼拜天到了,又一个落霜无痕的早晨,张月秀来到了蓝湾公馆。

家里来了客人,秦大姐主动回避,她进保姆房听收音机里的广播评书去了。张月秀和吴佩琳客厅沙发坐定,吴佩琳拿出刚出锅的糖炒板栗:"大别山里新鲜板栗,刚上市。"张月秀挨着吴佩琳坐下,手里攥着吴佩琳递过来的一颗板栗:"礼拜天,怎么就你一个人?"吴佩琳剥开板栗壳,闻着冒着热气的板栗:"不用吃,就能闻出来板栗的味道,你早就闻到了我们家里的气息,还装着不知道。都快半年了,能捂得住吗?"

张月秀说:"佩琳姐,你不说,我哪好意思问。怀良睡在办公室里,全公司都知道了,我这才觉得有点不对头。"

吴佩琳说:"你觉得哪儿不对头,问怀良了吗?"

"我问了。"张月秀犹豫了一下,"他不说,叫我问你。"

吴佩琳说:"做了那么龌龊的事,他没有勇气说,我也张不开嘴说,你今天来问我,我也不说,说一次,等于又被侮辱一次,月秀,你都不知道这几个月我过的是什么日子,我现在连哭都哭不出来了。家丑不可外扬,好说好散,我也不想闹得全世界人民都知道,太丢人了!"

张月秀说:"非要走到鱼死网破那一步吗?"

吴佩琳见张月秀扮演的是说客的角色,目标是对着她来的,沉不住气了:"月秀,我问你,魏国宝把一个洗头房的女的带到你床上,你跟他离婚了,要是魏国宝再给那个卖淫女一大笔钱,还帮她开一个店,你是不是连杀他的心都有了?"

张月秀很肯定地说:"是的!"

"宋怀良就干了这种事。我不杀他,不去公司闹,不要公司财产,我净身出户,是不是够宽宏大量了?我打断牙齿往肚里咽,当初是我不要脸跑到五里井来的,怪不得别人。"

张月秀说宋怀良怎么可能干这种事,吴佩琳直接抖出了汪晓娅,并以文学叙事的笔法,故事经过、情节推进、细节描写,系统而生动,其中汪晓娅用食指轻轻按住猩红嘴唇当面挑衅她,比电影上的妓女还要下流。"汪晓娅卖身,五里井街坊都知道,我没造谣;宋怀良跟她是在红蜻蜓包房里相遇的,汪晓娅亲口对我说的。"

张月秀没有配合吴佩琳的惊讶和愤怒，她换了一个角度来回应吴佩琳："汪晓娅是看不得你跟怀良日子过得好，才故意编造事实，挑拨离间的。她说得那么夸张，明显是别有用心。你上当了！"

吴佩琳说："汪晓娅没有编造，宋怀良承认了。他承认在红蜻蜓相遇，没承认跟汪晓娅苟且，所以这婚才拖到现在没离。没有苟且，为什么在包房里当场开支票给她开店，能解释得通吗？"张月秀打断吴佩琳的话："佩琳姐，你不要纠缠细节，不要联想得太多，没有哪一个细节能经得起联想，就像你说赵超送我的丝巾比店里的任何人都大，怀良上班路上还看到赵超特地给我买早饭送过来，这些细节往深处去想，就会想得天崩地裂。这么多年过来，我发觉男男女女之间的事，永远都扯不清，说不清，断不清，只有靠信任。不信任，一个电话没有及时接，都很可疑，你要是信任，宋怀良给汪晓娅钱，就是出于同情和慈悲，也有可能是炫耀，意思是帮你开个店小菜一碟，甩了我你就后悔去吧。怀良做得可能不太妥当，但不能轻易说背叛。"

吴佩琳听出了张月秀一味在为宋怀良辩护，没有丝毫的姐妹立场，她失去耐心："月秀，是你了解他，还是我了解他。你说我抓住鸡毛蒜皮的细节不放，那么你去问宋怀良，这十来年，他去过多少会所、浴场、桑拿房、按摩店、歌舞厅，罗马不是一天建成的，遇到汪晓娅是一个细节，十来年混迹生意场却是一个完整的故事，一个堕落与色情的故事。我不是没做过努力，可他越做越过分，不是我不信任他，是他没法让我信任。"

客厅里姐妹俩说话的口气逐渐尖锐，张月秀说口渴了，还没来得及喝口水，吴佩琳在茶几下面摸出一罐可乐扔给张月秀，张月秀拉开易拉罐盖子，一股压制已久的气体挟持着碳酸味喷了出来，张月秀喝了几口，稳定一下思路，说："即便这样，我也相信宋怀良，如果庐阳'出污泥而不染'的人只有一个，我相信这个人就是宋怀良。"

吴佩琳急了，"你凭什么相信他！"

张月秀立即接腔："凭感觉，凭这么多年的交道。"

吴佩琳说:"那好。我跟他离婚,你嫁给他。"

张月秀说:"你要是跟他离了婚,我真的嫁给他;我一点都不瞒你,我想嫁的男人就是宋怀良。你们办了手续后,看在我们姐妹这么多年分上,你帮我劝劝宋怀良,叫他不要嫌弃我,大家都是离过婚的,同病相怜。"

吴佩琳突然从沙发上跳起来,情绪彻底失控:"你做梦!"

张月秀依然风平浪静地说:"佩琳姐,你别激动。是你叫我嫁给他的,你不离婚,我怎么嫁? 做梦的机会也没有呀!"

其实,宋怀良那天还没走出"红蜻蜓"会所大门,他就后悔了,太冲动,撕一张支票比撕一张废报纸还要容易。宋怀良没留汪晓娅电话,不想跟她再有任何联系,没料到她跟吴佩琳撞到了一起,宋怀良翻出汪晓娅发来的短信,都删了,只残留一条莫名其妙的"白天不懂夜的黑",不知为什么,还在,宋怀良按短信上的号码回拨过去,通了,汪晓娅在电话里激动过分,感觉像是对着手机边说话边跳舞:"你终于冒泡了,见你比见李连杰还难。约过多少次了,总那么推三阻四,我有那么讨厌吗?"

汪晓娅约宋怀良在百货大楼五楼的上岛咖啡见面,宋怀良执意要在楼下的"雍泰药房"大堂,药店人少,还有椅子。下午,阳光懒洋洋的,开了店的汪晓娅穿着一身法国"巴黎春天"职业装,看上去神清气爽,她一见面就对宋怀良嚷道:"你老婆有什么了不起的,不就是厂长的女儿,我送她一瓶保湿霜,香奈儿的,她不要,扔柜台上了。"宋怀良站在药店大堂一排铁椅子边,不坐,也不招呼汪晓娅坐,他直截了当地说:"佩琳扔了你的保湿霜,回家就起诉我离婚。你都跟她说了什么,害得我睡办公室半年了。"

汪晓娅一脸无辜:"我没说什么呀。都是她主动问的,她问我答,跟接受记者采访差不多。"

事到如今,宋怀良不再拐弯抹角:"你去跟她解释,我跟你在'红蜻蜓'包房相遇,没做对不起她的事,手都没碰一下。"

汪晓娅不干:"我没对吴佩琳说跟你做爱,为什么要去解释?再说,也解释不清楚呀,都进包房了,钱都付过了,你到全世界去问问,有哪个男人不做的?"

宋怀良又后悔了,不该来找汪晓娅,纯属病急乱投医,黔驴技穷。宋怀良很无奈地摇了摇头,转身走了,汪晓娅跟上来对他说:"吴佩琳要是跟你离婚,也可以理解,像你们这样做老板的,风花雪月逢场作戏就像女人的保湿霜,标配,哪个做老婆的能受得了,也只有像我这样见过世面的女人,才不会大惊小怪。《花开》杂志上说,中国富豪离婚率90%,大老板80%,小老板50%,你早在这个杠子里面了,离婚也是迟早的事。"宋怀良出了大药房的玻璃门,门外一股冷风扑到脸上,脸上一阵发麻,他头也不回地说:"我不在你划的杠子里面。"汪晓娅紧赶两步,与他并排而行,她对着宋怀良侧面的脸说:"我可以向吴佩琳保证,你给我的那笔钱,补一张借条给她,分批还,其他我不会说一个字,她吴佩琳不能占了便宜还卖乖,哪有什么好事都让她一个人搂到怀里的。"

宋怀良没说话,径自走向路边泡桐树下停着的自行车,打开车锁,宋怀良对着马路上方寒流汹涌的天空说了句"我自作自受",骑上车走了,他知道吴佩琳要的根本不是借条和钱。

江月英下午去社区填居民信息表,吴镇海独自到了蓝湾公馆,手里抓着一包糖炒板栗,进门刚落座,吴佩琳抢在父亲开口前公开了自己的立场:"爸,我跟我妈不一样。在我这里,突破了底线,人就没有了活着的理由。"吴镇海知道女儿说的是什么意思,他以曾经沧海的人生感悟,回答女儿:"你知道这世上有多少底线吗?个人的底线,社会的底线,自己的底线,他人的底线;还有中国的底线,美国的底线,瑞士的底线;另外你没注意到,今年的底线,去年的底线,年轻时的底线,年老的底线,都不一样的。这就是说,没有哪一条线是永恒不变的绝对的红线，没有哪一条线是适用于所有人，适用于全世界，适用于千秋万代的。只要不是杀人放火、丧尽天良，就没有什么不可越过的线，就没有什么不能调整的线。当年做买卖叫投机倒把，抓到坐牢；如今做买卖，搞活市场，繁荣经济，发奖状；古代家长让女儿裹小脚，三寸金莲，优雅美丽；现在我要是让你裹小脚，残害妇女，灭绝人性；你说，底线在哪里，哪条底线是丝毫不能碰的。我年轻时的底线是，你妈不能反抗我；我现在的底线是，我绝对不能反抗你妈。如今社会，很多我也看不惯，但社会不以我的意志为转移，我们只有跟社会合作，才能获得发展，社会不会看个人脸色向前。当年我坚决不愿跟资本主义合资，就是不晓得变通，太固执己见，你不愧是我生的，跟我一样，犟！"

吴佩琳反击说："你晓得我跟你一样，还来做什么说服工作？"她拿起桌上的一包板栗，"多少钱买的，我付给你！"

吴镇海足足构思了一个多礼拜的金科玉律，吴佩琳用两句话粉碎。

在秋天最后一些日子里，吴镇海不再去蓝湾公馆，知道两口子分居，吴镇海邀宋怀良到家里喝过几次酒，吴镇海劝宋怀良不要往心里去，哪怕真的上法庭，我也会支持你，宋怀良喝了酒，就一个劲地认错，说自己这么些年确实犯了很多错误，对不起吴佩琳，他希望佩琳能给他机会，他愿意耐心地等着吴佩琳回心转意。

冬天已正式来临，没有任何迹象看出吴佩琳回心转意，杨律师在吴佩琳那里做了多次艰巨而徒劳的努力；宋怀良心里寒风呼啸、冰天雪地，他的耐心也已经被渐渐耗尽，绝望的情绪铺天盖地，他撑不住了。这天下班后，宋怀良给杨俊律师打了一个电话，约他晚上在"红泥土菜馆"见面。

土菜馆里土碗、土锅、土灶、土桌、土凳，连客人都是土拉吧唧的打工一族和小商小贩小市民，宋怀良喜欢这种感觉，他点了一个红泥炭炉狗肉锅，一个牛肉粉丝锅，配了四小样凉盘，撬开一瓶"庐阳特曲",一落座,先干了一杯酒。

杨俊对宋怀良总是高看一眼,当年关在看守所里那个老实而木讷的小电工,混成了庐阳有名的企业家,他亲身经历吴佩琳当初豁出去救他的壮举,一端酒杯就说:"你们离婚,我于心不忍。吴佩琳大小姐脾气,我都把话说尽了,没有证据的事,拿不上法庭,她说是你不同意协议,逼她起诉,才不得不把那些说不出口的事写到诉状中。我手头案子太多,一个杀人案,两个抢劫案,都是大要案,最近连着开庭。宋总,你不找我,我也会来找你。我的意思是,调解无望,你们干脆上法庭,没有证据,法院也不好判。"

宋怀良端起酒杯跟杨俊碰了一下,一口喝干:"杨律师,不用上法院了,太丢人,既然闹到这种地步,我已经想通了,同意协议离婚,今天找你来,想跟你商量一下,由我来起草'离婚协议书',拟好了后,如果她没意见,这几天就把手续办了。"

杨俊见惯了人间悲喜剧,宋怀良大撒把,他也就顺坡下,放下酒杯,从塑料文件袋里,掏出一支碳素笔,一沓信笺,准备记录,宋怀良脱口而出:"第一、感情不和、性格不合,离婚责任在我;第二、怀琳公司下属八个分公司、十八家网吧、一家建材商场、一家超市、一家餐饮全部变更到吴佩琳名下,蓝湾公馆房屋产权本来就是吴佩琳的,公司现有账面流动资金一百三十二万,应收工程款项二百四十六万,划归吴佩琳所有,我净身出户;第三,孩子抚养,你跟吴佩琳协商一下,再征求一下孩子的意见,跟谁都行;第四,吴佩琳那里有一张卡,里面还有九万多块钱,我要带走,做我下一段的生活费。就这些,没了。来,杨律师,喝酒!"

杨律师抓着笔,开头只记了几个字,一个也写不下去了,他以为宋怀良酒喝多了,可一瓶酒才开了个头。杨律师抓着碳素笔,一脸不可思议:"宋总,你把我弄糊涂了,公司不要了,财产和钱也不要了,公司是你一手创办的,你净身出户,到哪儿去?"

宋怀良端起酒杯没喝,他望着杯中的酒,说:"杨律师,你再加上

第五条,公司及家庭财产移交完,办妥离婚手续,我就离开庐阳,再也不会回来了。"

杨俊有些狐疑,总不会跟汪晓娅再玩一次私奔吧,他小心地问:"宋总,你不能跟吴佩琳一样,意气用事。你得想清楚,公司交给她,她玩不转;再说,你离开庐阳,是不是要跟谁私奔到南方去?"

宋怀良说:"我去北方,黑龙江鸡西煤矿,我妈、我姐在那里,我姐夫说矿上有活干,这么多年没尽孝,手续一办,我就坐火车去黑龙江找我妈去。"

杨俊发现这两口子一路货色,做起事来,一个比一个不讲理,一个比一个不计后果,在杨俊接的离婚案中,最难办的就是两口子争夺财产,这两口子争相放弃财产,他们离婚像是一部小说,或一部电影,跌宕起伏,变幻莫测,奇葩到家了。得把心里疙瘩解开,协议书才能拟定准确:"宋总,能不能告诉我,为什么做这么绝? 除留一点生活费,千万家产的公司,一根草都不要了。"

宋怀良将一杯酒倒进喉咙里,酒瓶已见底,他对着布帘外喊道:"服务员,再来一瓶!"宋怀良手里捏着酒杯:"为什么一根草都不要了,我就是要告诉吴佩琳,我不是欲壑难填的人,不是小人得志的人,不是为钱活着的人。起初,市里领导、区里领导给我发奖牌、奖杯,电视、报纸采访我,我以为自己是为政府、为人民做贡献、干大事的,做到今天,做到夫妻翻脸,两口子离婚,这会儿才明白,没有了老婆,没有了家,一切都是空的,都是假的,不管我怀里抱着多少奖杯和奖牌,说到底,还是为了吴佩琳、为了这个家。我一个下岗小电工,哪有那么高的觉悟,街坊都穷,公司做大了,给街坊一个饭碗;钱挣多了,佩琳在她爸妈那里能抬起头来;公司做强了,不会被人家欺负,不会把我当小偷,警察不会把我按倒在地,用皮鞋踩着我的脑袋。杨律师,我心里很苦,没人能理解我。"说着,宋怀良趴在桌上哭了起来,他的两条袖管和一堆狗肉骨头与满桌油腻混在了一起,小馆子里灯光昏黄,空气中弥漫着呛人的烟雾和酒味。

这时候,杨俊看到了眼前是一个下岗的电工,一个关押在看守所里浑身筛糠的嫌犯,而不是一个叱咤风云的老板。

喝酒中途,杨俊接了一个电话,是杀人犯家属打来的,说没几天就要开庭了,一个重要证人刚刚找到,请杨律师立即过来做一个录音。杨俊对趴在桌上的宋怀良说要先走一步,录了证言,连夜拟好协议书,"我明天一早送给吴佩琳,看看她什么态度。"

杨俊走后,宋怀良抓起刚上来的一瓶酒,倒了几次,酒都泼在了桌上,瓶口对不准酒杯,宋怀良扔掉酒杯,酒瓶对着嘴,仰起脖子,咕咕噜噜,一气猛喝,烈性白酒像矿泉水熄灭了他心里窝了整整两个季节的无名火,又像是熊熊大火,照亮了他心灵深处黑暗无边的废墟,他被这冷热不均、水火交融的烈性酒搅拌和粉碎着,一瓶白酒一口气喝干,胳膊一歪,酒瓶戳进了砂锅里,宋怀良看到自己被搅拌成碎末在灯光下飞扬,像春天马路边飘飞的柳絮。

大脑向上飞,身体往下沉,宋怀良重重地跌倒在地,他躺了一会儿,双手抱着桌腿企图顽强地站起来,可腿伸不直,膝盖顶不动,身子撑了一半的宋怀良,像中弹一样又栽倒在地,跌倒的脑袋撞到了土菜馆板凳的直角上,一股鲜血冒了出来,被惊动的服务员进来看到出血的位置是太阳穴。

店里喝醉酒是常事,店老板和服务员用餐巾纸按住了出血的太阳穴,又从他口袋里翻出一沓名片,确认是怀琳公司老总,饭店老板叫伙计开店里买菜的客货两用车,将宋怀良送到汇通大厦楼下,宋怀良被扶下车,进门时对保安说:"酒呢,你敢跟我喝!"保安将满嘴流着口水和酒水的宋怀良送上十八楼办公室,那位抽过宋怀良"红塔山"香烟的保安,将宋怀良平放到沙发上,还给他倒了杯水,又问他:"要不要通知你家属?"宋怀良挡开保安的水杯:"没事,你走吧!我没家属。"

落地窗外早晨的阳光斜切进办公室,其中一部分覆盖了沙发,躺在沙发上的宋怀良脑袋一半被阳光照亮,太阳穴的血已经风干成绛紫色,地板上呕吐了一大摊酒肉,还有黄疸汁,几口鲜血呕吐在皮鞋边上,皮鞋边上是一条染上了鲜血的枕巾,血迹湮灭了枕巾上的山水图案。一早,袁小倩来送开水,宋怀良脑袋耷拉在沙发坐垫边上,头发乱如稻草且沾满了酒肉的污秽,他眼睛紧闭,脸色刷白,跟死人是一样的。见过车祸死人的袁小倩扔下水瓶对着走廊声音恐怖地尖叫:"不好了,宋总出事了!"还没到八点,楼道里空空荡荡。

刚出电梯的张月秀听到了尖叫,急忙冲了进来,她第一时间拨打了120,然后跑过去托着宋怀良的脑袋,没一点反应,人已经昏迷。

送到市第一人民医院急救室,酒精中毒、胃穿孔引起大出血、太阳穴出血性创伤、深度肝昏迷,医生检查后下达了"病危通知书",跟救护车一起过来的张月秀给吴佩琳打电话,手机关机,张月秀很镇静地接过病危通知书,以家属的名义签字确认。

宋怀良推进急救室后,张月秀站在医院走廊里给吴佩琳打电话,还是没通,抬起手腕看表,指针指向上午九点半。

昨晚,杨俊律师出了红泥土菜馆的门,电话告诉吴佩琳,宋怀良同意离婚了,明天早上把协议书送过去。宋怀良纠缠了大半年,瞬息之间,放下了,死活要离的吴佩琳心里突然悬了起来,找到备胎了?是汪晓娅吗,不可能,顶多逢场作戏;会是张月秀吗,张月秀嘴上说想嫁给宋怀良,就不会嫁给他,可真的离了,他们两个单身的男女拼到一起,既不违法,又不违背道德。吴佩琳越想越烦,大脑里像有好几列火车迎面呼啸而来,后半夜的三点多,她坐起来,拧亮床头灯,望着窗外黑沉沉的夜色,心脏盲目地乱跳一气。天亮时分,吴佩琳迷糊了一会儿,她梦见宋怀良骑着自行车带着她在五里井巷子里飞速奔跑,她说:"是去陈记汤馆喝牛肉汤吗?"宋怀良说:"不是,去民政局离婚。"

宋怀良推进抢救室的时候,吴佩琳正在做梦。

宋怀良中午十一点零五分苏醒，他睁开眼睛看到医院里雪白的墙壁和医生雪白的大褂，雪白的灯光下每一个脑袋像瓦罐一样轮廓粗糙而饱满，一部分牙齿在瓦罐的裂缝里错动着，他听到了一个男人的声音："脱离危险了！"后来又听到一个女人的声音："家属去把钱交一下！"声音模糊而生硬，宋怀良想说话，发不出声来，一把勺子伸到了他嘴边，勺子里的水流进了嘴里，他沿着勺子伸过来的方向，看清了张月秀的脸，她温和的脸上是浓厚的温暖，她动作很轻地喂着水，如同给婴儿喂奶："没事了。跟谁一起喝的？喝那么多！"宋怀良没说话，眼角流下了一滴泪水。

吴佩琳跟宋怀良差不多同时醒来，头疼，眼前一片缭乱，脑袋里是空的，是蒙的，做午饭的秦大姐进来问红烧肉要不要放板栗，手里还抓着一个文件袋，说一早律师送过来的，接过文件袋，打开一看，是宋怀良版本的离婚协议书，吴佩琳看着看着脸色变了，她要给杨律师打电话，手机还没开，一打开，屏幕上跳出十四个未接电话，正要回拨，张月秀电话又进来了，秦大姐看到吴佩琳披头散发从床上跳下来，趿着拖鞋，直接往楼下冲去。

吴佩琳是趿着一双棉拖鞋冲进医院病房的，见宋怀良像一个死里逃生的难民，脸色蜡黄，神情枯萎，她扑过去抓住宋怀良的手慢慢地蹲到了床沿边上，泪水决堤似的夺眶而出："你这是怎么了？你怎么连命都不要呀！"宋怀良脸上没有一点表情，也没有流泪，绝望而麻木的目光没有一点温度。

张月秀把病危通知书递给吴佩琳："联系不上你，这是我代你签的。你家的男人，我得交给你。我中饭还没吃呢，真饿了！"

吴佩琳面露愧色："月秀，真不好意思，让你受累了！"

张月秀当着宋怀良面说："佩琳姐，医院里24小时连轴转很耗人，你要是累了，顶不住了，不想顶，你就跟我说一声，我会来的。"

吴佩琳听出了张月秀话里有话。

头尾五天，宋怀良出院了，五天里吴佩琳二十四小时寸步不离，端茶、倒水、喂药，扶着上厕所，第三天中午在病房卫生间给宋怀良洗了一个热水澡，第四天夜里趴在病床边打盹的吴佩琳一个恍惚，栽倒在地，睡熟了的宋怀良没有觉察，同病房一位老年病友早上起床后，感慨万千地说："你们这两口子绝对是模范夫妻。"他手里抓着温度计指着吴佩琳，"百里挑一的贤妻良母！"住院几天里，吴佩琳和宋怀良除了说"喝药的水烫不烫""中午给你订一盅乳鸽汤""被子再垫一床""要不要小便"，他们没有提过离婚，没有提过公司，也没有提过钱。

宋怀良第五天上午出院，公司司机老邵拎着汽车钥匙上来了，老邵问："宋总，车开哪儿去？"

宋怀良站起来，对拎着一大兜住院用品的吴佩琳问："老邵问，车往哪儿开？"

吴佩琳一手拎着网兜，一手挽着宋怀良的胳膊："往家开！"

宋怀良的目光落到吴佩琳趿着一双棉拖鞋上，他对吴佩琳说："拖鞋在医院里沾了不少细菌，先到飞鹰国际买双新鞋，换了，再开回家！"

汽车出了大门，医院大楼里久久不绝的药水味和血腥味消失了，也许是被风吹走了，是个有风的日子，阳光在冬天的风中寡淡如水。

十九、雨停了，把蔚蓝还给天空

宋怀良版本的离婚协议书击穿了吴佩琳。

多年辛苦打拼来的江山，宋怀良像扔一个香烟盒一样扔掉，全部财产转给吴佩琳，然后只身远走他乡，那个还没来得及打开手机的晌午，刚睡醒的吴佩琳捧着离婚协议书的手在发抖，不是手抖，是心抖，宋怀良以自我毁灭的勇气来成全吴佩琳的离婚心愿，自残的决心异常坚定、毫不动摇，吴佩琳动摇了。

阳台上的蝴蝶兰开了，粉紫色的花稀释了冬天的寒冷，吴佩琳穿着新买的棉拖鞋躺在阳台椅子上晒太阳，她手里捧着一卷打开的书，是弗洛姆的《爱的艺术》，城隍庙地摊上淘来的，三块钱，外国人写的书，书里文字太玄，读起来似懂非懂，不过她记住了里面的一段话：离开母亲的怀抱和乳房，人就失去了依靠而陷于孤独，要克服孤独和孤独所带来的恐惧，最有效的方案，就是寻找并沉溺于爱情和婚姻之中。

这个从未谋面的外国人说到她心里去了，像是为她写的。

宋怀良出院回家后，试探性地对吴佩琳说公司的办公室还保留着呢，她说给别人用吧，不要浪费了，宋怀良说公司要有一个副总帮着分担压力，吴佩琳说离开公司太久了，跟不上趟了，张月秀挺合适，自己人也放心些，宋怀良说张月秀连人事部副经理都不愿干。两口子说话都很小心，不说透，也不说破，不触碰尖锐词汇。吴佩琳提出在必来牛肉汤馆当顾问，每天上下午到楼下监管熬汤的食材和口味，顺便帮忙干点活："我想在汤馆拿一份工资，你看拿多少合适？"宋怀良爽快答复说："你自己定！"

　　重归于好的两口子在蓝湾公馆那张席梦思大床上又开始重温和复习已缺席了大半年的夫妻生活，那种驾轻就熟的投入在天崩地裂之后留下的是死而复生的体验。又一个拉上了窗帘的夜晚，他们如同干柴烈火在反复舔舐着同归于尽的烈焰，吴佩琳贴在宋怀良的胸脯上，咬着他的耳朵问："汪晓娅是不是也很浪呀？"已经被点燃的宋怀良突然被浇了一盆凉水，熄火了，他没有说话，也没反驳，该说的话早已说过了，他像霜打过的茄子，蔫了。吴佩琳过于兴奋，不小心碰到了宋怀良疮疤，于是轻轻捏着他的鼻子道歉说："对不起，我不是故意的。你跟汪晓娅什么事都没有，是我一时发蒙，说错了。"宋怀良还是没说话，不管吴佩琳怎么添火加柴，宋怀良熄灭的身体再也点不着了，吴佩琳实在控制不住满腹的幽怨，她从宋怀良光滑的身体上猛地反弹起来，委屈地说："我都向你道歉了，你还要我怎么样？"宋怀良也不解释，他将掀开的被子拉过来盖在身上，有气无力地说："对不起，我太累了。"

　　一个百无聊赖的午后，吴佩琳在阳台上边晒太阳，边跟秦大姐学打毛线，她要给宋怀良和宋依琳一人织一双羊毛手套，过年送给她们，吴佩琳打毛线类似于在二厂设计科绘图，一根根毛线的纹路就是图纸上铺开的电路，吴佩琳说出这一感觉时，汪晓娅电话打进来了，秦大姐见吴佩琳抓起手边的电话刚"喂"了一声，脸色瞬间刷白，她悄悄地退回保姆房去了。

　　汪晓娅约吴佩琳去"避风塘"喝一杯啤酒，她说喝酒不是目的，主要是向吴佩琳做一些解释，消除误会，电话里汪晓娅轻慢随意的口气里夹杂着隐约的幸灾乐祸，吴佩琳回得很生硬："我没要你解释，跟你也没什么误会，你想办法把你店里的脂粉和口红卖掉，其他就不要白费心思了！"汪晓娅听出了吴佩琳生硬中还夹带着蔑视，汪晓娅以加倍的敌意以牙还牙："佩琳，宋怀良如今是响当当的企业家，他不是你口袋里的零花钱，也不是你梳妆台上的口红，想怎么用就怎么用，想用多少就用多少，他属于广播电视报纸歌舞厅会所娱乐城，他在任何场合出现，都不是由你说了算的。你跟我一样，只是宋怀良的观众，你过于自以为是了。"吴佩琳在电话里迎头痛击："汪晓娅，你以为你是陈圆圆，是赛金花，说起为人不齿的事来理直气壮，我的鞋底都比你心灵干净，不知羞耻。宋怀良仁义，劝你从良，就这么简单，没必要自作多情，你想，宋怀良怎么会下流到跟一个坐台小姐苟且呢？"没等汪晓娅在电话里做出反应，吴佩琳挂了电话。

吴佩琳没看到电话里的汪晓娅抓起货架上一瓶化妆品，狠狠地摔到地上，满地四分五裂的乳液和碎玻璃。气急败坏的汪晓娅给宋怀良打电话，没接。晚上，汪晓娅发来了一条短信："我想帮你解围，你老婆还在电话里骂我。这种身在福中不知福的女人，跟她离了拉倒。还睡办公室吗？天那么冷，要不要我给你送一床电热毯过去！"

宋怀良删了短信。不回。他不想跟汪晓娅有一个字的联系，宋怀良寒透了心，庐阳版的"农夫与蛇"的故事早该结束了。

宋怀良删短信的时候，正跟吴佩琳坐在被窝里看电视剧《潜伏》，剧中形形色色的特务无孔不入防不胜防，他删短信的手指灵动迅速，跟电视里余则成销毁电报稿一样敏捷，吴佩琳歪过脑袋问："这么晚了，还有短信？"

宋怀良惊慌地将删空了信息的手机捂到胸口上，随口应付："公司里的破事。材料款没付，讨债的！"

吴佩琳无心要看手机，但宋怀良手机贴到胸口的姿势，像极了电视剧里特务遇险时的某一个动作。她不想刨根问底，就不再追问。

宋怀良跟吴佩琳讨论起了电视剧："余则成要是开公司，公司里每个人都会被他算计得赤身裸体，太可怕了，你看，行动队长马奎就是被他害死的。"

吴佩琳手里抓着遥控器："电视剧不都是胡编的嘛,地下工作,怎么能派一个粗鲁的女游击队长跟余则成做假夫妻,还是个不识字的文盲。我去也比她合适呀!"

宋怀良说："你不适合做地下工作,没心机,我也一样。"

吴佩琳说："那我适合做什么?"

宋怀良说："站长太太,帮站长料理家庭,理财,监督站长的生活作风。站长跟马奎老婆被堵在屋内,一桩冤案。"

吴佩琳听出了宋怀良一语双关,也不生气,说："十个女人九个小心眼。是在意男人,不是算计男人。对吧?"

这样的聊天不着边际,无关痛痒,说说而已,说了等于没说,家庭过日子,只说闲话,不说是非,就是和睦正常的,吴佩琳记不清从哪本杂志上看到过这样一段话:人一生说的话,百分之九十以上都是没用的话,都是废话。句句管用,那是上帝,上帝是神,不是人。

两口子说完闲话和废话,情绪都比较松弛,身体也自由打开了,自由的身体合二为一,如同窗外自由的天空里,夜幕和空气分不清彼此。

韦晓丽到人事部找张月秀,手里拿了一盒草莓和一份简历,晓丽先说了一通女人吃草莓养颜补水的空话,接着才给公司推荐了一个设计师,新加坡皇冠装饰集团跳槽的,张月秀说这属于引进人才了,要由宋总拍板。

第二天韦晓丽把设计师简历送给宋怀良,宋怀良用鼻子闻着拆了封的香烟盒,不看简历,他问:"多大了? 男的,还是女的?"

韦晓丽说:"21岁,女孩,北方工艺美院刚毕业,本科,皇冠上了四个月班,不干了,哪儿也不去,死活要来我们公司。"

皇冠的设计师跳槽投奔怀琳,宋怀良一下子兴奋了起来,他抓起简历,没看内容,先看到了简历上的照片:"蛮时髦的,你怎么认识的?"

"我不认识。女孩她妈是郭凯的老同事,市政府接待处科长,以前是黄梅剧团当家花旦,叫梅芬,跟郭凯前妻肖疏影一个团的,肖疏影也找了郭凯,两个女人出面,他说不好推辞。"

刚从男女是非中挣脱出来的宋怀良,有些好奇:"两个女人一起出面,郭县长立刻照办,你一点都不在意?"

韦晓丽意味深长地看着惊弓之鸟一样的宋怀良:"我不是你们家吴佩琳。郭凯当县长,他前后左右都是女人,看是看不住的。歌厅里我见了太多的男人,男人出轨的是欲望,而不是心,男人最可怕的是,只动用欲望,不动用感情。我跟男人连逢场作戏的兴趣都没有,这才来公司上班的。郭凯说我是女人堆里最有头脑的。"

韦晓丽了解所有男人,吴佩琳了解宋怀良一个男人都那么困难,吴佩琳回蓝湾公馆后,缺得力帮手,宋怀良最想提副总的人是韦晓丽,业务、人事、公关,上手就来,可又担心郭凯会有什么想法,还有场外督察吴佩琳难以认可。离婚风波后,宋怀良没有以前那般的一言九鼎、杀伐决断了,患得患失肯定不好,可他在这个冬天没有完全过去之前,一件小事足以纠结一晚上。

宋怀良拿起简历迎着光线又看了看两寸照片上的女孩,不到两分钟,由兴奋转向了犹豫:"公司女的太多了,都快成娘子军连队了。"宋怀良从简历上抽回目光,"能不能请你家郭县长向吴佩琳推荐一下,他们是市政府大院的发小,幼儿园还同过学。"

韦晓丽丝毫不掩饰自己的感情立场:"我不欣赏你们家吴佩琳,孤傲清高,自命不凡,他爸不就是处级干部,跟我们家郭凯一个级别,没必要整天戴着有色眼镜看世界。既然你那么在意吴佩琳的态度,我马上叫郭凯给她打电话。"

宋怀良硬着头皮补充解释:"跟你说句实话,前段日子,家里闹得有点不愉快,郭县长出面推荐给吴佩琳,这个女大学生就是她介绍来的,而不是我招聘来的,也不是你推荐来的,你应该懂我的意思了吧?"

韦晓丽似乎听懂了，她仰着头，若有所思："要是个男的，我推荐，你拍板，就没问题了。还是怕老婆！"

宋怀良说："不是怕老婆，而是怕误会。"

韦晓丽反唇相讥："除了吴佩琳误会，还有谁？不还是怕老婆嘛！"

郭凯让父亲出面约吴镇海老两口和吴佩琳小两口，星期天到庐西县望云山度假村吃野味，泡温泉，郭永康电话里对吴镇海说："庐西度假村项目是郭凯当副县长引进的，一到节假日，游客一窝蜂往那儿拥，生意火爆得刹不住车。老板多次给郭凯送钱，郭凯坚决不要，像我们这种革命家庭出来的，绝对不能搞腐败。经不住老板软磨硬泡，郭凯这才答应我们两家去那里考察体验一下。"

两家两代八个人，望云山度假村余总安排了峡谷边两栋木屋，木屋外是一圈紫竹和冬青围起来的围墙，绿色围墙下藏着终年冒着热气的一个专用温泉汤池，结构布局按日本名古屋海边温泉木屋设计。吴佩琳看不得当官男人得意忘形的笑脸和居高临下的手势，不想去，吴镇海说你郭伯伯好不容易安排一次家庭聚会，不能辜负了人家的一片好心，小宋也答应了，周五下午公司派车送我们过去。

夜里十一点，宋怀良应酬回到家，吴佩琳有保留地表明了自己不太想去，宋怀良劝吴佩琳："郭县长是好人，当年我蹬三轮时帮过我，到庐西当领导，望云山电厂的麻烦事，还有县里几个大的工程项目，帮了那么多忙，除了喝点酒、偶尔唱一回卡拉 OK，不要一分钱，坐台小姐的场所从来不去，郭县长这样的清官，我就没遇到过。"

周五下午出发前，情况突变。徽南市徽韵商厦装修工程即将攻克，耿双河约了不下二十次，商务局陶闻风局长终于同意周五晚上吃饭，事关能不能拿下工程，宋怀良和韦晓丽当晚必须赶往徽南的饭局。

去徽南的火车上，宋怀良叫耿双河给吴佩琳打电话给解释一下，韦晓丽嘲笑宋怀良："你看，怕老婆怕到正常工作都战战兢兢的。我给郭凯只发一条短信，根本不需要拐弯找人解释。"宋怀良尴尬地讪笑着："郭县长是大领导，见过大世面。"

耿双河给吴佩琳打电话，语速很快："百万工程，要打通最后关节，怀良出面，晓丽出招，不来不行呀！"吴佩琳听了解释，心里的一丝不快就随风而去了。

晚六点，庐西温泉度假村半山腰的"灌云阁"里，余总宴请郭凯县长一行的酒宴开席了，木屋吊灯的暖色灯光和木质结构相互配合，勾勒出温馨与温暖的格调，只是土洋结合的"茅台""路易十三"上来后，又上了野鸡、野兔、野猪、麂子肉，还有海参、鲍鱼、澳洲刺生，一桌子的土洋结合、中西合璧，举起酒杯，大家对宋怀良和韦晓丽缺席表示了不到一分钟的遗憾，就热情高涨地投入到一桌酒肉中。

酒足饭饱，从半山腰"灌云阁"回峡谷边温泉木屋的路上，夜色阑珊，老人们走在前面，郭凯和吴佩琳殿后，路灯光被树荫分割，光影破碎，一路上人脸若隐若现。郭凯提醒吴佩琳石板路小心点，吴佩琳说小学夏令营爬长城摔倒的是你，而不是我。郭凯由副县长升任县长后，身上官味反而淡了，官腔少了，跟他闲聊比跟宋怀良说话还要轻松，绕了好几圈，郭凯绕到了怀琳公司装修设计的现代性和前沿性上，吴佩琳说公司设计力量很弱，几个做设计的都是半吊子，郭凯说："我给你推荐一个新潮时尚的设计师，怎么样？"吴佩琳说好呀，听说是新加坡皇冠公司跳槽的，吴佩琳满口答应，郭凯按照韦晓丽事先提示，说："佩琳，我们是发小，两家世交，都好说。你看要不要我给宋怀良再打一个电话？"吴佩琳说："不需要，我回去跟他说。公司缺人才，你推荐本科毕业的专业人才，求之不得呢。"就像吃完饭会情不自禁地抹一下嘴角的油腻一样，吴佩琳话锋一转，把今晚突然缺席的韦晓丽和宋怀良拖到了或明或暗的山道上："你跟晓丽聚少离多，该不会把晓丽调到庐西来吧，她可是公司的顶梁柱。"看不清郭凯或明或暗的表情,听语调倒是轻松:"庐西到市里一个多小时,很近的,来去方便得很。再说了。装饰公司的工作,晓丽得心应手,没必要调庐西。"

郭凯对韦晓丽跟宋怀良去徽南喝酒,孤男寡女一夜不归,竟无动于衷。是对韦晓丽信任,还是放任?这天夜里,吴佩琳控制不住地在木屋里的木板床上辗转反侧,想象如同山里的云卷云舒,上下翻飞,峡谷里彻夜呼啸的水声,像是铺天盖地的枪炮声响了一夜。

第二天宋怀良从徽南回到庐阳,嘴里好像还徘徊着残存的酒气,他告诉吴佩琳项目拿下了,只可惜两代四家,非常难得的聚会,没能到场:"庐西去过那么多趟,在那儿吃过饭,还没住过。度假村温泉咋样?"吴佩琳说露天洗热水澡,还能看到天上的星星:"余总说水里有几十种矿物质,我妈说没有,水里有肥皂,洗完了身上打滑,清爽。"他们在床上又讨论了一会儿山里的野味和老人开心的体验,吴佩琳说两个老人你来我往喝酒,像个孩子。

趁着心情爽快,吴佩琳把郭凯推荐的设计师端了出来,宋怀良问:"是男的,还是女的?"吴佩琳说:"女孩,21岁。皇冠跳槽过来的,本科刚毕业,读大学时还拿过设计大奖。"宋怀良说出了自己的担忧:"公司女的太多了,将来结婚生孩子,都是麻烦。这些年大的工程请上海、南京的设计师,也就是多花点钱。"吴佩琳虽退出江湖,站位确实比宋怀良要高:"不能长期靠外聘设计师,你要打自己的品牌,树自己的形象,得有自己的设计师。"她最后强调,"公司不能歧视女性,女性出来工作很不容易,小女孩,才21岁,你把她当女儿培养。这么多年,都是我们找郭凯麻烦,他从来没向我们开过口。"宋怀良说:"是的,郭凯帮我们太多,回不起面子。"吴佩琳脑子跳得太快,像天女散花,她嘴里突然又冒出了韦晓丽:"晓丽是你介绍给他的,解决了终身大事。你说,郭凯究竟哪点看上了晓丽,我老是想不明白。"

"西部咖啡馆"在庐阳河东岸,钱小毛接下装修工程,对宋怀良说,咖啡馆老板,是偷渡美国十八年回来的面包师:"要美国风格,找上海设计师,还是南京设计师?"宋怀良打电话给韦晓丽,带新来的设计师到西部咖啡馆工地报到。

咖啡馆是一家倒闭的茶馆转租过来的,宋怀良来到工地,屋内已被砸得面目全非,只剩下一些钢筋混凝土柱子和满屋的断砖残片,宋怀良是站在工地废墟上跟新来设计师见面的。

新来的设计师艾叶上身穿着长款黑色羽绒服,下身紧身牛仔裤,裤子上还有好几处似破未破的洞,脚上蹬了一双军绿色靴子,黑色披肩长发里混进了百分之十五左右的黄色,一头的杂毛,她背着一个亚麻帆布包,手腕上露出的手串是墨西哥鲨鱼骨磨制的,惨白色,让人想起死于非命的鱼。宋怀良对艾叶第一印象是,不像个能干活的人,新潮得超越了宋怀良的承受力,吴佩琳虽是工艺美术中专,也是学包装设计的,从不花里胡哨,他没有意识到代沟就是从头发的颜色、服装的款式、裤子的样式划开界限的。

艾叶见宋怀良说的第一句话是:"宋哥,我们见过的。"

韦晓丽立即打断艾叶:"你见过宋总,我还见过美国总统呢,哪家没有电视。怎么能叫宋哥呢,他跟你妈差不多大。"

艾叶没正经地笑嘻嘻地狡辩着:"你知道我爸多大了?六十三,我爸带过来的大哥,今年三十八,比宋哥还大一岁。"艾叶爸爸退休前是市石油公司总经理,庐阳的油老虎,离婚娶了小十七岁的剧团花旦梅芬,生下艾叶后,梅芬调到了市政府接待办。

这丫头家庭条件好,也许是混了个大学文凭,是她从皇冠公司辞职,还是皇冠公司辞退了她,很难说,宋怀良一时有些摸不着头脑,他压制着内心的不快,脸上没有半点欢迎加盟的意思,开口说话也很不客气:"看你简历,工艺美院本科,还获过什么设计奖,西部咖啡,你开场设计,希望能设计出跟你简历一样漂亮的咖啡馆来!"

艾叶的高帮皮靴踩在断砖碎片上,站立的姿势不断摇晃,她看了一眼室内的空间,对钱小毛说:"工头是你吧?你给咖啡馆老板打个电话,我要跟他沟通一下,是中午见面,还是下午?时间,地点马上确定。"她把脑袋转向宋怀良,"如果是美国西部风格,三天内拿出方案。宋哥,你看可以吗?"

没想到这么个花里胡哨的小丫头,说话做事干脆利索,极度自信。宋怀良一时愣住了。艾叶从帆布包里掏出一包饼干,撕开包装,问在场的吃不吃,大伙都摇头,艾叶从包装袋里咬出一块饼干:"一接电话,跳下床就过来了,早饭都没吃,脸也没洗。"

要不是郭凯抵到面上找她,吴佩琳绝不会插手公司用人,艾叶上班后,吴佩琳有些不放心地问咋样,宋怀良说服饰打扮挺新潮的,只是一头杂毛和牛仔裤上连续不断的破洞看上去不太靠谱。吴佩琳见宋怀良不太满意,就宽慰他:"年轻人要多带一带,像我们这拨搞设计的,都人到中年了,落伍了。"宋怀良心里有数,吴佩琳不能接受的东西远不止这些,网络成灾、公关成害、钱权腐败,这个时代的现实都是她心中的灾难,宋怀良尽量避免触碰她敏感的神经和内心里的禁区,于是附和说:"我还不是和你一样,跟不上趟。"

"西部咖啡馆"两层楼八百二十平方米,二十八天装好了。咖啡店老板,那位偷渡美国十八年的面包师长得像面包一样,看了装修效果后激动得给了设计师艾叶一个面包样的熊抱,与此同时塞给艾叶一千块钱红包,艾叶不要,老板说:"满意的服务,在美国必须要给小费的。这是规矩,也是礼貌。"艾叶收下红包,当场叫施工经理钱小毛通知宋怀良、韦晓丽、吴佩琳,还有人事部老杨、张月秀,周六晚上在天都大酒店,一千块钱小费全吃光。

吴佩琳不喜欢应酬,宋怀良说人是你推荐过来的,她的处女作交付,总得去捧个场,周六下午五点,受邀客人先集体参观"西部咖啡馆",然后再去吃饭喝酒。

还没进西部咖啡馆的大门,大伙都惊呆了,一个横空出世的全新设计。咖啡馆外墙用杉树原木装饰,头层牛皮绷成箱体的"西部咖啡馆"嵌在杉树墙上,并被一圈跳跃变幻的霓虹灯包围,进了咖啡馆内部,如同进入了一个原始部落,枕木堆叠的吧台,手工研磨的咖啡器具,木板铺排的屋顶,挂满了羊皮灯笼的空间,幽暗而晕黄的灯光照亮了墙上挂着的手工缝制的牛仔帽,剥了皮的牛头,还有一些粗鲁的绳索,在西边一个木栅栏隔断上方,斜挂了一杆伤痕累累的猎枪和一张羚羊皮,屋内滚动着约翰·丹佛的歌曲,《乡村路带我回家》。咖啡馆试营业三天,天天爆满,面包一样的老板对宋怀良拼命恭维:"宋老板,你手下的小艾,到纽约、芝加哥都是抢手的设计师。"宋怀良很享受这种恭维,就装得谦虚地说:"我们是庐阳顶级装饰公司,设计师水平的国际化,是公司的基本追求。"吴佩琳看艾叶那身耸人听闻的装束很是扎眼,可看了咖啡馆扎眼的设计,又有一种如梦初醒的新鲜感和梦幻感,要不是一屋子中国脑袋,还真以为闯进了异域风情的美国西部。艾叶手里抓着一支红蓝双色绘图铅笔指点着隔断的栅栏,向一行参观者介绍:"墙上要是挂上西部牛仔的左轮手枪,缺少视觉冲击力,所以用了长筒猎枪模型。设计理念既要考虑到美国西部气质,还要照顾中国人的审美,你们看咖啡馆桌椅,材料用原木,款式设计放弃用高脚高凳,符合中国人的习惯。"这个时候的艾叶,像一个指点江山的大腕,而不像个女孩。吴佩琳对她一头杂毛刮目相看,宋怀良从走进咖啡馆那一刻起,就完全改变了看法,有本事的人就是那些奇形怪状的人,电视上的那些大师,男的扎个辫子,女的剃个野小子的发型。

天都大酒店的包厢坐定,艾叶没有对参加晚宴的嘉宾表示欢迎,目光向四周扫了扫,说酒店装修豪华而庸俗,将黄山天都峰的风景喷绘到一面墙上,拥挤而毫无创意,宋怀良对艾叶说道:"小艾,菜都上来了,你是东道主,你主持吧!"

服务员给每位倒上白酒和红酒,艾叶从现场交头接耳的氛围中站起来,她不会客套,端着高脚酒杯,说:"宋哥,你跟钱工头喝白酒,我们几个小姐妹喝红酒。没意见吧？"

大家都说没意见，只有吴佩琳不说话，她对艾叶没大没小没法接受，水平不错，教养差了些。艾叶的目光扫描到吴佩琳脸色有些复杂，就说："佩琳姐，你换白酒，聚会是自由的，也不是所有女生都要喝红酒。"

人是自己介绍来的，吴佩琳不能在愉快场合流露不快，就装糊涂说："小艾，我不喝白酒的。只是感觉屋内有点闷，包厢通风设计不好。"

包厢里是全封闭的玻璃窗，没有通风口，艾叶一把扯过宋怀良刚点上的香烟："宋哥，还没开喝，你跟钱工头两个人已经抽了四支烟，烟雾太大，佩琳姐闷得慌。这包厢是脑残设计的。"

宋怀良尴尬地笑笑，钱小毛配合艾叶在烟缸里按灭香烟，酒宴在推杯换盏中开始了。酒桌上觥筹交错、你来我往、歌功颂德，酒桌无大小，酒酣耳热时，辈分界限统统报废，一桌子兄弟姐妹，吴佩琳听着听着就麻木了，她问身边的张月秀："小艾叫你什么？"张月秀说："叫我张姐，说是各亲各叫。"

喝完酒，吴佩琳、张月秀、韦晓丽几个打车走了，宋怀良独自骑着自行车穿行在冰凉的夜风中，进了家，满身是汗，宋怀良冲了个热水澡，泡杯茶，点根烟，酒精在血液里全都耗光了，坐到沙发上，正准备开电视，吴佩琳挨到他身边，伸手按住了宋怀良举在半空中的遥控器："怀良，你说艾叶这个小丫头，脑子是不是有毛病，懂设计，不懂规矩，比我们家依琳大不了几岁，叫你宋哥，我姐，听起来浑身起鸡皮疙瘩。郭凯怎么推荐这么个人过来？"

宋怀良把艾叶错综复杂的家庭关系复述了一遍，劝吴佩琳："公司没有血缘关系，也就没有辈分关系，不讲究那么多。只要能干活，各亲各叫。"

吴佩琳目光很复杂地看着宋怀良："各亲各叫，月秀也这么说。没有辈分关系，但有上下关系。我不是干预公司的事务，来了这么个奇葩,我才说两句的,还是要定一些规矩!"

宋怀良管理公司跟着感觉走,在吴佩琳对艾叶提出异议后,他跟着感觉回答:"你讲得有道理,明天我找她好好谈谈,公司的规章制度要遵守,按说,西部咖啡的设计小费,也是不该拿的。"

西部咖啡精彩亮相第二天,艾叶推开宋怀良办公室的门,就像进了自家的门,一进去就大呼小叫:"宋哥,你这门太土了,铁皮里面裹的是塑料泡沫。"她捋了一下一头的杂毛,扫了室内几眼,"办公室也太糟糕了,谁设计的? 老板桌红木的,文件柜方格造型,墙上怎么挂了个黄山日出图,沙发是欧版的,茶几是中式的,乱七八糟的呀!"

艾叶没轻没重地评头论足,向来温和的宋怀良摆出一副老板架势,不说话,他努努嘴角,示意艾叶坐到办公桌对面的转椅上。背着亚麻布肩包的艾叶挨着椅子坐下,从包里掏出一盒牛奶,一包巧克力饼干:"我还没醒呢,张姐打电话,叫我赶过来。"她抽出一块饼干递给宋怀良,宋怀良摇摇头,艾叶咬着牛奶吸管,说话声音被卡住了三分之二,"巧克力饼干,比梳打饼干好吃多了。你忘了,你吃过我的饼干。"

宋怀良一头雾水,第一次在西部咖啡工地,她就说见过面,宋怀良以为是在电视上见过的,没在意,至于吃过她饼干,宋怀良更糊涂了:"做设计的奇思妙想多,我吃你饼干了?"

艾叶嘴里挤出牛奶吸管,神情认真地将脑袋靠向宋怀良:"淮海路和东江路口,蹬三轮闯红灯,被交警逮着了,罚款五块,钱不够,急得都要哭了。"

宋怀良就是忘了自己生日,也忘不了那个阳光刺眼的中午,在那个电线杆上绑满了广告牌的十字路口,宋怀良被警察拦住了,罚款钱不够,急得脸上直冒汗,一个背着书包的小女孩挤出围观的人群,塞给他两毛钱。他没要。

宋怀良似乎记起了有饼干的细节,他推开小女孩攥着两毛钱纸币的手,小女孩将一块梳打饼干塞到宋怀良肮脏的手里,还说了一句:"你饿了,吃块饼干!"宋怀良接过饼干,没吃,当时围观的人多,小女孩的模样记不清了。

放学路上那个善良而热心的小女孩跟眼前这个嬉皮士一样的艾叶很难联系起来,提起那个不堪的中午,宋怀良还是激动地站了起来,他放下老板的矜持:"那个小学生是你?"

艾叶也从椅子上站了起来,不正面回答:"如果你忘了,那就不是我。"

宋怀良说没忘,艾叶将攥着饼干的手伸向宋怀良:"没忘就把这块饼干吃了!"宋怀良接过艾叶手中的巧克力饼干塞进嘴里,一口咽下:"是不是老师号召你们学雷锋做好事,放学正好就碰上了?"

艾叶拨浪鼓似的摇着脑袋:"我看你很可怜,人瘦得跟拖把杆一样细,警察凶得很,你都吓哭了。"

宋怀良说没哭,脸上流淌的是汗水,不是泪水。宋怀良好奇地是:"过去这么多年,西部咖啡一见面,你就把我认出来了?"

宋怀良见艾叶牛奶盒瘪了,他顺手从柜子里拿了一听"雪碧"给她,艾叶拉开易拉罐,咕咕噜噜喝了一气,抹了一下嘴上的残汁,说,那天中午过后,连续十一天,不是在上学路上,就是放学路上,总能在某个路口或某个路段遇到交不起罚款的瘦高个,低着头蹬着三轮车,沿淮海路送货,有时候她会背着书包跟着三轮车跑,跑几十米,跑不动了,就停了下来。那一年艾叶八岁,上庐阳二小一年级。很奇怪,第十二天起,蹬三轮的就像天外来客一样消失了,再也没见到过,可艾叶记住了瘦高个瘦得像家里拖把杆子,鼻子圆圆的像个新鲜的蒜头。小学三年级一个周末的晚上,艾叶在电视里看到了蹬三轮的拖把杆子穿着西装对着话筒滔滔不绝,艾叶对妈妈说这个蹬三轮的我认识,妈妈摸着艾叶的脑袋说你没发烧吧,讲梦话哪,蹬三轮的怎么当上了总经理,还西装革履上电视了。后来每年都能看到蹬三轮的在电视上不是接受采访,就是接受奖状奖杯。上了高中后,她在电视上和报纸上落实了蹬三轮的拖把杆子的姓名和身份:宋怀良,怀琳装饰公司总经理。

是报纸和电视帮她解答了好奇,艾叶说到这里的时候,轮到宋怀良好奇了:"我大概也是八岁的时候,听老师讲过《嫦娥奔月》,神奇极了,你说的咋像神话故事,连续十一天,抬头不见低头见,突然又人间蒸发了,我一个蹬三轮的,犯得着你费心那么多年记着?"

艾叶抓着喝空了的饮料罐,仰起脖子将空罐子徒劳地倒向张开的嘴,有一滴半残汁倒进了嘴里,她放下罐子:"鬼使神差,我也弄不明白。平时我不喜欢看电视,有好几年寒假,我咬牙决定坐下来看一会电视,一按遥控器,电视上你出来了,好像是你早就在电视里等我出来,又好像是我喊你出来的。不说了,我这小半辈子被上了紧箍咒。还有没有饮料了?"

宋怀良说没有了,饮料是昨晚从饭店带回来的,他从柜子里抽出一个一次性纸杯:"给你泡杯茶,毛峰,还是猴魁?"艾叶说随便,是水就行。

宋怀良问及为什么皇冠只干了四个月:"皇冠是外企,工资比我们这高,又是哪根神经短路了?"

"我一毕业就想来投奔你,我爸不干,逼我去外企。我讨厌外企穿清一色工装,跟个修道院修女似的,难看死了,每天还要签到。我爸不同意我辞职,我说不辞职,那就等着开除;我妈说开除丢面子,就随了我。你们这里自由,上下班管得不死,衣服也随意穿。"艾叶眨巴着一双毫不设防的眼睛,"原来学唯物主义的时候,不相信命运。长大了,才发现真有命中注定的事,高考填报专业,我报的是油画专业,可录取到了装饰设计专业,这不就是为你们公司定制培养的吗。我爸逼我去皇冠,不到四个月,受了五次警告,命里安排我必须到你身边。"

艾叶的故事迷宫,听起来像是假的,又好像是真的,想象着一个小女孩跟在三轮车后面奔跑,两个小辫子在风中上下翻飞,宋怀良心里被一种柔软的感动包围着，眼前艾叶染黄了的头发、手腕上惨白的鱼骨、裤子上的破洞，还有那双生硬的皮靴，俨然幻化成了一个大家闺秀、温婉淑女的标配，生动而优雅。

这感觉一旦固定，宋怀良心里顿时不安和惶恐起来，本打算教育甚至教训一番这个后生，却被这个横空出世的后生混淆了方向。他在混淆中的问话就显得很弱智："人事部给你定的工资太低了，加百分之三十！"

艾叶立即反驳："宋哥，你要是因我一年级时做过好人好事，给我加薪，我不要；你应该以有没有本事来给我定薪。"

宋怀良说："西部咖啡设计，已说明了一切。"

屋内混合着烟草和饼干的味道，还有茶水牛奶饮料的气息，无法划清界限。

一上午，办公室里的宋怀良在应付各部门汇报工作，敷衍着此起彼伏的电话。下班时间到了，艾叶再次推开了宋怀良办公室的门："宋哥，你要是相信命中注定，一起去肯德基，我请客；你要是不相信，就去川味王火锅，你请客！"

春天的空气中最先活过来的是最不起眼的蠓虫，又小又黑，它们密集地飞行在城市与乡村，自由自在，肆无忌惮，宋怀良骑在自行车上被源源不断的蠓虫撞在鼻子和眼睛上，他跳下车，推着回家。这是难得没有应酬的晚上，车子推到馨园小区大门口卖卤菜的摊子旁，他侧着身子对着玻璃罩子后面满脸油腻的摊主说："两只卤猪蹄，半斤酱鸭！"付完钱，见到下班的张月秀从自行车上下来了。张月秀说正要找你呢，她说赵超前些天夜里，酒喝多了，电话骚扰，她不接，赵超就到馨园小区她租住的房子外面敲门，张月秀不开，第二天早上上班，见赵超躺在门口，睡得很死，嘴角流着口水，地上全是烟头，张月秀想跨过他烂醉如泥的身子，悄悄溜走，刚抬脚，赵超睁开那双死鱼一样的眼睛，死皮赖脸地盯住张月秀："你不跟我，我就天天睡在你门口!"宋怀良问是不是天天来了,张月秀说连着来了两晚,她一脸无助地望着宋怀良:"第三天王丽丽还来找我算账,说我是狐狸精。这日子没法过了,你说我要不要报警?"宋怀良说:"你不要报警,我来找赵超。"他把半斤酱鸭放到张月秀自行车前面的篓子里,张月秀不要,宋怀良说:"算我代赵超向你赔罪!"

宋怀良和艾叶去谈东江少年宫装修设计,叫上了赵超,理由是少年宫建材环保要求很严,去现场对接一下。到了后,周小泉扔给赵超一份材料采购单,就一起到酒店喝酒去了。酒桌上宋怀良喝得前所未有地克制,赵超也没放开喝,宋怀良说晚上还有事,什么事,没说。

喝完酒,周小泉站在酒楼门口霓虹灯乱跳的光影里,搂着赵超的脖子,招呼宋怀良:"宋哥,夏威夷风情,新开的,走吧,去考察考察!"

没喝多的赵超,看站在一边打电话的艾叶,很担心地问宋怀良:"这小丫头怎么办?不好带过去的!"

艾叶打完电话走了过来,问:"宋哥,我们去跳舞,还是去酒吧?"

宋怀良看着灯光下飞舞的蠓虫,扬起手在空中徒劳地驱赶着:"去宾馆!"

宋怀良说要找赵超谈事情,于是,艾叶约了一个同学去酒吧,周小泉招手拦了一辆出租车悄悄溜回家了。

东江宾馆房间安静得像一间教室,赵超一进来就嚷道:"怀良,这么好的一个晚上被你搅黄了。我就不相信你没开过洋荤?"

赵超的风流往事全都拷贝在宋怀良大脑里,宋怀良对赵超的放肆没有表现得如临大敌,他给斜躺在房间沙发上的赵超点了支烟:"老赵,按说公司是搞经营做生意的,不该对个人私生活指指点点,可我们这样的公司,拐弯抹角不是亲戚朋友,就是街坊邻居,就像一个大家庭在一个大锅里吃饭。好像哪部电视剧里说过,团体即家庭,同事即手足,所以有些话,我不得不找你老兄谈谈,两年前我把张月秀调开,跟你也说过,没缘分,不要再打她主意了,怎么老毛病又犯了?电话不接,就去砸人家门,砸门不开,就赖着不走。要是张月秀报警,你吃不了兜着走,寻衅滋事性骚扰。"

赵超咬着香烟,皱着眉头,腿跷在茶几上:"她不报警,说明心里还有我,真报警,我就死心了。你都不知道,五里井没拆那会儿,在她家老房子里,灯都关了,要不是她身体出了点状况,生米都煮成熟饭了。"

宋怀良发现赵超自我感觉太好,一脑子糨糊,宋怀良指着赵超的脑袋说:"老赵,张月秀不报警是看在我俩兄弟的分上,是我叫她不要报警的。你今天睡在王丽丽床上,明天又去敲张月秀的门,想过三妻四妾的快活日子,可你现在不是大款,张月秀也不是风尘女子,就这么简单,你都看不明白。"

赵超坦率承认,风花雪月是打年轻时就定下的人生目标,他用犀利目光锥住宋怀良:"老弟,来公司这几年,我总算看清了,跟你相比,我就是个小蠓虫,你才是高手,不动声色,不露痕迹,最初我还在想,吴佩琳脑子起雾了,厂长千金下嫁下岗的小电工,现在算是领略了你的手腕。你在吴佩琳那里说是给我介绍对象,暗地里你爬到了人家床上,还有你身边的那些个女的,韦晓丽、石榴红,包括新来的小丫头,看你眼神都是贼亮的。你把这些窝边草啃过一遍,草没几天又长出来,好像从没动过。周小泉要带我们去开洋荤,你不去,好像你从没去过那地方,我敢断定,皇宫里的太监都不会相信。"赵超吐沫飞扬,说完拱着双手,甘拜下风。

宋怀良没兴趣跟赵超争论这些男男女女的话题,他盘腿坐在床上挑明主题:"老赵,你是离了女人就活不了的,你怎么花,只要不犯法,公司管不着,我也懒得问。我们这个沾亲带故、拖泥带水的公司,一半精力做业务,一半精力管家务,公司里离婚的、结婚的、求婚的、打架的、嫖娼的、赌博的,只要出了事,哪一件都交到我这里,我是想躲也躲不掉。今天我找你老兄,你给我一个痛快的答复,是打算夜里再去敲张月秀的门,还是打算白天我去拘留所给你送饭送烟?张月秀是吴佩琳闺密,处理不好我没法跟老婆交代。"

赵超见宋怀良严肃认真得超出了哥们儿聊天的氛围,于是就很痛快地回复:"找个大白天,你到场做个证人,我向张月秀保证,再去敲她门,我就是狗养的!欠她的三千块钱当场还她!"

宋怀良不留丝毫余地:"我不当证人。你自己去向她保证,了断后,你们两个都跟我报告一下!"

这时候,宋怀良手机响了起来,绿色的显示屏跳出了一条信息:宋哥,快过来吧!正宗阿里山姑娘的舞蹈,绝了,德国啤酒管够!

回到庐阳的赵超没去跟张月秀了断,而是精心设计了跟吴佩琳的一次邂逅。黄昏时分,吴佩琳穿着睡衣下楼,查看下午出锅的头道汤和牛头、牛骨的新鲜度。自打几年前酒桌上话里有话地警告"不要祸害女人"后,赵超就没找过吴佩琳,也不敢上门,这次在蓝湾公馆大门口偶遇,吴佩琳很是意外,也相当客气:"好久没见了,我请赵经理喝一碗汤!"赵超架好自行车,也做出一副意外惊喜:"刚去劳动路讨要材料款,没想到遇到老板娘。我请客!"

为了这一次邂逅,这已是赵超在蓝湾公馆大门口转悠的第三个黄昏了。

天一暗,牛肉汤馆里的灯就很亮,吴佩琳和赵超坐在靠最里边的一个卡座上,两碗汤上来,没喝上两口,赵超看似漫不经心地切入了正题:"佩琳,这些年,你说我有没有祸害过女人?四十多岁了,破产了,靠打工谋生,想祸害也祸害不了。我也想认命,到乡下找个寡妇,哪怕拖儿带女,凑合着过,也有朋友说,花三万块钱,到越南、缅甸那边买一个老婆,可语言不通,等于跟哑巴在一起过日子。几年过去了,我还是放不下月秀,其实她对我也相当好,我都在她五里井屋里吃过饭,她还给我买过烧鸡,借给我三千块钱,到现在还没还呢。"

吴佩琳放下手里的汤勺,勺子和心同时警惕了起来:"赵经理,月秀是我妹妹,你知道她为什么离婚吗?她可以被骗光钱财,但决不许男人戏弄她的情感。有些话往深处说,伤感情,我倒是觉得,你找一个越南的或缅甸的,挺好,听不懂中国话,也不认得庐阳的马路,少一些家庭矛盾。"

赵超的阴谋诡计提前破产,于是他就有意淡化自己的痴心妄想:"佩琳,我没其他意思,就是跟你随便聊聊,说说心里的苦闷。"琢磨着吴佩琳不可能找张月秀做说客,他脑子一热,说了一句他最不该说的话:"怀良把月秀从我身边调人事部,我没意见,她也可以看不起我,但她到怀良那里整天说我坏话,我就有些受不了了,她把王丽丽胡编乱造的内裤的事都拿出来跟怀良说。"

吴佩琳不动声色,她把舀起来的一勺牛肉汤没倒进嘴里,而是悬在了半空,她平静而坚硬地说了一句:"赵经理,你刚才那番话明着是说张月秀,暗着是说宋怀良。宋怀良对你比对他老子都要好,不要说他跟张月秀没什么猫腻,就是有,你也该替他掩护,这才不枉他把你当做兄弟。我相信张月秀,更相信宋怀良,他是我丈夫,他要是跟你出去一起喝酒,绝不会把内裤丢在别的女人房间里。"

赵超的精心构思鸡飞蛋打,里外不是人。他都不知道自己是怎么离开牛肉汤馆的,推着车走在路上,越想越难堪,在一个黑灯瞎火的巷口,他停下自行车,自己扇了自己两个耳光。人在失去理智的时候,就是活畜生,怎么能放怀良的水呢?

宋怀良关上办公室玻璃窗,室外的春天就消失了。不速之客王遥敲门进来,这个曾经扬言要卸宋怀良一条腿的草台班子班主看上去像一条丧家之犬,嘴上的一圈杂乱的胡子比头顶上头发要茂盛,几乎光秃的头顶下是一张松弛而浮肿的脸,且透露出压抑已久的猥琐气息,一进门他给宋怀良递上一支烟,讨好地说:"宋总,你大人不记小人过,当年对不起你。被警察逮着了,工钱都没兑现,你们白干了十天,我被判了四年,大家都倒霉。牢里出来后才晓得,是团里的小梅花把我们卖了,说我偏心石榴红,他妈的女人的心,天上的云,一会儿就飘走了。现在没一个女人理我,老婆也早跑了。"他说着倒霉往事的同时,一本彩色的册页放到宋怀良桌上。

王遥不是来卸腿的,是来推销电动按摩椅的。

宋怀良对这个当年街头玩魔术起家的江湖骗子,没有多少怨恨,也没有什么热情,大街上遇见都认不出来,所以对他出狱后妻离子散的悲惨遭遇没什么触动,他看了一眼按摩椅宣传手册,问多少钱,王遥说两千八,看在多年前山区同甘共苦的分上,优惠到两千二。

宋怀良打算把电动按摩椅送给岳父,离婚风波中,岳父感情立场始终向着自己,还不遗余力地为自己辩护,最难熬的日子里,吴镇海就是雪地里的棉袄、沙漠里的矿泉水。吴佩琳知道父亲挽救他们的婚姻很卖力,于是就问:"我妈也可以按摩吧?"宋怀良说:"那当然,给你爸不就是给你妈吗。"吴佩琳说:"你要是说送给我妈的多好!"

56寸大屏幕里正在播放一部廉价的爱情电视剧,宋怀良抓起遥控器,随手一按,屏幕上跳出拳击,一个光头拳击手眼眶已经冒血。

宋怀良问要不要家里也买一个,吴佩琳说不要,还没到七老八十的,阳台上的竹编躺椅就像一件熟悉的衣服一样,合适合身。吴佩琳问怎么想到买这时髦的椅子,宋怀良说王遥上门推销。吴佩琳听到王遥就像听到死老鼠样的恶心,她不动声色地问是不是石榴红打电话推荐的,宋怀良说石榴红打电话叫我不要买。王遥牢里出来,老婆跟一个卖黄色录像带的骗子跑了,家里的房子也卖掉了,现在一身的病,高血压、肺气肿,靠推销椅子糊一口饭吃,怪可怜的,就买了一个。

电视静音,拳击手被打得满脸开花,却听不到搏斗与受伤的号叫,流血不流泪是对拳击的最好注解。

两口子从人说到了椅子,又从椅子说到了人,竹编躺椅是赵超送的,吴佩琳联想起邂逅赵超的奇谈怪论,离婚风波后两口子就像守着一件易碎的玻璃器皿,守护着失而复得的婚姻,吴佩琳绕着弯子语气很含糊地说起了赵超和张月秀:"我是最了解月秀的,人不坏,就是没脑子,你看不上赵超,怎么借三千块钱给他,一起在老屋里做饭吃。王丽丽说赵超内裤丢在她出租屋里。"吴佩琳不经意间目光镭射般地扫描着宋怀良的眼睛和鼻子,"月秀跟你这个当姐夫的说内裤的事,怎么开得了口的?"宋怀良听出了她的意思,正面回应:"赵超不是追求她,是骚扰她,月秀急了,要辞职,就把最难听的话也一股脑说出来了。我也觉得不妥,可能是不把姐夫当外人吧。你怎么知道的?"

吴佩琳没说话,她强迫自己承认,张月秀找宋怀良说内裤,跟石榴红、周小泉、耿双河找宋怀良说男女纠纷一样,不是公司的正常工作,却是公司日常工作推卸不掉的部分,可这样强迫性的思维很难持续一晚上,就如同被牙医错误地拔掉了一颗好牙,还非要说拔得英明,所以,吴佩琳最后突然冒出的话是:"我不是干预公司工作,我在想,一个公司整天被同居、赌博、嫖娼、内裤、交杯酒之类的龌龊事缠绕着,怎么得了!"

这些年日子过得磕磕碰碰,磕碰中宋怀良练就了一个本事,吴佩琳说半句话,他能听出一句话的意思,也能领悟到吴佩琳努力地控制着自己的想象力,控制得很艰难,很辛苦。

宋怀良的反应如股票跳空高开般,思路迅速拉升:"最近,我老是在呆想,把公司搬到省城去,另起炉灶,跟庐阳一刀两断。生意越来越难做,人也越来越难管。按你的思路,开一个小公司,找几个兄弟,赚点小钱,陪陪女儿,也陪陪自己。公司里家长里短的事都来找我,连清官都断不了,我哪能断得了,钱小毛给老婆买了水货三星手机,三天屏幕不亮了,他老婆到我这里哭闹,说钱小毛的钱贴别的女人了,别的女人在哪儿呢,抓住一条来路不明的短信'你饿了吗',推理推出来的。"

宋怀良泄气和消极,吴佩琳就振作和积极,她剥了一枚荔枝,递给宋怀良:"润润嗓子。我都巴不得公司搬到省城去,过自己的生活,可眼下你像在股市中套牢了,公司五百多号人里,两百多街坊同事,亲朋好友一百多,怎么能扔下,政府发给你那么多奖状奖杯,那也不是白给的。"

宋怀良当然不是要转移公司，他是要转移吴佩琳的视线，不要把公司里男男女女鸡零狗碎的纠结搓成绳子，再将自己活活勒死。于是，他顺坡而下："还是你说得对，我已骑虎难下，硬着头皮往前冲，前面可能就是一片刀山火海。明儿我们一起送椅子过去，好久没跟老爷子喝两杯了。"

　　第二天，公司"江淮"轻卡把椅子送到吴镇海家，看到宋怀良两口子涛声依旧地进门，吴镇海抚摸着电动按摩椅，对厨房里的江月英嚷道："快来试试，女儿女婿孝敬的按摩椅，中午不在家吃了，四海酒楼，我请客！"

二十、爱,在糊涂的温度里

　　庐阳的春天是象征性的,春风和煦、阳光明媚也就虚情假意的那么几天,刚看到柳树吐出嫩绿,桃花绽出骨朵,几场春雨过后,阳光就飙出了火焰,棉袄和 T 恤之间几乎失去了过渡。宋怀良是穿着蓝条纹短袖衫敲开张月秀办公室的,他想提醒张月秀,他俩私下里说的话不要对吴佩琳说,尤其是有可能影响家庭安定团结的敏感话题。

　　张月秀是单间办公室,15 平方米,一张桌子,两把木头椅子,一个款式陈旧的文件柜,见宋怀良进来,张月秀将桌上纸袋里的一根油条递过去:"楼下现炸的,还热着呢。"宋怀良说自己吃过早饭了,他拉过一把木椅子坐在张月秀对面,问最近可见过吴佩琳,张月秀说没有:"你们婚姻警报一解除,就与我没什么事了。"张月秀站起身给宋怀良倒水,宋怀良说不用,张月秀一手提着热水瓶,一手抓着空纸杯,看着脸上有些疲倦的宋怀良:"想过些天跟你说的,正好你来了,我就直说了,到这个月底,我就不干了。"

　　宋怀良以为赵超还在纠缠张月秀,有些急了:"赵超当面向我保证的,不会再骚扰你了。"他掏出手机,"这个大老爷们说话不算数,我叫他过来,当面说清!"

　　张月秀立即打断宋怀良:"辞职与赵超无关,我要去新疆结婚了!"

　　宋怀良张大着嘴,嘴里倒吸进一口凉气,像是突然中风,一个字也说不出来。

张月秀说去新疆结婚就像说下班去车棚取自行车一样平静，她对瞠目结舌的宋怀良说，母亲在新疆为她找了一个男人，四十二岁，部队少校营长转业，伊犁那拉提牧民医院院长，院长老婆不愿离开乌鲁木齐，离了，快七十的母亲阮慧琴现在是医院的头牌名医，她在电话里对张月秀说，大草原一望无际，天是蓝的，羊群是白的，秋天的胡杨林一路金黄，人走在草原上，脚像是踩着地毯上，哪像庐阳大街小巷到处黄烟滚滚，天是灰的，路是堵的，空气是闷的。"我妈说，到了草原上，心就像天空一样安静、干净。"

张月秀这番辞职告白，流露出对庐阳深刻的厌倦和绝望，宋怀良一时很难接受，他心有不甘，不服气，不理解："我不管那个男人，是少校，还是中校，你一点都不了解，草率地跑过去，嫁给一个半句话都没说过的男人。你妈这是包办婚姻，干涉自由。"

空气中飘浮着残存的烟雾，呛人的烟味在狭小的空间里均匀弥漫，张月秀过敏性地咳嗽了两声，她捂着胸口，脸色绯红："我都三十六了，没本钱挑三拣四的，找个男人生孩子、过日子、尽孝心，就这么回事了，谈情感、论自由，让人笑话。在庐阳耗下去，我毁掉了青年，还要踏空中年，最后落个孤苦伶仃的老年。怀良，你还能给我指一条路吗？没有了，你想撮合我和赵超，我不是没有努力过，可他除了甜言蜜语，就是电脑拷贝的魏国宝。"

宋怀良内心被一种自责和愧疚包围着，他嗫嚅着嘴唇说道："对不起，月秀，这些年，让你受委屈了！"

张月秀眼圈红了，她也把压在心里的话掏了出来："我知道不该说，可我心里真是这么想的，如果佩琳姐跟你离婚，我就嫁给你。你们和好了，我现在不走，还会给你们添乱。也不能完全怪佩琳姐，她的鼻子能从你的衣服上和袖口里闻到你身上异样的气息，瞒不过去的。要说对不起，是我对不起佩琳姐，也对不起你。"

宋怀良眼圈也红了，是他对张月秀说了太多不该说的话，甚至做了一些明显有破绽的事，吴佩琳闻到了，也看到了，吴佩琳的智商比他要高得多。

宋怀良没对吴佩琳说张月秀远嫁新疆,公司里也没人知道。张月秀的去留就像公司里多了或少了一张便笺,不会有人在意。这天下午,艾叶约张月秀去"西部咖啡"喝一杯,刚落座,张月秀从口袋里掏出一张火车票伸到艾叶面前说:"我要去新疆了,明天下午的火车。你那个女同学材料我看了,高中毕业,只能安排到网吧做收银员,合同跟老杨签,你这杯咖啡算是为我送行!"

艾叶没看车票,她看着张月秀,有些好奇:"啥时候回来,我再请你喝一杯,为你接风!"

张月秀说她去新疆结婚,不回来了,留在那拉提牧民医院药房工作,她在康缘药店干过,熟门熟路,艾叶像听神话故事一样惊讶:"张姐,你太伟大了,太浪漫了,跟你相爱的人骑着马在蓝天下的草原上疯跑,你抱紧爱人的腰,风撩起你的长发,多美的一幅画。我也要嫁过去!"

张月秀看着沉醉在幻想中的艾叶,苦笑着:"小艾,那里羊比人多,年轻人很少在外放牧,医院里都是半老头子,你嫁不出去的。"

艾叶思路活泛,脑子比草原上的马跑得还要快:"你先去,要是很开心,帮我找一个半老头子,我随后就跟过去。你要是待不下去,离了,再回公司。宋哥很好说话的,公司元老,谁敢说个不字。"

张月秀趁着喝咖啡的良好氛围袒露出内心里对艾叶的忠告:"天真不能当日子过,走之前,听姐一句话,不要没大没小的,整天喊宋哥宋哥的,你要跟宋总保持距离。他家太太吴佩琳,是一个很正派的人。"

艾叶抬起脚抖动着皮靴的鞋尖,嘴里吐出一连串子弹一样密集的反驳:"张姐,我什么时候不正派了? 你们这些上了年纪的姐姐,三十多岁像九十多岁,思想一个比一个僵化。都什么年代了,还在推销等级制,这世上本来就没有距离,没有坡度,没有高低,没有贵贱,都是你们人为制造的。叫宋哥有什么不好的,'四海之内皆兄弟也',没说'四海之内皆父子'。知道我为什么死活要来怀琳公司吗?上班不打卡,穿衣服自由,喝酒自由,恋爱自由,宋哥骑自行车不坐小车,在四处堵车的马路上,他像自行车一样自由。"

张月秀拿艾叶毫无办法,说不过她,也不想辩个是非曲直,她从包里掏出一把钥匙递给艾叶:"我走后,替我把钥匙交给杨经理!"

抬起头,张月秀发现头顶右上方,那支仿制的印第安人猎枪的枪口正对准着她俩的脑袋。

离开西部咖啡,张月秀去百货大楼买了一个半人高的大皮箱,原先的帆布箱子小了点。三十多年的全部家当用一个皮箱总结,一辆自行车留给楼下卖早点鸡蛋饼的王姐,百分之九十的衣服鞋子都扔掉了,就像扔掉既往的历史。买好了箱子,她给吴佩琳打了一个电话,说晚上在她家楼下必来牛肉汤馆请宋怀良和吴佩琳一起喝汤,吴佩琳有些诧异,刚想问,电话挂了。

吴佩琳正要给宋怀良打电话问个究竟,宋怀良提前到家了。他向吴佩琳发布:张月秀辞职了,远嫁新疆,明天就走。

吴佩琳一时慌了手脚,是那种措手不及的焦虑和躁动:"怎么说嫁就嫁了呢?结婚是大事,明天就要走,我一点准备都没有。怀良,我们现在就去浩泰银楼,买一条金项链。"

宋怀良看了一眼手腕上的时间,说来不及了:"你不是有一条25克的金项链吗,先送给她,回头我给你买一条50克镶钻的。"吴佩琳恍然大悟:"你不说我都忘了,我一天都没戴过,送给月秀!"那条项链是宋怀良和吴佩琳结婚十周年岳父母送的。

汤馆里人声鼎沸,生意一如既往地红火。三人坐定后,宋怀良说起五里井陈记汤馆的那个夜晚,张月秀是他们新婚唯一见证人,往事重提,吴佩琳流泪了,她拉着张月秀的手,声音抽泣着:"庐阳这么大,就你是我最亲的妹妹,说走就走了,我心里难受,当初我跟怀良穷得叮当响,牵线搭桥,跑前跑后帮我们,都是你。你结婚了,我当然高兴,可那个男人,你连面都没见过,他要是对你不好,你跑那么远,那就太受伤了。"

吴佩琳这番感情表达是真实的,发自内心的。张月秀是把自己当做积压商品降价处理的,所以,她很平静地回答吴佩琳:"想象着那个男人对我好,心里就不难过了。"

张月秀平静得有些麻木,宋怀良心里如扎进了一根刺,很疼,却又找不准疼的具体位置,他不知道说什么好,就提醒忧伤中的吴佩琳:"你不是要送月秀结婚礼物的吗?"

吴佩琳这才匆忙掏出一个丝绒盒子塞到张月秀手里:"你到了那边,看到金项链,等于就看到了我。"

张月秀打开丝绒盒子,看到金灿灿的项链,说了谢谢,又接着感慨:"在庐阳,佩琳姐对我最好!"这话在十年前是真话,十年后是客套话,是礼节性的话。吴佩琳接过话头:"不敢说对你最好,但对你是最上心的,对你是最没有坏心的。"

牛肉汤馆里辣油的味道、吊炉烧饼的芝麻香味,还有烤牛排的洋葱味、客人抽烟烟草味、夹杂少许酒味在狭小的空间里五味杂陈、令人窒息,吴佩琳和张月秀分手时的气氛压抑到窒息,吴佩琳抓着张月秀的手,手是凉的,心里也是凉的,平静矜持了一晚上的张月秀终于绷不住了,她搂着吴佩琳抹着眼泪:"佩琳姐,你摊上怀良,是你的福气!"吴佩琳抹着眼泪,点点头。

宋怀良抢在张月秀之前在门口吧台签了单,他只看到姐妹俩抱在一起,但听不到她俩在说什么。

艾叶说话算数,张月秀离开庐阳的火车开了一百多里远后,才在汇通大厦18楼宣布张月秀辞职远嫁新疆。这个消息像病毒一样,不到一个小时,传遍公司各个角落,包括外地的各分公司、网吧,大伙想不明白人怎么走得"神不知鬼不觉"的,赵超听到消息第一时间从建材商场赶到公司,他见到宋怀良的第一句话就是:"张月秀是为你走的,你千万不要让我背黑锅!"宋怀良还没从张月秀消失的恍惚中缓过劲来,赵超急忙撇清自己,刺激了宋怀良,他不客气地顶了回去:"老赵,张月秀是因为我而没报警,不然的话,这个锅你背定了。"赵超被宋怀良呛得嗓子冒烟,他踩住刹车,掉转方向:"最近商场忙着五一节大促销,还没来得及跟张月秀断绝关系,三千块钱还没还呢。"宋怀良接过赵超递过来的一支雪茄,皱了皱眉,对赵超说:"张月秀的事,以后不要再提了,你跟她没订婚、没拿证,扯什么断绝关系。三千块钱,张月秀叫你交给我,捐给公司里工伤事故的工友,每位三百,你要是明天卸货从车上摔下受伤,交我两千七就行了。"

说起建材商场卸货,赵超对宋怀良抱怨商场刘开平爱占小便宜,每次多报打的票不少于一二十,还有商场买的一次性杯子,下班偷偷地带走了二十多个,更可气的是司机每次拉货回来,他都要问司机跑长途可带了当地的好烟,司机每回都要塞给他三两包,不然就不安排卸货。宋怀良开导他说:"哪个单位、哪个公司都不是一潭清水,小事,睁一只眼闭一只眼就当没看见,你不也收了人家雪茄烟吗。"赵超说雪茄烟是福建卫浴供货商主动送的,不是我要的,刘开平是利用职权敲竹杠。两人正在扯皮,外面有人敲门,于是停下说话,门缝里挤进了半个脑袋,是艾叶。

赵超对宋怀良做了鬼脸,凑到他耳朵边说:"这小妖精,你要是黏上,那就是吴佩琳远走新疆了。"

赵超跟进门的艾叶打了个招呼,艾叶说你们商场的商品质量有问题:"我买的不锈钢晾衣杆,没到一个月,锈了!"她将脑袋调整到宋怀良办公桌的方向,"宋哥,老赵的商场管理得那么糟糕,还好意思邀我喝咖啡,我设计的西部咖啡,你老赵欣赏得了吗?"

正要出门的老赵被艾叶劈头盖脸嘲弄一通,还抖出了私下约艾叶喝咖啡的隐情,赵超恼羞成怒:"你这小丫头,读了几天书,就不知天高地厚了,我要是二十年前跟你妈结婚,你就是我女儿。"他被叫成老赵,明显带有蔑视的意思,上次去东江出差艾叶一口一口的赵哥,叫得他心花怒放,叫得他忍不住约艾叶喝咖啡。

赵超摔门而去,艾叶对着赵超粗鲁的后背说了声,把我当夜总会的女郎,至少瞎了一只眼。宋怀良说老赵约你喝咖啡了?艾叶说老赵还在夜总会给我打电话约我去蹦迪,这人就像苍蝇一样讨厌。赵超误读了"赵哥",赵哥就成了老赵。艾叶耳朵上挂着耳机,她从耳朵上摘下 MP3 耳机,根本不经宋怀良同意,直接塞到了他的耳朵里:"宋哥,你听 F4 的单曲《流星雨》,言承旭唱出了幻想与忧伤。"

耳机里的立体声混响的歌声像是天上飘来的,宋怀良被旋律融化了,心如一碗水般柔软而宁静。

> 温柔的星空
> 应该让你感动
> 我在你身旁
> 为你布置一片天空
> 不准你难过
> 替你摆平寂寞
> 梦想的重量
> 全部都交给我
> ……

人事部老杨找宋怀良,进门看到艾叶正在塞宋怀良耳朵上的耳机,动作亲昵得有些轻浮,这不是办公室里应有的姿势,老杨正往外退,宋怀良叫住了他,老杨问张月秀怎么不打招呼就走了,宋怀良说铁打的营盘流水的兵,很正常,人家去新疆结婚,留不住的,宋怀良随口应付,老杨也就不问了,他问张月秀的岗位谁来顶,艾叶手里拎着耳机说:"我同学钟海群。"

艾叶见老杨和宋怀良都愣住了。嘴里嚼着口香糖,先吐出一个圆形的泡泡,再吸回牙齿间嚼碎,她对着宋怀良迷茫的脸说:"宋哥,我不是在电话里跟你说过了吗,张姐走了,我同学顶她位子。我同学年轻,漂亮,眼界高,人事部难道还要老气横秋的?"

前天中午宋怀良接到过艾叶一个电话,当时他正在楼下超市里买方便面,超市音箱里滚动着刘欢和莎拉·布莱曼的奥运主题歌《我和你》,歌声高亢嘹亮,分贝太高,宋怀良手里捧着方便面盒子,一个字都没听清。在艾叶的追问下,宋怀良像是恍然大悟:"对的,张月秀走之前也跟我推荐过。"老杨说:"张月秀推荐钟海群到红楼梦网吧当收银员。"宋怀良对老杨说:"网吧就不去了,艾叶说得对,年轻一点,有活力。"老杨当过厂里的工会主席,原则性太强,他把对艾叶的不满转移到她同学钟海群头上:"宋总,你不是说,公司机关进人,一律要本科的吗?"宋怀良拿出老总的意志:"我还初中毕业呢。条例是死的,人是活的。就这么定了!你通知她明天来报到。"

老杨走后,艾叶激动地两手张开向空中奋力扬起:"宋哥,你太牛了,这才是男子汉气派!老杨死气沉沉,像个出土的破碗,这样的人留着没用。"宋怀良说你不懂,老杨是我老领导。

艾叶大都在跑工地现场,设计部办公室很难见到她的影子,20岁出头的小丫头,挑起了几个大项目的设计,庐阳水族馆,海水、蓝天、沙滩、椰林,这些元素要在馆里立体呈现,全市招标,八个方案投标,专家评审审定入选的是艾叶设计方案。宋怀良眼里的艾叶就是个天才,公司的形象代言人,自西部咖啡开业那天起,不是艾叶的工作让不让他满意,而是自己的工作能不能得到艾叶认可,艾叶提出人事部安排一个同学,他没有理由拒绝。老杨走后,宋怀良叫艾叶把公司的情况先跟钟海群说说,艾叶说没什么可说的:"晚上我把她叫上,我们三个去夜总会蹦迪,蹦完了消夜,我请吃烧烤,你边吃边给她上上课!"宋怀良说晚上有一个接待,蹦不成了,艾叶说:"那你欠我的,找时间请我们去蹦迪。"

晚上宋怀良没有接待,这丫头太能,也太疯,他不想跟她走得太近。人和人之间,不可理喻,自己平时跟张月秀走得并不近,但赵超就是怀疑,男女之间的破绽不是看出来的,是闻出来的,他不能让人家闻出什么异常气息来,老杨要是再嗅出什么特别味道,单独挑出一两个细节来,都是有嘴说不清的事。

宋怀良的担心很快就兑现了,大约一个礼拜后的一天晚上,吴佩琳对秦大姐说,今晚喷泉广场放露天电影,你去看看吧。

支走了秦大姐,晚饭后吴佩琳和宋怀良没坐在客厅三人沙发里,而是分别坐在两边的单人沙发里,一人一边,客厅顶部吊灯晕黄的光均匀地铺满了客厅里的每个角落,在没有阴影的客厅里,吴佩琳说得像灯光一样明亮:"老杨,人正派,身上没有邪气,你相不相信?"宋怀良说相信。

吴佩琳给宋怀良茶壶加满了水,说这几天,一直在纠结,不想说,可不说心里抹不平,说了又怕引起误会:"我们心平气和地交流沟通,好不好? 你要是认为我存心找茬,那我就不说了,我们看电视剧。"

宋怀良说没有什么不能说的。

三天前的晚上,宋怀良出差去了,晚饭后吴佩琳沿庐阳河边散步,遇到了河边观景平台上打太极拳的老杨,老杨穿一身武林中人的对襟衣衫,见了吴佩琳,他收起不太规范的太极动作,跟吴佩琳闲聊起来,先说到了当年二厂的无限风光,又扯到了公司,他对宋怀良不按规章制度进人,突破财务制度报销,很有看法,他要吴佩琳跟宋怀良吹吹枕头风,而且希望吴佩琳能出山,给宋怀良把把关,公司越大,问题越多。吴佩琳说:"我看到《今日时尚》杂志里有一句话挺有道理,要想拆散一个家庭,就让两口子合伙开公司。我不插手公司事务,是为了家庭不散,也是为了让怀良放开手脚做事。公司有什么问题,还望你们这些老同志、老领导给怀良多多关照和帮助。"老杨见吴佩琳不接招,就用事实说话,他说艾叶一个黄毛丫头,随口说一声,就把她高中女同学弄到公司顶张月秀的位子,公司机关不是装修工地,早就规定门槛是本科,没用,一张废纸。吴佩琳比老杨早十多年就领教过了,所以,一点都不震惊,她震惊的是老杨很隐秘地对她说:"那个小黄毛丫头,往怀良的耳朵里塞耳机,耳机的线子连着的MP3在她的裤子口袋里,你说这叫什么话?哪还像个单位。不是老同事,老街坊,我才不说呢。他现在是老板,听不进别人的意见,你心里有数,要加强监督,警钟长鸣。宋怀良睡在办公室里好几个月,公司也是有议论的,张月秀走了,也该安静安静了。"老杨这话让吴佩琳心提到嗓子眼了。

吴佩琳说完的时候,宋怀良看了一眼阳台上的窗子,窗外面的天空一片漆黑,广场上露天电影武打的拳脚声,从窗外密集地灌进来,客厅里到处晃动着拳打脚踢血流满面的影子,宋怀良点上赵超送的雪茄,苦涩味中掺杂了些甜味,他在细细品味这复杂的味道中,对老杨质疑公司管理不以为然,他告诉吴佩琳,又像是教训吴佩琳:"我们不是国有企业,也不是外资企业,我们是沾亲带故的民营企业,就像住五里井,哪个屋里不养耗子,哪个门窗不漏风,二厂规章制度装满了一铁皮柜子,有什么用,不还是垮了。"宋怀良重点放在回应艾叶的可疑,"艾叶是你介绍来的,跟我们是两代人,老杨说往我耳朵上塞耳机,你要是把她当小孩子看,什么事都没有,就像小依琳要骑我脖子上扛着她逛商场,你要是带着阶级斗争的眼光看,那就是不杀不足以平民愤。艾叶跟谁都是没大没小,她是小孩,又是公司里难得的人才。"

吴佩琳不习惯雪茄的味道,眼前飘过来的烟雾很呛人,她抬手挥了一下挥不去的烟雾,有一种哑巴吃黄连的憋屈,她引用宋怀良说过的最有水平的一句话回答:"坐怀不乱很难,但我能保证不让女人坐到我怀里来,这是你说的。艾叶是我推荐来的,太小,不懂事,没规矩,她往你耳朵里塞耳机,下一个动作就是往你怀里坐,老杨说得肯定有点添油加醋,我是提醒你,那么经典的感悟,不能轻易就作废了。"

女人的生活中不是缺少一件衣服,而是缺少一个情敌,如果没有,假设和推理就显得尤其重要。这是不是极端或带有偏见,暂且不论,当艾叶将耳机塞进宋怀良耳朵里,吴佩琳如果无动于衷,麻木不仁,除非她不是女人,除非她对宋怀良彻底绝望。时至今日,宋怀良完全理解,而且也很平静地接受了:"你提醒得很及时,我确实要警惕。不是警惕艾叶,是要警惕我自己。"

吴佩琳见宋怀良有痛改前非的诚恳,就不再纠缠老杨告密的事了,她从婚姻危机中幡然醒悟,是宋怀良自杀式的离婚意志彻底改变了她,不留半步退路。所以吴佩琳在宋怀良表态后说:"我倒是觉得,你要警惕艾叶,而不是警惕你自己。从二厂、五里井那会儿起,我就相信你。"

一个表示反省检讨,一个回应信任从没改变,两口子像开了个开诚布公的民主生活会,批评与自我批评的勇气前所未有。

秦大姐的露天电影还没结束,吴佩琳洗了一串葡萄,端上果盘,两口子吃着葡萄,打开电视,《激情燃烧的岁月》在屏幕上燃烧到了石光荣抢老婆的场面,宋怀良感慨着:"抢来的老婆,也能白头偕老,打打闹闹一辈子,老来难舍难分。你爸跟你妈就是这类夫妻,看来不吵不闹还真不是两口子。"

石光荣两口子是性格冲突,而吴镇海两口子是主权冲突,一个是家庭琐事,一个是男女大事,吴佩琳读懂了父亲如今羔羊一样的形象,是对母亲的赎罪,她对宋怀良的回应是:"我爸妈的吵闹跟电视剧不是一回事,你没看出来?"

晚上秦大姐煮了两条带鱼,宋怀良停止抽烟后,鱼腥味在客厅的空气中占了上风,宋怀良闻出了吴佩琳沾满腥味的诘问,表示了部分异议:"报纸电视上老是炒作法院判过的冤假错案,其实社会上最多的冤假错案,是法院没判过的婚姻情感中的冤假错案,判不了,也判不好。你爸是国营大厂厂长,厂里开大会,主席台上一坐,威风八面,势子很正,他怎么会在外面招蜂惹蝶呢,不会的,吵了一辈子,白吵了,都是冤假错案。"

宋怀良直接为岳父辩护,间接为自己辩护,吴佩琳听出了弦外之音,沟通一晚上的好心情一下子被屋内的鱼腥味淹没了,她不想把年迈的父亲再拖出来生吞活剥,也不想支持宋怀良的自以为是的辩护,于是就抽象地说了一句:"无风不起浪,无事不生非。"

不知是出于无聊,还是出于对看过三遍的《激情燃烧的岁月》失去了热情,宋怀良忘记了跟吴佩琳不抬杠的原则,不假思索地反驳:"两口子,有信任,有风不起浪,有事难生非。你要是信任对方的基本忠诚,就不会理睬别人的挑拨离间,就不会拿着放大镜在对方的袖口上寻找一粒灰尘。"宋怀良的情绪起来了,刹不住了,他扬起手中的手机,"魏国宝回过庐阳,约你在希尔顿吃饭,说两个人的咖啡时光温情而浪漫,他发给我的短信中说你的手柔软而细腻,还说你喝咖啡的姿势比拿筷子姿势优雅,万种风情尽在眼中。你没跟我说过魏国宝约你,我也早知道你跟魏国宝吃饭、喝咖啡,都这么长时间了,我从没提过,更没有怀疑责问过。因为我信任你,就当着没事一样。"

宋怀良以信任的名义戳穿吴佩琳背着丈夫与贼心不死男人的隐秘私会,吴佩琳身体内血流汹涌,像是在寻找炸裂的突破口,燥热和沸腾的神经无法从容冷静,她唯有提高声音的分贝才能掩饰和平衡一下慌乱的内心:"宋怀良,你什么意思? 你秋后算账,还说信任我;你揪住不放,还说没事一样。魏国宝回庐阳看望我爸,我爸叫我一起过去吃个饭。饭后喝咖啡,名义上说是向我咨询庐阳投资,实际上是向我炫耀他成了庐阳最有钱的大款,还说我只要一离婚,就娶我,你说这种荒唐无耻的话,我有必要告诉你吗,说出来都是一种羞辱。那时候,我们正在闹离婚,也没见上面,我怎么跟你说?"

吴佩琳反戈一击,看似冠冕堂皇,实则强词夺理。正闹离婚,在如此敏感的时间私会暗恋自己的大款,秘而不宣,是因为不值一提,还是心中有鬼? 家庭冲突中,长期占据主动的吴佩琳第一次陷于被动,防守比进攻要难得多,也尴尬得多,吴佩琳掌握不好分寸,以攻为守泄露了底气不够,暴露了内心的恐慌:"宋怀良,我提醒你警惕艾叶的苟且亲昵,你就来反咬我一口。我对魏国宝什么态度,你是不知道,还是装糊涂,把陈芝麻烂谷子拿出来晾晒,为小丫头跟你胡来找平衡,你真够阴险的!"

门孔里有钥匙转动的声音,像是老鼠的牙齿啃啮桌腿,破碎而不均匀。秦大姐看电影回来了,宋怀良压低声音给吴佩琳定性:"我说不介意魏国宝挑拨离间,不把吃饭喝咖啡当回事,这不是信任? 反而被当作阴险。那么,离婚期间你与别的男人私下幽会,大半年过去了,没吐露过一个字,捂得滴水不漏,反而不阴险?"

吴佩琳的情绪激烈挣扎:"这回你总算抓住我的小辫子了。"

秦大姐换了鞋到客厅里急不可耐地赞叹电影《功夫之王》里的武功,见两口子突然不说话了,她拎起水瓶退到厨房烧开水去了。

煤烟和机器的轰鸣声渲染着难以忍受的夏天,太阳像一团火,从早烧到晚,庐阳的柏油马路上嗤嗤地冒出了黑油,宋怀良的自行车轮胎被柏油粘住,骑起来很费力,后面像是有人用手拖住了后座,路边农用手扶拖拉机上瓜农坐在堆满了西瓜的车斗里,摇着芭蕉扇大声吆喝着,宋怀良跳下车准备买西瓜,市工商联洪主席电话通知他明天跟他一起去省城参加"民营企业发展论坛"。

艾叶在跟省城迪克罗公司联手合作"背包客驿站"的设计,宋怀良知道艾叶在省城,但没给她电话。开完会宋怀良去双语学校看望女儿,小依琳穿着白纱蓝边连衣裙,蹦蹦跳跳地跟着爸爸出了校园,宋怀良问她想吃什么,小依琳说不饿,想跟爸爸逛步行街,平时不许出校门,憋死了。步行街上没有车,没有红绿灯,横穿马路,随心所欲,无拘无束,小依琳买了一个电动玩具猫,宋怀良要去买一把牙刷,宾馆里牙刷太软,刷起来有些形式主义的敷衍。步行街卖时尚和流行,杂货店找不到,宋怀良是在街角的一个不起眼的巷口看到了一个日杂小店,走进门面狭小的小店,先是闻到一股酸奶、牙膏和酱油的味道,接着看到一个扎马尾辫,穿牛仔裤,腰间系花格衬衫的年轻的背影,白球鞋鞋跟 ADIDAS 几个英文字母和鞋帮里面黑色的袜子一目了然,宋怀良很突兀地对着面向柜台的背影叫了一声:"艾叶!"

年轻背影一转头,惊叫了起来:"宋哥,怎么是你,太阳从北边出来了!"

宋怀良说来开会的,没有事先约定,步行街不期而遇,神奇得有些荒诞,艾叶问宋怀良怎么进这么一个蹩脚的小店,宋怀良说打算买一把硬一点的牙刷,艾叶说她住在步行街边上的"乘风快捷酒店",下来买牙膏,快捷酒店的牙膏像石灰一样。宋怀良有些疑惑,艾叶扬起手里的牙膏:"你该不会看到我买了牙膏,故意要买一把牙刷吧?"宋怀良对艾叶说:"你问我女儿,我俩到处找卖牙刷的。"宋怀良叫小依琳喊艾叶阿姨,艾叶打断宋怀良示意宋依琳:"喊阿姨把我喊老了,叫我姐姐!"小依琳叫了声姐姐,她很好奇地看着姐姐,姐姐跟爸爸说话很随便:"宋哥,全省六千万人,在这相遇的概率是六千万分之一,你要不是故意跟踪我,那就是老天的安排。你敢不敢对天发誓不是故意的?"

宋怀良回答艾叶:"我是故意跟踪来的。"他挑了一把鞋刷一样坚硬的牙刷,给杂货店那位缺一个手指的店主付了两块五毛钱后,小依琳立即反驳:"爸爸说谎,你喊我出来吃饭的,不是来跟踪姐姐的。老师说做人要诚实。"

天色已晚,步行街上路灯亮了。宋怀良想跟女儿单独吃饭,艾叶说我请你们爷儿俩,她几乎是带有绑架式地将爷儿俩拖进了步行街一家"日本料理店",日料店榻榻米包厢里,三人围着一张矮小的方桌席地而坐,日本清酒、三文鱼片、神户牛肉、菠菜乌冬面火锅,几个小蝶,上齐了后,艾叶跟宋怀良你来我往地喝了起来,依琳喝了一罐可乐,她对半生不熟味道古怪的日本料理爱不释筷,生鱼片、雪花牛肉,吃薯片一样着迷,艾叶问好吃吗,依琳说:"好吃,姐姐真好!"宋怀良皱着眉头吃了点烤肉和小菜,好在清酒清淡,跟喝水差不多,也就没怎么在意菜品了。宋怀良借着酒劲矫正关系:"依琳叫你姐姐,你就应该叫我叔叔!"艾叶把刚吃到嘴里的一块生牛肉翻着眼噎了下去,立刻反击:"宋哥,你比我大哥还小一岁,我叫你叔叔,是不是我要叫我大哥伯伯呀?乱伦呢。我跟依琳是姐妹,跟你是兄妹,各亲各叫。"宋怀良的矫正妄想无意中演变成了两个人之间很不严肃的调情。小依琳注意力全部放在神户牛肉上,对他们掰手腕没有兴趣,也看不懂。

吃完饭,宋怀良去埋单,艾叶推开他的手说,你埋单,那就是我说话不诚实,给孩子什么印象。你已经说谎话了,我怎么能再说谎呢:"依琳,姐姐说得对不对呀?"依琳打着饱嗝,心满意足:"姐姐说得对。"

走出日料店,晚上九点多了,空气有点凉了,夏夜的步行街却没有退烧,逛夜市的游客川流不息,宋怀良艾叶将小依琳送回寄宿的双语学校,两人沿着一条灯火幽暗的马路往艾叶住的宾馆走,一辆汽车喝醉酒似的从身边急速驶过,宋怀良喊了声当心,在被宋怀良推向路边的同时,艾叶紧紧抓住了宋怀良的手,宋怀良想松开,可手像是被胶水粘死了一样。这是他第一次体验到老婆之外的女人的手,艾叶的手心潮湿,手劲很大,手指里渗透着唯我独尊的顽固意志,宋怀良用左手掏出口袋里的香烟,说:"日本鬼子的伙食太难吃了,一嘴的生肉味,抽支烟去去腥!打火机在右边口袋里。"艾叶松开宋怀良右手。

宋怀良问艾叶要不要来一支,艾叶说:"我不抽。你不要毒害青少年!"艾叶住的快捷宾馆离双语学校也不远,到了装潢简单的宾馆门口,宋怀良等出租车,一支烟吸完了,没一辆空车过来,艾叶站在灯火通明的大堂门口,与宋怀良保持着一米左右的严格距离,她眨动着迷蒙微醺的双眼,对清醒的宋怀良说:"宋哥,老天早已安排好了,你是我命中的一劫。这辈子,你要么成就我,要么毁了我。"

宋怀良不接话,他将两手抱在胸前,是拒绝手与手相互勾结的姿势:"进去吧,你喝多了!"

一辆出租车停在宋怀良侧面,宋怀良侧身钻进车里,艾叶站在酒店门前,没有抬手挥别,她像一袋牙膏被扔在了车外面。

第二天一早宋怀良回庐阳了,火车上,宋怀良收到艾叶发来的一条短信:"'千家卤味',省城一绝,酱猪蹄、卤猪肝、盐水鸡、煮火腿、爆羊腰,都是你喜欢的。今晚六点,宋哥你请客!"坐在身边的市工商联洪主席瞄了一眼,最后几个字跳进了视线中,他意味深长地说了一句:"还是你们当老板好呀! 芳草萋萋,莺歌燕舞。"宋怀良笑笑,没解释,绿皮车厢空调不好,一些头脑昏沉的旅客在闷热的车厢里睡着了,极少数旅客打起了鼾声。

省城回来后,宋怀良对吴佩琳轻描淡写地说去省城开会和接女儿逛了一趟步行街,晚上在一起吃了顿饭,总共加起来不到五句话,在反馈给吴佩琳的信息中,省略了偶遇艾叶和一起晚餐的情节和细节,宋怀良认定关键词"艾叶"不出现在信息中有利于家庭的安定团结。

中午天太热,午后风云突变,天空雷声滚滚,一场暴雨正在乌云的深处发作,吴佩琳用杀虫喷雾剂喷了一遍房间,想到雨后的蚊子无孔不入,就给小依琳打了个电话,她问小依琳的房间里有没有蚊子,吴佩琳没问出蚊子,却问出了艾叶。依琳小学四年级,懵懂得有些蒙昧,她说:"妈,你都不知道日本料理有多好吃,雪花牛肉,蘸上芥末,生吃,呛鼻子,美到心里去了。艾叶姐姐真好玩,她叫爸爸哥哥,叫我妹妹。我说能不能把我爸叫成我哥,艾叶姐姐说女儿是爸爸前世的情人,你爸本来就是你哥。"吴佩琳问你爸怎么说的,依琳说我爸说我是他的小棉袄,吴佩琳问吃了晚饭怎么回去的,依琳说我爸跟艾叶姐姐送我回学校的,艾叶姐姐在学校门口给我买了两盒冰淇淋,爸爸要付钱,艾叶姐姐拉住爸爸说今天我埋单,明天你埋单。

吴佩琳根据日期推定，"明天"宋怀良回到庐阳了，没有跟艾叶在一起。跟依琳通了电话后，吴佩琳在宋怀良面前没有提起省城那顿缺斤短两的晚餐。离婚风波过后自从有了第一次语言冲突，两口子都变得小心谨慎，隐忍克己，谁也不提起一些似是而非的焦点和疑点，宋怀良不提吴佩琳与魏国宝喝咖啡的希尔顿，吴佩琳不追问宋怀良与艾叶在省城送回依琳后，那天晚上去了哪里，他们像是相互宽恕，也像是相互包庇，相当长一段日子，吴佩琳闻到了宋怀良身上残存着雪花牛肉的腥味，他嘴里进出的烟草气息全是芥末的味道，吴佩琳在宋怀良全身复杂的气息中咳嗽，喉咙里却一无所有。

　　家庭妇女吴佩琳的日子不再有空隙，早上洗漱完，吃了早饭，下楼，蓝湾公馆园林式小区里散步半个小时，出门去必来牛肉汤馆，检验督查牛头、牛骨、牛肉的来源是否正宗，是淮河边上的水牛还是山坡上的黄牛，剥了皮，吴佩琳闻着血腥味，马上就给出结论。宋怀良提出给吴佩琳印一个名片，公司副总兼必来总经理，林一勺继续做店长，吴佩琳说给我戴一顶帽子，影响林一勺积极性，我每天只干点活，不要头衔，林一勺对头脑简单的员工说：店里听老板娘的。

　　吴佩琳不要头衔，但要了一份薪水，跟员工一样，底薪四百，根据营业额，每月加上奖金，最多拿过一千二，最少也能拿七八百，比公司一线员工少，比扫马路的环卫工人高，花自己的钱，踏实。领工资的第二个月，吴佩琳由垂帘听政到走向前台，牛肉汤馆从大别山的生姜、望云山的香葱到四川的辣椒、贵州的草果，吴佩琳不放过任何一个细节的标准制定，早点忙不过来，吴佩琳会出现在烧饼炉前用擀面杖擀烧饼，汤馆晚上排队翻台，吴佩琳端着汤碗送到客人座位上，她在牛肉汤鲜香气味和烧饼的焦煳味中找到了一种宁静与自由。

　　上午九点过后，店里客人少了，吴佩琳从汤馆上楼，她泡一杯咖啡或绿茶，坐进没人读书的书房，打开电脑，钻进网里，早间股市开盘了，吴佩琳不喜欢股市，她漫无目的地在网上漂流，生活、时尚、音乐、文学从网下图书转移到了网上，天马行空，随心所欲；中午午饭后，午睡到下午两点，起床听音乐，网上的音乐没有客厅里的"杜比"音响的效果好，尤其是听爵士乐和现代音乐；偶尔她会去逛百货大楼，只逛不买，她关注流行的女性服饰在袖口和衣领处的细微改变并寻找变化的意义，这很有趣；傍晚她会躺在阳台的竹椅上，必看每天的《庐阳晚报》，晚报上的趣闻逸事网上都有，她关注晚报上求助报道，白血病、癌症、车祸等不幸的报道常常让她暗自落泪，然后，她到医院送去两百、三百，一个父亲车祸、孩子得白血病的家庭，吴佩琳送去了五百。宋怀良对吴佩琳做慈善坚定支持，甚至说："别人困难家庭，可以多捐一点，随便一顿酒，票子喝掉一大把，我们领教过雪中送炭的温暖。"看完晚报，黄昏来临了，吴佩琳下楼到汤馆去了，好多熟客称呼她"老板娘"。

穷人的危机从早餐的稀饭咸菜和劣质香烟的烟雾中随时暴露，而有钱人的危机在笔挺的西装和昂贵脂粉掩盖下不动声色。吴佩琳叫宋怀良周末一起去父母家吃饭，郭凯给父亲吴镇海送来一只望云山野山羊，猎手在山里猎来的，宋怀良说要去徽南出差。周末这天夜里十一点半，吴佩琳手机振动了几下，抓起来一看，屏幕上跳出一行短信："有人独守空房，有人独霸包厢。此刻，老板正搂着他的漂亮的女人在唱《糊涂的爱》，爱有几分能说清楚，还有几分是糊里又糊涂。"吴佩琳看了一下手机号码，不熟悉。谁发的？要么发错了，要么是别有用心。吴佩琳将手机扔到一边去了。

吴佩琳躺下后，她在想必来牛肉汤里香葱要换进货渠道，淮河边"走千走万"养牛场定点供货放养的水牛，食材新鲜，汤端上后，撒的葱花是从菜市场买来的，大棚产，香葱不香，她托郭凯联系了庐西县山里正宗的香葱，价格比菜场高一倍，吴佩琳还没想清楚买还是不买，脑袋涌进来潮水般《糊涂的爱》的歌声，歌声把脑袋轰炸得一塌糊涂，香葱的报价记不起来了。吴佩琳抓起手机，给宋怀良拨去电话,第一次没接,第二次,第三次都没接,吴佩琳越打手抖得越厉害,第四次打通了,电话里声音很嘈杂,话筒里滚动着张学友的《吻别》,喝过酒的卡拉 OK 的声音鬼哭狼嚎地吼叫着,与吻别毫不相干。宋怀良跑到包厢外接电话,吴佩琳说:"你明天多带两罐'汪掌柜豆腐卤'回来。"

电话像一个证人,坐实了宋怀良在歌厅,跟宋怀良唱《糊涂的爱》的女人,不用调查,是艾叶,而且她确信是艾叶吊着宋怀良的胳膊,而不是宋怀良搂着艾叶。在夜深人静的虚空里,后悔像毒药发作,真不该推荐这个不懂规矩不计后果的小丫头,这个匿名短信究竟是谁发的呢?徽南分公司的头是耿双河,只有他知道吴佩琳的电话号码,卡拉 OK 也是耿双河安排的,难道是他贼喊捉贼?艾叶这个小妖精能勾引宋怀良,也会勾引耿双河,耿双河本来就是一个好色的乡下木匠。按说宋怀良对他恩重如山,包庇他嫖娼,支持他离婚,重用他当头,没理由出此阴招。

电话号码不是耿双河的,他再蠢也不会蠢到自报家门,是不是他还有另外一部手机。

客厅干净整洁,环绕立体声杜比音响、红木茶几、低柜、沙发配合着 56 寸东芝彩电、飞利浦柜式空调,即使在 2008 年夏天,仍然流露出高端和奢靡的气息,只是客厅的主人在日复一日中麻痹了这种感觉。宋怀良将带回来的四罐豆腐卤放到红木茶几上,屋内很快就滋生出一层深入肺腑的臭味,吴佩琳趿着夏天的草拖鞋从书房里出来,宋怀良看到她的脸上明显流露出睡眠不足的疲倦。深夜十一点打电话,为多带两罐豆腐卤,蹊跷得有些荒诞,宋怀良指着茶几上四个深褐色陶罐:"你早上给我打电话,我来得及买的。"吴佩琳不愿说出那条来路不明用心险恶的短信,就把早就酝酿好的台词重复一遍:"晚上躺在床上看书,没注意时间,忽然想起来了,就打了个电话,没想到都十一点多了。"宋怀良说:"歌厅里很吵,电话压根听不见。"宋怀良主动坦白了接电话地点在歌厅，吴佩琳说听到了话筒里五音不全狂喊乱叫的声音："你喜欢听，不喜欢唱，一晚上陪坐，没有耐力，还真撑不住。"宋怀良说："也唱了，艾叶说我唱歌跑调，但情感把握得很到位。"宋怀良主动亮出了艾叶，唱卡拉OK是工作，没什么忌讳的，吴佩琳问："哪首歌跑调了？"宋怀良说：《糊涂的爱》，以前没怎么在意过这首歌，一唱很有共鸣。两口子吵架就是要把'爱'理清楚、弄明白，最后不但没理清楚弄明白，还把'爱'给搞丢了。还是糊涂点好！"宋怀良说起唱《糊涂的爱》这首歌，隐去了对唱的艾叶，艾叶唱到"这就是爱，糊里又糊涂"时，她拉着宋怀良的手，腾出食指使劲地掐着宋怀良的手心，艾叶的手上全是汗，食指疯狂得像一把锥子，歌厅里酒气、烟味混在一起，每个人的动作都像动画片一样机械而失真。宋怀良被艾叶糊涂的食指掐得疼痛难忍。

宋怀良这些年歌没练好，但练好了与人周旋，他早已不是当年那个憨厚木讷而又鲁莽冲动的小电工了，察言观色，见风使舵，是混迹江湖的基本功。半夜宋怀良一接到电话，就嗅出了豆腐卤后面百分之八十的心思，所以他在跟吴佩琳闲谈时主动坦白，既打消了吴佩琳心中的顾虑，也让自己成功上岸。轻松释然的吴佩琳招呼秦大姐下楼去买酱猪蹄，然后又问宋怀良："天热，要不要给你买啤酒？"宋怀良说中午不喝酒，下午要去经贸委开会，市里有重大招商项目希望民企参股介入，说是要体现项目的庐阳元素，吴佩琳对投资参股兴趣不大，就掐断他的话题，没头没脑地说了一句："耿双河这个人，你最好当心点！"

宋怀良一脸糊涂。

礼拜天到了，吴佩琳叫宋怀良陪她一起去百货大楼挑选洗衣机，家里的洗衣机太老了，一启动，声音像坦克，宋怀良说要跟艾叶去徽南出差，吴佩琳说："还唱《糊涂的爱》吗？"宋怀良说："要是安排有卡拉OK，就唱，这歌蛮有道理的。"

徽南图书城按台湾"诚品书店"的风格设计,购书、阅读、餐饮咖啡、娱乐游戏、讲座签售多种功能融为一体,艾叶拿出设计图纸,徽南新华书店领导惊呆了,签了合同,晚上喝完酒,耿双河一激动,拉着一桌子人去"白金汉宫"卡拉 OK,安排唱歌首先是答谢新华书店潘经理、徐主任,其次是接待宋怀良,可老奸巨猾的耿双河半路上悄悄地对艾叶说是为她庆功,还偷偷地塞给艾叶一盒"哈根达斯"。这天晚上艾叶在包厢里喝了六瓶嘉士伯啤酒,手心里的汗是啤酒发酵后渗出来的,她和宋怀良唱完《糊涂的爱》最后一个音符时,耿双河、潘经理、徐主任都在盲目鼓掌的同时发出不切实际的欢呼与啸叫声,艾叶踮着脚,贴着宋怀良的耳朵说:"凡是命运安排的爱,都是糊涂的爱。"宋怀良在唱完这首歌时,没有松手,反而把艾叶的手攥得更紧了。耿双河走上来扯过艾叶的另一只胳膊:"跟我唱一个'妹妹你坐船头'!"艾叶说:"不是妹妹你坐船头,是《纤夫的爱》。纤夫哪有什么爱呀!"

回来后,艾叶到宋怀良办公室找他算账:"宋哥,你唱歌那么投入,攥我的手用力太猛,勒伤了。"她夸张地甩着左手,"手指关节疼得要死,里面不是脱节,就是骨折了。"说着把手伸到宋怀良鼻子下面,宋怀良看着艾叶风平浪静的手指:"看不出来骨折呀!酒喝多了,没轻没重的,以后一定注意。要不要送你到医院去检查一下?"

艾叶瘦长而骨感的手指如同手枪的枪管,她嚼着嘴里的泡泡糖,吹出泡泡,又吸进嘴里:"我没那么娇气,去医院干吗,我只是提醒你,下次对我的手,温柔些!"八〇后没心没肺,活得信马由缰,宋怀良拿艾叶一点办法都没有,你对她一本正经,她一分钟将你拆得粉碎,宋怀良跟艾叶一起,最深刻的感觉是:轻松、自由,太阳底下没有什么新鲜事,想紧张都紧张不起来。

艾叶将一沓设计图纸扔到宋怀良桌上:"徽南书店的餐饮小吃区,调整到三楼去,你看一下!"

宋怀良看了一眼他看不懂的设计图,说:"你小小脑袋,里面怎么装了那么多图谱,比饭店菜谱还多。"

艾叶说宋哥你学会表扬了,不容易,人要多表扬,不能批评,说到这,艾叶掏出手机扔到宋怀良面前的设计图纸上:"不过,你老婆真的要批评,她给我发这个短信什么意思?"宋怀良又是一脸糊涂。

艾叶打开手机,翻出手机上的短信:小妖精,你别装糊涂,勾引男人,傍大款,无耻下贱!

宋怀良头皮发麻:"不会的,佩琳不是发这种短信的阴险小人!"

艾叶指着蓝色屏幕上恶毒的文字:"我身边不就你一个大款。除了你老婆,还能有谁关心我勾引大款呢? 宋哥,你说我勾引你了吗?"

宋怀良摇摇头,他看着手机显示屏:"这不是佩琳的电话号码。"

艾叶说:"你真老土,都什么年代了,动一下手指头,下载个改号软件,小菜一碟,还能变声。"

宋怀良说不可能,要是真有,明天我去移动公司查一下,艾叶说别白忙乎了,临时用的手机卡随便买,不用登记,不用实名,你没看报纸吗,许多手机诈骗,公安都破不了案:"宋哥,你老婆太小气了,说我勾引你。我才不干那种鼠窃狗偷的事呢,我喜欢你,是光明正大的,为什么要勾引呢?"艾叶趁着借题发挥,等于是向宋怀良正式表白。

宋怀良听懂了,也早就感觉到了,但他必须装糊涂:"你酒还没醒吗? 我比你大十六岁,整整差一代人,过头的玩笑不能开。"

艾叶吐出嘴里的泡泡糖糖渣,气息立即流畅:"谁跟你开玩笑了,别拿年龄来说事,杨振宁八十二,翁帆二十八,差五十四岁,几代了? 你总不会比杨振宁还老吧? 年龄就是数字,与爱毫不相干。既然你老婆已经向我挑战了,我就打开天窗说亮话,反正我糊里又糊涂地爱上你了,也许从小学一年级就开始了,放学上学路上总是遇到你;偶尔开一次电视,换了几十个频道,时装秀没看到,你蹦了出来,电视里你的眼睛一直盯着我看;上大学油画系没取,取到装饰设计专业,等于是为你公司上的大学;毕业到皇冠坐班像坐牢,一投奔你,岸上的鱼放到水里，活了。我老是冒出奇怪的想法，我爸跟我妈结婚，不是为了把我生下来，而是为了把生下来的我送给你，如果没有你，我是不会来到这个世上的。没什么道理可讲，老天安排的。"

宋怀良惊诧于八〇后告白爱情就像说起早餐喝了一袋酸奶吃了两片面包一样，没有矜持，无须害羞。宋怀良没法拉低年龄，也没法摆出与艾叶对等和平衡的姿态，他的回答明显居高临下："你是我们家佩琳推荐来的，你糊里糊涂地把爱当你嘴里的泡泡糖嚼来嚼去的，想没想过严重侵犯了我们家佩琳的主权？"

艾叶抓起宋怀良桌上的杯子咕咕噜噜地喝了一气，没有丝毫顾忌，她举着透明的玻璃杯子不愿放下，目光落在杯子里："茶叶没有透水前，是可以放回茶叶盒子里的，现在全都泡开了，怎么往盒子里收？宋哥，你不要如临大敌，回去告诉你老婆，我是你部下，不是你恋人，所以不会侵犯她的主权，但也请她以后不要用发短信这种小儿科的把戏来侵犯我的尊严。我爱你，跟爱我的祖国一样，崇高而伟大。我不会勾引你，不会傍大款，你只要不跟吴佩琳离婚，我就永远是你的部下。麦克拉伦说这个世界上百分之九十八以上的爱情是无法兑现的，没什么了不起的！"

艾叶潇洒起落，宋怀良反而像是被抛向空中的纸鸢飞向一片盲目。宋怀良心里比艾叶混乱得多，他把握不好与艾叶的火候，只得公事公办地拿起桌上的设计图纸："现在是上班时间，在办公室里讨论糊涂的问题，不合时宜。你把修改方案，传到徽南去，另外跟耿双河联系一下，叫他抓紧联系家具厂，书店的核心是图书展柜，木匠的水平是关键。"

艾叶像港台电影里那样，说了句台词："Yes, sir!"她打了一个响指，转身离去，她离去的背影仿佛卷光了室内的空气，宋怀良感到一阵窒息。

窒息的不是空气，而是大脑。宋怀良愣了一个多小时，他想不出这个短信是谁发的，发出来什么意思。耿双河想勾引艾叶出于他由来已久的习性,酒桌上他要跟艾叶喝交杯酒,艾叶对他说,交杯酒轮不到你喝,歌厅里要跟她合唱《纤夫的爱》,艾叶嘲笑说纤夫哪有爱,明显歧视乡下人,眼睛里只有老板和大款,耿双河的分公司经理,不过是个工头,这个乡下佬在城市面前手无缚鸡之力,受刺激太大,从事实上推理,像是耿双河发的,从逻辑上推理,更像是吴佩琳发的,可语言太恶毒,不符合这两个人为人处世的做派,会不会是赵超,艾叶这孩子,看不惯的人,毒舌毒死人,不去喝咖啡,还叫赵超撒泡尿照照影子,赵超完全有可能以毒攻毒,可赵超不在现场。不过,冷静下来仔细推敲,吴佩琳的可能性稍大,只有吴佩琳容易气急败坏到疯狂,大脑做不了文字的主,吴佩琳知道那天晚上他和艾叶在一起唱歌,而且她的想象力足以抵达百里之外光线暧昧的歌厅并目睹到了醉生梦死的表情与姿势。

晚饭就着豆腐卤、酱萝卜,喝稀饭,啃馒头,稀饭喝得快见碗底了,吴佩琳告诉宋怀良,张月秀来电话了,宋怀良停止了嘴里馒头的咀嚼,口齿含糊地问月秀说什么了,吴佩琳说月秀骑马在蓝天下的草原上奔驰,天上的洁白云朵跟着她一起跑,人像飞起来一样,那位少校丈夫带着她和医生穿梭在草原上的帐篷里,为牧民看病,他们的马背上驮着药箱、药品,还有处方便笺和记账的账本,张月秀说那真是一个安静而干净的世界,人像是又活了过来。宋怀良对张月秀没给自己打电话还是有些介意,但他不好直接说,就有保留地摆出不同看法:"也不能说在庐阳过的是死人的日子,到新疆才活过来。"吴佩琳说:"那地方的人没有庐阳人坏"。宋怀良没法认同:"那地方除了满地跑的羊和望不到边的草原,哪有人?"

吴佩琳说庐阳人坏,明显是带着情绪说的,艾叶收到的短信可能就是这种情绪的另一个版本,宋怀良脑子转得比草原上的马跑得还要快。秦大姐收走了碗筷,宋怀良看着空虚的餐桌,没头没脑地问吴佩琳一句:"你说,郭县长怎么对艾叶那么上心呢?"吴佩琳说:"艾叶她妈跟郭凯是市政府大院同事,当自家孩子看的。"说得客观公正,没一点情绪。宋怀良见吴佩琳不愿借题发挥,就不再往下说,有些话,不能轻易说,说出去就收不回来了,尤其两口子在一个屋檐下过日子,就像搂着火药桶过日子。

夏天头顶上的天是漏的,雨水说漏就漏下来了。

时间是下午四点,艾叶跟宋怀良走下庐西县城投公司办公楼阶梯,天空翻卷着破棉絮一样的乌云,乌云后面是忍无可忍的雷声滚动,艾叶设计的城投大厦效果图一次性通过,刚被城投谢总吹捧为才女的艾叶对头顶上的黑压压的乌云毫无察觉,抑或是毫不在乎,宋怀良说天要下雨了,司机老邴到望云山度假村拿余总送的茶叶了,打车去酒店吧,艾叶扬起手中的折叠雨伞说:"我有伞,不打车!"

城投大厦工程是韦晓丽从老公郭凯的枕头边拿下来的,韦晓丽提前去"湖畔大酒店"安排包厢,晚上要请郭凯县长和城投公司谢总等人吃饭。去湖畔大酒店只有十来分钟路程,两人走了不到两分钟,起风了,天上开始漏下零星雨点,宋怀良叫艾叶打开伞,艾叶歪着脑袋,捋着被风吹乱了的头发:"风太大,伞撑不住。"

宋怀良说:"我来撑!"

艾叶将伞别到身后:"雨中漫步,多浪漫呀,想找都找不到这么好的风景。不打伞!"

话还没说完,一声炸雷,暴跳的闪电将晦暗的天空撕裂,瓢泼大雨直泼头顶,艾叶强行拉着宋怀良的手,一头扎进暴雨中,他们的衣服和鞋子混合着雨水形同虚设,一些站在路边屋檐下躲雨的行人看着雨中一男一女雨中疯跑,像是两个作案失手的小偷被追赶着亡命天涯。雨中的宋怀良没有丝毫浪漫的感觉,他觉得自己是一条失去方向的狗被艾叶牵着疯跑,雨声、雷声、风声,飞沙走石般灌进了耳朵里。

雨下得太大,韦晓丽站在酒店大门口旋转玻璃门前等候宋怀良和艾叶,见两人从暴雨的缝隙里钻了出来,狼狈不堪,艾叶湿透的胸脯紧张地起伏着,上气不接下气的喘息似乎下一秒就会停止,韦晓丽百思不得其解:"小艾,你手里有伞怎么不打?看把宋哥淋成了落汤鸡。"艾叶怪笑着:"不是落汤鸡,是落水狗!雨太大,打伞没用。韦姐,你听过刘文正的《雨中即景》吗?"

　　那时候,躺在阳台上的吴佩琳手里攥着一份晚报,看着窗外的大雨,想象那拉提草原和草原上的张月秀,月秀在天高云淡的草原上骑着马的姿势一定很潇洒,草原上没有下雨,也没有那么多烦心事。月秀来电话了,说她怀孕了,邀她去那拉提,吴佩琳说明年春天你生孩子我就过去,她说能不能请月秀的少校丈夫给她在草原上找一个挤羊奶或者薅羊毛的活干,月秀说那活你干不了,草原上牧民有时一天都说不上一句话,清静和寂寞如影随形,吴佩琳说没问题,她喜欢清静和寂寞的草原黄昏,夕阳西下的牧羊人赶着羊群看到天幕上最先亮起的那颗星星,那是美丽而纯净的眼睛。

　　阳台上的窗子没关严,暴雨从狭小的缝隙里钻了进来,躺椅上溅上了雨水,吴佩琳起身关紧窗子,雨声和雷声被堵在了外面,吴佩琳招呼秦大姐拿抹布擦竹编躺椅上的雨水,手机冷不丁地响了一声,是机器猫的声音,短信提醒。吴佩琳滑开手机,屏幕上跳出:宋老板拉着艾小姐的手在雨中浪漫,看着揪心。人家还是个孩子,有钱不要太缺德。

　　在这个暴雨如注的黄昏,吴佩琳奇怪的是,究竟是谁那么在意宋怀良和艾叶的一举一动,而且跟上次徽南卡拉 OK 厅一样,几乎是现场直播,显然是别有用心的挑拨离间,今天她绝不会愚蠢到再给宋怀良打电话。这个发短信的人,不是对艾叶图谋不轨的人,就是对宋怀良心怀不满的人,聪明的吴佩琳很快断定这个发短信的人是宋怀良身边的知情人,也许就是酒桌上的人,从短信语气上看,像是郭凯发的,艾叶是郭凯介绍过来的,是不是郭凯对艾叶有什么企图?想象如同窗外的暴风雨,疯狂至失控。

淋了雨的宋怀良持续感冒了好几天，吴佩琳问怎么了，宋怀良说在庐西县被雨水灌了个湿透，半路上下雨，艾叶说到酒楼没多远，就冒雨跑了过去，我都快四十的人了，哪能跟二十来岁小丫头比呢。汪晓娅的红蜻蜓偶遇、张月秀的雅诗兰黛面霜，还有早年的苏州一夜未归，没遮掩住，留下把柄，补救的解释，欲盖弥彰，成了永远的悬案。宋怀良在经历足够惨痛教训过后，主动兜底，然而，就像放在电影院门口的广告宣传牌，只提供故事梗概，不提供具体的情节与细节，主动兜底的好处是吴佩琳收到两条挑拨离间的短信，没提出质疑，她只是提醒宋怀良："那丫头不是个省油的灯，你看她那一头的黄毛，还有破洞的裤子，蹬个长筒靴子，是打扮时髦，还是想引起男人的注意，你应该能看得出来。你说过，公司既是企业，又是家庭，家庭里出了这么个怪里怪气的晚辈，你这个家长，还是得管一管。"吴佩琳不再以孩子要宽容、要教育来评估艾叶，宋怀良齉齉着鼻子说："新新人类，管不了。"

宋怀良正说着，电话响了，一看来电显示，他慌张地跑到阳台上去了，是艾叶打来的，屋内的灯光追随着宋怀良的后背，在阳台的最右边的拐角处变得模糊，宋怀良的声音和身体一同模糊。

艾叶电话里叫宋怀良立即赶到"西部咖啡馆"，宋怀良压低声音："都快夜里十点了，我已经躺下了！"艾叶在电话里大叫着："躺下了，再爬起来。不是小工程，韩国零点公司的报价，你过来看一下！"宋怀良说："明天一早到办公室再看。"艾叶说："明天一早我要跟瞿小姐去上海，跟他们的韩国老板敲定。"宋怀良说："你自己定吧，我不用看了。"说着就匆匆挂了电话。

宋怀良回到客厅，客厅电视屏幕上正在播放雅尼的紫禁城音乐会，吴佩琳盯着屏幕，却一个音符没听进去，她听到宋怀良阳台上鬼鬼祟祟的声音"我已经躺下了"，后面的声音被宋怀良压得更低，基本上都没听见，但耳朵一直停留在阳台上。

吴佩琳不想问谁打来的电话,而是问宋怀良接电话的诡异:"接电话跑阳台上,声音压那么低,不能当着我的面接吗?"

宋怀良不再坦荡,心虚地狡辩着:"我怕影响你看电视。"

吴佩琳反驳:"当着我面接了十几年的电话,看电视、听音乐、吃饭、吵架、躺在床上都接过,十几年都没影响过,怎么今天突然就影响了?"

宋怀良被吴佩琳逼进死角,他缓过神来,觉得还是坦白坦荡好:"是艾叶打电话,叫我去西部咖啡谈工作。"

吴佩琳眼睛突然锥子一样锥住脸上坦荡内心动荡的宋怀良:"谈工作,为什么不去?"

宋怀良说:"都快夜里十点了,又是单独约我,我怕引起误会。"

吴佩琳乘胜追击:"你心里没鬼,怕什么?深更半夜谈工作,跑到阳台接电话,压低声音窃窃私语,宋怀良,你究竟要我怎么信任你?"

宋怀良毫无还手之力,连招架之功都不堪一击:"我怕你不信任,才一时脑子没转过弯来,跑到阳台接电话,才做了傻事。"

吴佩琳即使再缺乏想象力,也能轻易做出推理:"你要是脑子转过弯来了,就会继续扮演与小丫头清白纯洁的交往。不是我不信任你,你跑到阳台上,是你自己不信任自己了。"

吴佩琳没有大吵大闹,她怕惊动已经入睡的秦大姐,更怕来之不易的安定团结的婚姻关系再度陷入危机,尽管危机已经渗透到了家中的客厅和阳台,吴佩琳还是愿意忍,她没有把庐西两人雨中浪漫的短信抖搂出来,不公开对质,这事就没发生过。

雨后的初夏夜有些凉,被雨淋成感冒的宋怀良不能受凉,吴佩琳说:"天闷,感冒会传染,我去书房睡了!"

这是他们婚姻风波过去后,第一次分居。分居的感觉不像是夫妻,而是隔壁邻居。他们听不到彼此的心跳,却听到窗外稠密的树叶间"知了在声声地叫着夏天",彻夜不歇。

二十一、枪口下的手势

赵超住在护城河边一条四处漏风的巷子里,百孔千疮的墙上刷满了气势汹汹的"拆"字,那些白色石灰水刷出的笔画蛮横而坚硬。初夏的黄昏,我在巷子里找到赵超时,他光着膀子,手里摇着一把破蒲扇,坐在沿街的一张小方桌旁喝酒,油腻开裂的桌上一碟花生米、一碟臭豆腐干,见我汗流浃背从自行车上跳下来,他站起身热情迎接,随手给我倒了一杯价格低廉的"庐阳大曲"。

赵超住的房子,是父母生前留下的,两间老屋,比五里井更为破败。落座端起酒杯,赵超老婆王丽丽捧着一碗辣椒土豆丝送上来了,赵超对王丽丽介绍说:"这是文化局剧作家许老师,找我来采访创作素材的。"她挤出笑容说了声:"许老师好!"人到中年的王丽丽脸上早已失去了光泽,唯一能够确立她自信的是丈夫赵超右脸颊已经有了一块蚕豆大小的老人斑,每天走在阳光很少的巷子里,屋里霉烂的气息经久不息,长期的气血虚亏、伙食贫乏注定了衰败的速度突飞猛进。没人会联想起赵超是庐阳最早的万元户,最早买小轿车用大哥大的老板,干瘪沧桑的王丽丽让人无法相信她曾经还有过青春。

聊起宋怀良,赵超说公司在汶川大地震那一年,开始走下坡路,装修工程越来越难拿到,十八家网吧十三家亏损,四家保本,庐阳有一家略有利润,家庭关系也越来越糟,宋怀良野心被耗光了,斗志好像也丧失了,面对千变万化的市场,他拿不出更好的办法,在日益紧张的家庭关系里,他几次跟赵超说,想到九华山当和尚去。

我问宋怀良是不是真的纯净得像一瓶矿泉水，赵超将一块臭豆腐扔进嘴里："臭豆腐在没有淹进臭卤水前，白的，可一泡进臭卤里，不臭也得臭，不黑也得黑。我跟吴佩琳太熟，宋怀良就在我面前装得清清白白的，你想，他在歌厅、舞厅、浴场、会所、娱乐城那么多女人团团包围下，为吴佩琳守节二十年，可能吗？除非他不是男人。张月秀怎么走的？好像是我骚扰的，其实是张月秀插足好姐妹吴佩琳，实在插不进去了，跟宋怀良混不出个子丑寅卯了，才远走新疆的。骗女人上床容易，哄女人下床太难。宋怀良的本事就是他能把女人哄下床，而我就不行，跟王丽丽喝多酒冲动了那么几回，甩不掉了，结婚了。不过，王丽丽很好，死心塌地，没吴佩琳漂亮，人贤惠，每天给我下酒菜做好。我没有宋怀良本事大，就给他打工。"这时，端着一盆馒头出来的王丽丽听到赵超絮叨自己，一点都不贤惠地说："明天炒腌菜给你下酒！"语气过于夸张，显然是开玩笑，这个船民的女儿非常满足于庐阳城里有自己的房子，而且房屋拆迁的希望如同生活里洒满阳光。

赵超说第一次看到吴佩琳和宋怀良公开闹翻是在他和王丽丽的婚礼上。

时间是2008年的夏天，满大街都灌满了《我和你》《北京欢迎你》《永远的朋友》之类的奥运会的歌声，赵超和王丽丽在奥运会的歌声中举办婚礼，同居七八年了，新婚旧人，婚礼办得马虎而简陋，请公司的中层领导和建材商场的全体员工在"徽府酒楼"喝顿酒，每人掏个一二百块不等的红包，见证一下婚姻生效，赵超后来也没想到的是，扯了那个证后，王丽丽把赵超当儿子一样养，快五十岁的半老头子过上了他意想不到的幸福生活。他对我说："许老师，女人很奇怪，不向架在脖子上的刀口低头，却向纸做的结婚证书弯腰。"

那天徽府酒楼里臭鳜鱼的味道湮没在烈性白酒呛人的刺激中，路上堵车，耿双河来晚了，他表示歉意的方式是玩命喝酒，酒杯太小，扔在一边,用茶杯,跟赵超炸了两茶杯后,人已经站不稳了,他倒满一茶杯,摇摇晃晃走到宋怀良面前,杯中泼洒掉了百分之二十左右,他搂着宋怀良的肩说:"兄弟,徽南喝酒,你太孬了,酒桌上不喝饱,到了歌厅喝那么多啤酒。啤酒哪是酒呢,猫尿!"宋怀良起身准备跟耿双河炸一茶杯,坐在宋怀良右边的艾叶站了出来,她按住耿双河的胳膊说:"老耿,你耍滑头,宋哥满杯,你只有大半杯。"说着抓起桌上酒瓶倒满,老耿手摇晃着,又泼洒出一些,艾叶又给老耿添上酒,监督着他跟宋怀良喝了一茶杯。坐在宋怀良左侧的吴佩琳静静地看着神情夸张的艾叶,没说话。耿双河要跟宋怀良炸第二杯时,艾叶一手按住宋怀良的杯子,一手指着耿双河,情绪很激烈:"宋哥尿酸高,痛风犯起来疼得要死,你老耿安的什么心? 要喝,我跟你喝!"说着端起杯子公开挑战耿双河。

这时,忍无可忍的吴佩琳站起身,将自己手中的茶杯猛烈地砸在桌上,她涨红着脸怒目艾叶:"你是宋怀良什么人呀? 他喝不喝,能不能喝,由你来定,你是吃错药了,还是哪根神经搭错了?"吴佩琳已不顾及场合,她要在公司领导层首先将艾叶拽出来示众。好在酒桌上的人都在忙着喝酒,吴佩琳这一激烈反应在主桌之外并没有多少人注意到。

吴佩琳当众出她洋相,艾叶没当回事,她坚持跟耿双河喝下一茶杯白酒后,才侧过脑袋对吴佩琳说:"姐,代宋哥喝酒是我工作的一部分。刚来公司我一滴白酒都不喝,现在敢跟老耿炸雷子,是代酒把酒量带上来的,这几年我给宋哥代了多少酒,差不多有好几百斤,你该感谢我才是。"

艾叶没生气,吴佩琳更气了,她必须将心里发酵和变质的疼痛公开出来,她调整视线,对着艾叶另开一枪:"女人要懂得自尊、自爱。学会检点,比学会设计重要一百倍!"

吴佩琳的话已经带有点人身攻击了。

宋怀良看不下去了,攥紧的拳头能挤出水来,眼睛里冒着被酒精燃烧起来的无名火,他压低声音对着吴佩琳吼道:"你还有完没完?"

主桌坐的是公司中层干部,他们很意外地看着两口子,包括老耿、周小泉、肖晨,十几年来,公司里从来没人看见宋怀良在吴佩琳面前发过脾气,好在其他几桌仍在不遗余力地吃喝着,还有几个喝多了张牙舞爪地在划拳,对这一幕毫不知情。

吴佩琳没说话,艾叶对宋怀良嗔怪道:"宋哥,这就是你的不对了。你可以不同意吴姐的观点,但你必须尊重吴姐说话的权利,她对女人的理解非常到位,女人当然要学会自尊自爱。"

赵超的婚礼本来就不规范,出现不和谐,也没人当真,公司里中层干部当真的是:吴佩琳和宋怀良公开暴露了家庭危机,貌似单纯的艾叶已经不再单纯。

2008年大起大落。汶川地震哭声震天,奥运开幕歌声嘹亮,一红一白,悲喜交加。怀琳公司也一样,年初几个大单,开了个好头,而汶川地震还没震,公司先震了,三月肖晨抓到了石榴红跟网友开房的网聊记录,宾馆房间号都发过来了,石榴红没去不是出于对肖晨的忠诚,而是石榴红从网友胳膊上的一条毒蛇的刺青中,嗅出了血腥的味道,网友是江北黑社会的四号人物。爽约的石榴红被黑道网友从网吧绑架,要拿三万赎金,宋怀良接到肖晨电话,只说了一句:"绑了活该!"后来是钱小毛找坐牢的狱友、庐阳黑道老大"乔杠头",将石榴红救了出来,据说花了四万。这事令吴佩琳非常不满,失去耐心之后,她压抑已久的声音抬高八度:"不到警方那里报案,找黑社会报案,你还有没有法律意识?"宋怀良面对吴佩琳的指责就像面对火车车厢里查票的,态度和口气很轻慢:"我的法律意识就是,我不违法,至于肖晨和钱小毛靠黑吃黑摆平绑架,不在公司的业务范围之内。"四月周小泉公司装修东江"奥康"健身中心,装好了还没来得及交付,老板资金链断裂,跑了,工程款四十二万,一分未得,垫付的三十万建材泡汤了。五月汶川地震,宋怀良到处追查东江跑路老板,没心情顾及远在千里之外的地震,市红十字会上门,含蓄地批评宋怀良捐款不主动,宋怀良叫吴佩琳代他去红十字会捐款十万,拍两张照片,领一个证书回来,吴佩琳不愿去,她说:"汶川死了那么多人,惨绝人寰,电视上报道庐阳收破烂的王汉三都捐了两万,你就捐这么一点,拿得出手吗?"东江跑路损失四五十万,宋怀良心情本来就不好,于是就说了:"庐阳捐十万的有几家?我不打肿脸充胖子。"吴佩琳毫不客气地顶回了宋怀良的强词夺理:"你喝酒喝掉了多少钱?公司送掉了多少钱?"宋怀良很恼火,但他努力克制住情绪:"你不要说那么难听,公司正常的业务开销,省掉就是关公司的门!"

温情脉脉的不是夫妻关系,相敬如宾的不是夫妻关系,形影不离的也不是夫妻关系,那么吵吵闹闹的就是夫妻关系吗?也不一定。尽管夫妻过日子中的争吵就像吃早餐必不可少的小菜,但2008年夏天的宋怀良,却很是抗拒,老婆不断找茬,公司连续出事,心情不好时,人很难宽容,更谈不上豁达。吴佩琳的脸色在宋怀良的语言压迫下扭曲,她顽强而激烈地抵抗着:"想想你这些年干的事,再有警察把你抓走,我想救你都救不了。"

保湿霜的水分在吴佩琳这个年龄,作用有限,干燥的心情破坏了脸上的水分,吴佩琳对着镜子看到自己的青春已经被岁月风蚀,眼睛不再水灵,她拒绝用眼影来强化眼睛的明亮,那天赵超婚礼上,只有石榴红注意到她脸上的气色并送上了言不由衷的赞美:"吴总,你的气质还是那么优雅。不只是优雅,还有高贵!"这句抽象的赞美没能改变吴佩琳当时的心情,因为艾叶当着她面公然挑衅她的主权,宋怀良胳膊肘往外拐,当众谴责的难堪跟当众扒光衣服是一样的。

那个晚上之后,吴佩琳先是对宋怀良的袜子难以忍受,回到家,宋怀良一换上拖鞋,地板上和客厅里的脚汗臭气,刺激得吴佩琳心里一阵阵干呕,她捂住鼻子,叫宋怀良换一双袜子,宋怀良问怎么了,吴佩琳说你没闻出来吗,钻进屋内的苍蝇都被呛死了,宋怀良拎着沾满烟味的公文包站在客厅中央，一脸茫然："五里井一个礼拜才换一次袜子，你都没说味道呛人，现在两天换一次，我还不去工地。"吴佩琳松开捂着的鼻子，跑到阳台上打开窗子，说："年龄大了，胃口浅。"

宋怀良每礼拜至少有三四个晚上喝得醉醺醺的，回到家倒在床上像一头中毒的猪，脚汗的气味如毒气钻进鼻孔，吴佩琳捏着鼻子拉宋怀良起来洗澡，宋怀良甩开吴佩琳胳膊，借酒发挥，心里明白嘴里含糊地说着："你不端碗水给我喝，你盯住我的袜子。喝多了酒洗澡，要出人命。张大夫说的，市一院专家。"吴佩琳给宋怀良端来了一杯水，扶着他坐起来，咕咕噜噜一口气喝干。她叹了口气，不再逼他洗澡，自己去没有书的书房去睡了。

吴佩琳惊诧于宋怀良的脚汗熏得她心神不宁，更惊人的感觉此后变本加厉，依琳放暑假回来那天，阳光很好，宋怀良接依琳回到家，移步到阳台上抽烟，他站在阳台封闭的窗前，下午的阳光在他的侧面留下了一片阴影，躺在阳台竹椅上的吴佩琳对宋怀良说："往后站一站，你挡住了窗外的光线。"宋怀良很糊涂地望着吴佩琳："这么大的阳台，我挡住光线了吗？阳台上到处都是阳光呀！"他不放心地看了看自己的影子，影子很小，有些歪。

吴佩琳也对自己脱口而出的一句话，很不理解，过了一会儿，她终于悟出来了，自己不是介意宋怀良挡住了光线，而是介意宋怀良站在她面前，他的存在已经妨碍到了她。想到这，她的心里微微一颤，五里井的宋怀良已随风而逝了。

宋怀良没有吴佩琳那么细腻，他撤回到客厅门边，阳台上的影子就不见了，宋怀良扶着客厅的门说："你需要去看一下心理医生！"

吴佩琳像是无缘无故地被捅了一刀，疼痛和羞辱一起涌上心头，她从躺椅上跳起来，愤怒的手指指着宋怀良的鼻子："你才要去看心理医生！醉生梦死、吃喝嫖赌、腐化堕落，你早就变态了，懂不懂呀？"

宋怀良针尖对麦芒："吴佩琳，你好好想想，这么多年，你都干了些什么，这也看不惯，那也不合作，你只是厂长的女儿，不是皇宫里的公主，出门看不惯社会，进门厌烦家庭，公司是非法的，我是有罪的，把你的所作所为拿到全庐阳市人面前，无记名投票，看看到底是谁变态！"宋怀良耿耿于怀那天晚宴上吴佩琳当着部下的面出他洋相，而没有意识到自己当众给吴佩琳的难堪，他把自己看成赵超婚礼酒宴上的主客，其他都是陪客，这一思路引领下的反击不可能再有温和与忍让。

吴佩琳震惊于宋怀良与日俱增的刻薄与攻击性，她已经不会委屈，不会哭泣了，除了以牙还牙的反抗，她没有退路："宋怀良，我没有污蔑你，你就是水泊梁山的一个草寇，草台班子的班主，还自以为是。公司哪天垮了，不是我不帮忙垮掉的，是你花天酒地歪门邪道推倒的！"

最后一幅薄如蝉翼的面纱撕开后，情面和尊严就成了一块破抹布，相互伤害升格为吵架的基本姿态，这时候，五里井老屋里的青春和梦想，随着那些拆迁的老屋一起消失殆尽，连一个瓦片和一块碎玻璃都找不到了。

离婚风波后假象的安定团结经不起时间的反复洗涮，没到两年，花瓶一样碎了。

王遥在一个阴阳不定的天气里走进陈琦的南北日杂商店，他披着长发，顽强捍卫着新浪潮时期残留的艺术痕迹，他干瘦的手指被香烟熏得枯黄，灰白的头发野草一样混乱，陈琦第一眼断定进来的这个半老头子，应该是一个算命打卦的江湖中人。王遥进店买烟，两包，一包四十五块的"中华"，一包四块五的"蝴蝶泉"，陈琦最先对王遥买两种价格悬殊的香烟好奇，聊了几句后，陈琦被王遥推销的电动按摩椅吸引住了，王遥将两包拆了封的烟拍在柜台上，"你要是买按摩椅，就给你抽一支'中华'！"说着自己拔了一支廉价的"蝴蝶泉"香烟粘到枯紫的嘴唇上，陈琦问："推销一台电动按摩椅，你能赚多少钱?"王遥吐出嘴里廉价的烟雾:"成交价2800,进价1900,一台净赚900,跟走私、贩毒差不多的暴利。卖一台,抵你卖好几个月的香烟!"陈琦的日杂店还是十几年前的铺面,简陋的装潢,杂乱无章的杂货,既不像超市,也不像地摊,在商场、购物中心、超市、便利店铺天盖地的包围下,南北日杂商店像一口老式水井挨在自来水龙头边上。当年生意红火的商店如今只能挣点养家糊口的小钱,找不到赚钱门路的陈琦听王遥说:"现在有钱人,都讲究享受,怀琳公司的老板,宋怀良就买了一台孝敬老丈人了,还说他妈要不是去了东北,给他妈也买一台。"王遥说得有鼻子有眼睛的,陈琦动心了。在王遥持续不断的煽动和鼓舞下,陈琦拿出家里的八万块钱积蓄又向亲戚朋友借十二万,凑齐二十万加盟王遥的电动按摩椅销售公司,货进来后,三个月,陈琦艰苦卓绝地只推销出去一台,市电信公司一个副总脑血栓瘫痪了,一家人期待着电动按摩椅创造奇迹,可不到三个星期,电动按摩椅不按摩了,又过了几天,电线短路,里面冒烟,烧煳了椅子的靠背。副总报案后,技术监督局简单监督了一下,定性伪劣产品,剩余的九十九台全部没收,陈琦去找王遥,电话打不通,找到庐阳销售部,销售部也早无影无踪了。陈琦将日杂商店的货全部低价盘出去抵债,勉强还掉了债务,南北日杂商店在开了二十年后终于咽气,活得窝囊,死得凄惨。

陈琦跟宋怀良吴佩琳好几年没来往了,他们像是上辈子认识过,偶尔喝多了酒的瞬间,会想起兄弟间旧日的时光,两人喝酒用碗,一支好烟掐断了,一人一半。吴佩琳做人大气,够意思,走投无路的陈琦去找吴佩琳,他绕开宋怀良在必来牛肉汤馆,约下来吴佩琳,一是借钱,二是了解一下宋怀良送给老岳父的电动按摩椅是否还在按摩。

吴佩琳下楼见陈琦还换了一身水红色长裙,虽说腰部赘肉不可避免地影响到了身材的曲线,但陈琦看到多年不见的吴佩琳依旧皮肤白皙,步态优雅,比自己老婆的气质好一百多倍。坐定后,陈琦主动点了两碗牛肉汤,吴佩琳抢先说在我的店里我请客,两碗汤没几个钱,陈琦也没太多争议,直接进入正题,说到自己被王遥骗得倾家荡产时,快四十的人了,眼泪在眼眶里直打转,差点哭起来,那神情与十几年前起诉宋怀良时一模一样:"佩琳,你说我怎么这么倒霉,一个骗子的一笔买卖,二十年的店就毁了,王遥说怀良买过他的电动按摩椅,我才信了他的,死要死个明白,有没有这回事?"吴佩琳将端上来的牛肉汤推到陈琦面前,又叫了两块吊炉烧饼:"有这回事。我爸说电动按摩椅两个月后靠背才冒烟的,比你的质量要好些,我叫怀良找王遥算账,怀良说打了三个多月电话,没打通,这个人在娘胎里就是个骗子。"

想起当年陈琦撤诉,宋怀良免于牢狱之灾,看着沮丧得手攥着勺子却喝不下一口汤的陈琦,吴佩琳心生怜悯:"如果你愿意的话,我推荐你到公司来干,你跟怀良毕竟是多年的兄弟。"陈琦说:"谢谢你,佩琳!如果你真想帮我,叫怀良借我五万块钱,我开一个烧烤店,做点小买卖,养活老婆孩子。"吴佩琳一口答应,临走时,吴佩琳又多要了四块吊炉烧饼,要陈琦带回去给老婆孩子尝尝。

吴佩琳跟半夜回家的宋怀良一说,宋怀良不买账,说陈琦被骗怎么能赖到我头上,是他自己贪图暴利,才栽了的,我又没叫他去入伙王遥的骗子销售。吴佩琳说,他也就那么一说,没栽到你头上,酒喝多了的宋怀良又提起当年三万块钱:"要是借给他五万块钱再被偷了,下一个被送进牢里的,就是他老婆,要么是他儿子,先把最亲近的人撂倒。"吴佩琳看着脸喝得通红的宋怀良说话刻薄,情绪彻底败坏:"人家撤诉了,没把你送进牢里,这么多年,还记着仇,宋怀良,你心胸真够大的。"宋怀良不理睬吴佩琳,倒在床上,昏昏沉沉睡去,吴佩琳闻到了宋怀良脚上袜子的汗臭味,还有身上纠缠不休的酒味烟味夹杂着少许肉汤的味道,吴佩琳转身去书房睡了。宋怀良的味道是具体的,又是抽象的,如今他出现在吴佩琳面前,不喝酒不抽烟的味道也是刺鼻的,刺鼻的是什么,吴佩琳也说不准,特别是进入今年夏天以来,这种感觉像一笔高利贷,衍生出利息,越滚越大。

宋怀良不借钱,吴佩琳将信用卡上原先的九万多块中,抽出五万,给陈琦送了过去,她说是怀良叫她送过来的,陈琦激动得眼泪流了下来,"你代我谢谢怀良,我都不好意思找怀良,他对我有意见。"

吴佩琳借钱给陈琦的第三天,宋怀良出差回来了,他叫袁小倩通知陈琦来汇通大厦一趟。上午十点,陈琦走进宋怀良宽敞明亮的办公室,脚步发飘,肌肉却绷得很紧,忐忑表现在脸上,宋怀良走过来热情地握住陈琦的手,拉到沙发上坐定,小倩捧上一杯上好的碧螺春,宋怀良递上一支"中华",火随烟一起跟进,多年没见,没有陌生感,也好像什么都没发生过,他将五捆百元大钞拍在陈琦面前的茶几上:"够不够?"陈琦愣住了:"佩琳五万块钱前天就给我了,说是你借的,开个烧烤店,五万够了!"宋怀良一愣,迅速收起脸上的惊讶,说:"我前天去东江出差了,怕你等不及,佩琳把自己卡里的钱取出来了。这五万块钱你去还给佩琳,那是她的零花钱。"陈琦有点纳闷,五万块钱你直接带回家给佩琳不就行了,拐什么弯呢,宋怀良看出了陈琦的疑惑,迅速补齐漏洞:"这个钱是公司的,今天叫你过来,是要在财务那里补办一个手续。"陈琦终于理解了:"走财务最好了,佩琳死活不要我的借条。"宋怀良说佩琳的钱不是公司的:"打一个借条,公司财务好做账。这笔钱,无息无期,什么时候有钱什么时候还;没钱,就不用还了。"宋怀良没有过多煽情,简单几句,听得陈琦心里暖暖的,鼻子酸酸的,当年的生死弟兄又回来了,他有些惭愧,当初就是端着碗出门讨饭,也不该把宋怀良逼得那么狠:"当年我老婆刚生了孩子,整天为钱跟我吵架,吵不了两句就拿孩子奶瓶往我头上砸,家里日子过得紧,才一再上门要你赔钱的。"陈琦没用宋怀良最忌讳的"还钱""退钱",这相当于间接道歉了。宋怀良已不再计较词汇的准确性了,他提醒陈琦:"你需要钱,应该来找我,而不是去找佩琳。"

分别的时候,宋怀良电话叫来了司机老邵,用公司的尼桑轿车送陈琦回去,宋怀良送到楼下,打开车门,顺手扔了两条"中华"烟到陈琦怀里:"哪天烧烤店开业了,别忘了告我一声,就着烧烤喝啤酒很痛快。"

　　吴佩琳对宋怀良前倨后恭出尔反尔气得心口疼，宋怀良嘴里吐出来的烟味像是日本鬼子"731"部队喷出来的毒气，她对宋怀良抽烟深恶痛绝："香烟熏黑的不是牙齿，是灵魂。你难道不晓得被动吸烟危害更大呀？"宋怀良意识到香烟只是今晚交锋的序曲，他被迫应战："五里井街坊上门讨债的那天晚上，你说要是时来运转，一天让我抽五包'红塔山'"。吴佩琳再也无法回到从前，他绕开宋怀良的回忆，直奔主题："你叫陈琦把钱还给我，什么意思？你不答应借，我以你的名义借钱给陈琦，为你撑面子，你却出我的洋相，说是我的零花钱，你不就为了向陈琦证明，这个家里只有你说了才算？没意思，很无聊！"

　　宋怀良在吴佩琳讨厌的情绪中将讨厌的香烟抽完，按灭烟头，他望着吴佩琳被灯光照亮一半的脸说："我没说不借钱给陈琦，只是酒喝多了没当场表态。你借钱给陈琦没跟我说，我也不知道。"为了表明吴佩琳是故意挑起事端，他再次强调，"当年在五里井我是坐在床上抽烟的，夜里抽最后一根烟是你把火柴递给我点火的。那年冬天真冷，到常大爷杂货铺买盐买酱油你总是要给我带包烟回来！"这时，宋怀良的手机响了，宋怀良本想往阳台上走，他挪了一下半边屁股，想到阳台上接电话的怪异，就又将半边屁股回撤到沙发里，电话里一个女性的声音说三里街新开了一家"草湖鸭汤馆"，现场宰杀，现场炖汤，味道鲜得人当场晕倒，明晚已订好了一个卡座，宋怀良对着话筒一本正经地说："你说的项目，我已经知道了，明天上午到办公室讨论！"说着就挂了电话，吴佩琳静静地观察着宋怀良屁股的动静和脸上欲盖弥彰的掩饰表情，她不知道宋怀良说的是什么项目，但她断定是一个拿不上台面的项目。她有些疲倦，一切都应验了当初的焦虑，做大了的宋怀良属于公司、属于庐阳、属于别人的目光，甚至属于别人的床铺。吴佩琳懒得跟宋怀良冲突升级，她将目光转移到黑暗的窗外，声音黑暗地说道："请你以后深更半夜接电话，换点花样，不要老是说工程项目，也不要总是说明天到办公室谈。说谎的想象力能不能再丰富一些？"

　　进入多事之秋，宋怀良的心情像秋天的落叶一样在风中飘零，吴佩琳离开公司这几年，公司业务没有拓展，规模没有扩大，利润没有增加，增加的是员工，五百三十多职工，百分之八十是下岗职工、五里井难兄难弟包括他们的子女，还有残疾人四个，六十岁以上的老人二十一个，打架、斗殴、拘留坐牢的共十七个。这么多年，公司没开过总经理办公会，唯一的副总经理吴佩琳还退隐江湖了，也没开过职工大会、年度总结会，坐过牢的钱小毛走上了中层领导岗位，有生活作风错误和道德瑕疵的耿双河、赵超同样占据重要岗位，在公司里呼风唤雨的韦晓丽、石榴红、田小甜、王丽丽等有历史遗留问题却查无实据的，都成了公司举足轻重的人才，宋怀良带着一帮散兵游勇在庐阳的装修装饰市场打游击，攻城拔寨居然也弄出了一片天地。但如今这片天地四周枪声四起、狼烟滚滚。

　　宋怀良不习惯坐办公室，每天去办公室，就像每天要给皮鞋擦油一样麻烦，公司没有苛刻的上班制度，有事加班不给钱，没事不来不罚钱，公司上下充分享受无政府主义的自由。想到哪儿干到哪儿，干到哪儿算哪儿，宋怀良好多重大决策是在酒桌上拍板的，他在刀尖上舞蹈，也能舞蹈出庐阳下岗再就业最热闹、最炫目的姿势。离婚风波后，深受刺激的宋怀良像是被抽去了一半的筋骨，事业心和兼济天下的理想也被摧毁了一大半，他先是无心，后是无力。进入新世纪，装修装饰市场的竞争由激烈演变成惨烈，宋怀良时常晕头转向，不知道该如何冲出庐阳，走向全省，至于走向全国，如今连梦里都没出现过一个镜头。公司里的人才也就是艾叶、肖晨在挑大梁，其他十来个学土木工程和材料工程的大学生，散落在坐过牢的钱小毛手下和乡村瓦匠周小泉与半吊子木匠耿双河手下，他们唯一能施展才华的机会就是一茶杯白酒，一口喝干。宋怀良也想尊重知识尊重人才，把年轻大学生推到前沿，可那几个掌门的都是公司元老，一起打江山的，不好动，也不能动。怀琳公司的家长制运营、水泊梁山队伍、草台班子作风，是吴佩琳离开公司的最大原因，她想帮宋怀良，但没法帮，说不通，辩不清，这才撤退到蓝湾公馆阳台躺椅上看每天窗外天空的白云苍狗。市场太大，胆大就能赚钱的好运到了2010年，已经走到尽头，宋怀良撑不住了，他时常感到乏味和疲倦，可电视、报纸、广播仍在不遗余力地把宋怀良打造成庐阳家喻户晓的明星，他不想当明星，他想保住手下几百号弟兄的饭碗。

艾叶对宋怀良经营公司的随意和信马由缰，毒品般地迷恋："宋哥，你最大的魅力就是得过且过、顺其自然。没有自由，就没有了自在，活着，想爱就爱，想恨就恨，想唱就唱，想骂就骂，就这么简单。全国人民为什么那么喜欢叶倩文的《潇洒走一回》？因为'人生无非就是大闹一场，然后悄然离去'，好像是金庸说的。"宋怀良对艾叶头脑发烧般的奇谈怪论不是太理解，可听起来并不反感，就像没熟的葡萄，咬一口发酸，嚼一嚼发甜。宋怀良迷惘的时候，竟然找小丫头问计："装修市场越来越难做，东江好客来超市的装修防水没做好，五百多袋面粉和大米浸水发霉，赔了三万多，六万多装修工程尾款也赖掉了，你说怎么弄呢？"宋怀良头埋在烟雾里，脸上被烟雾分割得一派破碎，艾叶嘴里嚼着口香糖："把周小泉撤了，公司的员工开掉一半，就这么弄！"

设计部与宋怀良的办公室隔着财务部、人事部、公关部，空间距离三间办公室，时间距离是二十秒，艾叶在二十秒之内随时推开宋怀良办公室那扇枣红色对开防盗门，她将设计方案铺在宋怀良办公桌上，像是铺开的作战地图，艾叶在图纸上指点江山，宋怀良云山雾罩稀里糊涂："我看不懂，以后不要拿到我这儿来，客户满意就行了。"艾叶狡黠地看着宋怀良笑了："我就喜欢你看不懂图纸的样子，窘迫，茫然，木讷而真实。"艾叶说尴尬是一种羞涩的美，是风雨桃花、落红满地的美。宋怀良拿她没办法,他面前是一个半人半仙半梦半醒的活宝。

这天中午十一点半,快到午饭时间了,办公室外面走廊里响起了各种鞋底撞击楼道的声音,宋怀良听到其中有一双软胶鞋底由远而近,声音像砂纸轻轻摩着地面,艾叶推开宋怀良办公室的门,脑袋在门缝里刚露出了半个,正低头在抽屉里翻找香烟的宋怀良头也不抬地说:"小艾你怎么不去吃饭呀?"艾叶将怀里抱着的一卷设计图纸扔到宋怀良办公桌上:"你怎么知道是我来了?"宋怀良抬起头:"我听到了走廊里你鞋子的声音。"艾叶问:"耐克球鞋的鞋底是什么声音?"宋怀良拆开香烟盒,拔出一支:"像砂纸打磨桌面的声音,工地上的木匠活。"艾叶说:"小时候在家看电视,我一打开电视,心里想,那个被警察罚款蹬三轮的马上要出来,果然,不到五分钟,你就出来了,接受采访的时候,你喜欢手里抓着香烟盒颠来倒去的,我知道那时候你很想抽烟。"最初宋怀良以为艾叶是说梦话,可他真的从走廊鞋底的声音里听出了艾叶,宋怀良糊涂了,吴佩琳在公司那会儿,一次也没听出老婆鞋底的声音。宋怀良没有足够的分析与推理的能力,于是岔开话题:"庐阳美术馆的设计,不用给我看,我水平低,看不懂!"艾叶看着木讷而茫然的宋怀良,笑了:"我没要你看懂,我是要你犒劳我们设计部,'徽酒销售中心'方案,设计部四个人,干了五天,这个周末我加班两个晚上。"宋怀良说晚上请你们设计部到"徽府酒楼"撮一顿,艾叶说我付出的最多,中午你先请我到楼下快餐店吃一份盒饭,宋怀良有快餐店的饭卡。

一楼中式快餐店模仿肯德基装修,艾叶说俗不可耐。宋怀良和艾叶走进灯光俗气的店内,戴着白帽子的店伙计说饭菜卖完了,十六楼一家刚入租的保健品公司举办"夕阳红孝亲联谊会",公司给参会的两百多位老人每人一份免费快餐,十一点没到,全抢光了。宋怀良看了一下手腕上的时间,十二点半了,他说到超市买两盒方便面对付一下,晚上吃大餐,艾叶说不想吃方便面:"二里街开了一家烧烤店,生意火得一塌糊涂,吃烤羊肉串,喝啤酒。中午我请,晚上你请!"

宋怀良准备骑自行车去,艾叶说骑摩托车去,速度快,她的"哈雷"运动版摩托车,美国品牌,她把车钥匙塞到宋怀良手里:"你试试,很拉风的!"宋怀良发动摩托,艾叶坐在后面,紧抱住他僵硬的腰,一路风声在耳边迅速削过,风声里夹杂着艾叶澎湃的呼吸和柔软的心跳。

摩托车在烧烤店门前刹住车,宋怀良看到门头上"南北烧烤"四个字,断定是"南北日杂店"陈琦开的。烧烤店缩在二里街扭曲而陈旧的巷子里,巷子上空扯满了电线、网线、电话线,木炭大面积燃烧的炭烟在巷子里弥漫着,炭烟里羊肉焦煳的味道,还有孜然、辣椒粉的味道灌满了一条巷子。烧烤店不到二十平方米,里面几张简陋的桌子旁挤满了食客,清一色的年轻人,迎着街面的长方形烧烤炉子边,三个满身油污的年轻人在紧张地转动着手里的羊肉串,并不停地挥舞着一把破扇子对炉内的木炭扇风,陈琦隔着稠密冒油的烟雾看到了宋怀良,他扔下扇子情绪激动地迎了上来:"怀良,你总算来了。里面坐,我这就给你烤串!"他们没有握手,两只手之间用一根香烟连接,宋怀良递给陈琦一支烟,陈琦接过来塞到嘴上,这种见面方式比握手更亲切也更熟练,宋怀良指着身边的艾叶向陈琦介绍,"公司设计部的小艾,说你这烧烤火得很,就过来了!"陈琦叫宋怀良里面坐,宋怀良说里面插不进脚:"给我来三十串羊肉串,两瓶啤酒,我带回公司去!"艾叶说羊肉串要趁热吃,宋怀良说公司有微波炉加热,摩托车快,不要五分钟。

陈琦从冰柜里拿了一听可乐给艾叶:"艾小姐,稍等一会儿,先喝口水!"艾叶接过可乐不适时宜地说了一句:"宋哥,你给吴姐开了个牛肉汤馆,给我开个甜品店好不好?"宋怀良不理睬艾叶,他看到陈琦目光很怀疑地看着艾叶。炉边的小伙计紧赶着烤串,陈琦拉着宋怀良到烧烤店门前的一棵刺槐树下抽烟,陈琦手指倚着摩托车喝可乐的艾叶说:"怀良,你就是得罪全世界,也不能得罪吴佩琳。这丫头有点愣头愣脑的,她凭什么要你给她开个甜品店。"宋怀良回答得轻描淡写:"童言无忌,小孩子,说话当不得真的!"宋怀良问起烧烤店生意,陈琦说开烧烤店比开杂货店强十倍:"关键时刻,你们两口子帮我渡过了难关。佩琳这样的女人,庐阳找不到第二个。"陈琦说这话还是暗示宋怀良警惕喝可乐的那个丫头。

离开烧烤店,已是午后一点二十分,饿极了的艾叶从一大包羊肉串中抽出一串,嘴边抹了两个来回,手里只剩下一根光秃秃的竹扦,宋怀良见艾叶狼吞虎咽的馋相,没有立即发动摩托车:"再吃一串吧!"艾叶又抽出一串,一口下去,抹掉了一半,嘴里咀嚼了几下,腮帮子停止了蠕动:"宋哥,这串好像没烤熟。"宋怀良说:"不会的!"艾叶将竹扦上的半串羊肉伸到宋怀良嘴边:"真的没熟,不信,你尝尝!"宋怀良也饿了,孜然香味中的羊肉香钻进鼻孔,他几乎不假思索地张开嘴,半串烤羊肉被舌头卷进了嘴里,他贪婪地咀嚼着:"八成熟,能吃了,还有人吃七成熟的呢。"艾叶手里攥着竹扦,说:"估计吃不死人,走吧,回办公室喝啤酒!"

吴佩琳中午没睡午觉,杏花公园"宠物交易市场"打来电话说,吴佩琳喜欢的哈萨克斯坦的"中亚牧羊犬"下午两点到货,吴佩琳得中午赶过来,就两条,来迟了难保不被别人牵走。不知从哪一天起,庐阳人不喜欢养娘,却喜欢养狗了,蓝湾公馆院内每天都有穿着或时髦或休闲的女人牵着一条狗,如同牵着一个儿子,或带着一个随从,不喜欢养狗的吴佩琳慢慢地少了些偏见,那天在喷泉旁遇到一个身份不太明确的年轻女人手里牵一条"中亚牧羊犬",开始她以为是羊,那蓝眼圈女人说是狗,她鼓动吴佩琳说养中亚牧羊犬,长得像羊,性情是狗,买一条狗回来,等于又赚了一头羊。秦大姐说狗通人性,也鼓动她买一条回来。

去宠物市场的路上,吴佩琳对秦大姐说:"狗通人性,人却不通人性。是不是可以说,狗比人好?"秦大姐不同意,又没水平反驳,僵硬地回答说:"人还是比狗好!"

从 27 路公交车下来,穿过二里街不到 500 米长的巷子,就到杏花公园围墙外非法交易的"宠物市场"了,市场被一个头顶没毛的叫老康的中年男人控制。吴佩琳和秦大姐在二里街巷子里走了不到一百米,看到五十米远处的"南北烧烤"店门前艾叶正在往宋怀良嘴里喂羊肉串,吴佩琳神经质地拽住秦大姐:"秦大姐,你看,宋怀良在干什么!"秦大姐看到一个喂,一个吃,动作轻浮,跟电视剧里男女调情的场景一模一样,她有些不相信自己的眼睛:"我左眼白内障,会不会看错了?"秦大姐感觉到吴佩琳的胳膊和手节奏混乱地抖动着,声音也是抖动的:"没看错。秦大姐,你今天亲眼看到了吧,站在马路边,明目张胆,还有羞耻吗?"吴佩琳说着说着眼泪流下来了。

秦大姐拉着吴佩琳:"走,过去看看!"这时,宋怀良已经发动摩托车,艾叶一手抱着羊肉串,一手卡着宋怀良的腰,摩托车向着二里街的另一个街口飞速狂奔,车尾喷吐出的是一串长长的黑烟。

吴佩琳一屁股瘫坐在街边,后背重重地撞到了街边一个绿皮垃圾桶,惊动了垃圾桶里的苍蝇,一群还没吃饱的苍蝇迎着午后的阳光向着天空飞去。

秦大姐拦了一辆出租车陪着吴佩琳回蓝湾公馆,她搀扶着吴佩琳走进无人的电梯间,十多年来第一次说了对宋怀良不满的话:"要不是亲眼看到,我还以为他受了冤枉呢。太丢人了!"秦大姐用了"他"而没用"宋总",也是第一次。回到家的吴佩琳连进房间的力气都没有,她软弱无力地躺倒在客厅沙发上,脑袋里一片空白。这时,母亲江月英来了。一进门,江月英就在过道里急不可耐地叫开了:"佩琳,我倒要看看中亚牧羊犬有多漂亮!"江月英是来看狗的,没看到牧羊犬,却看到了沙发上的女儿像一条丧家犬。她愣住了:"怎么了?"

江月英刚挨着女儿很小心地坐下,吴佩琳搂着江月英失声大哭,

"妈,我心里好苦呀!"

江月英不知道发生了什么,她抽出一张餐巾纸,轻轻擦着女儿的眼泪:"别急,你慢慢说!"

吴佩琳哭诉着中午和秦大姐看到的那不堪入目的一幕,她的两个肩膀失去了平衡,断断续续哭诉过程中不停地颠簸摇摆着,江月英听着听着眼睛红了,秦大姐默不作声地给吴佩琳送来一杯水,吴佩琳不喝。

江月英打电话叫吴镇海过来,吴镇海跟郭永康正在市老干部活动中心下棋,接了电话,棋局占据上风的吴镇海推了棋盘说:"这局算你赢,有点事,我得先走一步!"还没等郭永康做出反应,吴镇海已转身离去。

吴佩琳家宽阔的客厅在压抑的气氛中流露出的是空虚,空虚得有些窒息。吴镇海听了娘儿俩复述,想为宋怀良说话,可找不到理由。女孩众目睽睽之下往嘴里喂烤肉串,没法解释,苦思冥想了半天,吴镇海劝女儿:"要不我来找小宋谈一次,如果他真的变心了,你也不要再抱什么幻想了,好聚好散,日子过不下去,散掉也好。"

吴佩琳只是哭,心里乱,说不出话,拿不出主意。江月英不同意:"小宋忘恩负义,背叛家庭,鬼混的丫头小他十六岁,作孽呀!佩琳,不要跟他离,拖也要把他拖死,这些没良心的男人,都是妖魔鬼怪投的胎。"

江月英在对宋怀良的声讨中顺便把吴镇海也推进去一锅煮了,吴镇海当然能听得懂,只是他现在已经习惯了顺从江月英的意志包括她的挖苦和嘲弄,于是就谨慎地发表了自己的建议:"不离也好,让佩琳跟小宋再了解了解,也许事情没有想象的那么严重。"

吴佩琳抹着眼泪抗议父亲和稀泥:"不是想象,是我亲眼看到了,秦大姐也在场。"

吴镇海没有继续纠缠,他转脸对江月英摆了一句含糊的话:"相信佩琳和小宋能处理好。"口气有点像领导干部耍官腔,江月英旗帜鲜明地对吴佩琳说："记住,千万不要提离婚,你一提,正中下怀,阴谋就得逞了。"

住吴镇海楼下的老丁给他打来电话,说吴镇海家卫生间漏水,自家屋里水漫金山了。当年二厂特权阶层住的豪华干部楼,如今像一块狗皮膏药,粘贴在现代都市的缝隙里,马桶漏水、楼板渗水、水管爆裂是家常便饭,吴镇海接了电话就跟江月英一起走了,他不知道是水管坏了,还是马桶坏了。

下午四点二十分,宋怀良回家拿电动剃须刀,晚上要赶到东江去。跑路的"奥康"健身中心老板溜回来幽会情人被周小泉他们活捉了,关在分公司库房里跟一堆水泥黄沙扣押在一起,急等着宋怀良去处理。宋怀良满脑子是四十二万的工程款,进门没闻到客厅里浓重的烟味,也不知道岳父母从烟霾里离开还不到十分钟,正要进房间拿剃须刀,吴佩琳将宋怀良堵在客厅里的房门边:"宋怀良,你丧尽天良!"

司机老邵在楼下等着,吴佩琳要现场清算艾叶喂他烤肉串的事,压根就没在意。"我先去东江处理事情,你那小题大做的惊人发现,回来再说!"见宋怀良若无其事,吴佩琳站在房门边用胸口堵住宋怀良,胸口里面是奔流不息的愤怒:"不行,你不给我个解释,别想离开这个家半步!"宋怀良一把推开吴佩琳,冲进房间去拿剃须刀,吴佩琳一个踉跄,差点跌倒,她忍不住伤心地哭了起来,这时,秦大姐从厨房里出来了,她手里捧着宋怀良专用紫砂壶,侧身挡住了正要出门的宋怀良:"宋总,你先喝口水,过几分钟再走,佩琳这么伤心,说两句吧,宽宽她的心。"这么多年,秦大姐第一次见宋怀良对吴佩琳这么冷酷,心里一阵阵发凉。

宋怀良接过茶壶,咕咕噜噜喝了一气,对斜靠在沙发上的吴佩琳说:"我就是一个白痴,总以为你当初一撤诉,真的就相信我了,此后再也不会疑神疑鬼了,没想到你不仅不信任我,还跟踪我。不要再相互折磨了,我也受够了,把那年的离婚起诉书复印一份送到法院去,准备散伙吧!"

没有受伤后的安慰,更没有出格之后的道歉,宋怀良扔下这一串冷冰冰的通牒,夺门而去,回过神来的秦大姐对着宋怀良的后背为吴佩琳辩护:"宋总,你这就冤枉佩琳了,没有跟踪,我俩去杏花公园,路过二里街看到的。"

东江分公司库房里弥漫着呛人的水泥灰和油漆的味道,"奥康"健身中心一脸横肉的小老板死猪不怕开水烫,他跟宋怀良要了一支烟,说要钱没有,要命有一条。一脸横肉的小老板钱是没有了,但有一辆"东风"面包车,价值四万块钱,经过几轮交涉,他那位头发染成紫色的小情人开来了面包车换人,成交的时间是夜里十二点三十分。

宋怀良回到宾馆累得睁不开眼睛,往床上一躺,昏昏沉沉睡去,半梦半醒中,他喘不过气来,像是有一根上吊的绳子勒住了脖子,而且越勒越紧。早上醒来时,头很疼,手机里蹦出一条短信:设计部一致意见是不去徽府酒楼,改吃烧烤。落款是"为艾而爱"。昨晚答应请设计部聚餐,可临时赶到东江,看了短信,头昏脑涨的宋怀良回了两个字:好的! 落款是"要宋不送"。这个网名是艾叶帮他起的,意义含糊不清,"要宋不送"的主语是吴佩琳,是艾叶,还是宋怀良自己? 主语不一样,内涵就不一样,宋怀良问过艾叶主语是谁,艾叶说猜谁是谁。宋怀良注册了QQ,没时间上网,也不想上网,网名就用在了短信落款上。

上午十点,尼桑轿车在庐阳环城高速拐下城内的庐风大道,司机老邵问是不是回公司,宋怀良说:"回家!"

回到家的宋怀良面对的是完全崩溃的吴佩琳,绝望而愤怒的目光里闪烁出前所未有的仇恨,针尖一样锋芒毕露。宋怀良意识到他和吴佩琳之间冲突的性质已经变了,他把客厅电视声音调大,尽量不让厨房里的秦大姐听清他们说话,吴佩琳抢过遥控器关了电视:"电视声音盖不住的，小狐狸精喂你烤串，秦大姐跟我一起看到的。"吴佩琳用"喂"这个词，如同喂猫、喂狗、喂鸡之类的，宋怀良不想计较用词是否得当，他只想把说不清楚的事情说清楚："艾叶给我看庐阳美术馆装修图纸，耽误了吃饭，楼下快餐店也没饭了，就到了陈琦的烧烤店，也顺便看看陈琦的店。陈琦很客气，挑了最好的羊肉放到炉子上烤，还给艾叶拿了一听可乐。你们看到的最刺激的一幕，其实是最平淡的一个镜头，饿极了的艾叶出门吃了一串烤串，说没烤熟，我说不会的，她就把羊肉串伸过来，叫我尝一下，我尝了小半串，告诉她熟了，八成熟。就这么简单！"

送钱给汪晓娅开店败露，宋怀良焦虑而恐慌，鼻尖上冒汗，而现在的宋怀良却抽着烟，静静地看着烟卷上燃烧出的烟雾和紫砂茶壶嘴里冒出的热气，在客厅里看上去势不两立却明里暗里地相互勾结，如同他和艾叶的关系。吴佩琳压制不住自己的愤怒，迎头痛击宋怀良的漫不经心："这三年来，我宁愿不相信自己，也要劝说自己相信你。别人向我举报你跟艾叶那么多不检点的场景和细节，我一再告诫自己，别当真，是别人在挑拨离间，只要不是亲眼所见，都是造谣。这回我亲眼看到了谣言变成了事实，孤男寡女，骑着摩托车，搂着腰满大街兜风，被你冠冕堂皇地找了个因公吃午餐的理由；站在马路边公开喂食调情，编出个尝尝烤串熟不熟的情节，糊弄小孩哪？把这个看似天衣无缝的故事写下来，拿给全公司去评断，有人相信吗？你自己会相信吗？"

闹过离婚的宋怀良心中有数，这种扯皮的男男女女的事情，信则有，不信则无。法院判不清，神仙断不了，全庐阳的人坐在一起研究半年也研究不出半个结果，只有离婚才能搞定。提前做了些准备的宋怀良往烟缸里轻轻弹了弹烟灰，说："我也不相信，但事实就是这样。如果你相信了，全庐阳的人相不相信，都没意义。"

吴佩琳低头快速翻看手机，很快翻出了手机里的短信，送到宋怀良眼前：

有人独守空房,有人独霸包厢。此刻,老板正搂着他的漂亮的女人在唱《糊涂的爱》,爱有几分能说清楚,还有几分是糊里又糊涂。

宋老板拉着艾小姐的手在雨中浪漫,看着揪心。人家还是个孩子,有钱不要太缺德。

宋怀良看着两条短信,脸色不再淡定,哪来的?宋怀良脑子里像灌满了糨糊,糊里糊涂,糊涂反应在脸上,出现了短暂的惊恐,他努力平息着动荡的内心,稳定情绪反击:"这种下三滥的陷害和污蔑,你也信?给我看这两条短信是什么意思?"

吴佩琳乘胜追击:"我给你看的意思是,这两条短信在我手机里待了好长时间了,我从没跟你提过,也没当过真,就连你质疑我跟魏国宝喝咖啡、单独幽会,我都没把短信拿出来做挡箭牌。我怕我自己小心眼,强迫自己必须信任你,可你配我信任吗?你跟女下属一起纵情声色,无所顾忌,连公司里的同事都看不下去了,难道是我去宣传发动的吗?老杨叫我管一管你,我管了吗,我管得了吗?发短信的是什么人?你应该比我清楚。你总不会说这短信是我自己发给自己的吧?我说过,我可以跟你吃尽天下所有的苦,但你不能让我的尊严受一丁点委屈。你这么肆无忌惮,不是让我受委屈,而是要活埋我!"吴佩琳说到激动处,眼泪又忍不住流了下来。女人的眼泪就像她们随身携带的化妆水,随时使用,只是眼泪以化妆水相反的性质败坏了女人的容颜,宋怀良看到吴佩琳泪水经过的脸上暴露出了隐秘的皱纹。

岁月就这样篡改了青春和容貌,宋怀良鬓角也混进了几根白发,香烟长年累月的熏烤,灰暗的脸如同一条又脏又破的旧毛巾,在冰冷的气息中,宋怀良无比绝望:"你说得对,这几年你是强迫自己信任我,而不是真的信任,所以,你才把这用心恶毒的短信保留了那么久,不愿删掉,因为总有一天能派上用场。违心的信任让你过得很累,很压抑,我也不忍心看到你自我折磨,自我摧残,好几次我都想提出散伙,可我又怕背上忘恩负义的骂名。都说忘记过去意味着背叛,但过去已成了我背不动的包袱,成了我一笔永远还不清的债务;你也一样,当初不顾一切地私奔五里井跟我这个穷小子结婚,散伙了,无法跟父母交代,也无法面对当年就不看好的街坊同事。我想让你过上开心的日子,房子有了,钱有了,用人也有了,可你过上的却是不开心的糟糕日子;你想让我给你一个安全的踏实的婚姻,我把男人做不到的事做到了,但却像是假的,到头来带给你的是更加危险而提心吊胆的婚姻。忍一年可以,但忍十几年下来,把脸上皱纹都忍出来了,把头发都忍白了,我们真的不能再这么耗下去了。我这个小电工读的书没你多,水平没你高,不聪明,也不是十足的笨蛋,你的厌倦和绝望是从沾满脚汗的袜子和屋内的烟味开始的,你厌倦的不是袜子,而是我,你讨厌的不是客厅里的烟味,而是抽烟的人。爱情的大道理我不懂,我懂的道理就是,两口子一旦被对方讨厌了,而且连袜子都讨厌了,就得散伙。都怪我,三年前要是我同意离婚,也不会让你这些年过得别别扭扭的。事到如今,争是非,辩对错,没必要了,好说好散,你提什么条件我都答应。"

宋怀良一通慷慨陈词的告白,像装修施工图纸,是精心准备过的,也许就是跟艾叶在东江宾馆房间的床上共同设计出来的,宋怀良把法官都断不了的是非,讲得这么条理清晰,头头是道,他没那个水平。吴佩琳被他的冷静和镇定激怒了:"宋怀良,我总算把你看透了,你见利忘义,贪酒好色,喜新厌旧,你手捂着胸口想一想,你鸡蛋里挑骨头反咬我一口,无耻到家了,穿臭袜子该不该去洗脚,烟味太重呛得我咳嗽,多说两句,就被你上纲上线到情感厌倦和婚姻绝望;你不止一次说我炖鸡汤盐放少了,说我不该吃冰箱里的隔夜菜,我哪知道是你对我厌倦和绝望呢,哪知道是婚姻出了问题呢。宋怀良,你这么多年,学会了撒谎,还学会了狡辩,你变着戏法找离婚的理由,就为了老牛吃嫩草,小妖精才多大? 跟你女儿一辈的,乱伦呀! 人可以无耻,但不能这么无耻,为偷情出轨贴上体面的标签,那是要遭报应的。宋怀良,你想离婚,告诉你,不可能,拖也要把你们两个鼠窃狗偷的龌龊男女拖死!"

两口子有爱没爱,不能靠嘴上说,一说出来,就走样了,甚至就是错的,爱和不爱,在无声的气息里,在不经意的眼神里,在摆放碗筷的姿势里,在不小心的一个咳嗽中。所以,宋怀良不跟吴佩琳继续讨论袜子和烟味,他以看破看透的语气劝说吴佩琳:"不是我喜新厌旧,才要散伙,也不是为了娶艾叶,才离婚。太累了,实在扛不动,撑不住了。这么跟你说吧,别人离婚是为了再结婚,我跟你离婚是为了此后再也不结婚了。我真后悔,三年前,该把婚离了。"

吴佩琳沉溺在自己的逻辑里,宋怀良吐出的每一个字、每一个标点符号都是毒药,吴佩琳反唇相讥:"没什么后悔的,三年前你跟小狐狸精还没勾搭上呢。真正后悔的是我,不该引狼入室。"

"不管你怎么往我身上泼脏水,公司不会辞退艾叶,她是公司的品牌,她一个人抵五十个人。市场竞争越来越激烈,公司能有活做,是靠艾叶设计方案打出了一片天,我不仅要哄着她,还得宠着她,但不会跟她结婚,"宋怀良非常强硬地亮明自己的态度,"我希望你考虑离婚方案,而不要纠缠那些扯不清的是非。"

秦大姐端上了炖好的鸡汤,一盘吴佩琳喜欢的蒜蓉清炒苦瓜,宋怀良喜欢啃的两个卤猪蹄是从楼下卤菜店买的,中午开饭时间到了,宋怀良站起身,拎起公文包对吴佩琳和秦大姐说:"中午公司有客户,要接待。"

吴佩琳坚信中午没有接待,但她不会去核实。她很无奈,她对站在客厅里手足无措的秦大姐说:"你看到了吧,男人一变心,就是这么绝情。"

骑自行车到公司办公室,宋怀良泡了一碗方便面,吃完后躺在沙发上抽烟,香烟在他的鼻孔里自由进出,混乱的呼吸变得均匀,柔软的沙发给了他宁静与温暖,他一直不喜欢的办公室此刻成了一个安全的港湾。三年前睡在办公室的单人床上,他焦虑烦躁,无家可归的丧家犬的感觉此起彼伏,憋住眼泪往心里流,现在没有了,当宋怀良清晰地意识到这种变化时,他知道,自己确实也厌倦了,细细想来,他的厌倦应该是从关掉吴佩琳最喜欢的音乐开始的,吴佩琳最喜欢保罗·莫里哀乐队的《Love is Blue》,心情好的时候是叫"爱是蓝色的",情绪不好时叫"爱是忧郁的",暮秋的那个夜晚吴佩琳微闭着眼睛正陶醉在音乐中,坐在沙发上捧着茶壶的宋怀良随手抓起遥控器关了音响,吴佩琳很惊讶,问怎么了,宋怀良说自己累了,怕吵,吴佩琳说音乐就是让人放松的,这话是你说的,碟片也是你买的,宋怀良噩梦般望着她:"我说过这话吗?"

宋怀良想睡一会儿,睡不着。这么多年,为了让吴佩琳不受委屈,他宁愿自己受委屈,委屈过度时,他尝试反抗过,他的反抗不是为了进攻,而是防守,不知为什么,这两三年来,他再也忍不住了,他对吴佩琳明里暗里的旁敲侧击不买账,不忐忑,更不紧张。一句话概括:宋怀良已不再顾及吴佩琳的感受。

上班时间到了,艾叶怀里抱着一大堆图纸,腾不出手来,她用穿着耐克鞋的脚推开宋怀良办公室的门,一进门她就嚷道:"省舞蹈学校排练大厅的设计方案出来了,下午四点有一班火车,我们一起送过去,对方要是有什么刁难,我出主意,你拍板。省城大剧院正在演《天鹅湖》,俄罗斯圣彼得堡皇家芭蕾舞团演的,要是顺利的话,还能看上一场。"

宋怀良从沙发坐起来,茶几上堆满烟头的烟缸边上是一个空掉的方便面盒子,他将烟头扔进了方便面盒子里,嗓音有点嘶哑:"明天早上,跟银行约好了,谈贷款合同。你叫晓丽一起去吧!"艾叶说:"好吧,你欠我一场《天鹅湖》。"艾叶就是这样,在她那里,没有什么值得计较的事情,宋怀良欠过她卡拉OK,欠过她喝咖啡,还欠过她一场3D电影《智取威虎山》,艾叶说了就说了,宋怀良没兑现,她自己也忘了。

贷款八百万投资"飞天游乐城",这么重大的决定,他没想过跟吴佩琳商量,连通报的念头都没有,一转身却跟黄毛丫头艾叶反复探讨公司的投资战略,艾叶对投资毫无兴趣,她嚼着口香糖,正儿八经说着:"你怎么投,我都赞成,要是投资失败,公司破产了,我养着你!这就是我的意见。"

艾叶将目光停留在方便面空盒上:"宋哥,你跟老婆吵架了。"宋怀良一愣:"你凭什么说我跟老婆吵架了?"艾叶用目光跟他交流不可言说的神秘:"你凭什么听到了走廊里鞋子的声音,就断定是我?"宋怀良说我也不知道,艾叶说所以我也不知道。出门前,她意味深长地笑了笑,露出嘴里的一颗生动的虎牙:"烟头应该扔进烟缸里,而不是方便面盒子里,对吧?"

艾叶鞋底的声音在走廊里越来越远,渐行渐远的鞋底声音里,他听到艾叶的鞋子换了,是一双硬底鞋,宋怀良竭力否认这是艾叶的鞋底,可午后的走廊里只有一双鞋子经过。宋怀良拔出一支烟,叼在嘴上,手里抓着打火机,迟迟没有点火,窗外一缕阳光落到了烟头上,头昏脑涨的宋怀良发现香烟被阳光点着了,缭绕的阳光幻化成袅袅烟雾,他想起了五里井老屋里的时光,心里一阵阵泛酸,当年张月秀离开庐阳时说的话没听懂,"茶喝着喝着就淡了,人走着走着就散了。"此刻,他终于明白了,人生就是一次喝茶,他和吴佩琳真的要走散了。

跟银行约好谈贷款合同是后天,不是明天,宋怀良不想去省城。刚对老婆下了最后通牒,就跟旋涡中的女人去省城,这就像刚拔完牙捂着嘴钻进卡拉 OK 包厢摇头晃脑地唱《我们的生活充满阳光》。傍晚时分,赵超打电话约宋怀良过去喝酒,"佳宝"地板老板来结算货款,晚上摆了一场,宋怀良正要出门,韦晓丽攥着一张宋怀良签过字的审批单进来,庐西林业局办公楼装修的业务咨询费九万八,审批单上注明含郭凯一万二,韦晓丽说项目虽是郭凯打过招呼的,可郭凯早就定过规矩,任何工程,任何项目,一分钱不能拿:"审批单上这么写,不是害我们家郭凯吗?"宋怀良说审批时没注意,叫财务部重新做单子,把郭凯的名字去掉。韦晓丽拿着审批单出门后,又折了回来,她话里有话地将了宋怀良一军:"艾叶叫我陪她去省城送图纸,我没理睬。宋哥,现如今明星大腕出门都带私人助理,你要是任命我做她的私人助理,我正好辞了公关部经理,郭凯不喜欢我到处攻关喝酒。"

艾叶从省城回来给宋怀良带了一个紫檀木的雪茄烟烟斗,她说你要是叼一个烟斗,真的像斯皮尔伯格,宋怀良没有表现出对烟斗的激动,他说了一句与烟斗无关的话:"你有没有得罪过韦晓丽?"艾叶惊讶地伸出舌头:"没有呀!"

宋怀良睡办公室的一天晚上,他正在办公桌电脑上看"飞天游乐城可行性报告",电脑嘀嘀地叫了起来,右下方屏幕上一闪一闪地跳出一个头像,是艾叶 QQ 上线了,打开对话框,蹦出一行字:"睡办公室干吗,大街上到处都是宾馆,省钱打离婚官司哪?"后面加了笑脸。

宋怀良匆忙回了一条信息:"飞天游乐城"项目规划书一百三十页,看起来很费劲,这些天,每天晚上要在网上向"深圳飞天集团"咨询工程报告,晚点回家。

艾叶不接茬,屏幕上迅速跳出一行字:没感觉了,就离婚;缘分没尽,就回家睡觉。赌气睡沙发,小孩子的小把戏。

宋怀良敲回去几个字:我已经回家了。

艾叶回过来:可你办公室的灯还亮着,要不要我上去关一下?

宋怀良一看露馅了,有些慌乱:你在哪儿?

艾叶:我在你楼下。

眼看无处藏身,宋怀良顺势而为:你上来吧!正好我要跟你讨论一下游乐城项目。

艾叶:我在家门口网吧里,去不了了。

乱了阵脚的宋怀良都没想起来,艾叶如果不在网吧,就上不了

QQ,怎么会在楼下呢。宋怀良有一种被戏弄了的尴尬,他问:你在网吧里,怎么知道我办公室灯亮着的?

艾叶:我也不知道自己是怎么知道的。

宋怀良将目光转移到窗外,窗外是灯火与黑暗相互冲突的夜空,夜空里有一双眼睛正在注视着自己,宋怀良将香烟打火机装进公文包,关了电脑和室内灯光,他在黑暗中出门:回家睡觉。

回到蓝湾公馆,宋怀良在停车棚锁好自行车,借着昏黄的光线,看了一下腕上的手表,夜里十点半。上楼开门,钥匙转动锁孔的声音和进门后的关门声都很夸张,他想用声音告诉吴佩琳回来了,是想提醒她继续质疑和审判,还是想用声音来宣示对这个家的主权,他也不太清楚。客厅里黑灯瞎火,吴佩琳在南面主卧房间里没出来,隔着房门,宋怀良听到里面电视的声音,吴佩琳沦陷在剧情中对外面的声响熟视无睹。宋怀良自己去卫生间洗了一个热水澡,然后到北面的书房去睡了。

第二天早上宋怀良和吴佩琳是在自家餐厅碰面的,吴佩琳睡眼惺忪,眼角一条细浅的皱纹在往外延伸,冷漠的眼神和疲倦的神情如同一道壕沟横在宋怀良面前,宋怀良倒是睡了一夜好觉,面对吴佩琳这种表情,他一个字也不想说,被泼了一盆脏水还要低头认罪,决不妥协;吴佩琳亲眼目睹了宋怀良光天化日之下浪荡轻浮的举止,宋怀良欺人太甚,只是她已经出离了愤怒和耻辱,受伤的心里冰天雪地,彻骨的寒冷让她说不出一个字来。两个人在这个早晨约好似的高度默契,都不说话,都不开口,他们像住在宾馆里的两个从没见过面的陌生人,坐在餐厅里吃完了早饭。秦大姐很小心地问夫妻俩稀饭油条的早餐可吃饱了,宋怀良点点头,而吴佩琳连头都没有点,一派麻木不仁。秦大姐站在早晨冰冷的空气里,双手不安地收拾着桌上的碗筷。

冷战比吵架更为可怕,形同陌路比你死我活更残忍。连吵架的激情都没有了,这就叫哀莫大于心死,这是许多年后吴佩琳悟出来的。

风渐渐凉了,冬天正在路上。宋怀良尽量出差,就算能赶回来,他也要赖在东江、徽南住上一晚,酒桌上跟耿双河、周小泉们喝个你死我活。蓝湾公馆对于他来说是一个睡觉的地方,而不是家,他和吴佩琳两个人都不吵了,连话也不想说了,宋怀良认为离婚的基础已经夯实了,剩下的就是时间。

酒醒后的宋怀良彻夜难眠,不是为女人,而是为公司,公司这几年没什么起色,当初的豪言壮语成了喝醉后无法兑现的酒话,建材商场的贷款刚刚还清,问公司财务账上还有多少钱,财务部说连工程应收款不到四百万,四百万在2010年秋天,半辆"迈巴赫"汽车都买不到,庐阳十几年房价翻了十几倍,注册的装修装饰公司翻了二百多倍,五百多家装修公司相互压价,彼此拆台,靠一帮城乡散兵游勇武装起来的怀琳公司,已由当年的众星捧月混到如今的四处烧香找活干,大小姐活生生地沦为了丫鬟。庐阳第一家正式注册的民营装修装饰公司,已经被淹没,宋怀良在媒体上出现的频率也越来越少,当年给宋怀良颁过奖、跟宋怀良握过手的领导们,有的提拔了,有的坐牢了,有的与世长辞了,怀琳公司在庐阳民企里已不再是明星。进入冬天,宋怀良想得最多的是,如何保饭碗、保公司。"飞天游乐城"项目正是在这一底线思维逼近下,迈出的冒险一步,是一次只能赢不能输的赌博。

宋怀良叫韦晓丽一起去银行谈八百万贷款,韦晓丽说叫艾叶跟你去呀,宋怀良知道韦晓丽话里有话,装糊涂说贷款不需要设计图纸,韦晓丽说贷款需要设计战略,宋怀良对坐在身旁的韦晓丽说:"艾叶是个小孩子,她懂什么战略。谈战略只能跟你谈,郭县长身边的,眼光要高得多。"韦晓丽很开心:"宋哥,你总算表扬了我一回了。"她对宋怀良投资"飞天游乐城"项目的定义是:公司经营的结构调整,意义重大,郭凯在庐西整天抓产业结构调整。

"飞天游乐城"是市政府引进的全市最大的一个文旅项目,总投资二十四亿,占地一万二千亩,八平方公里,游乐城的目标是:把迪士尼赶出中国。这个华东规模第一的游乐城,景观设计超越迪士尼,恐龙时代、创世纪、星际联盟等都是迪士尼空白,还有扑朔迷离的声光电营造出的一个超越人们想象力的"未来世界",进入飞天游乐城,你就从远古走到了现实,从现实又走向了未来。宋怀良那天在项目推介会上,听得热血沸腾,二十米宽的大屏幕上反复展现"飞天"的模拟场景,庐阳新上任的年轻市长是学地球物理的,他站在地球之巅鼓动在场的庐阳企业家参与项目投资,让这个凝聚中国智慧的"飞天游乐城"不仅要成为世界标杆,而且要有庐阳痕迹。投资入股一千二百万起步,市长慷慨激昂地煽动着现场脑袋乱晃的民营企业家们:你们投入的不是资金,而是辉煌的未来。沉舟侧畔千帆过,病树前头万木春,当传统产业越来越艰难时,你们已经突出重围,抢先占领了高科技现代产业的制高点。宋怀良当场就认下了一千二百万投资,市政府已协调好,有信用保证的企业,三家银行提供贷款。一千二百万投资,占游乐城股份0.5%,如果项目论证报告年利润四个亿能实现的话,宋怀良每年分红两百万,扣除6.8%贷款利息54万,每年可获利150万,有150万保底,公司大半壁江山就能保住了。宋怀良每天盘算着公司的未来,离婚的事没有耗去他全部的心思,也没带来多大的打击和伤害。这次离婚是他提出来的。

　　贷款协议当天就签好了,回到公司已是黄昏,正准备下班的艾叶见宋怀良和韦晓丽从灰蓝色的"尼桑"轿车里下来,下车时,韦晓丽还拉了宋怀良一把,两只手在车门交接处钩到了一起,艾叶看到了,不以为然,她走过来硬要拉上宋怀良和韦晓丽一起去"蜀香火锅城",韦晓丽说晚上郭凯从庐西回来,她要陪郭凯吃饭,艾叶说:"我来给你家郭知县打电话,晚上一起吃!"说着就拿起电话拨了过去,电话里郭凯说县棉纱厂失火了,他要去现场指挥,回不来了。韦晓丽只好一同去吃火锅,她问晚上谁请客,艾叶说:"文化宫一个跳舞的小男孩,上次帮他们设计舞蹈排练厅,留了个 QQ,整天缠着我,想跟我见面聊聊天。"宋怀良面无表情地说:"你去谈恋爱,我们就不去打搅了。"韦晓丽也觉得不妥:"小艾,这种饭哪能蹭呢?半道搅局,人家会一刀捅了我们。"艾叶立即抢白:"谁说去谈恋爱了?不就是见个面。"艾叶原打算约小倩一起去的,没打通电话。

艾叶骑摩托车先走了,骑着自行车的韦晓丽对并排骑行的宋怀良说:"艾叶这小丫头,野得很。我吃这顿火锅又麻又辣,有的人吃起来恐怕又苦又涩。"宋怀良双手扶着僵硬的车把,歪过脑袋装聋作哑地对晓丽说:"是呀!艾叶不会看上小男孩,那小男孩还得破费,免不了又苦又涩。干脆你埋一下单,公司报了。"韦晓丽说:"假如看上了呢?总不能艾叶谈恋爱,公司埋单,说不过去呀!"宋怀良嘴里被灌进了一阵秋风,说不出话来。

一千二百万投"飞天",八百万贷款,公司应收工程款全部投入,流动资金瞬间告急,财务部说当月发工资的钱没有了,公司拖欠工资就像婚姻出轨一样,一旦坐实,信用就破产了。宋怀良一边指令赵超把建材商场的营业款交上来发工资,一边叫韦晓丽找郭凯,三天内把庐西残联办公楼十八万装修尾款催上来,那位身体没有残疾的残联主席暗示韦晓丽说,残联福利待遇差,希望过冬每人能有一床羽绒被,宋怀良当即同意出一万四千块钱买羽绒被。发工资前一天,还差两万三千钱,宋怀良找必来牛肉汤馆林一勺,叫汤馆上缴三万块钱利润到公司,一身牛肉味的林一勺面露难色:"宋总,自打你说过汤馆一切要听佩琳姐的,没有佩琳姐同意,我们一分钱不敢动用。"宋怀良当晚硬着头皮对吴佩琳说:"公司这个月发工资有点紧,打算从肉汤馆调三万块钱。"吴佩琳一脸麻木地看着电视里的一个小鲜肉正在勾引一个纯情少女,她一动不动地回了一个语气词"哦!"没有任何态度。宋怀良进了书房,往床上一躺,给林一勺打了一个态度强硬的电话:"明天上午十点,你亲自把钱送到公司,当面交给我!"

《庐阳日报》整版报道了"飞天游乐城"项目落户庐阳的新闻，吴镇海在第一版后半部分看到董事会名录中，怀琳公司赫然在目，参股一出手，一千二百万，对迪士尼和游乐城一知半解的吴镇海这次没激动，也没为女婿的大手笔盲目自豪，以他国企大半辈子经验分析，勉强的二线城市庐阳，造一个游乐城能把美国迪士尼赶到太平洋里去，不是吹牛，就是精神失常，明显是传销下线忽悠人入伙；每年四亿的利润，游客两千万人次，庐阳人均工资才两千一百块钱，门票三百二，这听起来就像"大跃进亩产十万斤"，白日做梦般的恍惚。吴镇海打电话约宋怀良和吴佩琳礼拜天回家吃饭，顺便想了解一下投资前景，再当面观察夫妻俩是否"涛声依旧"了，几个月来，吴佩琳总是平静地说："我们自己的事自己处理，你们年龄大了，把自己照顾好就行了。"吴佩琳越是说得风平浪静，吴镇海心里越是波涛汹涌。他在电话里对宋怀良说："中午白果炖野猪肚，养胃的。"

宋怀良和钱小毛陪"九州浴场"工程部经理老朱打了一夜麻将，宋怀良输六百，小毛输了八百，这个十来万的业务以前宋怀良是看不上眼的，工资危机暴发，宋怀良硬着头皮去跟那个存心想敲竹杠的老朱坐到了牌桌上。一早宋怀良头昏脑涨地骑车赶到岳父家，岳父正坐在阳台上捧着"灯塔"牌小收音机在收听广播，"灯塔"牌收音机除了外壳是二厂的，里面的机芯二十多年里修理过三十多次，吴镇海捧着收音机就像捧着自己的峥嵘岁月，又像是捧着自己的灰飞烟灭的历史。

江月英在厨房剥葱，看到宋怀良坐在阳台上跟吴镇海说话，没出来招呼，这么个出身低贱的小电工竟然敢欺负自己的女儿。她曾在一个寂寞的午后高度赞赏吴镇海当年阻挠两人婚姻的英明正确，并对自己的支持和纵容后悔不已，这个剥削阶级出身的大小姐对无产阶级依然抱有偏见："龙生龙凤生凤，老鼠儿子会打洞，现在我信了。"宋怀良进厨房倒水招呼江月英一声"妈"，江月英很勉强地"嗯"了一下，相当于说，听到了。宋怀良没在意，茶杯里加满水，还问了一句:"佩琳什么时候过来?"江月英冷冷地答道:"我哪知道。"声音像她手里的葱,剌鼻。

阳台上稀薄的光线照耀着翁婿俩喝茶聊天,吴镇海把宋怀良当儿子,宋怀良把吴镇海当老子,他们嘴上没说,心里都有数。至于吴佩琳喊冤哭诉的出轨一案,吴镇海认定是误会,即便不是误会,也没那么严重,领导与女下属之间,关系暧昧含糊,自古而然,非常普遍,说有多大问题,未必。尤其是在一个单位里,不是男人和女人之间真的出轨了,而是单位里的人们兴致高涨乐此不疲地推理并等待着男人和女人出轨。所以,吴镇海跟宋怀良谈的不是他们的婚姻危机,而是投资风险,吴镇海腿关节老化,说话中,腿左右摇摆的幅度较大,宋怀良拿来护膝给岳父套上,岳父的腿和声音就稳定了许多:"一千二百万呀,你把身家性命都押进去了,我有点不放心,报纸上报道得太玄乎了,庐阳这么个小地方,能把美国迪士尼赶到太平洋里去?那个飞天集团究竟是什么来头,你得搞清楚。"岳父思想保守,当年拒绝与外企合资,才把无线电二厂拖垮的,可岳父是一片好心,宋怀良就耐心解释说:"飞天游乐城是市政府引进的,飞天集团是深圳做集成电路的跨国公司,很厉害的。现在的产业已经不是传统制造业了,三产服务业、高新科技正在成为产业主体。现在中国最有钱的老板是做IT的。"

吴镇海老了,他不再灵活的腿和不再灵活的思想以及脸上的褐色老人斑从不同方位证明着风烛残年已经成为事实,宋怀良对岳父的担忧没当回事,他脑子里盘旋着每年一百五十万的票子像漫天大雪一样在他的眼前飞舞,所以,他建议老两口冬天跟郭永康夫妇到望云山温泉度假村住上半个月,老邵的车子送过去,袁小倩全程安排,吴镇海对温泉和度假毫无反应,他缓慢而迟钝地答非所问:"一大半五里井街坊、二厂下岗的,没多大本事,又扔不下,他们都指望你吃饭呢!"

江月英将猪肚炖到砂锅里,红烧鸡在辣椒、桂皮、五香的翻炒渲染下,香味直扑阳台,不一会儿,厨房里忙活停当的江月英出来了,她控制不住情绪,直接将宋怀良的军:"小宋,佩琳是怎么了? 到现在还没过来,打电话不接,你跟她是怎么说的?"宋怀良支支吾吾说昨天出差刚回来,没从家里过来。江月英沉着脸说:"你回去,把佩琳接过来!"吴镇海对江月英尖刻的态度很难接受,又不好发火,这些年性情中早已熄灭了烟火,只剩下一堆不冒烟的灰烬。他跟跄着从报废的电动按摩椅上站起来:"小宋出差辛苦了,我打电话催一下,反正也没几步路,不用去接。"正说着,吴佩琳来了,她手里拎着一袋梨子,一进门就叫:"砀山梨,刚上市的,百货大楼门口搭了个台子推销,才一块二一斤!"她喜形于色的脸上看不出夫妻之间有丝毫裂痕,进厨房,削好一盘梨子端出来,给父母一人递了一个,又给宋怀良递上一个,宋怀良像在自己客厅里一样,很随意地接了过来。吃饭的时候,宋怀良将一只卤鸡爪夹到吴佩琳碗里,也是不经意的一个动作,吴佩琳除了喝牛肉汤,喜欢啃鸡爪,看着小两口一团和气的样子,老两口内心里警报同时解除了。

在这一误判的鼓励下,中午吴镇海酒喝多了,喝多了的吴镇海有感而发地说起了婚姻,他红着脸,手里举着油腻的筷子,筷子在空中上下左右比画着:"婚姻自主,恋爱自由,年轻时不懂,懂了又晚了。你妈看不起我,我强迫她看得起我,这就不是婚姻自主。我对不起你妈,让她受了一辈子委屈。你俩多好,同学同事,自由恋爱,有问题,有矛盾,三下五除二,就没事了。我还是这个观点,两个人要是过不下去,早离婚,早解脱。要那个面子没意思!"

吴佩琳筷子夹着的鸡爪掉回了碗里,宋怀良却不住地点头。江月英夺过吴镇海手里的酒杯:"你喝多了,净说胡话!"吴镇海有限度地为自己辩护:"我说的是真话,把你一辈子都坑了。酒不喝了!"

吃完饭,宋怀良和吴佩琳推着自行车回蓝湾公馆,下了楼,喝多了酒的宋怀良对吴佩琳说了最近两个多月来的最多的一次话:"你爸说的是对的! 早离婚,早解脱。"吴佩琳对着宋怀良狠狠地锥了一眼:"你做梦!"

吴佩琳骑上自行车扬长而去,宋怀良被扔在干部楼下破损的水泥路上,宋怀良正在踌躇往哪儿去,电话响了,艾叶在电话里叫着:"你老婆凭什么不睬我呀?我喊她吴姐,她装着没看见我,难道要我喊她阿姨?"艾叶说上午她去百货大楼买"苹果"耳机,电梯口迎面遇到拎着一袋子砀山梨的吴佩琳,不睬倒也罢了,她倾斜的眼神里都是仇恨,艾叶说我哪点得罪她了,你得好好管管你老婆。宋怀良不想刨根究底,就应付着说:"我回去问问,可能是真的没看到你。商场里人那么多,你又戴个墨镜。"艾叶在电话里叫着:"我没戴墨镜。她要是嫌我在公司碍事,你把我开除得了。"

站在路中间抓着电话讨论两个女人的是非很不合适,宋怀良说,"你到我办公室来一趟!"刚挂电话,一辆三轮摩托车从身边疾速驶过,宋怀良差点被撞到,他拽着自行车一个后撤步,脚后跟与路牙子硬碰硬,生疼。他看到车斗里装着烤红薯的炉子,是汽油桶改装的煤炉。

礼拜天公司后勤行政部门不上班,宋怀良打开自己办公室的门,躺倒在沙发上,点上一支烟,走廊里静悄悄的,没有一双鞋底的声音,艾叶还没到,有那么一个片刻,恍惚中公司像是倒闭了,这一糟糕的感觉惊得他出了一身冷汗,酒全醒了。

艾叶在下午三点二十分推开宋怀良办公室的门,宋怀良不跟她讨论两个女人,开门见山:"晚上你跟我一起去徽府酒楼!"

艾叶抓起桌上的一次性纸杯,在饮水机上接了一杯纯净水,回了一句:"办公室应该配一个冰柜,冰柜里面放一些红酒、可乐、冰淇淋,我叫西部咖啡孟老板送一些过来!"宋怀良摇了摇头。

宋怀良告诉艾叶,江北公司拿下了"黄梅戏大舞台"的装修工程,招投标攻下的,三层一万八千平方米,一楼两百人剧场,二楼十二个包厢,三楼三十六间客房,一楼前面设贵宾区,十二张四方桌配太师椅,按民国老剧场风格设计。宋怀良踌躇满志:"工程标的两百四十万,下半年最大的一个工程,找你来,是想跟你谈谈,按业主要求,能不能把设计方案做出来?"艾叶咕咕噜噜喝了一气纯净水:"没有什么做不来的,只是听起来有点不着调,得跟业主沟通。"宋怀良说晚上就是跟业主一起吃饭,艾叶问投资方是何方神圣,宋怀良说是台湾雄本公司的黄老板,在江北做电子元件的,奚秀兰的黄梅小调把他的魂勾去了二十多年,赚到了钱,就投资了"黄梅戏大舞台",说是"白天干事,晚上看戏"。

艾叶说设计跟唱戏差不多,真正懂装饰美学和风格美学的业主,几乎没有,所以,业主点什么,你就给他唱什么。设计师最大的任务就是阻止和控制业主过于荒谬的想象。宋怀良听得一愣一愣的,艾叶水平高,却没架子,轻松、自在,就像一个邻家的小女生,像一块透明玻璃。宋怀良见艾叶换了一双棕色高帮皮靴,耳朵上挂着白色耳机线,突然冒出一句:"你就没有一点烦恼吗?"艾叶从耳朵上拽下耳机:"有呀!你老婆小心眼。不过,你不提,我把这个烦恼忘掉了!"

去徽府酒楼的路上,宋怀良问艾叶那天一起吃火锅的小男孩进展得怎么样了,艾叶说你是小看我还是挖苦我呀,那小男孩就像一只小老鼠,鬼鬼祟祟的,他说吃火锅前,我把油碟先给了你,没给他,气得半死。你是我老板,又是我老大,我不先给你,还能先给他。我已经把他拉黑了。宋怀良说:"你都二十八了,该找个对象结婚了。"艾叶慢骑摩托与宋怀良自行车并行,听了这话,艾叶摩托车熄火,跳下车拽住宋怀良自行车把:"明天我要是被公司辞退,你说的就是真话。我希望明天早上人事部通知我去多领一个月工资!"

宋怀良被艾叶掐住了七寸,喉咙里发不出一个音节。起风了,他看到西天的夕阳漫天渲染着血红的晚霞,却看不到自己的头发和路边树上瑟瑟颤动的树叶一起喧哗。

徽府酒楼古典布局的包厢里,台湾黄老板穿着笔挺的西装,还打了一条深红色的领带,说话夹杂着黄梅腔,酒桌上,他除了对经典徽菜臭鳜鱼耿耿于怀,焦点目光落在艾叶身上,他的民国情结非常过分,说"黄梅大舞台"贵宾席除了八仙桌、太师椅,灯光要设计成民国上海大世界的情调,包厢里的座椅用丝绒垫,不用棉麻,艾叶说"民国风的舞台是杉木板满铺,不用水泥,不用地毯。"黄老板拱手抱拳称艾叶是:"所言极是,巾帼不让须眉,才貌独占风流。"艾叶对黄老板真假难辨的恭维打着哈哈:"谢谢! 好像你们岛内都喜欢文白夹杂、对仗工整地说话。"艾叶不怯场,还能控场,宋怀良倒是没多少话,韦晓丽和肖晨只是不遗余力地给黄老板敬酒,插不上嘴,酒桌上艾叶像是公司老板。

合同在会议室里敲定,细节在酒桌上落实。黄老板喝完酒当晚赶回江北,肖晨被韦晓丽敲了竹杠,离开徽府大酒楼又去南溪街大排档吃烧烤小龙虾喝啤酒到夜里十二点半,与民同乐的宋怀良喝多了,散伙时找不到家里的钥匙,丢在办公室了,肖晨叫宋怀良跟他一起去住宾馆,宋怀良硬着舌头说:"回家,我是有家的男人!"

韦晓丽和艾叶打车将宋怀良送到蓝湾公馆大门口,韦晓丽给吴佩琳打电话:"吴总,我是晓丽,不好意思,打搅了。宋哥喝多了,找不到家里的钥匙,你到楼下来接一下吧!"被中途吵醒的吴佩琳压抑着心里的不快,冷冷地说:"你把他送上来吧!"

韦晓丽听电话里的吴佩琳一腔冰冷,见一路上宋怀良斜靠在艾叶的身上,就叫艾叶送宋怀良上楼,艾叶说宋哥像一头牛,太重,一起送他上楼,韦晓丽说不想见吴佩琳,艾叶就一个人架着宋怀良走进楼道,电梯到家门口,艾叶敲门,吴佩琳穿着睡衣刚开了一条门缝,愣住了,打电话的是韦晓丽,送人上来的是艾叶。艾叶没有称呼"吴姐",淡淡地说一句:"宋哥心情不好,酒喝醉了!"吴佩琳手指着艾叶的鼻尖:"宋怀良总有一天会死在你们这些女人手里!"酒喝得晕眩的艾叶,脑子也失控了,深更半夜里坚决反击:"不会的,宋哥要死就死在你手里!"宋怀良扶着门框,情绪烦躁地叫了一声:"别吵了!"脑袋向下一个甩动,紧接着剧烈呕吐,门边内外一大摊酒肉的残渣碎末,恶心而肮脏。吴佩琳泼妇一样大骂艾叶:"你这个不要脸的小妖精,给我滚!"保姆房里的秦大姐惊醒了,她睡眼惺忪地出来扶着宋怀良进了屋里,一句话不说。吴佩琳狠狠地撞上家里的防盗门,艾叶强盗一样被堵在了外面。

时令站在冬天的门槛边,山里已经开始下霜,林一勺对吴佩琳说,过冬要三百斤小香葱,汤馆才够用到来年春天,山区野生小香葱很紧俏,能不能请庐西那边再想想办法,吴佩琳给郭凯打了一个电话,请他帮着组织一下货源,过两天她带一辆客货两用卡车去拉,郭凯说小事一桩。第三天,吴佩琳跟小货车到庐西,林一勺进山拉货,吴佩琳在望云山温泉度假山庄约见郭凯。

余总将郭凯和吴佩琳安排在峡谷边的"飞云亭"喝茶,天空飘着白云,亭下活跃着溪水,白瓷杯里碧绿的"望云云雾"香气缭绕,吴佩琳脸上的青春却已经褪色,红润白皙的皮肤被山风一吹,草纸一样泛黄,郭凯坐在她的对面怎么也找不到年少时蠢蠢欲动的感觉了,吴佩琳还是像对儿时的发小一样,占据着童年的心理优势,她在漫长的检举揭发艾叶过后,不留情面地责怪郭凯:"这就是你给我推荐的人才,染着黄头发,穿着破裤子,干着见不得人的破事。"郭凯说对艾叶不太了解,只了解她妈,唱戏改行行政,嫁给一个有钱的老头,婚姻跟戏一样传奇。郭凯知道爱面子的吴佩琳不到万不得已不会暴露家丑,看着初冬颜色由绿变黄的山峦,同情和愧疚同时涌到嗓子眼:"佩琳,真对不起!我没想到艾叶一个小孩子,疯疯傻傻不懂事,也没想到宋怀良人到中年,顺水推舟将错就错,让你受这么大的伤害。"吴佩琳说着说着就暴露出了内心的真实和虚弱:"当初我年轻偏执,总认为嫁给无产阶级,最安全,最光荣,出身卑微,地位低下,肯定会更加珍惜爱情,守卫婚姻。可我想错了,我牺牲了二十年的青春,等来的是离婚通牒。四十女人豆腐渣,我都这么大年纪了,你说我离婚后怎么办?"郭凯意味深长地用瘦长的手指轻轻敲着石凳:"宋怀良当年多老实,被市政府临时工欺负得当场都哭了,现在生意做大了，把握不住自己，也正常，不是他一个人变了，老板都这样。佩琳，我也赞同你不离婚，你要我做什么，只管说。"吴佩琳说了两条意见："艾叶离开公司，最好主动辞职，另外就是请你帮帮忙，将艾叶安排到庐阳以外的城市去工作。"请神容易送神难，郭凯觉得这事难度很大："要是艾叶和宋怀良都没动心，只是逢场作戏，玩时尚追求刺激，那就好办，要是有一个人动了真格的，就很难拆开，辞去工作调离庐阳，只会让他们的感情走私更安全，顶多在时间和空间上增加了一些难度而已。我跟宋怀良先谈谈，艾叶那小孩，我不跟她谈，要是她胆敢插足，我找她妈。"

郭凯电话响了，政府办打来的，中午十一点，他要会见一个韩国的投资商，他让秘书安排吴佩琳和林一勺在度假山庄吃饭，自己坐车先走了。

招商引资压力大，事情多，郭凯一时回不了庐阳，他给宋怀良打了一个电话，问他什么时候来庐西出差，宋怀良说最近没安排，郭凯说要是过来就给我打一个电话，宋怀良问有什么事，郭凯说："没事，喝两杯！"

郭凯要在庐西找宋怀良谈话，事先向韦晓丽做了咨询，韦晓丽趁机在郭凯面前说了一箩筐艾叶勾引男人的糗事，于是就有了一次庐西出差的策划。庐西职教中心实验室装修只有七万块钱，小工程，宋怀良不想去签合同，韦晓丽说职教中心主任是有头有脸的人物，正科级，县里的大官，你去是对人家尊重。宋怀良要带上艾叶，韦晓丽说，实验室装修不需要设计，工程队上来就能干。

郭凯晚上没跟宋怀良喝酒，快到夜里十点，郭凯才赶到庐西宾馆，一进房间，他习惯性地表现出地方政府对企业家的尊重，先点烟，后道歉，说晚上开常委会来迟了。落座后，没寒暄几句，郭凯直奔主题，居高临下的姿势在灯光下气势凌厉："我要是当初稍微使一把劲，就没你什么事了，该是我跟吴佩琳一家。吴佩琳嫁给你，他爸气得要跳楼，我爸气得两天抽了六包烟。当然，这都是过去的事了，关键是,对这样赴汤蹈火下嫁的老婆,即使不讲爱情,也得讲良心;就算不感恩,也不该伤害。我跟她是发小,两家是世交,所以对你发出离婚通牒,很失望,也很难过。难过的是,我当初要是不介意吴佩琳的个性,她不会落到如今这步田地。"过于激动,郭凯手中的烟灰好几次弹落到房间地毯上,在郭凯的枪林弹雨中的宋怀良异常冷静,婚姻和爱情,只要拿出来讨论,对的也是错的,错的也是对的,他不打算反驳,也不想为自己辩护,他将茶几上的烟缸推到郭凯面前:"郭县长,感谢你对我们的关心,你说的话,我心里有数,没有人结婚是为了离婚的,尤其是我们的婚姻,非常不容易。我和吴佩琳都努力过,可努力的结果恰恰证明日子过不下去了,这么多年下来,我们都累了,都厌倦了。三年前是她提离婚的,今年是我提的,谁提离婚都无所谓,关键是我们内心里已经离过婚了,只是没办手续而已。我不承认自己是见异思迁、忘恩负义的人。我可以向你郭县长保证,离婚后我再也不会结婚了,像我们这样当初你死我活的婚姻都保不住,再组一个家庭,能有什么指望?"郭凯说:"既然你不打算跟别的女人结婚,那就不要离婚嘛,又不是阶级敌人,不是仇人,包容一点,宽容一点,日子不就继续过下去了?你看,吴伯伯和江阿姨,吵吵闹闹一辈子,现在老两口像新婚夫妻一样恩爱。"宋怀良不得不解释:"我也想凑合着过,可我们分居都快半年了,她连我的袜子都不能忍受,闻到我抽烟的烟味,她会一晚上咳嗽不止。郭县长,我们都四十岁的人了,人生都到了下半场,大家这么无谓地耗着,彼此折磨着,实在不人道。"

离过婚的郭凯有了无奈的共鸣,当年庐阳黄梅剧团召开《徽州娘子》座谈会听取各方意见,郭凯代表市政府办公厅发言说用普通话演黄梅戏就如同林黛玉在罗马教堂举行婚礼一样荒诞,参会的演员肖疏影因为这一句话爱上了郭凯,整天给他送戏票,到上海演出还给他买了两罐听装"中华"烟,被铁罐香烟打动的郭凯跟肖疏影相爱了,郭凯以为这桩婚姻中要是有人出轨,最大的可能是自己,而不是肖疏影,因为他是被动爱上肖疏影的,最后恰恰是肖疏影送给他一顶崭新碧绿的帽子。这就是他一直想不通的逻辑。郭凯也不打算深更半夜讨论这无法讨论的是非对错,于是就按照吴佩琳的思路,说出了自己的意见,宋怀良说艾叶调离公司,等于砍掉公司一条腿,而不是一条胳膊。郭凯说没那么严重,现在是信息化社会,全产业链资源共享是时代潮流,公司的设计方案完全可以交给服务外包,北京、上海、南京、合肥的设计公司哪一个不比艾叶厉害,"这小丫头已经让你鬼迷心窍了,不要抵赖,不能怪吴佩琳敏感多疑,怪你留下的漏洞太多了!"宋怀良坚决抵赖:"那就请你郭县长把她调离庐阳,我同意放人,至于她同不同意,就不是我的事了。"郭凯说:"这你就不用管了,我找她妈去谈,把艾叶放在庐西县城建局技术科,专业对口,编办按人才引进,我想办法解决一个事业编制。"

郭凯离开的时候已是夜里十二点半了,宋怀良将郭凯送到楼下上车后,敲开了隔壁房间老邵的房门,司机老邵问怎么回事,宋怀良趿着宾馆拖鞋,手指夹着香烟,情绪很混乱地说:"开车回庐阳!"老邵一脸的糊涂,深更半夜回庐阳干吗,宾馆房间费都付过了,不太情愿的老邵说:"都后半夜了,怎么联系晓丽呢?"宋怀良说:"不管她了,她在郭县长被窝里呢。"老邵的车一个小时就开到了庐阳,老邵问是不是送到蓝湾公寓,宋怀良说,到浅水湾,艾叶没跟父母住,她租住的公寓在浅水湾。他想问艾叶愿不愿意调离公司到庐西坐机关,他不相信艾叶染黄的头发和有洞的裤子会被机关照单全收。

宋怀良在浅水湾小区门口下车,老邵回家去了,宋怀良站在铁门把持的门口,突然不动了,脑子被夜风吹醒了。这么晚去敲一个女孩子的门,不是引火上身吗?晚上酒喝得不多,脑子怎么突然短路了,深更半夜回庐阳干什么?

宋怀良掉转头,沿着柳叶大街盲目地走着,他不想回家,也不知道往哪儿去,风吹得路灯上下摇晃,宋怀良拖着自己的影子一路摇晃着走在冰冷的大街上,一辆救护车尖叫着从他身边急速驶过,他闻到了救护车里药水的味道和急救病人的喘息。

这天夜里，吴佩琳手机收到了一条短信："娱乐播报：宋老板深夜徘徊女下属小区门口。时间：后半夜两点四十七分；地点：庐阳浅水湾。"吴佩琳早晨醒来时看到这条短信，半睁着眼睛扫了一下，将手机扔到了枕头边，她懒得去跟宋怀良对质，寒心了，不过，起床后，她忍不住瞄一眼书房，房间的门开着，床上的被子整齐而冰冷，里面没有一点人的气息。她问厨房里做早饭的秦大姐："宋怀良昨天夜里回来没有？"

宋怀良夜里没有回来，一肚子怒火无处发泄，吴佩琳竟然背地里找郭凯策划调离艾叶。他在大街上东游西荡到凌晨四点十分，被夜里巡逻的警察拦住，深更半夜在大街上乱窜，不是做小偷的，就是准备做小偷的，警察在看了宋怀良身份证后，很警惕地盘问道："你说你是公司老板，怎么证明？"宋怀良说："你去看一下9月30日《庐阳日报》！"那上面有宋怀良投资一千二百万参股"飞天游乐城"的报道，宋怀良说夜里出差刚下火车，没打到车，他要警察用警车把他送到公司总部汇通大厦，后半夜巡逻的警察寂寞而无聊，就送了过去，见大厦值夜班的保安，对着宋怀良立正敬礼，警察才放心离去。

坐电梯上楼进办公室，开了灯，屋内的黑暗熄灭了，他搬出了储藏室里的那张折叠单人床，掸了掸灰，打开后，又折起来，放了回去，他躺倒在沙发上，听到楼下早起的环卫工人在清运垃圾桶，天快亮了。

太阳每天按部就班升起，宋怀良下楼回家，走进门口雕着希腊战神和太阳神雕像的蓝湾公馆，他的心里已经平静下来，在一桩死亡的婚姻面前，情绪和声音也是死亡的状态。一早回家，他不是找吴佩琳清算背后动作的，而是找吴佩琳拿房产证，到银行抵押贷款。

眼下庐阳五百多家装修公司就像五百多只豺狼虎豹张着血盆大口，怀琳公司没几个能拳打脚踢的，招投标中标概率越来越小，徽南沉鼎商厦装修工程拉锯两个多月总算拿下了，垫资两百万，不用招投标，直接给徽南分公司做。沉鼎集团老板程天鼎对宋怀良说："我看你人诚恳实在,才答应你垫资来做,不瞒你说,我这六百万的工程,垫资两百万,排队抢着做。"公司流动资金捉襟见肘,发工资已一拖再拖,沉鼎工程必须做,最近国家银根紧缩,跟"飞天游乐城"项目不一样,装修工程的信用贷款很难办下来,迫不得已,只好抵押贷款。蓝湾公馆8栋1106,当年25万买的,如今涨到了210万,可房产证的名字是吴佩琳,是宋怀良送给吴佩琳的礼物,现在抵押贷款,相当于收回,如果吴佩琳同意的话,离婚的事暂时放一边。这相当于交换,也像是做一笔交易,想到这,宋怀良无比沮丧,用钥匙开门的时候,手指软弱无力。

客厅里空荡荡的,没有一点声音,一些若无若有的豆腐卤的味道在空气里飘忽,秦大姐在阳台上晒被子,宋怀良问吴佩琳哪去了,秦大姐说到楼下必来汤馆去了。宋怀良提出离婚后,吴佩琳再也没用过宋怀良卡里的一分钱,必来领取的薪水已涨到两千六,够用了。

吴佩琳是穿着那身蓝底碎花工作服回到家里的,她的手上沾满了面粉。早晨客厅里部分光线被阳台上晾晒的被子遮挡,吴佩琳看不清宋怀良脸上的表情,但清楚自己的脸上没有任何表情,她不说话,秦大姐招呼吴佩琳坐到宋怀良侧面的单人沙发上,给两人倒上茶水后,去厨房了。

吴佩琳想好了,即使宋怀良清算她私下找郭凯,她也不打算扯出昨夜收到的短信,她不反击了。宋怀良深更半夜出现在艾叶的楼下算不得什么,出现在艾叶的被窝里都不是新闻,真正的新闻是深夜播报的那个人正要去艾叶的被窝,或刚从艾叶的被窝里出来,一明一暗中与宋怀良狭路相逢。可悲的是,宋怀良身边有暗地里算计他的人,他却浑然不知自己只是艾叶的一个备胎,另外一个或几个对风流浪荡的艾叶心怀鬼胎的男人随时都有可能废了宋怀良,她不愿离婚,不知道是想拖死宋怀良,还是想拯救正处在死亡之吻中的宋怀良,她说不清。

看着吴佩琳的工作服和沾满了面粉的双手,宋怀良没说昨晚在庐西跟郭凯见面,为了掩饰内心的不安,他捧起茶壶喝了一气水,用谈工作的口气说:"公司开张那几年,排队装修,抢着付款,现在不垫资,根本拿不到工程。"他把徽南沉鼎大厦项目前前后后说了一通后强调,"六百万的工程,一交付,公司两个月工资就能落实了。"公司已沦落到了为四五百人饭碗而奋斗的地步了,吴佩琳当年预言的糟糕前景提前来到了,她的声音淡如凉水:"家里就这么一套房子,抵押出去,就没地方住了。"宋怀良听了这话心里像是被扎了一刀,吴佩琳把抵押跟抵账画了等号,她对公司和宋怀良完全失去了信心。宋怀良压制着内心的窝囊,解释说:"抵押贷款,是资产担保,不是拍卖,等项目完工,还了贷款,房产证就还给我们了。"吴佩琳当然清楚,只是不愿意理解和接受宋怀良的解释,她望着阳台上的被子:"汇通大厦的办公楼抵押不行吗?这套房子是唯一的窝,五里井已经拆掉了,没地方住了。"

宋怀良说:"抵押办公楼影响公司的形象,会动摇员工信心。眼下公司的装修工程太难做,手机上网一旦铺开,网吧也很难做下去,形势非常不好。"吴佩琳给宋怀良的回答是:"我跟了你二十年,就剩这套房子了,当年的高档公寓,如今不过是一个普通的小区,你要的是光辉形象,我要的是遮风挡雨的房子,请你行行好,给我们娘儿俩留个窝!我要下楼上班了,早上生意太忙。"

吴佩琳拒绝拿出房产证,宋怀良对转身离去的吴佩琳背影冷冷地说道:"离婚的事,你得抓紧考虑,这么拖下去,没意思!"吴佩琳扭过头眼神坚定地锁住宋怀良:"一、离婚也不离这房子;二、我不离婚!"

后来,宋怀良找郭凯说情,在庐阳商业银行贷了200万,没有资产抵押,利息比普通贷款高一个点。郭凯为贷款专门回了一趟庐阳,晚上请庐阳商业银行邱行长吃饭,吃完饭,邱行长接了一个电话,神色匆匆地先走了,宋怀良拉着郭凯在西部咖啡二楼临河的卡座喝茶,郭凯望着庐阳河上夜游的游船,说:"船上的笙箫管笛没有指挥,也看不清乐谱，声音整齐划一，靠的是默契，你听，好像是《紫竹调》。"宋怀良默契地告诉郭凯："郭县长，包括在庐西的工程项目咨询费，跟晓丽一律按二点八结算，其他地方工程是一点八。"喝多了酒的郭凯态度严肃地警告宋怀良："小宋，你不要乱来，庐西的项目不许拿一分钱回扣和提成，我支持你们公司，不是因为我老婆在公司工作，而是我作为服务型政府的县长，支持民营企业，本地的，外地的，一视同仁。"宋怀良嗯嗯哈哈地点头称是，一再表示给晓丽的不是回扣，也不是提成，是咨询费，与你郭县长无关，这样的对话也就说说而已，郭凯跟宋怀良重点谈艾叶："编办好不容易特批了一个编制，上了常委会。现在控编非常严格。你明天给小艾办一下辞职手续，下个礼拜到庐西城建局报到。"

宋怀良端着茶杯的手慌乱中一抖，没说话。郭凯说，小艾没那么重要，不就是一个学过画图的小丫头，是个男人，敢做敢当，你就承认了出轨又怎么样，望云山度假山庄余总带着他音乐学院招来的女秘书，公开地成双入对："你说实话，是不是已经被艾叶勾了魂？如果是的，我去劝佩琳放手！"宋怀良坚决抵赖："郭县长，我离婚不是为了艾叶，我要是想跟她结婚，出门被车撞死。"郭凯说明天一早要赶回县里，没时间闲扯了："就这样吧！"

宋怀良说："郭县长，能不能宽限一段时间，江北的黄梅戏大舞台是下半年公司的大项目，台湾老板要求高，艾叶随时要修改设计，等到明年三月份，工程交付了，我就放人！"

黄梅戏大舞台原先是江北一座废弃的酒厂，28米挑高的车间改建成三层功能区，开工不到一个礼拜，黄老板要求保留车间里一个发酵的窖池，窖池留着继续发酵粮食，让观众在大舞台体验到黄梅戏像四溢的酒香。宋怀良和艾叶赶到了江北现场，艾叶手里捧着文件夹，嘴里咬着一支铅笔，围绕着残坑转了几圈，当场否定了黄老板在酒窖四周用砖头围上半腰高围墙的馊主意："这是剧场，不是酒坊，酒窖在这个空间里不可张扬!"艾叶改用土坯砌上二十到五十厘米不规则的边沿,再用三五张八仙桌随意地不对称地挨着窖池,与贵宾区构成自然、天然、浑然的区域关系,闻到了酒香,却看不到酒窖,设计中有一个形象的表述叫"月迷津渡,藏而不露"。黄老板惊讶于艾叶别出心裁的设计思路,对身边的宋怀良开玩笑说:"艾小姐才貌双全,宋先生上辈子修来的福分呀!"正在天蓝色文件夹里勾画着草图的艾叶,扬起手中的铅笔指着宋怀良说:"不是上辈子修的,是上辈子安排的,我是奉上辈子设计好的命运,来到他身边的,他居然要赶我走。"黄老板露出一嘴因年龄衰老而蜕变的黄牙:"宋先生赶你走,我要。做黄梅戏大舞台的执行总监,薪水高过宋先生公司,怎么样?"艾叶说话总是腾云驾雾:"我妈唱黄梅戏的,我不喜欢黄梅戏,也不喜欢我妈。你知道 PUA 吧,精神控制,我上辈子就被宋先生控制住了,吃错药了。"宋怀良立即辩解:"我连自己都控制不了,还能控制得了你上辈子?"三人往车间外走,他们身后是残存的酒味和没人当真的闲话碎片。

宋怀良订好当晚回庐阳的火车票,明天"飞天游乐城"股东在工地建设指挥部听报告,澳大利亚墨尔本大学和英国爱丁堡大学两位设计大师将全面阐释"飞天游乐城"碾压迪士尼的设计理念。黄老板不让走,他说台湾太太的飞机晚上七点半落地,她要当面跟艾小姐探讨设计方案,这位因痴迷黄梅戏嫁给黄老板的台湾太太,大舞台建好后,就从台湾搬过来,既能看戏,也能看住老公。江北公司的肖晨晚上在"鸿运酒楼"已经安排好了,宾馆订在"江北国际大酒店"。

项目一旦落实,公关部韦晓丽就无须到场,喜欢喝红酒的艾叶,白酒酒量这几年虽一路猛涨,可跟晓丽比,酒桌上当不了主力,肖晨广东人,喝汤可以,喝酒不行,黄老板手下的工程部经理李彪、财务部经理高扬的酒量一斤往上,肖晨搬了一箱"五粮液",工程监理、资金结算都仰仗这两位呢,晚上要喝好,全靠宋怀良往前顶。

黄老板台湾太太八点半才到,一落座就跟艾叶讨论起黄梅戏大舞台设计风格,对酒桌上的觥筹交错没有深度参与,她们在讨论"民国风"与"民间审美"的对立与融合关系,在喝酒的后半部分,她们撤到了包厢沙发上促膝交流酒窖的符号性地标设计,对酒桌上你来我往的拼命拼酒无动于衷,喝到第三瓶,肖晨已趴在桌上流口水了。酒一多,说话就不设边界了,宋怀良要财务部经理先预付百分之四十工程款,高扬说雄本公司不差钱,预付没问题,但要黄老板点头,不炸一个满杯,黄老板不会点头,矜持的黄老板说预付没问题,酒喝一小杯就行了,黄老板如此慷慨,宋怀良一激动,一仰脖子,一口喝干满满一茶杯白酒。宋怀良歪着身子举着杯子叫高扬明天就把钱打到公司,高扬梗着脖子说:"百分之四十工程款,九十六万,钱在我手里,不跟我喝,开支票拿不动笔!"宋怀良跟跄着搂着高扬的脖子:"你说,怎么喝?"高扬说:"跟黄总的一样,炸个满杯!"宋怀良没等高扬把话说完,满杯的白酒已经倒进了喉咙里,一小部分残酒泼洒到宋怀良的脖子里面,衣服领子湿了。大脑里火光冲天的宋怀良搂着高扬要再来一茶杯,高扬舌头也硬了,他硬着脑袋说:"不跟你喝了,你跟李彪喝,工程部质量验收不过关,尾款不好付。"宋怀良对高扬说了什么一点没听清,听清了也没意义,他面前只有酒杯和要喝酒的人,跟李彪炸了一茶杯后,宋怀良天旋地转,灯光和天花板全翻了个,吊灯和天花板向下旋转,他的身体往天花板旋转,身子太重,没旋转上去,宋怀良的身体像一块水泥板重重地摔倒在地,手中的玻璃茶杯飞到了身后的墙壁上,碎了。一箱五粮液喝光了,宋怀良喝了六茶杯,酒楼服务生说,大约一斤六两。

鸿运酒楼老板的"别克"车将宋怀良和艾叶送到酒店,宋怀良下车,脚踩到地面像是踩到气球上,腿一软,瘫倒在地,艾叶拖起一包水泥一样沉重的宋怀良,架着他,步履蹒跚地走向12楼的房间,宋怀良的脑袋像一颗报废的地雷,颈脖像是断了,无助地耷拉在艾叶不堪重负的肩上,打开房门的那一刻,艾叶的脸上全是汗水,进门将宋怀良卸到床上,一屁股跌倒在房间的地毯上,全身的肌肉被注了水一样,软了，化了，胳膊像是骨折了，艾叶想抹一把糊住眼睛的汗水，手抬不起来，她模糊的视线里，房间里的灯光泼翻的面粉一样稠密。

大约过了十五分钟，艾叶被宋怀良惨烈的呕吐声惊得从地毯上反弹起来，宋怀良像一只刚刚被宰杀的鸡，身子在挣扎着骚动，两条腿抽搐着一伸一缩，床上是一大摊呕吐出来的酒肉残渣，他的脑袋和酒肉残渣混在一起，鼻孔的喘息断断续续，艾叶想起了成语"垂死挣扎"。宋怀良持续挣扎而痛苦地呕吐，像是要把五脏六腑吐出来，但又吐不出来，她将宋怀良拖到地毯上，抽出污秽床单扔到卫生间淋浴房，打开水龙头不间断冲洗，二十分钟后，呕吐物冲洗干净，房间内令人作呕的气息淡了下来，艾叶打开房间窗子，窗外冬天的冷风毫无保留地扑进屋内，躺在地毯上的宋怀良又呕吐了起来，胃里已空了，呕吐出来的是声音，而不是酒肉。艾叶将宋怀良拖到床上，给他喂水，宋怀良喝了两口，继续激烈呕吐，吐出来的是喝下去的水和着黄色的胆汁，艾叶轻轻地拍着宋怀良的背，安慰着说："没事的，你会挺过来的！"半昏迷中的宋怀良嘴里嘟囔着："小艾，小叶，你，你别离开我，我要死了。"艾叶用毛巾擦拭着宋怀良嘴边的污秽："你死不了！我不走。"宋怀良呼吸已经上下不连贯了，艾叶脑子里冒出过120急救车，可她固执地认定宋怀良不会死。

艾叶像怜爱着一个婴儿，轻轻地抚摸着这个中年男人沧桑而失血的脸，他的压力、他的屈辱、他的疼痛，在他们没有相遇之前就开始了，比醉酒要厉害得多，小学一年级淮海路和西江路口见到的宋怀良到今天这个晚上，戴着镣铐舞蹈人生，跳得越卖力，就越痛苦。宋怀良为什么那么贪酒，谈业务，做项目，只是一个借口，他在醉生梦死中释放自己的压力，忘记自己的不堪，否定繁荣的假象。宋怀良本质上是一个自由的、随性的、天真的、具有无政府主义倾向的人，跟自己一个样。

宋怀良鼻子里的呼吸缓慢而均匀，人睡熟了，窗子开着，艾叶坐在冰冷的空气中守着宋怀良，疲倦和困顿前仆后继地袭来，滞涩的眼睛上下眼皮打架，艾叶不敢睡，她答应不走的。后半夜三点左右，宋怀良身体再次抽搐起来，艾叶抱住宋怀良酒气熏天的脑袋，轻轻捶着他的后背，一气剧烈的干呕，宋怀良嘴里吐出了鲜血，鲜血吐到了艾叶白色面料的羽绒服上，像是一朵带血的梅花，艾叶慌了，她问宋怀良要不要送医院，宋怀良断断续续挣扎着吐出一串文字："宾馆外面有药店，通宵营业，奥美拉唑，还有，还有葡萄糖口服液。"

出了江北国际大酒店院子大门，破碎的灯光在风里摇晃，向右走，灯火稀薄，道路和人影逐渐黯淡，走了不到五十米，艾叶看到了大药房霓虹灯在寒风中跳跃，这时，一个戴着黑色棉帽的男人从围墙边幽暗的树丛里跳出来，他挥舞着三尺长木棍，干脆利索地扑上来，一气劈头盖脸，艾叶还没反应过来，人已被打倒在地，身体像是一块木工板被打碎了，她声嘶力竭地尖叫起来："救命呀！"在昏死过去前，她听到施暴男人说："你这个不要脸的女人，这就是你风流的代价！"

等到酒店保安惊慌失措地赶来，艾叶一脸血肉模糊，不省人事，前后时间不到两分钟，歹徒消失了。手脚发抖的保安怕担责任，不敢轻易搬动水泥地上的艾叶，他掏出手机，拨了好几次，才弄准了110三个数字。

艾叶是被警察送进江北人民医院急诊室的，那时候，吐了血的宋怀良在房间里睡得无比踏实，他梦见自己和艾叶在蓝天白云间纸片一样飞翔，他们的两只手变成了两只翅膀，顺手撕下一片身边的白云，宋怀良说白云像棉花一样洁白柔软，艾叶说像羽绒一样若无若有，这个美丽的梦境一直持续到天光大亮。宋怀良醒来的时候，窗子半开着，阳光和风灌进来，他感觉到了冷，于是爬起来关上窗子，听到中央空调出口送来的暖气，记忆开始缓慢地恢复，昨晚喝酒了，是艾叶把他拖进房间的，吐了，肯定吐了，后来呢，他使劲地砸着脑袋，想不起来了。房间里凌乱的被子、沾染污秽的枕头，肮脏的地毯上的一条肮脏的毛巾耷拉在黑色皮鞋上，床单呢，怎么床上没有床单，宋怀良给住在另一个房间里的艾叶打电话，该起床了吧！打通了，没人接。

宋怀良放下电话找水喝,这时,手机铃声子弹一样密集地爆响了起来,是市人民医院打来的,电话里的声音像是冰冻过似的硬邦邦的:"人抢救过来了,你马上赶到市人民医院交钱!"

宋怀良披上棉袄趿着皮鞋冲出了房门,赶到市人民医院骨科302病房,醒来的艾叶脸上缠满了绷带,只有两只眼睛恐惧地望着宋怀良,宋怀良抓住艾叶冰凉的手,急得说不出完整的句子:"你,怎么回事,怎么受伤了?跌的,摔的?你没喝酒呀!"从来落拓不羁、轻松潇洒的艾叶攥紧宋怀良的手哭了起来:"你酒醒了吗?"旁边病床上一个腰椎间盘突出的中年妇女对宋怀良说:"被人打惨了!"宋怀良使劲地摇着艾叶的手:"谁打的,在哪儿打的?告诉我,快告诉我!"

宋怀良跑到医生办公室,值班女医生正在吃早点,宋怀良上前问艾叶伤情,医生告诉宋怀良,艾叶面部两处撕裂伤,皮下软组织多处受伤,最严重的是左臂骨折,要用石膏固定,恢复期需要两个月。值班女医生教训宋怀良:"你们当老板的不能这么为富不仁,深更半夜叫一个小姑娘出去买药,她为什么被打,你心里最明白。你不感到内疚和惭愧吗?"宋怀良这时恍惚想起了夜里叫艾叶去买奥美拉唑和葡萄糖口服液,像是昨天夜里,又像是很久以前,以前出差艾叶不止一次帮他买过这两种解酒的药。

一个面相较凶的警察将宋怀良堵在医生办公室里,时间是早上七点四十,还没到医院上班时间。值班医生桌上的电脑中不断变换着片子上的三维图像,艾叶的胳膊在CT里断了。警察先将夜里接警的案情简单复述了一遍,然后打开厚厚的笔录本严肃询问:"艾叶的笔录做过了。现在需要你提供的是,你跟艾叶什么关系?为什么夜里三点还在你房间?你必须给我们提供有价值的信息。"

宋怀良已经有了个初步判断,但他不能挑明,于是就对警察说:"感谢警察同志辛苦,救人救命还得忙着破案。我跟艾叶就是老板与员工的关系,看我醉酒不省人事,出门为我买药,当时我神志不清,不应该让她深夜单独出去，这是我的错。据我所知，小艾没有疯狂的追求者，情感报复可以排除，至于凶手骂她是不要脸的女人，应该是故意转移视线，凶手有可能是我的竞争对手，黄梅戏大舞台八家投标，被我们拿下了，得罪了江北十几家装饰公司，还有徽南的沉鼎商厦，我们垫资进入，连招投标程序都省略了，得罪的就太多了。也有可能是一般的劫财，把小艾当作从大酒店深夜回家的三陪小姐；如果凶手是失恋者，喝醉了酒，看见所有的女人都是他的仇人，丧失理智行凶，眼下报复社会的案子也不少。"宋怀良滔滔不绝条理清晰地说出了自己的推理，他感觉到自己都跟摩尔摩斯、神探亨特一样神奇了，他的这一通推理和分析不遗余力地在掩盖内心里一个已经既定的结论：是吴佩琳雇人干的。

　　警察听了宋怀良一通推理与判断后，没有明确表态，只是说："如果有需要的话，你还得配合我们调查。"宋怀良说："如果调查不出来，我们认倒霉了。就不要浪费警力了。"警察毫不客气地饿了宋怀良一顿："你是老板，没权利代替受害人说话！这是刑事案件，你懂不懂呀！"

　　台湾黄老板和她太太预订了"微雨轩"请宋怀良和艾叶喝早茶，早茶没喝成，夫妻俩带着一个花篮去了医院。站在飘满药水味的病房里，黄老板在强烈谴责歹徒罪恶行径的同时，质疑江北治安不安破坏了投资环境，黄老板太太心疼地塞给艾叶一个红包，艾叶不要，黄老板说是慰问金。中午时分，肖晨和石榴红赶到医院，石榴红拉着艾叶没断的那只胳膊："歹徒肯定把你当成酒店小姐，是劫财，不是劫色。"肖晨将宋怀良拉到病房外，神情惶恐："宋哥，你跟艾叶一路来一路去，没有不透风的墙，外面传说比较多，我觉得艾叶被打有点蹊跷，不是劫财。"宋怀良听出了肖晨话里有话，他装糊涂："你这话什么意思？"肖晨悄悄地凑到宋怀良耳朵边，压低声音："我的意思是，你稳住艾叶，稳住警方，不要把事情闹大，就当着下楼梯狠摔了一跤。"他的嘴离开宋怀良耳朵时，又补充了一句，"现在社会上那些所谓的调查公司，私人侦探公司，就是黑社会，什么坏事都能干得出来。"宋怀良没有正面回应肖晨，他严肃地告诫肖晨："公司里对任何人不要说任何一个字，你跟石榴红一定要交代到位！"肖晨说："这正是我要跟你说的，你得跟艾叶交底，家丑不可外扬。"

肖晨石榴红走后，走廊里传来了送病号饭的吆喝声，艾叶牙龈出血，牙齿松动，还不能咀嚼，医生说只能喝一些流食，宋怀良给艾叶喂了西红柿蛋汤，又追加一小碗清炖乳鸽汤，撕了半个馒头，泡成糊状后给艾叶喂下去，艾叶一边吃，一边流眼泪。女人到底是女人，平时潇洒走一回的气势此刻土崩瓦解，她像一块受伤的豆腐，眼泪和着汤水一起咽进了肚里。宋怀良放下长柄勺子，抽了一张餐巾纸，轻轻擦拭艾叶眼角的泪水："对不起！是我害了你！"艾叶哭出了声来："我没有逼过你，没有挑衅过她，也没赖在你家里不走，她为什么这么狠毒？"宋怀良有意转移视线："警方还没弄清楚呢，最大的可能是，抢劫犯误把你当坐台小姐了。石榴红也是这么说的。"艾叶很困难地翕动着失血的嘴唇："歹徒是冲着人来的，不是冲着钱。"宋怀良脑子里已经有了一套善后方案，但不便多说，他握着艾叶没有断的手："你先安心养病。这事对外不要说，也不要往深处想，就算为了我，咽下这口气，好不好？"艾叶伤心地看着宋怀良："我就这么白白挨打了？"

宋怀良终于亮出了底牌："我正在跟她离婚！"

艾叶不吱声了，她从宋怀良眼睛里读出了苦心追随多年的希望，这个丢不掉、放不下的男人，以她遍体鳞伤的代价终于兑换来一个不保底的承诺。艾叶含着泪水点点头，表示听懂了，也理解了。

三天后，艾叶头部缠绕的百分之八十的纱布去掉了，艾叶脸上有两块深紫色的淤血，一块在左脸颊，一块在右下巴处，医生说两个礼拜出院，两个月后可以上班，打了石膏的胳膊每星期到医院换一次药。宋怀良要赶到徽南去落实沉鼎大厦装修工程开工，他交代艾叶说，设计这一块暂时交给手下去做，小倩下午坐火车过来照顾你，宋怀良再次重复："如果你妈来电话,就说在外出差。"艾叶接过话:"出院后,我妈要是看到我胳膊上打着石膏,就说不小心从楼梯上摔下来的。"

袁小倩天黑才赶到江北人民医院,那时候,宋怀良已经坐在了徽南的酒桌上,耿双河搬上了一箱"徽煌窖藏",说是为了庆祝项目动工喝个一醉方休,宋怀良对着一桌子兴奋得乱晃的脑袋说,最近我太累了,喝不动了。

宋怀良在徽南酒桌上说话的时候,穿着蓝色条纹病号服的艾叶在病房里跟袁小倩说话:"胳膊都摔断了,以后我们都要少喝酒。"袁小倩说:"宋总整天把你带在身边,你成了他的另一个酒杯,老是代酒,不出事才怪呢。"这话听起来怪怪的,从来无所顾忌的艾叶突然有所顾忌地问小倩:"你老实跟我说,背地里公司有没有什么议论?"袁小倩比艾叶大几岁,结了婚生过孩子,她以过来人的经验告诉艾叶:"别人有没有议论,无所谓,关键是吴佩琳能不能受得了,如果她受到了伤害,下一个受伤害的就是你。公司上下现在关心的是工资按时发,而不是关心你跟宋总在一起干了什么。这年头,哪个老板出门不带一个女秘书?也没啥大惊小怪的。"艾叶挣扎着坐起来,用力过度引起剧烈咳嗽,她推开小倩递过来的水杯:"我不是女秘书,我是公司的首席设计师,难道你不知道吗?"小倩用一个枕头垫在艾叶的后背,用手指轻轻理顺艾叶混乱的头发:"我当然知道,我把你当妹妹,听我一句,宋总是吴佩琳一手提携扶持起来的,你跟宋总是没有未来的。都二十八了,有你这么大,我女儿都上幼儿园了。"艾叶挥舞着一只能动的胳膊,听不进一个字:"我连'现在'都不愿计较,还谈什么'未来',别瞎扯了,劳驾扶我去上洗手间!"袁小倩扶着艾叶下床时说:"是你自己瞎扯的。"

宋怀良从徽南回到庐阳,脑袋是清醒的,他清醒地跟吴佩琳摊牌,可吴佩琳听了宋怀良复述的江北事件后,没说话,一副漫不经心的样子,嘴角甚至流露出一丝不易觉察的笑意,本来想控制情绪的宋怀良还是失控了:"你要么去跟艾叶道歉,要么就去坐牢。我没想到你如此卑鄙,对一个手无寸铁的小姑娘下此毒手!"

冷战几个月来,吴佩琳对宋怀良的原则是:不啰唆,不追究,不冲突、不离婚,在名存实亡的婚姻中吞咽自己结下的苦果,耗完自己失败的人生。宋怀良一进家门不由分说直接定罪,吴佩琳压抑了大半年的愤怒被点燃了:"宋怀良,我终于弄懂了'卑鄙是卑鄙者的通行证'这句诗原来是为你写的。她深更半夜是从你房间出来的,不是从她妈房间出来的,她给你买解酒的药,还是买避孕药,你自己知道。夜里三点,你跟一个女下属关起门来在房间里谈公司工作、谈革命理想,是吗? 你这么一个卑鄙无耻的人,还来给我下最后通牒!"

宋怀良抽掉脖子上的围巾,用牙齿轻轻咬着香烟的过滤嘴,如同咬住吴佩琳的把柄,口气却没有先前的嚣张了:"佩琳,如果不是我做艾叶的工作,现在就不是我俩在谈话,而是警方对你审讯,看在这么多年夫妻一场,我不忍心你坐牢,所以才叫你大事化小、小事化了地叫你去给艾叶认个错,道个歉! 我负责做艾叶的工作,争取叫她去公安局销案。当年我被警察抓进去,是你让陈琦撤案,救了我;这一次,是我救你。"

吴佩琳从沙发上站起身,手指着宋怀良:"你就是一个无赖,一个法盲和小丑,我骂你都嫌脏了我的嘴。不拿证据、不经警方侦查,不要法院审判,在自家客厅里由你来给我定罪,还充当好人,你也不掂量掂量自己有几斤几两。"吴佩琳觉得只有像个泼妇,才能把心中怒火全部倾泻出来,这是她平生说出的最恶毒的话。

宋怀良不怒,也不激动,他从吴佩琳激烈反应中更加坚定了吴佩琳请私人侦探公司跟踪自己,那次二里街艾叶往他嘴里喂羊肉串曝光绝非偶然,先前她亮给他的两条短信,充分地出卖了吴佩琳背后的精心策划,除非艾叶真有那么一个丧心病狂的追求者,或有一个变态的隐形男人站在黑暗中。他坚信自己生意上的对手中,有小人,没有仇人。

后半夜三点，一个衣衫不整的女孩从男人房间出来独自走向24小时通宵药店，这样的情境中，正常的联想和推理是男女偷情，要是与醉酒和解酒牵扯起来，反而是不正常的，是这一情报激怒了吴佩琳，无良的调查公司才按指令下了手，收人钱财，与人消灾。宋怀良在理清了思路后，动之以情晓之以理地说："依琳马上要高考了，如果她妈坐牢了，对孩子的伤害太大。当然，你会说，离婚难道不伤害孩子吗，这一点，我也想过，现在离婚跟结婚一样正常，坐牢就大不一样。如果你不愿意道歉，艾叶不愿谅解，这个案子就销不了。"

吴佩琳拿出视死如归的勇气回应："网吧出事跟江北警察打过交道了，我不怕，我等着江北警察来找我。一销案，你跟女下属鬼混的丑事就没有发生过，艾叶游戏几个男人被打断胳膊的事，也一笔勾销了。你怎么想起来的馊主意，为我销案，笑话，不愧是初中毕业的智商，你伤害了我，还要我对你感恩戴德。"

吴佩琳一针捅破了他纸糊的幻想，宋怀良自以为是的善后方案失败了。

宋怀良再次赶到江北时，小倩回庐阳了，艾叶已经能下床行走，只是胳膊上吊着一个石膏绷带，看上去像是受伤的运动员，宋怀良扶着艾叶在医院走廊里一边走，一边说话，艾叶感受到宋怀良手上释放出来的温柔和愧疚，就安慰说："不要再说什么对不起了，是我对不起你，那天晚上我该夺下酒瓶，不让你们拼酒，工程不做又有什么大不了的！"

宋怀良说吴佩琳死活不愿意承认是她干的，而且认定我们每次出差住在一个房间里，我说两个房间，她说我在演赵本山小品，忽悠人的，艾叶说："不销案了，等警方揪出打手，我倒要看看凶手长什么样子。"宋怀良挽着艾叶右胳膊，耐心地开导艾叶："如果案子真的破了，人被拖上了法庭，全庐阳就都知道了，夜里三点钟，怎么两个人还在一起，买什么药？你跟你妈怎么交代，我跟公司怎么交代？跳进长江都洗不清的。"艾叶没有受伤的右胳膊从宋怀良的手中挣脱出来："有什么怕的,我跟你在一起,住一起,与别人有什么关系,买解酒药,买避孕药,买海洛因,那都是我俩的事,不需要看别人脸色活着。只要把凶手揪出来,哪怕全世界都知道我夜里跟你住在一起,我也不在乎!"

宋怀良没说话,他站在走廊里,摇摇头。送病号饭的大妈推着餐车在走廊里高声叫着:"开晚饭了!"宋怀良闻到了药水和稀饭馒头混合在一起的味道。

宋怀良溜到江北,没跟肖晨石榴红联系,黄老板也不知道,他像一个潜伏的特务潜入了江北人民医院,晚上九点,宋怀良要了一张陪护床,准备睡在艾叶病床边上陪夜,艾叶说:"你在病房里哪怕待到夜里十二点,也是老板探视受伤员工,你要是睡在这儿,就是丈夫陪护受伤的老婆。如果明天早上六点吴佩琳出现在病房里,八点查房的医生问你是病号的什么人,你能给个合理的解释吗?"宋怀良将铺好的陪护床又重新折叠起来,他在病房惨白的灯光下涨红了脸:"你不是说,就是全世界都知道也不在乎,怎么又担心了?"艾叶将床头柜上的一盒香烟递给他:"不是担心我,是为你担心。你都三个半小时没抽烟了,去消防通道抽完烟,顺便打一瓶开水送过来,回宾馆睡觉去!我自己能上下床,不需要陪。"

夜里十一点差一分,回宾馆的宋怀良躺在床上给石榴红打了一个电话,问能不能请她干爹出面跟江北警方打个招呼,把艾叶的案子销了,石榴红在电话里说干爹死了,一年前被庐东另一个干女儿的丈夫用刀捅死了,石榴红说:"宋哥,你在哪儿呢?"宋怀良迟疑了一下,他用遥控器关掉了电视上正在播报的《江北晚间新闻》,说:"我在庐阳。"

宋怀良给石榴红打电话的第二天一早,吴佩琳在楼下牛肉汤馆跟一个操外地口音的顾客争执不休,那位身材肥胖的中年妇女,喝了一碗牛肉汤后,一口咬定牛肉汤里放了味精,不然味道不可能这么鲜，吴佩琳对肥胖妇女说："你把警察叫过来，一起搜，要是能在我店里找到一粒味精，我马上把这锅、这吊炉全砸了，今天上午就关门歇业。"江北警察也就是这个时候进到店里的，他们不是来搜查味精的，而是来调查艾叶伤害案的。

吴佩琳在必来牛肉汤馆后堂一间逼仄的库房里接受警察调查，他们在鲜明的香葱和芫荽的味道中开始了以下对话。

"女人的感觉是最准确的，你感觉宋怀良跟艾叶是什么关系，正常吗？艾叶被伤害的案子会是什么人干的？"

"宋怀良跟艾叶是老板和员工的关系，正常；艾叶被伤害的案子，就是一桩抢劫案，你们江北那地方，黄梅戏唱得好，但经济这台戏好像没唱好，太穷，缺钱的人多。"

"你丈夫宋怀良后半夜三点让女下属出去买药，你觉得正常，我们倒是觉得你不正常。"

"如果夫妻没有信任，大白天下午三点买药，也不正常。我信任丈夫，所以，没觉得不正常。宋怀良喝醉了酒，差点死掉，手下员工出于关心和恐惧，去通宵药店买解酒药，太正常不过了。"

"你说得这么大度，这么流畅，我们就有底了，凶手很快就会抓到，真相也许会让人大吃一惊。"

"你这什么意思？好像我存心要掩盖什么见不得人的真相，难道我非要像所有女人捶胸顿足寻死觅活，才是真实可信的？"

江北的两个警察被吴佩琳严丝合缝的应答给呛住了，他们交换了一下眼色，由那位看上去经验比较丰富的老警察回应吴佩琳的挑战："这个案子，有两个侦查方向：一个是普通抢劫案，是突发性案件，深夜劫财；另一个是有预谋、有策划的故意伤害案件。从我们掌握的情况看，你是公司的创始人，但你中途退出公司，你们夫妻关系紧张，正闹着离婚，艾叶年轻漂亮，跟你丈夫形影不离地四处出差，尽管你很信任你丈夫，但我们警方不太信任，刑侦思维就是怀疑一切。你刚才的无动于衷看上去也是有准备的，是经过深思熟虑的。当然，还有第三种可能，就是宋怀良所说的，遭到生意上竞争对手暗算。这一点，我们也基本排除了，商业竞争对手没到你死我活的地步，出手伤害一个无辜的手下，很难成立。在这几种可能性中，你觉得哪种可能性更大？"

库房里没有凳子，只有几袋面粉和堆在墙角的几筐香葱、芫荽、生姜，吴佩琳轻描淡写地说："按照你刚才推理，连我自己都觉得，我的可能性最大。但我提前告诉你们，不要白费工夫了。我的推理是，完全有可能是艾叶的某个疯狂追求者，误判了艾叶和宋怀良的关系，从而实施了伤害，当然也没有证据。我希望你们尽快破案，抓到凶手！"

警察说会的。离开前吴佩琳请两位警察喝牛肉汤，一早从江北赶来的警察一人喝了一碗汤，吃了两块吊炉烧饼，他们对鲜美的味道赞不绝口。出门后，那位有经验的警察抹着一嘴的油水，对另一个年轻警察说："吴佩琳的嫌疑很大！"

直到出院的当天上午十点，艾叶才到江北警方去销案，黄老板的"奔驰"车像一条蛇悄悄游进刑警队大院，宋怀良从咖啡色公文包里抽出艾叶的销案申请书，还有身份证。由于事先跟警方已沟通到位，销案程序不到五分钟就走完了，那位曾到庐阳询问过吴佩琳的老警察对艾叶说："国家的法制进程为什么这么慢，就是你们这些揣着明白装糊涂的受害人，拿我们警察当保安使，把人生当戏演。"艾叶想争辩，宋怀良拉着艾叶的手，说："黄老板的车在外等着呢，马上还要去大舞台工地！"

吊着绷带的艾叶被宋怀良连拉带拽地塞进"奔驰"车里，她坐进车里，眼睛里满是委屈，她对身边的宋怀良说："你让我又受了一次伤害！"宋怀良连连说："警察跟他们娘老子说话，都是这种口气，你不要跟他们一般见识！"

艾叶一直不同意销案，宋怀良就整天守在病房里，说是陪护，看起来更像是绑架。宋怀良说吴佩琳是七〇后的人，八〇后的性格，她宁愿坐牢都不会向你道歉忏悔的，艾叶说那就让她去坐牢，我不能白白被伤害了，宋怀良说你拿不出证据来呀，警方也是把抢劫当作主要侦破方向的，艾叶说不是抢劫，歹徒最后时刻才从地上捡走了她坤包，歹徒手里还抓着最新款的"苹果"手机，一万多块；宋怀良说"苹果"手机也许是头一天抢来的。后来，宋怀良是靠这些话动摇了艾叶的意志："现在我俩被拴到一根绳子上，如果不销案，吴佩琳肯定坐牢，坐牢了，全公司的人怎么看你，怎么看我，我又怎么去面对我女儿，女儿都上高中了。你不在乎，我在乎，吴佩琳为捍卫婚姻坐牢，我跟坐牢的老婆离婚，你说这婚怎么离？"宋怀良从没给过艾叶承诺，这些话暗示了销案关系到他们的未来。

刑事案件不像民事案件，销案难度很大，台商黄老板出面找到了市里说话算数的人物，好不容易才协调好销案。这起伤害案最后描述为一失恋青年醉酒后，误把艾叶当作了抛弃他的女友，误以为女友在江北国际大酒店坐台，一怒之下，造成伤害，失恋男青年赔了六千块医疗费，三千块营养费，深刻道歉，真心忏悔，取得了被害人谅解，故而申请销案。这一切，都是台湾投资商黄老板帮着办的，黄老板的鑫光电子是江北市最大的外商投资企业，他在江北感冒，市里的经济指标就会流鼻涕。

艾叶回到庐阳后跟她妈梅芬闹翻了，这位唱戏的母亲长年累月在戏剧思维中过着戏剧性的日子，她强烈谴责艾叶二十八岁不找对象不结婚，行为失常，醉生梦死，最终酿成从楼梯摔下折断了胳膊，她母亲脸上洗净了唱戏的脂粉，却挥动着唱戏的手势："打着绷带去相亲，三十岁前，你就是找一个瞎子，也得把自己嫁出去！"周末已经安排好了跟恒达地产孙总的儿子孙宏果见面，孙宏果在澳大利亚阿德莱德大学读博士，也是二十八岁。艾叶说不见，母亲摔坏了艾叶出租屋里的一个塑料水果托盘，夺门而去，本打算接艾叶回家养伤的母亲将女儿扔在门后："我就当没养过你这个女儿！"声音一半在屋里，一半在屋外。

艾叶给宋怀良打电话，要他来浅水湾出租屋一趟，宋怀良说去徽南沉鼎大厦工地了，那里出了点问题，福建程天鼎老板联系不上了，两百万垫资的装修材料已全部运到工地，要不要停工，耿双河等他去定夺，艾叶说："我妈逼我打着绷带去相亲，我拒绝了，她不许我回家养伤，你把我像一个空纸杯一样扔在这里？"宋怀良在电话里说："已经安排过了，小倩每天上午十点半去给你买菜做饭，晚饭也顺便做好。大冬天的，一个礼拜洗一次澡够了，小倩负责带你去附近的梦园浴场。"艾叶在电话里叫了起来："你不管我，我这个礼拜就去相亲，下个礼拜我就把自己嫁掉！"宋怀良电话里沉默了，艾叶听到了电话那头粗重的喘息声，似乎缭绕的烟雾加重了他皱起的眉头，大约过了半支烟工夫，宋怀良在电话里吞吞吐吐、答非所问地说："你，不是这样的，怎么耍起了小孩子脾气。"

宋怀良在徽南的第三天才联系上沉鼎大厦老总程天鼎，电话里的程天鼎正在西班牙马德里，考察欧洲的商业零售业，沉鼎大厦将打造徽南规模最大的商业综合体，需要外国的经验，程天鼎在电话里告诉宋怀良："装修进度要加快，明年五一节必须开业。"于是，装修队伍全线进场，没几天，工程推进到二楼。

宋怀良回到蓝湾公馆18栋1106是个傍晚，吴佩琳在客厅里给楼下的林一勺打电话，她刚接到蓝湾公馆一个拎着鸟笼子的老顾客投诉，举报汤馆青葱颜色不新鲜："碗里撒的小香葱，青中泛灰，泛黄，这是自毁店面，汤好有什么用，细节决定成败。"吴佩琳见宋怀良进门了，不说话了，他们已经习惯了相互之间的冷战模式，她的目光停留在阳台外边的天空，天空正在渐渐暗下来。

宋怀良拎着包走过来，虽脑袋清醒，心情却是一派混乱，他坐在吴佩琳侧面的单人沙发上，茶几上紫砂壶是空的，宋怀良从包里掏出茶杯喝了一口，不是口渴，而是用茶水平定内心："江北的案子销了，过去的就过去了，不追究，不计较，难得糊涂，对大家都好。我跟杨俊律师通了电话,他说最好不要起诉,双方协议把字签了。公司现在欠一千多万贷款,快要资不抵债了,也没什么财产好分的,唯一有前景的是一千二百万投资的飞天游乐城,中国的迪士尼,将来大有希望,这一块投资的股份,我们对半分割,你看怎么样?"

吴佩琳像听天书一样冷漠,她冷漠的目光落在宋怀良冷漠的鼻子上:"你是一个活在梦里的男人,在梦里经营公司,在梦里跟别的女人鬼混,在梦里跟自己的女人离婚。太阳下山了,天还没黑,你就进入梦境了,明天的太阳还会照常升起,一见阳光,梦就全碎了。"吴佩琳最近读了一些散文诗,意识到说话直来直去,没水平,也没味道,用象征修辞说了这么一段,听得宋怀良像在梦里,晕头转向。

宋怀良从梦里挣扎着爬起来,也模仿着吴佩琳说话:"江北销案,比翻案都难。你把我当作这个家里的一个烟灰缸,闻起来呛人恶心,扔掉,茶几上又少了一件摆设。是不是存心要把我折磨死,你才心满意足?你早就讨厌我了,可又不松手,跟我同归于尽,划得来吗?公司压力越来越大,我时常有扛不动的崩溃感,你就不能让我过几年顺心的日子吗?我俩如果今晚睡在一张床上,还有激情吗?四十岁,我好像已经活了八十多年。"

吴佩琳没有被宋怀良一通煽情告白打动,说老婆讨厌他,不说自己做下的令老婆讨厌的龌龊事;说公司经营压力大,不说自己独断专行将老婆踢出局外;说自己不顺心,不说老婆伤心;自私而狭隘,愚蠢而麻木,这么多年下来,她发现跟他争论是一件非常可笑而幼稚的举动,一个盲目自负的初中生,公司做得越大危险就越大,钱越多,人也就越蠢,她一直都弄不明白,艾叶怎么会看上他这么个近乎半文盲的梁山草寇,吴佩琳没有了反击的欲望,她冷漠地答复宋怀良:"江北销案,是你救了我,还是救了你自己,我不想跟你争论,为了证明我没有你想象的那么阴暗和龌龊,我同意离婚的条件只有一个,将江北伤害案的凶手揪出来!"

宋怀良有点蒙圈了,销案谅解书里那个不存在的男人难道真有其人，真有那么一个情感受挫后任意报复女性的男人，他陷入了漫长的困惑和沉默中，吴佩琳沿着宋怀良的思绪往下说："你说艾叶是专家，我长这么大，就没见过头发杂毛、裤子开洞、耳朵上塞着耳机的专家。我相信，你不是她的第一个，也不是她的最后一个。"

宋怀良脸上一派死灰，跟灰暗的黄昏融为一体，看不出来。

艾叶回庐阳养伤一个星期了，汇通大厦的同事们出于同情和怜悯拎着苹果、香蕉、橘子前仆后继来浅水湾公寓慰问，韦晓丽还送来了一个好看但不实惠的花篮，艾叶说插在中心位置的一束香水百合在红黄色鲜花丛中很惊艳，晓丽说："你是一个追求惊艳的女孩，百合是你的替身。"艾叶说不是替身，是象征，韦晓丽说你在江北楼梯上摔下来姿势也很惊艳，我知道，但我不说，艾叶对晓丽的话里有话不以为然："你想知道的信息还不完整，那么我告诉你，我是从宋哥床上摔下来的。这样回答你可满意？"韦晓丽说："你去问问宋哥，最初是我推荐你到公司的，我家郭凯出面找了吴佩琳后，你就是吴佩琳推荐来的，而这一切都是宋哥跟我共同策划的。你知道为什么吗？怕吴佩琳多心。"艾叶吊着绷带，没受伤的那只手跟盘旋在身边的一只苍蝇较劲，她挥舞着不灵活的手，眼睛盯着苍蝇的飞行的线路，嘴里说着："晓丽姐，你说错了。我不会因为吴佩琳推荐我，就把她当神供着，也不会因为我跟宋哥两个是绝配的白羊座与天蝎座，就鸠占鹊巢，赖上宋哥。死皮赖脸的人没有尊严，也很可怜。麦克拉伦说过，这个世界上百分之九十八以上的爱是兑现不了的，兑现的大都是门当户对、郎才女貌、身份地位之类的硬件指标，量化数据，与爱关系不大。"又有人敲门来慰问，艾叶和韦晓丽打住了话题，她们在狭小客厅里沐浴着冬日上午十点钟的阳光，一脸的明媚。

宋怀良两次路过浅水湾小区门口，没进去，最近事太多。罗马假日别墅的业主到赵超那里赊建材，赵超不干，要现金，钱小毛说业主是做汽车物流的老板，流动资金一时转不开，宋怀良协调了两天，才搞定；汇通大厦楼下怀琳超市的王跛子下班路上轮椅车被一辆农用手扶拖拉机撞翻了，王跛子另一条腿又断了，拖拉机跑了，王跛子是五里井低保户，没钱，宋怀良去医院送钱顺便安慰王跛子的两条断腿。出了医院的大门，股东宋怀良去飞天游乐城一期青春主题乐园和极限运动馆试营业体验，在一阵鞭炮震天轰响过后，胸前戴着一朵假花的宋怀良体验了大半天，太空邀游、星际穿越、雨林探险等项目新鲜、刺激，走出体验馆，他看到外面的天空钞票漫天飞扬。

他要去浅水湾告诉艾叶，伤一好，就来飞天游乐城体验，进了浅水湾夸张的大门，所有的楼房长得一样，他怎么也找不到艾叶住的21栋，给艾叶打电话，电话里的艾叶已经被母亲梅芬接回了家。

艾叶在电话里说："我是工伤，公事公办，公司里有人来安排生活，你见不见，看不看，都无所谓的。"小艾受伤后，人敏感了，一个大大咧咧的女孩，把手里抓着的可乐罐子换成了醋瓶子，女人的潇洒很多时候像脂粉，属化妆品。

艾叶回家一个月后，胳膊已能自由甩动，过于用力时有些隐痛，伤筋动骨一百天，艾叶不到两个月骨头就完成了无缝对接。黄梅戏大舞台设计改动很小，她在电脑里发一个指令过去，几个部下去执行。见艾叶骨折好了，母亲梅芬要带艾叶去庐西县城建局报到，艾叶说："我不喜欢坐办公室，公家饭碗里的饭菜好难吃！"艾叶说这话时，正坐在家里陈旧的客厅里看电视，电视还是以前纸板箱一样的老式电视，只是电视里再也见不到宋怀良了，宋怀良就像家里的老式电视机一样，正在成为过时的风景。艾叶关了电视，母亲梅芬用戏剧性口吻说："特批一个编制，难度难于上青天。郭县长要不是老同事，不会帮这个忙。星期五，我带你去庐西报到！"艾叶挑衅地看着母亲："我要是不去呢？"梅芬频率很快地踩着脚下开裂的地板，人像是被猎枪击中的兔子，跳了起来："你要是不去，我就吊死在你面前。我就你这么一个女儿，给你介绍对象不干，给你安排铁饭碗你不要，生了你这么个忤逆的孩子,我还有什么指望?"说着就抽出愤怒的目光,四处寻找绳子,艾叶知道,说上吊的人基本上都不会上吊,羊毛出在狗身上,假的,看在母亲整天给她炖乳鸽汤、排骨煲的分上,艾叶答应了,结婚了能离婚,入编了也能辞职。

艾叶晚上给宋怀良打了一个电话,说明天去庐西报到,宋怀良约艾叶到"西部咖啡"见面,艾叶说:"不需要见面,说一下你什么意见?"宋怀良说:"我持反对意见!"艾叶问为什么,宋怀良说:"黄梅戏大舞台工程还没完工。"艾叶说:"工期不到一个月了,设计已不需要改动了。"宋怀良在电话那头的呼吸是混乱而零碎的,沉默了好半天说出来的意思也是凌乱不堪:"你一走,公司就垮了。"这显然是一个很荒唐的逻辑,公司楼下看车棚的杜傻子也不会相信这话,要是宋怀良说"你走了,我就垮了",母亲就是当着她的面上吊,艾叶也不去庐西,此刻她必须按照宋怀良字面意思往下说:"有点危言耸听了,我对公司没那么重要。"在江北受伤之前,艾叶肯定会说:"我对公司不重要,对你才是重要的。"但今天她不说。胳膊断了,她嘴里好多不计后果的词和句子也被折断了。

第二天上午,去庐西县的路上,艾叶对母亲说:"妈,遗传的力量很强大,我要是有什么叛逆和荒唐,全是你遗传给我的,你要承担全部责任。"梅芬看了她一眼,说:"你们老板是一只老鼠,他家里的那只猫一伸爪子,他就浑身发抖。《去国归降》那出戏里,人家南唐李后主要美人不要江山,你那个老板要是有勇气要美人不要公司,我们马上掉转车头回庐阳。你的叛逆不值得,懂吗?你爸为了我,前老婆当着他面喝老鼠药,他一动不动。"

庐西县离庐阳市八十公里,习惯上称庐阳卫星城,这几年人大会上区划调整的呼声很高,要撤县设区,郭凯说区划调整了后,他想回市里做个部门小头目,喝喝茶,看看书,陪陪老婆,过过自己的小日子,县里招商引资压力太大,时常累得坐在车上就睡着了,这是在梅芬宴请他的酒桌上说的,酒桌上的韦晓丽夫唱妇随地配合老公,说等郭凯撤回市里,她就从公关部经理位子退下来,让八〇九〇后小姑娘冲到第一线,这些年酒量直线下降,身体喝坏了。庐西县在庐阳三区四县里,经济上的龙头老大,市接待办的"皇冠"车进入县城,梅芬看到二三十层的高楼竹笋一样竖在马路两边,大街上车水马龙,空气中流淌着冬天的西北风和奶油蛋糕的味道,梅芬对艾叶说:"这哪是县城,跟市里的长江路一样繁华。郭凯真能干!"

梅芬跟郭凯在电话里约好了,中午在县政府云溪宾馆吃饭,下午去县城建局报到。"皇冠"开进云溪宾馆,梅芬和艾叶坐电梯到十六楼敲响了1608号房门,郭凯在庐西的住处,艾叶出差跟韦晓丽来过一次,记得是一个套间,外间会客室里铺着厚厚的天蓝色地毯,地毯上开满了鲜艳的牡丹花,脸盆一样大,一圈蓝格布艺沙发以枣红色茶几为核心,正面墙上挂着一幅"黄山松"的铁画,枝干铁骨铮铮,又像是枯死了一般。

约好了十一点半,时间已经超了三分钟,梅芬敲了好半天门,里面没反应。艾叶说等一会吧,县里工作忙,也许一时脱不开身,母女俩在电梯间沙发上坐下来,梅芬给郭凯发了一条信息:已到你房间门口。

等了半个小时,时间过了十二点,郭凯还没回来,信息也没回。艾叶懒洋洋地斜靠在沙发上玩手机里的"搬箱子"游戏,梅芬给郭凯打电话,电话关机了。梅芬的疑惑写在脸上:"这个郭凯,你要是有急事,给我们打个电话、发个信息说一声呀!"艾叶继续玩手机上自带的低端游戏,这时,一个穿着米灰色工作服的女服务员走了过来,他问梅芬找谁,梅芬说:"我们来找郭县长。"那位脸上长着几粒雀斑的女服务员一脸忧伤地告诉她:"郭县长昨天晚上被带走了。"梅芬和艾叶都愣住了:"谁带走的?"雀斑服务员哭丧着脸说:"来了三个人,穿着棉袄,夹着包,不像公安局的,听说是纪委的。"

梅芬说了两个字"完了",艾叶说了三个字"回去吧!"

梅芬带艾叶去庐西县报到的这天早上,宋怀良给韦晓丽打电话,叫她去东江谈"向佛寺"装饰工程,佛教协会双手合十阿弥陀佛,按传统套路行不通,周小泉请求派晓丽去攻城拔寨。宋怀良站在楼下寒冷的风中,连续拨了三次,电话里一个温柔的声音用中英文告诉宋怀良:您拨打的电话已关机,请稍后再拨!

宋怀良准备去罗马假日别墅工地看看,过一会再打。

庐林湖边,精致的两层青石堆砌的罗马假日别墅群掩藏在茂密的湖边树林里,住在这里的业主居然赊账装修,宋怀良想不通,到了现场,钱小毛留宋怀良中午就在工地上吃饭,中午在湖岸渔庄订一份红烧鱼,庐林湖青花白鲢,八斤重,烧出来满满一大盆,钱小毛指着墙角杂乱无章的一堆水泥和油漆桶边上的一个纸板箱:"酒在那边,庐阳大曲,凑合着也能喝。"宋怀良满口答应,嘴里咬着一根劣质香烟,套起工作服,拿起一把电钻跟工友们一起干开了,烟雾跟水泥灰四起,面对面都看不清脸,所以,九点十分的时候,他没看到检察院两个法警站在自己面前。

法警命令宋怀良:"放下电钻,跟我们走一趟!"

昨天晚上九点二十分左右,郭凯被穿便装的三个男人带走,当时他手里攥着一块香皂,宾馆里小肥皂太小,不好用,郭凯陪"御河"房地产苏老板吃完饭,回来在宾馆门口超市买了一块,三个便衣连人带香皂一起带走了。韦晓丽昨晚也在庐西,她不在郭凯的房间里,她在庐西县中医院侯院长的酒桌上,近些年,韦晓丽来庐西谈业务无须郭凯引荐,直接上门,县里各机关局办企业没有不认识县长太太的。酒过三巡,侯院长凑在晓丽耳朵边说:"住院部大楼装修工程,院里没意见,最好请郭县长给我们卫生局徐局长再打个招呼,招投标监管越来越严,不然到时候不好办。"王副院长强调说:"现在监管力度太大,从中央到地方,那么多大官都进去了,我们不图钱财,只图平安,也图郭县长以后对我们多多支持。"她接过两位院长的话:"没问题,你们局长叫徐什么的?"这时,两个男人推开包厢的门,身后裹挟着一股寒气一起涌进屋内,他们一脸寒冷地在韦晓丽面前亮了一个小本子:"检察院的,你因涉嫌郭凯受贿一案,现在对你依法传唤!"

包厢里所有人眼睁睁看着韦晓丽在他们的视线中消失,灯光是热的,菜是热的,他们的心凉了。

宋怀良给韦晓丽打电话这天下午三点,晚市牛肉汤馆炉子开始点火,吴佩琳在卡座上跟一个小区里牙齿残缺不全的老年顾客聊天,老人说"穿开裆裤时喝的牛肉汤味道,总算又尝到了",老人说他庐西县城建局退休的,现在跟市工行上班的儿子住蓝湾公馆,吴佩琳想起郭凯答应安排艾叶到庐西县城建局一事,眼看年底了,还没下文,她有些急。从汤馆上楼后,吴佩琳给郭凯打电话,不通,客厅座机电话只有"嘟嘟"的忙音,这时,父亲给吴佩琳打来手机,说郭永康叔叔正在市一院抢救:"我没有郭凯电话,你给他打一个电话,叫他赶紧回庐阳!"

天黑透了,市一院206病房里灯光白森森的,每个人脸像是抹了一层粉笔灰。郭永康抢救过来了,他望着屋顶苍白的日光灯管,老泪纵横,吴镇海攥着他青筋暴跳的手安慰他:"凭我对郭凯的了解,这孩子绝对不会腐败,极有可能是遭人诬陷,当年我们都遭遇过,也许纪委搞错了。"

纪委没搞错,是吴镇海想错了。

吴镇海家里没有网络,没电脑,也不会上网,这天中午十二点还没到,网络上已是铺天盖地的报道:庐西县委副书记、县长郭凯,涉嫌严重违纪、违法,12月18日被省纪委"双规"。

两行字撂倒一个大男人。郭永康坐在中午的饭桌上,老伴刚给他倒好酒,还没端起酒杯,堂房侄子、电视台新闻部主任郭举撞门进来了,他抹着满头大汗嚷道:"不好了,小凯被'双规'了。"郭永康端在半空中的酒杯掉在桌上,人却倒在了地上。

医院救护车将郭永康送往市医院抢救的路上,大部分庐阳人已经从网络上和口头传说中知道庐西县长被抓了，少数在风中匆匆走过的穷人咬牙切齿地说："把腐败分子抓起来统统枪毙！"2014 年全中国公开的和不公开的腐败分子们差不多都活在噩梦中，全国各地每天要抓走腐败分子，就像每天要出车祸一样，很平常，如果不是身边的或官大的腐败分子，已没多少人感兴趣。

宋怀良赶到医院已是晚上九点半了，病房里的吴镇海和吴佩琳不知道他刚从检察院出来，宋怀良点了一支烟，塞到郭永康灰紫的嘴唇上："郭叔，你别急，安心休息，有什么需要我做的，尽管吩咐。郭县长对我和佩琳有恩。"说这话时，吴佩琳正低头看着一份报纸，她的目光落在《庐阳日报》上，报纸第三版一则不起眼的报道是："庐西县御河房地产项目开工，县长郭凯出席开工仪式"，昨天白天郭凯戴着胸花众星捧月，今晚郭凯已经下落不明了。

郭永康急火攻心，导致晕厥休克，缓过劲来后，就没事了，医生说要保持心平气和注意休息，当天夜里十点，宋怀良叫老邵开车过来，送老人出院，顺便把吴镇海和吴佩琳也送回家，吴镇海叫宋怀良一起上车，宋怀良亮出了手中的自行车钥匙。

宋怀良没有立即回家，他给艾叶发了一个微信，约她到"西部咖啡"见面。

西部咖啡墙上的西部牛仔帽落满了灰尘，紧挨在一副牛头骨边上高仿的双筒猎枪早已锈迹斑斑，宋怀良和艾叶默默地坐在枪栓失灵的枪口下，艾叶胳膊上吊着的绷带去掉了，她穿着白色的羽绒服，休养生息两个月的脸上滋润而有弹性，她的侧面像张柏芝，正面与年轻时的阮玲玉比较接近。冬日咖啡馆里人烟稀少，只有少数几对男女在昏暗的灯光下窃窃私语，他们微茫的声音淹没在咖啡的热气和《田纳西的华尔兹》的背景音乐中，艾叶坐在自己设计的咖啡馆里，如同面对着自己的一张老照片，有一种往事如烟的感动，平时口若悬河的艾叶受伤后没有了先前的语言冲动，她低着头玩手机，宋怀良开口了："怎么不说话呀？"艾叶说："是你约我出来的，怎么要我说话？"

宋怀良一口喝了大半杯咖啡，说："庐西县城建局报到了？"艾叶抬起头，突然笑了起来："就像孙悟空逃不出如来佛的手掌心，我又回到你眼皮子底下了，好在我没办辞职手续。要是提前一天去报到，今晚坐你对面的就是庐西县国家事业单位的干部了。如果不是天意，那就是大白天走路，遇见鬼了，我的事业编制是郭凯搞腐败搞来的，郭凯被抓，自动作废了。"宋怀良说："你就是去报到了，不要三个月，也会辞职。"艾叶说你怎么知道的，宋怀良说就像听到鞋子的声音就知道你正经过走廊，是从东往西，还是从西往东，是胶底运动鞋，还是硬底皮鞋，我都能听出来："你不属于机关，你属于我们公司。"艾叶打断宋怀良的话题："我也不属于公司，我属于你。离婚办到哪一步了？"

宋怀良和吴佩琳目前的婚姻，就像一个中风偏瘫者的轮椅，看着就难受，不想要，可就是扔不掉。宋怀良说："离婚是二万五千里长征，前进一步，都很艰难。"艾叶说："吴佩琳不离婚肯定有不离婚的理由。我随便问问，你不要有什么压力，我不逼你离婚。宋哥，你跟我在一起，要是有什么压力，就不要理睬我了。网上的一个词挺逗的，叫'压力山大'，工作压力已把人压得喘不过气来了，要是再制造一些情感压力背上，那就太蠢了。我受伤后，情绪出了问题，要吴佩琳道歉认错，要你上门看我，都是无理要求，都是给你制造压力，这种蠢事以后不会再有了。坦率地说，这么多年，你跟我在一起工作、出差、喝酒、聊天，有压力吗，别扭吗？"宋怀良刚想说话，艾叶打了一个暂停的手势，"你不用回答我，我知道答案。"宋怀良没有回答，艾叶也不需要。

艾叶要宋怀良回答，为什么约她出来喝咖啡，宋怀良说过去的这一天像过去了一辈子，他心里倒海翻江般地难以平静，找她来没有什么具体事，就是想跟她说说话，艾叶说我知道，你把本该跟吴佩琳说的话塞到我耳朵里了。

喝完咖啡已近夜里十二点了，宋怀良问要不要送艾叶回浅水湾，艾叶说，你是一个有家有室的男人，深更半夜跟一个单身女孩在马路上溜达，我另一只胳膊就得断了。艾叶骑上摩托车呼啸而去，摩托车排气管里喷吐出的尾气的味道刺激着站在寒风里的宋怀良打了一个喷嚏。

郭永康老了，出院后持续不断地咳嗽，老伴没收了香烟，不抽烟，咳嗽更加汹涌，等待郭凯结案的日子度日如年。吴镇海隔三差五打电话，打探案情，同时给半个多世纪的老战友送来一些无济于事的安慰。天冷了，吴佩琳给父母买了一个电取暖器送过来，听说花了280块，母亲很心疼，吴佩琳说我在牛肉汤馆工资已经涨到两千八了，她对刚放下电话的吴镇海说："爸，买电暖器是劳动挣的钱，不是贪污受贿来的。"吴镇海感慨着："佩琳在我们这样的家庭，从小就懂得清白规矩，懂得流自己的汗吃自己的饭，不计较个人得失，那么大公司的权力不要，甘愿在牛肉汤馆打一份工，这就是我们家传承的家风。我革命一辈子，处级干部，从没向组织上提过个人要求，'灯塔'收音机试制成功，厂里背着我给你妈送了一台，第二天就补了二十六块钱。"江月英补充回忆说，补了钱，还把送收音机的小伙子副科长免掉了。吴镇海有些不放心地问吴佩琳："小宋会不会给郭凯行贿？这个郭凯，国家干部有国家发的工资，怎么能利用权力捞钱呢。"吴佩琳听着父亲的话，像是喝下了一碗白开水："爸，你说得都对，但没人按你说的去做，不然报纸上、电视上，就不会天天有腐败分子被抓了。"吴镇海追问："你们在庐西拿了那么多工程，真要是跟郭凯有金钱交易，我们一家就成了罪人。"

吴佩琳独自回家这天，吃了午饭，吴镇海叫她跟宋怀良说一声，这个星期天不要出差了，跟郭叔叔两家一起吃个饭，给老人宽宽心，正好晓丽也出来了，顺便接个风，了解了解情况。吴佩琳一口答应了下来，她准备硬着头皮找宋怀良。

第二天早上，宋怀良出门前，吴佩琳提前站在了门边鞋柜前，对换鞋的宋怀良说："礼拜六中午，我们一家请郭叔一家吃饭，我爸的安排。天都大酒店208，我已经订好了。你参加还是不参加，给个话。"吴佩琳说话的语气和表情，就像当年二厂广播室播送会议通知，公文语言，公文温度。

宋怀良的回答也像是收到会议通知一样："参加。吃饭的单我埋。"出了门，宋怀良又推开门，对吴佩琳说，"离婚协议中，我准备把飞天游乐城股份全部给你，旱涝保收，你的后顾之忧就没有了。公司的装饰工程、网吧、超市都靠不住了！"

吴佩琳对宋怀良冷若冰霜的脸甩出一句："礼拜六中午，你没必要去了。"

宋怀良重复着同样的表情："分居六个月，法院就可以判决离婚。我们都快八个月了。"

吴佩琳说："那你就去起诉吧，准备充分点！艾叶深更半夜从你房间出来胳膊断了，案子被你暗地里悄悄地抹掉了，你得想办法在法庭上自圆其说。"

宋怀良被激怒了，但他不能流露出激怒的情绪，只是声音提高了三度左右："那是看在多年夫妻的分上，我在保护你！"

吴佩琳冷笑了起来："你是在保护自己！要是我犯的案子，你恨不得卖了公司，花钱雇福尔摩斯、神探亨特一起过来破案，把我关进大牢。你无形中玩了一款最新的网络游戏，叫做'一个备胎保护另一个备胎'，如果案子破了，一个备胎丢人现眼，一个备胎锒铛入狱。"

宋怀良说："我在你心里早成了一堆臭狗屎，但我不会让你去坐牢，也不会让你在名存实亡的婚姻里继续演戏。你放心，我会起诉的！"

宋怀良走了，关上门的吴佩琳对着鞋柜猛踢一脚，鞋柜不动，脚生疼。

礼拜六中午十一点，宋怀良第一个赶到天都大酒店，他没骑自行车，下了"尼桑"，宋怀良叫司机老邵先去接郭永康老两口和韦晓丽，再去接岳父母和吴佩琳。这顿饭吴佩琳订的，全程安排已由宋怀良接管。

冬天风大，走进酒楼的每个人脸上干燥枯涩、青黄不接，吴佩琳眼角潜伏着的鱼尾纹越来越清晰，韦晓丽脸上气色衰败，像是被雷击过一样，从头到脚都是蔫蔫的，老人们落座后，面面相觑，不知道从什么地方说起，聚会在酒楼如同聚会在病房里。宋怀良劝大家相信组织，相信法律，目光向前看，大家才端起了酒杯，浅尝辄止地喝了起来，吴佩琳喝了一点红酒，头有点晕，嘴里无意中冒出一句"遥知兄弟登高处，遍插茱萸少一人"，当过小学老师的郭永康老伴听懂了，她失声大哭，哭声熄灭了大家刚唤醒的食欲，手中的筷子在哭声中举落不定。郭永康拍了拍老伴坍塌的肩膀，安慰说，案子还没了结，诚如老吴所说的，我们要坚信小凯的本质是好的，小凯是遇人不淑，遭人诱惑，才滑落到了别人的陷阱，在酒精的鼓舞下，他说着说着激动得站了起来："在我们家里，小凯从小接受的是廉洁奉公的革命教育，而不是以权谋私的腐败教育。打死我也不相信，他会主动受贿。晓丽，你给我说说，平时小凯是不是要你帮着受贿了？"晓丽眼圈通红，眼里在灯下闪烁着忧伤："爸，他不止一次警告我，如果以他的名义接受一分钱贿赂，就会毁掉一桩婚姻。当选县长，报纸上都登过他的就职演说，'当官不发财，发财不当官'，结婚这么多年，除了工作应酬，在外吃吃喝喝有，没见他收过一分钱。我有工资和公司奖励提成，家里不缺钱，我不需要帮他受贿。郭凯马上要接任县委书记，有人背后捅刀子。"吴镇海问韦晓丽这十多天检察院的经历，韦晓丽说检察院老是叫我回忆，回忆帮郭凯收过多少贿赂，捞过多少钱。不要说关十天，就是关十年，我也交代不出来呀，实在审不出名堂，就把我放了。

大伙见晓丽这么一说，盲目乐观的情绪相互传染，一致认定这是一桩被人构陷的冤案，吴镇海乐观地估计，郭凯回家过春节几成定局，江月英有些打抱不平，说抓错人的纪委要给郭凯赔礼道歉。喝多了酒的宋怀良跟着起哄说，回家过年我负责买鞭炮，十万响鞭炮从街头炸到街尾。一顿压抑而沉闷的酒会，在酒精的煽动下，演变成了一场自信满满的誓师动员会。直到酒醒后，大家才重新面对窗外的天空发呆，事情没那么简单。

　　郭凯腐败案是省纪委办的，证据坐实后，检察院同时介入，所以，郭凯被纪委带走的同时，宋怀良和韦晓丽分别被检察院按在了审讯室里。宋怀良和郭凯之间清白得如同一张白纸，面对检察官严厉而冷酷的脸，烟瘾很大的宋怀良都不需要用香烟来稳定心情，那位年龄不大的检察官板着没有温度的脸孔："你要是坦白跟郭凯的金钱交易，我们可以考虑企业家被迫无奈行贿，从宽发落，你回去继续做工程；如果不老实，证据固定了后，就以行贿罪起诉你，你就得到监狱去看今年春晚的赵本山小品。"宋怀良毫无反应，他将检察官所需要的线路全部封死："我跟郭县长交往的印象中，他回扣、咨询费、中介费、信息费，无论怎么巧立名目，就是不要。按常理，打麻将、玩扑克牌，带彩娱乐，还人情，是礼节性交往，很正常，郭县长说他没时间打牌，至于按摩、洗桑拿这些下三滥的事，连我都不愿碰，郭县长更是刀枪不入，没办法。他是革命老干部家的后代，从小就没缺过钱，对钱不感兴趣，跟我们穷人家出身不一样，见了钱，抢的心都有。"检察官嘴角露出一丝轻蔑的微笑："照你这么说，我们这个案子办错了，冤枉好人了，检察院是吃干饭的，是吧？"宋怀良的辩护胸有成竹："你们不会办冤案，我也不会诬陷。大家都一样，说话做事，讲法律，凭良心。"僵持到天黑，宋怀良终于挤出了一些牙膏，他请郭凯喝过好多次酒，庐西项目郭凯没少帮忙，也因为郭家跟岳父家是世交，有时两家老人都参加，喝的酒有公司的，也有他从家带的，我老婆跟他是发小，幼儿园同学，关系很复杂，他老婆在我们公司做公关部经理，扯不清，理还乱，我们公司职工、五里井、二厂的街坊、邻居、同事三百多号，一大半以上沾亲带故。检察官也觉得有点荒唐，腐败案中接受利益方宴请喝酒属违纪，算不上猛料，审不出名堂，当天就放了宋怀良，但要他随时听候传唤。宋怀良去检察院一趟，就像去了一趟工地。晚上钱小毛给他打电话，问怎么一下午联系不上，宋怀良说检察院了解郭凯的案子，与公司没有关系。

宋怀良是粗线条管理，公关部成立后，工程项目推进，除了陪能定生死的人物在没有光线的地方潇洒娱乐之外，至于咨询费、顾问费、中介费、信息费之类的，各分公司经理、公关部、项目负责人直接跟财务结算，财务部审核后，他连看都不看，大笔一挥，兑现了。这些年，韦晓丽在公司结算过庐西工程项目的咨询费、服务费、中介费、信息费，共计七十六万，宋怀良没什么印象，也没关注过。在检察院那间白天也亮着灯光的审讯室里，韦晓丽意志比较坚定，一口咬定没跟郭凯一起接受过贿赂，十多天后她向检方承认，庐西工程郭凯打招呼的项目占百分之四十，其余百分之六十是分公司项目部和她在庐西独自谈下来的，七十六万回扣（体面的叫法应当是咨询费、顾问费、中介费、服务费、信息费），十二万给了负责项目的大小头目，其余六十四万自己留下了。这些钱，郭凯一分没拿到，也不知道。钱全都存在韦晓丽的一张工商银行的理财卡上，截止到被检方冻结，卡上理财收益高达十八万二千多，检方实际冻结了韦晓丽八十二万二千。晓丽放出来一个月后，郭凯被庐阳检察院正式批准逮捕，那天酒桌上的清白被撕碎了，全家陷入了万劫不复的悲伤，而跟帖网友一律欢欣鼓舞热烈庆祝，极少数网友很暴力地提出要将腐败分子郭凯绞死，还有咬牙切齿建议凌迟活剐。

郭凯被三个穿着棉袄的人在他房间门口宣布"双规"的那天晚上，他掏钥匙开门的手一抖，钥匙掉到了走廊地毯上，无声无息，他知道自己完了，要不是客房服务员抵住，他肯定会像他爸听到噩耗一样瘫倒在地，他强撑着跟纪委走了。在一个封闭的宾馆里，郭凯当天夜里就全招了，比起韦晓丽和宋怀良，郭凯意志最为薄弱，他主动供出了纪委没有掌握的受贿证据。郭凯受贿案对象只有三人，实际上是两个人,不像大多数被抓的腐败分子,贪得无厌,普遍撒网,什么礼都收,什么钱都敢要。郭凯平时在县里,是一个相当廉洁的干部,逢年过节要想给他送礼、送卡,门都不让进,而且会狠狠批评送礼者。郭凯为人热心,公家的事,私人的事,只要能帮上忙,他鼎力相助,不带一丝一毫个人私心,这一点,县里是公认的。一句老话,"人生如戏,全靠演技",娶过黄梅戏演员做老婆的郭凯演技一点不差,他自以为受贿对象少,隐蔽性强,不会暴露,可一暴露,八百四十七万。望云山温泉度假村余总两次行贿五百万,峡谷漂流、温泉开发、六千亩山场,一口气搂进了怀里;御河房地产在庐西三期开发,分三期行贿三百三十万,庐西"人民广场"黄金地段的地产项目被苏老板一个人独吞了;纪委没掌握的香港"金凤凰"金店何老板送了一块"江诗丹顿"手表,价值十七万,是郭凯主动交代的。八百多万,跟这几年抓到的"大老虎"相比,郭凯算是"打虎拍蝇"中比较大的苍蝇;庐西是个小县城,八百多万,按目前工资标准,一个普通工人要干上一百六十多年,所以,那些活不到一百六十多岁的穷人诅咒将郭凯头割下来挂在人民广场的电线杆上示众。

郭凯虽说认罪态度好,可起诉阶段把韦晓丽的七十六万的奖励提成算成是他受贿,他不接受,理由是,首先他不知道,其次是工程咨询费服务费是公司化经营中常规的业务环节,也不在他的控制范围内。检察院说韦晓丽利用你的职务和影响力,拿下工程项目,回扣又到了你老婆手里,这笔账当然要记在你头上。郭凯非常恼火韦晓丽背着他拿了那么多提成,可他自己受贿的钱也没对韦晓丽说过,半路夫妻,各怀心思。批捕后,案件深度报道当天夜里网上就出来了,韦晓丽看了网上报道后,不是恼火,而是沮丧,郭凯收受的八百多万块钱,自己一分没见过。平时看上去恩爱有加的一对,在一些社交的酒席散场后,不少人还见过他们手拉着手,十指相扣,丝毫不回避,回避的是各自的存折。

韦晓丽找到杨俊律师,说自己不告诉郭凯拿了多少提成,是不想牵连他,杨俊律师说:"郭凯不告诉你受贿八百多万,也是保护你,不然你们就是共同犯罪。"韦晓丽问:"那我的业务奖励和提成怎么算到郭凯头上了呢?"杨俊把检察官说的话,又重复了一遍,法律知识贫乏的韦晓丽还是想不通。

这个冬天真冷,耳朵里灌满了风声,行人缩着脖子在大街上匆忙经过,像是在逃离一桩灾难,都已进入腊月,宋怀良没有等来庐阳的第一场雪,却等来了韦晓丽辞职,晚上,她敲开蓝湾公馆宋怀良家的门,开门的是吴佩琳,愣了一下,很快就对这个缺了丈夫的女人多了一份怜悯:"天太冷,快进屋!"

客厅里,吴佩琳和宋怀良一起陪韦晓丽入座,夫妻俩很默契地表现出相濡以沫的假象。韦晓丽是来辞职的,她反复强调辞职是为了去省城上访,郭凯是个冤案:"网上、报纸上胡说八道,血口喷人,把公司的正常业务费算作是郭凯受贿,太不公平了。"韦晓丽过于情绪激动以至于喝水时茶水溅到了领口的围巾上。吴佩琳听明白了韦晓丽的意思,却提供了相反的解释:"你说的那些咨询费、中介费,合乎公司规定,但不合乎国家的法律规定,如果郭凯不在庐西当县长,如果你不是郭凯老婆,那些工程很难拿下来!"

韦晓丽要去省城讲理,而不是讲法,韦晓丽的逻辑中,理比法大,所以辞职的决心异常坚定:"现在工程公开招投标,后门难找,找到后门,也上锁了,公关部没必要保留了,可以撤掉。这两三年,我只是陪着喝酒,帮着分公司谈项目时安排酒席,定地点,点菜,作用不大了。"反腐风声一阵紧似一阵,警车的警笛声在窗前划过,多少掌管着工程的位高权重的人彻夜失眠,连郭凯都被抓走了,没几个能在夜里做个好梦的。吴佩琳对韦晓丽说,"要是郭凯八百多万坐实了,省城上访就没必要,你不如在省城找个好律师,看能不能在被动受贿,或不知情受贿上,找些证据,争取从轻处罚。"宋怀良一直没说话,等到两个女人说得筋疲力尽了,他才说:"郭县长对我们有恩,你为郭县长去申冤,公司就是关门也要支持,你一走,公关部就撤销。谁都不想求人，可公司要活下去，你就得像孙子一样去求人，像蛆一样在粪坑里找吃的，晓丽这些年在公关部，为公司受了那么多委屈，谈成了那么多项目，还让你和郭县长遭了难，我是罪人。你去省城，有什么困难就跟我说。"吴佩琳问韦晓丽："你有多少钱，够用吗？"说到钱，韦晓丽哭了，她说钱全被检察院冻结了，说是要没收，身上只有六百多块现金。吴佩琳从房间里拿出一张工行银行卡塞给晓丽："里面还有八万一千多块，你拿去吧！"韦晓丽不要，吴佩琳说，这是宋怀良为她办的卡，就剩这么多了："密码是216581，你在取款机上，直接取现。"韦晓丽抹着眼泪说："日久见人心，佩琳姐，你是好人。"吴佩琳搂着韦晓丽陪着她一起流眼泪，客厅里突然陷入了持久的沉默，屋外冬天的西北风呼啸着经过城市的天空，一些枯枝残权在风声里断裂。

晓丽第二天一早登上了开往省城的火车，宋怀良跟老邵一起送到车站，回到家，心情沮丧的宋怀良对吴佩琳说，晓丽的那八万块钱，我补给你，吴佩琳心如止水地说："汤馆每月有工资，够花了，我不需要钱。"宋怀良也不勉强："我跟杨俊律师已经商量好了，飞天游乐城股份全部转到你户头上。我什么都不要了，我去鸡西煤矿找我妈去！"宋怀良像是交代后事一样，说得灰心而绝望，吴佩琳用目光反复推敲着宋怀良的表情，不知道他说的是真话，还是假话。

吴佩琳和宋怀良再也不吵架了，客厅里不吵架的空气，比屋外的冰天雪地更冷。

装修工程招投标过程错综复杂，电工宋怀良和乡村木匠耿双河除了压价竞争，想不出太多办法，耿双河要宋怀良去徽南研究"徽运菜市场"改造工程的投标书，标书是花钱找人做的，宋怀良心里没底，叫上了艾叶。"尼桑"轿车在交通混乱的省道上不停地超车、刹车，一路左冲右突，情绪颠簸的艾叶对副驾驶位子上的宋怀良说，公司现在要引进工程造价师、规划设计师，靠乡村木匠耿双河拿下招标工程,就像逼着他当比尔·盖茨一样荒唐,艾叶还说韦晓丽是一个交际花,郭凯进去了,她就得从公司出去,艾叶不知道晓丽已经辞职,宋怀良从后视镜里看到艾叶过于激动,就说了一句:"我是城里的电工,跟乡下木匠一个样。"艾叶嘴里嚼着已经索然无味的口香糖,脱口而出一句:"有了我,你就不是电工了!"平时沉默寡言的司机老邵忍不住插了一句嘴:"这么大的公司,是电工辛辛苦苦干出来的,不是画图画出来的。"宋怀良打断老邵:"小艾说的是实话!"艾叶也不生气,打趣道:"老邵是开车的,只要视力好,足够了!"

这两年,投标失败是家常便饭,"徽运菜市场"投标失败没给宋怀良和耿双河带来多大打击,晚上继续喝酒。宋怀良也麻木了,酒桌上,耿双河说分公司现在转向普通家庭装修,赚不到多少钱了,一百二十多职工,已经跑掉三十多,宋怀良不想扫了喝酒的兴,端起酒杯碰向耿双河手中的杯子:"别说那些丧气的话,喝酒!"两人仰起脖子,将一茶杯白酒倒进喉咙里。郭凯进去后,宋怀良酒量又哧哧地上来了,几个回合下来,宋怀良舌头发硬,说话语无伦次:"只要喝不死,就往死里喝!"他抓着酒瓶又倒满了一茶杯,艾叶夺下宋怀良手中的杯子:"你喝死了,我怎么办?我喝!"她站起身将一茶杯酒倒进自己嘴里,没喝酒的司机老邵抢下艾叶的杯子,板着脸大声斥责道:"小艾,公司的老板娘是吴佩琳,这话轮不到你来说。"被酒精涨红了脸的耿双河在一旁偷笑,嘴里别有用心地念叨着:"老邵,你真是狗拿耗子,话轮不到小艾说,这醋也轮不到你来吃呀!"宋怀良和艾叶关系暧昧已是公司上下公开的秘密。

徽南"金阳大酒店"开了三个房间,宋怀良和艾叶在18楼1806和1808,门挨着门,四星级单间,司机老邵安排在大酒店附楼502,是普通单间。宋怀良酒桌上被艾叶夺了酒杯,虽喝得有点多,但离"往死里喝"还有一段距离,和艾叶坐电梯上楼后,他拿着房卡准确地找到了自己的房间1806,开了门,插上房卡,过道里灯光亮了一半,准备关门,艾叶贴着他的后背进来了,门是被艾叶关上的。宋怀良后退一步,告诉艾叶:"你在1808,隔壁房间。"被酒精点燃的艾叶脸上泛着红晕,鲜艳的嘴唇紧张地嚅动着,她不说话,直接扑进宋怀良的怀里,吊着他的脖子,嘴唇准确无误地黏到了宋怀良烟草味酒味混杂的唇上,短兵相接中,两人的嘴唇舌头在最短时间内实现步调一致配合默契,大半年没碰过女人的宋怀良抱着艾叶滚到了床上,他动作熟练地扒掉了艾叶的形同虚设的衣服,乳罩的纽扣被扯断了,却还藕断丝连地缠绕着饱满的乳房,灯光没全开,只照亮了艾叶半边身子,看上去就像一块咖啡和奶酪合成的双色冰淇淋,就在宋怀良正要扒开艾叶黑色蕾丝内裤时,他的手突然触电似的痉挛起来,手指抽筋,关节失灵,头上冒出了源源不断的冷汗,宋怀良酒醒了,他从床上反弹起来,后撤到了墙边,他连声说:"酒喝多了,对不起,艾叶,我不是故意的,我要是故意的,天打五雷轰。"艾叶像是手术中麻醉突然失效般地痛苦和难受,她半裸着身子从床上爬起来直扑宋怀良怀里,委屈地哭了起来:"你不是故意的,我是故意的。受了那么多冤枉不算,胳膊都被打断了,我把身子给你,别人怎么说,我都不难过了。不然,我俩就太亏了!"没心没肺的艾叶哭起来就是一个小女生,敏感而脆弱,忧伤而恓惶,宋怀良感受到了她剧烈颤抖的身体,身体里熊熊烈火被艾叶的眼泪浇灭了,他轻轻推开艾叶,拿起地毯上的衬衣和棉袄,递给她:"穿上! 等我把婚离了,我要堂堂正正地当着所有人的面,把你带进洞房。"艾叶犟着性子:"我不穿,就不穿,我已经受够了!"宋怀良将真空棉的棉袄披到艾叶身上,并在半明半暗的房间里跟她保持一米左右的距离:"小艾,我要是跟你把所有的事都做了,等于就是配合别人的诬陷和造谣,把谣言变成现实。我心里要是有了一道坎,我就没有理由离婚了,也没有勇气离婚了,你能理解吗?"艾叶没说话,她默默地在黑暗中仔细地轻柔地,一件一件地穿好衣服,然后对着宋怀良苦涩地笑了笑说:"我理解!"她轻轻地打开门,一转身,走了。

艾叶被门隔断,宋怀良心也被折断了,他点燃一支烟,颓然地躺倒在房间地毯上，像一具僵尸，纹丝不动，只有嘴唇上香烟燃烧着的火星，证明着他还是个活物。第二天早上，宋怀良是从地毯上醒来的，退房时，服务员查房，地毯烧坏了蚕豆大一块，赔偿三百块。回来的半路上，艾叶发现宋怀良羊毛衫袖口烧了纽扣大的一个洞，她伸手抚弄着残缺的羊毛衫袖口，说："要不，我赔你一件！"老邵从后视镜里看到，后座上的宋怀良迅速推开艾叶的手，一言不发。

车子快到庐阳时，天空飘起了小雪，想起那一年年关，下雪天与吴佩琳坐在新浪潮歌舞团的大篷车里，在山区四处流浪，他们扛箱子、搬道具、烧开水、铺床叠被、倒尿盆，他们的身上落满了雪花和挣钱过年的希望。宋怀良看着窗外的雪越下越大，这才意识到，年关到了，按亮手机，屏幕上已是腊月二十二，往年此刻，公司里正陆续发放奖金红包、整箱的苹果、成筐的带鱼，还有成捆成堆的卫生纸、香皂、色拉油、大米等，分公司、商场、超市、网吧、牛肉汤馆职工赶集似的来领红包和年货，手里攥着红包拎着色拉油的员工脸上绽开了生动的笑容，那叫幸福。自去年工资不能按时发放，员工士气日益低落，韦晓丽走了，徽南分公司三十多人跑了，周小泉的东江公司跑了十六人，江北肖晨公司二十七人下落不明，钱小毛庐阳公司一半职工改换门庭，五十七人，公司一百多人在一个冬天消失了，效益差，工资低，尤其是庐阳公司，三个学材料工程的本科生，一晚上全跑光了，连当月的工资都不要了。宋怀良没想清楚，这些跑掉的人是可耻的叛徒，还是绝望的难民。他要求各个公司不要对外发布这些令人沮丧的消息，可庐阳、江北、徽南、东江、庐西等18家网吧年底全部关门，公司上下尽人皆知，公司微信群里热火朝天地讨论网吧死无葬身之地是时代之必然，手机移动上网如同洪水猛兽，网吧一夜之间就成了多余，宋怀良最大的错误就是网吧关门晚了两年，两年前网吧就已入不敷出，财务报表表明，这两年18家网吧共亏损一百六十万元，其中拖欠房租九十五万，郭凯双规前，宋怀良安排财务部到各地网吧去清产核资，财务报表上说，网吧现有的五百六十台电脑，四年没更换，处理器已落后三代,每台旧电脑顶多卖 40 块钱,总共值两万多块,其他设施基本上都属于废品,合成板的电脑桌、椅子、吧台、灯光、空调、净水器等,也许能卖个两三万,各家网吧年关不是办年货,而是要办后事。

坐在车里神情疲倦的宋怀良掏出手机,给财务部经理老焦打了一个电话:"过年给每个职工发 200 块钱,年货就不办了。"老焦在电话里焦急万分,网吧的工资都发不出来,房租催得紧,庐阳劳动路网吧业主的起诉书刚刚送过来,讨要三万六房租,公司账上没钱了。宋怀良说你先造表格,钱我来想办法。

宋怀良一路上脑子里万马奔腾,坐在身边的艾叶睡着了,脑袋不由自主地靠在了他的肩膀上,他没拒绝,这个不可思议的女孩的脑袋里装满了不可理喻的生活,她从来不为难自己,也不为难别人,她就像吴佩琳这面镜子的背面。艾叶对爱情和婚姻的认知简单到只有几个字:彼此活得轻松。如今公司没希望了,艾叶现在是宋怀良最后的希望,离婚后,他希望艾叶跟他一起去东北的鸡西煤矿打工,那里有他的母亲,还有姐姐姐夫,可宋怀良一直纠结,他已经害了吴佩琳,他不能再害第二个女人了。

"尼桑"直接送宋怀良回蓝湾公馆,吴佩琳刚从楼下汤馆上来,时间是上午十点半,秦大姐在厨房择芹菜,吴佩琳对宋怀良回来漠不关心,她独自去洗手间清洗手上的面粉和葱味。在楼下汤馆吴佩琳什么杂活都干,跟店里三个服务员在一起,有说有笑,那时候,她忘了还有离婚这事缠在身上。宋怀良凑到卫生间门口,态度和蔼地跟吴佩琳商量着:"快要过年了,想给每个职工发 200 块钱过节费,公司账上一时周转不开,你看,能不能从汤馆调两万块钱过去?"吴佩琳用冷水一样冷静的语气回答道:"汤馆是公司的,法人代表是你,调款,不需要跟我商量。我每月领到工资就行了。"宋怀良以为吴佩琳是不动声色地挖苦他,他也就不动声色地说:"如果你实在不想要飞天游乐城股份,等到依琳上大学,满十八岁,你就转到她名下去!"

汤馆的钱是转出来了,宋怀良的心情却弄糟了,汤馆法人是他,钱却是吴佩琳赚来的,他像是一个乞丐,在吴佩琳那里讨钱度年关,宋怀良看着窗外铁青色的天空,如同看着一张冷酷的脸。

财务部老焦问宋怀良,年关客户单位要不要表示,没钱买购物卡了,宋怀良心里烦,对老焦说:"现在反腐败力度这么大,你还想着送卡!"就像经历了一次轮回,宋怀良又一次站在年关这道鬼门关口,徽南沉鼎大厦垫资的两百万贷款三个月到期了,庐阳商业银行信贷员上门逼债,那位戴着眼镜的信贷员哭丧着脸说,担保人郭凯进去了,贷款不能按期还本付息,他的饭碗就砸了,地方商业银行没人性。宋怀良不停地给耿双河打电话,催他赶紧联系程老板回笼资金,耿双河在电话里像是掉进油锅里的老鼠,绝望地惨叫着:"怀良,宋总,我的好兄弟,赶紧报警吧,我已经打了不下一百多个电话,程老板始终关机,大厦出租方,市供销社去福建漳州老家找他,老家的人也不知道程老板到哪儿去了。欧洲考察早该回来了,肯定出事了。"

宋怀良呆坐在办公桌前老板椅上,如同呆坐在法庭的审判席上,他的面前站着威严的法官,手里举着能断生死的法槌,随时为他敲响丧钟。两百万怎么办呢?唯一的解决方案就是:让庐阳商业银行起诉公司,拍卖这层办公楼,眼下至少值四百万,还庐阳商行贷款后,网吧的欠债也能还掉,悲惨的是,宋怀良苦心经营二十年的老巢,连锅端了。办公室电话和手机铃声你来我往地围堵着宋怀良,一上午喘不过气来,十一点四十分,电话和手机安静了下来,午饭时间到了,宋怀良的腰好像快断了,里面的骨头吱吱脆响着,他挪身躺到沙发上,点上一支烟,靠香烟来平息内心的焦虑和烦躁,才吸了两口,手机响了,宋怀良不理睬,他的注意力停留在烟头一明一灭的火星上,过了片刻,手机又响了,他很烦躁地抓起电话,一接通,是张月秀打来的,下午三点半到庐阳火车站,宋怀良从沙发上坐直,目光也是直的:"我叫老邵到火车站接你,我给你安排宾馆,晚上一起吃个饭!"火车上张月秀的声音很颠簸地说:"我在网上订好了顺云快捷宾馆,离公司不远,吃饭叫上佩琳姐。"

张月秀是回来办户口迁移和社保医保转户，三天后，她就和庐阳这座城市一刀两断了，所有的往事也将随风而逝，灰飞烟灭。

小倩在"陶泥小厨"订了一个小包厢，下午宋怀良跟农商行戴眼镜的信贷员商谈办公楼抵押拍卖，头都快炸了，赶到饭店已经六点了，外面灯火全都亮了，进了包厢，张月秀已经先到了，两人见面没有一点陌生感，分开四五年，就像离开桌子去了一趟卫生间，张月秀第一句话就是："还是太辛苦了，头发白了不少。"宋怀良见张月秀只是皮肤被草原上的风吹得有些粗糙，可眼角、脸上没有一点皱纹，身板像草原上的牛一样结实："草原上喝牛奶，吃牛肉，养人，你一点都没变，像个大姑娘。下午有事，忘了跟佩琳联系，你给她打个电话吧！"张月秀开玩笑说："我回庐阳，没跟她联系，先跟她老公联系，坐到她老公订好了的包厢里，才通知她过来吃饭。你觉得这正常吗？"

宋怀良也不想吴佩琳出现在这个场合，冷战不断升级中的宋怀良没法在张月秀面前表演虚假的和谐与恩爱，他想单独跟张月秀说说自己的苦处。于是，宋怀良说："是不太妥当，时间也不早了，这个点市里堵车厉害，今天就随便吃点，你走之前，我多安排几个公司的老同事，给你送行，到时候把佩琳叫过来。"

两个人的晚餐，简单实惠，一个牛肉火锅、一条清蒸白丝鱼、一碗油渣烩白菜豆腐、一碟青椒土豆丝，两个人开了一瓶白酒，吃的什么倒没怎么在意，张月秀端起酒杯前的一席话，宋怀良听得心里发毛："秋天的时候，佩琳给我打过一次电话，差不多一个小时，吞吞吐吐说了半天，也没把心里话说出来，本来我想晚上大家一起见个面，把话说开，不就没事了。你要是站在大草原上，一眼望到天边，你的心就会变得很大、很大。"

宋怀良一脸疲惫，没有了当年的豪情和斗志，他像一个无家可归的孤儿，遇到失散多年的亲人，边喝酒边将这些年的经历和遭遇一股脑倒给了张月秀，灯光和火锅的热气在宋怀良荒凉的头顶盘旋，他的筷子在火锅上方左右徘徊，伸进锅里，又抽了出来，筷子上一无所有，宋怀良毫无察觉。宋怀良简单诉说经营艰难后,大部分时间诉说和吴佩琳婚姻破产,宋怀良的脑袋埋没在烟雾和火锅热气中模糊而僵硬:"我越是努力,在佩琳那里越不值钱;我越想给她体面和自尊,她就越是当作受了戏弄和羞辱。不帮公司的忙,还谴责我无耻堕落。月秀,按常规常理经营公司也算堕落的话,所有公司的老板都够枪毙。我总是记着佩琳跟我受了太多的苦,她不愿在公司干,我也不勉强,她到牛肉汤馆检查牛骨头和小香葱是否合格,我也没意见,我从来不对她指手画脚,只想换来她对我的理解。为什么要离婚?每天在一个屋里过日子,我身上的烟味、袜子的汗味、走路脚步声音太重都让她厌恶,甚至连我喜欢的张雨生的《我的未来不是梦》那首歌,她听起来都是鬼哭狼嚎,叫我声音开小点,说是怕吵。我是初中生,水平低,可我不傻,吴佩琳讨厌的不是烟味、袜子和张雨生的歌,她讨厌的是我。她对我有恩,我也愿意耗尽我的性命,报答她,可没法报答,报答不了。一辈子住五里井,吃低保,打零工,用蜂窝煤炉烧水做饭,每天到旱厕倒马桶,那就是幸福生活,有人信吗?"宋怀良从烟雾和热气中抬起脑袋,"事到如今,嘴上没说,我俩都明白了,一开始就是个错误,嫁错了,也娶错了。"

张月秀透过烟雾和水汽看到了宋怀良眼里满是委屈和拼命憋住的泪水,在"痛说革命家史"的不断推进中,她不停地摇头,原来吴佩琳和宋怀良,就像鱼和虾,可以放在同一个池塘,同一片水域里,但不是同一类水生动物,一个在水里游,一个在水底爬,行走的姿态完全不一样。离开这么久了,人到中年,张月秀已不愿再倾听宋怀良对吴佩琳的责难,她对宋怀良说:"你是男人,心要宽些,大些,不要计较,我们家老郑,从来都让着我,我忘了关火,把家里一口新锅烧成了饺子状,老郑乐呵呵地拉着我举着烧坏的黑锅,用手机拍了一张照片,说是锅烧坏了是因为锅的质量不好。你确实不容易,这么多年都忍下来了,再忍一忍,大家都老了,退休了,相依为命,就懂得珍惜了。四十多岁了,离婚了对谁都不好,佩琳到哪儿能找到像你这样的男人,你一点花活都做不出来,一点浪漫都不会,又能找到什么样的女人。离过婚的,还有寡妇,你愿意找吗?"宋怀良说下半辈子只想过一些安静的日子,女人不想找了,太累了。

第二天早晨八点零五分,张月秀在牛肉汤馆的吊炉前见到了吴佩琳,那时候吴佩琳腰上围着白色的围裙,正在吊炉前的案板上往擀好的面坯上撒上芝麻,勤杂工的动作姿势,熟练自如,张月秀跟吴佩琳寒暄了一阵后,两人去市行政服务大厅办了户口、社保、医保转户新疆的手续,一站式服务高效到前后不足半个小时就办好了。两人手牵着手,一起去看望吴镇海,月秀母亲阮慧琴给老厂长带了一盒新疆雪莲和一盒冬虫夏草,吴佩琳隐约知道父亲跟阮慧琴医生的一些粉红色的往事,但没有具体的细节,也没有完整的情节,而头脑相对简单的张月秀什么都不知道。吴镇海接过张月秀带来的雪莲和冬虫夏草时,浑浊的眼里放射出清晰透明的光芒,张月秀轻松随意地转达了母亲的意思:"我妈叫老厂长注意锻炼,但不能锻炼过度,她说雪莲是止咳平喘的,抽烟多了泡水喝,很有效。"吴镇海看到一旁的老伴江月英扭曲的脸如同一张旧报纸,想说点什么,又没敢多说。送张月秀和吴佩琳到了楼下,吴镇海才声音很低地问一句:"你妈好吗?代我谢谢你妈!"说完他下意识地抬起头,看到江月英正站在二楼阳台上,枯涩的目光手术刀一样锋利。

头天晚上宋怀良跟张月秀长达两个多小时的餐叙中,一个字没有提到艾叶,也没有提到离婚是因为艾叶,他把鸡毛蒜皮的烟味、袜子、走路声音太大、音乐声音太吵拿出来大做文章。直到张月秀和吴佩琳坐到西部咖啡临河的一个窗前喝咖啡,吴佩琳才吐露出宋怀良变心、出轨的信息,铁板钉钉,证据确凿,公司上下无人不晓。张月秀如五雷轰顶,宋怀良出轨比她自己出轨还要触目惊心,一个洁身自好的男人形象轰然倒塌。

"我年轻时就敏感、神经质,宋怀良跟女人哪怕说一句话,我都受不了,他是受过不少冤枉,连你都受过我的委屈。可伤人,必伤己,最受伤的还是我自己。后来我强迫自己克服心理障碍，即使他彻夜不归在外打牌喝酒，我整夜都睡不好，也不追打一个电话。他喝了酒唱歌跳舞洗澡找三陪小姐，跟女人鬼混，不是我跟踪跟来的，是人家跟我说的，是公安局找上门来的，那个艾叶，后半夜三点钟从他房间出来买药，被人家打断了胳膊，怎么夜里三点还在他房里呢？谁知道出门买解酒药还是买紧急避孕的毓婷。我和秦大姐亲眼所见，艾叶拿着羊肉串喂到他嘴里，大白天，站在路边，公开调情。"吴佩琳为了将宋怀良出轨坐实，又从手机里翻出几条足以置宋怀良于绝境的短信。张月秀看着手机屏幕上跳出来的一行行文字，脑子里浮现出宋怀良龌龊不堪的现场，她手中搅拌咖啡的勺子在手中僵硬不动，内心也是僵硬的："怀良怎么变成这样？跟这么个小女孩搅在一起，不会有结果的。你收到的短信是谁发的？什么意思？"吴佩琳说："她能跟宋怀良胡来，就能跟其他男人勾搭，发短信的是被小妖精迷住了的另外一个男人，发短信是要我制止宋怀良跟她来往，我能制止住吗？你看小妖精头发染成黄的，牛仔裤上全是破洞，冬天穿个长筒皮靴，嘴里嚼着口香糖，夏天穿吊带裙，整天在男人面前乱晃，有几个男人能招架得住。"吴佩琳尽量把愤怒的情绪压抑在内心深处，可说出的每个音节却是冒烟的。

张月秀比吴佩琳更信任宋怀良，但此刻她找不到为宋怀良辩护的理由，宋怀良不说实话，故意隐瞒后半夜三点两人还在一个房间，还有大街上公开调情喂羊肉串，却抓住烟味、袜子、音乐声音之类鸡毛蒜皮无中生有的琐事大做文章。

张月秀招呼服务生上两份冰淇淋，冬天吃冰淇淋，跟火上浇油一样刺激，吴佩琳对张月秀伤感地说："不是我不想离，是我不能离，他要是真的鬼迷心窍跟艾叶结婚，就不是断胳膊了，送命的危险都有，网络时代，谁知道小妖精在网上有多少男人。宋怀良是个糊涂虫，我不离婚，是我不忍心依琳的爸爸毁在小妖精的手里。"张月秀忽然冷不丁冒出一句："你是不是还爱着宋怀良？"吴佩琳愣住了，塑料勺子里的冰淇淋停在半空,她将勺子连同冰淇淋盒子一起放到卡座上,回答得像外交部新闻发言人答记者问:"爱和不爱,嘴上说出来的都不算数。做出来的才算。"

张月秀说晚上把宋怀良约过来,我来做调解人,他要是真的变心,坚决离,对自己好一点,不要考虑太多,这是我远嫁新疆最深的体会。男人太假,除非把他们放到草原上去跟牛羊一起过日子,像我们家老郑每天看到的不是病人,就是牛羊,想变心,比变天都难。张月秀一番义正词严的背后声讨,吴佩琳听起来很受用,像是找到了一个帮腔的。吃完冰淇淋,张月秀内心平静了下来,话锋陡然一转:"佩琳姐,我还是不大相信宋怀良出轨,他身上有一股拗劲,不是跟别人拗,是他跟自己拗。我发现,人其实是活在误会里的,有些误会到死都不会解开,也解不开。就像你说他到色情场所钱都付了,都进了小姐的包房,却说是来陪客的,是来讲故事的,你不相信,汪晓娅也不相信,全庐阳的人都不会相信,但我相信,没什么理由,就是相信。我来给怀良打电话,叫他过来,当面把话说明白,也许里面有误会。说女人都是傻子,我就是傻子里的傻子。"张月秀说这番话是想在时隔多年后,暗示吴佩琳,她跟宋怀良从来就没有实质性的男女关系,既想化解吴佩琳婚姻危机,也顺便洗白自己。

吴佩琳说你确实是傻子:"解不开的误会,就不是误会,再说了,怎么误会全都找上了宋怀良,你找他来是想证明我误会冤枉了他,还是叫他承认自己出轨?你想过没有,他跟我分居大半年,平时除了不得不说的话,家里就像医院手术室一样安静。他对这个家、对我早已没一丝感情,他整天带着艾叶,以工作的名义,跟她腻在一起,夜里三点在他房间,有没有上他的床不重要了,重要的是他精神上早就出轨了,精神出轨比肉体出轨要残忍得多,人不是畜生,受不起这个伤害。"

张月秀说:"既然你不愿意跟他再沟通,还不如离掉过年。你跟他这么耗下去,把青春和岁月耗光,不值得。他整天在外面跟小妖精到处潇洒,你自己独守空房为他守寡,是不是傻子里的傻子?"

吴佩琳不说话了,西部咖啡设计者艾叶设计的那杆猎枪悬挂在墙上,枪口正对着吴佩琳的后脑勺,她稍微欠了欠身子,枪口就对准了张月秀的脑门,她们都没有感受到枪口下的危险,猎枪只是个道具。

张月秀调解不成,准备约公司的老同事晚上聚一下,同事中赵超和王丽丽都接到了邀请,但没邀艾叶,吴佩琳说邀请艾叶,她就不参加,宋怀良说如果不邀请艾叶,他晚上就不去参加聚会,张月秀说吴佩琳不想见到她。宋怀良告诉张月秀:"艾叶上午还对我说,晚上要请你吃饭呢,她说刚到公司你送给她一个塑料杯子,你去新疆,她还请你在西部咖啡喝了一下午咖啡。"宋怀良毫不避讳的语调和口气等于向张月秀承认自己变心了。宋怀良办公室里,张月秀面对轰然倒塌的曾经的男神,她盯着宋怀良:"当年我天真地以为,如果这个世界上只有一个好男人,这个好男人就是你宋怀良,没想到你变了。昨天见了我,你一个字没提艾叶,把烟味、袜子、音乐声太吵搬出来,作为离婚的理由,见了佩琳姐后,我总算明白了,原来你跟所有老板是一条生产线上下来的。"以前张月秀听他的,今天她听吴佩琳的,宋怀良心理上极其抗拒,最懂自己的女人,草原上几年,变得如此粗糙和简单,宋怀良反复转动着手中的烟盒,似乎在寻找说话的灵感,他叹了口气说:"只要我是老板,我就注定了是个坏人,没想到你也这么看了。好在我马上就要成穷光蛋了。我太累了!"张月秀喝了一口水,想平静一下内心:"你累,佩琳姐比你更累,她放不下你,你却早把她踢到房间外面去了。你说你跟艾叶这个做你晚辈的四处寻欢作乐,整天寻求刺激,这不是所有老板的常规套路吗?你能不能告诉我,你跟艾叶在一起,是因为爱情吗?"宋怀良不直接回答,他看着有些激动的张月秀:"你们女人动不动就扯爱情,没意思。男人和女人在一起不是因为爱情,是因为两个人在一起活得轻松自由,感觉到了跟抽烟喝酒一样麻利,如果非要打上爱情标签,这就叫爱情。艾叶从没逼我离婚,从不要求我应该这样,不应该那样,只要不杀人放火,我怎么做都行。"张月秀说:"所以,你就带着她到处住宾馆,喝酒唱歌跳舞,而不考虑佩琳的感受。"宋怀良说:"你说我跟艾叶住宾馆,就像当年我跟你住在苏州宾馆,当年佩琳不相信我,如今是你不相信我。但我跟当年一样,不解释。"张月秀立即封上一句:"你刚才说的话,已经做了解释,艾叶让你枯树逢春,让你轻松愉快,让你很刺激,让你很过瘾,让你死心塌地要离婚,你精神上早已出轨,情感上早就背叛了,宾馆里住在哪个房间又算得了什么。"

张月秀没有勉强宋怀良去参加晚上的老同事聚会,走之前,她给宋怀良的茶杯里加了最后一次开水,宋怀良发现张月秀倒水的姿势跟多年前一模一样,他漫不经心地问了一句:"当年我们算不算精神出轨?"

张月秀脸一下子涨红了,但草原上风吹日晒太久,所以看不出脸色的变化,窗外天空的变化却非常明显,夕阳沉到了楼的后面,天迅速暗了下来。

二十二、下一站不下

深秋,北方来的风更凉了,一场秋雨过后,窗前飘过几片枯黄的法桐叶子,我们局长站在窗前跟我谈话,态度严肃中难掩焦虑:"我说老许,从春到秋,大半年下来了,你净给我整些婆婆妈妈、男男女女的破事,宋怀良自谋职业、下岗创业、吸纳下岗职工再就业,这些闪光的典型事迹,在你的采访素材中,少得可怜,你把'江淮好人'弄成了情场浪子,你说这戏怎么写,写出的戏又怎么获大奖?"我给局长递上一支"玉溪"烟,并迅速给他点上火,我企图以这种讨好的姿势寻求局长对我采访偏离轨道的宽恕:"局长,宋怀良下岗创业是逼出来的,吸纳就业的都是他的街坊同事,抬头不见低头见,推不掉。从搜集到的素材看,'江淮好人'宋怀良最有价值的故事,是他的戏剧性的人生经历和传奇性的情感经历,他的创业史是改革开放年代里常见的奋斗史,他的精神史与情感史比他的创业史更丰富、更复杂、更有意义,从这个角度写这部戏,献给即将到来的改革开放四十周年,不要说省里获奖,国家奖都有可能斩下来,我这是剑走偏锋!"

局长头发梳得锃亮,他用磁性的男中音否定我的痴心妄想:"老许,论写戏的水平,你是我老师,论获奖的门道,我是你师傅。还是按照我们先前既定的方案,你调整一下路子,再深入采访采访,年底把本子拿出来,庐阳先演,2018年作为改革开放四十年献礼大戏,到省城演,拜托你了!"局长再一次放低身段,像是跟我商量,更像是求我支持他工作,为了笼络人心,出门时悄悄地给我塞了两包"九五之尊"香烟,还说礼拜天请我喝酒,他有一瓶正宗的"贵州茅台"。我觉得对不起局长,可我没办法,我不是新闻记者,我是一个剧作家。

恒达地产孙飞云董事长忙着一个新楼盘开盘,他在销售中心铺着红地毯的临时会客室接待了我,他要我在电视剧中加入他和宋怀良一起给孤儿院捐款的一场戏,写孤儿院捐款,突出江淮好人的光辉形象,自己也顺便沾点光,说完又给我提了一个更过分的要求:"一个成功的男人背后站在一个伟大的女人。宋怀良老婆由璐璐演,璐璐说要加戏,你就给她多加点,两口子的戏谁多谁少,一个锅里吃饭的,还能计较吗?"我嗯嗯哈哈地应付了一支烟工夫,匆匆离开了,跟孙总谈电视剧,类似于跟一个兽医探讨女性美容中的隆鼻和丰胸手术。

去省城的火车还是绿皮车,280公里坐了四个小时,高铁要一年后才通车。我从绿皮车车厢刚踏上站台,省城的秋风一吹,不由自主地打了一个寒噤。我去采访韦晓丽。郭凯已经判过了,十二年,韦晓丽来省城上访没有救出郭凯,却把自己救了,她在表姐的幼儿园当园长做得顺风顺水,还成功躲开了庐阳人民反腐败的目光。在一个门头简陋的火锅店,我和韦晓丽边吃火锅边聊天,坐在我面前的韦晓丽气定神闲风韵犹存,是一个成熟女人的形象,她说幼儿园孩子给了她纯真的生活,还说等郭凯出狱了,给郭凯生个试管婴儿,这么多年为了挣钱,为了工作,流产了三次,把生孩子的事耽误了,很是对不起郭凯。韦晓丽对腐败分子郭凯情深义重是我始料不及的。我往韦晓丽的油碟里夹了一块毛肚:"你跟宋怀良吴佩琳是街坊,又是同事,说说他们两口子的事吧!"

在川味火锅又麻又辣的鼓励和刺激下,韦晓丽说话语速快得像舞厅里跳迪斯科的镭射灯光:"宋怀良是'江淮好人',不对,是江淮烂好人。公司怎么玩不转的呀?是烂好人把一手好牌打烂掉了,电视报纸一吹捧,政府的奖状奖牌一发,他不管三七二十一,只要是街坊和下岗同事,全收下,能干活也罢了,那么多老弱病残到工地晃两圈,也发工资。公司办公室像超市,想来就进门转一转,不想上班就可以不来,艾叶就是个例子。财务管理,项目投资,宋怀良不开会,不研究,在酒桌上跟公司的几个小头目随便透个风,酒喝完了,说了什么,都忘了。反正公司很自由,很散漫,不像一个正规的企业。后来我明白了,吴佩琳反对宋怀良把企业做大,除了担心宋怀良有钱学坏,其实是对宋怀良能力不放心,企业做得越大,出的纰漏就越大。吴佩琳是厂长女儿,人清高,看不起人,不过,眼界确实高,看事情比宋怀良看得远,可她没吃过苦,没求过人,一不如她意,就撂挑子不干,说我们做生意是堕落和卑鄙,环顾四周,身边哪有高尚的人,高尚的人在自家客厅里听音乐、读小说,只要你走向生意场,谈高尚就像是在大夏天谈棉袄多么暖和。她人也不坏,知道我们家倒霉了,把卡里所有的钱都给了我。你叫我说说这两口子,还真不好说,也说不清。"

我试着跟韦晓丽探讨他们的婚姻危机与艾叶之间的关系,韦晓丽在火锅火热的气氛中,一口咬定:"艾叶是个没脑子的小孩,撒娇发嗲、打情骂俏,张口就来,可你宋怀良是成年人,是公司老板,他捞外快似的顺水推舟地就跟她玩起了花活,我们去谈项目,没必要带个设计师在身边,我提出不同意见,他就把我撂下,自己带着艾叶出差,一点都不顾及影响,不顾及吴佩琳的感受。说老实话,起初我对吴佩琳还有些成见,后来,我就很同情她,艾叶后半夜从宋怀良房间里出来买药被人打断胳膊,吴佩琳都没有闹。"

走出火锅店大门,冷风一吹,我对宋怀良和吴佩琳两口子关系更加迷惘了,"江淮好人"宋怀良是江淮烂好人,两口子的冲突,不是来自情感危机,而是观念危机。我采访的人越多,对这两个人的把握就更加困难。

采访只能提供写作素材,而不能提供写作立场,基于这一事实,我只得在尊重生活真实的原则下,将宋怀良的故事写到底。

这是宋怀良开公司二十年来最冷清的一个春节,没有色拉油、大米、茶叶、卫生纸等年货,往年公司下属过年轮流请吃年饭的场景也消失了,每个人都关着门在自家的饭桌上喝着闷酒,公司勉强发出了过年的工资,年后能不能拿到薪水,他们的心就像端起的酒杯,悬在半空。宋怀良和吴佩琳假装恩爱地跟依琳一起去吴镇海家吃了个年夜饭,依琳给外公敬酒,说毕业后要去英国留学,吴镇海端着杯子对女儿女婿说:"你俩将来要是跟着女儿,到英国养老,我从老家发几箱庐阳特曲过去,英国的威士忌,那酒不能喝!"宋怀良和吴佩琳没说话,他们用共同的微笑表示认可,系着围裙的江月英从吴佩琳和宋怀良笑意里看出了漏洞,她问宋怀良:"开春,市老干局组织我们去海南,年龄大了,要子女陪着,你是不是打算跟佩琳一起过去,你去了好陪你爸喝酒。"宋怀良说如果公司没有特别的事情,一定去。吴镇海附和说:"小宋,累死累活这么多年了,也该给自己放点假了。我印象中你连东南亚都没去过,我在二厂当厂长还去过一趟新加坡呢。"

　　过年七天假,一家三口在家各自看电脑,玩手机。宋怀良想起刚创业那几年过年不放假,工地四面开花,加班加点,忙得热火朝天,加完班满身泥灰坐在小馆子里一边喝酒一边分钱,那时光像梦一样遥远。宋怀良把自己关在房间里拼命抽烟,依琳打电脑游戏,吴佩琳在阳台躺椅上看网络小说,他们相安无事各自为阵。依琳今年高中要毕业了,原先打算送到英国去读大学的,可眼下公司吃饭都成了问题,他想找机会跟依琳谈谈,在国内上大学,好几次欲言又止,开不了口,既然不出去留学,又何必小学就送到省城双语学校,白花了那么多钱。

　　新年上班第一天,宋怀良委托杨俊律师起诉离婚,杨俊没聊几句,首先对飞天游乐城提出质疑,迪士尼是誉满全球百年不衰的世界品牌,你一个深圳暴发户凭着狂热的激情挑战迪士尼,简直是赵本山在演小品,上海迪士尼开业在即,你拿什么跟它竞争?杨俊说你把飞天游乐城股份转给吴佩琳,等于是把债务转给了她,投资一千二百万的股份虽说只有八百万贷款,"如果按目前这种势头下去,吴佩琳可能要背上两千二百万的债务,那是要逼出人命的债务"。杨俊坐在宋怀良办公室光线充分的沙发上,他手指不安地敲着沙发的扶手:"这不是解决她的后顾之忧,而是让她雪上加霜。"宋怀良有些不服,豁出去身家性命的最大一笔赌注,在杨俊的嘴中居然就是一座百孔千疮的烂尾楼,他像捍卫公司名誉一样捍卫着飞天游乐城:"杨律师,不能说上海有朗庭酒店,庐阳的铂尔曼酒店就要关门,市政府眼光不会错的,你们律师打官司是行家,招商引资还是企业家和政府在行。"杨俊意识到飞天游乐城是宋怀良最后一根救命稻草,但救命稻草不能当船桨来划,想到那一年吴佩琳豁出去救宋怀良,头发日渐稀少的杨俊仗义执言:"吴佩琳当年为了救你,那可真是疯了一样。她对你,不是一般的爱情,那是杀身成仁,舍生取义。前些年她要跟你离婚,是她太在乎你;如今不愿跟你离婚,也是太在乎你。反正你们两口子,像一出大戏,不差似《西厢记》《天仙配》,戏是把假的当真的演,你是把真的当假的扔掉了。"宋怀良听不懂杨俊的苦口婆心,他怨妇一样地重复着自己的离婚理由:"坐在一张桌上吃饭,不说一句话;生活在一个屋檐下,睡在两张床上。你说这叫什么日子?"杨俊一针见血戳穿宋怀良:"那是你身边有了另外一个女人。"

　　这个春节,宋怀良像是经历了一个轮回,重新恢复了当年自卑而窝囊的本来面目。杨俊明确告诉宋怀良:"律师最怕的就是情感官司,坦率地说,我不想接你委托的官司,你找其他律所吧! 如果将来离婚后要复婚,可以找我。"

　　门外由远及近地响起了软底鞋经过楼道的声音,宋怀良的注意力集中在鞋底声音上,而忘了接杨俊递过来的"离婚起诉书"草稿,那是他和杨律师已经讨论得令人厌烦的一堆文字,杨俊律师对正在发愣的宋怀良说:"发什么愣呢,起诉书上离婚理由,都是扯淡!"杨俊还要往下说,办公室门推开了,是艾叶,她一进门就嚷着:"陈琦给我发微信说,新年开张第一天,新进口的乌拉圭'崩沙腩',乌冈栎熏烤,全场三折,我回了微信,中午我请你。"她指着站在空调风口下的杨俊一厢情愿地问:"新年一上班,就有客户上门,中午一块过去吧!"宋怀良纠正说:"这是杨律师。"艾叶说:"律师好呀,中午一起吃烧烤,一人一扎啤酒,顺便再聊聊经济官司、离婚官司怎么打。"杨俊用目光仔细扫描了一遍艾叶,淡黄色头发、橘红色羽绒服、黑色牛仔裤,脚上一双白色耐克球鞋,全身上下逆历史潮流而动的色彩异常鲜明,不用介绍杨俊就知道她是这场离婚官司中的另一个女人,于是旗帜鲜明地说:"大过年的,我要回家跟老婆一起吃饭。宋老板,今天中午跟你吃饭的人应该是吴佩琳,地点是在家里的餐桌上。"他话没说完,目中无人地拂袖而去。

这时,还没开学的依琳打来了电话,秦大姐中午炖了一锅莲藕排骨汤,佩琳还蒸了一碗腊肉香肠,饭做好了:"爸,你什么时候到家?"宋怀良含含糊糊地说在办公室还有些事要处理,艾叶看出了宋怀良左右为难的情绪,很轻松地转动着手中的摩托车钥匙:"回去跟你老婆孩子共进午餐吧!我说过的,我不会成为你的负担。"宋怀良面露愧疚,艾叶说:"你要是不高兴,不自由,不轻松,我就是多余人,甚至就是罪人。宋哥,不要纠结,我丝毫没有绑架你吃烧烤的意思,有空就去,没空拉倒,就这么简单!"宋怀良从桌上拿起自行车钥匙,准备回家,手机响了,是耿双河打来的。艾叶看到宋怀良接听电话过程中,抓着电话的手在耳朵边大幅度颤动着,挂了电话,他对艾叶说:"沉鼎商厦的老板找到了。"艾叶问:"找到了,好事呀!200万垫付资金不就有着落了?"宋怀良面如死灰地说:"找到了,人在监狱里,财产全没收了!"

宋怀良给司机老邵打电话,他要立即赶到徽南去。不到十分钟,老邵开着车到了楼下,失魂落魄的宋怀良拎着包往楼下冲,艾叶抓起桌上的香烟和打火机:"我跟你一起去!"到了楼下,依琳骑着单车过来了,她来接宋怀良回家吃饭,见艾叶在,依琳拉着正打开车门的艾叶的胳膊:"小艾姐,一起到我家去吃饭吧,家里炖了排骨汤,还有香肠。"宋怀良说:"你回去吧,跟你妈说一下,我跟你小艾阿姨要去徽南市出差。"

"尼桑"轿车像一头疯牛,很莽撞地冲出了院子。依琳对吴佩琳说出这一感受时,吴佩琳说徽南那边肯定有急事,依琳说小艾姐手里还抓着老爸的香烟和打火机,吴佩琳不想让女儿知道真相,就说:"你爸一遇到急事,就乱了方寸,香烟打火机可是你老爸的命根子。"已经长成大姑娘的依琳无师自通地学会了敏感:"妈,小艾姐坐到车里后,扯下了老爸脖子上的围巾,说车里热。"她的意思是,即使车内热,需要扯下围巾,那也不该由她动手动脚的。吴佩琳听懂了,却装聋作哑:"冬天车内发动机热量大,穿个羊毛衫就够了。"

赶到徽南天已黄昏,沉鼎大厦工地堆放着玻璃、钢材、铁窗、油漆、水泥、黄沙,半拉子工程百孔千疮,如同一个被抛弃的残疾人,风和一些麻雀自由进出没有安装玻璃的窗口,宋怀良眼里的窗口全是伤口。耿双河说沉鼎商厦老板程天鼎年前被福建警方在泰国帕提亚海边逮捕,他海上走私的那一票无人机和电脑主板,价值三千多万。过年上班第一天徽南警方对报警人耿双河通报说:程天鼎走私十年,赚的钱吃喝嫖赌全糟完了,被捕的时候,还欠澳门赌场四千多万,他在厦门的房产汽车早被债主们执行一空,你们的二百万垫付资金是小数目,基本上完了。

宋怀良叫耿双河把工地上能用的材料全部拉走,已经粘到墙上的水泥砂浆油漆扶手栏杆门窗瓷砖扒下来也没用了,宋怀良和耿双河蹲在四处漏风的沉鼎商厦工地上抽着烟,扳着指头掐到城市万家灯火,估算出材料加人工损失一百八十万,还背上了七万多利息,三个月的还贷日期已过了两个月,宋怀良看着工地上黑洞洞的窗口,如同看着黑洞洞的枪口,那个看不见的手指,只要一扣扳机,他的天灵盖就碎了。

年底徽南公司工资东拼西凑勉强发了，年后第一天，到岗员工不到一半，有五六个打电话说家里有事，其他五十多人销声匿迹。年前发工资有员工一边数着票子一边说这是最后一个月工资了，耿双河想每人扣一部分工资，把人拖住，宋怀良说二十多年了，我从来没欠过一分钱工资，再难，这面子不能丢。可过年只发200块钱过节费，却发不出年货，百分之八十以上的面子已经丢掉了。

艾叶没到工地，她跟徽南公司的小郭拎了两瓶"徽南老窖"在"徽风楼"订了一个小包厢，等到宋怀良耿双河从沉鼎大厦工地赶过来，桌上的菜上齐了，"胡适一品锅"和"臭鳜鱼"是两道徽菜经典，宋怀良耿双河埋头喝酒，对菜品麻木不仁，耿双河说："去年下半年，投标连连不中，垫资给沉鼎干，冒险赌博，也是被逼的！"耿双河说着眼圈红了，他觉得对不起宋怀良，宋怀良自己将一杯酒倒进喉咙里，拍着耿双河的肩说："记得第一次装修义乌商贸城吗？什么也不懂，也是赌。要是赌输了，今天我俩也不会坐在这吃臭鳜鱼。"艾叶插上话："也不会有我跟你们一起聚会徽风楼。"一瓶酒没几个来回，喝光了，老邵开车不喝，小郭和艾叶一人喝了不到半两，艾叶知道他们心情不好，就没有制止他们撬开第二瓶，第二瓶喝了不到一半，耿双河哭了起来，他抹着嘴角的残酒和一脸的眼泪鼻涕："徽南公司，被我毁了，对不起你，兄弟！"宋怀良见不得耿双河当众崩溃，拿出老板的架势教训耿双河："既然是兄弟，还有什么好说的。亏掉的钱再挣回来，不就得了。"宋怀良口气很大，心里很虚，束手无策的他如同一个赌徒在等待着几乎等不来的翻盘。第二瓶酒喝到中途宋怀良拧上了酒瓶盖，他不想看到耿双河酒和眼泪一起下肚，也不想把自己喝得东倒西歪。

宋怀良和艾叶住徽南宾馆，依旧是隔壁邻居，酒没喝醉，用芯片房卡开房门时，宋怀良头脑和动作一大半是清醒的，他还记得自己的公文包在艾叶的手里，于是伸出手说："包给我，充电器在里面呢，手机没电了。"艾叶将颜色破败的咖啡色公文包塞到宋怀良手里，自己开了隔壁的房门，她对宋怀良说："你自己照顾好自己，需要我做什么，就给我打电话。我手机开着！"艾叶话里意思含糊而明确，但她不会把自己的意志强加给宋怀良。

第二天早上太阳按时升起，宋怀良在去餐厅吃早饭的路上问艾叶："没看到电话上有未接来电？"艾叶问："你给我打电话了，几点？"宋怀良说："夜里三点。"艾叶很诧异地看着身边稳如泰山的宋怀良："我睡着了。打电话要我做什么？"宋怀良未置可否地苦笑了笑："给我买药。"在宾馆餐厅走廊的一根大理石柱子边，艾叶停下脚步，目光直视宋怀良："我知道你要什么药。你怎么不来敲我的门？"

宋怀良岔开话题："你说那个程天鼎胆子真有那么大，赌场借了四千万，我可没那个胆量。"

正月十二，依琳开学日子到了，吴佩琳给依琳准备了卤鸡蛋和两盒哈根达斯路上吃，宋怀良在蓑衣巷给依琳买了三斤椒盐花生，老邵的车停在楼下，宋怀良拉着依琳的箱子准备出门，依琳对正在阳台上晾衣服的吴佩琳说："妈，你跟爸一起送我！"宋怀良招呼吴佩琳穿上真皮大衣，说火车站站台上风大。穿上了起码十年没穿过的墨绿色皮大衣上车后，吴佩琳似乎闻到了皮衣上有一股油漆味道。宋怀良和吴佩琳继续配合默契地将夫妻和睦一直演绎到站台上，绿皮车门关上前，宋怀良要依琳到站后打个电话报平安，依琳对站在风中的宋怀良的回答是："爸，你要是跟小艾姐姐胡来的话，高考一结束，我就找个七十多的老头做你女婿！"

回来的路上，车内的气氛压抑到窒息，发动机和空调的声音像是垂死者挣扎中的呐喊。吴佩琳微闭着眼睛，对窗外过年剩余的街景漠不关心，宋怀良歪过脑袋轻轻问了吴佩琳一句："你对依琳是不是说了什么？"夫妻俩坐在后排，宋怀良的棉袄和吴佩琳的皮衣在老邵的后视镜里，是紧密联系在一起的，吴佩琳睁开眼睛，看着被疑虑折磨的宋怀良，声音轻得有些温柔："我对依琳说过在外不要吃炸鸡腿、炸薯条、方便面之类的垃圾食品，还有手机只打电话，不要上网，不要开微信。其他没说。"老邵不明就里地插了一句嘴："佩琳说得对，肯德基店里的炸鸡腿，哪有我们的辣椒烧仔鸡好吃。"

吴佩琳在蓝湾公馆大门口下车，宋怀良去公司，吴佩琳对车内的宋怀良说："要不你先给依琳打个电话，核实一下？"吴佩琳的意思是，你的所作所为不是我挑拨出来的，是高中生的女儿自己看出来了，当着老邵的面，她不明说。

宋怀良没回家，他去了办公室，这个办公室属于他的时间已经不多了，他站不稳，坐不住，从烟盒里拔出一支香烟，点着，像电影中走投无路的日本鬼子一样，在办公室里来回走动，还没走上几个来回，办公室门敲开了，楼下保安带着两个衣着朴素的男人进来了，两个男人亮出手中的证件，操着一口生硬的普通话，说："我们是广东警方的，前来抓捕杀人嫌疑犯肖晨，请你配合！"宋怀良像是挨了一闷棍，惊恐的目光盯着两个不速之客，像是梦中的飞机失事。

两个面无表情的广东便衣坐进公司的"尼桑"车，将宋怀良夹在中间，指挥宋怀良给肖晨打电话，宋怀良哆嗦着手抓着电话，声音也哆嗦着："下午六点到江北，晚上订老地方，同天酒楼。"肖晨在电话里说厨房水管坏了，下午找人换水管，请老邵的车从他家拐一下，然后一起去酒楼。

肖晨和石榴红租住在玫瑰苑小区一套两室一厅房子里，他们在没有玫瑰的小区里同居了十几年，没结婚，也没孩子，人过中年的石榴红半老徐娘，缺少自律的脸上颜色灰暗神情自卑，腰像水桶一样膨胀开来后，跳脱衣舞改为跳广场舞，当年那些网上的网友还有来路不明的干爹之类的人物早就像风一样消失得无影无踪，年前网吧关了后，石榴红已沦为肖晨工地上烧饭的大妈，只有偶尔到卡拉OK厅奢侈的时候，才有人从她跑过码头的声音里联想到这个在油盐酱醋中穿梭的女人与艺术多少有点瓜葛。肖晨和她在一起，非法同居却相依为命，各自挣钱，花钱AA制，在两室一厅的空间里，他们像是合伙开了一个公司，而不是组成了一个家庭。

宋怀良带着两个广东便衣敲门进去的时候，石榴红正在简陋客厅里给鱼缸里的色彩鲜艳的鱼喂食，那些养尊处优的鱼丝毫没有意识到危险的来临，石榴红对进门的宋怀良说："江北老窖，肖晨藏了十多年，就剩两瓶。"她以为宋怀良身边的两个沉默的男人是带过来做工程的工人，而这两个工人眼睛贼一样在屋内一扫，然后直扑厨房，将正在检查水管的肖晨的脑袋按在水池里，等到石榴红反应过来，肖晨已被铐上手铐，像一截水管扔在了客厅铺着白瓷砖的地上。石榴红张着嘴，合不上，也说不出话，全身打摆子一样，牙齿也失灵了，她听到便衣在问清身份后宣布逮捕令："肖长水，你涉嫌1993年2月16日杀害叶雨欣，现在宣布对你执行逮捕！"另一个便衣将肖晨戴着手铐的手拎起来蘸上印泥，在逮捕证上按下了手印。

肖晨应该叫肖长水，宋怀良改不过来，他看着癞皮狗一样的兄弟，痛心疾首："肖晨，你怎么能干出伤天害理的杀人案来，这么多年，我真的以为你是一个孤儿。"缓过神来的石榴红瘫倒在地抱着肖晨号啕大哭。肖晨很平静，脸上没有恐惧，反而有一丝解脱后的轻松。肖晨用戴手铐的手将石榴红从瓷砖地上拉起来，安慰她说："你不是杀人犯的家属，不要太难过。"然后将目光转向宋怀良，"宋哥，不是女人靠不住，是男人靠不住。"

肖晨被警察带走了，石榴红像是一张作废的体育彩票被扔在了冰冷的客厅里。

后来宋怀良才知道，肖晨名字是假的，学历也是假的，还有孤儿身份，无一不假，只有杀人是真的，他没有被香港老板骗，而是他骗了香港老板。酷爱建筑的肖晨没考上建工学院，春节期间在香港老板开的餐厅里当服务员，靠着斯文清秀的长相，他忽悠老板19岁的女儿叶雨欣，说自己是建工学院大学生寒假来勤工俭学，并在一个雨天的夜晚成功地将叶雨欣骗到了小旅馆肮脏的床上。真相败露后，香港老板找了三个胳膊刺有毒蛇和蝎子图案的黑道打手，将肖晨打断了一条腿,两个月伤好了后,渔夫的儿子肖晨揣了一把剔骨刀,在餐厅后堂仓库边捅了叶雨欣六刀,然后趁着夜色消失在一片血腥之中。从此,他海边打鱼的父母,再也不出海了,他们在等待着儿子归来。

肖晨被广东警方押上火车前,戴着手铐的手对宋怀良作揖道:"每个男人心里都有一个魔鬼,我不是人,宋哥,感谢你收留我二十年,给你添麻烦了。对不起!我走后,拜托你多关照一些石榴红,她也被我害惨了,她一再要跟我生个孩子,我没答应。"

火车车门一关,肖晨的背影消失了,随之消失的还有肖晨的声音和那颗朝不保夕的脑袋。站台上的风好像掉转了方向,是东南风,好像春天要来了。庐阳的春天,到处都是伤心的故事。

晚饭宋怀良回到家,两口子坐在饭桌上就着咸菜和馒头喝稀饭,桌上没有声音,只有喝稀饭的声音像是水龙头下流水洗碗一样咕噜着,秦大姐犯了错误似的夹在两人中间,也不说话,筷子和碗相互别扭。稀饭快要底朝天时,持续冷战的吴佩琳抬头对宋怀良开口了:"我也没想到肖晨是杀人犯,石榴红在电话里哭了半天,一个女人就这么被一个男人毁掉了,网吧也破产了,她都两个月没拿到工资了,公司还有没有岗位了?"宋怀良叹了一口气:"哪有岗位。"吴佩琳见宋怀良不接招,就说:"公司要是不好安排的话,让她来牛肉汤馆做采购。"宋怀良未置可否,这时手机叫了一声,艾叶的微信,他推了碗去阳台给艾叶回信息了,手机里无比震惊的艾叶问他:勤勉励志、诚实忠厚的肖晨是杀人犯,太奇葩了。石榴红跟她睡在一张床上一二十年,没闻出一点异样,是女人愚蠢,还是男人阴险?宋怀良回复说:愚蠢的女人和阴险的男人凑到一起,绝配!艾叶回了一条:你不打算晚上陪愚蠢的女人喝一杯咖啡吗?宋怀良回复:太累,我现在想喝老鼠药。艾叶回复:好好休息,天塌不下来,明天早上醒来,一屋子阳光都是你的。

庐阳的春天月经失调般紊乱,第一天穿着棉袄在寒冷中缩着脑袋,第二天阳光火爆,大街上女孩边看手机边喝冰可乐,宋怀良在这反复无常的天气里应付着更加反复无常的公司残局。韦晓丽辞职了,肖晨被抓了,人事部老杨住院了,十八家网吧全部关门了,二百八十多员工失业,其中一大半是自己跑掉的,徽南沉鼎大厦垫资两百万灰飞烟灭了,两百万贷款逾期滞纳金一天天递增,全公司年后全员出动,上门讨要拖欠公司的工程款,一个多月下来,讨回九十多万,清欠了网吧部分房租,下个月工资却没有着落了。肖晨的江北公司垮了,沉鼎大厦将耿双河的徽南公司送上了垮塌的路上,周小泉的东江公司结清了黄梅戏大舞台工程款,工资还能发放,庐阳城里的钱小毛拿不到政府工程,工程队在小区打游击做市民住宅装潢,艰难谋生。宋怀良和他的公司被打回到二十年前的原形,唯一不同的是,二十年前装修排队等候,暴利行业,二十年后四处找米下锅,难以糊口。

宋怀良站在这个春天的路口,听到的是四面楚歌,他想不明白,世道怎么说变就变了。

公司现在就像当年五里井棚户区一间四处漏风的危房,宋怀良是一个裱糊匠,哪里漏风,就用纸糊上漏洞。肖晨被抓走后,宋怀良叫石榴红接手江北分公司,石榴红说看到肖晨坐过的桌子和用过水杯,她就要崩溃,她没接管江北公司,也没到牛肉汤馆做采购,她去北京投奔当年新浪潮歌舞团的一个男歌手,那个嗓音嘹亮、跑调严重的男歌手,现在北京三里屯酒吧当保安,光棍一人,微信上得知石榴红男人出事了,说对石榴红一往情深二十年从没改变,当年他最想杀掉的人就是团长王遥。石榴红不辞而别,宋怀良无人可用,他派艾叶去江北当裱糊匠,任务两个,一是清产核资,二是解散江北分公司。

艾叶去了不到一个月,江北公司散伙,员工工资发到四月,多发了一个月;讨账有功的员工每人另发三百块钱遣散费。艾叶带着几十号装修工将六家单位的三十七万工程款全部收回,艾叶讨账像她设计图纸讲究创意,不打架,不起诉,给欠款单位主要负责人家属发一封公开信,将每个装修工的姓名、年龄、身份、家庭状况一一列出,于是家属们看到了六十多个装修工大都是下岗职工、农民工、家有瘫痪的老人、残疾的孩子、患癌症的老婆、传销失踪的儿子、躲债逃离的父母等，家庭状况特殊的，占80%以上，为确保信息的真实性，每个装修工的电话号码统一附在后面，以供核实，公开信的最后一句是："你们欠的不是暴发户的暴利，你们欠的是穷人的血汗钱；你们不是偿还债务，而是施舍爱心。相信每一个心怀慈悲的人在看了这份名单后都会宽恕和理解我们被迫讨债的无奈和失礼！"与此同时，这份刚柔兼济情理兼顾的公开信在欠债单位的传达室和大门口以大字报的方式同样贴了一份，那鲜红的公开信像鲜血一样洒在了欠债单位的墙上。艾叶跟欠债单位不见面、不纠缠、不冲突，讨债于无形，拖欠工程款的单位第二天打来电话要账号，第三天欠款到账。

艾叶从江北回到庐阳，四月的天气炎热难当，艾叶穿着一身夏天的衣裳出现在宋怀良面前，白色真丝衬衫系在腰间，下穿露出破洞的牛仔裤，脚上蹬了一双白色耐克运动鞋，她手里拎着一副墨镜，问宋怀良："你打算怎么犒劳我？"宋怀良没想到一个小姑娘居然也能撬动乾坤，她成了自己黑暗中的一束光，跛足前行时的一根拐杖，因激动而乱了方寸的宋怀良很草率地回答说："我跟吴佩琳离婚离定了！"艾叶吐出嘴里的口香糖残渣，攥着墨镜的手敲着宋怀良的办公桌："宋哥，我去江北收拾烂摊子，没打算跟你做交易呀，怎么跟离婚扯上去了呢？请我喝杯咖啡吧，我喜欢西部咖啡临水的窗口。"

艾叶的生活中，好像没什么事情能够败坏她风之子的心情，她在宋怀良面前是一片洁白的羽毛飘扬在风中，率性随缘，任意东西，新鲜自由而又把握不定。

吴佩琳在浅水湾小区门口堵住艾叶的时候，时间是下午三点一刻，艾叶刚从西部咖啡回来，她从哈雷摩托车上跳下来，咖啡的味道和宋怀良的气息已被一路热风吹尽，自上次在蓝湾公馆挨了吴佩琳的辱骂后，艾叶连虚情假意的客套都不想送给吴佩琳，在小区大门口红白栏杆前见面时，艾叶先是惊讶，接着就是冷漠，找上门来为争夺一个男人谈判,太无聊。吴佩琳穿着一件黑色真丝套裙,稳重成熟,淡定从容,她像是逛大街时偶然遇到了一个多年不见的远房亲戚,很是客气,没有半点争风吃醋的表情,她站在艾叶摩托车侧面说:"想去盛合广场看看景德镇瓷器展,这么巧遇到你了,正好有个事要找你。"吴佩琳像是一个会计跟一个员工结算工资,公事公办的口气。艾叶有些措手不及,问什么事,吴佩琳说石榴红从北京打来电话,江北公司善后,艾叶给每个遣散的员工工资发到了四月份,还给了三百块钱遣散费,她一分没有。肖晨的工资也应该有一份,她要代为领取,肖晨被抓走前一个礼拜,新换的"华为"手机是石榴红花钱买的,两千二百块。吴佩琳说完这些凄惨经历后强调:"给别人留一条生路,就是给自己留一条后路。"这话听起来有些像写作文跑题,小题大做,升华太多,艾叶不客气地说:"石榴红不接受宋哥的工作安排,在公司最困难的时候,招呼不打一声,拔腿逃跑,这种货真价实的公司叛徒,还好意思来要钱,他不是肖晨的老婆,肖晨的工资,与她无关,她给肖晨买的手机,怎么能要公司来埋单,跳脱衣舞把人跳得这么不要脸了。"

艾叶劈头盖脸地对石榴红的谴责,更像是对吴佩琳的声讨,声讨吴佩琳不维护公司利益。吴佩琳听出了艾叶话里的弦外之音,也话里有话地反唇相讥:"小艾,你还小,有些事你没经历过。不是说一个女人只要豁出去了,就会有相应的回报,石榴红豁出去跳脱衣舞,被关了四个月;肖晨不是她老公,豁出去十几年,无名无分,无房无后,这就是下场!"吴佩琳的话明显挖苦艾叶豁出去救火,不是为了公司利益,而是她豁出去鸠占鹊巢,不会有好结果。

两个女人在昏黄的小区大门口太极推手,一辆救护车闪着蓝灯冲到小区门口,吴佩琳和艾叶挡住了部分道路,警笛啸叫声中,她们急速后撤到门边值班亭下。艾叶对吴佩琳意味深长说了句:"不是所有的付出都需要回报的,这世上,有小人算盘,也有君子之心。"

石榴红的一个月工资不是什么大事,吴佩琳本想跟艾叶说一下,处理掉就得了,犯不着找宋怀良,跟宋怀良说话,喉咙像卡住了鱼刺,相当难受,没想到被自己推荐来的小丫头一口回绝了,她不是生气,而是愤怒,公司里的事该是她说了算的,但她不愿跟艾叶正面冲突,她指着艾叶的裤子说:"裤子可以有漏洞,说话做事还是少些漏洞好!"说着骑上自行车走了,她的后背上落满了下午的阳光。

客厅电视里正在放《甄嬛传》,屏幕上的宫廷争斗进一步恶化,吴佩琳当着秦大姐的面直接跟宋怀良摊牌:"如果公司是艾叶说了算,石榴红四月份工资不发,我拿自己的钱给她打过去。一个可怜的女人被一个杀人犯耽误了十几年。"宋怀良没有探讨的兴趣,也不想跟吴佩琳抬杠,他怕烟雾污染客厅空气,就主动把香烟按灭在烟缸里,目光盯着屏幕上服装古怪的孙俪,说:"明天早上,我让财务把石榴红工资打过去。"其他的话题,宋怀良多一个字也不想说,他站起身,回自己的房间去了,他房间里从一而终的烟味无比温暖而亲切。

第二天早上宋怀良交代完财务给石榴红打工资,艾叶用脚推门进了他办公室,她手里抓着一盒酸奶,嘴里咬着吸管,说话带着酸奶味:"你老婆找我要石榴红的工资,人都跑了,还追着她去送钱,太可笑了!难怪你过得不开心,这种女人找茬可以,帮忙不可以,跟这种女人在一起,出轨、离婚是必由之路。"空气中一早就冒火,宋怀良打开办公室里的柜式空调,他接受不了艾叶对自己和吴佩琳的关系定位:"我没有出轨呀!"艾叶夺过宋怀良手中的空调遥控器,关了空调:"空调太老了,声音太大。宋哥,非要睡在一张床上才叫出轨吗?太原始,太动物化了吧!"

宋怀良无力反驳,嘴不饶人:"艾叶,我没你想的那么高深。吴佩琳诬赖我跟你早就住在一起,可我没有,我问心无愧。"艾叶说:"你还在纠缠晚上睡在哪张床上,这算得了什么?我不跟你说了,说多了,你又不开心了。郭凯腐败案要宣判了,你去不去省城旁听?我要去几天,顺便再看看晓丽。我打算给晓丽送一千块钱,转给郭凯在牢里买烟抽。毕竟我是他介绍到公司来的。"宋怀良说公司里麻烦事太多,建材商场也出事了,去不了,等郭凯服刑了,再去探监。艾叶说:"郭凯要是判了死刑,枪毙了,你到哪儿探监去?"艾叶从包里掏出一盒酸奶塞到宋怀良手里,"豆浆没营养,喝牛奶才能把免疫力提上来。"

三千平方米的建材商城老了,门头上的霓虹灯两年前三个字缺胳膊少腿,等到工商质监部门查封"怀琳建材商场"时,六个字坏了四个,其中有两个字彻底报废,好在工商部门贴封条是白天,霓虹灯是否闪烁已没有意义。商场法人代表宋怀良被工商局请进了一间墙上贴满各种条例的屋子,那位戴着大盖帽的中年男人痛心疾首地教训宋怀良:"没想到你这个全市的标兵模范卖假货!假货涉案金额太大,如果是供货方售假,还好办一些,没收、罚款、整改后继续营业;如果是你们有意售假,那就得吊销执照,两百多万都够判刑了!"宋怀良抹着额头上的汗,一再申辩说:"市里、区里给了我那么多荣誉,就是饿死,我也不能买假卖假,对不起党和政府。要是真的假货,没收、罚款、整改,我全认了!"

其实结论已经出来了,建材商场销售的除了假红木门、假"箭牌"卫浴、假"立邦"油漆,还有假的"圣象地板",连"老虎牌"开关、"三源"牌电线都是假的,要是有一两种假的,可能是被供货商蒙蔽,这么多假货,没法解释,宋怀良走出工商局消费者协会那扇货真价实的红木大门时,已经意识到赵超故意售假,这对公司来说,简直是干了件釜底抽薪、断子绝孙的事,宋怀良恼怒、无奈、无助,怀琳公司在这个阴阳失调的春天已病入膏肓,赵超在走向毁灭的路上多迈出了一大步,他头顶上的阳光落下来就是烈火,他在烈火中粉身碎骨却不可能永生。

赵超哭丧着脸为自己售假开脱:"怀良,宋总,公司这两年从商场拆借了八十多万,一分都没还,这八十多万是货款,不是利润,利润早都上缴了,分公司拉走建材后,迟迟不付款,钱小毛的庐阳公司欠了四十多万,肖晨的江北公司二十多万,还有徽南、东江的,总共两百二十多万要不回来,场租涨了百分之二十,拖欠的建材欠款三年增加了百分之八十,人员工资一分没涨,商场流动资金早就掉链子了,房东庐阳宏发公司正好装修办公楼,就用建材抵了一部分,没想到被举报了。"赵超没有明说,但已经变相承认了卖假货的故意、卖假货的迫不得已。宋怀良没有勇气和信心发火了,他皱着眉头拼命抽烟,他在烟雾中寻找缝隙和出口:"我得去找工商联洪主席。"

赵超要请宋怀良喝酒,宋怀良怼了他一句:"我现在能有心情喝酒吗?"这时,手机短信跳了一下,打开一看,是吴佩琳发过来的:"今天是我爸住院第六天,他希望见你一面。市一院住院部502。"

宋怀良赶到医院才发现岳父吴镇海的病情比预想的要严重得多,他躺在病床上鼻子里插着氧气管,眼神干枯而空洞,迎接宋怀良进门的目光涣散而零碎,吴佩琳刚给吴镇海喂了两勺水,她手里攥着金属汤勺很温和地对宋怀良说:"心肌梗死抢救了两次,病情还不稳定。我说你忙,爸非要见你。"走廊里推着餐车的护工扯着嗓门喊"开饭了",吴佩琳拎着饭盒出去了。

宋怀良坐在床头抓着岳父血脉不通的手,凉凉的,看着这个当年呼风唤雨的厂长,人生无常的悲凉在心里弥漫着。吴镇海鼻子插着管子,氧气瓶咕咕噜噜地叫着,像是在诉说着生命的脆弱,宋怀良爸白地安慰吴镇海:"爸,等你出院,我一定陪你去海南,看看天涯海角。"吴镇海已丧失了对天涯海角的想象和憧憬,他很困难地动了动灰紫的嘴唇,拼尽力气说了一段话:"小宋,这么多年,你对佩琳包容,迁就,不容易;我没做到,吵了一辈子,到老了,向你学习,想跟老伴好好过日子,可日子不多了。你是食堂伙夫的儿子,我是农民的儿子,你跟佩琳,我跟佩琳妈,门不当,户不对,一开始就错了。我找你来,就是请你原谅,我当年不近人情,干涉你俩在一起,干涉是怕你俩过不好。一个男人如果被自家女人当作臭虫,家就有裂缝了,别的女人就从缝里钻进来对你说,你不是臭虫是英雄。我说得对吗?"

宋怀良没说对也没说不对,他只是觉得自己憋屈的心跟岳父打通了,宋怀良攥紧岳父枯瘦的手,感受到他们跳动着相同脉搏。吴佩琳端着病号饭进来了,宋怀良给吴镇海床头丢下身上仅有的八百块现金,对吴佩琳说,"下午出门买点新上市的水蜜桃,还有荔枝。等爸出院了,我在徽府酒楼给爸接风,二十年庐阳老窖,臭鳜鱼、毛豆腐、一品锅,都上!"吴佩琳说医院食堂伙食太差,她拿起床头柜上的一块真空包装的"赣记桃酥"很自然地塞到宋怀良手里:"先对付着垫一下肚子!"宋怀良很自然地接过桃酥,说下午公司还有事。他们在老爷子面前继续恩爱。

　　季节往万物复苏的春天走,公司向冰天雪地的冬天退。宋怀良走出医院大门,身上全是医院的味道,药水、消毒液、血腥的味道一路尾随着,他在公司的感觉跟在医院一样,到处弥漫着死亡气息和病入膏肓的绝望。他不想让吴佩琳知道,江北公司解散后,徽南公司被沉鼎大厦拖垮了,解散后的耿双河残部十二人,在宋怀良斡旋下,投奔了东江的周小泉,东江是唯一能维持运转和能开出工资的公司,念及耿双河当初带自己出来闯荡,周小泉收留了前姐夫,编在自己手下做工程部经理。耿双河带一帮残兵败将过来的那天,由宋怀良主持,喝了一顿会师酒,周小泉就像当初张国焘一样,对权力做了再分配和重新切割,耿双河降职使用,做周小泉手下的工程部经理,另外,东江分公司与怀琳公司脱钩,品牌照用,财务独立核算,不再上缴利润(去年唯一上缴公司十二万利润的分公司),说白了,跟总公司保留父子名分,断绝父子关系,周小泉很客气地对宋怀良说:"以后宋哥路过东江,一定要留下来喝顿酒。"周小泉乘人之危实施权力敲诈,符合他一贯的性格,宋怀良没有吃惊,倒是耿双河气得牙齿咯咯直响,他当场摔了酒杯:"他妈的,没良心的王八羔子,老子不干了!"意气风发的周小泉在另一桌接受投诚过来的伪军的恭维和敬酒,没看到耿双河发飙的场景,宋怀良按住耿双河的胳膊,安慰说:"天下没有不散的筵席,不干那也是将来的事情,眼下不是赌气的时候。"在一间勤俭节约的小馆子里,拥挤的空间,混乱的脑袋,失态的言行,酒气、烟雾、菜味混在一气。

宋怀良从东江回来后,跟钱小毛也做了切割。钱小毛的庐阳分公司沦为普通的家装公司,淹没在全市五百多家装潢装修游击队中,挣点钱混个温饱,两年前就无法上缴公司利润了。钱小毛提的条件是,以后宋怀良不得再往庐阳分公司塞人了,实在养不起,尤其是五里井残疾人,应该由政府来养,钱小毛有心无力:"不是我对街坊没有爱心,实在是装修利润比纸都薄。"钱小毛认宋怀良是恩人,请宋怀良喝了顿散伙酒,在酒桌上对宋怀良说:"挂着公司牌子,以后每年先进的荣誉还是你的,你去市政府礼堂领奖,我们为你鼓掌。"宋怀良摇头苦笑着,没说话。放下钱小毛那顿酒的酒杯,走出酒楼,宋怀良意识到二十年辛辛苦苦创办的装修公司全部完蛋了,剩下的公司名称像是刻在墓碑上的一行铭文,他抬头看了一眼含混糊涂的天空,一阵反胃,站在路边的绿化带上剧烈呕吐起来,像是要把五脏六腑都吐出来,吐着吐着他的眼泪断线似的流了下来,钱小毛紧赶两步过来,捶着宋怀良的后背,安慰说:"宋哥,不要骑车了,我让江淮轻卡送你回家!"

回到家,家里空荡荡的,客厅黑灯瞎火,对面房间在黑暗中无声无息,吴佩琳在医院还没回来,夜里十一点,防盗门响起钥匙转动的金属声音,宋怀良在北边房间里抽烟,烟缸里已经堆满了烟头,空虚的书架上散乱地放着几本时尚杂志,杂志从第一页到最后一页几乎都与恋爱、出轨、离婚相关,好像除了男女纠缠,人活着就没其他事可做了。宋怀良盯着墙上的一幅乘风破浪的摄影作品出神,画框里波涛汹涌,一艘挂着白帆的木船逆水行舟,宋怀良看到的不是岸边的希望,而是随时被风浪打翻的粉碎。这种心境影响了他对吴佩琳进门的关注,他斜躺在书房狭窄的床上颓废而没落,欲望和野心如同空虚的书架,此刻,他脑子里是北方的煤矿和矿井里矿灯,还有瞎了一只眼的母亲。

房门敲响了，吴佩琳推门进来了，带进了门外一缕风，宋怀良一气咳嗽，整个人看上去像一个肺结核病人，吴佩琳站在宋怀良的床头，就像站在医院的床头，她看着一动不动斜躺在床上的宋怀良：嘴里叼着香烟，皮鞋没脱，一只脚搁在床边的一张方凳子上，凳子上是一个张着嘴的空烟盒，她摇了摇头，说话声音就像这夜晚一样平静："怀良，明天我们去把离婚手续办了，飞天游乐城股份我不要，钱我也一分不要，把牛肉汤馆转给我就行了，房子留给女儿。看着我爸躺在病床上，连咳嗽的力气都没有，我想通了。"吴佩琳说得轻如鸿毛，宋怀良听得心里发毛，离婚冷战了两三年，两三分钟就尘埃落定了，宋怀良有些茫然，他坐直病人一样的身子："你还要什么，我都答应，只希望你今后不要恨我。是我没做好，我对不起你，也辜负了你。你说的是对的，我就是一个草台班子的班主，跟新浪潮的王遥一样。"宋怀良说到这里，他的鼻子酸酸的，他说的是真话，公司已经资不抵债，他们共同创办的庐阳之最，第一家装饰装修公司在这个晚上咽下了最后一口气。房顶吊灯坏了两个灯泡，米汤一样的光线笼罩着烟雾里两张虚幻的脸，吴佩琳对宋怀良释放了从未有过的大度和善意："艾叶聪明、新潮、单纯，我希望你以后对她好一些，庐阳比你有钱的，比你长得帅的，比你年轻的，多的是，可艾叶死心塌地跟了你七八年，一个比你小了一个辈分的大姑娘赴汤蹈火，泰山压顶，痴心不改，我相信她是真的爱你，就跟我当年一样。"

　　宋怀良被吴佩琳一番情真意切的理解感动了，他望着房顶上坏了三分之一的吊灯，说："佩琳，谢谢你的宽容大度！"宋怀良在吴佩琳给他做了这番定性后，他才敢相信艾叶和自己是有爱情的，而且爱得不那么可耻。宋怀良廉价的感动在于他认为吴佩琳终于理解了自己，而没有意识到是吴佩琳放弃了自己，她不想抱着炸药包跟他同归于尽了。

　　在医院累得散了架的吴佩琳进了自己房间，关了门，她倒在床上没有洗漱就睡着了，心彻底清空后，如释重负，人像一片羽毛飞入了梦里。

主卧枣红色木质房门里没有一点动静，宋怀良抓着手机，心情坦荡地半夜出门了。夜猫子艾叶没睡，收到宋怀良的"马上到西部咖啡"的微信，提前赶到了西部咖啡，已是夜里十一点四十分，咖啡厅里稀稀拉拉的客人在窃窃私语，二楼临水的一个卡座，艾叶坐在自己设计的位置上，想象着深夜宋怀良约她出来干吗，宋怀良晚到一步，一落座，艾叶把一杯研磨咖啡推到宋怀良面前，说："离婚搞定了！"宋怀良没端杯子，而是点了一支烟，他贪婪地吸了一大口，仰头望着无数根杉木板铺就的屋顶，长长地舒了一口气："比二万五千里长征还要艰难。"他突然从房顶收回目光，盯住神情松散的艾叶，"你怎么知道的？"艾叶很清淡地回答说："这就像你听到走廊里鞋子的声音。"

宋怀良没有激动，只有如释重负的侥幸和轻松，从此他不要再为如何做好自己、做好丈夫、做好老板而焦虑和恐惧，艾叶说，宋怀良是老板，还是讨饭的，没关系，活得潇洒，过得自由最重要。缺什么补什么，吴佩琳没给的，她给。宋怀良说："公司已经完了，你一点不在意？"艾叶说："公司完了，人没完，胳膊和腿都在，出门打工就是了。你不是说去东北煤矿挖煤的吗？"宋怀良说："我去挖煤，你也跟着一起下井？"艾叶说："你挖煤，我卖煤，我不下井。"这样的对话，像是捧哏和逗哏，一唱一和地说相声。艾叶年龄不大，气场特别大，能控得住场子，这也是宋怀良着迷的风景。艾叶在喝完最后一口咖啡后，问宋怀良："我没逼你离婚吧？"宋怀良匆忙响应："没有，是我自己要离婚的。"

离开西部咖啡，已是第二天了，宋怀良执意送艾叶回去，咖啡馆离艾叶租住的浅水湾不到一站路，他们十指相扣走在春夜的风中，艾叶感受到了宋怀良手指的蠢蠢欲动和明目张胆，在浅水湾小区门口，宋怀良突然将艾叶往怀里拉进一步，目光迷离试探着艾叶："要不要我送你回房间？"这个夜晚宋怀良进了艾叶的房间，是出不来的，艾叶迟疑了一会，她从宋怀良的手里抽出自己的手："宋哥，明天你离婚手续办了，晚上我们一起吃个饭，再送我回房间。你最厉害最动人的地方就是，你能把这世上的不可能做成可能！"宋怀良本来也没明确地说什么，所以，就顺水推舟地说好。

回到蓝湾公馆，宋怀良怎么也睡不着，天亮时分，他听到楼下鼓风机的声音，牛肉汤馆熬汤的炉门打开了，又一个早晨开始了。

宋怀良起床后没有洗脸刷牙，而是在房间书柜下面的抽屉里找"结婚证"，找了半天，没找到，他去问吴佩琳，吴佩琳一手抓着手机，一手拎着包往门外跑，她对一脸迷茫的宋怀良说："医院来电话，我爸进ICU抢救了！"没等宋怀良做出反应，吴佩琳趿着鞋子，摔门而出，一股门外的空气蹿进屋内，比室内的空气多了些清爽。

随后宋怀良骑车飞快地赶到医院，住院部楼下停车棚里，他匆忙架上自行车，忘了上锁，直奔病房。早上七点，阳光在住院部大楼后面，楼前阴凉的绿化广场上，穿着病号服的病人，三三两两地在举步维艰地散步，部分患者坐在轮椅上，一个挂着拐杖的病人被急匆匆的宋怀良差点撞倒在地，宋怀良拉住脸色苍茫的病人，连连说："对不起，对不起！"

宋怀良是在ICU病房门口跟吴佩琳碰面的，ICU病房走廊里灯光惨白，像死人的脸，吴佩琳告诉宋怀良，父亲凌晨五点钟突然呼吸困难，夜班医生说胸前区血管大面积坏死，"病危通知书"已经下达了。宋怀良问："需要我做什么？"吴佩琳说："ICU病房进不去，这里有我，还有护工，需要你帮忙再说。你去公司处理事情吧！"宋怀良对吴佩琳说："建材商场出事了，我得去找人。有事立即给我电话！"宋怀良转身离去的时候，吴佩琳对着宋怀良的后背说："离婚手续今天办不成了，你跟小艾说一下，我爸正在抢救。"宋怀良听这话有点怪怪的，离婚手续办不成，与小艾有什么关系，宋怀良装作没听见，他不等电梯，直接从楼梯走下去。下去后，忘了上锁的自行车不见了，他看了看四周，四周是熙来攘往的病人及病人家属，脸上看不出有偷车的迹象。

吴佩琳从幼儿园开始逆反，反抗和逃离父亲是她青春期比考大学更为重要的使命，虽说后来父女关系恢复正常，但吴佩琳从没想过父亲能够改变她的生活，动摇她的意志。几十年风雨如晦，一个下午就云开雾散了，昨天下午，病房里的父亲，拔掉了氧气管，神志清醒，神情清爽，他吃了一个芒果，又吃了两个荔枝，嘴角兴奋地翕动着。吴佩琳看到这情景，自以为是地断定父亲过两天就能出院了，她给母亲打了一个电话，叫母亲到菜场买鲜活鲫鱼炖汤："我爸气色跟喝了半斤酒似的，红扑扑的，人也特别精神。"

特别精神的父亲，剥了一根香蕉给女儿，他拉着女儿的手，眼睛里放射出清亮的光："佩琳，爸这辈子，没做出多大成就，但悟出了不少人生道理。"吴佩琳不知道父亲的葫芦里装的什么药，就随着父亲的话往下推理："能悟出人生道理，就是最大的成就了。"父亲松开佩琳的手，从床头柜上抽出一张餐巾纸，擦了一下额头的细汗，屋外阳光猛烈，病房里却还开着暖气，吴佩琳走过去打开窗户，让外面的空气进来，外面的空气也是热的，吴佩琳掀开了父亲身上的棉被，父亲坐直身子，表情变得严肃，他直接挑明话题："你跟小宋在演戏，但你俩又不是演员。你俩在家里的饭桌上相敬如宾，你还把梨子削好了递到他手上，看上去随意，细细一看，递梨子像递过去一个烫手的山芋，小宋接梨子的手指抽筋了一秒钟。你俩难得一片孝心，怕老爸老妈难受，蹩脚演恩爱。没必要，你爸这辈子经过多少风风雨雨，什么没见过，枪毙人的事都面对过，还不能面对小两口闹别扭、闹离婚？"父亲火眼金睛，吴佩琳再也演不下去了，她委屈得流下了眼泪，泪水打开自来水龙头一样源源不断，怕刺激父亲，她忍住不哭出声来，病房里是长时间的沉默，没有声音。

大概沉默了半个时辰，止住泪水的吴佩琳，对父亲忏悔说："爸，都怪我任性，当年你是对的，我是错的。"吴镇海从床头柜上抽了一张餐巾纸，递给女儿："没有对和错，只有做和没做。起初可能是错的,后来是对的,最终结局又是错的;起初可能是对的,后来是错的,最终结局又是对的,这就是人生。你现在就能理解我当初为什么那么不近情理了,你是我生的,我忍心打断你的腿吗?我就是对全世界的人下手,也不能对我女儿下手。我跟你兜底说,你跟小宋,就像你妈跟我,其实是搭不到一起去的。男女搭不搭,不是谁好谁坏那么简单,而是两个人是不是一条道上的,一时冲动生拉硬扯到一条道上,不是走歪了,就是快慢踩不到一个步点上去。就说一点,你妈夏天每天要洗澡洗衣服,洗澡要烧热水,浪费煤球,洗衣服要肥皂,那时候肥皂凭票供应,不够用,这就扯上皮了,我说她是资产阶级大小姐,看起来香,闻起来臭,她说我是乡巴佬土包子,跟牲口一样脏。我是扛过枪的人,哪能受得了,火暴脾气上来,动手打你妈。后来就越来越不像话,你妈看牲口一样看我,我就不想回家,要么出差,要么吵完架逃去办公室睡单人床。那天晚上我跟你妈吵完架,淋着瓢泼大雨跑到办公室,全身湿透了,半夜里发起了高烧,月秀妈阮慧琴是厂医,在厂卫生室值班,食堂锅炉工宋得贵叫来了阮慧琴医生给我看病,那一夜,她守着高烧不退的我,一直到天亮。后来,我们就好上了,我在你妈眼里是无赖,是臭狗屎,在阮医生眼里是英雄,是男子汉大丈夫,那时候,我们的'灯塔牌'收音机全国闻名,她什么都不图我,就是对我好,我从来没勾引她,但她就那么自然而然地走进了我的生活中,我为了面子,为了身份,委屈自己,你妈提离婚,我不离,最后还被人家揭发,接受审查,差点坐牢,搞得身败名裂。害得阮慧琴家也散了,人到了新疆。说老实话,因为我的虚荣心和自私自利,害了你妈,害了阮医生,害了我自己。"

吴佩琳听出了父亲的意思,虽说真相究竟是什么,还不能完全断定,但这一刻,她开始缓慢而循序渐进地理解父亲了,出于对母亲本能的维护,她依然表示了有限度的质疑:"爸,你的意思是,你出轨是因为我妈跟你吵架了,只要女人跟男人吵架,男人出轨就是合情合理的,男人没一点责任?"

吴镇海曾经沧海,对女儿的质疑不需要酝酿直接给出答案:"不是。只要有了合适的时机和对路的人,女人一样出轨。阮医生丈夫是矿山机械厂的会计,他贪公家的便宜,不是多报几条毛巾,就是多捞几块肥皂,还有脸盆,食堂里买的猪肉,想着点子,都要弄几两回家。阮慧琴看不惯,她丈夫说为了这个家,才顺便捞了一点,阮慧琴不说他贪污,说他人品有问题,丈夫就对她大打出手,两人二十六岁就分居了。厂里试制的灯塔牌收音机,送给我试听,全厂都知道我主动补交了26块钱,我一出现在她面前,她丈夫就被风吹到九霄云外去了。说句难听话,你和你妈,是完全可以出轨的,只是没有遇到合适的机会和对路的人。"

　　吴佩琳不说话了,她陷入了漫长的沉默里,没想到父亲说出如此不堪的话,也没想到父亲这番话击穿了她心里隐秘的地带,为拿工程,宋怀良变本加厉地喝酒、打牌、唱歌、跳舞、洗澡、按摩、送烟、送卡,在他持续堕落的日子里,吴佩琳那般渴望生活中能出现一个清白干净的男人,她一度把从不拿公司咨询费的郭凯当做一个典范,郭凯出手将艾叶调离公司的某一个瞬间,吴佩琳感情天平严重倾斜到郭凯身上,清廉正派,仗义行侠,她为自己年轻时对郭凯的简单粗暴而后悔,正如父亲所说,如果有机缘巧合,那时候她出轨郭凯是没有多少难度的。这一隐秘心理,父亲不捅破,她都没有意识到,意识到了,也不会承认。而生活像变魔术一样,她怎么也没想到郭凯被戴上手铐进监狱了,在这个寂寞而安静的下午,吴佩琳没有悟出太多的道理,她最先悟出的是:她是吴镇海的女儿,不只是血缘上的,还有精神上的、性格上的复制与粘贴。固执、勇敢、简单、冲动、耿直、正派、清白、廉洁。唯一不同的就是,父亲承认了自己在爱情和婚姻中的不清白,而按父亲的意思是,吴佩琳还没来得及不清白。

　　吴镇海像一个神父在安抚一个接受洗礼的教徒:"老了,都是风烛残年的人,彼此就是对方的拐杖,再也不吵了,我对不起你妈,所以,我先投降。你妈也吵不动了,日子反而过好了。总结我跟你妈一生的婚姻,整体是失败的,相互伤害,相互折磨,有限的人生被消耗得毫无意义。你跟小宋还小,才四十岁冒点头,将来日子还长着呢,不要再这么耗下去了,你主动提出离婚,放小宋一马,对自己也是解脱。你是我女儿,从小受我的影响,怎么能看得惯小宋他们生意场上的那一套,可如今,都这么干,水至清则无鱼,一个酒桌上都喝酒,你喝矿泉水,这张桌子上你就没有发言权,而且会被踢到一边去,郭凯要是不当县长,不掌权,也是个好孩子。小宋也不容易,他一心想对你好,但他不了解你想要什么,就像我当初不知道你妈想要什么。"

吴佩琳问:"我妈想要什么?"

吴镇海说:"你妈想要我滚开!还是接着说小宋,一个穷小子,要挣大钱,拼命出人头地,也不完全是为你,他太需要风光和脸面了,但你不理解,你认为这是一个穷小子的贪财图利,贪得无厌,想过上大款花天酒地腐朽糜烂的日子,是为三妻四妾而奋斗。你的担心,也没错,老板大都这样,不带一个女秘书,脸上都没光,小宋没那么无耻,但身边还是出现了一个小艾。人生随缘,不要勉强自己,不要太委屈自己,这是我一辈子的经验,也是一辈子的教训。"

这么多年吴佩琳像是在黑夜里执迷不悟地盲目地奔跑,没有方向,耗尽气力,全身汗透,身心疲惫,父亲一下午推心置腹,如黑暗里的亮光,亮光下的道路,吴佩琳在父亲照亮的道路上走出黑暗,她对父亲说:"爸,我听你的!"

吴佩琳当晚回家就跟宋怀良提出离婚,只是吴佩琳不知道父亲那天下午对她说"这是我一辈子的经验,也是我一辈子的教训",是他留给女儿的最后一句话,也不知道那天下午父亲容光焕发神清气爽,是他最后的回光返照。

市工商联在市政府大楼的十六层,洪主席枣红色办公桌紧挨着窗子,十六楼窗外充分而流畅的风在经过洪主席头顶时,他头顶上稀薄的头发就更稀了,他将了一下欲盖弥彰的几根头发,对哭丧着脸的宋怀良说："你是市里的老先进了，从感情上讲，工商联相信你不会卖假建材，可这两年你们公司没拿到市里先进，没提供就业岗位，税收下降得厉害，我印象中比三年前少了60%。"宋怀良给洪主席递上一支软"中华"，打火机随手跟进点燃火苗："公司这两年是遇到了一些困难，可我当过这么多年先进，要是卖假货，对不起政府。就是出去讨饭，我也不会干这缺德事。"洪主席从宋怀良讨好的手里接过香烟放到桌上，摆摆手，示意自己不抽烟："你没坐镇建材商场，可建材真假有证据摆在那儿呢，不必多说了。我能帮上你的，就是跟工商消协和质检部门沟通，争取不追究刑事责任，但民事处罚是免不了的，人家新房子刷好的墙要铲掉重刷，抽水马桶要拆换，不赔偿说不过去，现在依法治国了。"宋怀良要的就是不追究刑事责任，要是给他弄个拘役、坐牢，多年积累的名声就全完蛋了，这比公司破产更难堪，得到洪主席的承诺，宋怀良感恩戴德："洪主席，太感谢您了！"洪主席拿起桌上那根"中华"烟塞到宋怀良手里："企业经营遇到了困难，你就不该抽中华烟，还是软盒的。"

这时，宋怀良手机响了。岳父吴镇海走了，时间是上午十一点二十分。

三天后，吴镇海火化，告别大厅来了三百多人，二百多人是二厂的下岗职工，大都在宋怀良公司就业或下岗，有那么一个短暂的瞬间，陷入四面楚歌的宋怀良觉得这二百多职工不是来送岳父的，而是来送自己的。艾叶也参加了送别仪式，她看到宋怀良在告别大厅里架着神情崩溃的吴佩琳，他们的手臂和手指如同树和藤缠绕在一起，完全混淆了界限，吴佩琳斜靠在宋怀良胸前，是那种无依无靠中的患难与共，那一刻艾叶的目光被一种看不见的火焰火化着，自己被焚烧后的灰烬飘扬在她恍惚的视线里，她匆匆地随着众人鞠了三个躬，转身就走，同来的小倩对她说："安慰一下老板娘，去握个手吧！"艾叶说："形式主义的东西，就免了吧！"

一个小时后，宋怀良和吴佩琳抱着岳父骨灰盒走出殡仪馆，坐在老邵的"尼桑"轿车里，宋怀良一路上泪流不止，吴佩琳已经哭晕了过去，她散乱的头发遮住了脸上的悲伤，人像是食物中毒般地气息奄奄。宋怀良看到吴佩琳此刻的孤苦无助和绝望，理解了父亲在女儿心中的分量，那么多年父女恩怨在血浓于水的流淌中，来无影，去无踪。同一个屋檐下二十年后，恍惚中宋怀良突然发现身边的吴佩琳就是自己的女人，他们从来没有争吵过，也没闹过离婚。

"春季到来柳丝长，大姑娘窗下绣鸳鸯"，这个无所事事的春天，夜晚看不到尽头，艾叶坐在租来公寓的窗下，听着周璇半个世纪前的歌声，抬起头看着窗外，窗外没有柳树，只有法国梧桐，艾叶感觉到自己被这个春天踢出了门外，她已与春天无关，针刺般的扎痛从头到脚，于是，艾叶站起来关了窗子，给宋怀良发了一条微信："是到我公寓，还是到西部咖啡？钱小毛说海神酒楼装修不要公司设计部参与了。"艾叶约宋怀良是谈工作，见面地点多了一个选项：宋怀良从未涉足的公寓。宋怀良秒回微信："佩琳父亲刚走，人已崩溃。情绪极不稳定的绝望者，六秒钟就能做出了跳楼的决定，我要在家看住她。"艾叶手指飞快地回过去一行文字："千万不能出事，不用过来了！"

宋怀良回复艾叶微信的那一刻，他没有守着吴佩琳，而是坐在客厅的沙发上看电视上中国足球超级联赛正踢着一场非常低级的比赛，吴佩琳在自己的房间里睡着了，抑或是醒着怀念父亲，宋怀良心里有底，吴佩琳受不了打击，但不会跳楼，此刻他不想去见艾叶。

父亲走后，吴佩琳丢了魂似的像是在梦游，她常常坐在阳台上发呆，手里的书是倒着拿的，她望着窗外有限的天空持久地发愣，眼睛一动不动，像是在寻找远去的父亲；父亲头七那天早上去牛肉汤馆，吴佩琳站在一大锅沸腾的汤锅边上，问林一勺："你刚才说什么了？"林一勺一头雾水："我没说什么！"她耳朵里出现了幻听。

生活还在继续，离婚却戛然而止，吴佩琳没提，宋怀良不催。宋怀良朝不保夕的办公室里，艾叶忍不住问："手续办了吗？"宋怀良神色恓惶地对艾叶说:"佩琳父亲刚走,她还没从悲伤中走出来,我不忍心这时候拉着她去办手续,她老是坐在阳台的椅子上发呆,一坐就是半天,秦大姐喊她吃中饭,她说《新闻联播》还没到呢,等会儿再吃晚饭,你说这多可怕。"

艾叶总是那么拿得起放得下:"说得也是,不管怎么说,离婚是婚姻的死亡,吴佩琳连续办两个丧事,过于残忍了。不要急,等吴佩琳缓过劲来再说。"宋怀良说:"我不急,是你等不及了问我的。"艾叶说:"是我妈等不及了,她逼着我明天去跟一个英籍华人相亲,我不干,她又要找绳子上吊,你怕吴佩琳跳楼,我不怕我妈上吊,因为我妈不会上吊。"艾叶的生活里好像没有什么大不了的事,她按照自己设计的图纸,轻松随意地把每个早晨和黄昏活成自己想要的样子,别人的脸色包括她妈上吊的绳子是虚构的生活难度,没有实质性意义,所以在宋怀良空虚的办公室里,艾叶问哑口无言的宋怀良:"中午我们去聚德大厦旋转餐厅,有澳洲龙虾刺身和秘鲁深海银鳕鱼,我请客,你埋单!"

聚德大厦旋转餐厅没来得及去,庐阳城市商业银行的律师找上门来了,他衣冠楚楚地站在宋怀良和艾叶中间,将一份打印整齐的律师函递到宋怀良手上,他稳定了一下很稳定的眼镜:"宋总,200万贷款已经逾期五个月,办公楼到现在还没卖,非要等着起诉吗?"宋怀良左手插在空虚的口袋里,右手夹着香烟对律师说:"最近事太多,一直没来得及处理。"律师对宋怀良苍白的解释毫无兴趣:"你怎么一点契约精神都没有,在法律框架下,你只有履行契约的义务,没有任何爽约的借口。"艾叶看不下去了,她上前半步,抵到律师面前,强烈谴责:"你以为你是站在美国土地上呀,一点不顾中国国情,不讲中国特色,办个延期还贷不行吗?"律师终于按中国国情讲话了:"商业银行不会拿自己的身家性命去做人情的,我们已经做足了评估,你们公司是高风险企业,网吧年前全都关门了,装修装饰的主业垮掉了,建材商场正在接受售假查处,现在还剩个牛肉汤馆每天有汤喝,可那是地摊买卖,成不了气候;飞天游乐城项目二期已停工。你们公司最大的一笔赌注已经飞到天上,快要融化在那蓝天里了。延期还贷不可能,而且我们必须抢在飞天项目完蛋前收回贷款,地方小银行赔不起呀!"在这个阳光明媚的上午,宋怀良内心一片黑暗,他颓唐地坐到沙发上,应该是跌坐在沙发上,神色涣散地对律师说:"你们抢先起诉吧,拍卖办公楼,越快越好!"律师绷紧的脸上露出了笑意,他表扬宋怀良说:"宋老板,你是条汉子,这么多年先进当之无愧!"

律师走后,宋怀良坐在沙发上喘着粗气,艾叶说:"别那么死到临头的样子,我们一起出去打工,一转身,换个活法,很正常!你以前跟吴佩琳过,往后跟我过,变化是人生不变的主题,活着的痛苦和乐趣全在这里。中午我埋单,来一整只澳洲龙虾!"

坏消息刚走,好消息来了,工商联洪主席打来了电话,建材商场销售伪劣建材的案子摆平了,不追究法人宋怀良刑事责任,没收伪劣建材,追加五十万块罚款。洪主席在电话里说:"五十万罚款是最轻的了,按售假数额,罚款应该是一百八十万。王安民市长为你说话了,说一个坚持二十年安置下岗职工的企业,连残疾人都有岗位,很了不起,售假完全是无意之举。"这个好消息,等于是另一个坏消息,建材商城也完蛋了。

艾叶从沙发上拉起宋怀良死人一样冰凉的手:"走,吃饭去!天塌不下来。中午我陪你喝一斤白酒!"宋怀良和艾叶走过寂寞的走廊,除了他们两人,走廊里没有其他鞋底的声音了,公司全面停摆,值班都显得多余了,电梯向下滑行如同坠入深渊,宋怀良知道公司的办公楼楼层离他越来越远了,远到与他无关了。艾叶望着面如死灰的宋怀良,捅了一下他的胳膊:"你成了无产者,从此就不用为公司操心了,而是要去为解放全人类操心,为实现共产主义奋斗终生,一转眼既崇高又伟大。宋哥,你是不是党员呀?"

梅雨季节整个城市湿漉漉的,空气能拧出水来。老邵和老杨将宋怀良的红木老板桌抬到蓝湾公馆 18 栋 1106,吴佩琳这才知道汇通大厦 18 楼被拍卖了,同时抬进来的还有一台电风扇,一桶纯净水和一只用了二十年的水晶玻璃烟缸,办公楼层消失了,公司的遗产搬了回来。吴佩琳问人事部老杨:"装修工程停了,建材商场也停了?"老杨说:"除了没收的假建材,还有一些正品建材,五一节清仓大甩卖,三折。听怀良说,卖的钱够抵罚款和付场租。好在建材商场的贷款还完了。"老杨像是在说一家外国公司倒闭,建材商场关门对老杨和老邵没有一点伤害,也许是麻木了,死到临头却心如止水。老邵说怀良跟他说过了,"尼桑"车送给他,算是对他的补偿,这台当年很风光的轿车,现在也快接近报废了,顶多值万把块钱,老邵准备在市内跑黑车赚点生活费,公司六台旧空调,补给老杨。二十年打下的江山不要两个月就彻底垮塌了,吴佩琳有些发蒙,眼前抬进屋的好像不是办公桌,而是一口棺材。老杨问吴佩琳:"怀良没对你说公司的事?"吴佩琳摇摇头:"没说过,我也没问过。"老杨老邵将桌子抬进北边书房里,原先的小一号的榆木桌子被抬到保姆房,老邵说得赶紧走,车停在小区大门口的路边,警察一会儿就要过来罚款。出门时,老杨对吴佩琳挑拨离间地说:"小宋栽在女人手里!"

江北富仁钢材贸易公司,紧随庐阳商业银行将宋怀良告上了法庭,建材商场欠了二十三万六千钢材款,汇通大厦办公楼拍了三百六十万,庐阳商行连本带息两百四十万,建材城房租、员工工资、供应商货款总共两百八十万,缺口太多,拍卖款银行划走后,剩余的不够瓜分,江北富仁公司赶来时,赵超说钱已分光了,富仁公司老板刘富仁缺了一颗门牙,他以钢铁般的意志说:"宋怀良还有资产,蓝湾公馆的房子必须拍卖!"法院受理了起诉书后,宋怀良不知道被告最后的住所是不能被执行的,坐火车去江北,恳求刘富仁放他一马,肖晨和石榴红已经从这座城市消失了,他像个孤儿一样找到了富仁公司,在富仁公司那间钢结构的办公室里,宋怀良说到动情处,眼圈通红,眼泪在眼眶里直打转:"我什么都没有了,就剩这一套住房,我要留给吴佩琳,离婚后,她总得有个窝。跟了我这么多年,不能让人家露宿街头。我今天来,就是求你刘总放我一马,我给你打个欠条。"刘富仁缺牙的嘴里丝毫不缺少讨债的斗志:"宋老板,你也是场面上的人,不要说得那么悲惨,你宋老板瘦死的骆驼比马大,在我面前哭穷没意思,这事还是交给法院去办。太阳都下山了,走,先去喝酒,骏捷酒店的马肉火锅是江北一绝。"

宋怀良喝了个烂醉,他住在江北国际大酒店东边的蚂蚁巷里的利泰旅馆,七十块钱一晚,小旅馆里的蚊子和虫子异常活跃,宋怀良躺在潮湿而肮脏的床上,想起了江北国际大酒店的那个夜晚,他像是一节被扔掉的废电池。

刘富仁答应不再打蓝湾公馆的主意,是宋怀良承诺先还一部分现金,在喝完最后一杯酒时,刘富仁提出:"不能少于八万!"躺在潮湿而肮脏小床上的宋怀良给艾叶发了一条微信:"不给八万,就得抄家,房子无论如何,要留给吴佩琳,你说怎么办?"无所事事的艾叶走穴给聋哑学校设计了一个健身馆,捞了两千块钱外快,艾叶手机上跳出微信时,她正在聚德二十八楼旋转餐厅吃加州牛排,她放下油腻的刀叉,回了一条:"把银行账户给我,我给你汇三万,就这么多。"宋怀良回了个"双手抱拳"的感激符号,又敲了一行字:"我没有跟你要钱的意思!"艾叶回了一句:"是我的意思。"宋怀良不给账号,艾叶迅速用微信转了过去,还附了一句话:"把我当外人,这钱可以不收!"宋怀良收了,当天夜里十二点零六分,他将三万块钱转给了刘富仁,汇完钱,他看见房间废纸篓边上蹲着一只老鼠,眼睛贼溜溜地看着他,宋怀良觉得跟多年前五里井老屋里的老鼠像是一个门里的弟兄。

公司完了,宋怀良不愿吴佩琳"再吃二遍苦,再受二茬罪",牛肉汤馆先得抓紧变更法人,蓝湾公馆房产证上的房主是吴佩琳,他希望尽早离婚,尽快确认吴佩琳蓝湾公馆房产独立产权,可丧父不久,不好催。最初他不想把公司纷纷关门的惨景告诉吴佩琳,老杨和老邵将办公桌抬回蓝湾公馆,等于当着吴佩琳的面宣判自己的死刑,他想以此凄惨下场暗示吴佩琳加快离婚步伐,可吴佩琳没反应。

宋怀良感动于艾叶追随他亡命天涯的死心塌地，又恐惧着艾叶一时糊涂酿成一生大错，他不敢相信艾叶比吴佩琳更有耐心和决心去忍受一贫如洗的生活遥遥无期，艾叶会不会被生活打磨成另一个版本的吴佩琳。事业、爱情、婚姻在这个梅雨季节里已经全部发霉，优柔寡断，忧心忡忡。他和吴佩琳、艾叶三人之间像是三个陌生人在电影院里看电影，虽坐在一起，却是各自买票，各怀心思，各看各的电影。

公司只差注销工商登记了，汇通大厦一层楼卖了，工资停发，员工作鸟兽散，不需要办离职手续，招呼都不需要打一声，就像是从澡堂子里出来，说走就走了。艾叶在外面干点散活，倒腾一点生活费，她在等待宋怀良一起登上奔向北方的火车，宋怀良说姐夫已经给他找好了矿井，不要命地干，下矿采煤一个月能挣一万。宋怀良想跟吴佩琳在客厅磨损严重的沙发上谈谈心，重点强调鸡西煤矿的矿井里活已经落实，再次暗示吴佩琳办手续迫在眉睫。

已是中午时分，在牛肉汤馆的吴佩琳还没回来，秦大姐烧了一个豆角茄子，一碟青椒土豆丝，一碗蒸咸鱼，她将是公司里最后一个下岗的，说好了，干到这个月底，卷起铺盖回家。

吴佩琳回到家，身上的围裙没脱，围裙上沾上了一些面粉和辣椒酱，一进门，吴佩琳把准备吃饭的宋怀良叫停在客厅沙发上，她将烟缸推到宋怀良面前："你可以抽烟，我现在就是一个小吃店的伙计，没那么娇气，"她从茶几上烟盒里拔出一支烟递给宋怀良，"上午汤馆账上被法院划走了两万八千块钱，总共就这么多钱。小本生意，经不起这么划的，我叫林一勺另外开了一个账户，营业款再被划走，发不了工资，买不成原料，店就垮了。公司的事，我全都知道，只是没想到来得这么快。"

宋怀良像是一只斗败了的公鸡，筋骨松散，腿脚软弱无力地垂挂在沙发下沿，是那种半瘫痪的状态，他用瘫痪的声调回答吴佩琳："事到如今，说什么都晚了，人生就是命。下午我们先去一下工商

476

局,牛肉汤馆先变更到你名下,这套房产在民政那里办完手续后,留给你,与我和公司就无关了。飞天游乐城,你不愿接手,也只好听天由命了,好在我只是参股,不参与决策管理。"

这几乎是公开催促吴佩琳赶紧离婚,吴佩琳就像面对着二十年前被当作小偷的宋怀良,沉着冷静中夹带着部分怜悯:"怀良,离婚手续没办,不是我要反悔,这段日子,我心情不好,不想家破人亡接连砸我头上。还有就是,你明确告诉我,艾叶愿意跟你一起去挖煤,愿意跟你一起住没有卫生间的棚户区,愿意每天早上去旱厕倒马桶吗?如果她忍受不了,我就得站出来,我不能扔下你不管,我不能在你破产的时候跟你离婚,会被人家戳脊梁骨的。"宋怀良松软的身子从沙发上坐直了,笃定地告诉吴佩琳:"小艾愿不愿意不重要,重要的是你同意离婚,我实话告诉你,今天离婚,明天小艾就会跟我走,她不嫌弃我是个穷光蛋。"吴佩琳立刻追问:"你不是说离婚后,不跟任何人结婚了的吗?"宋怀良说:"我没说跟她结婚,肖晨跟石榴红十几年都没结婚。"

吃过午饭,吴佩琳拿出结婚证跟宋怀良去民政局办手续,二十年一直没有吭过声的秦大姐,突然拦在门口,她一手拉着吴佩琳,一手攥住宋怀良的袖子,号啕大哭起来:"你们俩要是离婚,天底下就没有两口子了,哪家不是吵吵闹闹一辈子。你们还年轻,听我这老大姐一句话,小艾娘老子要是不同意这门亲事,你们这婚就不能离!"秦大姐激烈的举动惊呆了吴佩琳和宋怀良,他们两人就应付着说不离,下了楼,宋怀良说:"我们先把牛肉汤馆变更到你名下吧!"吴佩琳说:"先把离婚证办了,再去办'必来'变更。"这时,宋怀良接到一个电话,王丽丽打来的,建材商场拖欠不到六万块钱货款,赵超竟然被郊区东风家具厂来的人打伤了,推着自行车的宋怀良拎着车把掉转方向,对吴佩琳匆忙说:"赵超被打伤住院了!"

宋怀良骑上自行车直奔市一院。

宋怀良是在一院停车棚下锁自行车时被两个胳膊上刺有毒蛇的

青年男子塞进面包车里的,车厢里,那位胳膊上刺了条彩色眼镜蛇的青年给宋怀良递了一根烟,说:"收人钱财,与人消灾。宋老板,我们与你无冤无仇,你掏六万来,立马放你走,佣金不到八千,汽油又他妈的涨价了,折腾来折腾去,没意思!"原来是讨债公司的雇员,宋怀良说借不到钱了,两个青年人就将宋怀良带到郊外一个废弃的猪圈里,猪圈里没有猪,有一张席子,和一床肮脏的毛毯,地上一个塑料水桶、几个方便面盒子,一群苍蝇盘旋在盒子上方,地上扔满了烟头,彩蛇青年对宋怀良说:"委屈你了,我们的留置所比公安的条件差不少,还请包涵!"腐朽的木门关上了,宋怀良听到铁锁锁死的声音,从开裂的门缝里,宋怀良看到讨债青年的裤子也是破的。

彩蛇青年收走了宋怀良手机,出门后,他们用宋怀良的手机给吴佩琳发了一条短信:"杀人偿命,欠债还钱,请将六万块货款三天内汇到东风家具厂账上,或支付宝微信转账到……"。

吴佩琳收到短信,第一时间给耿双河打电话:"东风家具厂,你在里面当过车间主任,怎么一点情面不讲,随便绑架客户呢?人不死,账不赖。建材商场卖出去的四五十万货款没收回来,是不是都要去绑架呀!"吴佩琳叫耿双河立即赶回庐阳,找厂长放人,"不然,我就报警!"耿双河在电话里叫苦说:"东风家具厂已经换过五六个老板了,现在的老板是北城道上的老大,得罪不起,我马上回庐阳,找以前的老厂长出面说说情,先把人放出来,我手头现金只能拿出一万,你再想想办法?"

耿双河回庐阳时,周小泉同时上路了,身上也揣了一万块钱,关键时刻,两个乡下的木匠和瓦匠站了出来。

这天下午,艾叶发宋怀良微信不回,打电话不接,她在微信留言说:"我妈要找你谈话,千万不要跟她见面。我已经跟她闹翻了。"演员出身的梅芬按照戏里的逻辑评估宋怀良和艾叶,嫁汉嫁汉,穿衣吃饭,以前大小还是个老板,现在是一个穷光蛋,这不明着跳火坑吗,艾叶对母亲说:"假爱要钱,真爱要命。你要是真的逼我就范,我不上吊,不跳火坑,我跳楼！命是你给的,我再还给你。"

女儿讲不通,她要找宋怀良直接对话,公司办公楼已经被法院拍卖了,梅芬从郭永康那里要来了宋怀良电话,打通了,不接,时间是傍晚六点钟左右,那时候,耿双河周小泉正在赶往庐阳的路上,那时候躺在猪圈席子上的宋怀良不知道猪圈外面发生了什么,也不知道梅芬这天下午要找他摊牌,他只知道自己的手机被胳膊刺青的青年人收走了。

天黑了下来,联系不上宋怀良的梅芬敲开了郭永康家的门。刚退休的梅芬是市政府接待处科长,郭永康是市外贸局前局长,都是市直单位的,她一进门就眼泪鼻涕一把,失声大哭,"郭局长,您德高望重,您跟吴厂长是战友,又是同事,求求您出面,叫宋怀良不要再祸害我女儿了。"流泪对于演员来说,是唱戏的基本功,几乎没有难度,郭永康儿子郭凯都去坐牢了,梅芬为儿女情长的事捶胸顿足,简直就是无病呻吟,他给出的答复是:"只要在监狱外面,只要有自由,哪怕你儿女沿街乞讨、浪迹天涯也是幸福的。你说的事情我一点都不知道,八九不离十是谣言,宋怀良不可能跟吴佩琳离婚,肯定是你家姑娘年轻不懂事,缠上人家小宋了。"

第二天下午,宋怀良被那辆破旧的面包车送到蓝湾公馆门口,车刹住后,宋怀良像是一件快递,被扔到车外,面包车扬长而去。吴佩琳、耿双河、周小泉看到宋怀良青黄不接的脸上是死鱼的颜色,头发凌乱如草,目光麻木而空洞,当初市政府大礼堂里跟市长握手的风光,连一点残余的迹象都看不到了。吴佩琳轻轻地拉着宋怀良的胳膊说:"关键时候还是靠自家弟兄,他俩一夜没睡,找了三任厂长出面,才说通黑道老大开恩,三万块钱放人,他俩一人一万,汤馆拿了一万。"宋怀良这才从麻木中缓过神来,他僵硬地点着头,算是表示感激。吴佩琳说:"回家洗个澡,换身衣服,晚上小泉老总在天都大酒店为你接风。"耿双河突然凭空冒出一句:"老婆还是原配的好,我他妈的现在肠子都悔青了。"耿双河知道宋怀良跟艾叶的事,但不知道已经闹到离婚地步,这句话暗示宋怀良珍惜老婆,周小泉问要不要把赵超叫过来,问问究竟怎么回事,吴佩琳说得很决绝:"不叫。他把怀良害惨了!"

东风家具厂动用黑社会非法拘禁逼债,吴佩琳执意事后也要报警,酒桌上耿双河劝吴佩琳:"沉鼎大厦被骗,不要说拘禁逼债,我连杀人逼债的心都有。200万打了水漂,我对不起兄弟!"周小泉说:"那不叫拘禁,叫留置,我们也干过。"宋怀良埋头喝酒抽烟,他好像还没从非法拘禁的噩梦中醒来,吃饭过程中话很少,艾叶的微信不停地叫着,宋怀良只回了一条:"活着回来了,放心!"艾叶要他去浅水湾,西部咖啡也行,宋怀良没看,也没回。他的眼前,猪圈里的苍蝇一直嗡嗡地飞舞着,头晕得厉害。

喝酒的主人终于变了,以前回庐阳是宋怀良安排,这次是江北公司埋单,周小泉是主人,耿双河是周小泉跟班的下属,负责点菜、倒酒、结账。酒菜未改,公司已物是人非,宋怀良和吴佩琳坐在热气腾腾的酒肉中,小姐转眼成丫鬟的尴尬是他们共同的感受,但都没说,平时从来不喝白酒的吴佩琳见宋怀良喝得很少,就有些反常地一杯接一杯地跟周小泉和耿双河喝了起来,周小泉有些惊讶:"佩琳姐,你什么时候酒量上来了?"醉眼惺忪的吴佩琳起身跟周小泉碰杯,硬着舌头说:"你俩有情有义,不枉怀良这么多年把你们当弟兄。"酒多了,吴佩琳说完这话,一个趔趄,身子向后倒去,旁边的宋怀良一把托住了吴佩琳的腰,宋怀良感觉到吴佩琳的腰跟她的舌头一样,是硬的。

吴佩琳第一次喝醉了。

第二天早上,宋怀良翻看自己被没收的手机,一长串未接来电,艾叶、周小泉、耿双河、郭永康电话,一目了然,梅芬电话不熟,宋怀良以为是推销保健品的骚扰电话,没在意。宋怀良起床后没有洗漱,给郭永康回拨了过去,正在庐阳河公园打太极拳的郭永康电话里说:"你过来一趟!"

宋怀良赶到公园，见一袭白衣的郭永康在河边的柳树下微闭双眼，目中无人地太极推手。宋怀良叫了一声郭叔，郭永康收起手脚，拉着宋怀良坐到树下的一个沾满露水的椅子上，郭永康把梅芬昨天对他说的话重复了一遍后，说："佩琳当年要死要活地嫁给你，你们怎么可能离婚呢。找你来，主要是向你了解企业下一步怎么办，另外就是梅芬女儿，那个叫小艾的，比你整整小了一辈，少不更事，她要是对你有什么黏糊，当小孩子撒娇，掀不起浪来的。老吴走了，你和佩琳的事，我是要过问一些的，郭凯犯错，就是我跟他交流沟通少了。飞天游乐城项目已经停下来了，下一步市政府正要跟庐阳的投资者谈善后处理方案，首先是政府接盘，债务和股权由政府回购，其次是飞天游乐城土地收回后，重新开发房地产项目，股权重组，继续投入。我想听听你的打算。"宋怀良说："股权转给政府，一千二百万投资中，还掉八百万贷款，还有银行利息一百二十万，剩下的钱，把公司欠的钱全部还掉，够了。郭叔，我不想欠人一分钱。郭叔，昨天没回您电话，是我被债主绑架，手机没收了。"郭永康说："岂有此理，哪有暴力讨债的，去报警呀！"宋怀良说："把人扣下来当人质，这种逼债多的是，没有打骂，没有受伤，报警也没用。"宋怀良给郭永康递过香烟，郭永康说自打郭凯出事后，戒烟了，他追问："你还没跟我说说那个小丫头的事情呢，她妈在等我回话。"宋怀良望着庐阳河水藻泛滥的河水："郭叔，你告诉她妈，十八岁以后，父母干涉子女的私生活，是犯法的！"宋怀良这番回答等于把郭永康认定的谣言翻译成了事实。郭永康愣住了，他练过太极拳的手僵在早晨沉闷的空气中，嘴里说不出话来。

宋怀良回到家，吴佩琳到牛肉汤馆去了，牛肉汤馆是吴佩琳守住的根据地，宋怀良的根据地寸土不留，全丢了。宋怀良早餐喝了一碗绿豆稀饭，吃了一个馒头、两块豆腐卤，刚推了碗，林一勺从楼下打来电话，说佩琳在汤馆的烤饼炉子前晕倒了，宋怀良趿着拖鞋冲到楼下，见吴佩琳脸色蜡黄，嘴唇乌紫，他将吴佩琳背了回来，双手托着吴佩琳沉重的身子平放到床上,吴佩琳说:"没事,头有些晕。要是头不晕了,下午去办手续。"宋怀良心怀愧疚地说:"不急,你先歇着。早知道,昨天不让你喝了!小泉的酒也不好,要是喝十年窖藏庐阳特曲,不会醉这么厉害了。"

宋怀良的手机在距离吴佩琳不到一个身位的床头柜上一次次提醒着微信来了,吴佩琳对宋怀良说:"我躺会儿,你赶紧忙去吧!手机响了好多次了。"宋怀良知道是艾叶发过来的,他给吴佩琳倒了一杯水,拿了一粒吗丁啉给吴佩琳:"解酒的!"

浅水湾艾叶的公寓是宋怀良的军事禁区,闯禁区的结论就是有去无回,吴佩琳同意离婚的那天晚上,宋怀良想送艾叶回公寓房间,艾叶不干,说要将宋怀良荒诞的纯洁进行到底,这天上午艾叶的微信叫宋怀良到浅水湾12栋206室,宋怀良下楼时回了一条:"再咬牙坚持一下,万里长征就胜利会师了。西部咖啡太贵了,到晓风茶楼见。"晓风茶楼除了下水道不停地冒出泔水的馊味,一杯茶只要八块钱。

艾叶从不强求宋怀良,他们在晓风茶楼见面。巷子里正在改造下水道,泔水的馊味夹杂着霉烂的味道在逼仄的茶楼里四处流窜。宋怀良和艾叶坐在一张油腻且开裂的卡座对面,艾叶单刀直入:"庐阳这破地方,就是有楼房的农村,我妈找郭凯他爸出面干预,好像要是没有七大姑八大姨插手,恋爱嫁人就要绑着石头沉到湖里去。"她说实在受不了了,得赶紧走,她已经把箱子收拾好了,买了八包方便面、两袋火腿肠,还有四只卤鸭腿、八个卤鸡蛋,到黑龙江绿皮车坐三天,路上够吃了。宋怀良说:"你怎么那么急?"艾叶说:"你不是说吴佩琳前几天又催着你办离婚手续了吗,怎么是我着急呢?"宋怀良用手驱赶着在他鼻梁周围缭绕的一只蚊虫,耐心地告诉失去耐心的艾叶:"飞天游乐城投资已经停工,股东投资的股份由政府接盘,要等跟政府签了协议,债权债务理清后,才能离开庐阳,估计还得一两个月。"艾叶说:"那好吧!等你一身清白了,我们再走。"

宋怀良从口袋里摸出一张二十元的票子招呼跑堂的结账,艾叶掏出手机,支付宝对着墙上的二维码扫了一下,"嘀"的一声,跑堂的还没到,钱已经付过了。

连着六天了,吴佩琳神情暗淡脸色发黄,想去牛肉汤馆,腿像灌了铅,往床上一躺,天花板不规则地旋转着,她闭上眼睛,眼睛里闪烁着四处飞溅的火星。宋怀良和吴佩琳都以为是酒喝多了,可每天这样,牛肉汤馆监管不了,离婚手续也办不成。宋怀良要带吴佩琳到市一院去看病,吴佩琳说医院排队挂号太麻烦了,检查一大堆,花一大把钱,好人也被折腾坏了。蓝湾公馆大门口有一家私人诊所,门头上嵌着一个骇人听闻的牌匾:华佗中西医结合诊所,吴佩琳说先找"华佗"看看。那位戴着黑框眼镜嘴上蓄了一圈胡子的"华佗",一通把脉,看舌苔,察气色,当场断言:贫血、低血糖。开了一个月的中药,一千三百块,宋怀良要付钱,吴佩琳说我看病,我花钱,你自己要留点钱,外面还有好多事要办,没人知道,宋怀良卡里还有不到三千块钱了。

艾叶接的散活越来越多了,西式风格的中国化,前卫新潮的家装设计,备受年轻人追捧,客户点名要艾叶出马,钱小毛由最初不让艾叶设计,到现在贿赂冰淇淋求着她出山,他买了一箱冰淇淋送到艾叶公寓的冰柜里,整整一百盒。艾叶接活多,身累,心也累,母亲梅芬几乎每天都要上门逼着她相亲成家,二十九岁,过了三十岁,就像菜市场晚市的拉秧菜,再好也得降价。公司倒闭后,艾叶跟宋怀良再也没理由到处出差潇洒,夏天来了,他们在小馆子吃过两次土菜,喝过啤酒,还在西部咖啡之外的茶座喝过几回茶,艾叶跟他谈庐阳家装喜欢不伦不类的样式,她不伦不类的设计,居然火爆,她不提宋怀良离婚的事,宋怀良也没提,他说吴佩琳低血糖、贫血,人虚弱得很,整天喝中药,然后躺在阳台的椅子上望着外面的树发呆,紧接着抱怨市政府办事效率太成问题,到现在跟深圳飞天集团还没谈好,他们这些倾家荡产的投资者急得像热锅上的蚂蚁。也许是为了表示歉意，宋怀良每次都将艾叶送到小区大门口，然后停住脚步，目光丰富地望着艾叶，艾叶说："你回去吧！下次我给你带两盒冰淇淋，分一盒给吴佩琳。"

秦大姐卷了铺盖，准备回家，她唯一的要求是希望带走睡了二十年的竹凉席，说要做个纪念，凉席竹篾油亮发红，类似于一件玉器外面的一层包浆。吴佩琳中药吃了一个月，还没见好，宋怀良每天要出门处理公司的后事，那辆破"尼桑"过户老邵，车管所跑了四趟，电信局注销办公楼的六部电话，还要补交三部欠费四百八十块钱，大楼里的物业费还欠一个月，一千二，宋怀良说房子抵押拍卖了，不愿缴，双方无休止扯皮。吴佩琳躺在床上或阳台躺椅上像一条孤独的鱼，眼睛失神地望着空荡的客厅和冰冷的厨房，电视上的爱情不见了，音响里没有了曼陀瓦尼乐队的旋律，音乐像庐阳大曲，可以助兴，但不能疗伤。见佩琳没见好转，不到一个礼拜，秦大姐又回来了，她要继续照顾吴佩琳，不要工资，不住家，每天晚饭做好后，回老伴身边。吴佩琳流下了感动的泪水，宋怀良说等将来有钱了，会补给秦大姐工资，秦大姐说了这辈子最有水平的一句话："好多事不能用钱来结算，就像当初佩琳嫁给你宋总，跟钱没有半点关系。"

宋怀良一早出门被袁小倩微信叫到市府广场，袁小倩去上海浦东打工，早上八点火车，她说公司的一部"苹果6s"手机要交给他，宋怀良出门后，吴佩琳对秦大姐说想喝牛肉汤，秦大姐拿着缸子准备出门，吴佩琳说她想去店里看看，就叫秦大姐扶着她坐电梯下楼了，到了店里，吃早点的食客在店里排起了队，汤馆是宋怀良为她开的，眼下是宋怀良和她剩下的最后一个饭碗，她打算过户后跟宋怀良一人一半。排队的队伍中，吴佩琳看到了市一院心脑血管病房的护士长冯璐，冯璐对父亲照顾得很细心很贴心，吴佩琳招呼林一勺说冯护士长的汤和烧饼免单，冯璐没有对免单做出反应，却对吴佩琳的脸色警觉起来："你脸色不好，很不好！"吴佩琳说："低血糖，贫血。"冯璐说：

"不是,你赶紧去市医院检查。"吴佩琳说:"检查太麻烦了,我歇一阵就好了,这两天头晕好些了。"冯璐说:"你别管,我来安排,上午就过去。"

医院护士长的权力很多时候比主治医生大,任何人住院想要得到一张病床,都得由护士长安排。秦大姐带着吴佩琳去医院,插队做完了检查,结论上午也出来了,主治医生看了CT影像后,没直接跟吴佩琳说,而是叫来了冯璐,主治医生将冯璐拉到走廊里,问吴佩琳是护士长什么人,护士长说是朋友,主治医生表情严峻地告诉冯璐:"肝癌!"

冯璐送吴佩琳和秦大姐下楼时含糊地说:"庐阳是小城市,医疗条件有限,CT的阅读水平也不高,你还是到省城再去检查检查!"吴佩琳在主治医生跟护士长走出门外时,意识到了问题严重,她没有恐惧,只有逼人的冷静和沉默。

宋怀良晚上回来,秦大姐回家了,吴佩琳在床上躺着,宋怀良埋头喝了一大碗绿豆稀饭,将吴佩琳的汤药放微波炉热好,端到房间里去,冷战没有谁宣布结束,公司结束后,他们之间的冷战好像也随之结束了,夫妻间交流和说话跟当年五里井老屋一样,自然而然,一点别扭都没有。吴佩琳对床头端着碗的宋怀良说:"中药不用喝了。今天去市医院检查了。"宋怀良问:"查出什么病了?"吴佩琳躺在床上,床头灯黯淡的黄光照亮了她蜡黄的脸,她困难地挪动了一下身子,对宋怀良说:"医生说要跟影像科医生会诊,三天后才能拿到结论。"宋怀良有些忐忑地问:"一个月了,喝中药都不见效,也许我们该早点去市一院检查。"吴佩琳不接宋怀良话题,目光沉着而笃定地说:"怀良,明天我们去民政局,把手续办了,我不能说话不算话。拖得太久了!"中药气味刺激下的宋怀良沉不住气了:"现在要紧的是看病!"

三天后宋怀良到市一院拿到吴佩琳CT报告时,夏天的火焰把整个医院点燃了,他的脑袋里火光四起烈焰冲天,CT报告告诉宋怀良吴佩琳恶性肝肿瘤，宋怀良找到冯璐护士长，哭丧着脸求她安排最好的医生救吴佩琳，冯护士长习惯于死亡就像习惯于早餐的牛肉汤和烧饼，她摘下口罩，对走廊里魂飞魄散的宋怀良说："我跟主治医生探讨过了，病情很严重，唯一的方案就是肝移植。庐阳换肝手术还没做过，要去省城医院，能去上海更好。"宋怀良问要多少钱，冯璐说，人体器官涨价厉害，至少得一百二十万，活体移植肝源要等，手续也很烦琐，很麻烦。宋怀良像是听到宣判吴佩琳的死亡判决书，绝望地当着冯璐的面流出了泪水："护士长，我怎么这么倒霉呀，祸不单行怎么都轮到我头上了。"冯璐面对泪水就像面对瓶子里的生理盐水，她平静地安慰着宋怀良："吴老先生走了没多久，我们也不想看到吴大姐遭此不幸，可生老病死，自然规律，佛家说人生无常，就是正常。"冯璐不知道宋怀良嘴里祸不单行的另一祸是指公司倒闭。一个小护士招呼冯璐去查房，冯璐匆匆走了，身后的宋怀良像是被扔下的一个一次性针管。

公司倒闭后，宋怀良磨损严重的咖啡色真皮公文包，换成了灰白色帆布包，宋怀良像藏着罪证一样将医院的诊断报告藏进帆布包里，回到家，他将包扔在了客厅茶几上，空着手进了吴佩琳房间，吴佩琳没问医院报告，却迫不及待地告诉宋怀良："我今天好多了，不要秦大姐扶，我到楼下汤馆待了一个多小时，喝了一碗汤，吃了一块烧饼。下午，我们去把手续办了，明天我就回我妈家养病。我妈一个人怪孤单的。"宋怀良故作镇静地说："医生建议去省城复查，等我借到钱，马上就去省城。"宋怀良只字不提离婚，敏感的吴佩琳干脆捅破天窗："怀良，那天做完检查我就预感到结果了，没必要再花冤枉钱了，我们夫妻一场，不能再拖累你了。我知道，你为我吃尽了苦头，把头发都熬白了，可我没能力，也没水平处理好夫妻关系，落到今天这步田地，我真的难受极了。对不起，怀良，最后迁就我一回，把手续办了吧！"说着说着，不争气的眼泪源源不断地流了下来。

宋怀良没说话，他坐到床沿上，用餐巾纸擦拭着吴佩琳的眼泪，然后抓住吴佩琳滚烫的手,攥得紧紧的,好像一松开,人就没有了。宋怀良的心正在被一把刀子细细地切割着,是他害了吴佩琳,不听她劝,不听她提醒,不把她当作公司的主人,如今公司垮了,家也垮了。吴佩琳跟着自己过了二十多年提心吊胆和烦恼忧愤的日子,不是吵架,就是闹离婚,气郁伤肝,心急损肝,她的肝是被自己一步步毁坏掉的,一个男人把家里搞得鸡犬不宁,他是不折不扣的罪人。此时,他就是跪在吴佩琳面前,也无法洗刷他内心的愧疚和罪恶,而此时,他不能跟吴佩琳一起相互煽动悲伤与绝望,于是,对吴佩琳露出了久违的一丝笑意:"眼下办离婚,不是时候。天塌不下来。立即去省城,相信我会有办法的!"

吴佩琳抱着宋怀良号啕大哭。窗外天空忽然暗了下来,夏天的雷声由远及近滚过来,没一会儿,瓢泼大雨倾盆而下,吴佩琳抱着宋怀良看着窗外电闪雷鸣,他们感到了彼此的身体牢不可破地焊接到了一起,宋怀良的眼泪也哗哗地流了出来,灰紫的嘴唇哆嗦着,一个字不说,吴佩琳腾出一只手,轻轻地抹着宋怀良的眼泪,她发觉宋怀良的眼泪滚烫。

公司关门了,公司的微信群还没关,天没亮,宋怀良在公司微信群里发布了求助信息,吴佩琳患重病,要去省城看病,如今公司停业,山穷水尽,看在多年共事的缘分上,"恳请各位兄弟姐妹帮我们一把,救命之恩,永生难忘,所借款项,一一登记在册,日后定当如数奉还,如出意外,由小女宋依琳替父还债。"宋怀良在微信群里的众筹金额是每人不超过五百块钱,五百多员工都愿意掏五百的话,就能凑到二十多万。天亮后,群里炸锅了,那些丢了饭碗的难兄难弟们纷纷表示,宋哥的困难就是我们的困难,有文化水平不高的员工说,吴佩琳生病就是我们自己生病,到晚上六点,五百多散伙的员工百分之八十都打了款,每人二百到五百不等,共计筹到十二万一千六百块,群里众口一词,这不是借钱,是捐助,不用还的。宋怀良看到这么多钱纷纷到账,他将手机递到吴佩琳手上:"你看,这二十年,我没挣到钱,但挣到这么多有情有义的兄弟姐妹。哪家没有房贷,没有孩子上学,日子都不好过,可看到微信的差不多都掏钱了。"吴佩琳翻看着手机,绝望的心情被这份情义熨平了,耿双河、周小泉、钱小毛按照宋怀良的封顶的数字捐了五百,艾叶捐了两个五百,吴佩琳的目光停留在艾叶的捐款数字上,大约有三秒钟,没说话,她掏出手机,翻出了里面的一问一答的两条信息,再将自己的手机递到宋怀良手里:

"宋老板和一年轻貌美女人正在江北国际大酒店 1208 房间销魂,请问你是什么感受?"

"那是我家男人有本事,你要是有本事,也带一个年轻貌美的,房间就开在他们隔壁。"

宋怀良攥着吴佩琳的手机,目光久久地盯着屏幕,像是盯着江北那个血雨腥风的晚上,两条信息告诉宋怀良,吴佩琳的凶手嫌疑是被冤枉的。

家里再吵再闹,对外坚定维护老公形象,宋怀良很震惊:"我都不知道这事,你也从来没说过。"吴佩琳说:"我要是说了,就是相信了。可后来……"后来的事吴佩琳没往下说,他们都知道,后来深夜艾叶出门买药遇袭,宋怀良逼她给艾叶道歉,还说要把她送到牢里去。宋怀良不说话了,他给吴佩琳削了一个苹果,递到她手上:"百度里说,苹果里有维生素和抗坏血酸,增强免疫力的。艾叶说她同学的爸爸在省城医院地下车库当保安,我托她挂号了,一拿到号,立即去省城。"

吴佩琳没有排斥艾叶的一切信息,她对宋怀良说:"要是我走了,你就跟艾叶一起,她就是年轻时的我,不管不顾,不要命的那种人。"

宋怀良收过吴佩琳手里的苹果核,将床头灯光调暗:"不要说傻话,睡吧!"

有不少日子没见到艾叶了,微信里每天通报的是各自疲于奔命的忙碌和劳累,筹款两天后,艾叶微信回复说,医院管得很严,一个车库保安拿不到省立医院肿瘤科的号头，网上挂号要等到一个月后。冯璐说不能再拖了，宋怀良在网上搜到了省城"仁德肿瘤医院"，医院网站主页上有一幢十二层高的大楼，楼前阳光明媚，鲜花烂漫，最吸引宋怀良的是，仁德肿瘤医院有国家级顶级肿瘤专家2名，省级肿瘤专家6名，随到随诊，无须排队，退休专家特聘坐诊，医院设备一流、服务一流、收费三流，广告宣传语是："老百姓自家的医院。"绝处逢生的宋怀良决定去省城"自家的医院"，吴佩琳说就在庐阳住院，不做手术，常规放化疗就行了。宋怀良说一不二发话了："佩琳，怎么看病，你听我的！"

去省城的票买好了，给吴佩琳买了卧铺票，宋怀良是硬座，省了三十七块钱。出发前一天下午，赵超和王丽丽两口子过来送行，带来了两包奶粉和六个芒果，吴佩琳坐在沙发上跟赵超两口子说话，宋怀良给他们倒茶，敏感脆弱的吴佩琳在大难临头之际表现出了惊人的镇定和冷静，她反过来安慰神情凝重的赵超和王丽丽："马航360两百多号人说没就没了，向死而生，死而复生。我没把这病看得有什么了不起的，慢性病，慢慢养，会好的。倒是怀良整天魂不守舍，好像天塌下来一样！"见吴佩琳如此豁达，医盲赵超也盲目轻松了起来，他说："省城医疗条件好，你心态又好，那么多专家出马，肯定会好的！"这时候，失联好几年的汪晓娅敲开了宋怀良家的门，宋怀良一脸惊讶，猝不及防中说了一句很不得体的话："你来干什么？"同样震惊的吴佩琳却从沙发上站了起来，热情招呼："晓娅稀客，快过来坐！"

汪晓娅穿着一袭真丝长裙，化妆过度的脸上虽然早已没有了艺术气质，作为一个中年女人，身材和体形依然保持得颀长和匀称，她从精致的坤包里掏出一个鼓鼓囊囊的银行专用纸袋，推到吴佩琳面前："春天看到怀良被告上法院的公告，我就想过来还钱了，可一直穷忙，昨天听我表妹冯璐说佩琳生病了，我就过来了，当初怀良给我六万，这袋子里总共九万，三万块当利息也行，当我不是个忘恩负义的人，也行。"吴佩琳说这不行，怀良这不成了放高利贷的了，她抓起茶几上的纸袋子要还给汪晓娅，汪晓娅说："是看不起我，还是嫌钱少呀？"一旁的赵超从吴佩琳手里抽过纸袋子，和稀泥说："人家一片好心，推来推去没必要。当初我请怀良喝三十块一瓶的酒，后来怀良请我喝三百块一瓶的酒。一样的！"解了围的汪晓娅对吴佩琳和宋怀良说："要是有什么困难，给我打个电话，现在最不缺的就是钱。我马上要去徽南，刚在那里开了一个分店。"汪晓娅六年前嫁给了"前锋车行"老板楚前锋，"美丽无极限化妆品店"一路向前，锋芒毕露，庐阳周边市县连锁店一口气开了八家。

汪晓娅走后，赵超问吴佩琳送钱的女人是谁，吴佩琳说是宋怀良前女友，赵超将脑袋转向宋怀良，揶揄说："怀良好像从来都不缺女人缘。"气氛一时活跃了起来，王丽丽说，现在正需要钱，只要是宋哥女友的钱来者不拒，不要白不要："小艾给钱了吗？"

屋内七嘴八舌的声音突然哑火了，大家不知道该怎么说。

吴佩琳生病后，宋怀良如醍醐灌顶，即使闹离婚闹上法庭，吴佩琳不活，他也没有活的理由，这一不合常理的逻辑，却是此时不可思议的真实。于是，艾叶就成了宋怀良面前的一盒精美的奶油蛋糕，吃下去胃撑不住，不吃很快要过保质期，扔又舍不得，一闻香味，禁不住流口水。宋怀良在左右为难上下不是中与艾叶若即若离地每天在微信说上几句，艾叶在给吴佩琳捐款后像是有意考验自己的耐心和意志，从来不跟宋怀良说一个字的男欢女爱，更不提宋怀良离婚的事。离开庐阳去省城的这天晚上，宋怀良在微信里问艾叶："明天我就要去省城了，晚上是不是见一面？西部咖啡还是晓风茶楼，你定！"艾叶回复很简单："眼下你的任务是照顾好病人，不见面为好。祝你们遂心如愿，一路顺风！"宋怀良望着微信上跳出来的字，像是跳出来的一大堆铁钉。

省城仁德肿瘤医院在东城老工业区鹤立鸡群，一大片倒闭废弃的工厂区里矗立着十二层高的医院，医院的金字招牌在夏天的阳光下闪烁着金属的光芒。宋怀良和吴佩琳下车后，在工厂区一排残破平房里租了一间屋子，有电，没自来水，门外两排房子共用一个水龙头，公共厕所比当年五里井稍好，有自来水冲刷，苍蝇臭虫比旱厕要少得多，房东是一位眼睛有毛病的中年男人，他斜着左右不对称的眼睛对宋怀良说："来仁德医院看病的都是穷人，我是化肥厂下岗的穷人，穷帮穷，房租只收你两百二。"后来听其他病友说，房东下岗后自己花钱将原先厂里的单身职工宿舍，用石灰水一刷，擅自对外出租，吴佩琳望着刷了石灰水的惨白墙壁说："比五里井好多了，你还记得吗？我们用月秀药店里的旧挂历糊到墙上去的。"

仁德肿瘤医院门口导医小姐穿着白大褂，身上斜披了一个红色绶带，绶带上写着"欢迎来到老百姓自家的医院"，导医小姐的微笑比空中小姐和五星级酒店的小姐还要温柔迷人，她们像亲生女儿般地带着吴佩琳和宋怀良走进了一个专家门诊室，室内空调送来均匀清凉的风，宋怀良身上的每个出汗的毛孔顿时清爽，导医小姐给吴佩琳和宋怀良一人送上一杯碧绿的春茶，进来后感觉不是来看病的病人，而是来住酒店的客人。那位国家级专家很和蔼，他戴着眼镜，似乎精深的医学水准藏在镜片后面，他看了宋怀良带来的庐阳的诊断报告，胸有成竹地安慰吴佩琳："做一个全身 PET-CT 检查，然后看一下病情程度，我们在二期、三期肿瘤治疗上有独创性方案。"宋怀良和吴佩琳在专家的丝丝入扣的开导下，看到了死里逃生的希望，宋怀良差点流下了眼泪："谢谢您，大夫，我老婆的病全仰仗您了。"专家捋了一下头顶上几根稀疏的白发，说了救死扶伤仁济众生是医生天职之类高尚的话。

导医小姐带着宋怀良在一个干净整洁的窗口预交了八万块钱治疗费，当场就给吴佩琳换上病号服，送进了病房。仁德肿瘤医院服务好、水平高，医保报销比例低，百分之七十是自费项目，这时候的宋怀良，脑子里没有报销意识，只有救命的意志。所有检查做完，吴佩琳确诊恶性肝肿瘤三期，转入了住院部 806 病房，医院每天吊水、打针、吃药,服用肿瘤医院自制中药汤剂,每隔一天,还要到气功房,接受医院的气功疗法,这一中西结合、内外兼治的疗法据说国内首创,住院部墙上连绵不断的锦旗坚定了宋怀良和吴佩琳的信心,吴佩琳想见见女儿依琳,宋怀良说很快就要高考了,不惊动她为好。

三个月一个疗程,一个月过去,吴佩琳没有明显好转,脸色依旧蜡黄,人依旧软弱无力。宋怀良有些急了。这时,艾叶给他发来了微信,她那位在省立医院车库当保安的同学父亲,挂到了肿瘤科的专家号,宋怀良瞒着吴佩琳独自去了省立医院,省立医院肿瘤专家看了吴佩琳病历报告后,说:"你这是不负责任呀!怎么能到那个地方去看病呢?"宋怀良听得一头雾水,省立医院专家一脸严肃地告诉宋怀良,我们这儿看病不会给病人倒茶递水,但会对病人负责任地治疗。宋怀良听出了意思,但又不知该如何办:"大夫,求求您了,您有办法救我老婆吗?仁德的国家级专家说,换肝能救命,庐阳医生也这么说的。"省立医院专家很生硬地对他说:"那你就去听国家级专家的意见吧,我们是省级专家!"他对着门外候诊的患者叫道:"下一个!"

高考结束了,依琳发挥超常,省城十一年,花费六十万,考出了比一本高出六十分的成绩。她在医院病房里跟母亲通报了这一喜讯,吴佩琳像是自己考上大学一样兴奋,坚持要晚上出去庆祝一下,宋怀良说医生不允许,医院餐厅比外面饭店还要干净卫生,菜品五星级水准,包厢里还有人工智能窗帘和温控系统,晚上一家三口就地庆祝。依琳问妈妈究竟什么病,吴佩琳随口说了一句"胃溃疡",依琳也不知道胃溃疡有多严重,她跟父母在饭桌上讨论最多的是,既然不出国留学了,她想去上海读大学。最后一家三口一致赞成:上海华东大学。宋怀良建议依琳学建筑设计,吴佩琳说女孩学会计专业,工作生活稳定,依琳说:"我要上华东大学医学院,学成了,把我妈胃溃疡治好。"

填完志愿,吴佩琳叫依琳回去陪外婆,外公去世后,外婆很孤单,省城有你爸陪着,依琳第二天就回庐阳了。宋怀良继续住在工厂废弃的职工宿舍里,每天变着花样买鱼、买鸽子、基围虾,用电磁炉炖好送过来,吴佩琳吃不完,他就着馒头,将残羹剩汤统统倒进自己的胃里,这样的日子很快过去了两个月。窗外的夏天依旧一个劲地泼火,天空在颤抖,空气在燃烧,病情不见好转的吴佩琳抓着宋怀良鱼腥味浓厚的手,说:"怀良,我们回家吧!"宋怀良说:"不,不获全胜,绝不回家!"

宋怀良又悄悄地找了仁德医院的国家级专家,那位专家明确告诉他:"上次我就跟你说过,你爱人的中晚期恶性肿瘤,必须做肝移植,肝移植复发率虽高,但我们医院采用的多吉美预防复发的治疗技术,复发率降低80%,全国领先的技术,只是换肝手术需要七八十万,医保报销不了,而且肝源很紧张。"宋怀良手里攥着香烟,不敢抽,医生都忌讳抽烟,没承想专家说:"你抽吧,我也来一支!"宋怀良给专家点上烟,将憋在心里两个多月的话吐了出来:"大夫,肝源紧张,把我的肝割一半她,能不能请您帮帮忙?"专家拿着香烟的手在空调的冷风里僵住了,僵住的还有他的表情,过了一会儿,他以不可思议的口气说:"割肝不是割韭菜,只见过老子救儿子的,还没见过老公救老婆的,你可要考虑好了?"

割一半肝给吴佩琳,能救命,还可省下几十万,一举两得,宋怀良跟吴佩琳说出这一想法时,吴佩琳说,我在网上看过了,肝移植顶多活两三年,多个两三年,少个两三年,没多大意义。"依琳还小,两败俱伤的蠢事不能干,你要再是有个三长两短,这个家就完了。艾叶还等着你呢,说真心话,平安是福,我希望你过好后半生。我不能陪你走到头,可我也是在人生最好的年龄跟你走在了一起,只是后来不懂得珍惜,现在想起来,连吵架都是那么美好,臭袜子都是那么香,烟味比鱼汤的味道还要鲜美。现在悟出来了,晚了。人是自己跟自己过不去,最亲近的人往往是受伤害最重的人,我是,你也是。"吴佩琳参透了短暂的人生,却再也抓不住此后的岁月了,宋怀良比吴佩琳内心撕裂更为残酷,但他不说,他现在需要的不是悲伤,不是抒情,而是实实在在地去做事,捐肝就是他目前最需要做的事情,他对吴佩琳的回答模棱两可:"肝移植很复杂,难度不小,我们听医生的,好吗?"

宋怀良捐肝要配型,仁德肿瘤医院一番检查做完后,结论是:配型成功,可以移植。肝源解决了,但需要三十万的手术费和后续治疗费,仁德肿瘤医院对宋怀良说,筹好了这笔款项,立即上手术台。

宋怀良要回庐阳筹钱,吴佩琳说你要是筹钱为我换肝,我就跳楼,吴佩琳苍黄的脸上涨成了枯紫色,宋怀良很平静地说:"你忘了,当年我在五里井老屋赌过咒的,我为你活,我为你死。当时是空话,不需要兑现,现在总算有机会兑现了。"吴佩琳哭了,她拉着宋怀良的手说:"我们不能太自私呀!依琳还小,我妈又老了,今后总得有个依靠呀!"宋怀良用餐巾纸擦着吴佩琳的眼泪安慰她:"你只管配合治疗,其他的我来想办法,天塌不下来!"夫妻俩在仁德医院住院部走廊里手拉着手,来回踱步,他们边走边说,身后的中央空调送来阵阵清凉,他们的心里却是熊熊烈火,住院部楼下大片荒芜的工厂区,早就被割去了心肝,破败的厂房匍匐在夜幕下死了似的寂寥无声。

女儿被华东大学医学院录取了,宋怀良以送依琳上大学的名义回到庐阳,吴佩琳要一起回来,仁德医院专家说吴佩琳第二个疗程治疗方案要进行调整,不能离开医院,宋怀良又交了六万后,匆忙踏上了回庐阳的火车。临行前,他在病房送餐的餐车员那里,为吴佩琳每天订一份乌鸡汤,吴佩琳托宋怀良带一句话给女儿,进校后,如果能调专业的话,不学治胃溃疡的消化内科,改学肿瘤科。宋怀良回庐阳后,女儿坚决不要宋怀良送她去上海,她要爸爸立即回到妈妈身边去:"我十八岁了,你送我上学,不是嘲笑我还没长大吗?七岁我就离家了,单打独斗十多年了。"宋怀良很无奈地将女儿送上了庐阳开往上海的火车,火车开动前,他正要说妈妈要你改学肿瘤专业,又怕女儿多心,话到嘴边,突然改口:"你到上海后,能不能隔一天给你妈打个电话?"依琳说没问题。火车开走后,宋怀良呆呆地站在月台上,他发现人生就这么聚来散去的,你想留住的人和事物总有一天要离你而去。

宋怀良回庐阳最想见的人是艾叶,艾叶回微信说在九寨沟,宋怀良问设计的业务怎么做到九寨沟去了,艾叶说去九寨沟旅游了。宋怀良忙着找人借钱,就没多问。

宋怀良不好意思再向周小泉、耿双河、钱小毛开口,大家日子都不好过,他去了庐西,望云山温泉度假山庄的余总客气而礼貌地接待了这个破产的老板,他们坐在峡谷边的排云亭喝茶聊天,清风徐来的峡谷边退尽了暑热,宋怀良感受到峡谷下面漫上来一股股凉气,余总对他说:"你为夫人割肝,我很感动,说老实话,我做不到。你说借钱的事,两三万还能凑上,三十万确实有点难度,目前山庄生意也不好做。这样,你先去把前期的检查做完,需要钱的时候,我拿自己的房产抵押,给你贷款。"宋怀良听明白了,连忙说:"余总,我可以把蓝湾公馆的房产证抵押给你。"余总还是说了句模棱两可的话:"到时候再说吧!"

艾叶的微信就是在宋怀良没借到钱的时候蹦出来的。

宋怀良微信里蹦出了一个"囍"封面的请柬:九月六日晚六点五十八分,天都大酒店六楼凯旋厅,举行艾叶小姐与菲利普斯先生的新婚典礼,诚邀宋怀良先生偕夫人光临。

宋怀良的血往脑袋上涌,心脏剧烈地跳动,心前区像有好几根铁丝在里面左右穿插着,疼痛的感觉使他想到了死去的岳父。余总见宋怀良好一会儿没说话,就安慰说:"也许根本不需要换肝!"

婚礼在中国民乐《喜洋洋》中拉开帷幕,艾叶是坐着大红花轿被抬进婚礼现场的,下轿艾叶顶着血红色的盖头,两个伴娘搀扶着两眼摸黑的艾叶走上婚礼主台,一个黄头发蓝眼睛的年轻人在司仪的主持下,轻轻掀开艾叶的盖头,艾叶的黄头发不见了,一头乌黑的长发,一身大红色旗袍,旗袍上金线刺绣着的牡丹和月季开遍了全身上下,破洞牛仔裤不见了，脚上的皮靴不见了，是一双软底绣花鞋，先前耳朵上挂着的苹果耳机，换成了金耳环，艾叶眉目之间，温情脉脉，一个时尚前卫的新潮女孩终于蜕变成了一个中国传统的良家妇女，她与穿着中式长衫的高鼻子蓝眼睛美国丈夫在司仪指挥下，向坐在主台中央的父母三鞠躬，又向着台下的来宾三鞠躬。宋怀良缩在最后面一桌，跟公司里的老员工钱小毛、赵超、王丽丽、周小泉、耿双河坐一起，赵超揶揄宋怀良说："反正你也不亏，艾叶跟你这么多年，现在转送给美国人。美国人最大的优点是不计较。"宋怀良真想一拳揍过去，可攥紧的拳头在《紫竹调》的民乐沸腾中松开了，宋怀良有些麻木，他和艾叶之间以这种打断牙齿的血淋淋的方式结束，过于残忍。收到请柬后，宋怀良想责问艾叶，可微信写了又删，删了又写，一个字也没发出过，艾叶忙着结婚，也没主动再问过一个字。宋怀良的自尊遭受了毁灭性打击，他首先想到的是，自己破产倒闭，一贫如洗，艾叶跟他没有未来，可艾叶不是那种贪图钱财的人，如果两个月前，他和吴佩琳离婚了的话，艾叶真的就跟他登上了北去的火车，连车上吃的方便面都买好了。

一个月前，艾叶被母亲逼得太紧，她觉得电视相亲比较好玩，就去了，相亲节目里庐阳外语学校外籍教师菲利普斯，盯上了艾叶，这个美国小伙子对着摄像机镜头说，艾叶就是他在中国等了六年才等到的恋人，说得情真意切，说得无比诚恳，觉得好玩的艾叶当场就跟菲利普斯牵手了，没想到这一牵手就松不开了，这个美国小子每天送香水百合，送巧克力，送滚烫的情话："如果人间没有艾叶，天空就不会再有月亮。"这样言过其实的情话，宋怀良半个字都没说过。菲利普斯约艾叶到九寨沟旅游，艾叶一口答应，旅途中，他们第一个晚上就睡到了一张床上，轻松得就像打开易拉罐盖子一样。宋怀良不懂浪漫，不会说情话，不会送花，他简直就是文物，一件珍贵而没有激情的文物，一件想扔而不舍得扔的实木家具。

《茉莉花》民乐进行到中途的时候，艾叶和她的美国丈夫巡回敬酒到了宋怀良这桌,艾叶将宋怀良介绍给菲利普斯:"这是我以前的老板,宋怀良先生。"菲利普斯用生硬的中文点头哈腰道:"久仰久仰,宋先生!"宋怀良神情木然地对艾叶和菲利普斯点了点头,算是呼应,他的目光落在艾叶的脸上,艾叶脸上涂脂抹粉的艳丽有百分之八十是失真的,艾叶离开时,宋怀良没有听到鞋底发出一丝声音。

婚礼结束回到蓝湾公馆,宋怀良的失眠变本加厉,吴佩琳微信问他什么时候回省城,还说在省城幼儿园当园长的韦晓丽来看望她,送了一千块钱慰问金,宋怀良说公司还有些后遗症要处理,过两天就回去。他的后遗症就是艾叶,他要当面问个究竟。没到两天,新婚的艾叶主动约了宋怀良,下午三点,西部咖啡二楼,宋怀良见艾叶褪去了脂粉,穿了件低领白色 T 恤,下身一条没洞的牛仔裤,脚上一双牛筋底的运动鞋,他们在二楼临窗的老位子坐定,宋怀良问:"你丈夫呢?"艾叶说:"我让他在楼下喝咖啡玩手机。"宋怀良问:"他知道你来见什么人吗?"艾叶说:"我跟他说了,见我前男友。"宋怀良很惊讶:"他没说什么?"艾叶说:"他说给你前男友点一杯玻利维亚的研磨咖啡,味道很纯正的。"

说了几句闲话,宋怀良主动点题:"你知道,我为了你,众叛亲离,家庭走到了崩溃边缘。你跟人家闪婚,总该跟我说一下,对吧?让我有个思想准备。你这结婚喜讯,对我来说,跟吴佩琳的肿瘤噩耗,一样的打击。离婚就差手续没办,你一声招呼没打,说走就走了。"

艾叶笑了起来,她用长柄勺子轻轻敲着咖啡杯的杯沿:"宋哥,吴佩琳不生病倒也罢了,生病了,只要她活着一天,你就不会离婚,我非常有把握地确信,你已经对吴佩琳说过这话了。"

宋怀良呆住了,好像艾叶在他的心里安装了一个窃听器,风吹草动,一清二楚:"你怎么知道的?"

艾叶说:"我是怎么知道的?就像你能听懂我鞋底的声音。"

宋怀良有些无奈地说:"最懂我的人是你。"

艾叶说:"最爱你的人是吴佩琳。"

宋怀良再也没有勇气追问艾叶,被艾叶剥得一丝不挂的宋怀良终于低头悔过:"艾叶,对不起! 我让你失望了,耽误了你的大好青春。"

艾叶说:"是的,你的确耽误了我的青春,所以,我等不及了,明年我就三十岁了,连明星到三十岁都要降价。我挡不住三十岁到来的步伐,除非在二十九岁死去。"

不分手能找到一万个理由,分手只需要一个理由。艾叶一点拨,宋怀良想明白了:"我这么多年跟你若即若离,害了你,坑了你,真对不起!"

新婚滋润下的艾叶心胸大度而豪气:"怎么能怪你呢。怪老天把你嵌进了我的生命里,又在我最需要你的时候强行回收。麦克拉伦说这个世界上百分之九十八以上的爱是兑现不了的,我现在的补充理解是,这个世界上百分之九十八以上的爱是不需要兑现的。好了,明天我就要去美国了,有朝一日,你在国内待不下去了,就去德克萨斯找我,再开一个装修公司。"

宋怀良说:"那你爱人怎么办?"

艾叶说:"可以离婚,也可以不离婚。"

宋怀良回到省城,天气已没有那么热了,秋天正从北方日夜兼程地赶往吴佩琳病房的窗口,后半夜的时候,病房窗外流淌进来的风已经有了一丝凉意,宋怀良继续住在废弃工厂的宿舍里,每天去菜场的路上,他发现厂区里废弃的锅炉已经生锈,路口下方,几根枯瘦的荒草在风中摇曳,他手里拎着猪蹄、活鱼或乳鸽,为吴佩琳熬汤增加营养。一个疗程无济于事的中西医结合治疗,突破了宋怀良承受的极限,他决定孤注一掷,最后搏一把,把家里房子抵押给银行,贷款给吴佩琳做换肝手术。仁德医院一再催促尽早手术换肝,宋怀良以手术的钱没凑齐为理由,背着仁德肿瘤医院的专家,在省立医院挂到了半个月后的一个号,他要系统地再做一次肝源移植检查,是基于人肝不是猪肝的警告,也是对仁德医院三个月治疗无效的疑虑。庐阳分手那天,艾叶有一句话直捅宋怀良的心窝:"肚皮剖开了,肝割出来了,要是不能用,不需要用,那血淋淋的半块肝塞不回去呀!"

在省立医院抽血、CT、核磁共振做了一大堆检查,又等了一个星期,终于拿到结论了,医生明确告诉宋怀良:"你的肝不具备移植条件!"宋怀良急了,像是挨了一闷棍般暴跳如雷:"凭什么说不具备移植条件,为了做检查,我都快一个月了,没喝酒,没抽烟!"医生耐心地指着片子的影像说:"你看,这就是酒精肝的症状,纤维化的状态非常明显,你这肝抓紧治,是可以恢复的,但作为移植肝源,是用次品去替换废品,不成立。"被宋怀良捐肝救妻感动的医生超常地耐心,如同一个保姆面对襁褓中浑然无知的婴儿,而宋怀良毫不讲理地攥着检查结论,嘴里唠叨着:"凭什么,凭什么说我次品!"像是诘问医生,又像是自言自语,那一刻,陪着他一同来拿结论的地下车库保安看到宋怀良眼神发直,嘴唇哆嗦,嘴里不停唠叨着:"没救了,没救了吗?"

出了医院大门,保安看到应该向东的宋怀良,却向西走去了,那一刻,太阳已经落山了。

第二天一早,宋怀良给吴佩琳送来了一缸子鲫鱼汤,汤色乳白,上面洒了一层葱花,吴佩琳不知道宋怀良去省立医院做移植肝源检查,也不知道宋怀良回庐阳筹钱经历,艾叶结婚的消息是从林一勺、钱小毛微信中了解到的,回来后宋怀良没说,吴佩琳也没问,吴佩琳想到自己病入膏肓,想到宋怀良一脚踏空,被艾叶甩了,艾叶结婚那天晚上,她看到微信里的现场图片,哭了大半夜,不知道是哭自己,还是哭宋怀良,或许兼而有之。吴佩琳喝完鱼汤,太阳就升起来了,窗外秋天的空气涌进窗内,吴佩琳做了一个深呼吸,神清气爽,她已经跟母亲江月英联系好了,这个疗程结束,回庐阳用中药调养,郭叔在市中医院肿瘤科把床位都安排好了,宋怀良要是再逼她换肝,她就当着他的面跳楼,两个人,必须得留下一个当家的,吴佩琳正准备把这一计划告诉宋怀良,宋怀良说:"省城广播电视塔今天正式对游客开放,听说比上海浦东的东方明珠塔还高十五米,我想去看一看!"吴佩琳说:"你去吧,这段日子,憋得够苦的了。站得高,看得远,登上去,心情也许就开阔多了。"宋怀良转身离去的时候突然说了一句:"飞天游乐城项目政府全面接盘,就差去签个字了,我算了一下,退回的股份,还银行贷款,还欠账,够了。我们家总算谁也不欠了。"

这句令吴佩琳有点莫名其妙的话,事后她才琢磨出了宋怀良的用意。

这天上午九点二十七分,省城最大的综合门户网站"亿安在线"正图文直播"观光电视塔对游客正式开放",突然间插入一条现场突发事件,在漫长排队的观光队伍中,一个年轻的黄毛将手伸进前面女孩的双肩包里,偷出手机的刹那间,一个中年男人冲上去攥住小偷的手,怒不可遏地大声呵斥:"年纪轻轻的,干这偷鸡摸狗的龌龊事,你妈生你的时候,就该把你溺死在尿盆里!"黄毛小偷见中年男人多管闲事,恼羞成怒,他吐出嘴里的烟头,左手从口袋里掏出一把弹簧刀,目露凶光:"你他妈活腻了,是吗?松手!"中年男人攥得更紧了:"你还偷得理直气壮了,你就不怕五雷轰顶!"排队的长蛇阵中,有人对宋怀良较真有些不理解,说移动支付时代,小偷日子也不好过,偷不到多少现金,有和稀泥者劝说宋怀良:"把手机还给小姑娘,放他一马,也不是什么大不了的事。"

小偷龇着牙:"松不松手?"

"不松,"中年男人侧过脑袋对着排队的长蛇阵喊道:"你们赶快打110报警!"

长蛇阵队伍中没反应,也许没听到。

失去耐心的黄毛在"报警"两个字话音没落时,将左手的弹簧刀干脆利索地捅进中年男人的左胸,抽出来后,又连续补刀:"我就不相信,你他妈的是铁打的!"中年男人的胸口和嘴里同时喷出汹涌的鲜血,他大叫一声:"没良心的小偷……"最后一个音节没有完全吐出来,人就倒了下去,新鲜的柏油路面上浸透了红色的血,路面依旧是黑色的,长蛇阵扭曲的队伍在"出人命了"的尖叫声中,像一串被点燃的鞭炮,瞬间炸成碎屑四溅。

救护车赶到时,中年男人已经死了。人们从他的口袋里掏出了一张被鲜血染透的省立医院的检查报告,还有一张带血的身份证,在血色模糊的字里行间,死者身份被证实:宋怀良!

宋怀良倒在血泊中的那一刻,他并不知道魏国宝已被庐阳警方批捕,关在二十年前自己被当作小偷羁押的看守所里。魏国宝是以贩毒罪被戴上手铐的,他的毒品交易遍及港台、东南亚,国内代理网点星罗棋布,魏国宝在毒品界以实力雄厚心狠手辣著称,这么多年,他手下马仔无缘无故失踪了十二个,他们大都在海底和鱼腹中了。他在广州、深圳、香港有多少别墅不知道,一架直升机停在泰国清迈私家花园的停机坪上被警方证实。这个开出租车的大毒枭开上了直升机,港台大陆三流明星四流模特走马灯似的出入他的别墅和他的怀抱,可少年时暗恋的吴佩琳三十年挥之不去,那个十二岁的夏天,那件白色连衣裙在渗透进了他的血液后,成了他生命中四季盛开的鲜花和哧哧冒烟的枪口,他坚信,只要自己还活着,枪声就不会响起。在吴佩琳拒绝了他的别墅、豪车、飞机之后,他仍旧死不改悔地等待着吴佩琳主动离开宋怀良,直到身陷囹圄,魏国宝也没等来那件如旗帜般飘扬的白裙子。他对审讯的警察说:"我是为一个女人才走到今天这步田地的。"警察打断他:"不要胡说八道了,女人叫你贩毒了吗?"魏国宝头顶已接近光秃,油亮的头皮上只铺盖了少量的几根头发,过量吸粉掏空了他的气血,脸如同一张草纸,做不了主的脑袋也不理睬警察的问话,他继续说:"半辈子过去,三十年了,我把美梦做成了噩梦,我受不了她跟另一个男人睡在一个枕头上,那个男人的钱还没有我一个零头多,她凭什么看不起我!"

警察警告魏国宝答非所问："不要回答与案件无关的话题，老实交代，庐阳的毒品集散地是哪年运营的，头子是谁，总共交易量是多少？"

魏国宝依然在梦游中说着梦话："警察同志，我才是最爱她的男人，那个男人根本不爱她。"

魏国宝长期遵守贩毒纪律，只贩不吸，今年春天的一个平常的夜晚，魏国宝突然对未来彻底绝望，二十年的坚守毁于不到两分钟的冲动，凌晨时分，他叫马仔送上了特级冰毒，从此后来居上，一吸而不可收拾。警察见魏国宝毒瘾发作，眼泪鼻涕满脸流淌，审讯不下去了，警察关了审讯室铁门，将魏国宝扔在没有阳光的黑屋子里，走廊外面的院子里阳光明媚，天空飘着几朵晃晃悠悠的白云，像是几对恋人在蓝天下漫步。

宋怀良这辈子的仇人只有一个，偷陈琦三万块钱的小偷。宋怀良抓小偷光荣牺牲，报纸、电视、网络、视频一通铺天盖地的狂轰滥炸，江淮大地像是被扔下了一颗杀伤力巨大的原子弹，寂寞无聊得太久的人们很是兴奋，酒桌上说起老板见义勇为，激动得酒杯乱碰，桌子下面的腿一气乱抖，连篇累牍的报道中，宋怀良是一个拥有十八家网吧、六家装修公司、一家商场、一家超市、一家餐饮店的大老板，抓小偷被捅死了，这就太有嚼头了，这就像一个农妇偷情与一个女明星出轨，兴奋点和趣味大不相同。其实宋怀良早已破产，因为公司还没有注销，媒体就继续报道宋怀良公司员工五百多人，下岗工人、街坊穷亲、残疾人、劳改释放人员占了百分之八十。作为网络舆情中的一个正能量的新闻事件，省领导做了重要批示，宋怀良很快当作"江淮好人"候选人，在全省一百多人选中，排第一位。与此同时，庐阳市政府申报宋怀良为"烈士"的程序已经启动。

魏国宝关在没有阳光的看守所里，没有手机，没有网络，他不知道铁窗外面的风吹草动,季节的变化也变得模糊不清,夜里,魏国宝听到屋顶上方的风声警笛一样彻夜啸叫,第二天早上醒来,脚镣手铐凉凉的,他知道,冬天快来了。冬天来了,他的末日也到了,庐阳中院一审判处他死刑立即执行,魏国宝花大价钱请来的律师说要上诉,那位眼睛不太好声音却很好的律师说,没必要上诉了,认命吧,魏国宝说他不想死,律师说我必须残酷地告诉你,十二条人命,你死十次都不够,人家贩毒以"克"来论,你以"吨"来统计,要用卡车装。

魏国宝在看守所等待死刑复核的日子里,他叫律师找来了陈琦。

陈琦一身烧烤的味道,身上还披了一层初冬的霜,嘴里说话冒出的热气跟烟雾混在一起,面目模糊不清,隔着铁窗的魏国宝,面如死灰目光混乱而飘摇,混沌、枯黄、褐灰,两个活人,一脸死相。魏国宝戴着手铐的手很困难地夹着陈琦递进来的香烟,他皱着眉头说:"陈琦,二十年前,你那三万块钱,是我偷的!"

陈琦枯黄色的脸瞬间抽筋,嘴角都歪了,他哆嗦着嘴:"你再说一遍!"

魏国宝又说了一遍,他像说三国故事一样有条不紊地说起了那三万块钱的往事。吴佩琳跟宋怀良偷偷好上了,还死不承认,魏国宝气不过,心不平。得知陈琦睡店里,每天晚上营业款由宋怀良带到装了防盗门的陈琦家,第二天再带回店里存银行,一天中午,魏国宝以庆祝买"大发"黄面的的名义,约陈琦宋怀良喝酒,喝得烂醉后,魏国宝抓起陈琦放在桌上香烟盒边的一串钥匙,借着去吧台结账的机会,迅速在门外配钥匙老头那里配了一把。因事先踩过点、设计好的,前后不到五分钟就搞定了。

魏国宝告诉陈琦说,从屋里撬防盗窗,窗外不留丝毫痕迹,这一嫁祸于人的绝招是从街头小报的法治案件中学来的。

脑袋一派糊涂的陈琦问为什么这么做,魏国宝又说了一遍:"我已经说过了,吴佩琳看上骑自行车的宋怀良,看不上开小汽车的我,我大发车就是为她买的,可她连看都不看一眼,我心里不服,难受。"

陈琦用拳头砸着自己混账的脑袋:"你把怀良害惨了,我错怪了怀良!"

魏国宝抹了一把鼻涕,苦笑着:"这世上,不是我害你,就是你害我;我不害你,他害你;他不害你,你害他,一笔糊涂账,算不清。人到中年万事休,落到今天这步田地,没必要,没意思,不值得。现在明白,已经晚了。今天找你来,请你替我办件事,把宋怀良赔你的三万块钱,连同利息一起,共八万六千块钱,代我转交给宋怀良。还有代我对吴佩琳说一声对不起,前些年,对宋怀良的跟踪还有吴佩琳收到的匿名短信,都是我花钱雇用庐阳私家侦探干的,最倒霉的就是那个小姑娘了,胳膊被打断了。为了拆散吴佩琳两口子,我办法想尽了,坏事也做绝了,吴佩琳软硬不吃,我只好收手,靠吸粉来摆平内心。死到临头,我才知道我有多蠢,靠钱换爱,拿钱买爱,都他妈的白痴。可人世间,又有几个是聪明的?在男人和女人的事情上,没有一个不是蠢人!"

陈琦想说宋怀良已经不在人世了,可看着没几天活头的魏国宝,就忍住不说了。宋怀良被捅死的第四天就地火化,吴佩琳抱着宋怀良的骨灰盒回到了庐阳,目前在庐阳中医院靠中药稳定病情,正缺钱,陈琦想把魏国宝退回来的钱,全部交给吴佩琳。

一个礼拜后,陈琦跟魏国宝的律师联系,问魏国宝八万六千块钱的事,律师告诉陈琦,那八万块钱,不是债务,也没有文字依据,法院说不可能从罚没款中提取这笔钱。没拿到钱,陈琦也就没对吴佩琳说起过这事,但他给吴佩琳送去五万块钱,开烧烤店借的。

宋怀良被批准为"烈士"的第二天,魏国宝的死刑复核也下来了,他被押赴刑场执行枪决,一同枪决的还有三个抢劫杀人、偷情出轨杀人的。那天郊外刑场上,一片荒草萋萋,魏国宝被武警踹倒跪下后,枪声就响了,魏国宝向前一栽,嘴啃到了地面上的少量黄土和几根枯草,这时,有一只老鹰在铁青色的天空下盘旋,它看到的遍地血腥是它期待已久的粮食。

元旦一过，旧历新年就要到了，宋怀良的"江淮好人"也评选出来了，许多记者要来采访吴佩琳，她一律拒绝，为了逃离记者的围追堵截，宋怀良烈士抚恤金发下来后，吴佩琳取了三万块钱，去了上海，她要去接女儿回家过年，也想到上海的医院去再做一次复诊。在华东大学医学院就读的女儿依琳，等了近一个月，才为吴佩琳挂到华东医院肿瘤科的号，抽血、增强 CT、核磁共振、PET-CT，做完一遍，等拿到结论的时候，已是腊月二十八了。

华东医院那位戴着黑框眼镜的主治医生在看了片子后，对吴佩琳说："你不是肝癌，是肝部囊肿，影像学显现有感染病灶。问题不大，吃点抗生素就没事了，不要劳累，平时注意休息就行了。"

宋怀良的故事到这里实际上已经结束了，有几个疑问我想采访吴佩琳，吴佩琳拒绝了，她现在上海陪伴女儿读大学，自己应聘在浦东的一家金融大厦里，做后勤主管，母女俩租了一间房子。我想问的是，耿双河言之凿凿地对我说，他去省城帮着料理宋怀良后事，发现出租屋油污很重的砧板下压着一个信封，白色信封上黑色碳素笔写着：请转给我的妻子吴佩琳。耿双河当时想看，周小泉说，宋哥给佩琳的私人信件，不能看的。周小泉也向我证实确有此事。

电话里吴佩琳承认有一封信，可信的内容，吴佩琳不愿意说，她说："宋怀良是烈士，是'江淮好人'，难道你还有什么怀疑的，他是被歹徒捅死的，不是自己把自己捅死的。"吴佩琳说着说着情绪有些激动起来，我说我没怀疑宋怀良，我只是想多了解一下宋怀良，既然吴佩琳如此激烈反弹，我也就不打算采访吴佩琳了。

宋怀良从来不喜欢旅游，更不会一个人出门去游玩，吴佩琳重病缠身，艾叶远嫁美国，自己捐肝不成，他哪有心思爬上五百多米高的电视塔看省城风景呢，还有，出门游玩，为什么又要给老婆留一封信呢，宋怀良把信放在最显眼的地方，说明这是一封不同寻常的信，是一封必须要让吴佩琳看到的信。最为疑惑的是，吴佩琳不愿意透露宋怀良信中的任何内容，这就令人陷入了无休无止的想象中。

然而，无论信中是怎样的内容，对于宋怀良来说极有意义，但对于我们局长要写的一台大戏，还有孙总要写的电视剧已经没有意义，我采访的内容严重偏离了局长的主题策划，也在孙总设计的光辉道路上全线脱轨。

戏写不成了，我在文化局的位子只好原地踏步了；电视剧也泡汤了，泡汤了的一百二十万的编剧费势必将成为我老婆后半辈子的抱怨和痛苦。可我为了采访宋怀良的故事，花了近一年的时间，采访素材记了满满十六个笔记本，没法用，我跟北京一家出版社朋友说了宋怀良的故事，出版社的朋友在电话里用非常肯定的语气对我说：

"不要写戏，也不要写电视剧了，你写一部小说吧！"